Victor Hugo

Notre-Dame de Paris

1482

Préface
de Louis Chevalier
Professeur au Collège de France
Édition établie et annotée
par S. de Sacy

Gallimard

PRÉFACE

On trouve dans Victor Hugo raconté par un témoin de sa vie *une présentation de* Notre-Dame de Paris *par Victor Hugo lui-même :* « *C'est une peinture de Paris au quinzième siècle et du quinzième siècle à propos de Paris. Louis XI y figure dans un chapitre. C'est lui qui détermine le dénouement. Le livre n'a aucune prétention historique, si ce n'est de peindre peut-être avec quelque science et quelque conscience, mais uniquement par aperçus et par échappées, l'état des mœurs, des croyances, des lois, des arts, de la civilisation enfin au quinzième siècle. Au reste, ce n'est pas là ce qui importe dans le livre. S'il a un mérite c'est d'être œuvre d'imagination, de caprice et de fantaisie.* » *En même temps qu'elles révèlent les idées de l'auteur, ses intentions véritables et son opinion, ces lignes énumèrent et résument pour l'essentiel la plupart des problèmes auxquels se consacre l'étude traditionnelle et principalement littéraire du roman. Peut-être font-elles apparaître aussi ce qu'une nouvelle lecture, et d'un tout autre point de vue que littéraire, apporte à l'interprétation d'une œuvre qui n'est pas seulement un fait littéraire, mais aussi un événement de l'histoire de Paris. Le fait littéraire a souvent été décrit, commenté, expliqué, non l'événement d'histoire qui reste encore singulier et obscur. Son analyse mérite*

d'être esquissée « *pour sa signification, pour son
mystère, pour le sens qu'elle renferme, en un
mot pour l'énigme qu'elle propose éternellement
à l'intelligence* » : *ce que dit Hugo du mystère
de la cathédrale s'applique au mystère non encore élucidé et même non encore perçu du roman.*

Le fait littéraire cependant vient d'abord. En
effet, l'événement d'histoire est d'abord un fait
d'histoire littéraire et il n'y aurait pas événement d'histoire, renouvelé en permanence jusqu'à notre temps, s'il n'y avait à l'origine un
chef-d'œuvre dont les caractères doivent être rap-
pelés. De plus le dossier de littérature renferme
quelques-unes des pièces les plus importantes
du dossier d'histoire. Enfin l'apport et les perspectives d'histoire les plus éloignés des considérations littéraires, nuancent parfois ou cor-
rigent ces dernières, mais parfois aussi les véri-
fient et les renforcent.
Comme on le voit, par ce commentaire de
Victor Hugo lui-même qu' « un témoin de sa
vie » nous rapporte, il s'agit d'un roman historique. Bien plus, l'insistance de l'auteur à rappeler la place de Louis XI dans le récit — plus
considérable qu'elle ne l'est réellement, ou qu'elle
ne paraît l'être à la première lecture — souligne
l'influence qu'a eue sur lui l'œuvre de Walter
Scott et particulièrement *Quentin Durward* où
apparaît Louis XI : le Louis XI de Victor Hugo
déguisé en « compère Tourangeau » dans le chapitre « *Abbas beati Martini* » est visiblement ins-
piré par « *Maître Pierre* » de Walter Scott,
Louis XI déguisé en marchand. Cependant,
pour le roman historique, Hugo a des ambitions
plus grandes : en ce qui concerne le roman,
c'est-à-dire la fiction et aussi en ce qui concerne son caractère historique, c'est-à-dire la
vérité.
Le roman? « Après le roman pittoresque, mais
prosaïque, de Walter Scott, il restera un autre

*roman à créer plus beau et plus complet encore
selon nous. C'est le roman à la fois drame et épopée, pittoresque mais poétique, réel mais idéal,
vrai mais grand, qui enchâssera Walter Scott
dans Homère »* : ainsi s'exprimait Hugo, à peine
âgé de vingt ans, dans un article sur *Walter Scott*
dont *Notre-Dame de Paris, drame et épopée, semble accomplir le dessein, réaliser l'ambition. Mais
le « vrai » lui-même est déjà dans cette antici-
pation de jeunesse; davantage encore le réel,
c'est-à-dire l'exactitude du récit, sa conformité
avec l'histoire, avec une histoire que le docu-
ment rapporté par le* Victor Hugo *raconté définit
superbement : « l'état des mœurs, des croyances,
des lois, des arts, de la civilisation enfin au
quinzième siècle ». Programme immense dans
lequel les historiens de notre temps reconnaî-
traient leur propre programme et qui ne serait
pas ce qu'il est sans une évolution des concep-
tions historiques, de la conscience historique
dans laquelle Hugo occupe une place de choix :
le Hugo des* Misérables *assurément, mais aussi
celui de* Notre-Dame de Paris *malgré les critiques
qu'on a pu faire à ce livre au nom de l'histoire,
et malgré cette remarque de Victor Hugo lui-
même que « le livre n'a aucune prétention historique, si ce n'est de peindre peut-être avec quelque science et quelque conscience ».*

*Observons de plus près cette « science » et
cette « conscience ». Nous y trouvons une première occasion de reconnaître le mystère d'une
œuvre qui n'est pas seulement un fait littéraire,
mais un événement d'histoire et dont les ana-
lyses littéraires les plus savantes et les plus
incontestables ne suffisent pas à expliquer l'importance, davantage encore l'existence dans le
paysage parisien, et à l'égal même du monument
qu'elle décrit.*

*La science? Il ne peut être question d'ajouter
ou d'ajouter beaucoup à l'étude des sources historiques de* Notre-Dame de Paris : *aux recherches
anciennes, au premier rang desquelles figurent*

celles d'E. Huguet [a] *ou aux recherches récentes* [b].
Les Mémoires de Commynes, Le Théâtre des Antiquités de Paris *de Du Breul publié en 1612,*
l'Histoire de Louis XI Roi de France, *de Pierre
Mathieu, publiée en 1610,* l'Histoire et recherches
des antiquités de la Ville de Paris, *de Sauval,
publiées en 1724 : ces livres, et surtout ceux de
Du Breul et de Sauval auxquels il faut ajouter
la* Chronique scandaleuse *de Jean de Roye que
Victor Hugo appelle Jean de Troye, constituent
l'essentiel de la science historique de notre romancier. Il est d'ailleurs le premier à donner,
en toute bonne foi, ses auteurs, non sans quelques tricheries un peu enfantines qui l'apparen-
tent encore davantage aux historiens les plus
authentiques. Quelques exemples. Au livre premier, la description de la grand'salle du Palais
suit de près Du Breul. Au livre deuxième, l'érudition argotique est puisée dans Sauval. A Sauval
aussi et à Du Breul revient, au livre troisième,
la documentation qui a servi à la description
de la cathédrale. Lecture rapide et qui explique
les erreurs. Décrivant « Paris à vol d'oiseau »,
Hugo aperçoit « le riche clocher carré de Saint-
Jacques de la Boucherie, avec ses angles tout
émoussés de sculptures, déjà admirable, quoiqu'il ne fût pas achevé au quinzième siècle! »
Étonnante précision et scrupule confondant : ledit clocher ne pouvait être « admirable » en 1482,
même avec toutes les précautions possibles, puisqu'il fut construit de 1508 à 1522. Mais Hugo
suit Sauval.*

*Cependant, à côté de cette information que la
recherche littéraire retrouve aisément ou finit
par débusquer, à côté de ces lourds morceaux
d'une facile érudition, à côté de ce décor moyenâgeux emprunté aux* Théâtres *d'antiquités parisiennes du* XVII[e] *et du* XVIII[e] *siècles, il est des em-*

---

[a] E. Huguet, « Quelques sources de *Notre-Dame de
Paris* », *R.H.L.F.*, 1901.
[b] De M.-F. Guyard, de J.-B. Barrère, de P. Moreau.

prunts moins apparents, plus dispersés, mais qui révèlent chez Hugo une extraordinaire sensibilité parisienne, et qui contribuent peut-être davantage à donner à ces spectacles du XVᵉ siècle, une telle impression de vérité que le lecteur a le sentiment d'y assister.

Lisant, par exemple, Sauval, Hugo a retenu, outre ce qu'il ignorait et dont il s'empare, des détails, des récits, des remarques, des sujets que tout lecteur parisien aurait également retenus, parce qu'ils correspondent aux préoccupations les plus anciennes et les plus durables, aux manières de voir et d'être des habitants de la capitale. Il en est ainsi de la grande peste de 1466 qui fit de Claude Frollo, âgé de dix-neuf ans, un orphelin avec un tout jeune frère encore au maillot qui « criait abandonné dans son berceau ». A travers les siècles, les Parisiens vivent dans la hantise des épidémies qui se déchaînent périodiquement et font de grands ravages que seules viennent combler de fortes immigrations que note d'ailleurs Hugo. Chose singulière : une des plus terribles épidémies de l'histoire parisienne va éclater peu de temps après la parution de Notre-Dame de Paris. *On croit lire à l'avance les documents administratifs et autres qui la concernent dans ces lignes du roman : « C'est vers cette époque environ que l'été excessif de 1466 fit éclater cette grande peste qui enleva plus de quarante mille créatures dans le vicomté de Paris... Le bruit se répandit dans l'université que la rue Tirechappe était en particulier dévastée par la maladie. » Les rapports entre l'épidémie et les fortes chaleurs, la manière brutale avec laquelle le fléau commence, l'étrange répartition de la mortalité qui fait le vide ici et se montre oublieuse ailleurs; et puis le rôle de l'opinion, des bruits qui se répandent, dans la transmission des nouvelles et de la peur : ce sont déjà, et avec une étonnante exactitude, les thèmes dominants de la description du choléra de 1832, mais aussi de l'histoire, passée,*

*présente et à venir des grandes épidémies pari-
siennes.*

*Autre exemple : la boue de Paris. Elle sent
si mauvais que Gringoire tombé dans un ruisseau
se bouche le nez — « la boue de Paris, pense-t-il...
est particulièrement puante ». La boue de Paris
est chez les vieux auteurs que Hugo consulte ;
mais elle est aussi et surtout dans la ville où il
vit, sous ses pieds comme sous les pieds de
Gringoire, dans les propos des gens, dans les
faits divers et dans les grands romans du temps :
elle est chez Balzac aussi et pour les mêmes
raisons. Il en est de même de remarques comme :
« la nuit arrive de bonne heure en janvier... »
ou encore de certains souvenirs qui, dans le
Paris de Louis XI, comme dans le Paris du
XIXᵉ siècle et de toujours, font partie de cette
« mémoire collective » qu'étudia le philosophe
Halbwachs dans un ouvrage célèbre. Souvenir
de grandes épidémies, mais aussi de grands hi-
vers comme il en est déjà dans Villon : « Bah !
ce n'est rien, Maître Thibaut, près de l'hiver de
1407 qu'il gela depuis la Saint-Martin jusqu'à
la Chandeleur ! » Longévité de vieilles croyances
populaires, souvent bizarres ou contradictoires,
végétations aberrantes qu'on cultive avec amour
concernant telle ou telle particularité d'un monument, d'un quartier, d'une rue. Qu'on relise les
diverses explications de l'incendie du Palais de
Justice en 1618 qu'Hugo emprunte à Sauval :
« Il est certain que si Ravaillac n'avait point
assassiné Henri IV, il n'y aurait point eu de
pièces du procès de Ravaillac déposées au greffe
du Palais de Justice ; point de complices intéressés à faire disparaître lesdites pièces ; partant,
point d'incendiaires obligés, faute de meilleur
moyen, à brûler le greffe pour brûler les pièces
et à brûler le Palais de Justice pour brûler le
greffe... Les grands événements ont des suites
incalculables. » Les petits événements aussi et
qui alimentent en considérations de cette espèce
cette logique de bonnes femmes, encombrée de*

grande et de petite histoire cohérentes et souvent incohérentes dont la littérature et l'expérience, mais aussi la description sociale contemporaine, montrent qu'elle est un fait majeur
d'opinion parisienne : c'est-à-dire un fait majeur
d'opinion, mais qui prend à Paris certain caractère particulier, quand ce ne serait que par la
présence de monuments et l'existence d'un héritage monumental dont cette histoire du Palais
de Justice empruntée par Hugo à Sauval est un
bon exemple.

Au reste, quelles que soient les prétentions
historiques du romancier, quelles que soient sa
science et sa conscience historiques — la science
et la conscience volontaires que met en lumière
la recherche littéraire traditionnelle, ou cette
science et cette conscience involontaires et tout
bonnement parisiennes que soulignent ces simples remarques d'histoire parisienne — quelle
que soit enfin la valeur de cette reconstitution
du xvᵉ siècle, « au reste » comme l'écrit Hugo
lui-même, prenant soudain le contre-pied de ce
qu'il vient de dire et envoyant au diable l'histoire et les historiens, « ce n'est pas là ce qui
importe dans le livre ». Et d'invoquer « l'imagination, le caprice, la fantaisie ». Ce sur quoi la
critique littéraire unanime est d'accord.

L'imagination et aussi le caprice et la fantaisie : tels sont, ou pourraient être les intitulés,
généraux mais exacts et suffisants, de la plupart
des travaux de littérature qui concernent « Notre-
Dame de Paris [a] ». Il n'y a aucune raison d'ajouter quoi que ce soit au bilan. La psychologie
rudimentaire, souvent invraisemblable et parfois
puérile. Le langage des personnages souvent mal
adapté à ce qu'ils sont : « Comment prêche Maï-

---

[a] On trouve un résumé de ces travaux dans la préface
de l'édition des « Classiques Garnier » due à Marius-
François Guyard et dans celle de l'édition Garnier-
Flammarion due à Léon Cellier. « La fantaisie de Victor Hugo », tels sont le titre et le sujet d'un important
ouvrage de J.-B. Barrère.

*tre Jacques Charmolus, Procureur du Roi, en
cour d'Église?* » demande Esmeralda à sa chèvre; on croirait entendre l'huissier de l'Hôtel de
Ville le plus pointilleux sur le protocole, introduisant de nobles visiteurs dans le bureau du
Préfet. Et les interminables monologues romantiques de Claude Frollo, le moine maudit. Et
tout ce déballage moyenâgeux de mots et d'oripeaux où le lecteur se retrouve d'autant plus
malaisément qu'en bien des cas l'éditeur et le
commentateur les plus consciencieux renoncent
à l'éclairer, en notes savantes en bas des pages.
Ne parlons pas de ce « moult » qui, bien évidemment, dépayse à coup sûr et transporte dans les
profondeurs du passé : c'est un tapis magique
que ce « moult ». Mais « le hoqueton de camelot violet » de Monsieur le Prévôt, ou cette « carapoue » que lève Claude Frollo, dévoilant soudain son visage à Esmeralda pétrifiée d'horreur
et au lecteur épouvanté par la « carapoue »? Et
puis ces péripéties, ces rebondissements, on
dirait aujourd'hui ces « suspenses » : « Phébus
cependant n'était pas mort. Les hommes de
cette espèce ont la vie dure... » : il le faut à coup
sûr.*

*Mais ces raisons de sourire ne sont-elles pas
déjà des raisons d'admirer. La rapidité de l'action. L'invention. La puissance de l'imagination.
L'intensité de la vision. Tant de scènes inou-
bliables et qui vivent dans les mémoires et dans
les lieux, à l'égal d'événements d'histoire. Le
style enfin, sur lequel tout a été dit, au point de
décourager la linguistique moderne cependant
inventive. Tout ce qui tient le lecteur haletant
d'un bout à l'autre, ou presque. Le lecteur ou
plutôt, si l'on en croit l'auteur, « la lectrice » qui
devra pardonner ces développements philosophiques gênants pour le récit : comme si, dans ces
temps déjà lointains il appartenait aux femmes,
« êtres éminemment romanesques » pour Balzac
aussi, de croire dur comme fer tout ce qu'on leur
raconte et de prendre l'invraisemblable pour ar-*

*gent comptant; aux hommes la pensée, aux fem-
mes la fiction. En définitive, c'est l'avis de la
lectrice qui compte ou celui du lecteur un peu
lectrice, ou du lecteur encore enfant. « Vous avez
été enfants, lecteurs, et vous êtes peut-être assez
heureux pour l'être encore » : ce mot de Victor
Hugo fait table rase de toutes les réserves possibles; non seulement il dispense d'accorder plus
de place aux objections d'ordre littéraire, mais
il pose le problème purement historique de l'existence singulière, et de nos jours encore, d'une
Notre-Dame de Paris délirante et pourtant aussi
réelle, et peut-être davantage, que la cathédrale
qui porte ce nom : et qui le sera davantage encore lorsque des tours écraseront à leurs pieds
du haut de leur béton et de leur bêtise, un monument dont on n'aura plus l'idée de ce qu'il a pu
être un jour qu'en relisant le roman.*

J'entends encore cette mère de famille qui,
traversant en autobus le Parvis dit avec orgueil
à son enfant : « Tu vois, c'est " Notre-Dame de
Paris " », à son enfant qui, la voiture ayant viré
de bord, se trompe de monument et considère
avec admiration la Préfecture de police. « Notre-
Dame de Paris », et non la cathédrale de Paris
comme on dit la cathédrale de Reims, de Chartres ou d'ailleurs. « Notre-Dame de Paris » et
j'ajoute en moi-même, complétant et interprétant, « de Victor Hugo ». Histoire étonnante et
non encore étudiée d'un livre devenu monument,
de la description prodigieusement déformée du
monument se substituant au monument lui-
même, de Notre-Dame de Paris de Victor Hugo
prenant la place de la cathédrale de pierre!
Étonnante histoire de la cathédrale de pierre
recevant en échange des visites, des hommages,
des prières qui ne s'adressent pas à elle et surtout éveillant confusément des sentiments dont
elle n'est pas responsable et dont la rumeur, dans
l'obscurité de son âme, doit l'horrifier!
C'est une cathédrale d'épouvante que la cathé-

drale de Victor Hugo, « la grave et puissante
cathédrale, qui terrifie, au dire de ses chroniqueurs : quae mole sua terrorem incutit spectantibus ». La citation est de Du Breul. Elle est
bien seule de son espèce et il a fallu au romancier beaucoup de bonne volonté ou de chance
pour la trouver. Telle qu'elle est en elle-même,
et telle qu'elle est décrite au long des siècles,
la cathédrale est majestueuse, grandiose, immense, elle n'est jamais effrayante. Elle le devient
avec Hugo. Dès la première page du livre elle est
marquée par la fatalité, « ce stigmate de crime
ou de malheur au front de la vieille église ».
Rien en elle qui ne tourne à l'horrible. La rosace,
qui pour le Moyen Age chante le paradis, devient
gouffre d'enfer. Le monstrueux Quasimodo l'in-
carne; elle est son âme, à moins qu'il ne soit la
sienne; depuis que Quasimodo est mort, elle
est « comme un crâne où il y a encore des trous
pour les yeux, mais plus de regard ». Parmi les
documents qui permettraient de décrire ce rem-
placement d'une image de la cathédrale par une
autre, ou plutôt de la réalité de la cathédrale
par une image, par celle que l'imagination de
Victor Hugo impose, l'iconographie de Quasimodo occuperait précisément une place importante : les dessins des éditions successives, les
statuettes, aussi prisées aux alentours du parvis
que celles de la Tour Eiffel et si semblables aux
reproductions de quelques gargouilles particulièrement horribles qu'on finit par croire que
ces dernières sont le portrait prémonitoire, imaginé par les sculpteurs du Moyen Age, du bossu
du poète. Mais dans les faits d'histoire eux-
mêmes, au cours des années qui suivent la parution du roman, que de traces singulières de haine
qu'on ne peut s'empêcher de mettre en relation
avec cette description sinistre. Lors des troubles
qui éclatent aux environs de l'Hôtel-Dieu, pendant le choléra de 1832, un pauvre hère s'écrie,
tendant le poing vers les tours, comme le faisaient déjà les truands de 1432 : « croit-on que

de tels monuments aient été construits pour les gueux? »

Certes, dans l'opinion de notre temps, la cathédrale de pierre n'est pas sans affirmer sa personnalité, sa vérité, contre cette présence de la cathédrale du livre, contre ce double grimaçant dont Hugo l'a affublée. Un sondage de l'I.F.O.P. [a], sur la place et la signification des principaux monuments de Paris pour les Parisiens et les provinciaux en fournit la preuve. Si l'Arc de Triomphe est mis en premier par les provinciaux, comme exprimant pour eux la grandeur nationale et le patriotisme, Notre-Dame vient d'abord pour les Parisiens comme étant leur monument et comme réalisant l'idée qu'ils se font de la beauté. « Comme la flèche de Notre-Dame est belle ce matin! », écrivait, au moment de se jeter du haut de la Tour Eiffel, un désespéré dont un journal, il y a quelques années, nous rapportait le message.

N'empêche que la beauté n'eût pas suffi à créer cette présence. Il est des monuments aussi beaux, des cathédrales aussi belles, peut-être plus et qui n'existent pas de la sorte. Et puis, à côté de la beauté et aussi de la foi religieuse, il y a dans la manière de considérer ce monument, telle qu'elle apparaît par exemple dans ce sondage, le mystère que le sentiment religieux ne suffit pas à expliquer, l'énigme inscrite par Hugo au front de sa cathédrale et dont notre cathédrale continue de porter le signe : non quelque énigme d'histoire, non quelque problème d'archéologie, d'architecture comme en posent d'autres monuments, mais un problème d'existence, d'âme. Par la grâce du romancier, Notre-Dame, cathédrale des Parisiens, a, de nos jours encore, une existence, une âme qui n'est pas de littérature, et que n'ont pas au même point d'autres monuments. Elle est là, elle vit, elle

---

[a] « Paris. Une enquête psycho-sociale » publiée dans *Sondages*, n° 2, 1951.

*souffre, elle proteste, elle proclame. Il suffit d'en-
tendre les gens parler d'elle pour en être
convaincu. Ou encore, en ces temps de boule-
versements des lieux et de sacrilège, de lire,
quand il est question d'elle, les documents administratifs les plus rébarbatifs et les plus mé-
créants. J'entends encore Jules Romains, lors
d'une séance de la commission des Sites et devant quelque projet aberrant, invoquant la présence de Notre-Dame, sa réprobation, sa malédiction.*

*La beauté du livre et l'imagination de l'auteur
— toutes choses dont l'histoire littéraire fait son
bien et sur lesquelles il n'y a rien de plus à
dire — ne suffisent pas à expliquer cet étrange
phénomène, ce phénomène qui apparaît comme
unique, ou à peu près, si l'on constate, et sur
textes, la manière dont l'opinion considère d'autres monuments célèbres, ailleurs, dans d'autres villes, dans d'autres capitales. A côté de la
description que Hugo a voulu faire et qu'il a
cru faire « avec quelque science et quelque conscience » et surtout avec une immense invention,
il y a la description qu'il a faite, qu'il ne pouvait
manquer de faire parce qu'elle était celle du
Paris de son temps. Si le Moyen Age qu'il décrit
a une telle vérité, en dépit de toutes les critiques
de littérature et d'histoire, que la cathédrale du
roman impose son existence à la cathédrale de
pierre elle-même, c'est parce que ce Moyen Age
du XVe siècle et de plus loin encore, existe autour
de lui, dans le Paris où il vit. Pour le décrire
il n'a pas à le reconstituer à grand renfort d'in-
folio, il lui suffit de se promener. Il n'a même pas
à le décrire : le Paris encore moyenâgeux où il
vit, pénètre son livre et laisse en tous endroits
sa marque. L'influence irrésistible de la ville,
et pour des raisons qui échappent à la volonté
de l'auteur, sera bien plus puissante encore et
plus étonnante dans* Les Misérables : *décuplée
sans doute par l'éloignement, par l'exil. Elle ap-*

paraît déjà dans Notre-Dame de Paris : *non peut-
être aux yeux de la critique littéraire, mais à
ceux de l'histoire et même de la description
contemporaine de Paris.*

*C'est bien, en effet, de Paris qu'il s'agit et non
de Notre-Dame, malgré le titre du roman. C'est
Paris — le Paris de Victor Hugo et le Paris
beaucoup plus durable qu'il exprime — qui prête
existence à* Notre-Dame de Paris : *qu'on entende
par là l'ensemble du roman, ou la cathédrale
que le roman décrit, ou la cathédrale véritable
à laquelle la cathédrale imaginée confère une
étrange existence.*

*Qu'on s'efforce en effet d'échapper un instant
à l'envoûtement du titre et de son sous-titre*
Notre-Dame de Paris, 1482. *La description de
la cathédrale n'arrive qu'au livre troisième. Elle
est lourde d'une documentation empruntée à Du
Breul et à Sauval. Erudite, livresque, assez peu
intéressante en somme pour qui s'est déjà lancé
à corps perdu dans le roman : je doute que la
« lectrice » en vienne à bout; je suis sûr que
« l'enfant » saute les pages. Quel contraste avec
« Paris à vol d'oiseau » qui suit! Et quel
contraste dans tout le livre! De même que le
chapitre « Notre-Dame » prépare le « Paris à vol
d'oiseau », on dirait que la cathédrale n'a d'autre but et d'autre intérêt, que de permettre de
contempler l'immensité de la ville : de toutes
les beautés de Notre-Dame, « la principale, c'est
la vue sur Paris ».* Notre-Dame de Paris *c'est
Paris vu du haut de Notre-Dame. Et en violent
contraste avec elle. Elle est horrible et grima-
çante; il est paisible et souriant : « c'était l'heure
où les fenêtres les plus matinales de la grande
ville s'ouvrent joyeusement sur les toits »; et
quand, aux dernières pages, le prêtre contemple
le supplice de l'Egyptienne, « c'est un magnifique
et charmant spectacle que Paris, et le Paris
d'alors surtout, vu du haut des tours de Notre-
Dame aux fraîches lueurs d'une aube d'été ».
Elle est l'hallucination, le délire d'images : ses*

tours sont « les deux chenets gigantesques d'un feu de cyclope » qui « éveille au loin le bûcheron des collines de Bicêtre, épouvanté de voir chanceler sur les bruyères » leur « ombre gigantesque ». Il est la réalité. Non sans doute la réalité de la ville du Moyen Age, mais du Paris encore moyenâgeux dans lequel vit Hugo et qui laisse dans le livre sa trace bien davantage encore et peut-être autrement que l'auteur ne l'a voulu et ne l'a cru. C'est l'influence déterminante, disons le déterminisme de ce présent, d'un présent encore chargé de passé, qui prête vie à ce passé, beaucoup plus que l'effort de « science et conscience » de l'auteur sur le passé lui-même.

Ce Paris, c'est celui des pierres, des « pierres de la cité » comme disait Halbwachs, désignant par là le milieu matériel actuel ou les conséquences matérielles et morales actuelles du milieu matériel ancien quand bien même il a disparu. Le plan général de la ville. La physionomie des quartiers. La présence au cœur de la ville des plus vieilles rues du Moyen Age, de ces rues de la Cité que le choléra de 1832 ravagera et dont Eugène Sue va faire le cadre des premières scènes des Mystères de Paris. *Les itinéraires en tous sens, ces « itinéraires illogiques » dont parlera Balzac et qui sont « illogiques » déjà dans le roman de Hugo. Le panorama des toits, l'obscurité qui règne même en plein jour, l'humidité, les fumées qui montent de partout, autant de spectacles et de thèmes qu'on retrouve dans les « topographies médicales » de la première moitié du* XIXᵉ *siècle et principalement dans celle de Lachaise. Et puis le Paris souterrain, ou plutôt cette obsession d'un Paris enfoui, caché, criminel sans doute et certainement malsain, qui, bien avant les égouts des* Misérables, *habite les soubassements et les caves de ce livre — « le long couloir sombre qui serpentait dans le palais comme le canal intestinal du vieil édifice » —, comme il hante à travers les siècles la documentation parisienne, surtout aux*

*époques de crise, pendant la Révolution par
exemple. Et puis le Paris magique, le Paris de
Nicolas Flamel qui, de nos jours encore, a ses
hauts lieux et ses adeptes. On n'en finirait pas
de déceler dans le roman de Victor Hugo les
traces du Paris de son temps, aussi lisibles que
dans les faits divers de presse ou dans les autres
grands romans de l'époque, dans ceux de Balzac ou d'Eugène Sue.*

*Aussi lisibles, mais d'une manière différente.
On comparerait utilement, et pas seulement pour
un bénéfice littéraire, les descriptions de Hugo
et de Balzac et surtout les procédés qui visent
à rendre au mieux la réalité singulière et l'originalité de ce paysage. Le détail précis et souvent inattendu l'emporte, semble-t-il, dans Balzac. A coup sûr l'image dans Hugo. Plus exactement deux types d'images qui tournent autour
de l'océan des toits et de l'enchevêtrement des
rues. Un enchevêtrement auquel il s'attaque de
toutes les manières possibles : c'est « l'enchevêtrement des ruelles noires » où Gringoire s'en-
glue, ce sont « les méandres du vieux pavé des
Halles », c'est le « dédale inextricable de ruelles,
de carrefours et de culs-de-sac qui environne
l'ancien sépulcre des Saints-Innocents et qui ressemble à un écheveau de fil brouillé par un chat.
— Voilà des rues qui ont bien peu de logique!
disait Gringoire perdu dans ces mille circuits ».
Et puis bien d'autres complications, d'autres la-
cis, d'autres replis. « Dans les plis sinueux des
vieilles capitales », ô Baudelaire! « Et le cœur
d'une ville change plus vite hélas... ». Ces images de Hugo, on les relira, on les dévidera à petits
coups, on les bénira quand les promoteurs auront fait place nette.*

*Et puis ce Paris, ce sont aussi les Parisiens.
Non ceux que Hugo imagine et fabrique de toutes
pièces, abrutis et superstitieux, férus de sorcellerie, attifés de sentiments encore plus cocasses
que leur vêture, plus « xvᵉ siècle » que nature;*

*accompagnés parfois d'étranges commentaires,
concernant, par exemple, ce « je ne sais quel
sentiment de dignité encore vague et indistinct
au quinzième siècle », qui, dans les grandes occasions, remue ces âmes plébéiennes. Mais ces
Parisiens, dont il a, comme chacun d'eux, l'expérience ou l'intuition.*

   *Ce qui ne signifie pas qu'il faille chercher
dans* Notre-Dame de Paris *les gens de 1830.
Assurément, ils sont là. A tout moment, l'auteur
s'adresse à eux, pour enjamber les siècles et
les mêler au drame. Dès la première scène du
livre : « Il y a aujourd'hui trois cent quarante-
huit ans six mois et dix-neuf jours... »; et « s'il
pouvait nous être donné à nous, hommes de
1830, de nous mêler en pensée à ces Parisiens
du quinzième siècle ». Mais cette présence n'est
pas celle d'une histoire qu'on qualifie parfois
d' « événementielle ». « Il y a aujourd'hui trois
cent quarante-huit ans... » ainsi débute le roman.
En fait, Hugo avait écrit : « Il y a aujourd'hui,
vingt-cinq juillet 1830... » La Révolution parisienne allait interrompre le travail. Il ne devait
le reprendre que le 1er septembre pour l'achever
cinq mois plus tard, au début de janvier 1831. On
sait qu'il assista à l'émeute du 20 décembre
1830; il est bien possible qu'il y pensa en racon-
tant l'assaut des truands. Et comment ne pas
reconnaître ici et là des allusions aux événements? Dans « Paris à vol d'oiseau » : « le roi ne
lâche que quand le peuple arrache ». Et dans
« Le retrait où dit ses heures... », le dialogue
entre Louis XI et le chaussetier flamand Coppenole : « — Je dis, Sire, que vous avez peut-
être raison, que l'heure du peuple n'est pas venue
chez vous. — Et quand viendra cette heure,
Maître? — Vous l'entendrez sonner. » Elle sonnera d'abord au donjon de la Bastille, mais aussi,
et au moment même où Hugo écrit son livre,
au beffroi de l'Hôtel de Ville.*

   *Cependant, ce n'est pas de cette manière excep-
tionnelle que les Parisiens interviennent le plus*

remarquablement dans ce récit. Si les gens de
1830 ou plus généralement les contemporains
de Hugo et la population au milieu de laquelle
il vit, qu'il connaît et qu'il aime, jouent un rôle
dans ce livre, c'est parce qu'ils permettent à
l'auteur de recueillir une tradition de description parisienne qui exprime en partie la réalité
de la ville et qui, par ailleurs, est elle-même
une réalité : une opinion sur les Parisiens qui,
malgré l'évolution des temps, ne change guère
au long des siècles; qui, du Moyen Age à nos
jours, est le thème préféré de la littérature la
plus haute ou la plus vulgaire; qui correspond
à l'idée que les Parisiens se font d'eux-mêmes
et à l'idée qu'on se fait d'eux en France et ailleurs; qui façonne le comportement des gens,
pour le moins autant qu'elle le reflète; un fait
d'opinion et qui est doublement un fait, parce
qu'il enregistre et parce qu'il commande.

Peu importent ici les raisons de cette conti-
nuité et les nuances qu'il faudrait apporter au
gré des époques à cette affirmation, ou plutôt
à cette constatation. Sans que l'auteur en ait
conscience ou le veuille, Notre-Dame de Paris
— comme tous les ouvrages, et de toute nature,
qui, au cours des siècles, traitent de la capitale
— exprime une pérennité parisienne dont il appartient aux historiens de préciser les causes
et de souligner la réalité. L'attention à un certain type de répartition de la population par
classes : par exemple « Claude Frollo n'était pas
un personnage vulgaire. Il appartenait à l'une de
ces familles moyennes qu'on appelait indifféremment dans le langage impertinent du siècle
dernier, haute bourgeoisie ou petite noblesse ».
Les caractères de ces classes et les visages de
ses représentants. L'éternel bourgeois parisien,
celui de Villon comme celui de Mercier à la fin
du XVIIIᵉ siècle, celui de Balzac ou celui de Dau-
mier : riche, gros, gras, pourvu d'une femme
appétissante — « cette classe de riches marchandes qui tient le milieu entre ce que les laquais

*appellent " une femme " et ce qu'ils appellent
" une dame " — toujours « marié de père en fils »
et toujours un peu cocu. Non moins éternel le
peuple. Et aussi la Parisienne, increvable. Et la
badauderie appelée encore flânerie. Et une grande liberté de langage. Et une certaine forme d'esprit. Et puis les écoliers de Paris, auprès desquels les écoliers de 1968 font figure de premiers
communiants. Et aussi « ces petits sauvages va-
nu-pieds qui ont tout le temps de battre le pavé
de Paris sous le nom éternel de « gamins » :
ils sont dans* Notre-Dame de Paris, *comme dans*
Les Misérables, *comme dans Balzac, comme dans
Villon — et quoi qu'en dise Hugo, sous un
autre nom — comme dans la documentation
parisienne littéraire ou administrative, comme
dans la rue; ils s'appellent Pierre Gringoire, « orphelin à six ans, n'ayant pour semelle » à ses
pieds « que le pavé de Paris »; ou encore Jehan
Frollo qui, tel Gavroche au moment de mourir,
se met à « rire effrontément... et à chanter avec
son intrépide insouciance d'enfant de seize ans
la chanson alors populaire... »*

*Enfin, aux derniers échelons et séparée du
peuple par une frange intermédiaire, à propos
de laquelle Hugo s'exerce à des premières varia-
tions sur la signification du mot « misérable »
(« le prêtre reprit : — Vous êtes néanmoins assez misérable? — Misérable, oui; malheureux,
non », répondit Gringoire), à l'extrême dessous
de la société, « la plus vile populace de Paris,
les voleurs, les mendiants, les laquais ». Assurément, ce sont les truands, les habitants de la
Cour des Miracles et de ce Royaume d'Argot
dont la description chez Hugo n'est qu'une com-
pilation de Sauval à laquelle notre lectrice et
notre lecteur enfant ne s'attardent guère — « les
courtauds de boutanche, les coquillards, les hubins », un docteur en langue verte lui-même s'y
perdrait. Plus que ce bric-à-brac, cet « extrême-
dessous » désigne le monde du crime, celui dont
la* Gazette des Tribunaux, *que cite d'ailleurs*

Hugo, relate les exploits, celui qui ne change guère, celui que la ville sécrète en permanence et qui diffère à Paris de ce qu'il est en d'autres capitales du monde.

A qui reconnaît de la sorte, dans Notre-Dame de Paris, *une image séculaire, durable et familière, de la ville et de ses habitants,* il est évident qu'une nouvelle lecture du roman, ou, comme le dit Hugo, « s'il est encore enfant », une découverte émerveillée, ne tarde pas à suggérer d'autres remarques, à présenter un intérêt qu'il ne présentait pas dans un récent passé.

Les transformations actuelles de la capitale, sa défiguration; plus exactement encore, l'irrémédiable destruction d'une ville et la construction de quelque chose qui n'aura plus rien à voir avec la ville d'hier et de toujours, qui n'aura plus de Paris que le nom; en un mot, la fin d'une histoire urbaine jamais interrompue depuis « l'île à la croisée des chemins » et le début d'une autre histoire dont nul ne sait ce qu'elle sera : comment ne pas penser à cela, en lisant ou en relisant ce que Hugo écrit de la fatalité qui sous la forme de l'impiété, de l'intérêt ou seulement de la bêtise, s'acharne sur la cathédrale et surtout sur la ville?

Ce qu'on ose démolir, ce qu'on ose bâtir : « ce qui se fait à Paris, à notre porte, sous nos fenêtres, dans la grande ville, dans la ville lettrée, dans la cité de la presse, de la parole, de la pensée... ces actes de vandalisme qui tous les jours sont projetés, débattus, commencés, continués et menés paisiblement à bien sous nos yeux, sous les yeux du public artiste de Paris, face à face avec la critique que tant d'audace déconcerte... Tous ces maçons-là se prétendent architectes, sont payés par la préfecture », « ils ont des habits verts ». Ces lignes figurent en tête de l'ouvrage dans la note ajoutée à l'édition définitive. Elles sont de 1832. La critique lit-

*téraire ne croit pas si bien dire en qualifiant
Hugo de visionnaire. Sa vision de l'avenir n'était
que prévision.*

Louis Chevalier
Professeur au Collège de France.

Notre-Dame de Paris

1482

Il y a quelques années qu'en visitant, ou, pour mieux dire, en furetant Notre-Dame, l'auteur de ce livre trouva, dans un recoin obscur de l'une des tours ce mot gravé à la main sur le mur :

'ΑΝΑΓΚΗ[1]

Ces majuscules grecques, noires de vétusté et assez profondément entaillées dans la pierre, je ne sais quels signes propres à la calligraphie gothique empreints dans leurs formes et dans leurs attitudes, comme pour révéler que c'était une main du moyen âge qui les avait écrites là, surtout le sens lugubre et fatal qu'elles renferment, frappèrent vivement l'auteur.

Il se demanda, il chercha à deviner quelle pouvait être l'âme en peine qui n'avait pas voulu quitter ce monde sans laisser ce stigmate de crime ou de malheur au front de la vieille église.

Depuis, on a badigeonné ou gratté (je ne sais plus lequel) le mur, et l'inscription a disparu. Car c'est ainsi qu'on agit depuis tantôt deux cents ans avec les merveilleuses églises du moyen âge. Les mutilations leur viennent de toutes parts, du dedans comme du dehors. Le prêtre les badigeonne, l'architecte les gratte, puis le peuple survient, qui les démolit [2].

Ainsi, hormis le fragile souvenir que lui consa-

cre ici l'auteur de ce livre, il ne reste plus rien
aujourd'hui du mot mystérieux gravé dans la
sombre tour de Notre-Dame, rien de la destinée
inconnue qu'il résumait si mélancoliquement.
L'homme qui a écrit ce mot sur ce mur s'est
effacé, il y a plusieurs siècles, du milieu des
générations, le mot s'est à son tour effacé du mur
de l'église, l'église elle-même s'effacera bientôt
peut-être de la terre.

C'est sur ce mot qu'on a fait ce livre.

Février 1831 [1].

C'est par erreur qu'on a annoncé cette édition
comme devant être augmentée de plusieurs chapitres *nouveaux* [1]. Il fallait dire *inédits*. En effet,
si par nouveaux on entend *nouvellement faits,*
les chapitres ajoutés à cette édition ne sont pas
nouveaux. Ils ont été écrits en même temps que
le reste de l'ouvrage, ils datent de la même époque et sont venus de la même pensée, ils ont
toujours fait partie du manuscrit de *Notre-Dame
de Paris*. Il y a plus, l'auteur ne comprendrait
pas qu'on ajoutât après coup des développements
nouveaux à un ouvrage de ce genre. Cela ne se
fait pas à volonté. Un roman, selon lui, naît,
d'une façon en quelque sorte nécessaire, avec
tous ses chapitres; un drame naît avec toutes ses
scènes. Ne croyez pas qu'il y ait rien d'arbitraire
dans le nombre de parties dont se compose ce
tout, ce mystérieux microcosme que vous appelez
drame ou roman. La greffe ou la soudure prennent mal sur des œuvres de cette nature, qui
doivent jaillir d'un seul jet et rester telles
quelles. Une fois la chose faite, ne vous ravisez
pas, n'y retouchez plus. Une fois que le livre est
publié, une fois que le sexe de l'œuvre, virile ou
non, a été reconnu et proclamé, une fois que
l'enfant a poussé son premier cri, il est né, le
voilà, il est ainsi fait, père ni mère n'y peuvent
plus rien, il appartient à l'air et au soleil, laissez-

le vivre ou mourir comme il est. Votre livre est-il
manqué? tant pis. N'ajoutez pas de chapitre à
un livre manqué. Il est incomplet? Il fallait le
compléter en l'engendrant. Votre arbre est noué?
Vous ne le redresserez pas. Votre roman est phti-
sique? votre roman n'est pas viable? Vous ne lui
rendrez pas le souffle qui lui manque. Votre
drame est né boiteux? Croyez-moi, ne lui mettez
pas de jambe de bois.

L'auteur attache donc un prix particulier à ce
que le public sache bien que les chapitres ajoutés
ici n'ont pas été faits exprès pour cette réimpres-
sion. S'ils n'ont pas été publiés dans les précédentes éditions du livre, c'est par une raison bien
simple. A l'époque où *Notre-Dame de Paris* s'imprimait pour la première fois, le dossier qui
contenait ces trois chapitres s'égara. Il fallait ou
les récrire ou s'en passer. L'auteur considéra que
les deux seuls de ces chapitres qui eussent quelque importance par leur étendue, étaient des chapitres d'art et d'histoire qui n'entamaient en rien
le fond du drame et du roman, que le public ne
s'apercevrait pas de leur disparition, et qu'il
serait seul, lui auteur, dans le secret de cette
lacune. Il prit le parti de passer outre. Et puis,
s'il faut tout avouer, sa paresse recula devant la
tâche de récrire trois chapitres perdus. Il eût
trouvé plus court de faire un nouveau roman.

Aujourd'hui, les chapitres se sont retrouvés,
et il saisit la première occasion de les remettre à
leur place.

Voici donc maintenant son œuvre entière, telle
qu'il l'a rêvée, telle qu'il l'a faite, bonne ou mauvaise, durable ou fragile, mais telle qu'il la veut.

Sans doute ces chapitres retrouvés auront peu
de valeur aux yeux des personnes, d'ailleurs fort
judicieuses, qui n'ont cherché dans *Notre-Dame
de Paris* que le drame, que le roman. Mais il est
peut-être d'autres lecteurs qui n'ont pas trouvé
inutile d'étudier la pensée d'esthétique et de philosophie cachée dans ce livre, qui ont bien voulu,
en lisant *Notre-Dame de Paris*, se plaire à démê-

ler sous le roman autre chose que le roman, et à suivre, qu'on nous passe ces expressions un peu ambitieuses, le système de l'historien et le but de l'artiste à travers la création telle quelle du poète.

C'est pour ceux-là surtout que les chapitres ajoutés à cette édition compléteront *Notre-Dame de Paris,* en admettant que *Notre-Dame de Paris* vaille la peine d'être complétée.

L'auteur exprime et développe dans un de ces chapitres, sur la décadence actuelle de l'architecture et sur la mort, selon lui, aujourd'hui presque inévitable de cet art-roi, une opinion malheureusement bien enracinée chez lui et bien réfléchie. Mais il sent le besoin de dire ici qu'il désire vivement que l'avenir lui donne tort un jour. Il sait que l'art, sous toutes ses formes, peut tout espérer des nouvelles générations dont on entend sourdre dans nos ateliers le génie encore en germe. Le grain est dans le sillon, la moisson certainement sera belle. Il craint seulement, et l'on pourra voir pourquoi au tome second de cette édition [1], que la sève ne se soit retirée de ce vieux sol de l'architecture qui a été pendant tant de siècles le meilleur terrain de l'art.

Cependant il y a aujourd'hui dans la jeunesse artiste tant de vie, de puissance et pour ainsi dire de prédestination, que, dans nos écoles d'architecture en particulier, à l'heure qu'il est, les professeurs, qui sont détestables, font, non seulement à leur insu, mais même tout à fait malgré eux, des élèves qui sont excellents; tout au rebours de ce potier dont parle Horace, lequel méditait des amphores et produisait des marmites. *Currit rota, urceus exit* [2].

Mais dans tous les cas, quel que soit l'avenir de l'architecture, de quelque façon que nos jeunes architectes résolvent un jour la question de leur art, en attendant les monuments nouveaux, conservons les monuments anciens. Inspirons, s'il est possible, à la nation l'amour de l'architecture nationale. C'est là, l'auteur le déclare, un des buts principaux de ce livre; c'est là un des buts principaux de sa vie.

Notre-Dame de Paris a peut-être ouvert quelques perspectives vraies sur l'art du moyen âge, sur cet art merveilleux jusqu'à présent inconnu des uns, ou, ce qui est pire encore, méconnu des autres. Mais l'auteur est bien loin de considérer comme accomplie la tâche qu'il s'est volontairement imposée. Il a déjà plaidé dans plus d'une occasion la cause de notre vieille architecture, il a déjà dénoncé à haute voix bien des profanations, bien des démolitions, bien des impiétés. Il ne se lassera pas. Il s'est engagé à revenir souvent sur ce sujet, il y reviendra. Il sera aussi infatigable à défendre nos édifices historiques que nos iconoclastes d'écoles et d'académies sont acharnés à les attaquer. Car c'est une chose affligeante de voir en quelles mains l'architecture du moyen âge est tombée, et de quelle façon les gâcheurs de plâtre d'à présent traitent la ruine de ce grand art. C'est même une honte pour nous autres, hommes intelligents, qui les voyons faire et qui nous contentons de les huer. Et l'on ne parle pas ici seulement de ce qui se passe en province, mais de ce qui se fait à Paris, à notre porte, sous nos fenêtres, dans la grande ville, dans la ville lettrée, dans la cité de la presse, de la parole, de la pensée. Nous ne pouvons résister au besoin de signaler, pour terminer cette note, quelques-uns de ces actes de vandalisme qui tous les jours sont projetés, débattus, commencés, continués et menés paisiblement à bien sous nos yeux, sous les yeux du public artiste de Paris, face à face avec la critique que tant d'audace déconcerte. On vient de démolir l'archevêché [1], édifice d'un pauvre goût, le mal n'est pas grand; mais tout en bloc avec l'archevêché on a démoli l'évêché, rare débris du quatorzième siècle que l'architecte démolisseur n'a pas su distinguer du reste. Il a arraché l'épi avec l'ivraie; c'est égal. On parle de raser l'admirable chapelle de Vincennes, pour faire avec les pierres je ne sais quelle fortification, dont Daumesnil[1] n'avait pourtant pas eu besoin. Tandis qu'on répare à grands frais et qu'on restaure le palais Bourbon, cette masure, on laisse effondrer par les coups de vent de l'équinoxe les vitraux magnifiques de la Sainte-Chapelle. Il y a, depuis quelques jours, un échafaudage sur la tour de Saint-Jacques-de-la-Boucherie; et un de ces matins la pioche s'y mettra. Il s'est trouvé un maçon pour bâtir une maisonnette blanche entre les vénérables tours du Palais de Justice. Il s'en est trouvé un autre pour châtrer Saint-Germain-des-Prés, la féodale abbaye aux trois clochers. Il s'en trouvera un autre, n'en doutez pas, pour jeter bas Saint-Germain-l'Auxerrois[2]. Tous ces maçons-là se prétendent architectes, sont payés par la préfecture ou par les menus, et ont des habits verts. Tout le mal que le faux goût peut faire au vrai goût, ils le font. A l'heure où nous écrivons, spectacle déplorable! l'un d'eux tient les Tuileries, l'un d'eux balafre Philibert Delorme au beau milieu du visage, et ce n'est pas, certes, un des médiocres scandales de notre temps de voir avec quelle effronterie la lourde architecture de ce monsieur vient s'épater tout au travers d'une des plus délicates façades de la renaissance!

Paris, 20 octobre 1832.

quelle fouillolition, dont Dammartin n'était
pourtant pas un disciple. Enfin de quoi répond-
grand'chose et qu'à la gloire. la reine Bourbon
cette maxime, qu'il ne se trompera pas, les comp-
de tout de Frangloyse les rimaux un quelques
de la Sainte-Chapelle, il y ... depuis quinze
long, une étabussage sur la fin de ... Saul jec-
que ...te-Homberg, car dès les ses tailles. la
propose ... incline qu'aant été en campagne avec
garni une grande hache baume que près, jendri-
des balivodrais de nulles dé ... et les ... d'outre
un autre point de ... des ... et en ... des Francs
l'École abbaye aux trois ... bon ... il a en ... dis-
vers, un autre vers, doulte, aux ... ne ... lot bas
Saint-Germain-l'Auxerrois ... ... une ... majorette
à prétendant de baches ... sont ... ... deux prê-
lecture ou par les bienus, et un... Dauphine vais
voit le tout que de Puus, e ... ut ... faire qu ...
coûte, fut le fonds, s'abonne... nou ... bonne
spectacle déploitable d'une d'un, tout... lot ... vil-
derius, l'un d'eux, bataille, Philibert, redonne au
Béarn imgren en ... de ... c'est pas ... une
rien autre que Scandolesé, où le... temps de soir
avec une vue qu'on se la, toute ... vint ... un...
De ... me... tout soldat toute son ... sera d'ha-
des plus fidèles, à vaincre de la ... les ...

Paris, 20 octobre 1842.

LIVRE PREMIER

I

LA GRAND'SALLE

Il y a aujourd'hui [1] trois cent quarante-huit ans six mois et dix-neuf jours que les parisiens s'éveillèrent au bruit de toutes les cloches sonnant à grande volée dans la triple enceinte de la Cité, de l'Université et de la Ville.

Ce n'est cependant pas un jour dont l'histoire ait gardé souvenir que le 6 janvier 1482. Rien de notable dans l'événement qui mettait ainsi en branle, dès le matin, les cloches et les bourgeois de Paris. Ce n'était ni un assaut de picards ou de bourguignons, ni une châsse menée en procession, ni une révolte d'écoliers dans la vigne de Laas, ni une entrée de *notredit très redouté seigneur monsieur le roi,* ni même une belle pendaison de larrons et de larronnesses à la Justice de Paris. Ce n'était pas non plus la survenue, si fréquente au quinzième siècle, de quelque ambassade chamarrée et empanachée. Il y avait à peine deux jours que la dernière cavalcade de ce genre, celle des ambassadeurs flamands chargés de conclure le mariage entre le dauphin et Marguerite de Flandre, avait fait son entrée à Paris, au grand ennui de Monsieur le cardinal de Bourbon, qui, pour plaire au roi, avait dû faire bonne mine à toute cette rustique cohue de bourgmestres flamands, et les régaler, en son hôtel de Bourbon, d'une *moult belle moralité, sotie et farce,* tandis qu'une pluie battante inondait à sa porte ses magnifiques tapisseries.

Le 6 janvier, ce qui *mettait en émotion tout le populaire de Paris,* comme dit Jehan de Troyes [1], c'était la double solennité, réunie depuis un temps immémorial, du jour des Rois et de la Fête des Fous.

Ce jour-là, il devait y avoir feu de joie à la Grève, plantation de mai à la chapelle de Braque et mystère au Palais de Justice [2]. Le cri en avait été fait la veille à son de trompe dans les carrefours, par les gens de monsieur le prévôt, en beaux hoquetons de camelot violet, avec de grandes croix blanches sur la poitrine.

La foule des bourgeois et des bourgeoises s'acheminait donc de toutes parts dès le matin, maisons et boutiques fermées, vers l'un des trois endroits désignés. Chacun avait pris parti, qui pour le feu de joie, qui pour le mai, qui pour le mystère. Il faut dire, à l'éloge de l'antique bon sens des badauds de Paris, que la plus grande partie de cette foule se dirigeait vers le feu de joie, lequel était tout à fait de saison, ou vers le mystère, qui devait être représenté dans la grand'salle du Palais bien couverte et bien close, et que les curieux s'accordaient à laisser le pauvre mai mal fleuri grelotter tout seul sous le ciel de janvier dans le cimetière de la chapelle de Braque.

Le peuple affluait surtout dans les avenues du Palais de Justice, parce qu'on savait que les ambassadeurs flamands, arrivés de la surveille, se proposaient d'assister à la représentation du mystère et à l'élection du pape des fous, laquelle devait se faire également dans la grand'salle.

Ce n'était pas chose aisée de pénétrer ce jour-là dans cette grand'salle, réputée cependant alors la plus grande enceinte couverte qui fût au monde. (Il est vrai que Sauval [3] n'avait pas encore mesuré la grande salle du château de Montargis.) La place du Palais, encombrée de peuple, offrait aux curieux des fenêtres l'aspect d'une mer, dans laquelle cinq ou six rues, comme

autant d'embouchures de fleuves, dégorgeaient
à chaque instant de nouveaux flots de têtes. Les
ondes de cette foule, sans cesse grossies, se heur-
taient aux angles des maisons qui s'avançaient
çà et là, comme autant de promontoires, dans le
bassin irrégulier de la place. Au centre de la
haute façade gothique * du Palais, le grand escalier, sans relâche remonté et descendu par un
double courant qui, après s'être brisé sous le
perron intermédiaire, s'épandait à larges vagues
sur ses deux pentes latérales, le grand escalier,
dis-je, ruisselait incessamment dans la place
comme une cascade dans un lac. Les cris, les
rires, le trépignement de ces mille pieds faisaient un grand bruit et une grande clameur.
De temps en temps cette clameur et ce bruit
redoublaient, le courant qui poussait toute cette
foule vers le grand escalier rebroussait, se trou-
blait, tourbillonnait. C'était une bourrade d'un
archer ou le cheval d'un sergent de la prévôté qui
ruait pour rétablir l'ordre; admirable tradition
que la prévôté a léguée à la connétablie, la connétablie à la maréchaussée, et la maréchaussée à
notre gendarmerie de Paris.

Aux portes, aux fenêtres, aux lucarnes, sur les
toits, fourmillaient des milliers de bonnes figures
bourgeoises, calmes et honnêtes, regardant le
palais, regardant la cohue, et n'en demandant
pas davantage; car bien des gens à Paris se
contentent du spectacle des spectateurs, et c'est
déjà pour nous une chose très curieuse qu'une
muraille derrière laquelle il se passe quelque
chose [1].

S'il pouvait nous être donné à nous, hommes

---

* Le mot gothique, dans le sens où on l'emploie généralement, est parfaitement impropre, mais parfaitement
consacré. Nous l'acceptons donc, et nous l'adoptons,
comme tout le monde, pour caractériser l'architecture
de la seconde moitié du moyen âge, celle dont l'ogive est
le principe, qui succède à l'architecture de la première
période, dont le plein cintre est le générateur. (*Note de
Victor Hugo.*)

de 1830, de nous mêler en pensée à ces parisiens du quinzième siècle et d'entrer avec eux, tiraillés, coudoyés, culbutés, dans cette immense salle du Palais, si étroite le 6 janvier 1482, le spectacle ne serait ni sans intérêt ni sans charme, et nous n'aurions autour de nous que des choses si vieilles qu'elles nous sembleraient toutes neuves.

Si le lecteur y consent, nous essaierons de retrouver par la pensée l'impression qu'il eût éprouvée avec nous en franchissant le seuil de cette grand'salle au milieu de cette cohue en surcot, en hoqueton et en cotte-hardie.

Et d'abord, bourdonnement dans les oreilles, éblouissement dans les yeux. Au-dessus de nos têtes une double voûte en ogive, lambrissée en sculptures de bois, peinte d'azur, fleurdelysée en or; sous nos pieds, un pavé alternatif de marbre blanc et noir. A quelques pas de nous, un énorme pilier, puis un autre, puis un autre; en tout sept piliers dans la longueur de la salle, soutenant au milieu de sa largeur les retombées de la double voûte. Autour des quatre premiers piliers, des boutiques de marchands, tout étincelantes de verre et de clinquants; autour des trois derniers, des bancs de bois de chêne, usés et polis par le haut-de-chausses des plaideurs et la robe des procureurs. A l'entour de la salle, le long de la haute muraille, entre les portes, entre les croisées, entre les piliers, l'interminable rangée des statues de tous les rois de France depuis Pharamond; les rois fainéants, les bras pendants et les yeux baissés; les rois vaillants et bataillards, la tête et les mains hardiment levées au ciel. Puis, aux longues fenêtres ogives [1], des vitraux de mille couleurs; aux larges issues de la salle, de riches portes finement sculptées; et le tout, voûtes, piliers, murailles, chambranles, lambris, portes, statues, recouvert du haut en bas d'une splendide enluminure bleu et or, qui, déjà un peu ternie à l'époque où nous la voyons, avait presque entièrement disparu sous la poussière et les toiles d'araignées en l'an de grâce 1549, où

Du Breul[1] l'admirait encore par tradition.

Qu'on se représente maintenant cette immense salle oblongue, éclairée de la clarté blafarde d'un jour de janvier, envahie par une foule bariolée et bruyante qui dérive le long des murs et tournoie autour des sept piliers, et l'on aura déjà une idée confuse de l'ensemble du tableau dont nous allons essayer d'indiquer plus précisément les curieux détails.

Il est certain que, si Ravaillac n'avait point assassiné Henri IV, il n'y aurait point eu de pièces du procès de Ravaillac déposées au greffe du Palais de Justice; point de complices intéressés à faire disparaître lesdites pièces; partant, point d'incendiaires obligés, faute de meilleur moyen, à brûler le greffe pour brûler les pièces, et à brûler le Palais de Justice pour brûler le greffe; par conséquent enfin, point d'incendie de 1618. Le vieux Palais serait encore debout avec sa vieille grand'salle; je pourrais dire au lecteur : Allez la voir; et nous serions ainsi dispensés tous deux, moi d'en faire, lui d'en lire une description telle quelle. — Ce qui prouve cette vérité neuve : que les grands événements ont des suites incalculables.

Il est vrai qu'il serait fort possible d'abord que Ravaillac n'eût pas de complices, ensuite que ses complices, si par hasard il en avait, ne fussent pour rien dans l'incendie de 1618. Il en existe deux autres explications très plausibles. Premièrement, la grande étoile enflammée, large d'un pied, haute d'une coudée, qui tomba, comme chacun sait, du ciel sur le Palais, le 7 mars après minuit. Deuxièmement, le quatrain de Théophile :

> Certes, ce fut un triste jeu
> Quand à Paris dame Justice,
> Pour avoir mangé trop d'épice,
> Se mit tout le palais en feu..

Quoi qu'on pense de cette triple explication politique, physique, poétique, de l'incendie du

Palais de Justice en 1618, le fait malheureusement certain, c'est l'incendie. Il reste bien peu de chose aujourd'hui, grâce à cette catastrophe, grâce surtout aux diverses restaurations successives qui ont achevé ce qu'elle avait épargné, il reste bien peu de chose de cette première demeure des rois de France, de ce palais aîné du Louvre, déjà si vieux du temps de Philippe le Bel qu'on y cherchait les traces des magnifiques bâtiments élevés par le roi Robert et décrits par Helgaldus. Presque tout a disparu. Qu'est devenue la chambre de la chancellerie où saint Louis *consomma son mariage* [1]? le jardin où il rendait la justice, « vêtu d'une cotte de camelot, d'un surcot de tiretaine sans manches, et d'un manteau pardessus de sandal noir, couché sur des tapis, avec Joinville »? Où est la chambre de l'empereur Sigismond? celle de Charles IV? celle de Jean sans Terre? Où est l'escalier d'où Charles VI promulgua son édit de grâce? la dalle où Marcel égorgea, en présence du dauphin, Robert de Clermont et le maréchal de Champagne? le guichet où furent lacérées les bulles de l'antipape Bénédict, et d'où repartirent ceux qui les avaient apportées, chapés et mitrés en dérision, et faisant amende honorable par tout Paris? et la grand'salle, avec sa dorure, son azur, ses ogives, ses statues, ses piliers, son immense voûte toute déchiquetée de sculptures? et la chambre dorée? et le lion de pierre qui se tenait à la porte, la tête baissée, la queue entre les jambes, comme les lions du trône de Salomon, dans l'attitude humiliée qui convient à la force devant la justice? et les belles portes? et les beaux vitraux? et les ferrures ciselées qui décourageaient Biscornette [2]? et les délicates menuiseries de Du Hancy?... Qu'a fait le temps, qu'ont fait les hommes de ces merveilles? Que nous a-t-on donné pour tout cela, pour toute cette histoire gauloise, pour tout cet art gothique? les lourds cintres surbaissés de M. de Brosse, ce gauche architecte du portail Saint-Gervais, voilà pour

l'art; et quant à l'histoire, nous avons les souvenirs bavards du gros pilier, encore tout retentis-
sant des commérages des Patrus.

Ce n'est pas grand-chose. — Revenons à la
véritable grand'salle du véritable vieux Palais.

Les deux extrémités de ce gigantesque parallélogramme étaient occupées, l'une par la fameuse
table de marbre, si longue, si large et si épaisse
que jamais on ne vit, disent les vieux papiers
terriers [1], dans un style qui eût donné appétit à
Gargantua, *pareille tranche de marbre au monde;*
l'autre, par la chapelle où Louis XI s'était fait
sculpter à genoux devant la Vierge, et où il avait
fait transporter, sans se soucier de laisser deux
niches vides dans la file des statues royales, les
statues de Charlemagne et de saint Louis, deux
saints qu'il supposait fort en crédit au ciel
comme rois de France. Cette chapelle, neuve
encore, bâtie à peine depuis six ans, était toute
dans ce goût charmant d'architecture délicate,
de sculpture merveilleuse, de fine et profonde
ciselure qui marque chez nous la fin de l'ère
gothique et se perpétue jusque vers le milieu du
seizième siècle dans les fantaisies féeriques de la
renaissance. La petite rosace à jour percée au-
dessus du portail était en particulier un chef-
d'œuvre de ténuité et de grâce; on eût dit une
étoile de dentelle.

Au milieu de la salle, vis-à-vis la grande porte,
une estrade de brocart d'or, adossée au mur,
et dans laquelle était pratiquée une entrée particulière au moyen d'une fenêtre du couloir de
la chambre dorée, avait été élevée pour les
envoyés flamands et les autres gros personnages
conviés à la représentation du mystère.

C'est sur la table de marbre que devait, selon
l'usage, être représenté le mystère. Elle avait été
disposée pour cela dès le matin; sa riche planche
de marbre, toute rayée par les talons de la basoche, supportait une cage de charpente assez élevée, dont la surface supérieure, accessible aux
regards de toute la salle, devait servir de théâtre,

et dont l'intérieur, masqué par des tapisseries, devait tenir lieu de vestiaire aux personnages de la pièce. Une échelle, naïvement placée en dehors, devait établir la communication entre la scène et le vestiaire, et prêter ses roides échelons aux entrées comme aux sorties. Il n'y avait pas de personnage si imprévu, pas de péripétie, pas de coup de théâtre qui ne fût tenu de monter par cette échelle. Innocente et vénérable enfance de l'art et des machines!

Quatre sergents du bailli du Palais, gardiens obligés de tous les plaisirs du peuple les jours de fête comme les jours d'exécution, se tenaient debout aux quatre coins de la table de marbre

Ce n'était qu'au douzième coup de midi son nant à la grande horloge du Palais que la pièce devait commencer. C'était bien tard sans doute pour une représentation théâtrale; mais il avait fallu prendre l'heure des ambassadeurs.

Or toute cette multitude attendait depuis le matin. Bon nombre de ces honnêtes curieux gre-lottaient dès le point du jour devant le grand degré du Palais; quelques-uns même affirmaient avoir passé la nuit en travers de la grande porte pour être sûrs d'entrer les premiers. La foule s'épaississait à tout moment, et, comme une eau qui dépasse son niveau, commençait à monter le long des murs, à s'enfler autour des piliers, à déborder sur les entablements, sur les corniches, sur les appuis des fenêtres, sur toutes les saillies de l'architecture, sur tous les reliefs de la sculpture. Aussi la gêne, l'impatience, l'ennui, la liberté d'un jour de cynisme et de folie, les querelles qui éclataient à tout propos pour un coude pointu ou un soulier ferré, la fatigue d'une longue attente, donnaient-elles déjà, bien avant l'heure où les ambassadeurs devaient arriver, un accent aigre et amer à la clameur de ce peuple enfermé, emboîté, pressé, foulé, étouffé. On n'entendait que plaintes et imprécations contre les flamands, le prévôt des marchands, le cardi-nal de Bourbon, le bailli du Palais, madame

Marguerite d'Autriche [1], les sergents à verge, le froid, le chaud, le mauvais temps, l'évêque de Paris, le pape des fous, les piliers, les statues, cette porte fermée, cette fenêtre ouverte; le tout au grand amusement des bandes d'écoliers et de laquais disséminées dans la masse, qui mêlaient à tout ce mécontentement leurs taquineries et leurs malices, et piquaient, pour ainsi dire, à coups d'épingle la mauvaise humeur générale.

Il y avait entre autres un groupe de ces joyeux démons qui, après avoir défoncé le vitrage d'une fenêtre, s'était hardiment assis sur l'entablement, et de là plongeait tour à tour ses regards et ses railleries au-dedans et au-dehors, dans la foule de la salle et dans la foule de la place. A leurs gestes de parodie, à leurs rires éclatants, aux appels goguenards qu'ils échangeaient d'un bout à l'autre de la salle avec leurs camarades, il était aisé de juger que ces jeunes clercs ne partageaient pas l'ennui et la fatigue du reste des assistants, et qu'ils savaient fort bien, pour leur plaisir particulier, extraire de ce qu'ils avaient sous les yeux un spectacle qui leur faisait attendre patiemment l'autre.

— Sur mon âme, c'est vous, *Joannes Frollo de Molendino* [2]*!* criait l'un d'eux à une espèce de petit diable blond, à jolie et maligne figure, accroché aux acanthes d'un chapiteau; vous êtes bien nommé Jehan du Moulin, car vos deux bras et vos deux jambes ont l'air de quatre ailes qui vont au vent. — Depuis combien de temps êtes-vous ici?

— Par la miséricorde du diable, répondit *Joannes Frollo,* voilà plus de quatre heures, et j'espère bien qu'elles me seront comptées sur mon temps de purgatoire. J'ai entendu les huit chantres du roi de Sicile entonner le premier verset de la haute messe de sept heures dans la Sainte-Chapelle.

— De beaux chantres, reprit l'autre, et qui ont la voix encore plus pointue que leur bonnet! Avant de fonder une messe à monsieur saint

Jean, le roi aurait bien dû s'informer si monsieur saint Jean aime le latin psalmodié avec accent provençal.

— C'est pour employer ces maudits chantres du roi de Sicile qu'il a fait cela! cria aigrement une vieille femme dans la foule au bas de la fenêtre. Je vous demande un peu! mille livres parisis pour une messe! et sur la ferme du poisson de mer des halles de Paris, encore!

— Paix! vieille, reprit un gros et grave personnage qui se bouchait le nez à côté de la marchande de poisson; il fallait bien fonder une messe. Vouliez-vous pas que le roi retombât malade?

— Bravement parlé, sire Gilles Lecornu, maître pelletier-fourreur des robes du roi! cria le petit écolier cramponné au chapiteau.

Un éclat de rire de tous les écoliers accueillit le nom malencontreux du pauvre pelletier-fourreur des robes du roi.

— Lecornu! Gilles Lecornu! disaient les uns.

— *Cornulus et hirsutus* [1], reprenait un autre.

— Hé! sans doute, continuait le petit démon du chapiteau. Qu'ont-ils à rire? Honorable homme Gilles Lecornu, frère de maître Jehan Lecornu, prévôt de l'hôtel du roi, fils de maître Mahiet Lecornu, premier portier du bois de Vincennes, tous bourgeois de Paris, tous mariés de père en fils!

La gaieté redoubla. Le gros pelletier-fourreur, sans répondre un mot, s'efforçait de se dérober aux regards fixés sur lui de tous côtés; mais il suait et soufflait en vain : comme un coin qui s'enfonce dans le bois, les efforts qu'il faisait ne servaient qu'à emboîter plus solidement dans les épaules de ses voisins sa large face apoplectique, pourpre de dépit et de colère.

Enfin un de ceux-ci, gros, court et vénérable comme lui, vint à son secours.

— Abomination! des écoliers qui parlent de la sorte à un bourgeois! de mon temps on les eût fustigés avec un fagot dont on les eût brûlés ensuite.

La bande entière éclata.

— Holàhée! qui chante cette gamme? quel est le chat-huant de malheur?

— Tiens, je le reconnais, dit l'un; c'est maître Andry Musnier.

— Parce qu'il est un des quatre libraires jurés de l'Université! dit l'autre.

— Tout est par quatre dans cette boutique, cria un troisième : les quatre nations [1], les quatre facultés, les quatre fêtes, les quatre procureurs, les quatre électeurs, les quatre libraires.

— Eh bien, reprit Jean Frollo, il faut leur faire le diable à quatre.

— Musnier, nous brûlerons tes livres.

— Musnier, nous battrons ton laquais.

— Musnier, nous chiffonnerons ta femme.

— La bonne grosse mademoiselle Oudarde.

— Qui est aussi fraîche et aussi gaie que si elle était veuve.

— Que le diable vous emporte! grommela maître Andry Musnier.

— Maître Andry, reprit Jehan, toujours pendu à son chapiteau, tais-toi, ou je te tombe sur la tête!

Maître Andry leva les yeux, parut mesurer un instant la hauteur du pilier, la pesanteur du drôle, multiplia mentalement cette pesanteur par le carré de la vitesse, et se tut.

Jehan, maître du champ de bataille, poursuivit avec triomphe :

— C'est que je le ferais, quoique je sois frère d'un archidiacre!

— Beaux sires, que nos gens de l'Université! n'avoir seulement pas fait respecter nos privilèges dans un jour comme celui-ci! Enfin, il y a mai et feu de joie à la Ville; mystère, pape des fous et ambassadeurs flamands à la Cité; et à l'Université, rien!

— Cependant la place Maubert est assez

grande! reprit un des clercs cantonnés sur la table de la fenêtre.

— A bas le recteur, les électeurs et les procureurs! cria Joannes.

— Il faudra faire un feu de joie ce soir dans le Champ-Gaillard, poursuivit l'autre, avec les livres de maître Andry.

— Et les pupitres des scribes! dit son voisin.

— Et les verges des bedeaux!

— Et les crachoirs des doyens!

— Et les buffets des procureurs!

— Et les huches des électeurs!

— Et les escabeaux du recteur!

— A bas! reprit le petit Jehan en faux-bourdon; à bas maître Andry, les bedeaux et les scribes; les théologiens, les médecins et les décrétistes; les procureurs, les électeurs et le recteur!

— C'est donc la fin du monde! murmura maître Andry en se bouchant les oreilles.

— A propos, le recteur! le voici qui passe dans la place, cria un de ceux de la fenêtre.

Ce fut à qui se retournerait vers la place.

— Est-ce que c'est vraiment notre vénérable recteur maître Thibaut? demanda Jehan Frollo du Moulin, qui, s'étant accroché à un pilier de l'intérieur, ne pouvait voir ce qui se passait au-dehors.

— Oui, oui, répondirent tous les autres, c'est lui, c'est bien lui, maître Thibaut le recteur.

C'était en effet le recteur et tous les dignitaires de l'Université qui se rendaient processionnellement au-devant de l'ambassade et traversaient en ce moment la place du Palais. Les écoliers, pressés à la fenêtre, les accueillirent au passage avec des sarcasmes et des applaudissements ironiques. Le recteur, qui marchait en tête de sa compagnie, essuya la première bordée; elle fut rude.

— Bonjour, monsieur le recteur! Holàhée! bonjour donc!

— Comment fait-il pour être ici, le vieux joueur? il a donc quitté ses dés?

— Comme il trotte sur sa mule! elle a les oreilles moins longues que lui.

— Holàhée! bonjour, monsieur le recteur Thibaut! *Tybalde aleator!* vieil imbécile! vieux joueur!

— Dieu vous garde! avez-vous fait souvent double-six cette nuit?

— Oh! la caduque figure, plombée, tirée et battue pour l'amour du jeu et des dés!

— Où allez-vous comme cela, *Tybalde ad dados* [1], tournant le dos à l'Université et trottant vers la Ville?

— Il va sans doute chercher un logis rue Thibautodé, cria Jehan du Moulin.

Toute la bande répéta le quolibet avec une voix de tonnerre et des battements de mains furieux.

— Vous allez chercher logis rue Thibautodé, n'est-ce pas, monsieur le recteur, joueur de la partie du diable?

Puis ce fut le tour des autres dignitaires.

— A bas les bedeaux! à bas les massiers!

— Dis donc, Robin Poussepain, qu'est-ce que c'est donc que celui-là?

— C'est Gilbert de Suilly, *Gilbertus de Soliaco,* le chancelier du collège d'Autun.

— Tiens, voici mon soulier : tu es mieux placé que moi; jette-le-lui par la figure.

— *Saturnalitias mittimus ecce nuces* [2].

— A bas les six théologiens avec leurs surplis blancs!

— Ce sont là les théologiens? Je croyais que c'étaient les six oies blanches données par sainte Geneviève à la ville, pour le fief de Roogny.

— A bas les médecins!

— A bas les disputations cardinales et quodlibétaires!

— A toi ma coiffe, chancelier de Sainte-Geneviève! tu m'as fait un passe-droit. — C'est vrai cela! il a donné ma place dans la nation de Normandie au petit Ascanio Falzaspada, qui est de la province de Bourges, puisqu'il est italien.

— C'est une injustice, dirent tous les écoliers. A bas le chancelier de Sainte-Geneviève!

— Ho hé! maître Joachim de Ladehors! Ho hé! Louis Dahuille! Ho hé! Lambert Hoctement!

— Que le diable étouffe le procureur de la nation d'Allemagne!

— Et les chapelains de la Sainte-Chapelle, avec leurs aumusses grises; *cum tunicis grisis!*

— *Seu de pellibus grisis fourratis* [1] !

— Holàhée! les maîtres ès arts! Toutes les belles chapes noires! toutes les belles chapes rouges!

— Cela fait une belle queue au recteur.

— On dirait un duc de Venise qui va aux épousailles de la mer.

— Dis donc, Jehan! les chanoines de Sainte-Geneviève!

— Au diable la chanoinerie!

— Abbé Claude Choart! docteur Claude Choart! Est-ce que vous cherchez Marie la Giffarde?

— Elle est rue de Glatigny.

— Elle fait le lit du roi des ribauds.

— Elle paie ses quatre deniers; *quatuor denarios.*

— *Aut unum bombum.*

— Voulez-vous qu'elle vous paie au nez?

— Camarades! maître Simon Sanguin, l'électeur de Picardie, qui a sa femme en croupe.

— *Post equitem sedet atra cura* [2].

— Hardi, maître Simon!

— Bonjour, monsieur l'électeur!

— Bonne nuit, madame l'électrice!

— Sont-ils heureux de voir tout cela, disait en soupirant *Joannes de Molendino,* toujours perché dans les feuillages de son chapiteau.

Cependant le libraire juré de l'Université, maître Andry Musnier, se penchait à l'oreille du pelletier-fourreur des robes du roi, maître Gilles Lecornu.

— Je vous le dis, monsieur, c'est la fin du

monde. On n'a jamais vu pareils débordements de l'écolerie. Ce sont les maudites inventions du siècle qui perdent tout. Les artilleries, les serpentines, les bombardes, et surtout l'impression, cette autre peste d'Allemagne. Plus de manuscrits, plus de livres! L'impression tue la librairie. C'est la fin du monde qui vient.

— Je m'en aperçois bien aux progrès des étoffes de velours, dit le marchand fourreur.

En ce moment midi sonna.

— Ha!... dit toute la foule d'une seule voix. Les écoliers se turent. Puis il se fit un grand remue-ménage, un grand mouvement de pieds et de têtes, une grande détonation générale de toux et de mouchoirs; chacun s'arrangea, se posta, se haussa, se groupa; puis un grand silence; tous les cous restèrent tendus, toutes les bouches ouvertes, tous les regards tournés vers la table de marbre. Rien n'y parut. Les quatre sergents du bailli étaient toujours là, roides et immobiles comme quatre statues peintes. Tous les yeux se tournèrent vers l'estrade réservée aux envoyés flamands. La porte restait fermée, et l'estrade vide. Cette foule attendait depuis le matin trois choses : midi, l'ambassade de Flandre, le mystère. Midi seul était arrivé à l'heure.

Pour le coup c'était trop fort.

On attendit une, deux, trois, cinq minutes, un quart d'heure; rien ne venait. L'estrade demeurait déserte, le théâtre muet. Cependant à l'impatience avait succédé la colère. Les paroles irritées circulaient, à voix basse encore, il est vrai. — Le mystère! le mystère! murmurait-on sourdement. Les têtes fermentaient. Une tempête, qui ne faisait encore que gronder, flottait à la surface de cette foule. Ce fut Jehan du Moulin qui en tira la première étincelle.

— Le mystère, et au diable les flamands! s'écria-t-il de toute la force de ses poumons, en se tordant comme un serpent autour de son chapiteau.

La foule battit des mains.

— Le mystère, répéta-t-elle, et la Flandre à tous les diables !

— Il nous faut le mystère, sur-le-champ, reprit l'écolier; ou m'est avis que nous pendions le bailli du Palais, en guise de comédie et de moralité.

— Bien dit, cria le peuple, et entamons la pendaison par ses sergents.

Une grande acclamation suivit. Les quatre pauvres diables commençaient à pâlir et à s'entre-regarder. La multitude s'ébranlait vers eux, et ils voyaient déjà la frêle balustrade de bois qui les en séparait ployer et faire ventre sous la pression de la foule.

Le moment était critique.

— A sac ! à sac ! criait-on de toutes parts.

En cet instant, la tapisserie du vestiaire que nous avons décrit plus haut se souleva, et donna passage à un personnage dont la seule vue arrêta subitement la foule, et changea comme par enchantement sa colère en curiosité.

— Silence ! silence !

Le personnage, fort peu rassuré et tremblant de tous ses membres, s'avança jusqu'au bord de la table de marbre, avec force révérences qui, à mesure qu'il approchait, ressemblaient de plus en plus à des génuflexions.

Cependant le calme s'était peu à peu rétabli. Il ne restait plus que cette légère rumeur qui se dégage toujours du silence de la foule.

— Messieurs les bourgeois, dit-il, et mesdemoiselles les bourgeoises, nous devons avoir l'honneur de déclamer et représenter devant son éminence Monsieur le cardinal une très belle moralité, qui a nom : *Le bon jugement de madame la vierge Marie.* C'est moi qui fais Jupiter. Son éminence accompagne en ce moment l'ambassade très honorable de monsieur le duc d'Autriche; laquelle est retenue, à l'heure qu'il est, à écouter la harangue de monsieur le recteur de l'Université, à la Porte Baudets. Dès que l'éminentissime cardinal sera arrivé, nous commencerons.

Il est certain qu'il ne fallait rien moins[1] que l'intervention de Jupiter pour sauver les quatre malheureux sergents du bailli du Palais. Si nous avions le bonheur d'avoir inventé cette très véridique histoire, et par conséquent d'en être responsable par-devant Notre-Dame la Critique, ce n'est pas contre nous qu'on pourrait invoquer en ce moment le précepte classique : *Nec deus intersit*[2]. Du reste, le costume du seigneur Jupiter était fort beau, et n'avait pas peu contribué à calmer la foule en attirant toute son attention. Jupiter était vêtu d'une brigandine couverte de velours noir, à clous dorés; il était coiffé d'un bicoquet garni de boutons d'argent dorés; et, n'était le rouge et la grosse barbe qui couvraient chacun une moitié de son visage, n'était le rouleau de carton doré, semé de passequilles et tout hérissé de lanières de clinquant qu'il portait à la main et dans lequel des yeux exercés reconnaissaient aisément la foudre, n'était ses pieds couleur de chair et enrubannés à la grecque, il eût pu supporter la comparaison, pour la sévérité de sa tenue, avec un archer breton du corps de monsieur de Berry.

PIERRE GRINGOIRE [1]

Cependant, tandis qu'il haranguait, la satisfaction, l'admiration unanimement excitées par son costume se dissipaient à ses paroles; et quand il arriva à cette conclusion malencontreuse : « Dès que l'éminentissime cardinal sera arrivé, nous commencerons », sa voix se perdit dans un tonnerre de huées.

— Commencez tout de suite! Le mystère! le mystère tout de suite! criait le peuple. Et l'on entendait par-dessus toutes les voix celle de *Johannes de Molendino,* qui perçait la rumeur comme le fifre dans un charivari de Nîmes :

— Commencez tout de suite! glapissait l'écolier.

— A bas Jupiter et le cardinal de Bourbon! vociféraient Robin Poussepain et les autres clercs juchés dans la croisée.

— Tout de suite la moralité! répétait la foule. Sur-le-champ! tout de suite! Le sac et la corde aux comédiens et au cardinal!

Le pauvre Jupiter, hagard, effaré, pâle sous son rouge, laissa tomber sa foudre, prit à la main son bicoquet; puis il saluait et tremblait en balbutiant : Son éminence... les ambassadeurs... madame Marguerite de Flandre... Il ne savait que dire. Au fond, il avait peur d'être pendu.

Pendu par la populace pour attendre, pendu par le cardinal pour n'avoir pas attendu, il ne voyait des deux côtés qu'un abîme, c'est-à-dire une potence.

Heureusement quelqu'un vint le tirer d'embarras et assumer la responsabilité.

Un individu qui se tenait en deçà de la balustrade dans l'espace laissé libre autour de la table de marbre, et que personne n'avait encore aperçu, tant sa longue et mince personne était complètement abritée de tout rayon visuel par le diamètre du pilier auquel il était adossé, cet individu, disons-nous, grand, maigre, blême, blond, jeune encore, quoique déjà ridé au front et aux joues, avec des yeux brillants et une bouche souriante, vêtu d'une serge noire, râpée et lustrée de vieillesse, s'approcha de la table de marbre et fit un signe au pauvre patient. Mais l'autre, interdit, ne voyait pas.

Le nouveau venu fit un pas de plus : — Jupiter! dit-il, mon cher Jupiter!

L'autre n'entendait point.

Enfin le grand blond, impatienté, lui cria presque sous le nez :

— Michel Giborne!

— Qui m'appelle? dit Jupiter, comme éveillé en sursaut.

— Moi, répondit le personnage vêtu de noir.

— Ah! dit Jupiter.

— Commencez tout de suite, reprit l'autre. Satisfaites le populaire. Je me charge d'apaiser monsieur le bailli, qui apaisera monsieur le cardinal.

Jupiter respira.

— Messeigneurs les bourgeois, cria-t-il de toute la force de ses poumons à la foule qui continuait de le huer, nous allons commencer tout de suite.

— *Evoe, Juppiter! Plaudite, cives* [1]! crièrent les écoliers.

— Noël! Noël! cria le peuple.

Ce fut un battement de mains assourdissant, et Jupiter était déjà rentré sous sa tapisserie que la salle tremblait encore d'acclamations.

Cependant le personnage inconnu qui avait si
magiquement changé *la tempête en bonace* [1],
comme dit notre vieux et cher Corneille, était
modestement rentré dans la pénombre de son
pilier, et y serait sans doute resté invisible,
immobile et muet comme auparavant, s'il n'en
eût été tiré par deux jeunes femmes qui, placées
au premier rang des spectateurs, avaient remarqué son colloque avec Michel Giborne-Jupi-
ter.

— Maître, dit l'une d'elles en lui faisant signe
de s'approcher...

— Taisez-vous donc, ma chère Liénarde, dit sa
voisine, jolie, fraîche, et toute brave à force
d'être endimanchée. Ce n'est pas un clerc, c'est
un laïque; il ne faut pas dire *maître*, mais bien
messire.

— Messire, dit Liénarde.

L'inconnu s'approcha de la balustrade.

— Que voulez-vous de moi, mesdamoiselles?
demanda-t-il avec empressement.

— Oh! rien, dit Liénarde toute confuse, c'est
ma voisine Gisquette la Gencienne qui veut vous
parler.

— Non pas, reprit Gisquette en rougissant;
c'est Liénarde qui vous a dit : Maître; je lui ai
dit qu'on disait : Messire.

Les deux jeunes filles baissaient les yeux.
L'autre, qui ne demandait pas mieux que de lier
conversation, les regardait en souriant :

— Vous n'avez donc rien à me dire, mesdamoiselles?

— Oh! rien du tout, répondit Gisquette.

— Rien, dit Liénarde.

Le grand jeune homme blond fit un pas pour
se retirer. Mais les deux curieuses n'avaient pas
envie de lâcher prise.

— Messire, dit vivement Gisquette avec l'impé-
tuosité d'une écluse qui s'ouvre ou d'une femme
qui prend son parti, vous connaissez donc ce
soldat qui va jouer le rôle de madame la Vierge
dans le mystère?

— Vous voulez dire le rôle de Jupiter? reprit
l'anonyme.

— Hé! oui, dit Liénarde, est-elle bête! Vous
connaissez donc Jupiter?

— Michel Giborne? répondit l'anonyme; oui,
madame.

— Il a une fière barbe! dit Liénarde.

— Cela sera-t-il beau, ce qu'ils vont dire là-
dessus? demanda timidement Gisquette.

— Très beau, madamoiselle, répondit l'anonyme sans la moindre hésitation.

— Qu'est-ce que ce sera? dit Liénarde.

— *Le bon jugement de madame la Vierge,*
moralité [1], s'il vous plaît, madamoiselle.

— Ah! c'est différent, reprit Liénarde.

Un court silence suivit. L'inconnu le rompit :

— C'est une moralité toute neuve, et qui n'a
pas encore servi.

— Ce n'est donc pas la même, dit Gisquette,
que celle qu'on a donnée il y a deux ans, le jour
de l'entrée de monsieur le légat, et où il y avait
trois belles filles faisant personnages...

— De sirènes, dit Liénarde.

— Et toutes nues, ajouta le jeune homme.

Liénarde baissa pudiquement les yeux. Gisquette la regarda, et en fit autant. Il poursuivit
en souriant :

— C'était chose bien plaisante à voir. Aujour-
d'hui c'est une moralité faite exprès pour
madame la demoiselle de Flandre.

— Chantera-t-on des bergerettes? demanda
Gisquette.

— Fi! dit l'inconnu, dans une moralité! Il ne
faut pas confondre les genres. Si c'était une sotie,
à la bonne heure.

— C'est dommage, reprit Gisquette. Ce jour-là
il y avait à la fontaine du Ponceau des hommes
et des femmes sauvages qui se combattaient et
faisaient plusieurs contenances en chantant de
petits motets et des bergerettes.

— Ce qui convient pour un légat, dit assez

sèchement l'inconnu, ne convient pas pour une princesse.

— Et près d'eux, reprit Liénarde, joutaient plusieurs bas instruments qui rendaient de grandes mélodies.

— Et pour rafraîchir les passants, continua Gisquette, la fontaine jetait par trois bouches, vin, lait et hypocras, dont buvait qui voulait.

— Et un peu au-dessous du Ponceau, poursuivit Liénarde, à la Trinité, il y avait une passion par personnages, et sans parler.

— Si je m'en souviens! s'écria Gisquette : Dieu en la croix, et les deux larrons à droite et à gauche!

Ici les jeunes commères, s'échauffant au souvenir de l'entrée de monsieur le légat, se mirent à parler à la fois.

— Et plus avant, à la Porte-aux-Peintres, il y avait d'autres personnes très richement habillées.

— Et à la fontaine Saint-Innocent, ce chasseur qui poursuivait une biche avec grand bruit de chiens et de trompes de chasse!

— Et à la boucherie de Paris, ces échafauds qui figuraient la bastille de Dieppe!

— Et quand le légat passa, tu sais, Gisquette, on donna l'assaut, et les Anglais eurent tous les gorges coupées.

— Et contre la porte du Châtelet, il y avait de très beaux personnages!

— Et sur le Pont-au-Change, qui était tout tendu par-dessus!

— Et quand le légat passa, on laissa voler sur le pont plus de deux cents douzaines de toutes sortes d'oiseaux; c'était très beau, Liénarde.

— Ce sera plus beau aujourd'hui, reprit enfin leur interlocuteur, qui semblait les écouter avec impatience.

— Vous nous promettez que ce mystère sera beau? dit Gisquette.

— Sans doute, répondit-il; puis il ajouta avec

une certaine emphase : — Mesdamoiselles, c'est moi qui en suis l'auteur.

— Vraiment? dirent les jeunes filles, tout ébahies.

— Vraiment! répondit le poète en se rengorgeant légèrement; c'est-à-dire nous sommes deux : Jehan Marchand, qui a scié les planches, et dressé la charpente du théâtre et toute la boiserie, et moi qui ai fait la pièce. — Je m'appelle Pierre Gringoire.

L'auteur du *Cid* n'eût pas dit avec plus de fierté : *Pierre Corneille.*

Nos lecteurs ont pu observer qu'il avait déjà dû s'écouler un certain temps depuis le moment où Jupiter était rentré sous la tapisserie jusqu'à l'instant où l'auteur de la moralité nouvelle s'était révélé ainsi brusquement à l'admiration naïve de Gisquette et de Liénarde. Chose remarquable : toute cette foule, quelques minutes auparavant si tumultueuse, attendait maintenant avec mansuétude, sur la foi du comédien; ce qui prouve cette vérité éternelle et tous les jours encore éprouvée dans nos théâtres, que le meilleur moyen de faire attendre patiemment le public, c'est de lui affirmer qu'on va commencer tout de suite.

Toutefois l'écolier Joannes ne s'endormait pas.

— Holàhée! cria-t-il tout à coup au milieu de la paisible attente qui avait succédé au trouble, Jupiter, madame la Vierge, bateleurs du diable! vous gaussez-vous? la pièce! la pièce! Commencez, ou nous recommençons.

Il n'en fallut pas davantage.

Une musique de hauts et bas instruments se fit entendre de l'intérieur de l'échafaudage; la tapisserie se souleva; quatre personnages bariolés et fardés en sortirent, grimpèrent la roide échelle du théâtre, et, parvenus sur la plate-forme supérieure, se rangèrent en ligne devant le public, qu'ils saluèrent profondément; alors la symphonie se tut. C'était le mystère qui commençait.

Les quatre personnages, après avoir largement recueilli le paiement de leurs révérences en applaudissements, entamèrent, au milieu d'un religieux silence, un prologue dont nous faisons volontiers grâce au lecteur. Du reste, ce qui arrive encore de nos jours, le public s'occupait encore plus des costumes qu'ils portaient que du rôle qu'ils débitaient; et en vérité c'était justice. Ils étaient vêtus tous quatre de robes mi-parties jaune et blanc, qui ne se distinguaient entre elles que par la nature de l'étoffe; la première était en brocart, or et argent, la deuxième en soie, la troisième en laine, la quatrième en toile. Le premier des personnages portait en main droite une épée, le second deux clefs d'or, le troisième une balance, le quatrième une bêche; et pour aider les intelligences paresseuses qui n'auraient pas vu clair à travers la transparence de ces attributs, on pouvait lire en grosses lettres noires brodées : au bas de la robe de brocart, JE M'APPELLE NOBLESSE; au bas de la robe de soie, JE M'APPELLE CLERGÉ; au bas de la robe de laine, JE M'APPELLE MARCHANDISE; au bas de la robe de toile, JE M'APPELLE LABOUR. Le sexe des deux allégories mâles était clairement indiqué à tout spectateur judicieux par leurs robes moins longues et par la cramignole [1] qu'elles portaient en tête, tandis que les deux allégories femelles, moins court-vêtues, étaient coiffées d'un chaperon.

Il eût fallu aussi beaucoup de mauvaise volonté pour ne pas comprendre, à travers la poésie du prologue, que Labour était marié à Marchandise et Clergé à Noblesse, et que les deux heureux couples possédaient en commun un magnifique dauphin d'or, qu'ils prétendaient n'adjuger qu'à la plus belle. Ils allaient donc par le monde cherchant et quêtant cette beauté, et après avoir successivement rejeté la reine de Golconde, la princesse de Trébizonde, la fille du Grand-Khan de Tartarie, etc., etc., Labour et Clergé, Noblesse et Marchandise étaient venus se

reposer sur la table de marbre du Palais de
Justice, en débitant devant l'honnête auditoire
autant de sentences et de maximes qu'on en
pouvait alors dépenser à la Faculté des arts aux
examens, sophismes, déterminances, figures et
actes où les maîtres prenaient leurs bonnets de
licence.

Tout cela était en effet très beau.

Cependant, dans cette foule sur laquelle les
quatre allégories versaient à qui mieux mieux
des flots de métaphores, il n'y avait pas une
oreille plus attentive, pas un cœur plus palpitant,
pas un œil plus hagard, pas un cou plus tendu,
que l'œil, l'oreille, le cou et le cœur de l'auteur,
du poète, de ce brave Pierre Gringoire, qui
n'avait pu résister, le moment d'auparavant, à
la joie de dire son nom à deux jolies filles. Il
était retourné à quelques pas d'elles, derrière son
pilier, et là, il écoutait, il regardait, il savourait.
Les bienveillants applaudissements qui avaient
accueilli le début de son prologue retentissaient
encore dans ses entrailles, et il était complètement absorbé dans cette espèce de contemplation
extatique avec laquelle un auteur voit ses idées
tomber une à une de la bouche de l'acteur dans
le silence d'un vaste auditoire. Digne Pierre
Gringoire !

Il nous en coûte de le dire, mais cette première
extase fut bien vite troublée. A peine Gringoire
avait-il approché ses lèvres de cette coupe eni-
vrante de joie et de triomphe, qu'une goutte
d'amertume vint s'y mêler.

Un mendiant déguenillé, qui ne pouvait faire
recette, perdu qu'il était au milieu de la foule,
et qui n'avait sans doute pas trouvé suffisante
indemnité dans les poches de ses voisins, avait
imaginé de se jucher sur quelque point en évi-
dence, pour attirer les regards et les aumônes.
Il s'était donc hissé pendant les premiers vers
du prologue, à l'aide des piliers de l'estrade
réservée, jusqu'à la corniche qui en bordait la
balustrade à sa partie inférieure, et là, il s'était

assis, sollicitant l'attention et la pitié de la multitude avec ses haillons et une plaie hideuse qui
couvrait son bras droit. Du reste il ne proférait
pas une parole.

Le silence qu'il gardait laissait aller le prologue sans encombre, et aucun désordre sensible
ne serait survenu, si le malheur n'eût voulu que
l'écolier Joannes avisât, du haut de son pilier,
le mendiant et ses simagrées. Un fou rire s'empara du jeune drôle, qui, sans se soucier d'interrompre le spectacle et de troubler le recueillement universel, s'écria gaillardement : — Tiens!
ce malingreux qui demande l'aumône!

Quiconque a jeté une pierre dans une mare à
grenouilles ou tiré un coup de fusil dans une
volée d'oiseaux, peut se faire une idée de l'effet
que produisirent ces paroles incongrues, au
milieu de l'attention générale. Gringoire en tressaillit comme d'une secousse électrique. Le prologue resta court, et toutes les têtes se retour-
nèrent en tumulte vers le mendiant, qui, loin de
se déconcerter, vit dans cet incident une bonne
occasion de récolte, et se mit à dire d'un air
dolent, en fermant ses yeux à demi : — La
charité, s'il vous plaît!

— Eh mais, sur mon âme, reprit Joannes,
c'est Clopin Trouillefou. Holàhée! l'ami, ta plaie
te gênait donc à la jambe, que tu l'as mise sur
ton bras?

En parlant ainsi, il jetait avec une adresse de
singe un petit-blanc dans le feutre gras que le
mendiant tendait de son bras malade. Le mendiant reçut sans broncher l'aumône et le sar-
casme, et continua d'un accent lamentable : —
La charité, s'il vous plaît!

Cet épisode avait considérablement distrait
l'auditoire, et bon nombre de spectateurs, Robin
Poussepain et tous les clercs en tête, applaudissaient gaiement à ce duo bizarre que venaient
d'improviser, au milieu du prologue, l'écolier
avec sa voix criarde et le mendiant avec son
imperturbable psalmodie.

Gringoire était fort mécontent. Revenu de sa première stupéfaction, il s'évertuait à crier aux quatre personnages en scène : — Continuez! que diable, continuez! — sans même daigner jeter un regard de dédain sur les deux interrupteurs.

En ce moment, il se sentit tirer par le bord de son surtout; il se retourna, non sans quelque humeur, et eut assez de peine à sourire. Il le fallait pourtant. C'était le joli bras de Gisquette la Gencienne, qui, passé à travers la balustrade, sollicitait de cette façon son attention.

— Monsieur, dit la jeune fille, est-ce qu'ils vont continuer?

— Sans doute, répondit Gringoire, assez choqué de la question.

— En ce cas, messire, reprit-elle, auriez-vous la courtoisie de m'expliquer...

— Ce qu'ils vont dire? interrompit Gringoire. Eh bien, écoutez!

— Non, dit Gisquette, mais ce qu'ils ont dit jusqu'à présent.

Gringoire fit un soubresaut, comme un homme dont on toucherait la plaie à vif.

— Peste de la petite fille sotte et bouchée! dit-il entre ses dents.

A dater de ce moment-là, Gisquette fut perdue dans son esprit.

Cependant, les acteurs avaient obéi à son injonction, et le public, voyant qu'ils se remettaient à parler, s'était remis à écouter, non sans avoir perdu force beautés, dans l'espèce de soudure qui se fit entre les deux parties de la pièce ainsi brusquement coupée. Gringoire en faisait tout bas l'amère réflexion. Pourtant la tranquillité s'était rétablie peu à peu, l'écolier se taisait, le mendiant comptait quelque monnaie dans son chapeau, et la pièce avait repris le dessus.

C'était en réalité un fort bel ouvrage, et dont il nous semble qu'on pourrait encore fort bien tirer parti aujourd'hui, moyennant quelques arrangements. L'exposition, un peu longue et un peu vide, c'est-à-dire dans les règles, était simple, et Gringoire, dans le candide sanctuaire de son for intérieur, en admirait la clarté. Comme on s'en doute bien, les quatre personnages allégoriques étaient un peu fatigués d'avoir parcouru les trois parties du monde sans trouver à se défaire convenablement de leur dauphin d'or. Là-dessus, éloge du poisson merveilleux, avec mille allusions délicates au jeune fiancé [1] de Marguerite de Flandre, alors fort tristement reclus à Amboise, et ne se doutant guère que Labour et Clergé, Noblesse et Marchandise venaient de faire le tour du monde pour lui. Le susdit dauphin donc était jeune, était beau, était fort, et surtout (magnifique origine de toutes les vertus royales!) il était fils du lion de France. Je déclare que cette métaphore hardie est admirable, et que l'histoire naturelle du théâtre, un jour d'allégorie et d'épithalame royal, ne s'effarouche aucunement d'un dauphin fils d'un lion. Ce sont justement ces rares et pindariques mélanges qui prouvent l'enthousiasme. Néanmoins, pour faire aussi la part de la critique, le poète aurait pu développer cette belle idée en moins de deux cents vers. Il est vrai que le mystère devait durer depuis midi jusqu'à quatre heures, d'après l'ordonnance de monsieur le prévôt, et qu'il faut bien dire quelque chose. D'ailleurs, on écoutait patiemment.

Tout à coup, au beau milieu d'une querelle entre mademoiselle Marchandise et madame Noblesse, au moment où maître Labour prononçait ce vers mirifique :

Onc ne vis dans les bois bête plus triomphante;

la porte de l'estrade réservée, qui était jusque-là restée si mal à propos fermée, s'ouvrit plus mal à propos encore; et la voix retentissante de l'huissier annonça brusquement : *Son éminence monseigneur le cardinal de Bourbon.*

III

MONSIEUR LE CARDINAL

Pauvre Gringoire! le fracas de tous les gros
doubles pétards de la Saint-Jean, la décharge de
vingt arquebuses à croc, la détonation de cette
fameuse serpentine de la Tour de Billy, qui, lors
du siège de Paris, le dimanche 29 septembre 1465,
tua sept bourguignons d'un coup, l'explosion de
toute la poudre à canon emmagasinée à la Porte
du Temple, lui eût moins rudement déchiré les
oreilles, en ce moment solennel et dramatique,
que ce peu de paroles tombées de la bouche d'un
huissier : *Son éminence monseigneur le cardinal
de Bourbon.*

Ce n'est pas que Pierre Gringoire craignît monsieur le cardinal ou le dédaignât. Il n'avait ni
cette faiblesse ni cette outrecuidance. Véritable
éclectique, comme on dirait aujourd'hui [1], Gringoire était de ces esprits élevés et fermes, modé-
rés et calmes, qui savent toujours se tenir au
milieu de tout (*stare in dimidio rerum*), et qui
sont pleins de raison et de libérale philosophie,
tout en faisant état des cardinaux. Race précieuse et jamais interrompue de philosophes auxquels la sagesse, comme une autre Ariane, semble avoir donné une pelote de fil qu'ils s'en vont
dévidant depuis le commencement du monde à
travers le labyrinthe des choses humaines. On
les retrouve dans tous les temps, toujours les
mêmes, c'est-à-dire toujours selon tous les temps.

Et sans compter notre Pierre Gringoire, qui les
représenterait au quinzième siècle si nous par-
venions à lui rendre l'illustration qu'il mérite,
certainement c'est leur esprit qui animait le père
Du Breul lorsqu'il écrivait dans le seizième ces
paroles naïvement sublimes, dignes de tous les
siècles : « Ie suis parisien de nation et parrhi-
sian de parler, puisque *parrhisia* en grec signifie liberté de parler : de laquelle i'ai vsé mesme
enuers messeigneurs les cardinaux, oncle et frère
de monseigneur le prince de Conty : toutes fois
auec respect de leur grandeur, et sans offenser
personne de leur suitte, qui est beaucoup. »

Il n'y avait donc ni haine du cardinal, ni
dédain de sa présence, dans l'impression désagréable qu'elle fit à Pierre Gringoire. Bien au
contraire; notre poète avait trop de bon sens
et une souquenille trop râpée pour ne pas attacher un prix particulier à ce que mainte allusion de son prologue, et en particulier la glori-
fication du dauphin fils du lion de France, fût
recueillie par une oreille éminentissime. Mais
ce n'est pas l'intérêt qui domine dans la noble
nature des poètes. Je suppose que l'entité du
poète soit représentée par le nombre dix, il est
certain qu'un chimiste, en l'analysant et phar-
macopolisant, comme dit Rabelais, la trouverait
composée d'une partie d'intérêt contre neuf parties d'amour-propre. Or, au moment où la porte
s'était ouverte pour le cardinal, les neuf parties
d'amour-propre de Gringoire, gonflées et tumé-
fiées au souffle de l'admiration populaire, étaient
dans un état d'accroissement prodigieux, sous
lequel disparaissait comme étouffée cette imperceptible molécule d'intérêt que nous distinguions
tout à l'heure dans la constitution des poètes;
ingrédient précieux du reste, lest de réalité et
d'humanité sans lequel ils ne toucheraient pas
la terre. Gringoire jouissait de sentir, de voir,
de palper pour ainsi dire une assemblée entière,
de marauds il est vrai, mais qu'importe, stupé-
fiée, pétrifiée, et comme asphyxiée devant les

incommensurables tirades qui surgissaient à chaque instant de toutes les parties de son épithalame. J'affirme qu'il partageait lui-même la béatitude générale, et qu'au rebours de La Fontaine, qui, à la représentation de sa comédie du *Florentin* [1], demandait : *Quel est le malotru qui a fait cette rapsodie?* Gringoire eût volontiers demandé à son voisin : *De qui est ce chef-d'œuvre?* On peut juger maintenant quel effet produisit sur lui la brusque et intempestive survenue du cardinal.

Ce qu'il pouvait craindre ne se réalisa que trop. L'entrée de son éminence bouleversa l'auditoire. Toutes les têtes se tournèrent vers l'estrade. Ce fut à ne plus s'entendre. — Le cardinal! Le cardinal! répétèrent toutes les bouches. Le malheureux prologue resta court une seconde fois.

Le cardinal s'arrêta un moment sur le seuil de l'estrade. Tandis qu'il promenait un regard assez indifférent sur l'auditoire, le tumulte redoublait. Chacun voulait le mieux voir. C'était à qui mettrait sa tête sur les épaules de son voisin.

C'était en effet un haut personnage et dont le spectacle valait bien toute autre comédie. Charles, cardinal de Bourbon, archevêque et comte de Lyon, primat des Gaules, était à la fois allié à Louis XI par son frère, Pierre, seigneur de Beaujeu, qui avait épousé la fille aînée du roi, et allié à Charles le Téméraire par sa mère Agnès de Bourgogne. Or le trait dominant, le trait caractéristique et distinctif du caractère du primat des Gaules, c'était l'esprit de courtisan et la dévotion aux puissances. On peut juger des embarras sans nombre que lui avait valus cette double parenté, et de tous les écueils temporels entre lesquels sa barque spirituelle avait dû louvoyer, pour ne se briser ni à Louis, ni à Charles, cette Charybde et cette Scylla qui avaient dévoré le duc de Nemours et le connétable de Saint-Pol *. Grâce au ciel, il s'était assez bien tiré de la

* Chaillot. (*Note de Victor Hugo.*)

traversée, et était arrivé à Rome sans encombre.
Mais, quoiqu'il fût au port, et précisément parce
qu'il était au port, il ne se rappelait jamais sans
inquiétude les chances diverses de sa vie politique, si longtemps alarmée et laborieuse. Aussi
avait-il coutume de dire que l'année 1476 avait
été pour lui *noire et blanche;* entendant par là
qu'il avait perdu dans cette même année sa mère
la duchesse de Bourbonnais et son cousin le duc
de Bourgogne, et qu'un deuil l'avait consolé de
l'autre.

   Du reste, c'était un bon homme. Il menait
joyeuse vie de cardinal, s'égayait volontiers avec
du cru royal de Challuau, ne haïssait pas Ri-
charde la Garmoise et Thomasse la Saillarde,
faisait l'aumône aux jolies filles plutôt qu'aux
vieilles femmes, et pour toutes ces raisons était
fort agréable au *populaire* de Paris. Il ne marchait qu'entouré d'une petite cour d'évêques et
d'abbés de hautes lignées, galants, grivois et
faisant ripaille au besoin; et plus d'une fois les
braves dévotes de Saint-Germain d'Auxerre, en
passant le soir sous les fenêtres illuminées du
logis de Bourbon, avaient été scandalisées d'entendre les mêmes voix qui leur avaient chanté
vêpres dans la journée, psalmodier au bruit des
verres le proverbe bachique de Benoît XII, ce
pape qui avait ajouté une troisième couronne
à la tiare : — *Bibamus papaliter* [1].

   Ce fut sans doute cette popularité, acquise à si
juste titre, qui le préserva, à son entrée, de tout
mauvais accueil de la part de la cohue, si mécontente le moment d'auparavant, et fort peu disposée au respect d'un cardinal le jour même où elle
allait élire un pape. Mais les parisiens ont peu
de rancune; et puis, en faisant commencer la
représentation d'autorité, les bons bourgeois
l'avaient emporté sur le cardinal, et ce triomphe
leur suffisait. D'ailleurs monsieur le cardinal
de Bourbon était bel homme, il avait une fort
belle robe rouge qu'il portait fort bien; c'est
dire qu'il avait pour lui toutes les femmes, et par

conséquent la meilleure moitié de l'auditoire. Certainement il y aurait injustice et mauvais goût à huer un cardinal pour s'être fait attendre au spectacle, lorsqu'il est bel homme et qu'il porte bien sa robe rouge.

Il entra donc, salua l'assistance avec ce sourire héréditaire des grands pour le peuple, et se dirigea à pas lents vers son fauteuil de velours écarlate, en ayant l'air de songer à tout autre chose. Son cortège, ce que nous appellerions aujourd'hui son état-major, d'évêques et d'abbés, fit irruption à sa suite dans l'estrade, non sans redoublement de tumulte et de curiosité au parterre. C'était à qui se les montrerait, se les nommerait, à qui en connaîtrait au moins un; qui, monsieur l'évêque de Marseille, Alaudet, si j'ai bonne mémoire; qui, le primicier de Saint-Denis, qui, Robert de Lespinasse, abbé de Saint-Germain-des-Prés, ce frère libertin d'une maîtresse de Louis XI : le tout avec force méprises et cacophonies. Quant aux écoliers, ils juraient. C'était leur jour, leur fête des fous, leur saturnale, l'orgie annuelle de la basoche et de l'école. Pas de turpitude qui ne fût de droit ce jour-là et chose sacrée. Et puis il y avait de folles commères dans la foule, Simone Quatrelivres, Agnès la Gadine, Robine Piédebou. N'était-ce pas le moins qu'on pût jurer à son aise et maugréer un peu le nom de Dieu, un si beau jour, en si bonne compagnie de gens d'église et de filles de joie? Aussi ne s'en faisaient-ils faute; et, au milieu du brouhaha, c'était un effrayant charivari de blasphèmes et d'énormités que celui de toutes ces langues échappées, langues de clercs et d'écoliers contenues le reste de l'année par la crainte du fer chaud de saint Louis. Pauvre saint Louis, quelle nargue ils lui faisaient dans son propre palais de justice! Chacun d'eux, dans les nouveaux venus de l'estrade, avait pris à partie une soutane noire, ou grise, ou blanche, ou violette. Quant à Joannes Frollo de Molendino, en sa qualité de frère d'un archidiacre, c'était à la rouge qu'il s'était hardiment attaqué, et il chantait à tue-tête, en fixant ses yeux effrontés sur le cardinal : *Cappa repelta mero* [1]!

Tous ces détails, que nous mettons ici à nu pour l'édification du lecteur, étaient tellement couverts par la rumeur générale qu'ils s'y effaçaient avant d'arriver jusqu'à l'estrade réservée. D'ailleurs le cardinal s'en fût peu ému, tant les libertés de ce jour-là étaient dans les mœurs. Il avait du reste, et sa mine en était toute préoccupée, un autre souci qui le suivait de près et qui entra presque en même temps que lui dans l'estrade. C'était l'ambassade de Flandre.

Non qu'il fût profond politique, et qu'il se fît une affaire des suites possibles du mariage de madame sa cousine Marguerite de Bourgogne avec monsieur son cousin Charles, dauphin de Vienne; combien durerait la bonne intelligence plâtrée du duc d'Autriche et du roi de France, comment le roi d'Angleterre prendrait ce dédain de sa fille, cela l'inquiétait peu, et il fêtait chaque soir le vin du cru royal de Chaillot, sans se douter que quelques flacons de ce même vin (un peu revu et corrigé, il est vrai, par le médecin Coictier), cordialement offerts à Edouard IV par Louis XI, débarrasseraient un beau matin Louis XI d'Edouard IV. *La moult honorée ambassade de monsieur le duc d'Autriche* n'apportait au cardinal aucun de ces soucis, mais elle l'importunait par un autre côté. Il était en effet un peu dur, et nous en avons déjà dit un mot à la deuxième page de ce livre, d'être obligé de faire fête et bon accueil, lui Charles de Bourbon, à je ne sais quels bourgeois; lui cardinal, à des échevins; lui français, joyeux convive, à des flamands buveurs de bière; et cela en public. C'était là, certes, une des plus fastidieuses grimaces qu'il eût jamais faites pour le bon plaisir du roi.

Il se tourna donc vers la porte, et de la meilleure grâce du monde (tant il s'y étudiait),

quand l'huissier annonça d'une voix sonore :
*Messieurs les envoyés de monsieur le duc d'Au-
triche.* Il est inutile de dire que la salle entière
en fit autant.

Alors arrivèrent, deux par deux, avec une gravité qui faisait contraste au milieu du pétulant
cortège ecclésiastique de Charles de Bourbon, les
quarante-huit ambassadeurs de Maximilien d'Autriche, ayant en tête révérend père en Dieu,
Jehan, abbé de Saint-Bertin, chancelier de la
Toison d'or, et Jacques de Goy, sieur Dauby,
haut bailli de Gand. Il se fit dans l'assemblée
un grand silence accompagné de rires étouffés
pour écouter tous les noms saugrenus et toutes
les qualifications bourgeoises que chacun de ces
personnages transmettait imperturbablement à
l'huissier, qui jetait ensuite noms et qualités
pêle-mêle et tout estropiés à travers la foule.
C'était maître Loys Roelof, échevin de la ville
de Louvain; messire Clays d'Etuelde, échevin de
Bruxelles; messire Paul de Baeust, sieur de Voir-
mizelle, président de Flandre; maître Jehan Cole-
ghens, bourgmestre de la ville d'Anvers; maître
George de la Moere, premier échevin de la kuere
de la ville de Gand; maître Gheldolf van der
Hage, premier échevin des parchons de ladite
ville; et le sieur de Bierbecque, et Jehan Pin-
nock, et Jehan Dymaerzelle, etc., etc., etc.; baillis, échevins, bourgmestres; bourgmestres, échevins, baillis; tous roides, gourmés, empesés, en-
dimanchés de velours et de damas, encapuchon-
nés de cramignoles de velours noir à grosses
houppes de fil d'or de Chypre; bonnes têtes
flamandes après tout, figures dignes et sévères,
de la famille de celles que Rembrandt fait saillir si fortes et si graves sur le fond noir de sa
Ronde de nuit; personnages qui portaient tous
écrit sur le front que Maximilien d'Autriche avait
eu raison de se *confier à plain,* comme disait
son manifeste, *en leur sens, vaillance, expérience,
loyaultez et bonnes preudomies.*

Un excepté pourtant. C'était un visage fin,

intelligent, rusé, une espèce de museau de singe et de diplomate, au-devant duquel le cardinal fit trois pas et une profonde révérence, et qui ne s'appelait pourtant que *Guillaume Rym, conseiller et pensionnaire de la ville de Gand.*

Peu de personnes savaient alors ce que c'était que Guillaume Rym. Rare génie qui dans un temps de révolution eût paru avec éclat à la surface des événements, mais qui au quinzième siècle, était réduit aux caverneuses intrigues et à *vivre dans les sapes,* comme dit le duc de Saint-Simon. Du reste, il était apprécié du premier *sapeur* de l'Europe, il machinait familièrement avec Louis XI, et mettait souvent la main aux secrètes besognes du roi. Toutes choses fort ignorées de cette foule qu'émerveillaient les politesses du cardinal à cette chétive figure de bailli flamand.

MAITRE JACQUES COPPENOLE

Pendant que le pensionnaire de Gand et l'éminence échangeaient une révérence fort basse et quelques paroles à voix plus basse encore, un homme à haute stature, à large face, à puissantes épaules, se présentait pour entrer de front avec Guillaume Rym : on eût dit un dogue auprès d'un renard. Son bicoquet de feutre et sa veste de cuir faisaient tache au milieu du velours et de la soie qui l'entouraient. Présumant que c'était quelque palefrenier fourvoyé, l'huissier l'arrêta.

— Hé, l'ami ! on ne passe pas.

L'homme à veste de cuir le repoussa de l'épaule.

— Que me veut ce drôle? dit-il avec un éclat de voix qui rendit la salle entière attentive à cet étrange colloque. Tu ne vois pas que j'en suis?

— Votre nom? demanda l'huissier.

— Jacques Coppenole.

— Vos qualités?

— Chaussetier, à l'enseigne des *Trois Chaînettes*, à Gand.

L'huissier recula. Annoncer des échevins et des bourgmestres, passe; mais un chaussetier, c'était dur. Le cardinal était sur les épines. Tout le peuple écoutait et regardait. Voilà deux jours que son éminence s'évertuait à lécher ces ours flamands pour les rendre un peu plus présentables en public, et l'incartade était rude. Cependant Guillaume Rym, avec son fin sourire, s'approcha de l'huissier :

— Annoncez maître Jacques Coppenole, clerc des échevins de la ville de Gand, lui souffla-t-il très bas.

— Huissier, reprit le cardinal à haute voix, annoncez maître Jacques Coppenole, clerc des échevins de l'illustre ville de Gand.

Ce fut une faute. Guillaume Rym tout seul eût escamoté la difficulté; mais Coppenole avait entendu le cardinal.

— Non, croix-Dieu! s'écria-t-il avec sa voix de tonnerre, Jacques Coppenole, chaussetier. Entends-tu, l'huissier? Rien de plus, rien de moins. Croix-Dieu! chaussetier, c'est assez beau. Monsieur l'archiduc a plus d'une fois cherché son gant dans mes chausses.

Les rires et les applaudissements éclatèrent. Un quolibet est tout de suite compris à Paris, et par conséquent toujours applaudi.

Ajoutons que Coppenole était du peuple, et que ce public qui l'entourait était du peuple. Aussi la communication entre eux et lui avait été prompte, électrique, et pour ainsi dire de plain-pied. L'altière algarade du chaussetier flamand, en humiliant les gens de cour, avait remué dans toutes les âmes plébéiennes je ne sais quel sentiment de dignité encore vague et indistinct au quinzième siècle. C'était un égal que ce chaussetier, qui venait de tenir tête à monsieur le cardinal! réflexion bien douce à de pauvres diables qui étaient habitués à respect et obéissance envers les valets des sergents du bailli de l'abbé de Sainte-Geneviève, caudataire du cardinal.

Coppenole salua fièrement son éminence, qui rendit son salut au tout-puissant bourgeois redouté de Louis XI. Puis, tandis que Guillaume Rym, *sage homme et malicieux,* comme dit Philippe de Comines, les suivait tous deux d'un sourire de raillerie et de supériorité, ils gagnèrent chacun leur place, le cardinal tout décontenancé et soucieux, Coppenole tranquille et hautain, et songeant sans doute qu'après tout son titre de chaussetier en valait bien un autre, et que Marie de Bourgogne, mère de cette Marguerite que Coppenole mariait aujourd'hui, l'eût moins redouté cardinal que chaussetier : car ce n'est pas un cardinal qui eût ameuté les Gantois contre les favoris de la fille de Charles le Téméraire; ce n'est pas un cardinal qui eût fortifié la foule avec une parole contre ses larmes et ses prières, quand la demoiselle de Flandre vint supplier son peuple pour eux jusqu'au pied de leur échafaud; tandis que le chaussetier n'avait eu qu'à lever son coude de cuir pour faire tomber vos deux têtes, illustrissimes seigneurs, Guy d'Hymbercourt, chancelier Guillaume Hugonet!

Cependant tout n'était pas fini pour ce pauvre cardinal, et il devait boire jusqu'à la lie le calice d'être en si mauvaise compagnie.

Le lecteur n'a peut-être pas oublié l'effronté mendiant qui était venu se cramponner, dès le commencement du prologue, aux franges de l'estrade cardinale. L'arrivée des illustres conviés ne lui avait nullement fait lâcher prise, et tandis que prélats et ambassadeurs s'encaquaient, en vrais harengs flamands, dans les stalles de la tribune, lui s'était mis à l'aise, et avait bravement croisé ses jambes sur l'architrave. L'insolence était rare, et personne ne s'en était aperçu au premier moment, l'attention étant tournée ailleurs. Lui, de son côté, ne s'apercevait de rien dans la salle; il balançait sa tête avec une insouciance de napolitain, répétant de temps en temps dans la rumeur, comme par une machinale habitude : « La charité, s'il vous plaît! » Et certes il était, dans toute l'assistance, le seul probablement qui n'eût pas daigné tourner la tête à l'altercation de Coppenole et de l'huissier. Or, le hasard voulut que le maître chaussetier de Gand, avec qui le peuple sympathisait déjà si

vivement et sur qui tous les yeux étaient fixés,
vînt précisément s'asseoir au premier rang de
l'estrade au-dessus du mendiant; et l'on ne fut
pas médiocrement étonné de voir l'ambassadeur
flamand, inspection faite du drôle placé sous ses
yeux, frapper amicalement sur cette épaule couverte de haillons. Le mendiant se retourna; il y
eut surprise, reconnaissance, épanouissement des
deux visages, etc.; puis, sans se soucier le moins
du monde des spectateurs, le chaussetier et le
malingreux se mirent à causer à voix basse, en se
tenant les mains dans les mains, tandis que les
guenilles de Clopin Trouillefou étalées sur le
drap d'or de l'estrade faisaient l'effet d'une che-
nille sur une orange.

La nouveauté de cette scène singulière excita
une telle rumeur de folie et de gaieté dans la
salle que le cardinal ne tarda pas à s'en apercevoir; il se pencha à demi, et ne pouvant, du
point où il était placé, qu'entrevoir fort impar-
faitement la casaque ignominieuse de Trouillefou, il se figura assez naturellement que le mendiant demandait l'aumône, et, révolté de l'audace, il s'écria : — Monsieur le bailli du Palais,
jetez-moi ce drôle à la rivière.

— Croix-Dieu! monseigneur le cardinal, dit
Coppenole sans quitter la main de Clopin, c'est
un de mes amis.

— Noël! Noël! cria la cohue. A dater de ce
moment, maître Coppenole eut à Paris, comme à
Gand, *grand crédit avec le peuple; car gens de
telle taille l'y ont,* dit Philippe de Comines, *quand
ils sont ainsi désordonnés.*

Le cardinal se mordit les lèvres. Il se pencha
vers son voisin l'abbé de Sainte-Geneviève, et
lui dit à demi-voix :

— Plaisants ambassadeurs que nous envoie
là monsieur l'archiduc pour nous annoncer madame Marguerite!

— Votre éminence, répondit l'abbé, perd ses
politesses avec ces groins flamands. *Margaritas
ante porcos.*

— Dites plutôt, répondit le cardinal avec un sourire : *Porcos ante Margaritam* [1].

Toute la petite cour en soutane s'extasia sur le jeu de mots. Le cardinal se sentit un peu soulagé; il était quitte avec Coppenole, il avait eu aussi son quolibet applaudi.

Maintenant, que ceux de nos lecteurs qui ont la puissance de généraliser une image et une idée, comme on dit dans le style d'aujourd'hui, nous permettent de leur demander s'ils se figurent bien nettement le spectacle qu'offrait, au moment où nous arrêtons leur attention, le vaste parallélogramme de la grand'salle du Palais. Au milieu de la salle, adossée au mur occidental, une large et magnifique estrade de brocart d'or, dans laquelle entrent processionnellement, par une petite porte ogive, de graves personnages successivement annoncés par la voix criarde d'un huissier. Sur les premiers bancs, déjà force vénérables figures, embéguinées d'hermine, de velours et d'écarlate. Autour de l'estrade, qui demeure silencieuse et digne, en bas, en face, partout, grande foule et grande rumeur. Mille regards du peuple sur chaque visage de l'estrade, mille chuchotements sur chaque nom. Certes, le spectacle est curieux et mérite bien l'attention des spectateurs. Mais là-bas, tout au bout, qu'est-ce donc que cette espèce de tréteau avec quatre pantins bariolés dessus et quatre autres en bas? Qu'est-ce donc, à côté du tréteau, que cet homme à souquenille noire et à pâle figure? Hélas! mon cher lecteur, c'est Pierre Gringoire et son prologue.

Nous l'avions tous profondément oublié.

Voilà précisément ce qu'il craignait.

Du moment où le cardinal était entré, Gringoire n'avait cessé de s'agiter pour le salut de son prologue. Il avait d'abord enjoint aux acteurs, restés en suspens, de continuer et de hausser la voix; puis, voyant que personne n'écoutait, il les avait arrêtés, et depuis près d'un quart d'heure que l'interruption durait, il n'avait cessé

de frapper du pied, de se démener, d'interpeller
Gisquette et Liénarde, d'encourager ses voisins à
la poursuite du prologue; le tout en vain. Nul ne
bougeait du cardinal, de l'ambassade et de l'estrade, unique centre de ce vaste cercle de rayons
visuels. Il faut croire aussi, et nous le disons à
regret, que le prologue commençait à gêner légèrement l'auditoire, au moment où son éminence
était venue y faire diversion d'une si terrible
façon. Après tout, à l'estrade comme à la table
de marbre, c'était toujours le même spectacle :
le conflit de Labour et de Clergé, de Noblesse et
de Marchandise. Et beaucoup de gens aimaient
mieux les voir tout bonnement, vivant, respirant,
agissant, se coudoyant, en chair et en os, dans
cette ambassade flamande, dans cette cour épis-
copale, sous la robe du cardinal, sous la veste de
Coppenole, que fardés, attifés, parlant en vers, et
pour ainsi dire empaillés sous les tuniques
jaunes et blanches dont les avait affublés Gringoire.

Pourtant quand notre poète vit le calme un
peu rétabli, il imagina un stratagème qui eût
tout sauvé.

— Monsieur, dit-il en se tournant vers un de
ses voisins, brave et gros homme à figure pa-
tiente, si l'on recommençait?

— Quoi? dit le voisin.

— Hé! le mystère, dit Gringoire.

— Comme il vous plaira, repartit le voisin.

Cette demi-approbation suffit à Gringoire, et
faisant ses affaires lui-même, il commença à
crier, en se confondant le plus possible avec la
foule : Recommencez le mystère! recommencez!

— Diable! dit Joannes de Molendino, qu'est-ce
qu'ils chantent donc là-bas, au bout? (Car Gringoire faisait du bruit comme quatre.) Dites donc,
camarades! est-ce que le mystère n'est pas fini?
Ils veulent le recommencer. Ce n'est pas juste.

— Non! non! crièrent tous les écoliers. À bas
le mystère! à bas!

Mais Gringoire se multipliait et n'en criait que

plus fort : — Recommencez! recommencez!
Ces clameurs attirèrent l'attention du cardinal.

— Monsieur le bailli du Palais, dit-il à un
grand homme noir placé à quelques pas de lui,
est-ce que ces drôles sont dans un bénitier, qu'ils
font ce bruit d'enfer?

Le bailli du Palais était une espèce de magistrat amphibie, une sorte de chauve-souris de
l'ordre judiciaire, tenant à la fois du rat et de
l'oiseau, du juge et du soldat.

Il s'approcha de son éminence, et, non sans
redouter fort son mécontentement, il lui expliqua
en balbutiant l'incongruité populaire : que midi
était arrivé avant son éminence, et que les comédiens avaient été forcés de commencer sans
attendre son éminence.

Le cardinal éclata de rire.

— Sur ma foi, monsieur le recteur de l'Université aurait bien dû en faire autant. Qu'en dites-
vous, maître Guillaume Rym?

— Monseigneur, répondit Guillaume Rym,
contentons-nous d'avoir échappé à la moitié de la
comédie. C'est toujours cela de gagné.

— Ces coquins peuvent-ils continuer leur
farce? demanda le bailli.

— Continuez, continuez, dit le cardinal; cela
m'est égal. Pendant ce temps-là, je vais lire mon
bréviaire.

Le bailli s'avança au bord de l'estrade, et cria,
après avoir fait faire silence d'un geste de la
main :

— Bourgeois, manants et habitants, pour sa-
tisfaire ceux qui veulent qu'on recommence et
ceux qui veulent qu'on finisse, son éminence
ordonne que l'on continue.

Il fallut bien se résigner des deux parts. Cependant l'auteur et le public en gardèrent longtemps rancune au cardinal.

Les personnages en scène reprirent donc leur
glose, et Gringoire espéra que du moins le reste
de son œuvre serait écouté. Cette espérance ne
tarda pas à être déçue comme ses autres illu-

sions; le silence s'était bien en effet rétabli tellement quellement dans l'auditoire; mais Gringoire n'avait pas remarqué que, au moment où le
cardinal avait donné l'ordre de continuer, l'estrade était loin d'être remplie, et qu'après les
envoyés flamands étaient survenus de nouveaux
personnages faisant partie du cortège dont les
noms et qualités, lancés tout au travers de son
dialogue par le cri intermittent de l'huissier, y
produisaient un ravage considérable. Qu'on se
figure en effet, au milieu d'une pièce de théâtre,
le glapissement d'un huissier jetant, entre deux
rimes et souvent entre deux hémistiches, des
parenthèses comme celles-ci :

Maître Jacques Charmolue, procureur du roi
en cour d'église!

Jehan de Harlay, écuyer, garde de l'office de
chevalier du guet de nuit de la ville de Paris!

Messire Galiot de Genoilhac, chevalier, seigneur de Brussac, maître de l'artillerie du
roi!

Maître Dreux-Raguier, enquesteur des eaux
et forêts du roi notre sire, ès pays de France,
Champagne et Brie!

Messire Louis de Graville, chevalier, conseiller
et chambellan du roi, amiral de France,
concierge du bois de Vincennes!

Maître Denis Le Mercier, garde de la maison
des aveugles de Paris! — Etc., etc., etc.

Cela devenait insoutenable.

Cet étrange accompagnement, qui rendait la
pièce difficile à suivre, indignait d'autant plus
Gringoire qu'il ne pouvait se dissimuler que l'intérêt allait toujours croissant et qu'il ne manquait à son ouvrage que d'être écouté. Il était
en effet difficile d'imaginer une contexture plus
ingénieuse et plus dramatique. Les quatre personnages du prologue se lamentaient dans leur
mortel embarras, lorsque Vénus en personne,
vera incessu patuit dea [1], s'était présentée à eux,
vêtue d'une belle cotte-hardie armoriée au navire
de la ville de Paris. Elle venait elle-même récla-

mer le dauphin promis à la plus belle. Jupiter,
dont on entendait la foudre gronder dans le vestiaire, l'appuyait, et la déesse allait l'emporter,
c'est-à-dire, sans figure, épouser monsieur le dauphin, lorsqu'une jeune enfant, vêtue de damas
blanc et tenant en main une marguerite (dia-
phane personnification de mademoiselle de
Flandre), était venue lutter avec Vénus. Coup
de théâtre et péripétie. Après controverse, Vénus,
Marguerite et la cantonade étaient convenues de
s'en remettre au bon jugement de la sainte
Vierge. Il y avait encore un beau rôle, celui de
dom Pèdre, roi de Mésopotamie. Mais, à travers
tant d'interruptions, il était difficile de démêler
à quoi il servait. Tout cela était monté par
l'échelle.

Mais c'en était fait. Aucune de ces beautés
n'était sentie, ni comprise. A l'entrée du cardinal on eût dit qu'un fil invisible et magique
avait subitement tiré tous les regards de la table
de marbre à l'estrade, de l'extrémité méridionale
de la salle au côté occidental. Rien ne pouvait
désensorceler l'auditoire. Tous les yeux restaient
fixés là, et les nouveaux arrivants, et leurs noms
maudits, et leurs visages, et leurs costumes
étaient une diversion continuelle. C'était déso-
lant. Excepté Gisquette et Liénarde, qui se détournaient de temps en temps quand Gringoire
les tirait par la manche, excepté le gros voisin
patient, personne n'écoutait, personne ne regardait en face la pauvre moralité abandonnée. Gringoire ne voyait plus que des profils.

Avec quelle amertume il voyait s'écrouler pièce
à pièce tout son échafaudage de gloire et de poésie! Et songer que ce peuple avait été sur le point
de se rebeller contre monsieur le bailli, par impatience d'entendre son ouvrage! maintenant qu'on
l'avait, on ne s'en souciait. Cette même représentation qui avait commencé dans une si unanime acclamation! Eternel flux et reflux de la
faveur populaire! Penser qu'on avait failli pendre les sergents du bailli! Que n'eût-il pas donné

pour en être encore à cette heure de miel!

Le brutal monologue de l'huissier cessa pourtant. Tout le monde était arrivé, et Gringoire respira. Les acteurs continuaient bravement. Mais ne voilà-t-il pas que maître Coppenole, le chaussetier, se lève tout à coup, et que Gringoire lui entend prononcer, au milieu de l'attention universelle, cette abominable harangue :

— Messieurs les bourgeois et hobereaux de Paris, je ne sais, croix-Dieu! pas ce que nous faisons ici. Je vois bien là-bas dans ce coin, sur ce tréteau, des gens qui ont l'air de vouloir se battre. J'ignore si c'est là ce que vous appelez un *mystère;* mais ce n'est pas amusant. Ils se querellent de la langue, et rien de plus. Voilà un quart d'heure que j'attends le premier coup. Rien ne vient. Ce sont des lâches, qui ne s'égratignent qu'avec des injures. Il fallait faire venir des lutteurs de Londres ou de Rotterdam; et, à la bonne heure! vous auriez eu des coups de poing qu'on aurait entendus de la place. Mais ceux-là font pitié. Ils devraient nous donner au moins une danse morisque [1], ou quelque autre momerie! Ce n'est pas là ce qu'on m'avait dit. On m'avait promis une fête des fous, avec élection du pape. Nous avons aussi notre pape des fous à Gand, et en cela nous ne sommes pas en arrière, croix-Dieu! Mais voici comme nous faisons. On se rassemble une cohue, comme ici. Puis chacun à son tour va passer sa tête par un trou et fait une grimace aux autres. Celui qui fait la plus laide, à l'acclamation de tous, est élu pape. Voilà. C'est fort divertissant. Voulez-vous que nous fassions votre pape à la mode de mon pays? Ce sera toujours moins fastidieux que d'écouter ces bavards. S'ils veulent venir faire leur grimace à la lucarne, ils seront du jeu. Qu'en dites-vous, messieurs les bourgeois? Il y a ici un suffisamment grotesque échantillon des deux sexes pour qu'on rie à la flamande, et nous sommes assez de laids visages pour espérer une belle grimace.

Gringoire eût voulu répondre. La stupéfaction, la colère, l'indignation lui ôtèrent la parole. D'ailleurs la motion du chaussetier populaire fut accueillie avec un tel enthousiasme par ces bourgeois flattés d'être appelés *hobereaux,* que toute résistance était inutile. Il n'y avait plus qu'à se laisser aller au torrent. Gringoire cacha son visage de ses deux mains, n'ayant pas le bonheur d'avoir un manteau pour se voiler la tête comme l'Agamemnon de Timanthe [1].

QUASIMODO

En un clin d'œil tout fut prêt pour exécuter l'idée de Coppenole. Bourgeois, écoliers et baso-chiens s'étaient mis à l'œuvre. La petite chapelle située en face de la table de marbre fut choisie pour le théâtre des grimaces. Une vitre brisée à la jolie rosace au-dessus de la porte laissa libre un cercle de pierre par lequel il fut convenu que les concurrents passeraient la tête. Il suffi-sait, pour y atteindre, de grimper sur deux ton-neaux, qu'on avait pris je ne sais où et juchés l'un sur l'autre tant bien que mal. Il fut réglé que chaque candidat, homme ou femme (car on pouvait faire une papesse), pour laisser vierge et entière l'impression de sa grimace, se couvri-rait le visage et se tiendrait caché dans la cha-pelle jusqu'au moment de faire apparition. En moins d'un instant la chapelle fut remplie de concurrents, sur lesquels la porte se referma.

Coppenole de sa place ordonnait tout, dirigeait tout, arrangeait tout. Pendant le brouhaha, le cardinal, non moins décontenancé que Gringoire, s'était, sous un prétexte d'affaires et de vêpres, retiré avec toute sa suite, sans que cette foule, que son arrivée avait remuée si vivement, se fût le moindrement émue à son départ. Guillaume Rym fut le seul qui remarqua la déroute de son éminence. L'attention populaire, comme le soleil, poursuivait sa révolution; partie d'un bout de la salle, après s'être arrêtée quelque temps au

milieu, elle était maintenant à l'autre bout. La
table de marbre, l'éstrade de brocart avaient eu
leur moment; c'était le tour de la chapelle de
Louis XI. Le champ était désormais libre à
toute folie. Il n'y avait plus que des flamands et
de la canaille.

Les grimaces commencèrent. La première figure qui apparut à la lucarne, avec des paupières
retournées au rouge, une bouche ouverte en
gueule et un front plissé comme nos bottes à la
hussarde de l'empire, fit éclater un rire tellement
inextinguible qu'Homère [1] eût pris tous ces manants pour des dieux. Cependant la grand'salle
n'était rien moins [2] qu'un olympe, et le pauvre
Jupiter de Gringoire le savait mieux que personne. Une seconde, une troisième grimace succédèrent, puis une autre, puis une autre, et toujours
les rires et les trépignements de joie redoublaient. Il y avait dans ce spectacle je ne sais quel
vertige particulier, je ne sais quelle puissance
d'enivrement et de fascination dont il serait difficile de donner une idée au lecteur de nos jours
et de nos salons. Qu'on se figure une série de visages présentant successivement toutes les formes géométriques, depuis le triangle jusqu'au
trapèze, depuis le cône jusqu'au polyèdre; toutes
les expressions humaines, depuis la colère jusqu'à
la luxure; tous les âges, depuis les rides du nouveau-né jusqu'aux rides de la vieille moribonde;
toutes les fantasmagories religieuses, depuis
Faune jusqu'à Belzébuth; tous les profils animaux, depuis la gueule jusqu'au bec, depuis la
hure jusqu'au museau. Qu'on se représente tous
les mascarons du Pont-Neuf, ces cauchemars pé-
trifiés sous la main de Germain Pilon [3], prenant
vie et souffle, et venant tour à tour vous regarder
en face avec des yeux ardents; tous les masques
du carnaval de Venise se succédant à votre lor-
gnette; en un mot, un kaléidoscope humain.

L'orgie devenait de plus en plus flamande.
Teniers n'en donnerait qu'une bien imparfaite
idée. Qu'on se figure en bacchanale la bataille

de Salvator Rosa. Il n'y avait plus ni écoliers, ni
ambassadeurs, ni bourgeois, ni hommes, ni
femmes; plus de Clopin Trouillefou, de Gilles
Lecornu, de Marie Quatrelivres, de Robin Poussepain. Tout s'effaçait dans la licence commune.
La grand'salle n'était plus qu'une vaste fournaise
d'effronterie et de jovialité où chaque bouche
était un cri, chaque œil un éclair, chaque face
une grimace, chaque individu une posture. Le
tout criait et hurlait. Les visages étranges qui
venaient tour à tour grincer des dents à la rosace
étaient comme autant de brandons jetés dans le
brasier. Et de toute cette foule effervescente
s'échappait, comme la vapeur de la fournaise,
une rumeur aigre, aiguë, acérée, sifflante comme
les ailes d'un moucheron.

— Hohée! malédiction!
— Vois donc cette figure!
— Elle ne vaut rien.
— A une autre!
— Guillemette Maugerepuis, regarde donc ce
mufle de taureau, il ne lui manque que des
cornes. Ce n'est pas ton mari?
— Une autre!
— Ventre du pape! qu'est-ce que cette gri-
mace-là?
— Holàhée! c'est tricher. On ne doit montrer
que son visage.
— Cette damnée Perrette Callebotte! elle est
capable de cela.
— Noël! Noël!
— J'étouffe!
— En voilà un dont les oreilles ne peuvent
passer!
Etc., etc.

Il faut rendre pourtant justice à notre ami
Jehan. Au milieu de ce sabbat, on le distinguait
encore au haut de son pilier, comme un mousse
dans le hunier. Il se démenait avec une incroyable furie. Sa bouche était toute grande ouverte,
et il s'en échappait un cri que l'on n'entendait
pas, non qu'il fût couvert par la clameur géné-

rale, si intense qu'elle fût, mais parce qu'il attei-
gnait sans doute la limite des sons aigus, per-
ceptibles, les douze mille vibrations de Sauveur
ou les huit mille de Biot.

Quant à Gringoire, le premier mouvement
d'abattement passé, il avait repris contenance.
Il s'était roidi contre l'adversité. — Continuez!
avait-il dit pour la troisième fois à ses comédiens,
machines parlantes. Puis se promenant à grands
pas devant la table de marbre, il lui prenait des
fantaisies d'aller apparaître à son tour à la
lucarne de la chapelle, ne fût-ce que pour avoir
le plaisir de faire la grimace à ce peuple ingrat.
— Mais non, cela ne serait pas digne de nous;
pas de vengeance! luttons jusqu'à la fin, se
répétait-il. Le pouvoir de la poésie est grand sur
le peuple; je les ramènerai. Nous verrons qui
l'emportera, des grimaces ou des belles-lettres.

Hélas! il était resté le seul spectateur de sa
pièce.

C'était bien pis que tout à l'heure. Il ne voyait
plus que des dos.

Je me trompe. Le gros homme patient, qu'il
avait déjà consulté dans un moment critique, était
resté tourné vers le théâtre. Quant à Gisquette et
à Liénarde, elles avaient déserté depuis longtemps.

Gringoire fut touché au fond du cœur de la
fidélité de son unique spectateur. Il s'approcha
de lui, et lui adressa la parole en lui secouant
légèrement le bras; car le brave homme s'était
appuyé à la balustrade et dormait un peu.

— Monsieur, dit Gringoire, je vous remercie.

— Monsieur, répondit le gros homme avec un
bâillement, de quoi?

— Je vois ce qui vous ennuie, reprit le poète,
c'est tout ce bruit qui vous empêche d'entendre
à votre aise. Mais soyez tranquille : votre nom
passera à la postérité. Votre nom, s'il vous plaît?

— Renault Château, garde du scel du Châtelet
de Paris, pour vous servir.

— Monsieur, vous êtes ici le seul représentant
des muses, dit Gringoire.

— Vous êtes trop honnête, monsieur, répondit le garde du scel du Châtelet.

— Vous êtes le seul, reprit Gringoire, qui ayez convenablement écouté la pièce. Comment la trouvez-vous?

— Hé! hé! répondit le gros magistrat à demi réveillé, assez gaillarde en effet.

Il fallut que Gringoire se contentât de cet éloge, car un tonnerre d'applaudissements, mêlé à une prodigieuse acclamation, vint couper court à leur conversation. Le pape des fous était élu.

— Noël! Noël! Noël! criait le peuple de toutes parts.

C'était une merveilleuse grimace, en effet, que celle qui rayonnait en ce moment au trou de la rosace. Après toutes les figures pentagones, hexagones et hétéroclites qui s'étaient succédé à cette lucarne sans réaliser cet idéal du grotesque qui s'était construit dans les imaginations exaltées par l'orgie, il ne fallait rien moins, pour enlever les suffrages, que la grimace sublime qui venait d'éblouir l'assemblée. Maître Coppenole lui-même applaudit; et Clopin Trouillefou, qui avait concouru, et Dieu sait quelle intensité de laideur son visage pouvait atteindre, s'avoua vaincu. Nous ferons de même. Nous n'essaierons pas de donner au lecteur une idée de ce nez tétraèdre, de cette bouche en fer à cheval, de ce petit œil gauche obstrué d'un sourcil roux en broussailles tandis que l'œil droit disparaissait entièrement sous une énorme verrue, de ces dents désordonnées, ébréchées çà et là, comme les créneaux d'une forteresse, de cette lèvre calleuse sur laquelle une de ces dents empiétait comme la défense d'un éléphant, de ce menton fourchu, et surtout de la physionomie répandue sur tout cela, de ce mélange de malice, d'étonnement et de tristesse. Qu'on rêve, si l'on peut, cet ensemble.

L'acclamation fut unanime. On se précipita vers la chapelle. On en fit sortir en triomphe le bienheureux pape des fous. Mais c'est alors que la surprise et l'admiration furent à leur comble. La grimace était son visage.

Ou plutôt toute sa personne était une grimace. Une grosse tête hérissée de cheveux roux; entre les deux épaules une bosse énorme dont le contre-coup se faisait sentir par-devant; un système de cuisses et de jambes si étrangement fourvoyées qu'elles ne pouvaient se toucher que par les genoux, et, vues de face, ressemblaient à deux croissants de faucilles qui se rejoignent par la poignée; de larges pieds, des mains monstrueuses; et, avec toute cette difformité, je ne sais quelle allure redoutable de vigueur, d'agilité et de courage; étrange exception à la règle éternelle qui veut que la force, comme la beauté, résulte de l'harmonie. Tel était le pape que les fous venaient de se donner.

On eût dit un géant brisé et mal ressoudé.

Quand cette espèce de cyclope parut sur le seuil de la chapelle, immobile, trapu, et presque aussi large que haut, *carré par la base,* comme dit un grand homme[1], à son surtout mi-parti rouge et violet, semé de campanilles d'argent, et surtout à la perfection de sa laideur, la populace le reconnut sur-le-champ, et s'écria d'une voix :

— C'est Quasimodo, le sonneur de cloches! c'est Quasimodo, le bossu de Notre-Dame! Quasimodo le borgne! Quasimodo le bancal! Noël! Noël[2]!

On voit que le pauvre diable avait des surnoms à choisir.

— Gare les femmes grosses! criaient les écoliers.

— Ou qui ont envie de l'être, reprenait Joannes.

Les femmes en effet se cachaient le visage.

— Oh! le vilain singe, disait l'une.

— Aussi méchant que laid, reprenait une autre.

— C'est le diable, ajoutait une troisième.

— J'ai le malheur de demeurer auprès de Notre-Dame; toute la nuit je l'entends rôder dans la gouttière.

— Avec les chats.

— Il est toujours sur nos toits.

— Il nous jette des sorts par les cheminées.

— L'autre soir, il est venu me faire la grimace à ma lucarne. Je croyais que c'était un homme. J'ai eu une peur !

— Je suis sûre qu'il va au sabbat. Une fois, il a laissé un balai sur mes plombs [1].

— Oh ! la déplaisante face de bossu !

— Oh ! la vilaine âme !

— Buah !

Les hommes au contraire étaient ravis, et applaudissaient.

Quasimodo, objet du tumulte, se tenait toujours sur la porte de la chapelle, debout, sombre et grave, se laissant admirer.

Un écolier, Robin Poussepain, je crois, vint lui rire sous le nez, et trop près. Quasimodo se contenta de le prendre par la ceinture, et de le jeter à dix pas à travers la foule. Le tout sans dire un mot.

Maître Coppenole, émerveillé, s'approcha de lui.

— Croix-Dieu ! Saint-Père ! tu as bien la plus belle laideur que j'aie vue de ma vie. Tu mériterais la papauté à Rome comme à Paris.

En parlant ainsi, il lui mettait la main gaiement sur l'épaule. Quasimodo ne bougea pas. Coppenole poursuivit :

— Tu es un drôle avec qui j'ai démangeaison de ripailler, dût-il m'en coûter un douzain neuf de douze tournois. Que t'en semble ?

Quasimodo ne répondit pas.

— Croix-Dieu ! dit le chaussetier, est-ce que tu es sourd ?

Il était sourd en effet.

Cependant il commençait à s'impatienter des façons de Coppenole, et se tourna tout à coup vers lui avec un grincement de dents si formidable que le géant flamand recula, comme un bouledogue devant un chat.

Alors il se fit autour de l'étrange personnage un cercle de terreur et de respect qui avait au moins quinze pas géométriques de rayon. Une vieille femme expliqua à maître Coppenole que Quasimodo était sourd.

— Sourd! dit le chaussetier avec son gros rire flamand. Croix-Dieu! c'est un pape accompli.

— Hé! je le reconnais, s'écria Jehan, qui était enfin descendu de son chapiteau pour voir Quasimodo de plus près, c'est le sonneur de cloches de mon frère l'archidiacre.

— Bonjour, Quasimodo!

— Diable d'homme! dit Robin Poussepain, encore tout contus de sa chute. Il paraît : c'est un bossu. Il marche : c'est un bancal. Il vous regarde : c'est un borgne. Vous lui parlez : c'est un sourd. — Ah çà, que fait-il de sa langue, ce Polyphème?

— Il parle quand il veut, dit la vieille. Il est devenu sourd à sonner les cloches. Il n'est pas muet.

— Cela lui manque, observa Jehan.

— Et il a un œil de trop, ajouta Robin Poussepain.

— Non pas, dit judicieusement Jehan. Un borgne est bien plus incomplet qu'un aveugle. Il sait ce qui lui manque.

Cependant tous les mendiants, tous les laquais, tous les coupe-bourses, réunis aux écoliers, avaient été chercher processionnellement, dans l'armoire de la basoche, la tiare de carton et la simarre dérisoire du pape des fous. Quasimodo s'en laissa revêtir sans sourciller et avec une sorte de docilité orgueilleuse. Puis on le fit asseoir sur un brancard bariolé. Douze officiers de la confrérie des fous l'enlevèrent sur leurs épaules; et une espèce de joie amère et dédaigneuse vint s'épanouir sur la face morose du cyclope, quand il vit sous ses pieds difformes toutes ces têtes d'hommes beaux, droits et bien faits. Puis la procession hurlante et déguenillée se mit en marche pour faire, selon l'usage, la tournée intérieure des galeries du Palais, avant la promenade des rues et des carrefours.

VI

LA ESMERALDA

Nous sommes ravi d'avoir à apprendre à nos lecteurs que pendant toute cette scène Gringoire et sa pièce avaient tenu bon. Ses acteurs, talonnés par lui, n'avaient pas discontinué de débiter sa comédie, et lui n'avait pas discontinué de l'écouter. Il avait pris son parti du vacarme, et était déterminé à aller jusqu'au bout, ne désespérant pas d'un retour d'attention de la part du public. Cette lueur d'espérance se ranima quand il vit Quasimodo, Coppenole et le cortège assourdissant du pape des fous sortir à grand bruit de la salle. La foule se précipita avidement à leur suite. — Bon, se dit-il, voilà tous les brouillons qui s'en vont. — Malheureusement, tous les brouillons c'était le public. En un clin d'œil la grand'salle fut vide.

A vrai dire, il restait encore quelques spectateurs, les uns épars, les autres groupés autour des piliers, femmes, vieillards ou enfants, en ayant assez du brouhaha et du tumulte. Quelques écoliers étaient demeurés à cheval sur l'entablement des fenêtres et regardaient dans la place.

— Eh bien, pensa Gringoire, en voilà encore autant qu'il en faut pour entendre la fin de mon mystère. Ils sont peu, mais c'est un public d'élite, un public lettré.

Au bout d'un instant, une symphonie qui

devait produire le plus grand effet à l'arrivée de la sainte Vierge, manqua. Gringoire s'aperçut que sa musique avait été emmenée par la procession du pape des fous. — Passez outre, dit-il stoïquement.

Il s'approcha d'un groupe de bourgeois qui lui fit l'effet de s'entretenir de sa pièce. Voici le lambeau de conversation qu'il saisit :

— Vous savez, maître Cheneteau, l'hôtel de Navarre, qui était à M. de Nemours ?

— Oui, vis-à-vis la chapelle de Braque.

— Eh bien, le fisc vient de le louer à Guillaume Alixandre, historieur, pour six livres huit sols parisis par an.

— Comme les loyers renchérissent !

— Allons ! se dit Gringoire en soupirant, les autres écoutent.

— Camarades, cria tout à coup un de ces jeunes drôles des croisées, *la Esmeralda! la Esmeralda* dans la place !

Ce mot produisit un effet magique. Tout ce qui restait dans la salle se précipita aux fenêtres, grimpant aux murailles pour voir, et répétant : *la Esmeralda! la Esmeralda!*

En même temps on entendait au dehors un grand bruit d'applaudissements.

— Qu'est-ce que cela veut dire, la Esmeralda ? dit Gringoire en joignant les mains avec désolation. Ah! mon Dieu! il paraît que c'est le tour des fenêtres maintenant.

Il se retourna vers la table de marbre, et vit que la représentation était interrompue. C'était précisément l'instant où Jupiter devait paraître avec sa foudre. Or Jupiter se tenait immobile au bas du théâtre.

— Michel Giborne! cria le poète irrité, que fais-tu là? est-ce ton rôle? monte donc!

— Hélas, dit Jupiter, un écolier vient de prendre l'échelle.

Gringoire regarda. La chose n'était que trop vraie. Toute communication était interceptée entre son nœud et son dénouement.

— Le drôle ! murmura-t-il. Et pourquoi a-t-il pris cette échelle ?

— Pour aller voir la Esmeralda, répondit piteusement Jupiter. Il a dit : Tiens, voilà une échelle qui ne sert pas ! et il l'a prise.

C'était le dernier coup. Gringoire le reçut avec résignation.

— Que le diable vous emporte ! dit-il aux comédiens, et si je suis payé vous le serez.

Alors il fit retraite, la tête basse, mais le dernier, comme un général qui s'est bien battu.

Et tout en descendant les tortueux escaliers du Palais : — Belle cohue d'ânes et de butors que ces parisiens ! grommelait-il entre ses dents ; ils viennent pour entendre un mystère, et n'en écoutent rien ! Ils se sont occupés de tout le monde, de Clopin Trouillefou, du cardinal, de Coppenole, de Quasimodo, du diable ! mais de madame la Vierge Marie, point. Si j'avais su, je vous en aurais donné, des Vierges Marie, badauds ! Et moi ! venir pour voir des visages, et ne voir que des dos ! être poëte, et avoir le succès d'un apothicaire ! Il est vrai qu'Homerus a mendié par les bourgades grecques, et que Nason [1] mourut en exil chez les Moscovites. Mais je veux que le diable m'écorche si je comprends ce qu'ils veulent dire avec leur Esmeralda ! Qu'est-ce que c'est que ce mot-là d'abord ? c'est de l'égyptiaque [2] !

LIVRE DEUXIÈME

I

DE CHARYBDE EN SCYLLA

La nuit arrive de bonne heure en janvier. Les rues étaient déjà sombres quand Gringoire sortit du Palais. Cette nuit tombée lui plut; il lui tardait d'aborder quelque ruelle obscure et déserte pour y méditer à son aise et pour que le philosophe posât le premier appareil sur la blessure du poète. La philosophie était du reste son seul refuge, car il ne savait où loger. Après l'éclatant avortement de son coup d'essai théâtral, il n'osait rentrer dans le logis qu'il occupait, rue Grenier-sur-l'Eau, vis-à-vis le Port-au-Foin, ayant compté sur ce que monsieur le prévôt devait lui donner de son épithalame pour payer à maître Guillaume Doulx-Sire, fermier de la coutume du pied-fourché de Paris [1], les six mois de loyer qu'il lui devait, c'est-à-dire douze sols parisis; douze fois la valeur de ce qu'il possédait au monde, y compris son haut-de-chausses, sa chemise et son bicoquet. Après avoir un moment réfléchi, provisoirement abrité sous le petit guichet de la prison du trésorier de la Sainte-Chapelle, au gîte qu'il élirait pour la nuit, ayant tous les pavés de Paris à son choix, il se souvint d'avoir avisé, la semaine précédente, rue de la Savaterie, à la porte d'un conseiller au parlement, un marche-pied à monter sur mule, et de s'être dit que cette pierre serait, dans l'occasion, un fort excellent oreiller pour un mendiant

ou pour un poète. Il remercia la providence de
lui avoir envoyé cette bonne idée; mais, comme
il se préparait à traverser la place du Palais
pour gagner le tortueux labyrinthe de la Cité, où
serpentent toutes ces vieilles sœurs, les rues de
la Barillerie, de la Vieille-Draperie, de la Savaterie, de la Juiverie, etc., encore debout aujour-
d'hui avec leurs maisons à neuf étages, il vit la
procession du pape des fous qui sortait aussi du
Palais et se ruait au travers de sa route, avec
grands cris, grande clarté de torches et sa musique, à lui Gringoire. Cette vue raviva les écor-
chures de son amour-propre; il s'enfuit. Dans
l'amertume de sa mésaventure dramatique, tout
ce qui lui rappelait la fête du jour l'aigrissait et
faisait saigner sa plaie.

Il voulut prendre le Pont Saint-Michel, des
enfants y couraient çà et là avec des lances à
feu et des fusées.

— Peste soit des chandelles d'artifice! dit
Gringoire, et il se rabattit sur le Pont-au-Change.
On avait attaché aux maisons de la tête du
pont trois drapels représentant le roi, le dauphin
et Marguerite de Flandre, et six petits drapelets
où étaient *pourtraicts* le duc d'Autriche, le cardinal de Bourbon, et M. de Beaujeu, et madame
Jeanne de France, et M. le bâtard de Bourbon, et je ne sais qui encore; le tout éclairé de
torches. La cohue admirait.

— Heureux peintre Jehan Fourbault! dit
Gringoire avec un gros soupir, et il tourna le dos
aux drapels et drapelets. Une rue était devant
lui; il la trouva si noire et si abandonnée qu'il
espéra y échapper à tous les retentissements
comme à tous les rayonnements de la fête. Il
s'y enfonça. Au bout de quelques instants, son
pied heurta un obstacle; il trébucha et tomba.
C'était la botte de mai, que les clercs de la basoche avaient déposée le matin à la porte d'un
président au parlement, en l'honneur de la solennité du jour. Gringoire supporta héroïquement
cette nouvelle rencontre. Il se releva et gagna le

bord de l'eau. Après avoir laissé derrière lui la tournelle civile et la tour criminelle, et longé le grand mur des jardins du roi, sur cette grève non pavée où la boue lui venait à la cheville, il arriva à la pointe occidentale de la Cité, et considéra quelque temps l'îlot du Passeur-aux-Vaches, qui a disparu depuis sous le cheval de bronze et le Pont-Neuf [1]. L'îlot lui apparaissait dans l'ombre comme une masse noire au-delà de l'étroit cours d'eau blanchâtre qui l'en séparait. On y devinait, au rayonnement d'une petite lumière, l'espèce de hutte en forme de ruche où le passeur aux vaches s'abritait la nuit.

— Heureux passeur aux vaches! pensa Gringoire; tu ne songes pas à la gloire et tu ne fais pas d'épithalames! Que t'importent les rois qui se marient et les duchesses de Bourgogne! Tu ne connais d'autres marguerites que celles que ta pelouse d'avril donne à brouter à tes vaches! Et moi, poète, je suis hué, et je grelotte, et je dois douze sous, et ma semelle est si transparente qu'elle pourrait servir de vitre à ta lanterne. Merci! passeur aux vaches! ta cabane repose ma vue, et me fait oublier Paris!

Il fut réveillé de son extase presque lyrique par un gros double pétard de la Saint-Jean, qui partit brusquement de la bienheureuse cabane. C'était le passeur aux vaches qui prenait sa part des réjouissances du jour et se tirait un feu d'artifice.

Ce pétard fit hérisser l'épiderme de Gringoire.

— Maudite fête! s'écria-t-il, me poursuivras-tu partout? Oh! mon Dieu! jusque chez le passeur aux vaches!

Puis il regarda la Seine à ses pieds, et une horrible tentation le prit:

— Oh! dit-il, que volontiers je me noierais, si l'eau n'était pas si froide!

Alors il lui vint une résolution désespérée. C'était, puisqu'il ne pouvait échapper au pape des fous, aux drapelets de Jehan Fourbault, aux bottes de mai, aux lances à feu et aux pétards, de s'enfoncer hardiment au cœur même de la fête, et d'aller à la place de Grève.

— Au moins, pensa-t-il, j'y aurai peut-être un tison du feu de joie pour me réchauffer, et j'y pourrai souper avec quelque miette des trois grandes armoiries de sucre royal qu'on a dû y dresser sur le buffet public de la ville.

LA PLACE DE GRÈVE [1]

Il ne reste aujourd'hui qu'un bien imperceptible vestige de la place de Grève telle qu'elle existait alors. C'est la charmante tourelle qui occupe l'angle nord de la place, et qui, déjà ensevelie sous l'ignoble badigeonnage qui empâte les vives arêtes de ses sculptures, aura bientôt disparu peut-être, submergée par cette crue de maisons neuves qui dévore si rapidement toutes les vieilles façades de Paris.

Les personnes qui, comme nous, ne passent jamais sur la place de Grève sans donner un regard de pitié et de sympathie à cette pauvre tourelle étranglée entre deux masures du temps de Louis XV, peuvent reconstruire aisément dans leur pensée l'ensemble d'édifices auquel elle appartenait, et y retrouver entière la vieille place gothique du quinzième siècle.

C'était, comme aujourd'hui, un trapèze irrégulier bordé d'un côté par le quai, et des trois autres par une série de maisons hautes, étroites et sombres. Le jour, on pouvait admirer la variété de ses édifices, tous sculptés en pierre ou en bois, et présentant déjà de complets échantillons des diverses architectures domestiques du moyen âge, en remontant du quinzième au onzième siècle, depuis la croisée qui commençait à détrôner l'ogive, jusqu'au plein cintre roman qui avait été supplanté par l'ogive, et qui occu-

pait encore, au-dessous d'elle, le premier étage de
cette ancienne maison de la Tour-Roland, angle
de la place sur la Seine, du côté de la rue de la
Tannerie. La nuit, on ne distinguait de cette
masse d'édifices que la dentelure noire des toits
déroulant autour de la place leur chaîne d'angles
aigus. Car c'est une des différences radicales des
villes d'alors et des villes d'à présent, qu'aujour-
d'hui ce sont les façades qui regardent les places
et les rues, et qu'alors c'étaient les pignons.
Depuis deux siècles, les maisons se sont retournées.

Au centre, du côté oriental de la place, s'élevait une lourde et hybride construction formée
de trois logis juxtaposés. On l'appelait de trois
noms qui expliquent son histoire, sa destination
de son architecture : la *Maison-au-Dauphin,* parce que Charles V, dauphin, l'avait habitée; la
Marchandise, parce qu'elle servait d'Hôtel de
Ville; la *Maison-aux-Piliers* (domus ad piloria),
à cause d'une suite de gros piliers qui soute-
naient ses trois étages. La ville trouvait là tout ce
qu'il faut à une bonne ville comme Paris : une
chapelle, pour prier Dieu; un *plaidoyer,* pour
tenir audience et rembarrer au besoin les gens du
roi; et, dans les combles, un *arsenac* plein d'artillerie. Car les bourgeois de Paris savent qu'il
ne suffit pas en toute conjoncture de prier et de
plaider pour les franchises de la Cité, et ils ont
toujours en réserve dans un grenier de l'Hôtel
de Ville quelque bonne arquebuse rouillée.

La Grève avait dès lors cet aspect sinistre que
lui conservent encore aujourd'hui l'idée exécra-
ble qu'elle réveille et le sombre Hôtel de Ville
de Dominique Boccador, qui a remplacé la Maison-aux-Piliers. Il faut dire qu'un gibet et un
pilori permanents, une justice et une échelle,
comme on disait alors, dressés côte à côte au
milieu du pavé, ne contribuaient pas peu à faire
détourner les yeux de cette place fatale, où tant
d'êtres pleins de santé et de vie ont agonisé; où
devait naître cinquante ans plus tard cette *fièvre*

de Saint-Vallier, cette maladie de la terreur de l'échafaud, la plus monstrueuse de toutes les maladies, parce qu'elle ne vient pas de Dieu, mais de l'homme.

C'est une idée consolante, disons-le en passant, de songer que la peine de mort, qui, il y a trois cents ans, encombrait encore de ses roues de fer, de ses gibets de pierre, de tout son attirail de supplices permanents et scellé dans le pavé, la Grève, les Halles, la place Dauphine, la Croix-du-Trahoir, le Marché-aux-Pourceaux, ce hideux Montfaucon, la barrière des Sergents, la Place-aux-Chats, la Porte Saint-Denis, Champeaux, la Porte Baudets, la Porte Saint-Jacques, sans compter les innombrables échelles des prévôts, de l'évêque, des chapitres, des abbés, des prieurs ayant justice; sans compter les noyades juridiques en rivière de Seine; il est consolant qu'aujourd'hui, après avoir perdu successivement toutes les pièces de son armure, son luxe de supplices, sa pénalité d'imagination et de fantaisie, sa torture à laquelle elle refaisait tous les cinq ans un lit de cuir au Grand-Châtelet, cette vieille suzeraine de la société féodale, presque mise hors de nos lois et de nos villes, traquée de code en code, chassée de place en place, n'ait plus dans notre immense Paris qu'un coin déshonoré de la Grève, qu'une misérable guillotine, furtive, inquiète, honteuse, qui semble toujours craindre d'être prise en flagrant délit, tant elle disparaît vite après avoir fait son coup!

III

BESOS PARA GOLPES [1]

Lorsque Pierre Gringoire arriva sur la place de Grève, il était transi. Il avait pris par le Pont-aux-Meuniers pour éviter la cohue du Pont-au-Change et les drapelets de Jehan Fourbault; mais les roues de tous les moulins de l'évêque l'avaient éclaboussé au passage, et sa souquenille était trempée. Il lui semblait en outre que la chute de sa pièce le rendait plus frileux encore. Aussi se hâta-t-il de s'approcher du feu de joie qui brûlait magnifiquement au milieu de la place. Mais une foule considérable faisait cercle à l'entour.

— Damnés parisiens! se dit-il à lui-même, car Gringoire en vrai poète dramatique était sujet aux monologues, les voilà qui m'obstruent le feu! Pourtant j'ai bon besoin d'un coin de cheminée. Mes souliers boivent, et tous ces maudits moulins qui ont pleuré sur moi! Diable d'évêque de Paris avec ses moulins! Je voudrais bien savoir ce qu'un évêque peut faire d'un moulin! est-ce qu'il s'attend à devenir d'évêque meunier? S'il ne lui faut que ma malédiction pour cela, je la lui donne, et à sa cathédrale, et à ses moulins! Voyez un peu s'ils se dérangeront, ces badauds! Je vous demande ce qu'ils font là! Ils se chauffent; beau plaisir! Ils regardent brûler un cent de bourrées; beau spectacle!

En examinant de plus près, il s'aperçut que le

cercle était beaucoup plus grand qu'il ne fallait pour se chauffer au feu du roi, et que cette affluence de spectateurs n'était pas uniquement attirée par la beauté du cent de bourrées qui brûlait.

Dans un vaste espace laissé libre entre la foule et le feu, une jeune fille dansait.

Si cette jeune fille était un être humain, ou une fée, ou un ange, c'est ce que Gringoire, tout philosophe sceptique, tout poète ironique qu'il était, ne put décider dans le premier moment, tant il fut fasciné par cette éblouissante vision.

Elle n'était pas grande, mais elle le semblait, tant sa fine taille s'élançait hardiment. Elle était brune, mais on devinait que le jour sa peau devait avoir ce beau reflet doré des andalouses et des romaines. Son petit pied aussi était andalou, car il était tout ensemble à l'étroit et à l'aise dans sa gracieuse chaussure. Elle dansait, elle tournait, elle tourbillonnait sur un vieux tapis de Perse, jeté négligemment sous ses pieds; et chaque fois qu'en tournoyant sa rayonnante figure passait devant vous, ses grands yeux noirs vous jetaient un éclair.

Autour d'elle tous les regards étaient fixes, toutes les bouches ouvertes; et en effet, tandis qu'elle dansait ainsi, au bourdonnement du tambour de basque que ses deux bras ronds et purs élevaient au-dessus de sa tête, mince, frêle et vive comme une guêpe, avec son corsage d'or sans pli, sa robe bariolée qui se gonflait, avec ses épaules nues, ses jambes fines que sa jupe découvrait par moments, ses cheveux noirs, ses yeux de flamme, c'était une surnaturelle créature.

— En vérité, pensa Gringoire, c'est une salamandre, c'est une nymphe, c'est une déesse, c'est une bacchante du mont Ménaléen [1] !

En ce moment une des nattes de la chevelure de la « salamandre » se détacha, et une pièce de cuivre jaune qui y était attachée roula à terre.

— Hé non! dit-il, c'est une bohémienne [2].

Toute illusion avait disparu.

Elle se remit à danser. Elle prit à terre deux épées dont elle appuya la pointe sur son front et qu'elle fit tourner dans un sens tandis qu'elle tournait dans l'autre. C'était en effet tout bonnement une bohémienne. Mais quelque désenchanté que fût Gringoire, l'ensemble de ce tableau n'était pas sans prestige et sans magie; le feu de joie l'éclairait d'une lumière crue et rouge qui tremblait toute vive sur le cercle des visages de la foule, sur le front brun de la jeune fille, et au fond de la place jetait un blême reflet mêlé aux vacillations de leurs ombres, d'un côté sur la vieille façade noire et ridée de la Maison-aux-Piliers, de l'autre sur les bras de pierre du gibet.

Parmi les mille visages que cette lueur teignait d'écarlate, il y en avait un qui semblait plus encore que tous les autres absorbé dans la contemplation de la danseuse. C'était une figure d'homme, austère, calme et sombre. Cet homme, dont le costume était caché par la foule qui l'entourait, ne paraissait pas avoir plus de trente-cinq ans; cependant il était chauve; à peine avait-il aux tempes quelques touffes de cheveux rares et déjà gris; son front large et haut commençait à se creuser de rides; mais dans ses yeux enfoncés éclatait une jeunesse extraordinaire, une vie ardente, une passion profonde. Il les tenait sans cesse attachés sur la bohémienne, et tandis que la folle jeune fille de seize ans dansait et voltigeait au plaisir de tous, sa rêverie, à lui, semblait devenir de plus en plus sombre. De temps en temps un sourire et un soupir se rencontraient sur ses lèvres, mais le sourire était plus douloureux que le soupir.

La jeune fille, essoufflée, s'arrêta enfin, et le peuple l'applaudit avec amour.

— Djali, dit la bohémienne.

Alors Gringoire vit arriver une jolie petite chèvre blanche, alerte, éveillée, lustrée, avec des cornes dorées, avec des pieds dorés, avec un collier doré, qu'il n'avait pas encore aperçue, et qui était restée jusque-là accroupie sur un coin du tapis et regardant danser sa maîtresse.

— Djali, dit la danseuse, à votre tour.

Et s'asseyant, elle présenta gracieusement à la chèvre son tambour de basque.

— Djali, continua-t-elle, à quel mois sommes-nous de l'année?

La chèvre leva son pied de devant et frappa un coup sur le tambour. On était en effet au premier mois. La foule applaudit.

— Djali, reprit la jeune fille en tournant son tambour de basque d'un autre côté, à quel jour du mois sommes-nous?

Djali leva son petit pied d'or et frappa six coups sur le tambour.

— Djali, poursuivit l'égyptienne toujours avec un nouveau manège du tambour, à quelle heure du jour sommes-nous?

Djali frappa sept coups. Au même moment l'horloge de la Maison-aux-Piliers sonna sept heures.

Le peuple était émerveillé.

— Il y a de la sorcellerie là-dessous, dit une voix sinistre dans la foule. C'était celle de l'homme chauve qui ne quittait pas la bohémienne des yeux.

Elle tressaillit, se détourna; mais les applaudissements éclatèrent et couvrirent la morose exclamation.

Ils l'effacèrent même si complètement dans son esprit qu'elle continua d'interpeller sa chèvre.

— Djali, comment fait maître Guichard Grand-Remy, capitaine des pistoliers [1] de la ville, à la procession de la Chandeleur?

Djali se dressa sur ses pattes de derrière et se mit à bêler, en marchant avec une si gentille gravité que le cercle entier des spectateurs éclata de rire à cette parodie de la dévotion intéressée du capitaine des pistoliers.

— Djali, reprit la jeune fille enhardie par le succès croissant, comment prêche maître Jacques Charmolue, procureur du roi en cour d'église?

La chèvre prit séance sur son derrière, et se mit à bêler, en agitant ses pattes de devant d'une si étrange façon que, hormis le mauvais français et le mauvais latin, geste, accent, attitude, tout Jacques Charmolue y était.

Et la foule d'applaudir de plus belle.

— Sacrilège! profanation! reprit la voix de l'homme chauve.

La bohémienne se retourna encore une fois.

— Ah! dit-elle, c'est ce vilain homme! puis, allongeant sa lèvre inférieure au-delà de la lèvre supérieure, elle fit une petite moue qui paraissait lui être familière, pirouetta sur le talon, et se mit à recueillir dans un tambour de basque les dons de la multitude.

Les grands-blancs, les petits-blancs, les targes, les liards-à-l'aigle pleuvaient. Tout à coup elle passa devant Gringoire. Gringoire mit si étourdiment la main à sa poche qu'elle s'arrêta. — Diable! dit le poète en trouvant au fond de sa poche la réalité, c'est-à-dire le vide. Cependant la jolie fille était là, le regardant avec ses grands yeux, lui tendant son tambour, et attendant. Gringoire suait à grosses gouttes.

S'il avait eu le Pérou dans sa poche, certainement il l'eût donné à la danseuse; mais Gringoire n'avait pas le Pérou, et d'ailleurs l'Amérique n'était pas encore découverte [1].

Heureusement un incident inattendu vint à son secours.

— T'en iras-tu, sauterelle d'Egypte? cria une voix aigre qui partait du coin le plus sombre de la place.

La jeune fille se retourna effrayée. Ce n'était plus la voix de l'homme chauve; c'était une voix de femme, une voix dévote et méchante.

Du reste, ce cri, qui fit peur à la bohémienne, mit en joie une troupe d'enfants qui rôdait par là.

— C'est la recluse de la Tour-Roland s'écrièrent-ils avec des rires désordonnés, c'est la sachette [2] qui gronde! Est-ce qu'elle n'a pas soupé? portons-lui quelque reste du buffet de ville!

Tous se précipitèrent vers la Maison-aux-Piliers.

Cependant Gringoire avait profité du trouble de la danseuse pour s'éclipser. La clameur des enfants lui rappela que lui aussi n'avait pas soupé. Il courut donc au buffet. Mais les petits drôles avaient de meilleures jambes que lui; quand il arriva, ils avaient fait table rase. Il ne restait même pas un misérable camichon [1] à cinq sols la livre. Il n'y avait plus sur le mur que les sveltes fleurs de lys, entremêlées de rosiers, peintes en 1434 par Mathieu Biterne. C'était un maigre souper.

C'est une chose importune de se coucher sans souper; c'est une chose moins riante encore de ne pas souper et de ne savoir où coucher. Gringoire en était là. Pas de pain, pas de gîte; il se voyait pressé de toutes parts par la nécessité, et il trouvait la nécessité fort bourrue. Il avait depuis longtemps découvert cette vérité, que Jupiter a créé les hommes dans un accès de misanthropie, et que, pendant toute la vie du sage, sa destinée tient en état de siège sa philosophie. Quant à lui, il n'avait jamais vu le blocus si complet; il entendait son estomac battre la chamade, et il trouvait très déplacé que le mauvais destin prît sa philosophie par la famine.

Cette mélancolique rêverie l'absorbait de plus en plus, lorsqu'un chant bizarre, quoique plein de douceur, vint brusquement l'en arracher. C'était la jeune égyptienne qui chantait.

Il en était de sa voix comme de sa danse, comme de sa beauté. C'était indéfinissable et charmant; quelque chose de pur, de sonore, d'aérien, d'ailé, pour ainsi dire. C'étaient de continuels épanouissements, des mélodies, des cadences inattendues, puis des phrases simples semées de notes acérées et sifflantes, puis des sauts de gammes qui eussent dérouté un rossignol, mais où l'harmonie se retrouvait toujours, puis de molles ondulations d'octaves qui s'élevaient et s'abaissaient comme le sein de la jeune chanteuse. Son beau visage suivait avec une mobilité singulière tous les caprices de sa chanson, depuis l'inspiration la plus échevelée jusqu'à la plus chaste dignité. On eût dit tantôt une folle, tantôt une reine.

Les paroles qu'elle chantait étaient d'une langue inconnue à Gringoire, et qui paraissait lui être inconnue à elle-même, tant l'expression qu'elle donnait au chant se rapportait peu au sens des paroles. Ainsi ces quatre vers dans sa bouche étaient d'une gaieté folle :

> Un cofre de gran riqueza
> Hallaron dentro un pilar,
> Dentro del, nuevas banderas
> Con figuras de espantar.

Et un instant après, à l'accent qu'elle donnait à cette stance :

> Alarabes de cavallo
> Sin poderse menear,
> Con espadas, y los cuellos,
> Ballestas de buen echar [1].

Gringoire se sentait venir les larmes aux yeux. Cependant son chant respirait surtout la joie, et elle semblait chanter, comme l'oiseau, par sérénité et par insouciance.

La chanson de la bohémienne avait troublé la rêverie de Gringoire, mais comme le cygne trouble l'eau. Il l'écoutait avec une sorte de ravissement et d'oubli de toute chose. C'était depuis plusieurs heures le premier moment où il ne se sentît pas souffrir.

Le moment fut court.

La même voix de femme qui avait interrompu la danse de la bohémienne vint interrompre son chant.

— Te tairas-tu, cigale d'enfer? cria-t-elle, toujours du même coin obscur de la place.

La pauvre *cigale* s'arrêta court. Gringoire se boucha les oreilles.

— Oh! s'écria-t-il, maudite scie ébréchée, qui vient briser la lyre!

Cependant les autres spectateurs murmuraient comme lui : — Au diable la sachette! disait plus d'un. Et la vieille trouble-fête invisible eût pu avoir à se repentir de ses agressions contre la bohémienne, s'ils n'eussent été distraits en ce moment même par la procession du pape des fous, qui, après avoir parcouru force rues et carrefours, débouchait dans la place de Grève, avec toutes ses torches et toute sa rumeur.

Cette procession, que nos lecteurs ont vue partir du Palais, s'était organisée chemin faisant, et recrutée de tout ce qu'il y avait à Paris de marauds, de voleurs oisifs, et de vagabonds disponibles; aussi présentait-elle un aspect respectable lorsqu'elle arriva en Grève.

D'abord marchait l'Egypte. Le duc d'Egypte, en tête, à cheval, avec ses comtes à pied, lui tenant la bride et l'étrier; derrière eux, les égyptiens et les égyptiennes pêle-mêle avec leurs petits enfants criant sur leurs épaules; tous, duc, comtes, menu peuple, en haillons et en oripeaux. Puis c'était le royaume d'argot [1] : c'est-à-dire tous les voleurs de France, échelonnés par ordre de dignité; les moindres passant les premiers. Ainsi défilaient quatre par quatre, avec les divers insignes de leurs grades dans cette étrange faculté, la plupart éclopés, ceux-ci boiteux, ceux-là manchots, les courtauds de boutanche, les coquillarts, les hubins, les sabouleux, les calots, les francs-mitoux, les polissons, les piètres, les capons, les malingreux, les rifodés, les marcandiers, les narquois, les orphelins, les archisuppôts, les cagoux; dénombrement à fatiguer Homère. Au centre du conclave des cagoux et des archisuppôts, on avait peine à distinguer le roi de l'argot, le grand coësre, accroupi dans une petite charrette traînée par deux grands chiens. Après le royaume des argotiers, venait l'empire de Galilée. Guillaume Rousseau, empereur de l'empire de Galilée, marchait majestueusement dans sa robe de pourpre tachée de vin, précédé de baladins s'entre-battant et dansant des pyrrhiques, entouré de ses massiers, de ses suppôts, et des clercs de la chambre des comptes. Enfin venait la basoche, avec ses mais couronnés de fleurs, ses robes noires, sa musique digne du sabbat, et ses grosses chandelles de cire jaune. Au centre de cette foule, les grands officiers de la confrérie des fous portaient sur leurs épaules un brancard plus surchargé de cierges que la châsse de sainte Geneviève en temps de peste. Et sur ce brancard resplendissait, crossé, chapé et mitré, le nouveau pape des fous, le sonneur de cloches de Notre-Dame, Quasimodo le Bossu.

Chacune des sections de cette procession grotesque avait sa musique particulière. Les égyptiens faisaient détonner leurs balafos et leurs tambourins d'Afrique. Les argotiers, race fort peu musicale, en étaient encore à la viole, au cornet à bousquin et à la gothique rubebbe du douzième siècle. L'empire de Galilée n'était guère plus avancé; à peine distinguait-on dans sa musique quelque misérable rebec de l'enfance de l'art, encore emprisonné dans le *ré-la-mi*. Mais c'est autour du pape des fous que se déployaient, dans une cacophonie magnifique, toutes les richesses musicales de l'époque. Ce n'étaient que dessus de rebec, hautes-contre de rebec, tailles de rebec, sans compter les flûtes et les cuivres. Hélas! nos lecteurs se souviennent que c'était l'orchestre de Gringoire.

Il est difficile de donner une idée du degré d'épanouissement orgueilleux et béat où le triste et hideux visage de Quasimodo était parvenu dans le trajet du Palais à la Grève. C'était la première jouissance d'amour-propre qu'il eût jamais éprouvée. Il n'avait connu jusque-là que l'humiliation, le dédain pour sa condition, le dégoût pour sa personne. Aussi, tout sourd qu'il était, savourait-il en véritable pape les acclamations de cette foule qu'il haïssait pour s'en sentir haï. Que son peuple fût un ramas de fous,

de perclus, de voleurs, de mendiants, qu'importe!
c'était toujours un peuple, et lui un souverain.
Et il prenait au sérieux tous ces applaudissements ironiques, tous ces respects dérisoires,
auxquels nous devons dire qu'il se mêlait pourtant dans la foule un peu de crainte fort réelle.
Car le bossu était robuste; car le bancal était
agile; car le sourd était méchant : trois qualités
qui tempèrent le ridicule.

Du reste, que le nouveau pape des fous se
rendit compte à lui-même des sentiments qu'il
éprouvait et des sentiments qu'il inspirait, c'est
ce que nous sommes loin de croire. L'esprit qui
était logé dans ce corps manqué avait nécessairement lui-même quelque chose d'incomplet et de
sourd. Aussi ce qu'il ressentait en ce moment
était-il pour lui absolument vague, indistinct et
confus. Seulement la joie perçait, l'orgueil dominait. Autour de cette sombre et malheureuse
figure, il y avait rayonnement.

Ce ne fut donc pas sans surprise et sans effroi
que l'on vit tout à coup, au moment où Quasimodo, dans cette demi-ivresse, passait triompha-
lement devant la Maison-aux-Piliers, un homme
s'élancer de la foule et lui arracher des mains,
avec un geste de colère, sa crosse de bois doré,
insigne de sa folle papauté.

Cet homme, ce téméraire, c'était le personnage
au front chauve qui, le moment auparavant,
mêlé au groupe de la bohémienne, avait glacé
la pauvre fille de ses paroles de menace et de
haine. Il était revêtu du costume ecclésiastique.
Au moment où il sortit de la foule, Gringoire, qui
ne l'avait point remarqué jusqu'alors, le reconnut : — Tiens! dit-il, avec un cri d'étonnement,
c'est mon maître en Hermès [1], dom Claude Frollo, l'archidiacre! Que diable veut-il à ce vilain
borgne? Il va se faire dévorer.

Un cri de terreur s'éleva en effet. Le formidable Quasimodo s'était précipité à bas du brancard, et les femmes détournaient les yeux pour
ne pas le voir déchirer l'archidiacre.

Il fit un bond jusqu'au prêtre, le regarda, et tomba à genoux.

Le prêtre lui arracha sa tiare, lui brisa sa crosse, lui lacéra sa chape de clinquant.

Quasimodo resta à genoux, baissa la tête et joignit les mains.

Puis il s'établit entre eux un étrange dialogue de signes et de gestes, car ni l'un ni l'autre ne parlait. Le prêtre, debout, irrité, menaçant, impérieux; Quasimodo, prosterné, humble, suppliant. Et cependant il est certain que Quasimodo eût pu écraser le prêtre avec le pouce.

Enfin l'archidiacre, secouant rudement la puissante épaule de Quasimodo, lui fit signe de se lever et de le suivre.

Quasimodo se leva.

Alors la confrérie des fous, la première stupeur passée, voulut défendre son pape si brusquement détrôné. Les égyptiens, les argotiers et toute la basoche vinrent japper autour du prêtre.

Quasimodo se plaça devant le prêtre, fit jouer les muscles de ses poings athlétiques, et regarda les assaillants avec le grincement de dents d'un tigre fâché.

Le prêtre reprit sa gravité sombre, fit un signe à Quasimodo, et se retira en silence.

Quasimodo marchait devant lui, éparpillant la foule à son passage.

Quand ils eurent traversé la populace et la place, la nuée des curieux et des oisifs voulut les suivre. Quasimodo prit alors l'arrière-garde, et suivit l'archidiacre à reculons, trapu, hargneux, monstrueux, hérissé, ramassant ses membres, léchant ses défenses de sanglier, grondant comme une bête fauve, et imprimant d'immenses oscillations à la foule avec un geste ou un regard.

On les laissa s'enfoncer tous deux dans une rue étroite et ténébreuse, où nul n'osa se risquer après eux; tant la seule chimère de Quasimodo grinçant des dents en barrait bien l'entrée.

— Voilà qui est merveilleux, dit Gringoire; mais où diable trouverai-je à souper?

LES INCONVÉNIENTS DE SUIVRE
UNE JOLIE FEMME
LE SOIR DANS LES RUES

Gringoire, à tout hasard, s'était mis à suivre la bohémienne. Il lui avait vu prendre, avec sa chèvre, la rue de la Coutellerie; il avait pris la rue de la Coutellerie.

— Pourquoi pas? s'était-il dit.

Gringoire, philosophe pratique des rues de Paris, avait remarqué que rien n'est propice à la rêverie comme de suivre une jolie femme sans savoir où elle va. Il y a dans cette abdication volontaire de son libre arbitre, dans cette fantaisie qui se soumet à une autre fantaisie, laquelle ne s'en doute pas, un mélange d'indépendance fantasque et d'obéissance aveugle, je ne sais quoi d'intermédiaire entre l'esclavage et la liberté qui plaisait à Gringoire, esprit essentiellement mixte, indécis et complexe, tenant le bout de tous les extrêmes, incessamment suspendu entre toutes les propensions humaines, et les neutralisant l'une par l'autre. Il se comparait lui-même volontiers au tombeau de Mahomet, attiré en sens inverse par deux pierres d'aimant, et qui hésite éternellement entre le haut et le bas, entre la voûte et le pavé, entre la chute et l'ascension, entre le zénith et le nadir.

Si Gringoire vivait de nos jours, quel beau milieu il tiendrait entre le classique et le romantique!

Mais il n'était pas assez primitif pour vivre

trois cents ans, et c'est dommage. Son absence est un vide qui ne se fait que trop sentir aujourd'hui.

Du reste, pour suivre ainsi dans les rues les passants (et surtout les passantes), ce que Gringoire faisait volontiers, il n'y a pas de meilleure disposition que de ne savoir où coucher.

Il marchait donc tout pensif derrière la jeune fille qui hâtait le pas et faisait trotter sa jolie chèvre en voyant rentrer les bourgeois et se fermer les tavernes, seules boutiques qui eussent été ouvertes ce jour-là.

— Après tout, pensait-il à peu près, il faut bien qu'elle loge quelque part; les bohémiennes ont bon cœur. — Qui sait?...

Et il y avait dans les points suspensifs dont il faisait suivre cette réticence dans son esprit je ne sais quelles idées assez gracieuses.

Cependant de temps en temps, en passant devant les derniers groupes de bourgeois fermant leurs portes, il attrapait quelque lambeau de leurs conversations qui venait rompre l'enchaînement de ses riantes hypothèses.

Tantôt c'étaient deux vieillards qui s'accostaient.

— Maître Thibaut Fernicle, savez-vous qu'il fait froid?

(Gringoire savait cela depuis le commencement de l'hiver.)

— Oui-bien, maître Boniface Disome! Est-ce que nous allons avoir un hiver comme il y a trois ans, en 80, que le bois coûtait huit sols le moule?

— Bah! ce n'est rien, maître Thibaut, près de l'hiver de 1407, qu'il gela depuis la Saint-Martin jusqu'à la Chandeleur! et avec une telle furie que la plume du greffier du parlement gelait, dans la grand'chambre, de trois mots en trois mots! ce qui interrompit l'enregistrement de la justice.

Plus loin, c'étaient des voisines à leur fenêtre

avec des chandelles que le brouillard faisait gré-
siller.

— Votre mari vous a-t-il conté le malheur,
madamoiselle La Boudraque?

— Non. Qu'est-ce que c'est donc, madamoiselle Turquant?

— Le cheval de M. Gilles Godin, le notaire au
Châtelet, qui s'est effarouché des flamands et
de leur procession, et qui a renversé maître
Philippot Avrillot, oblat des Célestins.

— En vérité?

— Bellement.

— Un cheval bourgeois! c'est un peu fort.
Si c'était un cheval de cavalerie, à la bonne
heure!

Et les fenêtres se refermaient. Mais Gringoire
n'en avait pas moins perdu le fil de ses idées.

Heureusement il le retrouvait vite et le renouait sans peine, grâce à la bohémienne, grâce à
Djali, qui marchaient toujours devant lui; deux
fines, délicates et charmantes créatures, dont il
admirait les petits pieds, les jolies formes, les
gracieuses manières, les confondant presque
dans sa contemplation; pour l'intelligence et la
bonne amitié, les croyant toutes deux jeunes
filles; pour la légèreté l'agilité, la dextérité de
la marche, les trouvant chèvres toutes deux.

Les rues cependant devenaient à tout moment
plus noires et plus désertes. Le couvre-feu était
sonné depuis longtemps, et l'on commençait à ne
plus rencontrer qu'à de rares intervalles un passant sur le pavé, une lumière aux fenêtres. Gringoire s'était engagé, à la suite de l'égyptienne,
dans ce dédale inextricable de ruelles, de carrefours et de culs-de-sac, qui environne l'ancien
sépulcre des Saints-Innocents, et qui ressemble
à un écheveau de fil brouillé par un chat. —
Voilà des rues qui ont bien peu de logique!
disait Gringoire, perdu dans ces mille circuits
qui revenaient sans cesse sur eux-mêmes, mais
où la jeune fille suivait un chemin qui lui paraissait bien connu, sans hésiter et d'un pas de plus

en plus rapide. Quant à lui, il eût parfaitement
ignoré où il était, s'il n'eût aperçu en passant,
au détour d'une rue, la masse octogonale du
pilori des Halles, dont le sommet à jour détachait vivement sa découpure noire sur une fenêtre encore éclairée de la rue Verdelet [1].

Depuis quelques instants, il avait attiré l'attention de la jeune fille; elle avait à plusieurs
reprises tourné la tête vers lui avec inquiétude;
elle s'était même une fois arrêtée tout court,
avait profité d'un rayon de lumière qui s'échappait d'une boulangerie entr'ouverte pour le regarder fixement du haut en bas; puis, ce coup d'œil
jeté, Gringoire lui avait vu faire cette petite moue
qu'il avait déjà remarquée, et elle avait passé
outre.

Cette petite moue donna à penser à Gringoire.
Il y avait certainement du dédain et de la moque-
rie dans cette gracieuse grimace. Aussi commen-
çait-il à baisser la tête, à compter les pavés, et
à suivre la jeune fille d'un peu plus loin, lorsque,
au tournant d'une rue qui venait de la lui faire
perdre de vue, il l'entendit pousser un cri perçant.

Il hâta le pas.

La rue était pleine de ténèbres. Pourtant une
étoupe imbibée d'huile, qui brûlait dans une
cage de fer aux pieds de la Sainte Vierge du
coin de la rue, permit à Gringoire de distinguer
la bohémienne se débattant dans les bras de
deux hommes qui s'efforçaient d'étouffer ses
cris. La pauvre petite chèvre, tout effarée, baissait les cornes et bêlait.

— A nous, messieurs du guet, cria Gringoire,
et il s'avança bravement. L'un des hommes qui
tenaient la jeune fille se tourna vers lui. C'était
la formidable figure de Quasimodo.

Gringoire ne prit pas la fuite, mais il ne fit
point un pas de plus.

Quasimodo vint à lui, le jeta à quatre pas sur
le pavé d'un revers de la main, et s'enfonça rapidement dans l'ombre, emportant la jeune fille

ployée sur un de ses bras comme une écharpe de soie. Son compagnon le suivait, et la pauvre chèvre courait après tous, avec son bêlement plaintif.

— Au meurtre! au meurtre! criait la malheureuse bohémienne.

— Halte-là, misérables, et lâchez-moi cette ribaude! dit tout à coup d'une voix de tonnerre un cavalier qui déboucha brusquement du carrefour voisin.

C'était un capitaine des archers de l'ordonnance du roi armé de pied en cap, et l'espadon à la main.

Il arracha la bohémienne des bras de Quasimodo stupéfait, la mit en travers sur sa selle, et, au moment où le redoutable bossu, revenu de sa surprise, se précipitait sur lui pour reprendre sa proie, quinze ou seize archers, qui suivaient de près leur capitaine, parurent l'estramaçon au poing. C'était une escouade de l'ordonnance du roi qui faisait le contre-guet, par ordre de messire Robert d'Estouteville, garde de la prévôté de Paris.

Quasimodo fut enveloppé, saisi, garrotté. Il rugissait, il écumait, il mordait, et, s'il eût fait grand jour, nul doute que son visage seul, rendu plus hideux encore par la colère, n'eût mis en fuite toute l'escouade. Mais la nuit il était désarmé de son arme la plus redoutable, de sa laideur.

Son compagnon avait disparu dans la lutte.

La bohémienne se dressa gracieusement sur la selle de l'officier, elle appuya ses deux mains sur les deux épaules du jeune homme, et le regarda fixement quelques secondes, comme ravie de sa bonne mine et du bon secours qu'il venait de lui porter. Puis, rompant le silence la première, elle lui dit, en faisant plus douce encore sa douce voix :

— Comment vous appelez-vous, monsieur le gendarme?

— Le capitaine Phœbus de Châteaupers, pour

vous servir, ma belle! répondit l'officier en se
redressant.

— Merci, dit-elle.

Et, pendant que le capitaine Phœbus retrous-
sait sa moustache à la bourguignonne, elle se
laissa glisser à bas du cheval, comme une flèche
qui tombe à terre, et s'enfuit.

Un éclair se fût évanoui moins vite.

— Nombril du pape! dit le capitaine en faisant resserrer les courroies de Quasimodo,
j'eusse aimé mieux garder la ribaude.

— Que voulez-vous, capitaine? dit un gendarme, la fauvette s'est envolée, la chauve-souris
est restée.

SUITE DES INCONVÉNIENTS

Gringoire, tout étourdi de sa chute, était resté sur le pavé devant la bonne Vierge du coin de la rue. Peu à peu, il reprit ses sens; il fut d'abord quelques minutes flottant dans une espèce de rêverie à demi somnolente qui n'était pas sans douceur, où les aériennes figures de la bohémienne et de la chèvre se mariaient à la pesanteur du poing de Quasimodo. Cet état dura peu. Une assez vive impression de froid à la partie de son corps qui se trouvait en contact avec le pavé le réveilla tout à coup, et fit revenir son esprit à la surface. — D'où me vient donc cette fraîcheur? se dit-il brusquement. Il s'aperçut alors qu'il était un peu dans le milieu du ruisseau.

— Diable de cyclope bossu! grommela-t-il entre ses dents, et il voulut se lever. Mais il était trop étourdi et trop meurtri. Force lui fut de rester en place. Il avait du reste la main assez libre; il se boucha le nez, et se résigna.

— La boue de Paris, pensa-t-il (car il croyait bien être sûr que décidément le ruisseau serait son gîte,

Et que faire en un gîte à moins que l'on ne songe [1]?),

la boue de Paris est particulièrement puante. Elle doit renfermer beaucoup de sel volatil et

nitreux. C'est, du reste, l'opinion de maître Nicolas Flamel et des hermétiques...

Le mot d'*hermétiques* amena subitement l'idée
de l'archidiacre Claude Frollo dans son esprit.
Il se rappela la scène violente qu'il venait d'entrevoir, que la bohémienne se débattait entre
deux hommes, que Quasimodo avait un compagnon, et la figure morose et hautaine de l'archidiacre passa confusément dans son souvenir. —
Cela serait étrange! pensa-t-il. Et il se mit à
échafauder, avec cette donnée et sur cette base,
le fantasque édifice des hypothèses, ce château
de cartes des philosophes. Puis soudain, revenant
encore une fois à la réalité : — Ah çà! je gèle!
s'écria-t-il.

La place, en effet, devenait de moins en moins
tenable. Chaque molécule de l'eau du ruisseau
enlevait une molécule de calorique rayonnant
aux reins de Gringoire, et l'équilibre entre la
température de son corps et la température du
ruisseau commençait à s'établir d'une rude façon.

Un ennui d'une tout autre nature vint tout à
coup l'assaillir.

Un groupe d'enfants, de ces petits sauvages
va-nu-pieds qui ont de tout temps battu le pavé
de Paris sous le nom éternel de *gamins* [1], et
qui, lorsque nous étions enfants aussi, nous ont
jeté des pierres à tous le soir au sortir de classe,
parce que nos pantalons n'étaient pas déchirés,
un essaim de ces jeunes drôles accourait vers le
carrefour où gisait Gringoire, avec des rires et
des cris qui paraissaient se soucier fort peu du
sommeil des voisins. Ils traînaient après eux je
ne sais quel sac informe; et le bruit seul de leurs
sabots eût réveillé un mort. Gringoire, qui ne
l'était pas encore tout à fait, se souleva à
demi.

— Ohé, Hennequin Dandèche! ohé, Jehan
Pincebourde! criaient-ils à tue-tête; le vieux Eustache Moubon, le marchand feron du coin, vient
de mourir. Nous avons sa paillasse, nous allons

en faire un feu de joie. C'est aujourd'hui les flamands!

Et voilà qu'ils jetèrent la paillasse précisément sur Gringoire, près duquel ils étaient arrivés sans le voir. En même temps, un d'eux prit une poignée de paille qu'il alla allumer à la mèche de la bonne Vierge.

— Mort-Christ! grommela Gringoire, est-ce que je vais avoir trop chaud maintenant?

Le moment était critique. Il allait être pris entre le feu et l'eau; il fit un effort surnaturel, un effort de faux monnayeur qu'on va bouillir et qui tâche de s'échapper. Il se leva debout, rejeta la paillasse sur les gamins, et s'enfuit.

— Sainte Vierge! crièrent les enfants; le marchand feron qui revient!

Et ils s'enfuirent de leur côté.

La paillasse resta maîtresse du champ de bataille. Belleforêt, le père le Juge et Corrozet assurent que le lendemain elle fut ramassée avec grande pompe par le clergé du quartier et portée au trésor de l'église Sainte-Opportune, où le sacristain se fit jusqu'en 1789 un assez beau revenu avec le grand miracle de la statue de la Vierge du coin de la rue Mauconseil, qui avait, par sa seule présence, dans la mémorable nuit du 6 au 7 janvier 1482, exorcisé défunt Eustache Moubon, lequel, pour faire niche au diable, avait, en mourant, malicieusement caché son âme dans sa paillasse.

LA CRUCHE CASSÉE

Après avoir couru à toutes jambes pendant quelque temps, sans savoir où, donnant de la tête à maint coin de rue, enjambant maint ruisseau, traversant mainte ruelle, maint cul-de-sac, maint carrefour, cherchant fuite et passage à travers tous les méandres du vieux pavé des Halles, explorant dans sa peur panique ce que le beau latin des chartes appelle *tota via, cheminum et viaria*, notre poète s'arrêta tout à coup, d'essoufflement d'abord, puis saisi en quelque sorte au collet par un dilemme qui venait de surgir dans son esprit. — Il me semble, maître Pierre Gringoire, se dit-il à lui-même en appuyant son doigt sur son front, que vous courez là comme un écervelé. Les petits drôles n'ont pas eu moins peur de vous que vous d'eux. Il me semble, vous dis-je, que vous avez entendu le bruit de leurs sabots qui s'enfuyait au midi, pendant que vous vous enfuyiez au septentrion. Or, de deux choses l'une : ou ils ont pris la fuite; et alors la paillasse qu'ils ont dû oublier dans leur terreur est précisément ce lit hospitalier après lequel vous courez depuis ce matin, et que madame la Vierge vous envoie miraculeusement pour vous récompenser d'avoir fait en son honneur une moralité accompagnée de triomphes et momeries; ou les enfants n'ont pas pris la fuite, et dans ce cas ils ont mis le brandon à la paillasse, et c'est là justement l'excellent feu dont vous avez besoin pour vous réjouir, sécher et réchauffer. Dans les deux cas, bon feu ou bon lit, la paillasse est un présent du ciel. La benoîte Vierge Marie, qui est au coin de la rue Mauconseil, n'a peut-être fait mourir Eustache Moubon que pour cela; et c'est folie à vous de vous enfuir ainsi sur traîne-boyau, comme un picard devant un français, laissant derrière vous ce que vous cherchez devant; et vous êtes un sot!

Alors il revint sur ses pas, et s'orientant et furetant, le nez au vent et l'oreille aux aguets, il s'efforça de retrouver la bienheureuse paillasse. Mais en vain. Ce n'étaient qu'intersections de maisons, culs-de-sac, pattes-d'oie, au milieu desquels il hésitait et doutait sans cesse, plus empêché et plus englué dans cet enchevêtrement de ruelles noires qu'il ne l'eût été dans le dédalus même de l'hôtel des Tournelles. Enfin il perdit patience, et s'écria solennellement : — Maudits soient les carrefours! c'est le diable qui les a faits à l'image de sa fourche.

Cette exclamation le soulagea un peu, et une espèce de reflet rougeâtre qu'il aperçut en ce moment au bout d'une longue et étroite ruelle, acheva de relever son moral. — Dieu soit loué! dit-il, c'est là-bas! Voilà ma paillasse qui brûle. Et se comparant au nocher qui sombre dans la nuit : — *Salve,* ajouta-t-il pieusement, *salve, maris stella* [1]!

Adressait-il ce fragment de litanie à la Sainte Vierge ou à la paillasse? c'est ce que nous ignorons parfaitement.

A peine avait-il fait quelques pas dans la longue ruelle, laquelle était en pente, non pavée, et de plus en plus boueuse et inclinée, qu'il remarqua quelque chose d'assez singulier. Elle n'était pas déserte. Çà et là, dans sa longueur, rampaient je ne sais quelles masses vagues et informes, se dirigeant toutes vers la lueur qui vacillait au bout de la rue, comme ces lourds insectes qui se traînent la nuit de brin d'herbe en brin d'herbe vers un feu de pâtre.

Rien ne rend aventureux comme de ne pas sentir la place de son gousset. Gringoire continua de s'avancer, et eut bientôt rejoint celle de ces larves qui se traînait le plus paresseusement à la suite des autres. En s'en approchant, il vit que ce n'était rien autre chose qu'un misérable cul-de-jatte qui sautelait sur ses deux mains, comme un faucheux blessé qui n'a plus que deux pattes. Au moment où il passa près de cette espèce d'araignée à face humaine, elle éleva vers lui une voix lamentable : — *La buona mancia, signor! la buona mancia* [1] !

— Que le diable t'emporte, dit Gringoire, et moi avec toi, si je sais ce que tu veux dire!

Et il passa outre.

Il rejoignit une autre de ces masses ambulantes, et l'examina. C'était un perclus, à la fois boiteux et manchot, et si manchot et si boiteux que le système compliqué de béquilles et de jambes de bois qui le soutenait lui donnait l'air d'un échafaudage de maçons en marche. Gringoire, qui avait les comparaisons nobles et classiques, le compara dans sa pensée au trépied vivant de Vulcain.

Ce trépied vivant le salua au passage, mais en arrêtant son chapeau à la hauteur du menton de Gringoire, comme un plat à barbe, et en lui criant aux oreilles : — *Señor caballero, para comprar un pedaso de pan* [2] !

— Il paraît, dit Gringoire, que celui-là parle aussi; mais c'est une rude langue, et il est plus heureux que moi s'il la comprend.

Puis se frappant le front par une subite transition d'idée : — A propos, que diable voulaient-ils dire ce matin avec leur *Esmeralda*?

Il voulut doubler le pas; mais pour la troisième fois quelque chose lui barra le chemin. Ce quelque chose, ou plutôt ce quelqu'un, c'était un aveugle, un petit aveugle à face juive et barbue, qui, ramant dans l'espace autour de lui avec un bâton, et remorqué par un gros chien, lui nasilla avec un accent hongrois : *Facitote caritatem* [1] !

— A la bonne heure ! dit Pierre Gringoire, en voilà un enfin qui parle un langage chrétien. Il faut que j'aie la mine bien aumônière pour qu'on me demande ainsi la charité dans l'état de maigreur où est ma bourse. Mon ami (et il se tournait vers l'aveugle), j'ai vendu la semaine passée ma dernière chemise ; c'est-à-dire, puisque vous ne comprenez que la langue de Cicéro : *Vendidi hebdomade nuper transita meam ultimam chemisam.*

Cela dit, il tourna le dos à l'aveugle, et poursuivit son chemin ; mais l'aveugle se mit à allonger le pas en même temps que lui, et voilà que le perclus, voilà que le cul-de-jatte surviennent de leur côté avec grande hâte et grand bruit d'écuelle et de béquilles sur le pavé. Puis, tous trois, s'entreculbutant aux trousses du pauvre Gringoire, se mirent à lui chanter leur chanson :

— *Caritatem !* chantait l'aveugle.

— *La buona mancia !* chantait le cul-de-jatte.

Et le boiteux relevait la phrase musicale en répétant : — *Un pedaso de pan !*

Gringoire se boucha les oreilles. — O tour de Babel ! s'écria-t-il.

Il se mit à courir. L'aveugle courut. Le boiteux courut. Le cul-de-jatte courut.

Et puis, à mesure qu'il s'enfonçait dans la rue, culs-de-jatte, aveugles, boiteux, pullulaient autour de lui, et des manchots et des borgnes et des lépreux avec leurs plaies, qui sortant des maisons, qui des petites rues adjacentes, qui des soupiraux des caves, hurlant, beuglant, glapissant, tous clopin-clopant, cahin-caha, se ruant vers la lumière, et vautrés dans la fange comme des limaces après la pluie.

Gringoire, toujours suivi par ses trois persécuteurs, et ne sachant trop ce que cela allait devenir, marchait effaré au milieu des autres, tournant les boiteux, enjambant les culs-de-jatte, les pieds empêtrés dans cette fourmilière d'éclopés, comme ce capitaine anglais qui s'enlisa dans un troupeau de crabes.

L'idée lui vint d'essayer de retourner sur ses pas. Mais il était trop tard. Toute cette légion s'était refermée derrière lui, et ses trois mendiants le tenaient. Il continua donc, poussé à la fois par ce flot irrésistible, par la peur et par un vertige qui lui faisait de tout cela une sorte de rêve horrible.

Enfin, il atteignit l'extrémité de la rue. Elle débouchait sur une place immense, où mille lumières éparses vacillaient dans le brouillard confus de la nuit. Gringoire s'y jeta, espérant échapper par la vitesse de ses jambes aux trois spectres infirmes qui s'étaient cramponnés à lui.

— *Ondè vas, hombre* [1]! cria le perclus jetant là ses béquilles, et courant après lui avec les deux meilleures jambes qui eussent jamais tracé un pas géométrique sur le pavé de Paris.

Cependant le cul-de-jatte, debout sur ses pieds, coiffait Gringoire de sa lourde jatte ferrée, et l'aveugle le regardait en face avec des yeux flamboyants.

— Où suis-je? dit le poète terrifié.

— Dans la Cour des Miracles, répondit un quatrième spectre qui les avait accostés.

— Sur mon âme, reprit Gringoire, je vois bien les aveugles qui regardent et les boiteux qui courent, mais où est le Sauveur?

Ils répondirent par un éclat de rire sinistre.

Le pauvre poète jeta les yeux autour de lui. Il était en effet dans cette redoutable Cour des Miracles [2], où jamais honnête homme n'avait pénétré à pareille heure; cercle magique où les officiers du Châtelet et les sergents de la prévôté qui s'y aventuraient disparaissaient en miettes; cité des voleurs, hideuse verrue à la face de Paris; égout d'où s'échappait chaque matin, et où revenait croupir chaque nuit ce ruisseau de vices, de mendicité et de vagabondage toujours débor-

dé dans les rues des capitales; ruche monstrueuse où rentraient le soir avec leur butin tous
les frelons de l'ordre social; hôpital menteur où
le bohémien, le moine défroqué, l'écolier perdu,
les vauriens de toutes les nations, espagnols,
italiens, allemands, de toutes les religions, juifs,
chrétiens, mahométans, idolâtres, couverts de
plaies fardées, mendiants le jour, se transfigu-
raient la nuit en brigands; immense vestiaire, en
un mot, où s'habillaient et se déshabillaient à
cette époque tous les acteurs de cette comédie
éternelle que le vol, la prostitution et le meurtre
jouent sur le pavé de Paris.

C'était une vaste place, irrégulière et mal
pavée, comme toutes les places de Paris alors.
Des feux, autour desquels fourmillaient des
groupes étranges, y brillaient çà et là. Tout cela
allait, venait, criait. On entendait des rires aigus,
des vagissements d'enfants, des voix de femmes.
Les mains, les têtes de cette foule, noires sur le
fond lumineux, y découpaient mille gestes
bizarres. Par moments, sur le sol, où tremblait
la clarté des feux, mêlée à de grandes ombres
indéfinies, on pouvait voir passer un chien qui
ressemblait à un homme, un homme qui ressemblait à un chien. Les limites des races et
des espèces semblaient s'effacer dans cette cité
comme dans un pandémonium. Hommes, femmes, bêtes, âge, sexe, santé, maladie, tout semblait être en commun parmi ce peuple; tout
allait ensemble, mêlé, confondu, superposé; chacun y participait de tout.

Le rayonnement chancelant et pauvre des feux
permettait à Gringoire de distinguer, à travers
son trouble, tout à l'entour de l'immense place,
un hideux encadrement de vieilles maisons dont
les façades vermoulues, ratatinées, rabougries,
percées chacune d'une ou deux lucarnes éclairées, lui semblaient dans l'ombre d'énormes têtes
de vieilles femmes, rangées en cercle, monstrueuses et rechignées, qui regardaient le sabbat
en clignant des yeux.

C'était comme un nouveau monde, inconnu, inouï, difforme, reptile, fourmillant, fantastique.

Gringoire, de plus en plus effaré, pris par les trois mendiants comme par trois tenailles, assourdi d'une foule d'autres visages qui moutonnaient et aboyaient autour de lui, le malencontreux Gringoire tâchait de rallier sa présence d'esprit pour se rappeler si l'on était à un samedi. Mais ses efforts étaient vains; le fil de sa mémoire et de sa pensée était rompu; et doutant de tout, flottant de ce qu'il voyait à ce qu'il sentait, il se posait cette insoluble question :
— Si je suis, cela est-il? si cela est, suis-je?

En ce moment, un cri distinct s'éleva dans la cohue bourdonnante qui l'enveloppait : — Menons-le au roi! menons-le au roi!

— Sainte Vierge! murmura Gringoire, le roi d'ici, ce doit être un bouc [1].

— Au roi! au roi! répétèrent toutes les voix.

On l'entraîna. Ce fut à qui mettrait la griffe sur lui. Mais les trois mendiants ne lâchaient pas prise, et l'arrachaient aux autres en hurlant : il est à nous!

Le pourpoint déjà malade du poète rendit le dernier soupir dans cette lutte.

En traversant l'horrible place, son vertige se dissipa. Au bout de quelques pas, le sentiment de la réalité lui était revenu. Il commençait à se faire à l'atmosphère du lieu. Dans le premier moment, de sa tête de poète, ou peut-être, tout simplement et tout prosaïquement, de son estomac vide, il s'était élevé une fumée, une vapeur pour ainsi dire, qui, se répandant entre les objets et lui, ne les lui avait laissé entrevoir que dans la brume incohérente du cauchemar, dans ces ténèbres des rêves qui font trembler tous les contours, grimacer toutes les formes, s'agglomérer les objets en groupes démesurés, dilatant les choses en chimères et les hommes en fantômes. Peu à peu à cette hallucination succéda un regard moins égaré et moins grossissant. Le réel se faisait jour autour de lui, lui heurtait les yeux, lui heurtait les pieds, et démolissait pièce à pièce toute l'effroyable poésie dont il s'était cru d'abord entouré. Il fallut bien s'apercevoir qu'il ne marchait pas dans le Styx, mais dans la boue, qu'il n'était pas coudoyé par des démons, mais par des voleurs; qu'il n'y allait pas de son âme, mais tout bonnement de sa vie (puisqu'il lui manquait ce précieux conciliateur qui se place si efficacement entre le bandit et l'honnête homme : la bourse). Enfin, en examinant l'orgie de plus près et avec plus de sang-froid, il tomba du sabbat au cabaret.

La Cour des Miracles n'était en effet qu'un cabaret, mais un cabaret de brigands, tout aussi rouge de sang que de vin.

Le spectacle qui s'offrit à ses yeux, quand son escorte en guenilles le déposa enfin au terme de sa course, n'était pas propre à le ramener à la poésie, fût-ce même à la poésie de l'enfer. C'était plus que jamais la prosaïque et brutale réalité de la taverne. Si nous n'étions pas au quinzième siècle, nous dirions que Gringoire était descendu de Michel-Ange à Callot.

Autour d'un grand feu qui brûlait sur une large dalle ronde, et qui pénétrait de ses flammes les tiges rougies d'un trépied vide pour le moment, quelques tables vermoulues étaient dressées, çà et là, au hasard, sans que le moindre laquais géomètre eût daigné ajuster leur parallélisme ou veiller à ce qu'au moins elles ne se coupassent pas à des angles trop inusités. Sur ces tables reluisaient quelques pots ruisselants de vin et de cervoise, et autour de ces pots se groupaient force visages bachiques, empourprés de feu et de vin. C'était un homme à gros ventre et à joviale figure qui embrassait bruyamment une fille de joie, épaisse et charnue. C'était une espèce de faux soldat, un narquois, comme on disait en argot, qui défaisait en sifflant les bandages de sa fausse blessure, et qui dégourdissait son genou sain et vigoureux, emmailloté depuis le matin dans mille ligatures. Au rebours, c'était un malingreux qui préparait avec de l'éclaire [1] et du sang de bœuf *sa jambe de Dieu* du lendemain. Deux tables plus loin, un coquillart, avec son costume complet de pèlerin, épelait la complainte de Sainte-Reine, sans oublier la psalmodie et le nasillement. Ailleurs un jeune hubin prenait leçon d'épilepsie d'un vieux sabouleux qui lui enseignait l'art d'écumer en mâchant un morceau de savon. A côté, un hydropique se dégonflait, et faisait boucher le nez à quatre ou cinq larronnesses qui se disputaient à la même table un enfant volé dans la soirée. Toutes circonstances qui, deux siècles plus tard, *semblèrent si ridicules à la cour,* comme dit Sauval, *qu'elles servirent de passe-temps au roi et d'entrée au ballet royal de La Nuit, divisé en quatre parties et dansé sur le théâtre du Petit-Bourbon.* « Jamais, ajoute un témoin oculaire de 1653, les subites métamorphoses de la Cour des Miracles n'ont été plus heureusement représentées. Benserade nous y prépara par des vers assez galants. »

Le gros rire éclatait partout, et la chanson obscène. Chacun tirait à soi, glosant et jurant sans écouter le voisin. Les pots trinquaient, et les querelles naissaient au choc des pots, et les pots ébréchés faisaient déchirer les haillons.

Un gros chien, assis sur sa queue, regardait le feu. Quelques enfants étaient mêlés à cette orgie. L'enfant volé, qui pleurait et criait. Un autre, gros garçon de quatre ans, assis les jambes pendantes sur un banc trop élevé, ayant de la table jusqu'au menton, et ne disant mot. Un troisième étalant gravement avec son doigt sur la table le suif en fusion qui coulait d'une chandelle. Un dernier, petit, accroupi dans la boue, presque perdu dans un chaudron qu'il raclait avec une tuile et dont il tirait un son à faire évanouir Stradivarius.

Un tonneau était près du feu, et un mendiant sur le tonneau. C'était le roi sur son trône.

Les trois qui avaient Gringoire l'amenèrent

devant ce tonneau, et toute la bacchanale fit un
moment silence, excepté le chaudron habité par
l'enfant.

Gringoire n'osait souffler ni lever les yeux.

— *Hombre, quita tu sombrero* [1], dit l'un des
trois drôles à qui il était; et avant qu'il eût
compris ce que cela voulait dire, l'autre lui avait
pris son chapeau. Misérable bicoquet, il est vrai,
mais bon encore un jour de soleil ou un jour
de pluie. Gringoire soupira.

Cependant le roi, du haut de sa futaille, lui
adressa la parole.

— Qu'est-ce que c'est que ce maraud?

Gringoire tressaillit. Cette voix, quoique accen-
tuée par la menace, lui rappela une autre voix
qui le matin même avait porté le premier coup
à son mystère en nasillant au milieu de l'auditoire : *La charité, s'il vous plaît!* Il leva la tête.
C'était en effet Clopin Trouillefou.

Clopin Trouillefou, revêtu de ses insignes
royaux, n'avait pas un haillon de plus ni de
moins. Sa plaie au bras avait déjà disparu. Il
portait à la main une de ces fouets à lanières de
cuir blanc dont se servaient alors les sergents
à verge pour serrer la foule, et que l'on appelait
boullayes. Il avait sur la tête une espèce de coiffure cerclée et fermée par le haut; mais il était
difficile de distinguer si c'était un bourrelet d'enfant ou une couronne de roi, tant les deux choses
se ressemblent.

Cependant Gringoire, sans savoir pourquoi,
avait repris quelque espoir en reconnaissant dans
le roi de la Cour des Miracles son maudit mendiant de la grand'salle.

— Maître, balbutia-t-il... Monseigneur... Sire...
Comment dois-je vous appeler? dit-il enfin,
arrivé au point culminant de son crescendo, et
ne sachant plus comment monter ni redescendre.

— Monseigneur, sa majesté, ou camarade,
appelle-moi comme tu voudras. Mais dépêche.
Qu'as-tu à dire pour ta défense?

Pour ta défense! pensa Gringoire, ceci me

déplaît. Il reprit en bégayant : — Je suis celui qui ce matin...

— Par les ongles du diable! interrompit Clopin, ton nom, maraud, et rien de plus. Ecoute. Tu es devant trois puissants souverains : moi, Clopin Trouillefou, roi de Thunes, successeur du grand coësre, suzerain suprême du royaume de l'argot; Mathias Hungadi Spicali, duc d'Egypte et de Bohême, ce vieux jaune que tu vois là avec un torchon autour de la tête; Guillaume Rousseau, empereur de Galilée, ce gros qui ne nous écoute pas et qui caresse une ribaude. Nous sommes tes juges. Tu es entré dans le royaume d'argot sans être argotier, tu as violé les privilèges de notre ville. Tu dois être puni, à moins que tu ne sois capon, franc-mitou ou rifodé, c'est-à-dire, dans l'argot des honnêtes gens, voleur, mendiant ou vagabond. Es-tu quelque chose comme cela? Justifie-toi. Décline tes qualités.

— Hélas! dit Gringoire, je n'ai pas cet honneur. Je suis l'auteur...

— Cela suffit, reprit Trouillefou sans le laisser achever. Tu vas être pendu. Chose toute simple, messieurs les honnêtes bourgeois! comme vous traitez les nôtres chez vous, nous traitons les vôtres chez nous. La loi que vous faites aux truands, les truands vous la font. C'est votre faute si elle est méchante. Il faut bien qu'on voie de temps en temps une grimace d'honnête homme au-dessus du collier de chanvre; cela rend la chose honorable. Allons, l'ami, partage gaiement tes guenilles à ces demoiselles. Je vais te faire pendre pour amuser les truands, et tu leur donneras ta bourse pour boire. Si tu as quelque momerie à faire, il y a là-bas dans l'égrugeoir [1] un très bon Dieu-le-Père en pierre que nous avons volé à Saint-Pierre-aux-Bœufs. Tu as quatre minutes pour lui jeter ton âme à la tête.

La harangue était formidable.

— Bien dit, sur mon âme! Clopin Trouillefou prêche comme un saint-père le pape, s'écria l'em-

pereur de Galilée en cassant son pot pour étayer
sa table.

— Messeigneurs les empereurs et rois, dit
Gringoire avec sang-foid (car je ne sais comment la fermeté lui était revenue, et il parlait
résolument), vous n'y pensez pas. Je m'appelle
Pierre Gringoire, je suis le poète dont on a
représenté ce matin une moralité dans la grand'
salle du Palais.

— Ah! c'est toi, maître! dit Clopin. J'y étais,
par la tête-Dieu! Eh bien! camarade, est-ce une
raison, parce que tu nous as ennuyés ce matin,
pour ne pas être pendu ce soir?

J'aurai de la peine à m'en tirer, pensa Gringoire. Il tenta pourtant encore un effort. — Je
ne vois pas pourquoi, dit-il, les poètes ne sont
pas rangés parmi les truands. Vagabond, Æso-
pus le fut; mendiant, Homerus le fut; voleur,
Mercurius l'était...

Clopin l'interrompit : — Je crois que tu veux
nous matagraboliser avec ton grimoire. Pardieu,
laisse-toi pendre, et pas tant de façons!

— Pardon, monseigneur le roi de Thunes,
répliqua Gringoire, disputant le terrain pied à
pied. Cela en vaut la peine... Un moment!...
Écoutez-moi... Vous ne me condamnerez pas sans
m'entendre...

Sa malheureuse voix, en effet, était couverte
par le vacarme qui se faisait autour de lui. Le
petit garçon raclait son chaudron avec plus de
verve que jamais; et pour comble, une vieille
femme venait de poser sur le trépied ardent une
poêle pleine de graisse, qui glapissait au feu
avec un bruit pareil aux cris d'une troupe d'enfants qui poursuit un masque.

Cependant Clopin Trouillefou parut conférer
un moment avec le duc d'Egypte et l'empereur
de Galilée, lequel était complètement ivre. Puis
il cria aigrement : Silence donc! et, comme le
chaudron et la poêle à frire ne l'écoutaient pas et
continuaient leur duo, il sauta à bas de son
tonneau, donna un coup de pied dans le chau-

dron, qui roula à dix pas avec l'enfant, un coup de pied dans la poêle, dont toute la graisse se renversa dans le feu, et il remonta gravement sur son trône, sans se soucier des pleurs étouffés de l'enfant, ni des grognements de la vieille, dont le souper s'en allait en belle flamme blanche.

Trouillefou fit un signe, et le duc, et l'empereur, et les archisuppôts et les cagoux vinrent se ranger autour de lui en un fer-à-cheval, dont Gringoire, toujours rudement appréhendé au corps, occupait le centre. C'était un demi-cercle de haillons, de guenilles, de clinquant, de fourches, de haches, de jambes avinées, de gros bras nus, de figures sordides, éteintes et hébétées. Au milieu de cette table ronde de la gueuserie, Clopin Trouillefou, comme le doge de ce sénat, comme le roi de cette pairie, comme le pape de ce conclave, dominait, d'abord de toute la hauteur de son tonneau, puis de je ne sais quel air hautain, farouche et formidable qui faisait pétiller sa prunelle et corrigeait dans son sauvage profil le type bestial de la race truande. On eût dit une hure parmi des groins.

— Ecoute, dit-il à Gringoire en caressant son menton difforme avec sa main calleuse, je ne vois pas pourquoi tu ne serais pas pendu. Il est vrai que cela a l'air de te répugner; et c'est tout simple, vous autres bourgeois, vous n'y êtes pas habitués. Vous vous faites de la chose une grosse idée. Après tout, nous ne te voulons pas de mal. Voici un moyen de te tirer d'affaire pour le moment. Veux-tu être des nôtres?

On peut juger de l'effet que fit cette proposition sur Gringoire, qui voyait la vie lui échapper, et commençait à lâcher prise. Il s'y rattacha énergiquement.

— Je le veux, certes, bellement, dit-il.

— Tu consens, reprit Clopin, à t'enrôler parmi les gens de la petite flambe [1]?

— De la petite flambe. Précisément, répondit Gringoire.

— Tu te reconnais membre de la franche bourgeoisie? reprit le roi de Thunes.

— De la franche bourgeoisie.

— Sujet du royaume d'argot?

— Du royaume d'argot.

— Truand?

— Truand.

— Dans l'âme?

— Dans l'âme.

— Je te fais remarquer, reprit le roi, que tu n'en seras pas moins pendu pour cela.

— Diable! dit le poète.

— Seulement, continua Clopin, imperturbable, tu seras pendu plus tard, avec plus de cérémonie, aux frais de la bonne ville de Paris, à un beau gibet de pierre, et par les honnêtes gens. C'est une consolation.

— Comme vous dites, répondit Gringoire.

— Il y a d'autres avantages. En qualité de franc-bourgeois, tu n'auras à payer ni boues, ni pauvres, ni lanternes, à quoi sont sujets les bourgeois de Paris.

— Ainsi soit-il, dit le poète. Je consens. Je suis truand, argotier, franc-bourgeois, petite flambe, tout ce que vous voudrez. Et j'étais tout cela d'avance, monsieur le roi de Thunes, car je suis philosophe; *et omnia in philosophia, omnes in philosopho continentur* [1], comme vous savez.

Le roi de Thunes fronça le sourcil.

— Pour qui me prends-tu, l'ami? Quel argot de juif de Hongrie nous chantes-tu là? Je ne sais pas l'hébreu. Pour être bandit on n'est pas juif. Je ne vole même plus, je suis au-dessus de cela, je tue. Coupe-gorge, oui; coupe-bourse, non.

Gringoire tâcha de glisser quelque excuse à travers ces brèves paroles que la colère saccadait de plus en plus. — Je vous demande pardon, monseigneur. Ce n'est pas de l'hébreu, c'est du latin.

— Je te dis, reprit Clopin avec emportement, que je ne suis pas juif, et que je te ferai pendre, ventre de synagogue! ainsi que ce petit marcan-

dier de Judée qui est auprès de toi et que j'espère
bien voir clouer un jour sur un comptoir, comme
une pièce de fausse monnaie qu'il est !

En parlant ainsi, il désignait du doigt le petit
juif hongrois barbu, qui avait accosté Gringoire
de son *facitote caritatem,* et qui, ne comprenant
pas d'autre langue, regardait avec surprise la
mauvaise humeur du roi de Thunes déborder
sur lui. Enfin monseigneur Clopin se calma.

— Maraud ! dit-il à notre poète, tu veux donc
être truand ?

— Sans doute, répondit le poète.

— Ce n'est pas le tout de vouloir, dit le bourru
Clopin. La bonne volonté ne met pas un oignon
de plus dans la soupe, et n'est bonne que pour
aller en paradis ; or, paradis et argot sont deux.
Pour être reçu dans l'argot, il faut que tu prouves
que tu es bon à quelque chose, et pour cela que
tu fouilles le mannequin.

— Je fouillerai, dit Gringoire, tout ce qu'il
vous plaira.

Clopin fit un signe. Quelques argotiers se déta-
chèrent du cercle et revinrent un moment après.
Ils apportaient deux poteaux terminés à leur
extrémité inférieure par deux spatules en charpente, qui leur faisaient prendre aisément pied
sur le sol. A l'extrémité supérieure des deux
poteaux ils adaptèrent une solive transversale,
et le tout constitua une fort jolie potence porta-
tive, que Gringoire eut la satisfaction de voir se
dresser devant lui en un clin d'œil. Rien n'y manquait, pas même la corde qui se balançait gracieusement au-dessous de la traverse.

— Où veulent-ils en venir ? se demanda Gringoire avec quelque inquiétude. Un bruit de sonnettes qu'il entendit au même moment mit fin
à son anxiété. C'était un mannequin que les
truands suspendaient par le cou à la corde,
espèce d'épouvantail aux oiseaux, vêtu de rouge,
et tellement chargé de grelots et de clochettes
qu'on eût pu en harnacher trente mules castil-

lanes. Ces mille sonnettes frissonnèrent quelque temps aux oscillations de la corde, puis s'éteignirent peu à peu, et se turent enfin, quand le mannequin eut été ramené à l'immobilité par cette loi du pendule qui a détrôné la clepsydre et le sablier.

Alors Clopin, indiquant à Gringoire un vieil escabeau chancelant placé au-dessous du mannequin : — Monte là-dessus.

— Mort-diable! objecta Gringoire, je vais me rompre le cou. Votre escabelle boite comme un distique de Martial; elle a un pied hexamètre et un pied pentamètre.

— Monte, reprit Clopin.

Gringoire monta sur l'escabeau, et parvint, non sans quelques oscillations de la tête et des bras, à y retrouver son centre de gravité.

— Maintenant, poursuivit le roi de Thunes, tourne ton pied droit autour de ta jambe gauche et dresse-toi sur la pointe du pied gauche.

— Monseigneur, dit Gringoire, vous tenez donc absolument à ce que je me casse quelque membre?

Clopin hocha la tête.

— Ecoute, l'ami, tu parles trop. Voilà en deux mots de quoi il s'agit. Tu vas te dresser sur la pointe du pied, comme je te le dis; de cette façon tu pourras atteindre jusqu'à la poche du mannequin; tu y fouilleras; tu en tireras une bourse qui s'y trouve; et si tu fais tout cela sans qu'on entende le bruit d'une sonnette, c'est bien; tu seras truand. Nous n'aurons plus qu'à te rouer de coups pendant huit jours.

— Ventre-Dieu! je n'aurais garde, dit Gringoire. Et si je fais chanter les sonnettes?

— Alors tu seras pendu. Comprends-tu?

— Je ne comprends pas du tout, répondit Gringoire.

— Ecoute encore une fois. Tu vas fouiller le mannequin et lui prendre sa bourse; si une seule sonnette bouge dans l'opération, tu seras pendu. Comprends-tu cela?

— Bien, dit Gringoire; je comprends cela. Après?

— Si tu parviens à enlever la bourse sans qu'on entende les grelots, tu es truand, et tu seras roué de coups pendant huit jours consécutifs. Tu comprends sans doute, maintenant?

— Non, monseigneur, je ne comprends plus. Où est mon avantage? pendu dans un cas, battu dans l'autre...

— Et truand? reprit Clopin, et truand? n'est-ce rien? C'est dans ton intérêt que nous te battrons, afin de t'endurcir aux coups.

— Grand merci, répondit le poète.

— Allons, dépêchons, dit le roi en frappant du pied sur son tonneau qui résonna comme une grosse caisse. Fouille le mannequin, et que cela finisse. Je t'avertis une dernière fois que si j'entends un seul grelot, tu prendras la place du mannequin.

La bande des argotiers applaudit aux paroles de Clopin, et se rangea circulairement autour de la potence, avec un rire tellement impitoyable que Gringoire vit qu'il les amusait trop pour n'avoir pas tout à craindre d'eux. Il ne lui restait donc plus d'espoir, si ce n'est la frêle chance de réussir dans la redoutable opération qui lui était imposée. Il se décida à la risquer, mais ce ne fut pas sans avoir adressé d'abord une fervente prière au mannequin qu'il allait dévaliser et qui eût été plus facile à attendrir que les truands. Cette myriade de sonnettes avec leurs petites langues de cuivre lui semblaient autant de gueules d'aspics ouvertes, prêtes à mordre et à siffler.

— Oh! disait-il tout bas, est-il possible que ma vie dépende de la moindre des vibrations du moindre de ces grelots! Oh! ajoutait-il les mains jointes, sonnettes, ne sonnez pas! clochettes, ne clochez pas! grelots, ne grelottez pas!

Il tenta encore un effort sur Trouillefou.

— Et s'il survient un coup de vent? lui demanda-t-il.

— Tu seras pendu, répondit l'autre sans hésiter.

Voyant qu'il n'y avait ni répit, ni sursis, ni faux-fuyant possible, il prit bravement son parti. Il tourna son pied droit autour de son pied gauche, se dressa sur son pied gauche, et étendit le bras; mais, au moment où il touchait le mannequin, son corps qui n'avait plus qu'un pied chancela sur l'escabeau qui n'en avait que trois; il voulut machinalement s'appuyer au mannequin, perdit l'équilibre, et tomba lourdement sur la terre, tout assourdi par la fatale vibration des mille sonnettes du mannequin, qui, cédant à l'impulsion de sa main, décrivit d'abord une rotation sur lui-même, puis se balança majestueusement entre les deux poteaux.

— Malédiction! cria-t-il en tombant, et il resta comme mort la face contre terre.

Cependant il entendait le redoutable carillon au-dessus de sa tête, et le rire diabolique des truands, et la voix de Trouillefou, qui disait :
— Relevez-moi le drôle, et pendez-le-moi rudement.

Il se leva. On avait déjà décroché le mannequin pour lui faire place.

Les argotiers le firent monter sur l'escabeau. Clopin vint à lui, lui passa la corde au cou, et lui frappant sur l'épaule : — Adieu, l'ami! Tu ne peux plus échapper maintenant, quand même tu digérerais avec les boyaux du pape.

Le mot *grâce* expira sur les lèvres de Gringoire. Il promena ses regards autour de lui. Mais aucun espoir : tous riaient.

— Bellevigne de l'Etoile, dit le roi de Thunes à un énorme truand qui sortit des rangs, grimpe sur la traverse.

Bellevigne de l'Etoile monta lestement sur la solive transversale, et au bout d'un instant Gringoire en levant les yeux le vit avec terreur accroupi sur la traverse au-dessus de sa tête.

— Maintenant, reprit Clopin Trouillefou, dès que je frapperai des mains, Andry le Rouge, tu

jetteras l'escabelle à terre d'un coup de genou;
François Chante-Prune, tu te pendras aux pieds
du maraud; et toi, Bellevigne, tu te jetteras sur
ses épaules; et tous trois à la fois, entendez-vous?

Gringoire frissonna.

— Y êtes-vous? dit Clopin Trouillefou aux
trois argotiers prêts à se précipiter sur Gringoire
comme trois araignées sur une mouche. Le pauvre patient eut un moment d'attente horrible,
pendant que Clopin repoussait tranquillement du
bout du pied dans le feu quelques brins de sar-
ment que la flamme n'avait pas gagnés. — Y
êtes-vous? répéta-t-il, et il ouvrit ses mains pour
frapper. Une seconde de plus, c'en était fait.

Mais il s'arrêta, comme averti par une idée
subite. — Un instant! dit-il; j'oubliais!... Il est
d'usage que nous ne pendions pas un homme
sans demander s'il y a une femme qui en veut.
— Camarade, c'est ta dernière ressource. Il faut
que tu épouses une truande ou la corde.

Cette loi bohémienne, si bizarre qu'elle puisse
sembler au lecteur, est aujourd'hui encore écrite
tout au long dans la vieille législation anglaise.
Voyez *Burington's Observations.*

Gringoire respira. C'était la seconde fois qu'il
revenait à la vie depuis une demi-heure. Aussi
n'osait-il trop s'y fier.

— Holà! cria Clopin remonté sur sa futaille,
holà! femmes, femelles, y a-t-il parmi vous,
depuis la sorcière jusqu'à sa chatte, une ribaude
qui veuille de ce ribaud? Holà, Colette la Cha-
ronne! Elisabeth Trouvain! Simone Jodouyne!
Marie Piédebou! Thonne la Longue! Bérarde
Fanouel! Michelle Genaille! Claude Ronge-
Oreille! Mathurine Girorou! Holà! Isabeau la
Thierrye! Venez et voyez! un homme pour rien!
qui en veut?

Gringoire, dans ce misérable état, était sans
doute peu appétissant. Les truandes se mon-
trèrent médiocrement touchées de la proposition.
Le malheureux les entendit répondre : — Non!
non! pendez-le, il y aura du plaisir pour toutes.

Trois cependant sortirent de la foule et vinrent le flairer. La première était une grosse fille à face carrée. Elle examina attentivement le pourpoint déplorable du philosophe. La souquenille était usée et plus trouée qu'une poêle à griller des châtaignes. La fille fit la grimace. — Vieux drapeau! grommela-t-elle, et s'adressant à Gringoire : — Voyons ta cape? — Je l'ai perdue, dit Gringoire. — Ton chapeau? — On me l'a pris. — Tes souliers? — Ils commencent à n'avoir plus de semelles. — Ta bourse? — Hélas! bégaya Gringoire, je n'ai pas un denier parisis. — Laisse-toi pendre, et dis merci! répliqua la truande en lui tournant le dos.

La seconde, vieille, noire, ridée, hideuse, d'une laideur à faire tache dans la Cour des Miracles, tourna autour de Gringoire. Il tremblait presque qu'elle ne voulût de lui. Mais elle dit entre ses dents : — Il est trop maigre, et s'éloigna.

La troisième était une jeune fille, assez fraîche, et pas trop laide. — Sauvez-moi! lui dit à voix basse le pauvre diable. Elle le considéra un moment d'un air de pitié, puis baissa les yeux, fit un pli à sa jupe, et resta indécise. Il suivait des yeux tous ses mouvements; c'était la dernière lueur d'espoir. — Non, dit enfin la jeune fille, non! Guillaume Longuejoue me battrait. Elle rentra dans la foule.

— Camarade, dit Clopin, tu as du malheur.

Puis, se levant debout sur son tonneau : — Personne n'en veut? cria-t-il en contrefaisant l'accent d'un huissier priseur, à la grande gaieté de tous; personne n'en veut? une fois, deux fois, trois fois! Et se tournant vers la potence avec un signe de tête : — Adjugé!

Bellevigne de l'Etoile, Andry le Rouge, François Chante-Prune se rapprochèrent de Gringoire.

En ce moment un cri s'éleva parmi les argotiers : — *La Esmeralda! la Esmeralda!*

Gringoire tressaillit, et se tourna du côté d'où venait la clameur. La foule s'ouvrit, et donna passage à une pure et éblouissante figure.

C'était la bohémienne.

— La Esmeralda! dit Gringoire, stupéfait, au milieu de ses émotions, de la brusque manière dont ce mot magique nouait tous les souvenirs de sa journée.

Cette rare créature paraissait exercer jusque dans la Cour des Miracles son empire de charme et de beauté. Argotiers et argotières se rangeaient doucement à son passage, et leurs brutales figures s'épanouissaient à son regard.

Elle s'approcha du patient avec son pas léger. Sa jolie Djali la suivait. Gringoire était plus mort que vif. Elle le considéra un moment en silence.

— Vous allez pendre cet homme? dit-elle gravement à Clopin.

— Oui, sœur, répondit le roi de Thunes, à moins que tu ne le prennes pour mari.

Elle fit sa jolie petite moue de la lèvre inférieure.

— Je le prends, dit-elle.

Gringoire ici crut fermement qu'il n'avait fait qu'un rêve depuis le matin, et que ceci en était la suite.

La péripétie en effet, quoique gracieuse, était violente.

On détacha le nœud coulant, on fit descendre le poète de l'escabeau. Il fut obligé de s'asseoir, tant la commotion était vive.

Le duc d'Egypte, sans prononcer une parole, apporta une cruche d'argile. La bohémienne la présenta à Gringoire. — Jetez-la à terre, lui dit-elle.

La cruche se brisa en quatre morceaux [1].

— Frère, dit alors le duc d'Egypte en leur imposant les mains sur le front, elle est ta femme; sœur, il est ton mari. Pour quatre ans. Allez.

VII

UNE NUIT DE NOCES

Au bout de quelques instants, notre poète se
trouva dans une petite chambre voûtée en ogive,
bien close, bien chaude, assis devant une table
qui ne paraissait pas demander mieux que de
faire quelques emprunts à un garde-manger suspendu tout auprès, ayant un bon lit en perspective, et tête à tête avec une jolie fille. L'aventure tenait de l'enchantement. Il commençait à
se prendre sérieusement pour un personnage de
conte de fées; de temps en temps il jetait les
yeux autour de lui comme pour chercher si le
char de feu attelé de deux chimères ailées, qui
avait seul pu le transporter si rapidement du tartare au paradis, était encore là. Par moments
aussi il attachait obstinément son regard aux
trous de son pourpoint, afin de se cramponner à
la réalité et de ne pas perdre terre tout à fait.
Sa raison, ballottée dans les espaces imaginaires,
ne tenait plus qu'à ce fil.

La jeune fille ne paraissait faire aucune attention à lui; elle allait, venait, dérangeait quelque
escabelle, causait avec sa chèvre, faisait sa moue
çà et là. Enfin elle vint s'asseoir près de la table,
et Gringoire put la considérer à l'aise.

Vous avez été enfant, lecteur, et vous êtes
peut-être assez heureux pour l'être encore. Il
n'est pas que vous n'ayez plus d'une fois (et
pour mon compte j'y ai passé des journées

entières, les mieux employées de ma vie) suivi
de broussaille en broussaille, au bord d'une eau
vive, par un jour de soleil, quelque belle demoiselle verte ou bleue, brisant son vol à angles
brusques et baisant le bout de toutes les branches. Vous vous rappelez avec quelle curiosité
amoureuse votre pensée et votre regard s'atta-
chaient à ce petit tourbillon sifflant et bourdonnant, d'ailes de pourpre et d'azur, au milieu duquel flottait une forme insaisissable voilée par
la rapidité même de son mouvement. L'être
aérien qui se dessinait confusément à travers
ce frémissement d'ailes vous paraissait chimé-
rique, imaginaire, impossible à toucher, impossible à voir. Mais lorsque enfin la demoiselle se
reposait à la pointe d'un roseau et que vous
pouviez examiner, en retenant votre souffle, les
longues ailes de gaze, la longue robe d'émail,
les deux globes de cristal, quel étonnement
n'éprouviez-vous pas et quelle peur de voir de
nouveau la forme s'en aller en ombre et l'être
en chimère! Rappelez-vous ces impressions, et
vous vous rendrez aisément compte de ce que
ressentait Gringoire en contemplant sous sa
forme visible et palpable cette Esmeralda qu'il
n'avait entrevue jusque-là qu'à travers un tourbillon de danse, de chant et de tumulte.

Enfoncé de plus en plus dans sa rêverie, —
Voilà donc, se disait-il en la suivant vaguement
des yeux, ce que c'est que *la Esmeralda?* une
céleste créature! une danseuse des rues! tant
et si peu! C'est elle qui a donné le coup de grâce
à mon mystère ce matin, c'est elle qui me sauve
la vie ce soir. Mon mauvais génie! mon bon ange!
— Une jolie femme, sur ma parole! — et qui
doit m'aimer à la folie pour m'avoir pris de la
sorte. — A propos, dit-il en se levant tout à coup
avec ce sentiment du vrai qui faisait le fond de
son caractère et de sa philosophie, je ne sais
trop comment cela se fait, mais je suis son
mari!

Cette idée en tête et dans les yeux, il s'approcha de la jeune fille d'une façon si militaire et si galante qu'elle recula.

— Que me voulez-vous donc? dit-elle.

— Pouvez-vous me le demander, adorable Esmeralda? répondit Gringoire avec un accent si passionné qu'il en était étonné lui-même en s'entendant parler.

L'égyptienne ouvrit ses grands yeux. — Je ne sais pas ce que vous voulez dire.

— Eh quoi! reprit Gringoire, s'échauffant de plus en plus, et songeant qu'il n'avait affaire après tout qu'à une vertu de la Cour des Miracles, ne suis-je pas à toi, douce amie? n'es-tu pas à moi?

Et, tout ingénument, il lui prit la taille.

Le corsage de la bohémienne glissa dans ses mains comme la robe d'une anguille. Elle sauta d'un bond à l'autre bout de la cellule, se baissa, et se redressa, avec un petit poignard [1] à la main, avant que Gringoire eût eu seulement le temps de voir d'où ce poignard sortait; irritée et fière, les lèvres gonflées, les narines ouvertes, les joues rouges comme une pomme d'api, les prunelles rayonnantes d'éclairs. En même temps, la chevrette blanche se plaça devant elle, et présenta à Gringoire un front de bataille, hérissé de deux cornes jolies, dorées et fort pointues. Tout cela se fit en un clin d'œil.

La demoiselle se faisait guêpe et ne demandait pas mieux que de piquer.

Notre philosophe resta interdit, promenant tour à tour de la chèvre à la jeune fille des regards hébétés.

— Sainte Vierge! dit-il enfin quand la surprise lui permit de parler, voilà deux luronnes!

La bohémienne rompit le silence de son côté.

— Il faut que tu sois un drôle bien hardi!

— Pardon, mademoiselle, dit Gringoire en souriant. Mais pourquoi donc m'avez-vous pris pour mari?

— Fallait-il te laisser pendre?

— Ainsi, reprit le poète un peu désappointé

dans ses espérances amoureuses, vous n'avez eu
d'autre pensée en m'épousant que de me sauver
du gibet?

— Et quelle autre pensée veux-tu que j'aie
eue?

Gringoire se mordit les lèvres. — Allons, dit-il,
je ne suis pas encore si triomphant en Cupido
que je croyais. Mais alors, à quoi bon avoir
cassé cette pauvre cruche?

Cependant le poignard de la Esmeralda et les
cornes de la chèvre étaient toujours sur la dé-
fensive.

— Mademoiselle Esmeralda, dit le poète, capi-
tulons. Je ne suis pas clerc-greffier au Châtelet,
et ne vous chicanerai pas de porter ainsi une
dague dans Paris à la barbe des ordonnances et
prohibitions de monsieur le prévôt. Vous n'igno-
rez pas pourtant que Noël Lescripvain a été
condamné il y a huit jours en dix sols parisis
pour avoir porté un braquemard. Or ce n'est pas
mon affaire, et je viens au fait. Je vous jure
sur ma part de paradis de ne pas vous approcher sans votre congé et permission; mais donnez-moi à souper.

Au fond, Gringoire, comme M. Despréaux,
était « très peu voluptueux [1] ». Il n'était pas de
cette espèce chevalière et mousquetaire qui
prend les jeunes filles d'assaut. En matière
d'amour, comme en toute autre affaire, il était
volontiers pour les temporisations et les moyens
termes; et un bon souper, en tête à tête aimable,
lui paraissait, surtout quand il avait faim, un
entr'acte excellent entre le prologue et le dénouement d'une aventure d'amour.

L'égyptienne ne répondit pas. Elle fit sa petite
moue dédaigneuse, dressa la tête comme un
oiseau, puis éclata de rire, et le poignard mignon
disparut comme il était venu [2], sans que Gringoire pût voir où l'abeille cachait son aiguillon.

Un moment après, il y avait sur la table un
pain de seigle, une tranche de lard, quelques
pommes ridées et un broc de cervoise. Gringoire

se mit à manger avec emportement. A entendre
le cliquetis furieux de sa fourchette de fer et de
son assiette de faïence, on eût dit que tout son
amour s'était tourné en appétit.

La jeune fille assise devant lui le regardait
faire en silence, visiblement préoccupée d'une
autre pensée à laquelle elle souriait de temps
en temps, tandis que sa douce main caressait
la tête intelligente de la chèvre mollement pres-
sée entre ses genoux.

Une chandelle de cire jaune éclairait cette
scène de voracité et de rêverie.

Cependant, les premiers bêlements de son estomac apaisés, Gringoire sentit quelque fausse
honte de voir qu'il ne restait plus qu'une pomme.

— Vous ne mangez pas, mademoiselle Esmeralda?

Elle répondit par un signe de tête négatif,
et son regard pensif alla se fixer à la voûte de
la cellule.

De quoi diable est-elle occupée? pensa Gringoire, et regardant ce qu'elle regardait : — Il
est impossible que ce soit la grimace de ce nain
de pierre sculpté dans la clef de voûte qui
absorbe ainsi son attention. Que diable! je puis
soutenir la comparaison!

Il haussa la voix : — Mademoiselle!

Elle ne paraissait pas l'entendre.

Il reprit plus haut encore : — Mademoiselle
Esmeralda!

Peine perdue. L'esprit de la jeune fille était
ailleurs, et la voix de Gringoire n'avait pas la
puissance de le rappeler. Heureusement la chèvre s'en mêla. Elle se mit à tirer doucement sa
maîtresse par la manche : — Que veux-tu, Djali?
dit vivement l'égyptienne, comme réveillée en
sursaut.

— Elle a faim, dit Gringoire, charmé d'entamer la conversation.

La Esmeralda se mit à émietter du pain, que
Djali mangeait gracieusement dans le creux de
sa main.

Du reste Gringoire ne lui laissa pas le temps de reprendre sa rêverie. Il hasarda une question délicate.

— Vous ne voulez donc pas de moi pour votre mari?

La jeune fille le regarda fixement et dit : — Non.

— Pour votre amant? reprit Gringoire.

Elle fit sa moue, et répondit : — Non.

— Pour votre ami? poursuivit Gringoire.

Elle le regarda encore fixement, et dit après un moment de réflexion : — Peut-être.

Ce *peut-être,* si cher aux philosophes, enhardit Gringoire.

— Savez-vous ce que c'est que l'amitié? demanda-t-il.

— Oui, répondit l'égyptienne. C'est être frère et sœur, deux âmes qui se touchent sans se confondre, les deux doigts de la main.

— Et l'amour? poursuivit Gringoire.

— Oh! l'amour! dit-elle, et sa voix tremblait, et son œil rayonnait. C'est être deux et n'être qu'un. Un homme et une femme qui se fondent en un ange. C'est le ciel.

La danseuse des rues était, en parlant ainsi, d'une beauté qui frappait singulièrement Gringoire, et lui semblait en rapport parfait avec l'exaltation presque orientale de ses paroles. Ses lèvres roses et pures souriaient à demi; son front candide et serein devenait trouble par moments sous sa pensée, comme un miroir sous une haleine; et de ses longs cils noirs baissés s'échappait une sorte de lumière ineffable qui donnait à son profil cette suavité idéale que Raphaël retrouva depuis au point d'intersection mystique de la virginité, de la maternité et de la divinité.

Gringoire n'en poursuivit pas moins.

— Comment faut-il donc être pour vous plaire?

— Il faut être homme.

— Et moi, dit-il, qu'est-ce que je suis donc?

— Un homme a le casque en tête, l'épée au poing et des éperons d'or aux talons.

— Bon, dit Gringoire, sans le cheval point d'homme. — Aimez-vous quelqu'un?

— D'amour?

— D'amour.

Elle resta un moment pensive, puis elle dit avec une expression particulière : — Je saurai cela bientôt.

— Pourquoi pas ce soir? reprit alors tendrement le poète. Pourquoi pas moi?

Elle lui jeta un coup d'œil grave.

— Je ne pourrai aimer qu'un homme qui pourra me protéger.

Gringoire rougit et se le tint pour dit. Il était évident que la jeune fille faisait allusion au peu d'appui qu'il lui avait prêté dans la circonstance critique où elle s'était trouvée deux heures auparavant. Ce souvenir, effacé par ses autres aventures de la soirée, lui revint. Il se frappa le front.

— A propos, mademoiselle, j'aurais dû commencer par là. Pardonnez-moi mes folles distractions. Comment donc avez-vous fait pour échapper aux griffes de Quasimodo?

Cette question fit tressaillir la bohémienne.

— Oh! l'horrible bossu! dit-elle en se cachant le visage dans ses mains; et elle frissonnait comme dans un grand froid.

— Horrible en effet! dit Gringoire qui ne lâchait pas son idée; mais comment avez-vous pu lui échapper?

La Esmeralda sourit, soupira, et garda le silence.

— Savez-vous pourquoi il vous avait suivie? reprit Gringoire, tâchant de revenir à sa question par un détour.

— Je ne sais pas, dit la jeune fille. Et elle ajouta vivement : Mais vous qui me suiviez aussi, pourquoi me suiviez-vous?

— En bonne foi, répondit Gringoire, je ne sais pas non plus.

Il y eut un silence. Gringoire tailladait la table avec son couteau. La jeune fille souriait et semblait regarder quelque chose à travers le mur. Tout à coup elle se prit à chanter d'une voix à peine articulée :

> Quando las pintadas aves
> Mudas están, y la tierra... [1]

Elle s'interrompit brusquement, et se mit à caresser Djali.

— Vous avez là une jolie bête, dit Gringoire.

— C'est ma sœur, répondit-elle.

— Pourquoi vous appelle-t-on *la Esmeralda?* demanda le poète.

— Je n'en sais rien.

— Mais encore ?

Elle tira de son sein une espèce de petit sachet oblong suspendu à son cou par une chaîne de grains d'adrézarach. Ce sachet exhalait une forte odeur de camphre. Il était recouvert de soie verte, et portait à son centre une grosse verroterie verte, imitant l'émeraude.

— C'est peut-être à cause de cela, dit-elle.

Gringoire voulut prendre le sachet. Elle recula.

— N'y touchez pas. C'est une amulette ; tu ferais mal au charme, ou le charme à toi.

La curiosité du poète était de plus en plus éveillée.

— Qui vous l'a donnée ?

Elle mit un doigt sur sa bouche et cacha l'amulette dans son sein. Il essaya d'autres questions, mais elle répondait à peine.

— Que veut dire ce mot : *la Esmeralda?*

— Je ne sais pas, dit-elle.

— A quelle langue appartient-il ?

— C'est de l'égyptien, je crois.

— Je m'en étais douté, dit Gringoire, vous n'êtes pas de France ?

— Je n'en sais rien.

— Avez-vous vos parents ?

Elle se mit à chanter sur un vieil air :

> Mon père est oiseau,
> Ma mère est oiselle,
> Je passe l'eau sans nacelle,
> Je passe l'eau sans bateau.
> Ma mère est oiselle,
> Mon père est oiseau.

— C'est bon, dit Gringoire. A quel âge êtes-vous venue en France?

— Toute petite.

— A Paris?

— L'an dernier. Au moment où nous entrions par la Porte-Papale, j'ai vu filer en l'air la fauvette de roseaux; c'était à la fin d'août; j'ai dit : L'hiver sera rude.

— Il l'a été, dit Gringoire, ravi de ce commencement de conversation; je l'ai passé à souffler dans mes doigts. Vous avez donc le don de prophétie?

Elle retomba dans son laconisme.

— Non.

— Cet homme que vous nommez le duc d'Egypte, c'est le chef de votre tribu?

— Oui.

— C'est pourtant lui qui nous a mariés, observa timidement le poète.

Elle fit sa jolie grimace habituelle. — Je ne sais seulement pas ton nom.

— Mon nom? si vous le voulez, le voici : Pierre Gringoire.

— J'en sais un plus beau, dit-elle.

— Mauvaise! reprit le poète. N'importe, vous ne m'irriterez pas. Tenez, vous m'aimerez peut-être en me connaissant mieux; et puis vous m'avez conté votre histoire avec tant de confiance que je vous dois un peu la mienne. Vous saurez donc que je m'appelle Pierre Gringoire, et que je suis fils du fermier du tabellionage de Gonesse. Mon père a été pendu par les bourguignons et ma mère éventrée par les picards, lors du siège de Paris, il y a vingt ans. A six ans donc [1], j'étais orphelin, n'ayant pour semelle à mes pieds que le pavé de Paris. Je ne sais comment j'ai franchi l'intervalle de six ans à seize. Une fruitière me donnait par-ci, un talmellier me jetait une croûte par-là; le soir je me faisais ramasser par les onze-vingts qui me mettaient en prison, et je trouvais là une botte de paille. Tout cela ne m'a pas empêché de grandir et de maigrir, comme vous voyez. L'hiver, je me chauffais au soleil, sous le porche de l'hôtel de Sens, et je trouvais fort ridicule que le feu de la Saint-Jean fût réservé pour la canicule. A seize ans, j'ai voulu prendre un état. Successivement j'ai tâté de tout. Je me suis fait soldat; mais je n'étais pas assez brave. Je me suis fait moine; mais je n'étais pas assez dévôt. Et puis, je bois mal. De désespoir, j'entrai apprenti parmi les charpentiers de la grande coignée; mais je n'étais pas assez fort. J'avais plus de penchant pour être maître d'école; il est vrai que je ne savais pas lire; mais ce n'est pas une raison. Je m'aperçus au bout d'un certain temps qu'il me manquait quelque chose pour tout; et voyant que je n'étais bon à rien, je me fis de mon plein gré poète et compositeur de rythmes. C'est un état qu'on peut toujours prendre quand on est vagabond, et cela vaut mieux que de voler, comme me le conseillaient quelques jeunes fils brigandiniers de mes amis. Je rencontrai par bonheur un beau jour dom Claude Frollo, le révérend archidiacre de Notre-Dame. Il prit intérêt à moi, et c'est à lui que je dois d'être aujourd'hui un véritable lettré, sachant le latin depuis les Offices de Cicero jusqu'au Mortuologe des pères célestins, et n'étant barbare ni en scolastique, ni en poétique, ni en rythmique, ni même en hermétique, cette sophie des sophies. C'est moi qui suis l'auteur du mystère qu'on a représenté aujourd'hui avec grand triomphe et grand concours de populace en pleine grand'salle du Palais. J'ai fait aussi un livre qui aura six cents pages sur la comète prodigieuse de 1465 dont un homme devint fou. J'ai eu encore d'autres succès. Etant un peu menuisier d'artillerie, j'ai travaillé à cette grosse bombarde de Jean Maugue, que vous savez qui a crevé au Pont de Charenton le jour où l'on en a fait l'essai, et tué vingt-quatre curieux. Vous voyez que je ne suis pas un méchant parti de mariage. Je sais bien des façons de tours fort avenants que j'enseignerai à votre chèvre; par exemple, à contrefaire l'évêque de Paris, ce maudit pharisien dont les moulins éclaboussent les passants tout le long du Pont-aux-Meuniers. Et puis, mon mystère me rapportera beaucoup d'argent monnayé, si l'on me le paie. Enfin, je suis à vos ordres, moi, et mon esprit, et ma science, et mes lettres, prêt à vivre avec vous, damoiselle, comme il vous plaira, chastement ou joyeusement, mari et femme, si vous le trouvez bon, frère et sœur, si vous le trouvez mieux.

Gringoire se tut, attendant l'effet de sa harangue sur la jeune fille. Elle avait les yeux fixés à terre.

— *Phœbus*, disait-elle à mi-voix. Puis se tournant vers le poète : — *Phœbus*, qu'est-ce que cela veut dire?

Gringoire, sans trop comprendre quel rapport il pouvait y avoir entre son allocution et cette question, ne fut pas fâché de faire briller son érudition. Il répondit en se rengorgeant : — C'est un mot latin qui veut dire *soleil*.

— Soleil! reprit-elle.

— C'est le nom d'un très bel archer, qui était dieu, ajouta Gringoire.

— Dieu! répéta l'égyptienne. Et il y avait dans son accent quelque chose de pensif et de passionné.

En ce moment, un de ses bracelets se détacha et tomba. Gringoire se baissa vivement pour le ramasser. Quand il se releva, la jeune fille et la chèvre avaient disparu. Il entendit le bruit d'un verrou. C'était une petite porte communiquant sans doute à une cellule voisine, qui se fermait en dehors.

— M'a-t-elle au moins laissé un lit? dit notre philosophe.

Il fit le tour de la cellule. Il n'y avait de meuble propre au sommeil qu'un assez long coffre de bois, et encore le couvercle en était-il sculpté, ce qui procura à Gringoire, quand il s'y étendit, une sensation à peu près pareille à celle qu'éprouverait Micromégas en se couchant tout de son long sur les Alpes.

— Allons, dit-il en s'y accommodant de son mieux. Il faut se résigner. Mais voilà une étrange nuit de noces. C'est dommage. Il y avait dans ce mariage à la cruche cassée quelque chose de naïf et d'antédiluvien qui me plaisait.

LIVRE TROISIÈME

I

NOTRE-DAME [1]

Sans doute c'est encore aujourd'hui un majestueux et sublime édifice que l'église de Notre-Dame de Paris. Mais, si belle qu'elle se soit conservée en vieillissant, il est difficile de ne pas soupirer, de ne pas s'indigner devant les dégradations, les mutilations sans nombre que simultanément le temps et les hommes ont fait subir au vénérable monument, sans respect pour Charlemagne qui en avait posé la première pierre, pour Philippe-Auguste qui en avait posé la dernière.

Sur la face de cette vieille reine de nos cathédrales, à côté d'une ride on trouve toujours une cicatrice. *Tempus edax, homo edacior* [2]. Ce que je traduirais volontiers ainsi : le temps est aveugle, l'homme est stupide.

Si nous avions le loisir d'examiner une à une avec le lecteur les diverses traces de destruction imprimées à l'antique église, la part du temps serait la moindre, la pire celle des hommes, surtout des hommes de l'art. Il faut bien que je dise *des hommes de l'art*, puisqu'il y a eu des individus qui ont pris la qualité d'architectes dans les deux siècles derniers.

Et d'abord, pour ne citer que quelques exemples capitaux, il est, à coup sûr, peu de plus belles pages architecturales que cette façade où, successivement et à la fois, les trois portails creusés en ogive, le cordon brodé et dentelé des vingt-huit niches royales, l'immense rosace centrale flanquée de ses deux fenêtres latérales comme le prêtre du diacre et du sous-diacre, la haute et frêle galerie d'arcades à trèfle qui porte une lourde plate-forme sur ses fines colonnettes, enfin les deux noires et massives tours avec leurs auvents d'ardoise, parties harmonieuses d'un tout magnifique, superposées en cinq étages gigantesques, se développent à l'œil, en foule et sans trouble, avec leurs innombrables détails de statuaire, de sculpture et de ciselure, ralliés puissamment à la tranquille grandeur de l'ensemble; vaste symphonie en pierre, pour ainsi dire; œuvre colossale d'un homme et d'un peuple, tout ensemble une et complexe comme les Iliades et les Romanceros [1] dont elle est sœur; produit prodigieux de la cotisation de toutes les forces d'une époque, où sur chaque pierre on voit saillir en cent façons la fantaisie de l'ouvrier disciplinée par le génie de l'artiste; sorte de création humaine, en un mot, puissante et féconde comme la création divine dont elle semble avoir dérobé le double caractère : variété, éternité.

Et ce que nous disons ici de la façade, il faut le dire de l'église entière; et ce que nous disons de l'église cathédrale de Paris, il faut le dire de toutes les églises de la chrétienté au moyen âge. Tout se tient dans cet art venu de lui-même, logique et bien proportionné. Mesurer l'orteil du pied, c'est mesurer le géant.

Revenons à la façade de Notre-Dame, telle qu'elle nous apparaît encore à présent, quand nous allons pieusement admirer la grave et puissante cathédrale, qui terrifie, au dire de ses chroniqueurs : *quæ mole sua terrorem incutit spectantibus* [2].

Trois choses importantes manquent aujourd'hui à cette façade. D'abord le degré de onze marches qui l'exhaussait jadis au-dessus du sol; ensuite la série inférieure de statues qui occupait les niches des trois portails, et la série

supérieure des vingt-huit plus anciens rois de
France, qui garnissait la galerie du premier étage, à partir de Childebert jusqu'à Philippe-Auguste, tenant en main « la pomme impériale ».

Le degré, c'est le temps qui l'a fait disparaître
en élevant d'un progrès irrésistible et lent le
niveau du sol de la Cité. Mais, tout en faisant
dévorer une à une, par cette marée montante
du pavé de Paris, les onze marches qui ajoutaient à la hauteur majestueuse de l'édifice, le
temps a rendu à l'église plus peut-être qu'il ne
lui a ôté, car c'est le temps qui a répandu sur
la façade cette sombre couleur des siècles qui
fait de la vieillesse des monuments l'âge de leur
beauté.

Mais qui a jeté bas les deux rangs de statues ?
qui a laissé les niches vides ? qui a taillé au
beau milieu du portail central cette ogive neuve
et bâtarde ? qui a osé y encadrer cette fade et
lourde porte de bois sculpté à la Louis XV à
côté des arabesques de Biscornette [1] ? Les hommes ; les architectes, les artistes de nos jours.

Et si nous entrons dans l'intérieur de l'édifice,
qui a renversé ce colosse de saint Christophe [2],
proverbial parmi les statues au même titre que
la grand'salle du Palais parmi les salles, que la
flèche de Strasbourg parmi les clochers ? Et ces
myriades de statues qui peuplaient tous les entre-
colonnements de la nef et du chœur, à genoux,
en pied, équestres, hommes, femmes, enfants,
rois, évêques, gendarmes, en pierre, en marbre,
en or, en argent, en cuivre, en cire même, qui les
a brutalement balayées ? Ce n'est pas le temps.

Et qui a substitué au vieil autel gothique,
splendidement encombré de châsses et de reliquaires ce lourd sarcophage de marbre à têtes
d'anges et à nuages, lequel semble un échantillon dépareillé du Val-de-Grâce ou des Invalides ?
Qui a bêtement scellé ce lourd anachronisme
de pierre dans le pavé carlovingien de Hercan-
dus ? N'est-ce pas Louis XIV accomplissant le
vœu de Louis XIII [3] ?

Et qui a mis de froides vitres blanches à la place de ces vitraux « hauts en couleur » qui faisaient hésiter l'œil émerveillé de nos pères entre la rose du grand portail et les ogives de l'abside? Et que dirait un sous-chantre du seizième siècle, en voyant le beau badigeonnage jaune dont nos vandales archevêques ont barbouillé leur cathédrale? Il se souviendrait que c'était la couleur dont le bourreau brossait les édifices *scélérés;* il se rappellerait l'hôtel du Petit-Bourbon, tout englué de jaune aussi pour la trahison du connétable, « jaune après tout de si bonne trempe, dit Sauval, et si bien recommandé, que plus d'un siècle n'a pu encore lui faire perdre sa couleur ». Il croirait que le lieu saint est devenu infâme, et s'enfuirait.

Et si nous montons sur la cathédrale, sans nous arrêter à mille barbaries de tout genre, qu'a-t-on fait de ce charmant petit clocher qui s'appuyait sur le point d'intersection de la croisée, et qui, non moins frêle et non moins hardi que sa voisine la flèche (détruite aussi) de la Sainte-Chapelle, s'enfonçait dans le ciel plus avant que les tours, élancé, aigu, sonore, découpé à jour? Un architecte de bon goût (1787) l'a amputé et a cru qu'il suffisait de masquer la plaie avec ce large emplâtre de plomb qui ressemble au couvercle d'une marmite.

C'est ainsi que l'art merveilleux du moyen âge a été traité presque en tout pays, surtout en France. On peut distinguer sur sa ruine trois sortes de lésions qui toutes trois l'entament à différentes profondeurs : le temps d'abord, qui a insensiblement ébréché çà et là et rouillé partout sa surface; ensuite, les révolutions politiques et religieuses, lesquelles, aveugles et colères de leur nature, se sont ruées en tumulte sur lui, ont déchiré son riche habillement de sculptures et de ciselures, crevé ses rosaces, brisé ses colliers d'arabesques et de figurines, arraché ses statues, tantôt pour leur mitre, tantôt pour leur couronne; enfin, les modes, de plus en plus gro-

tesques et sottes, qui depuis les anarchiques et
splendides déviations de *la renaissance,* se sont
succédé dans la décadence nécessaire de l'architecture [1]. Les modes ont fait plus de mal que les
révolutions. Elles ont tranché dans le vif, elles
ont attaqué la charpente osseuse de l'art, elles
ont coupé, taillé, désorganisé, tué l'édifice, dans
la forme comme dans le symbole, dans sa logique comme dans sa beauté. Et puis, elles ont
refait; prétention que n'avaient eue du moins
ni le temps, ni les révolutions. Elles ont effrontément ajusté, de par *le bon goût,* sur les bles-
sures de l'architecture gothique, leurs misérables
colifichets d'un jour, leurs rubans de marbre,
leurs pompons de métal, véritable lèpre d'oves,
de volutes, d'entournements, de draperies, de
guirlandes, de franges, de flammes de pierre, de
nuages de bronze, d'amours replets, de chérubins
bouffis, qui commence à dévorer la face de l'art
dans l'oratoire de Catherine de Médicis, et le
fait expirer, deux siècles après, tourmenté et
grimaçant, dans le boudoir de la Dubarry.

Ainsi, pour résumer les points que nous venons d'indiquer, trois sortes de ravages défigurent aujourd'hui l'architecture gothique. Rides
et verrues à l'épiderme, c'est l'œuvre du temps;
voies de fait, brutalités, contusions, fractures,
c'est l'œuvre des révolutions depuis Luther jusqu'à Mirabeau. Mutilations, amputations, dislo-
cation de la membrure, *restaurations,* c'est le
travail grec, romain et barbare des professeurs
selon Vitruve et Vignole. Cet art magnifique que
les vandales avaient produit, les académies l'ont
tué. Aux siècles, aux révolutions qui dévastent
du moins avec impartialité et grandeur, est venue s'adjoindre la nuée des architectes d'école,
patentés, jurés et assermentés, dégradant avec
le discernement et le choix du mauvais goût,
substituant les chicorées de Louis XV aux dentelles gothiques pour la plus grande gloire du
Parthénon. C'est le coup de pied de l'âne au
lion mourant. C'est le vieux chêne qui se cou-

ronne, et qui, pour comble, est piqué, mordu, déchiqueté par les chenilles.

Qu'il y a loin de là à l'époque où Robert Cenalis, comparant Notre-Dame de Paris à ce fameux temple de Diane à Ephèse, *tant réclamé par les anciens païens,* qui a immortalisé Erostrate, trouvait la cathédrale gauloise « plus excellente en longueur, largeur, haulteur et structure » !

Notre-Dame de Paris n'est point du reste ce qu'on peut appeler un monument complet, défini, classé. Ce n'est plus une église romane, ce n'est pas encore une église gothique. Cet édifice n'est pas un type. Notre-Dame de Paris n'a point, comme l'abbaye de Tournus, la grave et massive carrure, la ronde et large voûte, la nudité glaciale, la majestueuse simplicité des édifices qui ont le plein cintre pour générateur. Elle n'est pas, comme la cathédrale de Bourges, le produit magnifique, léger, multiforme, touffu, hérissé, efflorescent de l'ogive. Impossible de la ranger dans cette antique famille d'églises sombres, mystérieuses, basses et comme écrasées par le plein cintre; presque égyptiennes au plafond près; toutes hiéroglyphiques, toutes sacerdotales, toutes symboliques; plus chargées dans leurs ornements de losanges et de zigzags que de fleurs, de fleurs que d'animaux, d'animaux que d'hommes; œuvre de l'architecte moins que de l'évêque; première transformation de l'art, tout empreinte de discipline théocratique et militaire, qui prend racine dans le bas-empire et s'arrête à Guillaume le Conquérant. Impossible de placer notre cathédrale dans cette autre famille d'églises hautes, aériennes, riches de vitraux et de sculptures; aiguës de formes, hardies d'attitudes; communales et bourgeoises comme symboles politiques libres, capricieuses, effrénées, comme œuvre d'art; seconde transformation de l'architecture, non plus hiéroglyphique, immuable et sacerdotale, mais artiste, progressive et populaire, qui commence au retour des croisades et finit à Louis XI. Notre-Dame de Paris n'est pas de pure race romaine comme les premières, ni de pure race arabe comme les secondes [1].

C'est un édifice de la transition. L'architecte saxon achevait de dresser les premiers piliers de la nef, lorsque l'ogive qui arrivait de la croisade est venue se poser en conquérante sur ces larges chapiteaux romans qui ne devaient porter que des pleins cintres. L'ogive, maîtresse dès lors, a construit le reste de l'église. Cependant, inexpérimentée et timide à son début, elle s'évase, s'élargit, se contient, et n'ose s'élancer encore en flèches et en lancettes comme elle l'a fait plus tard dans tant de merveilleuses cathédrales. On dirait qu'elle se ressent du voisinage des lourds piliers romans.

D'ailleurs, ces édifices de la transition du roman au gothique ne sont pas moins précieux à étudier que les types purs. Ils expriment une nuance de l'art qui serait perdue sans eux. C'est la greffe de l'ogive sur le plein cintre.

Notre-Dame de Paris est en particulier un curieux échantillon de cette variété. Chaque face, chaque pierre du vénérable monument est une page non seulement de l'histoire du pays, mais encore de l'histoire de la science et de l'art. Ainsi, pour n'indiquer ici que les détails principaux, tandis que la petite Porte-Rouge atteint presque aux limites des délicatesses gothiques du quinzième siècle, les piliers de la nef, par leur volume et leur gravité, reculent jusqu'à l'abbaye carlovingienne de Saint-Germain-des-Prés. On croirait qu'il y a six siècles entre cette porte et ces piliers. Il n'est pas jusqu'aux hermétiques qui ne trouvent dans les symboles du grand portail un abrégé satisfaisant de leur science, dont l'église de Saint-Jacques-de-la-Boucherie était un hiéroglyphe si complet. Ainsi, l'abbaye romane, l'église philosophale, l'art gothique, l'art saxon, le lourd pilier rond qui rappelle Grégoire VII, le symbolisme hermétique par lequel Nicolas Flamel préludait à Luther, l'unité papale, le schisme, Saint-Germain-des-Prés, Saint-Jac-

ques-de-la-Boucherie, tout est fondu, combiné,
amalgamé dans Notre-Dame. Cette église centrale et génératrice est parmi les vieilles églises
de Paris une sorte de chimère; elle a la tête
de l'une, les membres de celle-là, la croupe de
l'autre; quelque chose de toutes.

Nous le répétons, ces constructions hybrides
ne sont pas les moins intéressantes pour l'artiste,
pour l'antiquaire, pour l'historien. Elles font sentir à quel point l'architecture est chose primitive, en ce qu'elles démontrent, ce que démontrent aussi les vestiges cyclopéens, les pyramides
d'Egypte, les gigantesques pagodes hindoues, que
les plus grands produits de l'architecture sont
moins des œuvres individuelles que des œuvres
sociales; plutôt l'enfantement des peuples en travail que le jet des hommes de génie; le dépôt
que laisse une nation; les entassements que font
les siècles; le résidu des évaporations successives
de la société humaine; en un mot, des espèces
de formations. Chaque flot du temps superpose
son alluvion, chaque race dépose sa couche sur
le monument, chaque individu apporte sa pierre.
Ainsi font les castors, ainsi font les abeilles,
ainsi font les hommes. Le grand symbole de
l'architecture, Babel, est une ruche.

Les grands édifices, comme les grandes montagnes, sont l'ouvrage des siècles. Souvent l'art
se transforme qu'ils pendent encore : *pendent
opera interrupta* [1]; ils se continuent paisiblement
selon l'art transformé. L'art nouveau prend le
monument où il le trouve, s'y incruste, se l'assi-
mile, le développe à sa fantaisie et l'achève s'il
peut. La chose s'accomplit sans trouble, sans
effort, sans réaction, suivant une loi naturelle et
tranquille. C'est une greffe qui survient, une
sève qui circule, une végétation qui reprend.
Certes, il y a matière à bien gros livres et souvent
histoire universelle de l'humanité, dans ces sou-
dures successives de plusieurs arts à plusieurs
hauteurs sur le même monument. L'homme, l'artiste, l'individu s'effacent sur ces grandes masses

sans nom d'auteur; l'intelligence humaine s'y résume et s'y totalise. Le temps est l'architecte, le peuple est le maçon.

A n'envisager ici que l'architecture européenne chrétienne, cette sœur puînée des grandes maçonneries de l'Orient, elle apparaît aux yeux comme une immense formation divisée en trois zones bien tranchées qui se superposent : la zone romane *, la zone gothique, la zone de la renaissance, que nous appellerions volontiers gréco-romaine. La couche romane, qui est la plus ancienne et la plus profonde, est occupée par le plein cintre, qui reparaît porté par la colonne grecque dans la couche moderne et supérieure de la renaissance. L'ogive est entre deux. Les édifices qui appartiennent exclusivement à l'une de ces trois couches sont parfaitement distincts, uns et complets. C'est l'abbaye de Jumièges, c'est la cathédrale de Reims, c'est Sainte-Croix d'Orléans. Mais les trois zones se mêlent et s'amalgament par les bords, comme les couleurs dans le spectre solaire. De là les monuments complexes, les édifices de nuance et de transition. L'un est roman par les pieds, gothique au milieu, gréco-romain par la tête. C'est qu'on a mis six cents ans à le bâtir. Cette variété est rare. Le donjon d'Etampes en est un échantillon. Mais les monuments de deux formations sont plus fréquents. C'est Notre-Dame de Paris, édifice ogival, qui s'enfonce par ses premiers piliers dans cette zone romane où sont plongés le portail de Saint-Denis et la nef de Saint-Germain-des-Prés.

---

* C'est la même qui s'appelle aussi, selon les lieux, les climats et les espèces, lombarde, saxonne et byzantine. Ce sont quatre architectures sœurs et parallèles, ayant chacune leur caractère particulier, mais dérivant du même principe, le plein cintre.
> *Facies non omnibus una,*
> *Non diversa tamen, qualem,* etc.
(*Note de Victor Hugo.*) — « Apparence non identique chez toutes, non différente pourtant, telle... » (Ovide, *Métamorphoses*, II, 13.)

C'est la charmante salle capitulaire demi-gothique de Bocherville à laquelle la couche romane vient jusqu'à mi-corps. C'est la cathédrale de Rouen qui serait entièrement gothique si elle ne baignait pas l'extrémité de sa flèche centrale dans la zone de la renaissance *.

Du reste, toutes ces nuances, toutes ces différences n'affectent que la surface des édifices. C'est l'art qui a changé de peau. La constitution même de l'église chrétienne n'en est pas attaquée. C'est toujours la même charpente intérieure, la même disposition logique des parties. Quelle que soit l'enveloppe sculptée et brodée d'une cathédrale, on retrouve toujours dessous, au moins à l'état de germe et de rudiment, la basilique romaine. Elle se développe éternellement sur le sol selon la même loi. Ce sont imperturbablement deux nefs qui s'entrecoupent en croix, et dont l'extrémité supérieure arrondie en abside forme le chœur; ce sont toujours des bas-côtés, pour les processions intérieures, pour les chapelles, sortes de promenoirs latéraux où la nef principale se dégorge par les entre-colonnements. Cela posé, le nombre des chapelles, des portails, des clochers, des aiguilles, se modifie à l'infini, suivant la fantaisie du siècle, du peuple, de l'art. Le service du culte une fois pourvu et assuré, l'architecture fait ce que bon lui semble. Statues, vitraux, rosaces, arabesques, dentelures, chapiteaux, bas-reliefs, elle combine toutes ces imaginations selon le logarithme qui lui convient. De là la prodigieuse variété extérieure de ces édifices au fond desquels réside tant d'ordre et d'unité. Le tronc de l'arbre est immuable, la végétation est capricieuse.

---

* Cette partie de la flèche, qui était en charpente, est précisément celle qui a été consumée par le feu du ciel en 1823. (*Note de Victor Hugo.*)

PARIS A VOL D'OISEAU [1]

Nous venons d'essayer de réparer pour le lecteur cette admirable église de Notre-Dame de Paris. Nous avons indiqué sommairement la plupart des beautés qu'elle avait au quinzième siècle et qui lui manquent aujourd'hui; mais nous avons omis la principale, c'est la vue du Paris qu'on découvrait alors du haut de ses tours.

C'était en effet, quand, après avoir tâtonné longtemps dans la ténébreuse spirale qui perce perpendiculairement l'épaisse muraille des clochers, on débouchait enfin brusquement sur l'une des deux hautes plates-formes, inondées de jour et d'air, c'était un beau tableau que celui qui se déroulait à la fois de toutes parts sous vos yeux; un spectacle *sui generis,* dont peuvent aisément se faire une idée ceux de nos lecteurs qui ont eu le bonheur de voir une ville gothique entière, complète, homogène, comme il en reste encore quelques-unes, Nuremberg en Bavière, Vittoria en Espagne; ou même de plus petits échantillons, pourvu qu'ils soient bien conservés, Vitré en Bretagne, Nordhausen en Prusse.

Le Paris d'il y a trois cent cinquante ans, le Paris du quinzième siècle était déjà une ville géante. Nous nous trompons en général, nous autres parisiens, sur le terrain que nous croyons avoir gagné depuis. Paris, depuis Louis XI, ne s'est pas accru de beaucoup plus d'un tiers. Il a, certes, bien plus perdu en beauté qu'il n'a gagné en grandeur.

Paris est né, comme on sait, dans cette vieille île de la Cité qui a la forme d'un berceau. La grève de cette île fut sa première enceinte, la Seine son premier fossé. Paris demeura plusieurs siècles à l'état d'île, avec deux ponts, l'un au nord, l'autre au midi, et deux têtes de pont, qui étaient à la fois ses portes et ses forteresses, le Grand-Châtelet sur la rive droite, le Petit-Châtelet sur la rive gauche. Puis, dès les rois de la première race, trop à l'étroit dans son île, et ne pouvant plus s'y retourner, Paris passa l'eau. Alors, au delà du Grand, au delà du Petit-Châtelet, une première enceinte de murailles et de tours commença à entamer la campagne des deux côtés de la Seine. De cette ancienne clôture il restait encore au siècle dernier quelques vestiges; aujourd'hui il n'en reste que le souvenir, et çà et là une tradition, la Porte Baudets ou Baudoyer, *Porta Bagauda*. Peu à peu, le flot des maisons, toujours poussé du cœur de la ville au dehors, déborde, ronge, use et efface cette enceinte. Philippe-Auguste lui fait une nouvelle digue. Il emprisonne Paris dans une chaîne circulaire de grosses tours, hautes et solides. Pendant plus d'un siècle, les maisons se pressent, s'accumulent et haussent leur niveau dans ce bassin comme l'eau dans un réservoir. Elles commencent à devenir profondes, elles mettent étages sur étages, elles montent les unes sur les autres, elles jaillissent en hauteur comme toute sève comprimée, et c'est à qui passera la tête par-dessus ses voisines pour avoir un peu d'air. La rue de plus en plus se creuse et se rétrécit; toute place se comble et disparaît. Les maisons enfin sautent par-dessus le mur de Philippe-Auguste, et s'éparpillent joyeusement dans la plaine sans ordre et tout de travers, comme des échappées. Là, elles se carrent, se taillent des jardins dans les champs, prennent leurs aises. Dès 1367, la ville se répand tellement dans le faubourg qu'il faut une nouvelle clôture, surtout sur la rive droite. Charles V la bâtit. Mais une ville comme Paris est dans une crue perpétuelle. Il n'y a que ces villes-là qui deviennent capitales. Ce sont des entonnoirs où viennent aboutir tous les versants géographiques, politiques, moraux, intellectuels d'un pays, toutes les pentes naturelles d'un peuple; des puits de civilisation, pour ainsi dire, et aussi des égouts, où commerce, industrie, intelligence, population, tout ce qui est sève, tout ce qui est vie, tout ce qui est âme dans une nation, filtre et s'amasse sans cesse goutte à goutte, siècle à siècle. L'enceinte de Charles V a donc le sort de l'enceinte de Philippe-Auguste. Dès la fin du quinzième siècle, elle est enjambée, dépassée, et le faubourg court plus loin. Au seizième, il semble qu'elle recule à vue d'œil et s'enfonce de plus en plus dans la vieille ville, tant une ville neuve s'épaissit déjà au dehors. Ainsi, dès le quinzième siècle, pour nous arrêter là, Paris avait déjà usé les trois cercles concentriques de murailles qui, du temps de Julien l'Apostat, étaient, pour ainsi dire, en germe dans le Grand-Châtelet et le Petit-Châtelet. La puissante ville avait fait craquer successivement ses quatre ceintures de murs, comme un enfant qui grandit et qui crève ses vêtements de l'an passé. Sous Louis XI, on voyait, par places, percer, dans cette mer de maisons, quelques groupes de tours en ruine des anciennes enceintes, comme les pitons des collines dans une inondation, comme des archipels du vieux Paris submergé sous le nouveau.

Depuis lors, Paris s'est encore transformé, malheureusement pour nos yeux; mais il n'a franchi qu'une enceinte de plus, celle de Louis XV, ce misérable mur de boue et de crachat, digne du roi qui l'a bâti, digne du poète qui l'a chanté :

Le mur murant Paris rend Paris murmurant [1].

Au quinzième siècle, Paris était encore divisé en trois villes tout à fait distinctes et séparées, ayant chacune leur physionomie, leur spécialité, leurs mœurs, leurs coutumes, leurs privilèges, leur histoire : la Cité, l'Université, la Ville. La Cité, qui occupait l'île, était la plus ancienne, la moindre, et la mère des deux autres, resserrée entre elles, qu'on nous passe la comparaison, comme une petite vieille entre deux grandes belles filles. L'Université couvrait la rive gauche de la Seine, depuis la Tournelle jusqu'à la Tour de Nesle, points qui correspondent dans le Paris d'aujourd'hui l'un à la Halle aux vins, l'autre à la Monnaie. Son enceinte échancrait assez largement cette campagne où Julien avait bâti ses thermes. La montagne de Sainte-Geneviève y était renfermée. Le point culminant de cette courbe de murailles était la Porte-Papale, c'est-à-dire à peu près l'emplacement actuel du Panthéon. La Ville, qui était le plus grand des trois morceaux de Paris, avait la rive droite. Son quai, rompu toutefois ou interrompu en plusieurs endroits, courait le long de la Seine, de la Tour de Billy à la Tour du Bois, c'est-à-dire de l'endroit où est aujourd'hui le Grenier d'abondance à l'endroit où sont aujourd'hui les Tuileries. Ces quatre points où la Seine coupait l'enceinte de la capitale, la Tournelle et la Tour de Nesle à gauche, la Tour de Billy et la Tour du Bois à droite, s'appelaient par excellence *les quatre tours de Paris*. La Ville entrait dans les terres plus profondément encore que l'Université. Le point culminant de la clôture de la Ville (celle de Charles V) était aux portes Saint-Denis et Saint-Martin dont l'emplacement n'a pas changé.

Comme nous venons de le dire, chacune de ces trois grandes divisions de Paris était une ville, mais une ville trop spéciale pour être complète, une ville qui ne pouvait se passer des deux autres. Aussi trois aspects parfaitement à part. Dans la Cité abondaient les églises, dans la Ville les palais, dans l'Université les collèges. Pour

négliger ici les originalités secondaires du vieux
Paris et les caprices du droit de voirie, nous
dirons, d'un point de vue général, en ne prenant
que les ensembles et les masses dans le chaos des
juridictions communales, que l'île était à l'évêque, la rive droite au prévôt des marchands, la
rive gauche au recteur. Le prévôt de Paris, officier royal et non municipal, sur le tout. La Cité
avait Notre-Dame, la Ville le Louvre et l'Hôtel de
Ville, l'Université la Sorbonne. La Ville avait les
Halles, la Cité l'Hôtel-Dieu, l'Université le Pré-
aux-Clercs. Le délit que les écoliers commet-
taient sur la rive gauche, dans leur Pré-aux-
Clercs, on le jugeait dans l'île, au Palais de Justice, et on le punissait sur la rive droite, à
Montfaucon. A moins que le recteur, sentant
l'Université forte et le roi faible, n'intervînt; car
c'était un privilège des écoliers d'être pendus
chez eux.

(La plupart de ces privilèges, pour le noter en
passant, et il y en avait de meilleurs que celui-ci,
avaient été extorqués aux rois par révoltes et
mutineries. C'est la marche immémoriale. Le roi
ne lâche que quand le peuple arrache. Il y a une
vieille charte qui dit la chose naïvement, à propos de fidélité : — *Civibus fidelitas in reges,
quæ tamen aliquoties seditionibus interrupta,
multa peperit privilegia* [1].)

Au quinzième siècle, la Seine baignait cinq îles
dans l'enceinte de Paris : l'île Louviers, où il y
avait alors des arbres et où il n'y a plus que du
bois; l'île aux Vaches et l'île Notre-Dame, toutes
deux désertes, à une masure près, toutes deux
fiefs de l'évêque (au dix-septième siècle, de ces
deux îles on en a fait une, qu'on a bâtie, et que
nous appelons l'île Saint-Louis); enfin la Cité, et
à sa pointe l'îlot du passeur aux vaches qui s'est
abîmé depuis sous le terre-plein du Pont-Neuf.
La Cité alors avait cinq ponts; trois à droite, le
Pont Notre-Dame et le Pont-au-Change, en
pierre, le Pont-aux-Meuniers, en bois; deux à
gauche, le Petit-Pont, en pierre, le Pont Saint-

Michel, en bois : tous chargés de maisons. L'Université avait six portes bâties par Philippe-Auguste : c'étaient, à partir de la Tournelle, la Porte Saint-Victor, la Porte Bordelle, la Porte Papale, la Porte Saint-Jacques, la Porte Saint-Michel, la Porte Saint-Germain. La Ville avait six portes bâties par Charles V; c'étaient, à partir de la Tour de Billy, la Porte Saint-Antoine, la Porte du Temple, la Porte Saint-Martin, la Porte Saint-Denis, la Porte Montmartre, la Porte Saint-Honoré. Toutes ces portes étaient fortes, et belles aussi, ce qui ne gâte pas la force. Un fossé large, profond, à courant vif dans les crues d'hiver, lavait le pied des murailles tout autour de Paris; la Seine fournissait l'eau. La nuit on fermait les portes, on barrait la rivière aux deux bouts de la ville avec de grosses chaînes de fer, et Paris dormait tranquille.

Vus à vol d'oiseau, ces trois bourgs, la Cité, l'Université, la Ville, présentaient chacun à l'œil un tricot inextricable de rues bizarrement brouillées. Cependant, au premier aspect, on reconnaissait que ces trois fragments de cité formaient un seul corps. On voyait tout de suite deux longues rues parallèles sans rupture, sans perturbation, presque en ligne droite, qui traversaient à la fois les trois villes d'un bout à l'autre, du midi au nord, perpendiculairement à la Seine, les liaient, les mêlaient, infusaient, versaient, transvasaient sans relâche le peuple de l'une dans les murs de l'autre, et des trois n'en faisaient qu'une. La première de ces deux rues allait de la Porte Saint-Jacques à la porte Saint-Martin; elle s'appelait rue Saint-Jacques dans l'Université, rue de la Juiverie dans la Cité, rue Saint-Martin dans la Ville; elle passait l'eau deux fois sous le nom de Petit-Pont et de Pont Notre-Dame. La seconde, qui s'appelait rue de la Harpe sur la rive gauche, rue de la Barillerie dans l'île, rue Saint-Denis sur la rive droite, Pont Saint-Michel sur un bras de la Seine, Pont-au-Change sur l'autre, allait de la Porte Saint-Michel dans l'Université à la Porte Saint-Denis dans la Ville. Du reste, sous tant de noms divers, ce n'étaient toujours que deux rues, mais les deux rues mères, les deux rues génératrices, les deux artères de Paris. Toutes les autres veines de la triple ville venaient y puiser ou s'y dégorger.

Indépendamment de ces deux rues principales, diamétrales, perçant Paris de part en part dans sa largeur, communes à la capitale entière, la Ville et l'Université avaient chacune leur grande rue particulière, qui courait dans le sens de leur longueur, parallèlement à la Seine, et en passant coupait à angle droit les deux rues *artérielles*. Ainsi dans la Ville on descendait en droite ligne de la Porte Saint-Antoine à la Porte Saint-Honoré; dans l'Université, de la Porte Saint-Victor à la Porte Saint-Germain. Ces deux grandes voies, croisées avec les deux premières, formaient le canevas sur lequel reposait, noué et serré en tous sens, le réseau dédaléen des rues de Paris. Dans le dessin inintelligible de ce réseau on distinguait en outre, en examinant avec attention, comme deux gerbes élargies l'une dans l'Université, l'autre dans la Ville, deux trousseaux de grosses rues qui allaient s'épanouissant des ponts aux portes.

Quelque chose de ce plan géométral subsiste encore aujourd'hui.

Maintenant, sous quel aspect cet ensemble se présentait-il vu du haut des tours de Notre-Dame, en 1482? C'est ce que nous allons tâcher de dire.

Pour le spectateur qui arrivait essoufflé sur ce faîte, c'était d'abord un éblouissement de toits, de cheminées, de rues, de ponts, de places, de flèches, de clochers. Tout vous prenait aux yeux à la fois, le pignon taillé, la toiture aiguë, la tourelle suspendue aux angles des murs, la pyramide de pierre du onzième siècle, l'obélisque d'ardoise du quinzième, la tour ronde et nue du donjon, la tour carrée et brodée de l'église, le grand, le petit, le massif, l'aérien. Le regard se

perdait longtemps à toute profondeur dans ce
labyrinthe, où il n'y avait rien qui n'eût son
originalité, sa raison, son génie, sa beauté, rien
qui ne vînt de l'art, depuis la moindre maison à
devanture peinte et sculptée, à charpente extérieure, à porte surbaissée, à étages en surplomb,
jusqu'au royal Louvre, qui avait alors une colonnade de tours. Mais voici les principales masses
qu'on distinguait lorsque l'œil commençait à se
faire à ce tumulte d'édifices.

D'abord la Cité. L'île de la Cité, comme dit
Sauval, qui à travers son fatras a quelquefois
de ces bonnes fortunes de style, *l'île de la Cité
est faite comme un grand navire enfoncé dans la
vase et échoué au fil de l'eau vers le milieu de la
Seine.* Nous venons d'expliquer qu'au quinzième
siècle ce navire était amarré aux deux rives du
fleuve par cinq ponts. Cette forme de vaisseau
avait aussi frappé les scribes héraldiques; car
c'est de là, et non du siège des Normands, que
vient, selon Favyn et Pasquier, le navire qui bla-
sonne le vieil écusson de Paris. Pour qui sait le
déchiffrer, le blason est une algèbre, le blason est
une langue. L'histoire entière de la seconde moitié du moyen âge est écrite dans le blason,
comme l'histoire de la première moitié dans le
symbolisme des églises romanes. Ce sont les hiéroglyphes de la féodalité après ceux de la théocratie.

La Cité donc s'offrait d'abord aux yeux avec
sa poupe au levant et sa proue au couchant.
Tourné vers la proue, on avait devant soi un
innombrable troupeau de vieux toits sur lesquels
s'arrondissait largement le chevet plombé de la
Saint-Chapelle, pareil à une croupe d'éléphant
chargée de sa tour. Seulement, ici, cette tour était
la flèche la plus hardie, la plus ouvrée, la plus
menuisée, la plus déchiquetée qui ait jamais
laissé voir le ciel à travers son cône de dentelle.
Devant Notre-Dame, au plus près, trois rues se
dégorgeaient dans le parvis, belle place à vieilles
maisons. Sur le côté sud de cette place se pen-

chait la façade ridée et rechignée de l'Hôtel-
Dieu et son toit qui semble couvert de pustules et
de verrues. Puis, à droite, à gauche, à l'orient, à
l'occident, dans cette enceinte si étroite pourtant
de la Cité se dressaient les clochers de ses vingt-
une églises, de toute date, de toute forme, de
toute grandeur, depuis la basse et vermoulue
campanule romane de Saint-Denys-du-Pas, *car-
cer Glaucini*, jusqu'aux fines aiguilles de Saint-
Pierre-aux-Bœufs et de Saint-Landry. Derrière
Notre-Dame se déroulaient, au nord, le cloître
avec ses galeries gothiques; au sud, le palais
demi-roman de l'évêque; au levant, la pointe
déserte du Terrain[1]. Dans cet entassement de
maisons l'œil distinguait encore, à ces hautes
mitres de pierre percées à jour qui couron-
naient alors sur le toït même les fenêtres les
plus élevées des palais, l'hôtel donné par la ville,
sous Charles VI, à Juvénal des Ursins; un peu
plus loin, les baraques goudronnées du Marché-
Palus; ailleurs encore l'abside neuve de Saint-
Germain-le-Vieux, rallongée en 1458 avec un
bout de la rue aux Febves; et puis, par places, un
carrefour encombré de peuple, un pilori dressé à
un coin de rue, un beau morceau de pavé de
Philippe-Auguste, magnifique dallage rayé pour
les pieds des chevaux au milieu de la voie et si
mal remplacé au seizième siècle par le misérable
cailloutage dit *pavé de la Ligue*, une arrière-
cour déserte avec une de ces diaphanes tourelles
de l'escalier comme on en faisait au quinzième
siècle, comme on en voit encore une rue des
Bourdonnais. Enfin, à droite de la Sainte-Chapelle, vers le couchant, le Palais de Justice
asseyait au bord de l'eau son groupe de tours.
Les futaies des jardins du roi, qui couvraient la
pointe occidentale de la Cité, masquaient l'îlot du
passeur. Quant à l'eau, du haut des tours de
Notre-Dame, on ne la voyait guère des deux côtés
de la Cité. La Seine disparaissait sous les ponts,
les ponts sous les maisons.

Et quand le regard passait ces ponts, dont les

toits verdissaient à l'œil, moisis avant l'âge par
les vapeurs de l'eau, s'il se dirigeait à gauche vers
l'Université, le premier édifice qui le frappait,
c'était une grosse et basse gerbe de tours, le
Petit-Châtelet, dont le porche béant dévorait le
bout du Petit-Pont, puis, si votre vue parcourait
la vue du levant au couchant, de la Tournelle à la
Tour de Nesle c'était un long cordon de maisons
à solives sculptées, à vitres de couleur, surplom-
bant d'étage en étage sur le pavé un interminable
zigzag de pignons bourgeois, coupé fréquemment
par la bouche d'une rue, et de temps en temps
aussi par la face ou par le coude d'un grand
hôtel de pierre, se carrant à son aise, cours et
jardins, ailes et corps de logis, parmi cette populace de maisons serrées et étriquées, comme un
grand seigneur dans un tas de manants. Il y avait
cinq ou six de ces hôtels sur le quai, depuis le
logis de Lorraine qui partageait avec les Bernardins le grand enclos voisin de la Tournelle, jusqu'à l'Hôtel de Nesle, dont la tour principale
bornait Paris, et dont les toits pointus étaient en
possession pendant trois mois de l'année d'échan-
crer de leurs triangles noirs le disque écarlate du
soleil couchant.

Ce côté de la Seine du reste était le moins marchand des deux, les écoliers y faisaient plus de
bruit et de foule que les artisans, et il n'y avait, à
proprement parler, de quai que du Pont Saint-
Michel à la Tour de Nesle. Le reste du bord de
la Seine était tantôt une grève nue, comme au
delà des Bernardins, tantôt un entassement de
maisons qui avaient le pied dans l'eau, comme
entre les deux ponts. Il y avait grand vacarme de
blanchisseuses, elles criaient, parlaient, chantaient du matin au soir le long du bord, et y
battaient fort le linge, comme de nos jours. Ce
n'est pas la moindre gaieté de Paris.

L'Université faisait un bloc à l'œil. D'un bout
à l'autre c'était un tout homogène et compact.
Ces mille toits, drus, anguleux, adhérents, com-
posés presque tous du même élément géométri-

que, offraient, vus de haut, l'aspect d'une cristal-
lisation de la même substance. Le capricieux
ravin des rues ne coupait pas ce pâté de maisons
en tranches trop disproportionnées. Les qua-
rante-deux collèges y étaient disséminés d'une
manière assez égale, et il y en avait partout; les
faîtes variés et amusants de ces beaux édifices
étaient le produit du même art que les simples
toits qu'ils dépassaient, et n'étaient en définitive
qu'une multiplication au carré ou au cube de la
même figure géométrique. Ils compliquaient
donc l'ensemble sans le troubler, le complétaient
sans le charger. La géométrie est une harmonie.
Quelques beaux hôtels faisaient aussi çà et là de
magnifiques saillies sur les greniers pittoresques
de la rive gauche, le logis de Nevers, le logis de
Rome, le logis de Reims qui ont disparu; l'hôtel
de Cluny, qui subsiste encore pour la consolation
de l'artiste, et dont on a si bêtement découronné
la tour il y a quelques années. Près de Cluny,
ce palais romain, à belles arches cintrées,
c'étaient les Thermes de Julien. Il y avait aussi
force abbayes d'une beauté plus dévote, d'une
grandeur plus grave que les hôtels, mais non
moins belles, non moins grandes. Celles qui éveil-
laient d'abord l'œil, c'étaient les Bernardins avec
leurs trois clochers; Sainte-Geneviève, dont la
tour carrée, qui existe encore [1], fait tant regretter
le reste; la Sorbonne, moitié collège, moitié
monastère dont il survit une si admirable nef, le
beau cloître quadrilatéral des Mathurins; son
voisin le cloître de Saint-Benoît, dans les murs
duquel on a eu le temps de bâcler un théâtre
entre la septième et la huitième édition de ce
livre [2]; les Cordeliers, avec leurs trois énormes
pignons juxtaposés; les Augustins, dont la gracieuse aiguille faisait, après la Tour de Nesle,
la deuxième dentelure de ce côté de Paris, à
partir de l'occident. Les collèges, qui sont en
effet l'anneau intermédiaire du cloître au monde,
tenaient le milieu dans la série monumentale
entre les hôtels et les abbayes, avec une sévé-

rité pleine d'élégance, une sculpture moins éva-
porée que les palais, une architecture moins
sérieuse que les couvents. Il ne reste malheureusement presque rien de ces monuments où l'art
gothique entrecoupait avec tant de précision la
richesse et l'économie. Les églises (et elles
étaient nombreuses et splendides dans l'Université, et elles s'échelonnaient là aussi dans tous les
âges de l'architecture depuis les pleins cintres
de Saint-Julien jusqu'aux ogives de Saint-Séve-
rin), les églises dominaient le tout, et, comme
une harmonie de plus dans cette masse d'harmonie, elles perçaient à chaque instant la découpure multiple des pignons de flèches tailladées,
de clochers à jour, d'aiguilles déliées dont la
ligne n'était aussi qu'une magnifique exagération de l'angle aigu des toits.

Le sol de l'Université était montueux. La montagne Sainte-Geneviève y faisait au sud-est une
ampoule énorme, et c'était une chose à voir du
haut de Notre-Dame que cette foule de rues
étroites et tortues (aujourd'hui *le pays latin*),
ces grappes de maisons qui, répandues en tous
sens du sommet de cette éminence, se précipitaient en désordre et presque à pic sur ses flancs
jusqu'au bord de l'eau, ayant l'air, les unes de
tomber, les autres de regrimper, toutes de se
retenir les unes aux autres. Un flux continuel de
mille points noirs qui s'entrecroisaient sur le
pavé faisait tout remuer aux yeux. C'était le
peuple, vu ainsi de haut et de loin.

Enfin, dans les intervalles de ces toits, de ces
flèches, de ces accidents d'édifices sans nombre
qui pliaient, tordaient et dentelaient d'une manière si bizarre la ligne extrême de l'Université,
on entrevoyait, d'espace en espace, un gros pan
de mur moussu, une épaisse tour ronde, une
porte de ville crénelée, figurant la forteresse :
c'était la clôture de Philippe-Auguste. Au delà
verdoyaient les prés, au delà s'enfuyaient les
routes, le long desquelles traînaient encore quelques maisons de faubourg, d'autant plus rares

qu'elles s'éloignaient plus. Quelques-uns de ces
faubourgs avaient de l'importance. C'était
d'abord, à partir de la Tournelle, le bourg Saint-
Victor, avec son pont d'une arche sur la Bièvre,
son abbaye, où on lisait l'épitaphe de Louis le
Gros, *epitaphium Ludovici Grossi,* et son église à
flèche octogone flanquée de quatre clochetons du
onzième siècle (on en peut voir une pareille à
Etampes; elle n'est pas encore abattue); puis le
bourg Saint-Marceau, qui avait déjà trois églises
et un couvent. Puis, en laissant à gauche le moulin des Gobelins et ses quatre murs blancs, c'était
le faubourg Saint-Jacques avec la belle croix
sculptée de son carrefour, l'église de Saint-
Jacques du Haut-Pas, qui était alors gothique,
pointue et charmante, Saint-Magloire, belle nef
du quatorzième siècle, dont Napoléon fit un grenier à foin, Notre-Dame-des-Champs où il y avait
des mosaïques byzantines. Enfin, après avoir
laissé en plein champ le monastère des Char-
treux, riche édifice contemporain du Palais de
Justice, avec ses petits jardins à compartiments
et les ruines mal hantées de Vauvert [1], l'œil tombait à l'occident sur les trois aiguilles romanes
de Saint-Germain-des-Prés. Le bourg Saint-Germain, déjà une grosse commune, faisait quinze
ou vingt rues derrière. Le clocher aigu de Saint-
Sulpice marquait un des coins du bourg. Tout à
côté on distinguait l'enceinte quadrilatérale de la
foire Saint-Germain, où est aujourd'hui le marché; puis le pilori de l'abbé, jolie petite tour
ronde bien coiffée d'un cône de plomb. La tuile-
rie était plus loin, et la rue du Four, qui menait
au four banal, et le moulin sur sa butte, et la
maladrerie [2], maisonnette isolée et mal vue. Mais
ce qui attirait surtout le regard, et le fixait
longtemps sur ce point, c'était l'abbaye elle-
même. Il est certain que ce monastère, qui avait
une grande mine et comme église et comme seigneurie, ce palais abbatial, où les évêques de
Paris s'estimaient heureux de coucher une nuit,
ce réfectoire auquel l'architecte avait donné l'air,

la beauté et la splendide rosace d'une cathédrale,
cette élégante chapelle de la Vierge, ce dortoir
monumental, ces vastes jardins, cette herse, ce
pont-levis, cette enveloppe de créneaux qui entail-
lait aux yeux la verdure des prés d'alentour, ces
cours où reluisaient des hommes d'armes mêlés
à des chapes d'or, le tout groupé et rallié autour
des trois hautes flèches à plein cintre bien assises
sur une abside gothique, faisaient une magnifique
figure à l'horizon.

Quand enfin, après avoir longtemps considéré
l'Université, vous vous tourniez vers la rive
droite, vers la Ville, le spectacle changeait brusquement de caractère. La Ville, en effet, beaucoup plus grande que l'Université, était aussi
moins une. Au premier aspect, on la voyait se
diviser en plusieurs masses singulièrement distinctes. D'abord, au levant, dans cette partie de la
Ville qui reçoit encore aujourd'hui son nom du
marais où Camulogène embourba César, c'était
un entassement de palais. Le pâté venait jusqu'au bord de l'eau. Quatre hôtels presque adhérents, Jouy, Sens, Barbeau, le logis de la Reine,
miraient dans la Seine leurs combles d'ardoise
coupés de sveltes tourelles. Ces quatre édifices
emplissaient l'espace de la rue des Nonaindières
à l'abbaye des Célestins, dont l'aiguille relevait
gracieusement leur ligne de pignons et de créneaux. Quelques masures verdâtres penchées sur
l'eau devant ces somptueux hôtels n'empêchaient
pas de voir les beaux angles de leurs façades,
leurs larges fenêtres carrées à croisées de pierre,
leurs porches ogives [1] surchargés de statues, les
vives arêtes de leurs murs toujours nettement
coupés, et tous ces charmants hasards d'architecture qui font que l'art gothique a l'air de
recommencer ses combinaisons à chaque monument. Derrière ces palais, courait dans toutes les
directions, tantôt refendue, palissadée et crénelée comme une citadelle, tantôt voilée de grands
arbres comme une chartreuse, l'enceinte
immense et multiforme de ce miraculeux hôtel

de Saint-Pol, où le roi de France avait de quoi
loger superbement vingt-deux princes de la qualité du Dauphin et du duc de Bourgogne avec
leurs domestiques et leurs suites, sans compter
les grands seigneurs, et l'empereur quand il
venait voir Paris, et les lions, qui avaient leur
hôtel à part dans l'hôtel royal. Disons ici qu'un
appartement de prince ne se composait pas alors
de moins de onze salles, depuis la chambre de
parade jusqu'au priez-Dieu, sans parler des galeries, des bains, des étuves et autres « lieux super-
flus » dont chaque appartement était pourvu;
sans parler des jardins particuliers de chaque
hôte du roi; sans parler des cuisines, des celliers,
des offices, des réfectoires généraux de la maison; des basses-cours où il y avait vingt-deux la-
boratoires généraux depuis la fourille jusqu'à
l'échansonnerie; des jeux de mille sortes, le mail,
la paume, la bague; des volières, des poisson-
neries, des ménageries, des écuries, des étables;
des bibliothèques, des arsenaux et des fonderies.
Voilà ce que c'était alors qu'un palais de roi, un
Louvre, un hôtel Saint-Pol. Une cité dans la cité.

De la tour où nous nous sommes placés, l'hôtel Saint-Pol, preque à demi caché par les quatre
grands logis dont nous venons de parler, était
encore fort considérable et fort merveilleux à
voir. On y distinguait très bien, quoique habilement soudés au bâtiment principal par de longues galeries à vitraux et à colonnettes, les trois
hôtels que Charles V avait amalgamés à son
palais, l'hôtel du Petit-Muce, avec la balustrade
en dentelle qui ourlait gracieusement son toit;
l'hôtel de l'abbé de Saint-Maur, ayant le relief
d'un château fort, une grosse tour, des mâchicoulis, des meurtrières, des moineaux de fer, et
sur la large porte saxonne l'écusson de l'abbé
entre les deux entailles du pont-levis; l'hôtel du
comte d'Etampes dont le donjon ruiné à son
sommet s'arrondissait aux yeux, ébréché comme
une crête de coq; çà et là, trois ou quatre vieux
chênes faisant touffe ensemble comme d'énormes

choux-fleurs, des ébats de cygnes dans les claires
eaux des viviers, toutes plissées d'ombre et de
lumière; force cours dont on voyait des bouts
pittoresques; l'hôtel des Lions avec ses ogives
basses sur de courts piliers saxons, ses herses de
fer et son rugissement perpétuel; tout à travers
cet ensemble la flèche écaillée de l'Ave-Maria; à
gauche, le logis du prévôt de Paris flanqué de
quatre tourelles finement évidées; au milieu, au
fond, l'hôtel Saint-Pol proprement dit avec ses
façades multipliées, ses enrichissements successifs depuis Charles V, les excroissances hybrides
dont la fantaisie des architectes l'avait chargé
depuis deux siècles, avec toutes les absides de ses
chapelles, tous les pignons de ses galeries, mille
girouettes aux quatre vents, et ses deux hautes
tours contiguës dont le toit conique, entouré de
créneaux à sa base, avait l'air de ces chapeaux
pointus dont le bord est relevé.

En continuant de monter les étages de cet
amphithéâtre de palais développé au loin sur le
sol, après avoir franchi un ravin profond creusé
dans les toits de la Ville, lequel marquait le passage de la rue Saint-Antoine, l'œil, et nous nous
bornons toujours aux principaux monuments,
arrivait au logis d'Angoulême, vaste construction
de plusieurs époques où il y avait des parties
toutes neuves et très blanches, qui ne se fondaient guère mieux dans l'ensemble qu'une pièce
rouge à un pourpoint bleu. Cependant le toit
singulièrement aigu et élevé du palais moderne,
hérissé de gouttières ciselées, couvert de lames
de plomb où se roulaient en mille arabesques
fantasques d'étincelantes incrustations de cuivre
doré, ce toit si curieusement damasquiné s'élançait avec grâce du milieu des brunes ruines de
l'ancien édifice, dont les vieilles grosses tours,
bombées par l'âge comme les futailles s'affais-
sant sur elles-mêmes de vétusté et se déchirant
du haut en bas, ressemblaient à de gros ventres
déboutonnés. Derrière, s'élevait la forêt d'aiguilles du palais des Tournelles. Pas de coup

d'œil au monde, ni à Chambord, ni à l'Alhambra, plus magique, plus aérien, plus prestigieux que cette futaie de flèches, de clochetons, de cheminées, de girouettes, de spirales, de vis, de lanternes trouées par le jour qui semblaient frappées à l'emporte-pièce, de pavillons, de tourelles en fuseaux, ou, comme on disait alors, de tournelles, toutes diverses de formes, de hauteur et d'attitude. On eût dit un gigantesque échiquier de pierre.

À droite des Tournelles, cette botte d'énormes tours d'un noir d'encre, entrant les unes dans les autres, et ficelées pour ainsi dire par un fossé circulaire, ce donjon beaucoup plus percé de meurtrières que de fenêtres, ce pont-levis toujours dressé, cette herse toujours tombée, c'est la Bastille. Ces espèces de becs noirs qui sortent d'entre les créneaux, et que vous prenez de loin pour des gouttières, ce sont des canons.

Sous leur boulet, au pied du formidable édifice, voici la Porte Saint-Antoine, enfouie entre ses deux tours.

Au delà des Tournelles, jusqu'à la muraille de Charles V, se déroulait avec de riches compartiments de verdure et de fleurs un tapis velouté de cultures et de parcs royaux, au milieu desquels on reconnaissait, à son labyrinthe d'arbres et d'allées, le fameux jardin Dédalus que Louis XI avait donné à Coictier. L'observatoire du docteur s'élevait au-dessus du dédale comme une grosse colonne isolée ayant une maisonnette pour chapiteau. Il s'est fait dans cette officine de terribles astrologies.

Là est aujourd'hui la place Royale [1].

Comme nous venons de le dire, le quartier de palais dont nous avons tâché de donner quelque idée au lecteur, en n'indiquant néanmoins que les sommités, emplissait l'angle que l'enceinte de Charles V faisait avec la Seine à l'orient. Le centre de la Ville était occupé par un monceau de maisons à peuple. C'était là en effet que se dégorgeaient les trois ponts de la Cité sur la

rive droite, et les ponts font des maisons avant
des palais. Cet amas d'habitations bourgeoises,
pressées comme les alvéoles dans la ruche, avait
sa beauté. Il en est des toits d'une capitale
comme des vagues d'une mer, cela est grand.
D'abord les rues, croisées et brouillées, faisaient
dans le bloc cent figures amusantes. Autour des
Halles, c'était comme une étoile à mille raies.
Les rues Saint-Denis et Saint-Martin, avec leurs
innombrables ramifications, montaient l'une
après l'autre comme deux gros arbres qui mêlent
leurs branches. Et puis, des lignes tortues, les
rues de la Plâtrerie, de la Verrerie, de la Tixeranderie, etc., serpentaient sur le tout. Il y avait
aussi de beaux édifices qui perçaient l'ondulation
pétrifiée de cette mer de pignons. C'était, à la tête
du Pont-aux-Changeurs derrière lequel on voyait
mousser la Seine sous les roues du Pont-aux-
Meuniers, c'était le Châtelet, non plus tour romaine comme sous Julien l'Apostat, mais tour
féodale du treizième siècle, et d'une pierre si
dure que le pic en trois heures n'en levait pas
l'épaisseur du poing. C'était le riche clocher
carré de Saint-Jacques-de-la-Boucherie [1], avec ses
angles tout émoussés de sculptures, déjà admirable, quoiqu'il ne fût pas achevé au quinzième
siècle. Il lui manquait en particulier ces quatre
monstres qui, aujourd'hui encore, perchés aux
encoignures de son toit, ont l'air de quatre
sphinx qui donnent à deviner au nouveau Paris
l'énigme de l'ancien; Rault, le sculpteur, ne les
posa qu'en 1526, et il eut vingt francs pour sa
peine. C'était la Maison-aux-Piliers, ouverte sur
cette place de Grève dont nous avons donné quelque idée au lecteur. C'était Saint-Gervais, qu'un
portail *de bon goût* a gâté depuis; Saint-Méry
dont les vieilles ogives étaient presque encore des
pleins cintres; Saint-Jean dont la magnifique
aiguille était proverbiale; c'étaient vingt autres
monuments qui ne dédaignaient pas d'enfouir
leurs merveilles dans ce chaos de rues noires,
étroites et profondes. Ajoutez les croix de pierre

sculptées plus prodiguées encore dans les carrefours que les gibets; le cimetière des Innocents
dont on apercevait au loin par-dessus les toits
l'enceinte architecturale; le pilori des Halles,
dont on voyait le faîte entre deux cheminées de
la rue de la Cossonnerie; l'échelle de la Croix-du-
Trahoir dans son carrefour toujours noir de
peuple; les masures circulaires de la Halle au
blé; les tronçons de l'ancienne clôture de Philippe-Auguste qu'on distinguait çà et là, noyés
dans les maisons, tours rongées de lierre, portes
ruinées, pans de murs croulants et déformés; le
quai avec ses mille boutiques et ses écorcheries
saignantes; la Seine chargée de bateaux du Port-
au-Foin au For-l'Evêque; et vous aurez une
image confuse de ce qu'était en 1482 le trapèze
central de la Ville.

Avec ces deux quartiers, l'un d'hôtels, l'autre
de maisons, le troisième élément de l'aspect
qu'offrait la Ville, c'était une longue zone d'abbayes qui la bordait dans presque tout son pourtour, du levant au couchant, et en arrière de
l'enceinte de fortifications qui fermait Paris lui
faisait une seconde enceinte intérieure de couvents et de chapelles. Ainsi, immédiatement à
côté du parc des Tournelles, entre la rue Saint-
Antoine et la vieille rue du Temple, il y avait
Sainte-Catherine avec son immense culture, qui
n'était bornée que par la muraille de Paris.
Entre la vieille et la nouvelle rue du Temple, il
y avait le Temple, sinistre faisceau de tours,
haut, debout et isolé au milieu d'un vaste enclos
crénelé. Entre la rue Neuve-du-Temple et la rue
Saint-Martin, c'était l'abbaye de Saint-Martin, au
milieu de ses jardins, superbe église fortifiée,
dont la ceinture de tours, dont la tiare de clochers, ne le cédaient en force et en splendeur
qu'à Saint-Germain-des-Prés. Entre les deux rues
Saint-Martin et Saint-Denis, se développait l'enclos de la Trinité. Enfin, entre la rue Saint-
Denis et la rue Montorgueil, les Filles-Dieu. A
côté, on distinguait les toits pourris et l'enceinte

dépavée de la Cour des Miracles. C'était le seul
anneau profane qui se mêlât à cette dévote
chaîne de couvents.

Enfin, le quatrième compartiment qui se dessinait de lui-même dans l'agglomération des toits
de la rive droite, et qui occupait l'angle occidental de la clôture et le bord de l'eau en aval,
c'était un nouveau nœud de palais et d'hôtels
serrés aux pieds du Louvre. Le vieux Louvre
de Philippe-Auguste, cet édifice démesuré dont
la grosse tour ralliait vingt-trois maîtresses tours
autour d'elle, sans compter les tourelles, semblait de loin enchâssé dans les combles gothiques de l'hôtel d'Alençon et du Petit-Bourbon.
Cette hydre de tours, gardienne géante de Paris,
avec ses vingt-quatre têtes toujours dressées,
avec ses croupes monstrueuses, plombées ou
écaillées d'ardoises, et toutes ruisselantes de re-
flets métalliques, terminait d'une manière surprenante la configuration de la Ville au couchant.

Ainsi, un immense pâté, ce que les Romains
appelaient *insula*, de maisons bourgeoises, flanqué à droite et à gauche de deux blocs de palais
couronnés l'un par le Louvre, l'autre par les
Tournelles, bordé au nord d'une longue ceinture
d'abbayes et d'enclos cultivés, le tout amalgamé
et fondu au regard; sur ces mille édifices, dont
les toits de tuiles et d'ardoises découpaient les
uns sur les autres tant de chaînes bizarres, les
clochers tatoués, gaufrés et guillochés des quarante-quatre églises de la rive droite; des myriades de rues au travers; pour limite d'un côté
une clôture de hautes murailles à tours carrées
(celle de l'Université était à tours rondes); de
l'autre, la Seine coupée de ponts et charriant
force bateaux : voilà la Ville au quinzième siècle.

Au delà des murailles, quelques faubourgs se
pressaient aux portes, mais moins nombreux et
plus épars que ceux de l'Université. C'étaient,
derrière la Bastille, vingt masures pelotonnées
autour des curieuses sculptures de la Croix-Fau-

bin et des arcs-boutants de l'abbaye Saint-Antoine
des Champs; puis Popincourt, perdu dans les
blés; puis la Courtille, joyeux village de cabarets;
le bourg Saint-Laurent avec son église dont le
clocher de loin semblait s'ajouter aux tours pointues de la Porte Saint-Martin; le faubourg Saint-
Denis avec le vaste enclos de Saint-Ladre; hors de
la Porte Montmartre, la Grange-Batelière ceinte
de murailles blanches; derrière elle, avec ses
pentes de craie, Montmartre qui avait alors presque autant d'églises que de moulins, et qui n'a
gardé que les moulins, car la société ne demande
plus maintenant que le pain du corps. Enfin, au
delà du Louvre on voyait s'allonger dans les prés
le faubourg Saint-Honoré, déjà fort considérable
alors, et verdoyer la Petite-Bretagne, et se dérou-
ler le Marché-aux-Pourceaux, au centre duquel
s'arrondissait l'horrible fourneau à bouillir les
faux-monnayeurs. Entre la Courtille et Saint-
Laurent votre œil avait déjà remarqué au couronnement d'une hauteur accroupie sur des
plaines désertes une espèce d'édifice qui ressemblait de loin à une colonnade en ruine debout
sur un soubassement déchaussé. Ce n'était ni
un Parthénon, ni un temple de Jupiter Olym-
pien. C'était Montfaucon.

Maintenant, si le dénombrement de tant d'édifices, quelque sommaire que nous l'ayons voulu
faire, n'a pas pulvérisé, à mesure que nous la
construisions, dans l'esprit du lecteur, l'image
générale du vieux Paris, nous la résumerons en
quelques mots. Au centre, l'île de la Cité, res-
semblant par sa forme à une énorme tortue et
faisant sortir ses ponts écaillés de tuiles comme
des pattes, de dessous sa grise carapace de toits.
A gauche, le trapèze monolithe, ferme, dense,
serré, hérissé, de l'Université. A droite, le vaste
demi-cercle de la Ville beaucoup plus mêlé de
jardins et de monuments. Les trois blocs, Cité,
Université, Ville, marbrés de rues sans nombre.
Tout au travers, la Seine, la « nourricière
Seine », comme dit le père Du Breul, obstruée

d'îles, de ponts et de bateaux. Tout autour, une plaine immense, rapiécée de mille sortes de cultures, semée de beaux villages; à gauche, Issy, Vanvres, Vaugirard, Montrouge, Gentilly avec sa tour ronde et sa tour carrée, etc.; à droite, vingt autres depuis Conflans jusqu'à la Ville-l'Evêque. A l'horizon, un ourlet de collines disposées en cercle comme le rebord du bassin. Enfin, au loin, à l'orient, Vincennes et ses sept tours quadrangulaires; au sud, Bicêtre et ses tourelles pointues; au septentrion, Saint-Denis et son aiguille; à l'occident, Saint-Cloud et son donjon. Voilà le Paris que voyaient du haut des tours de Notre-Dame les corbeaux qui vivaient en 1482.

C'est pourtant de cette ville que Voltaire a dit qu'*avant Louis XIV elle ne possédait que quatre beaux monuments* [1] : le dôme de la Sorbonne, le Val-de-Grâce, le Louvre moderne, et je ne sais plus le quatrième, le Luxembourg peut-être. Heureusement Voltaire n'en a pas moins fait *Candide,* et n'en est pas moins de tous les hommes qui se sont succédé dans la longue série de l'humanité celui qui a le mieux eu le rire diabolique. Cela prouve d'ailleurs qu'on peut être un beau génie et ne rien comprendre à un art dont on n'est pas. Molière ne croyait-il pas faire beaucoup d'honneur à Raphaël et à Michel-Ange en les appelant : *ces Mignards de leur âge* [2]?

Revenons à Paris et au quinzième siècle.

Ce n'était pas alors seulement une belle ville; c'était une ville homogène; un produit architectural et historique du moyen âge, une chronique de pierre. C'était une cité formée de deux couches seulement, la couche romane et la couche gothique, car la couche romane avait disparu depuis longtemps, excepté aux Thermes de Julien où elle perçait encore la croûte épaisse du moyen âge. Quant à la couche celtique, on n'en trouvait même plus d'échantillons en creusant des puits.

Cinquante ans plus tard, lorsque la renaissance vint mêler à cette unité si sévère et pour-

tant si variée le luxe éblouissant de ses fantaisies
et de ses systèmes, ses débauches de pleins cintres romains, de colonnes grecques et de sur-
baissements gothiques, sa sculpture si tendre et
si idéale, son goût particulier d'arabesques et
d'acanthes, son paganisme architectural contemporain de Luther, Paris fut peut-être plus beau
encore, quoique moins harmonieux à l'œil et à
la pensée. Mais ce splendide moment dura peu.
La renaissance ne fut pas impartiale; elle ne se
contenta pas d'édifier, elle voulut jeter bas. Il
est vrai qu'elle avait besoin de place. Aussi le Paris gothique ne fut-il complet qu'une minute. On
achevait à peine Saint-Jacques-de-la-Boucherie
qu'on commençait la démolition du vieux Louvre.

Depuis, la grande ville a été se déformant de
jour en jour. Le Paris gothique sous lequel s'effaçait le Paris roman s'est effacé à son tour.
Mais peut-on dire quel Paris l'a remplacé?

Il y a le Paris de Catherine de Médicis, aux
Tuileries *, le Paris de Henri II, à l'Hôtel de Ville,
deux édifices encore d'un grand goût; le Paris
de Henri IV, à la place Royale : façades de briques à coins de pierre et à toits d'ardoise, des
maisons tricolores; le Paris de Louis XIII, au
Val-de-Grâce : une architecture écrasée et trapue,

---

* Nous avons vu avec une douleur mêlée d'indignation
qu'on songeait à agrandir, à refondre, à remanier, c'est-
à-dire à détruire cet admirable palais. Les architectes de
nos jours ont la main trop lourde pour toucher à ces
délicates œuvres de la renaissance. Nous espérons toujours qu'ils ne l'oseront pas. D'ailleurs, cette démolition
des Tuileries maintenant ne serait pas seulement une
voie de fait brutale dont rougirait un vandale ivre, ce
serait un acte de trahison. Les Tuileries ne sont plus
simplement un chef-d'œuvre de l'art du seizième siècle,
c'est une page de l'histoire du dix-neuvième siècle. Ce
palais n'est plus au roi, mais au peuple. Laissons-le tel
qu'il est. Notre révolution l'a marqué deux fois au front.
Sur l'une de ses deux façades, il a les boulets du 10 août;
sur l'autre, les boulets du 29 juillet. Il est saint.

Paris, 7 avril 1831.

(Note de la cinquième édition.)
(*Note de Victor Hugo.*)

des voûtes en anses de panier, je ne sais quoi
de ventru dans la colonne et de bossu dans le
dôme; le Paris de Louis XIV, aux Invalides :
grand, riche, doré et froid; le Paris de Louis XV,
à Saint-Sulpice : des volutes, des nœuds de rubans, des nuages, des vermicelles et des chicorées, le tout en pierre; le Paris de Louis XVI,
au Panthéon : Saint-Pierre de Rome mal copié
(l'édifice s'est tassé gauchement, ce qui n'en a
pas raccommodé les lignes); le Paris de la République, à l'Ecole de médecine : un pauvre goût
grec et romain qui ressemble au Colisée ou au
Parthénon comme la constitution de l'an III aux
lois de Minos, on l'appelle en architecture *le goût
messidor;* le Paris de Napoléon, à la place Ven-
dôme : celui-là est sublime, une colonne de bronze
faite avec des canons; le Paris de la restauration, à la Bourse : une colonnade fort blanche
supportant une frise fort lisse, le tout est carré
et a coûté vingt millions.

A chacun de ces monuments caractéristiques
se rattache par une similitude de goût, de façon
et d'attitude, une certaine quantité de maisons
éparses dans divers quartiers et que l'œil du
connaisseur distingue et date aisément. Quand
on sait voir, on retrouve l'esprit d'un siècle et
la physionomie d'un roi jusque dans un marteau de porte.

Le Paris actuel n'a donc aucune physionomie générale. C'est une collection d'échantillons
de plusieurs siècles, et les plus beaux ont disparu. La capitale ne s'accroît qu'en maisons, et
quelles maisons! Du train dont va Paris, il se
renouvellera tous les cinquante ans. Aussi la
signification historique de son architecture s'ef-
face-t-elle tous les jours. Les monuments y deviennent de plus en plus rares, et il semble qu'on
les voie s'engloutir peu à peu, noyés dans les
maisons. Nos pères avaient un Paris de pierre;
nos fils auront un Paris de plâtre.

Quant aux monuments modernes du Paris
neuf, nous nous dispenserons volontiers d'en par-

ler. Ce n'est pas que nous ne les admirions
comme il convient. La Sainte-Geneviève de
M. Soufflot [1] est certainement le plus beau gâteau de Savoie qu'on ait jamais fait en pierre.
Le palais de la Légion d'honneur est aussi un
morceau de pâtisserie fort distingué. Le dôme
de la Halle au blé est une casquette de jockey
anglais sur une grande échelle. Les tours Saint-
Sulpice sont deux grosses clarinettes, et c'est une
forme comme une autre; le télégraphe tortu et
grimaçant fait un aimable accident sur leur toiture [2]. Saint-Roch a un portail qui n'est comparable pour la magnificence qu'à Saint-Thomas
d'Aquin. Il a aussi un calvaire en ronde-bosse
dans une cave et un soleil de bois doré. Ce sont
là des choses tout à fait merveilleuses. La lanterne du labyrinthe du Jardin des Plantes est
aussi fort ingénieuse. Quant au palais de la
Bourse, qui est grec par sa colonnade, romain
par le plein cintre de ses portes et fenêtres, de
la renaissance par sa grande voûte surbaissée,
c'est indubitablement un monument très correct
et très pur. La preuve, c'est qu'il est couronné
d'un attique comme on n'en voyait pas à
Athènes, belle ligne droite, gracieusement coupée
çà et là par des tuyaux de poêle. Ajoutons que,
s'il est de règle que l'architecture d'un édifice
soit adaptée à sa destination de telle façon que
cette destination se dénonce d'elle-même au seul
aspect de l'édifice, on ne saurait trop s'émerveiller d'un monument qui peut être indifféremment un palais de roi, une chambre des communes, un hôtel de ville, un collège, un manège,
une académie, un entrepôt, un tribunal, un mu-
sée, une caserne, un sépulcre, un temple, un
théâtre. En attendant, c'est une Bourse. Un monument doit en outre être approprié au climat.
Celui-ci est évidemment construit exprès pour
notre ciel froid et pluvieux. Il a un toit presque
plat comme en Orient, ce qui fait que l'hiver,
quand il neige, on balaye le toit, et il est certain
qu'un toit est fait pour être balayé. Quant à cette

destination dont nous parlions tout à l'heure, il
la remplit à merveille; il est Bourse en France,
comme il eût été temple en Grèce. Il est vrai que
l'architecte a eu assez de peine à cacher le cadran de l'horloge qui eût détruit la pureté des
belles lignes de la façade; mais en revanche on
a cette colonnade qui circule autour du monument, et sous laquelle, dans les grands jours de
solennité religieuse, peut se développer majestueusement la théorie des agents de change et
des courtiers de commerce.

Ce sont là sans aucun doute de très superbes
monuments. Joignons-y force belles rues, amusantes et variées comme la rue de Rivoli, et je
ne désespère pas que Paris vu à vol de ballon
ne présente un jour aux yeux cette richesse de
lignes, cette opulence de détails, cette diversité
d'aspects, ce je ne sais quoi de grandiose
dans le simple et d'inattendu dans le beau qui
caractérise un damier.

Toutefois, si admirable que vous semble le
Paris d'à présent, refaites le Paris du quinzième
siècle, reconstruisez-le dans votre pensée, regardez le jour à travers cette haie surprenante d'aiguilles, de tours et de clochers, répandez au
milieu de l'immense ville, déchirez à la pointe
des îles, plissez aux arches des ponts la Seine
avec ses larges flaques vertes et jaunes, plus
changeante qu'une robe de serpent, détachez nettement sur un horizon d'azur le profil gothique
de ce vieux Paris, faites-en flotter le contour
dans une brume d'hiver qui s'accroche à ses
nombreuses cheminées; noyez-le dans une nuit
profonde, et regardez le jeu bizarre des ténèbres
et des lumières dans ce sombre labyrinthe d'édifices; jetez-y un rayon de lune qui le dessine
vaguement, et fasse sortir du brouillard les grandes têtes des tours; ou reprenez cette noire silhouette, ravivez d'ombre les mille angles aigus
des flèches et des pignons, et faites-la saillir,
plus dentelée qu'une mâchoire de requin, sur le
ciel de cuivre du couchant. — Et puis, comparez.

Et si vous voulez recevoir de la vieille ville une
impression que la moderne ne saurait plus vous
donner, montez, un matin de grande fête, au
soleil levant de Pâques ou de la Pentecôte, montez sur quelque point élevé d'où vous dominiez
la capitale entière, et assistez à l'éveil des caril-
lons. Voyez à un signal parti du ciel, car c'est
le soleil qui le donne, ces mille églises tressaillir à la fois. Ce sont d'abord des tintements épars,
allant d'une église à l'autre, comme lorsque des
musiciens s'avertissent qu'on va commencer;
puis tout à coup voyez, car il semble qu'en
certains instants l'oreille aussi a sa vue, voyez
s'élever au même moment de chaque clocher
comme une colonne de bruit, comme une fumée
d'harmonie. D'abord, la vibration de chaque cloche monte droite, pure et pour ainsi dire isolée
des autres, dans le ciel splendide du matin. Puis,
peu à peu, en grossissant elles se fondent, elles
se mêlent, elles s'effacent l'une dans l'autre, elles
s'amalgament dans un magnifique concert. Ce
n'est plus qu'une masse de vibrations sonores
qui se dégage sans cesse des innombrables clochers, qui flotte, ondule, bondit, tourbillonne sur
la ville, et prolonge bien au delà de l'horizon le
cercle assourdissant de ses oscillations. Cependant cette mer d'harmonie n'est point un chaos.
Si grosse et si profonde qu'elle soit, elle n'a point
perdu sa transparence. Vous y voyez serpenter
à part chaque groupe de notes qui s'échappe des
sonneries; vous y pouvez suivre le dialogue, tour
à tour grave et criard, de la crécelle et du bourdon; vous y voyez sauter les octaves d'un clocher
à l'autre; vous les regardez s'élancer ailées, légères et sifflantes de la cloche d'argent, tomber cassées et boiteuses de la cloche de bois;
vous admirez au milieu d'elles la riche gamme
qui descend et remonte sans cesse les sept cloches de Saint-Eustache; vous voyez courir tout
au travers des notes claires et rapides qui font
trois ou quatre zigzags lumineux et s'évanouissent comme des éclairs. Là-bas, c'est l'abbaye

Saint-Martin, chanteuse aigre et fêlée; ici, la voix
sinistre et bourrue de la Bastille; à l'autre bout,
la grosse Tour du Louvre, avec sa basse-taille.
Le royal carillon du Palais jette sans relâche
de tous côtés des trilles resplendissants sur lesquels tombent à temps égaux les lourdes couppe-
tées [1] du breffroi de Notre-Dame, qui les font
étinceler comme l'enclume sous le marteau. Par
intervalles vous voyez passer des sons de toute
forme qui viennent de la triple volée de Saint-
Germain-des-Prés. Puis encore de temps en temps
cette masse de bruits sublimes s'entr'ouvre et
donne passage à la strette de l'Ave-Maria qui
éclate et pétille comme une aigrette d'étoiles.
Au-dessous, au plus profond du concert, vous
distinguez confusément le chant intérieur des
églises qui transpire à travers les pores vibrants
de leurs voûtes. — Certes, c'est là un opéra qui
vaut la peine d'être écouté. D'ordinaire, la rumeur qui s'échappe de Paris le jour, c'est la
ville qui parle; la nuit, c'est la ville qui respire :
ici, c'est la ville qui chante. Prêtez donc l'oreille
à ce tutti des clochers, répandez sur l'ensemble
le murmure d'un demi-million d'hommes, la
plainte éternelle du fleuve, les souffles infinis
du vent, le quatuor grave et lointain des quatre
forêts disposées sur les collines de l'horizon comme d'immenses buffets d'orgue, éteignez-y ainsi
que dans une demi-teinte tout ce que le carillon
central aurait de trop rauque et de trop aigu,
et dites si vous connaissez au monde quelque
chose de plus riche, de plus joyeux, de plus
doré, de plus éblouissant que ce tumulte de cloches et de sonneries; que cette fournaise de musique; que ces dix mille voix d'airain chantant
à la fois dans des flûtes de pierre hautes de trois
cents pieds; que cette cité qui n'est plus qu'un
orchestre; que cette symphonie qui fait le bruit
d'une tempête.

LIVRE QUATRIÈME[1]

I

LES BONNES AMES

Il y avait seize ans à l'époque où se passe cette histoire que, par un beau matin de dimanche de la Quasimodo, une créature vivante avait été déposée après la messe dans l'église de Notre-Dame, sur le bois de lit scellé dans le parvis à main gauche, vis-à-vis ce *grand image* de saint Christophe que la figure sculptée en pierre de messire Antoine des Essarts, chevalier, regardait à genoux depuis 1413[2], lorsqu'on s'est avisé de jeter bas et le saint et le fidèle. C'est sur ce bois de lit qu'il était d'usage d'exposer les enfants trouvés à la charité publique. Les prenait là qui voulait. Devant le bois de lit était un bassin de cuivre pour les aumônes.

L'espèce d'être vivant qui gisait sur cette planche le matin de la Quasimodo en l'an du Seigneur 1467 paraissait exciter à un haut degré la curiosité du groupe assez considérable qui s'était amassé autour du bois de lit. Le groupe était formé en grande partie de personnes du beau sexe. Ce n'étaient presque que des vieilles femmes.

Au premier rang et les plus inclinées sur le lit, on en remarquait quatre qu'à leur cagoule grise, sorte de soutane, on devinait attachées à quelque confrérie dévote. Je ne vois point pourquoi l'histoire ne transmettrait pas à la postérité les noms de ces quatre discrètes et vénérables demoiselles. C'étaient Agnès la Herme, Jehanne de la Tarme, Henriette la Gaultière, Gauchère la Violette, toutes quatre veuves, toutes quatre bonnes-femmes de la chapelle Etienne-Haudry, sorties de leur maison, avec la permission de leur maîtresse et conformément aux statuts de Pierre d'Ailly, pour venir entendre le sermon.

Du reste, si ces braves haudriettes observaient pour le moment les statuts de Pierre d'Ailly, elles violaient, certes, à cœur joie, ceux de Michel de Brache et du cardinal de Pise qui leur prescrivaient si inhumainement le silence.

— Qu'est-ce que c'est que cela, ma sœur? disait Agnès à Gauchère, en considérant la petite créature exposée qui glapissait et se tordait sur le lit de bois, tout effrayée de tant de regards.

— Qu'est-ce que nous allons devenir, disait Jehanne, si c'est comme cela qu'ils font les enfants à présent?

— Je ne me connais pas en enfants, reprenait Agnès, mais ce doit être un péché de regarder celui-ci.

— Ce n'est pas un enfant, Agnès.

— C'est un singe manqué, observait Gauchère.

— C'est un miracle, reprenait Henriette la Gaultière.

— Alors, remarquait Agnès, c'est le troisième depuis le dimanche du *Lœtare*. Car il n'y a pas huit jours que nous avons eu le miracle du moqueur de pèlerins puni divinement par Notre-Dame d'Aubervilliers, et c'était le second miracle du mois.

— C'est un vrai monstre d'abomination que ce soi-disant enfant trouvé, reprenait Jehanne.

— Il braille à faire sourd un chantre, poursuivait Gauchère. — Tais-toi donc, petit hurleur!

— Dire que c'est M. de Reims qui envoie cette énormité à M. de Paris! ajoutait la Gaultière en joignant les mains.

— J'imagine, disait Agnès la Herme, que c'est une bête, un animal, le produit d'un juif avec une truie; quelque chose enfin qui n'est pas chrétien et qu'il faut jeter à l'eau ou au feu.

— J'espère bien, reprenait la Gaultière, qu'il ne sera postulé par personne.

— Ah mon Dieu! s'écriait Agnès, ces pauvres nourrices qui sont là dans le logis des enfants trouvés qui fait le bas de la ruelle en descendant la rivière, tout à côté de monseigneur l'évêque, si on allait leur apporter ce petit monstre à allaiter! J'aimerais mieux donner à téter à un vampire.

— Est-elle innocente, cette pauvre la Herme! reprenait Jehanne. Vous ne voyez pas, ma sœur, que ce petit monstre a au moins quatre ans et qu'il aurait moins appétit de votre tétin que d'un tournebroche.

En effet, ce n'était pas un nouveau-né que « ce petit monstre ». (Nous serions fort empêché nous-même de le qualifier autrement.) C'était une petite masse fort anguleuse et fort remuante, emprisonnée dans un sac de toile imprimé au chiffre de messire Guillaume Chartier, pour lors évêque de Paris, avec une tête qui sortait. Cette tête était chose assez difforme. On n'y voyait qu'une forêt de cheveux roux, un œil, une bouche et des dents. L'œil pleurait, la bouche criait, et les dents ne paraissaient demander qu'à mordre. Le tout se débattait dans le sac, au grand ébahissement de la foule qui grossissait et se renouvelait sans cesse à l'entour.

Dame Aloïse de Gondelaurier, une femme riche et noble qui tenait une jolie fille d'environ six ans à la main et qui traînait un long voile à la corne d'or de sa coiffe, s'arrêta en passant devant le lit, et considéra un moment la malheureuse créature, pendant que sa charmante petite fille Fleur-de-Lys de Gondelaurier, toute vêtue de soie et de velours, épelait avec son joli doigt l'écriteau permanent accroché au bois de lit : ENFANTS TROUVÉS.

— En vérité, dit la dame en se détournant avec dégoût, je croyais qu'on n'exposait ici que des enfants.

Elle tourna le dos, en jetant dans le bassin un florin d'argent qui retentit parmi les liards et fit ouvrir de grands yeux aux pauvres bonnes-femmes de la chapelle Étienne-Haudry.

Un moment après, le grave et savant Robert Mistricolle, protonotaire du roi, passa avec un énorme missel sous un bras et sa femme sous l'autre (damoiselle Guillemette la Mairesse), ayant de la sorte à ses côtés ses deux régulateurs spirituel et temporel.

— Enfant trouvé! dit-il après avoir examiné l'objet. Trouvé apparemment sur le parapet du fleuve Phlégéto [1]!

— On ne lui voit qu'un œil, observa demoiselle Guillemette. Il a sur l'autre une verrue.

— Ce n'est pas une verrue, reprit maître Robert Mistricolle. C'est un œuf qui renferme un autre démon tout pareil, lequel porte un autre petit œuf qui contient un autre diable, et ainsi de suite.

— Comment savez-vous cela? demanda Guillemette la Mairesse.

— Je le sais pertinemment, répondit le protonotaire.

— Monsieur le protonotaire, demanda Gauchère, que pronostiquez-vous de ce prétendu enfant trouvé?

— Les plus grands malheurs, répondit Mistricolle.

— Ah! mon Dieu! dit une vieille dans l'auditoire, avec cela qu'il y a eu une considérable pestilence l'an passé et qu'on dit que les Anglais vont débarquer en compagnie à Harefleu [2].

— Cela empêchera peut-être la reine de venir à Paris au mois de septembre, reprit une autre. La marchandise va déjà si mal!

— Je suis d'avis, s'écria Jehanne de la Tarme, qu'il vaudrait mieux pour les manants de Paris que ce petit magicien-là fût couché sur un fagot que sur une planche.

— Un beau fagot flambant! ajouta la vieille.

— Cela serait plus prudent, dit Mistricolle.

Depuis quelques moments un jeune prêtre écoutait le raisonnement des haudriettes et les sentences du protonotaire. C'était une figure sévère, un front large, un regard profond. Il écarta silencieusement la foule, examina *le petit magicien,* et étendit la main sur lui. Il était temps. Car toutes les dévotes se léchaient déjà les barbes du *beau fagot flambant.*

— J'adopte cet enfant, dit le prêtre.

Il le prit dans sa soutane, et l'emporta. L'assistance le suivit d'un œil effaré. Un moment après, il avait disparu par la Porte-Rouge qui conduisait alors de l'église au cloître.

Quand la première surprise fut passée, Jehanne de la Tarme se pencha à l'oreille de la Gaultière :

— Je vous avais bien dit, ma sœur, que ce jeune clerc monsieur Claude Frollo est un sorcier.

II

CLAUDE FROLLO

En effet, Claude Frollo n'était pas un personnage vulgaire. Il appartenait à l'une de ces familles moyennes qu'on appelait indifféremment
dans le langage impertinent du siècle dernier
haute bourgeoisie ou petite noblesse. Cette famille avait hérité des frères Paclet le fief de
Tirechappe, qui relevait de l'évêque de Paris, et
dont les vingt-une maisons avaient été au
treizième siècle l'objet de tant de plaidoiries
par-devant l'official. Comme possesseur de ce
fief Claude Frollo était un des *sept vingt-un*
seigneurs prétendant censive dans Paris et ses
faubourgs; et l'on a pu voir longtemps son nom
inscrit en cette qualité, entre l'hôtel de Tancar-
ville, appartenant à maître François Le Rez, et le
collège de Tours, dans le cartulaire déposé à
Saint-Martin des Champs.

Claude Frollo avait été destiné dès l'enfance
par ses parents à l'état ecclésiastique. On lui
avait appris à lire dans du latin. Il avait été
élevé à baisser les yeux et à parler bas. Tout
enfant, son père l'avait cloîtré au collège de
Torchi en l'Université. C'est là qu'il avait grandi,
sur le missel et le Lexicon.

C'était d'ailleurs un enfant triste, grave, sérieux, qui étudiait ardemment et apprenait vite.
Il ne jetait pas grand cri dans les récréations, se
mêlait peu aux bacchanales de la rue du Fouarre,

ne savait ce que c'était que *dare alapas et capillos
laniare* [1], et n'avait fait aucune figure dans cette
mutinerie de 1463, que les annalistes enregis-
trent gravement sous le titre de : « Sixième trouble de l'Université. » Il lui arrivait rarement de
railler les pauvres écoliers de Montagu pour des
cappettes [2] dont ils tiraient leur nom, ou les boursiers du collège de Dormans pour leur tonsure
rase et leur surtout tri-parti de drap pers, bleu et
violet, *azurini coloris et bruni*, comme dit la
charte du cardinal des Quatre-Couronnes.

En revanche, il était assidu aux grandes et
petites écoles de la rue Jean-de-Beauvais. Le premier écolier que l'abbé de Saint-Pierre de Val,
au moment de commencer sa lecture de droit
canon, apercevait toujours collé vis-à-vis de sa
chaire à un pilier de l'école Saint-Vendregesile,
c'était Claude Frollo armé de son écritoire de
corne, mâchant sa plume, griffonnant sur son
genou usé, et l'hiver soufflant dans ses doigts. Le
premier auditeur que messire Miles d'Isliers, docteur en Décret, voyait arriver chaque lundi matin, tout essoufflé, à l'ouverture des portes de
l'école du Chef-Saint-Denis, c'était Claude Frollo.
Aussi, à seize ans, le jeune clerc eût pu tenir tête,
en théologie mystique à un père de l'église, en
théologie canonique à un père des conciles, en
théologie scolastique à un docteur de Sorbonne.

La théologie dépassée, il s'était précipité dans
le Décret. Du *Maître des Sentences,* il était tombé
aux *Capitulaires de Charlemagne.* Et successivement il avait dévoré, dans son appétit de science,
décrétales sur décrétales, celles de Théodore,
évêque d'Hispale, celles de Bouchard, évêque de
Worms, celles d'Yves, évêque de Chartres; puis
le Décret de Gratien qui succéda aux Capitulaires de Charlemagne; puis le recueil de Grégoire IX; puis l'épître *Super specula* d'Honorius III. Il se fit claire, il se fit familière cette
vaste et tumultueuse période du droit civil et du
droit canon en lutte et en travail dans le chaos du
moyen âge, période que l'évêque Théodore ouvre

en 618 et que ferme en 1227 le pape Grégoire.

Le Décret digéré, il se jeta sur la médecine, et sur les arts libéraux. Il étudia la science des herbes, la science des onguents. Il devint expert aux fièvres et aux contusions, aux navrures et aux apostumes. Jacques d'Espars l'eût reçu médecin physicien, Richard Hellain, médecin chirurgien. Il parcourut également tous les degrés de licence, maîtrise et doctorerie des arts. Il étudia les langues, le latin, le grec, l'hébreu, triple sanctuaire alors bien peu fréquenté. C'était une véritable fièvre d'acquérir et de thésauriser en fait de science. A dix-huit ans, les quatre facultés y avaient passé. Il semblait au jeune homme que la vie avait un but unique : savoir.

Ce fut vers cette époque environ que l'été excessif de 1466 fit éclater cette grande peste qui enleva plus de quarante mille créatures dans la vicomté de Paris, et entre autres, dit Jean de Troyes, « maître Arnoul, astrologien du roi, qui était fort homme de bien, sage et plaisant ». Le bruit se répandit dans l'Université que la rue Tirechappe était en particulier dévastée par la maladie. C'est là que résidaient, au milieu de leur fief, les parents de Claude. Le jeune écolier courut fort alarmé à la maison paternelle. Quand il y entra, son père et sa mère étaient morts de la veille. Un tout jeune frère qu'il avait au maillot vivait encore et criait abandonné dans son berceau. C'était tout ce qui restait à Claude de sa famille. Le jeune homme prit l'enfant sous son bras, et sortit pensif. Jusque-là il n'avait vécu que dans la science, il commençait à vivre dans la vie.

Cette catastrophe fut une crise dans l'existence de Claude. Orphelin, aîné, chef de famille à dix-neuf ans, il se sentit rudement rappelé des rêveries de l'école aux réalités de ce monde. Alors, ému de pitié, il se prit de passion et de dévouement pour cet enfant, son frère; chose étrange et douce qu'une affection humaine à lui qui n'avait encore aimé que des livres.

Cette affection se développa à un point singulier. Dans une âme aussi neuve, ce fut comme un premier amour. Séparé depuis l'enfance de ses parents, qu'il avait à peine connus, cloîtré et comme muré dans ses livres, avide avant tout d'étudier et d'apprendre, exclusivement attentif jusqu'alors à son intelligence qui se dilatait dans la science, à son imagination qui grandissait dans les lettres, le pauvre écolier n'avait pas encore eu le temps de sentir la place de son cœur. Ce jeune frère sans père ni mère, ce petit enfant, qui lui tombait brusquement du ciel sur les bras, fit de lui un homme nouveau. Il s'aperçut qu'il y avait autre chose dans le monde que les spéculations de la Sorbonne et les vers d'Homerus, que l'homme avait besoin d'affections, que la vie sans tendresse et sans amour n'était qu'un rouage sec, criard et déchirant; seulement il se figura, car il était dans l'âge où les illusions ne sont encore remplacées que par des illusions, que les affections de sang et de famille étaient les seules nécessaires, et qu'un petit frère à aimer suffisait pour remplir toute une existence.

Il se jeta donc dans l'amour de son petit Jehan avec la passion d'un caractère déjà profond, ardent, concentré. Cette pauvre frêle créature, jolie, blonde, rose et frisée, cet orphelin sans autre appui qu'un orphelin, le remuait jusqu'au fond des entrailles; et, grave penseur qu'il était, il se mit à réfléchir sur Jehan avec une miséricorde infinie. Il en prit souci et soin comme de quelque chose de très fragile et de très recommandé. Il fut à l'enfant plus qu'un frère, il lui devint une mère.

Le petit Jehan avait perdu sa mère, qu'il tétait encore. Claude le mit en nourrice. Outre le fief de Tirechappe, il avait eu en héritage de son père le fief du Moulin, qui relevait de la tour carrée de Gentilly. C'était un moulin sur une

colline, près du château de Winchestre (Bicêtre).
Il y avait la meunière qui nourrissait un bel
enfant; ce n'était pas loin de l'Université. Claude
lui porta lui-même son petit Jehan.

Dès lors, se sentant un fardeau à traîner, il
prit la vie très au sérieux. La pensée de son petit
frère devint non seulement la récréation, mais
encore le but de ses études. Il résolut de se
consacrer tout entier à un avenir dont il répondait devant Dieu, et de n'avoir jamais d'autre
épouse, d'autre enfant que le bonheur et la for-
tune de son frère. Il se rattacha donc plus que
jamais à sa vocation cléricale. Son mérite, sa
science, sa qualité de vassal immédiat de l'évêque
de Paris, lui ouvraient toutes grandes les portes
de l'église. A vingt ans, par dispense spéciale du
saint-siège, il était prêtre, et desservait, comme
le plus jeune des chapelains de Notre-Dame, l'autel qu'on appelle, à cause de la messe tardive qui
s'y dit, *altare pigrorum* [1].

Là, plus que jamais plongé dans ses chers
livres qu'il ne quittait que pour courir une heure
au fief du Moulin, ce mélange de savoir et d'austérité, si rare à son âge, l'avait rendu promptement le respect et l'admiration du cloître. Du
cloître, sa réputation de savant avait été au
peuple, où elle avait un peu tourné, chose fréquente alors, au renom de sorcier [2].

C'est au moment où il revenait, le jour de la
Quasimodo, de dire sa messe des paresseux à
leur autel, qui était à côté de la porte du chœur
tendant à la nef, à droite, proche l'image de la
Vierge, que son attention avait été éveillée par
le groupe de vieilles glapissant autour du lit des
enfants trouvés.

C'est alors qu'il s'était approché de la malheureuse petite créature si haïe et si menacée. Cette
détresse, cette difformité, cet abandon, la pensée
de son jeune frère, la chimère qui frappa tout à
coup son esprit que, s'il mourait, son cher petit
Jehan pourrait bien aussi, lui, être jeté misérablement sur la planche des enfants trouvés, tout

cela lui était venu au cœur à la fois, une grande
pitié s'était remuée en lui, et il avait emporté
l'enfant.

Quand il tira cet enfant du sac, il le trouva
bien difforme en effet. Le pauvre petit diable
avait une verrue sur l'œil gauche, la tête dans les
épaules, la colonne vertébrale arquée, le sternum
proéminent, les jambes torses; mais il paraissait vivace; et quoiqu'il fût impossible de savoir
quelle langue il bégayait, son cri annonçait quelque force et quelque santé. La compassion de
Claude s'accrut de cette laideur; et il fit vœu dans
son cœur d'élever cet enfant pour l'amour de
son frère, afin que, quelles que fussent dans
l'avenir les fautes du petit Jehan, il eût par
devers lui cette charité, faite à son intention.
C'était une sorte de placement de bonnes œuvres
qu'il effectuait sur la tête de son jeune frère;
c'était une pacotille de bonnes actions qu'il voulait lui amasser d'avance, pour le cas où le petit
drôle un jour se trouverait à court de cette
monnaie, la seule qui soit reçue au péage du
paradis.

Il baptisa son enfant adoptif, et le nomma
Quasimodo, soit qu'il voulût marquer par là le
jour où il l'avait trouvé, soit qu'il voulût caractériser par ce nom à quel point la pauvre petite
créature était incomplète et à peine ébauchée.
En effet, Quasimodo, borgne, bossu, cagneux,
n'était guère qu'un *à peu près* [1].

IMMANIS PECORIS CUSTOS
IMMANIOR IPSE [1]

Or, en 1482, Quasimodo avait grandi. Il était
devenu, depuis plusieurs années, sonneur de cloches de Notre-Dame, grâce à son père adoptif
Claude Frollo, lequel était devenu archidiacre de
Josas, grâce à son suzerain messire Louis de
Beaumont, lequel était devenu évêque de Paris
en 1472, à la mort de Guillaume Chartier, grâce
à son patron Olivier le Daim, barbier du roi
Louis XI par la grâce de Dieu.

Quasimodo était donc carillonneur de Notre-
Dame.

Avec le temps, il s'était formé je ne sais quel
lien intime qui unissait le sonneur à l'église.
Séparé à jamais du monde par la double fatalité
de sa naissance inconnue et de sa nature difforme, emprisonné dès l'enfance dans ce double
cercle infranchissable, le pauvre malheureux
s'était accoutumé à ne rien voir dans ce monde
au delà des religieuses murailles qui l'avaient
recueilli à leur ombre. Notre-Dame avait été successivement pour lui, selon qu'il grandissait et se
développait, l'œuf, le nid, la maison, la patrie,
l'univers.

Et il est sûr qu'il y avait une sorte d'harmonie
mystérieuse et préexistante entre cette créature
et cet édifice. Lorsque, tout petit encore, il se
traînait tortueusement et par soubresauts sous
les ténèbres de ses voûtes, il semblait, avec sa

face humaine et sa membrure bestiale, le reptile naturel de cette dalle humide et sombre sur laquelle l'ombre des chapiteaux romans projetait tant de formes bizarres.

Plus tard, la première fois qu'il s'accrocha machinalement à la corde des tours, et qu'il s'y pendit, et qu'il mit la cloche en branle, cela fit à Claude, son père adoptif, l'effet d'un enfant dont la langue se délie et qui commence à parler.

C'est ainsi que peu à peu, se développant toujours dans le sens de la cathédrale, y vivant, y dormant, n'en sortant presque jamais, en subissant à toute heure la pression mystérieuse, il arriva à lui ressembler, à s'y incruster, pour ainsi dire, à en faire partie intégrante. Ses angles saillants s'emboîtaient, qu'on nous passe cette figure, aux angles rentrants de l'édifice, et il en semblait, non seulement l'habitant, mais encore le contenu naturel. On pourrait presque dire qu'il en avait pris la forme, comme le colimaçon prend la forme de sa coquille. C'était sa demeure, son trou, son enveloppe. Il y avait entre la vieille église et lui une sympathie instinctive si profonde, tant d'affinités magnétiques, tant d'affinités matérielles, qu'il y adhérait en quelque sorte comme la tortue à son écaille. La rugueuse cathédrale était sa carapace.

Il est inutile d'avertir le lecteur de ne pas prendre au pied de la lettre les figures que nous sommes obligé d'employer ici pour exprimer cet accouplement singulier, symétrique, immédiat, presque co-substantiel, d'un homme et d'un édifice. Il est inutile de dire également à quel point il s'était faite familière toute la cathédrale dans une si longue et si intime cohabitation. Cette demeure lui était propre. Elle n'avait pas de profondeur que Quasimodo n'eût pénétrée, pas de hauteur qu'il n'eût escaladée. Il lui arrivait bien des fois de gravir la façade à plusieurs élévations en s'aidant seulement des aspérités de la sculpture. Les tours, sur la surface exté-

rieure desquelles on le voyait souvent ramper
comme un lézard qui glisse sur un mur à pic,
ces deux géantes jumelles, si hautes, si mena-
çantes, si redoutables, n'avaient pour lui ni vertige, ni secousses d'étourdissement; à les voir si
douces sous sa main, si faciles à escalader, on
eût dit qu'il les avait apprivoisées. A force de
sauter, de grimper, de s'ébattre au milieu des
abîmes de la gigantesque cathédrale, il était
devenu en quelque façon singe et chamois,
comme l'enfant calabrais qui nage avant de marcher, et joue, tout petit, avec la mer.

Du reste, non seulement son corps semblait
s'être façonné selon la cathédrale, mais encore
son esprit. Dans quel état était cette âme, quel
pli avait-elle contracté, quelle forme avait-elle
prise sous cette enveloppe nouée, dans cette vie
sauvage, c'est ce qu'il serait difficile de déterminer. Quasimodo était né borgne, bossu, boiteux.
C'est à grande peine et à grande patience que
Claude Frollo était parvenu à lui apprendre à
parler. Mais une fatalité était attachée au pauvre
enfant trouvé. Sonneur de Notre-Dame à quatorze ans, une nouvelle infirmité était venue le
parfaire; les cloches lui avaient brisé le tympan;
il était devenu sourd. La seule porte que la
nature lui eût laissée toute grande ouverte sur
le monde s'était brusquement fermée à jamais.

En se fermant, elle intercepta l'unique rayon
de joie et de lumière qui pénétrât encore dans
l'âme de Quasimodo. Cette âme tomba dans une
nuit profonde. La mélancolie du misérable devint
incurable et complète comme sa difformité.
Ajoutons que sa surdité le rendit en quelque
façon muet. Car, pour ne pas donner à rire aux
autres, du moment où il se vit sourd, il se déter-
mina résolument à un silence qu'il ne rompait
guère que lorsqu'il était seul. Il lia volontairement cette langue que Claude Frollo avait eu
tant de peine à délier. De là il advenait que,
quand la nécessité le contraignait de parler,
sa langue était engourdie, maladroite, et

comme une porte dont les gonds sont rouillés.

Si maintenant nous essayions de pénétrer jusqu'à l'âme de Quasimodo à travers cette écorce épaisse et dure; si nous pouvions sonder les profondeurs de cette organisation mal faite; s'il nous était donné de regarder avec un flambeau derrière ces organes sans transparence, d'explorer l'intérieur ténébreux de cette créature opaque, d'en élucider les recoins obscurs, les culs-de-sac absurdes, et de jeter tout à coup une vive lumière sur la psyché [1] enchaînée au fond de cet antre, nous trouverions sans doute la malheureuse dans quelque attitude pauvre, rabougrie et rachitique comme ces prisonniers des plombs de Venise qui vieillissaient ployés en deux dans une boîte de pierre trop basse et trop courte.

Il est certain que l'esprit s'atrophie dans un corps manqué. Quasimodo sentait à peine se mouvoir aveuglément au dedans de lui une âme faite à son image. Les impressions des objets subissaient une réfraction considérable avant d'arriver à sa pensée. Son cerveau était un milieu particulier : les idées qui le traversaient en sortaient toutes tordues. La réflexion qui provenait de cette réfraction était nécessairement divergente et déviée.

De là mille illusions d'optique, mille aberrations de jugement, mille écarts où divaguait sa pensée, tantôt folle, tantôt idiote.

Le premier effet de cette fatale organisation, c'était de troubler le regard qu'il jetait sur les choses. Il n'en recevait presque aucune perception immédiate. Le monde extérieur lui semblait beaucoup plus loin qu'à nous.

Le second effet de son malheur, c'était de le rendre méchant.

Il était méchant en effet, parce qu'il était sauvage; il était sauvage parce qu'il était laid. Il y avait une logique dans sa nature comme dans la nôtre.

Sa force, si extraordinairement développée,

était une cause de plus de méchanceté. *Malus puer robustus* [1], dit Hobbes.

D'ailleurs, il faut lui rendre cette justice, la méchanceté n'était peut-être pas innée en lui. Dès ses premiers pas parmi les hommes, il s'était senti, puis il s'était vu conspué, flétri, repoussé. La parole humaine pour lui, c'était toujours une raillerie ou une malédiction. En grandissant il n'avait trouvé que la haine autour de lui. Il l'avait prise. Il avait gagné la méchanceté générale. Il avait ramassé l'arme dont on l'avait blessé.

Après tout, il ne tournait qu'à regret sa face du côté des hommes. Sa cathédrale lui suffisait. Elle était peuplée de figures de marbre, rois, saints, évêques, qui du moins ne lui éclataient pas de rire au nez et n'avaient pour lui qu'un regard tranquille et bienveillant. Les autres statues, celles des monstres et des démons, n'avaient pas de haine pour lui Quasimodo. Il leur ressemblait trop pour cela. Elles raillaient bien plutôt les autres hommes. Les saints étaient ses amis, et le bénissaient; les monstres étaient ses amis, et le gardaient. Aussi avait-il de longs épanchements avec eux. Aussi passait-il quelquefois des heures entières, accroupi devant une de ces statues, à causer solitairement avec elle. Si quelqu'un survenait, il s'enfuyait comme un amant surpris dans sa sérénade.

Et la cathédrale ne lui était pas seulement la société, mais encore l'univers, mais encore toute la nature. Il ne rêvait pas d'autres espaliers que les vitraux toujours en fleur, d'autre ombrage que celui de ces feuillages de pierre qui s'épanouissent chargés d'oiseaux dans la touffe des chapiteaux saxons, d'autres montagnes que les tours colossales de l'église, d'autre océan que Paris qui bruissait à leurs pieds.

Ce qu'il aimait avant tout dans l'édifice maternel, ce qui réveillait son âme et lui faisait ouvrir ses pauvres ailes qu'elle tenait si misérablement reployées dans sa caverne, ce qui le rendait par-

fois heureux, c'étaient les cloches. Il les aimait,
les caressait, leur parlait, les comprenait. Depuis
le carillon de l'aiguille de la croisée jusqu'à la
grosse cloche du portail, il les avait toutes en
tendresse. Le clocher de la croisée, les deux
tours, étaient pour lui comme trois grandes cages
dont les oiseaux, élevés par lui, ne chantaient
que pour lui. C'étaient pourtant ces mêmes cloches qui l'avaient rendu sourd, mais les mères
aiment souvent le mieux l'enfant qui les a fait
le plus souffrir.

Il est vrai que leur voix était la seule qu'il pût
entendre encore. A ce titre, la grosse cloche
était sa bien-aimée. C'est elle qu'il préférait dans
cette famille de filles bruyantes qui se trémous-
sait autour de lui, les jours de fête. Cette grande
cloche s'appelait Marie. Elle était seule dans la
tour méridionale avec sa sœur Jacqueline, cloche
de moindre taille, enfermée dans une cage moins
grande à côté de la sienne. Cette Jacqueline était
ainsi nommée du nom de la femme de Jean de
Montagu, lequel l'avait donnée à l'église, ce qui
ne l'avait pas empêché d'aller figurer sans tête à
Montfaucon. Dans la deuxième tour il y avait
six autres cloches, et enfin les six plus petites
habitaient le clocher sur la croisée avec la cloche
de bois qu'on ne sonnait que depuis l'après-midi
du jeudi absolu [1], jusqu'au matin de la vigile de
Pâques. Quasimodo avait donc quinze cloches
dans son sérail, mais la grosse Marie était la
favorite.

On ne saurait se faire une idée de sa joie les
jours de grande volée. Au moment où l'archidiacre l'avait lâché et lui avait dit : Allez! il
montait la vis du clocher plus vite qu'un autre ne
l'eût descendue. Il entrait tout essoufflé dans
la chambre aérienne de la grosse cloche; il la
considérait un moment avec recueillement et
amour; puis il lui adressait doucement la parole,
il la flattait de la main, comme un bon cheval qui va faire une longue course. Il la plaignait
de la peine qu'elle allait avoir. Après ces pre-

mières caresses, il criait à ses aides, placés à l'étage inférieur de la tour, de commencer. Ceux-ci se pendaient aux câbles, le cabestan criait, et l'énorme capsule de métal s'ébranlait lentement. Quasimodo, palpitant, la suivait du regard. Le premier choc du battant et de la paroi d'airain faisait frissonner la charpente sur laquelle il était monté. Quasimodo vibrait avec la cloche. Vah! criait-il avec un éclat de rire insensé. Cependant le mouvement du bourdon s'accélérait, et à mesure qu'il parcourait un angle plus ouvert, l'œil de Quasimodo s'ouvrait aussi de plus en plus phosphorique et flamboyant. Enfin la grande volée commençait, toute la tour tremblait, charpentes, plombs, pierres de taille, tout grondait à la fois, depuis les pilotis de la fondation jusqu'aux trèfles du couronnement. Quasimodo alors bouillait à grosse écume; il allait, venait; il tremblait avec la tour de la tête aux pieds. La cloche, déchaînée et furieuse, présentait alternativement aux deux parois de la tour sa gueule de bronze d'où s'échappait ce souffle de tempête qu'on entend à quatre lieues. Quasimodo se plaçait devant cette gueule ouverte; il s'accroupissait, se relevait avec les retours de la cloche, aspirait ce souffle renversant, regardait tour à tour la place profonde qui fourmillait à deux cents pieds au-dessous de lui et l'énorme langue de cuivre qui venait de seconde en seconde lui hurler dans l'oreille. C'était la seule parole qu'il entendît, le seul son qui troublât pour lui le silence universel. Il s'y dilatait comme un oiseau au soleil. Tout à coup la frénésie de la cloche le gagnait; son regard devenait extraordinaire; il attendait le bourdon au passage, comme l'araignée attend la mouche, et se jetait brusquement sur lui à corps perdu. Alors, suspendu sur l'abîme, lancé dans le balancement formidable de la cloche, il saisissait le monstre d'airain aux oreillettes, l'étreignait de ses deux genoux, l'éperonnait de ses deux talons, et redoublait de tout le choc et de tout le poids de son corps la furie de la volée. Cependant la tour vacillait; lui, criait et grinçait des dents, ses cheveux roux se hérissaient, sa poitrine faisait le bruit d'un soufflet de forge, son œil jetait des flammes, la cloche monstrueuse hennissait toute haletante sous lui, et alors ce n'était plus ni le bourdon de Notre-Dame ni Quasimodo, c'était un rêve, un tourbillon, une tempête; le vertige à cheval sur le bruit; un esprit cramponné à une croupe volante; un étrange centaure moitié homme, moitié cloche; une espèce d'Astolphe horrible emporté sur un prodigieux hippogriffe de bronze vivant [1].

La présence de cet être extraordinaire faisait circuler dans toute la cathédrale je ne sais quel souffle de vie. Il semblait qu'il s'échappât de lui, du moins au dire des superstitions grossissantes de la foule, une émanation mystérieuse qui animait toutes les pierres de Notre-Dame et faisait palpiter les profondes entrailles de la vieille église. Il suffisait qu'on le sût là pour que l'on crût voir vivre et remuer les mille statues des galeries et des portails. Et de fait, la cathédrale semblait une créature docile et obéissante sous sa main; elle attendait sa volonté pour élever sa grosse voix; elle était possédée et remplie de Quasimodo comme d'un génie familier. On eût dit qu'il faisait respirer l'immense édifice. Il y était partout en effet, il se multipliait sur tous les points du monument. Tantôt on apercevait avec effroi au plus haut d'une des tours un nain bizarre qui grimpait, serpentait, rampait à quatre pattes, descendait en dehors sur l'abîme, sautelait de saillie en saillie, et allait fouiller dans le ventre de quelque gorgone sculptée; c'était Quasimodo dénichant des corbeaux. Tantôt on se heurtait dans un coin obscur de l'église à une sorte de chimère vivante, accroupie et renfrognée; c'était Quasimodo pensant. Tantôt on avisait sous un clocher une tête énorme et un paquet de membres désordonnés se balançant avec fureur au bout d'une corde; c'était Quasi-

modo sonnant les vêpres ou l'angélus. Souvent,
la nuit, on voyait errer une forme hideuse sur la
frêle balustrade découpée en dentelle qui couronne les tours et borde le pourtour de l'abside;
c'était encore le bossu de Notre-Dame. Alors,
disaient les voisines, toute l'église prenait quelque chose de fantastique, de surnaturel, d'horrible; des yeux et des bouches s'y ouvraient çà
et là; on entendait aboyer les chiens, les guivres [1], les tarasques de pierre qui veillent jour et
nuit, le cou tendu et la gueule ouverte, autour de
la monstrueuse cathédrale; et si c'était une nuit
de Noël, tandis que la grosse cloche qui semblait
râler appelait les fidèles à la messe ardente de
minuit, il y avait un tel air répandu sur la
sombre façade qu'on eût dit que le grand portail
dévorait la foule et que la rosace la regardait.
Et tout cela venait de Quasimodo. L'Egypte l'eût
pris pour le dieu de ce temple; le moyen âge l'en
croyait le démon; il en était l'âme.

À tel point que pour ceux qui savent que
Quasimodo a existé, Notre-Dame est aujourd'hui
déserte, inanimée, morte. On sent qu'il y a quelque chose de disparu. Ce corps immense est
vide; c'est un squelette; l'esprit l'a quitté, on en
voit la place, et voilà tout. C'est comme un crâne
où il y a encore des trous pour les yeux, mais
plus de regard.

LE CHIEN ET SON MAITRE

Il y avait pourtant une créature humaine que Quasimodo exceptait de sa malice et de sa haine pour les autres, et qu'il aimait autant, plus peut-être que sa cathédrale; c'était Claude Frollo.

La chose était simple. Claude Frollo l'avait recueilli, l'avait adopté, l'avait nourri, l'avait élevé. Tout petit, c'est dans les jambes de Claude Frollo qu'il avait coutume de se réfugier quand les chiens et les enfants aboyaient après lui. Claude Frollo lui avait appris à parler, à lire, à écrire. Claude Frollo enfin l'avait fait sonneur de cloches. Or, donner la grosse cloche en mariage à Quasimodo, c'était donner Juliette à Roméo.

Aussi la reconnaissance de Quasimodo était-elle profonde, passionnée, sans borne; et quoique le visage de son père adoptif fût souvent brumeux et sévère, quoique sa parole fût habituellement brève, dure, impérieuse, jamais cette reconnaissance ne s'était démentie un seul instant. L'archidiacre avait en Quasimodo l'esclave le plus soumis, le valet le plus docile, le dogue le plus vigilant. Quand le pauvre sonneur de cloches était devenu sourd, il s'était établi entre lui et Claude Frollo une langue de signes, mystérieuse et comprise d'eux seuls. De cette façon l'archidiacre était le seul être humain avec lequel Quasimodo eût conservé communication. Il n'était en rapport dans ce monde qu'avec deux choses, Notre-Dame et Claude Frollo.

Rien de comparable à l'empire de l'archidiacre sur le sonneur, à l'attachement du sonneur pour l'archidiacre. Il eût suffi d'un signe de Claude et de l'idée de lui faire plaisir pour que Quasimodo se précipitât du haut des tours de Notre-Dame. C'était une chose remarquable que toute cette force physique, arrivée chez Quasimodo à un développement si extraordinaire, et mise aveuglément par lui à la disposition d'un autre. Il y avait là sans doute dévouement filial, attachement domestique; il y avait aussi fascination d'un esprit par un autre esprit. C'était une pauvre, gauche et maladroite organisation qui se tenait la tête basse et les yeux suppliants devant une intelligence haute et profonde, puissante et supérieure. Enfin et par-dessus tout, c'était reconnaissance. Reconnaissance tellement poussée à sa limite extrême que nous ne saurions à quoi la comparer. Cette vertu n'est pas de celles dont les plus beaux exemples sont parmi les hommes. Nous dirons donc que Quasimodo aimait l'archidiacre comme jamais chien, jamais cheval, jamais éléphant n'a aimé son maître.

SUITE DE CLAUDE FROLLO

En 1482, Quasimodo avait environ vingt ans, Claude Frollo environ trente-six : l'un avait grandi, l'autre avait vieilli.

Claude Frollo n'était plus le simple écolier du collège Torchi, le tendre protecteur d'un petit enfant, le jeune et rêveur philosophe qui savait beaucoup de choses et qui en ignorait beaucoup. C'était un prêtre austère, grave, morose; un chargé d'âmes; monsieur l'archidiacre de Josas, le second acolyte de l'évêque, ayant sur les bras les deux décanats de Montlhéry et de Châteaufort et cent soixante-quatorze curés ruraux. C'était un personnage imposant et sombre devant lequel tremblaient les enfants de chœur en aube et en jaquette, les machicots, les confrères de Saint-Augustin, les clercs matutinels de Notre-Dame, quand il passait lentement sous les hautes ogives du chœur, majestueux, pensif, les bras croisés et la tête tellement ployée sur la poitrine qu'on ne voyait de sa face que son grand front chauve.

Dom Claude Frollo n'avait abandonné du reste ni la science, ni l'éducation de son jeune frère, ces deux occupations de sa vie. Mais avec le temps il s'était mêlé quelque amertume à ces choses si douces. A la longue, dit Paul Diacre [1], le meilleur lard rancit. Le petit Jehan Frollo, surnommé *du Moulin* à cause du lieu où il avait été nourri, n'avait pas grandi dans la direction

que Claude avait voulu lui imprimer. Le grand
frère comptait sur un élève pieux, docile, docte,
honorable. Or le petit frère, comme ces jeunes
arbres qui trompent l'effort du jardinier et se
tournent opiniâtrement du côté d'où leur viennent l'air et le soleil, le petit frère ne croissait et
ne multipliait, ne poussait de belles branches
touffues et luxuriantes que du côté de la paresse,
de l'ignorance et de la débauche. C'était un vrai
diable, fort désordonné, ce qui faisait froncer
le sourcil à dom Claude, mais fort drôle et fort
subtil, ce qui faisait sourire le grand frère.
Claude l'avait confié à ce même collège de Torchi où il avait passé ses premières années dans
l'étude et le recueillement; et c'était une douleur
pour lui que ce sanctuaire autrefois édifié du
nom de Frollo en fût scandalisé aujourd'hui.
Il en faisait quelquefois à Jehan de fort sévères
et de fort longs sermons, que celui-ci essuyait
intrépidement. Après tout, le jeune vaurien avait
bon cœur, comme cela se voit dans toutes les
comédies. Mais, le sermon passé, il n'en reprenait pas moins tranquillement le cours de ses
séditions et de ses énormités. Tantôt c'était un
béjaune (on appelait ainsi les nouveaux débar-
qués à l'Université) qu'il avait houspillé pour sa
bienvenue; tradition précieuse qui s'est soigneusement perpétuée jusqu'à nos jours. Tantôt il
avait donné le branle à une bande d'écoliers,
lesquels s'étaient classiquement jetés sur un cabaret, *quasi classico excitati,* puis avaient battu
le tavernier « avec bâtons offensifs », et joyeusement pillé la taverne jusqu'à effondrer les
muids de vin dans la cave. Et puis, c'était un
beau rapport en latin que le sous-moniteur de
Torchi apportait piteusement à dom Claude avec
cette douloureuse émargination : *Rixa; prima
causa vinum optimum potatum* [1]. Enfin on disait,
horreur dans un enfant de seize ans, que ses
débordements allaient souventes fois jusqu'à la
rue de Glatigny.

De tout cela, Claude, contristé et découragé

dans ses affections humaines, s'était jeté avec
plus d'emportement dans les bras de la science,
cette sœur qui du moins ne vous rit pas au nez
et vous paie toujours, bien qu'en monnaie quelquefois un peu creuse, les soins qu'on lui a ren-
dus. Il devint donc de plus en plus savant, et en
même temps, par une conséquence naturelle, de
plus en plus rigide comme prêtre, de plus en
plus triste comme homme. Il y a, pour chacun de
nous, de certains parallélismes entre notre intelligence, nos mœurs et notre caractère, qui se
développent sans discontinuité, et ne se rompent
qu'aux grandes perturbations de la vie.

Comme Claude Frollo avait parcouru dès sa
jeunesse le cercle presque entier des connais-
sances humaines positives, extérieures et licites,
force lui fut, à moins de s'arrêter *ubi defuit
orbis* [1], force lui fut d'aller plus loin et de chercher d'autres aliments à l'activité insatiable de
son intelligence. L'antique symbole du serpent
qui se mord la queue convient surtout à la
science. Il paraît que Claude Frollo l'avait
éprouvé. Plusieurs personnes graves affirmaient
qu'après avoir épuisé le *fas* du savoir humain, il
avait osé pénétrer dans le *nefas* [2]. Il avait, disait-on, goûté successivement toutes les pommes
de l'arbre de l'intelligence, et, faim ou dégoût, il
avait fini par mordre au fruit défendu. Il avait
pris place tour à tour, comme nos lecteurs l'ont
vu, aux conférences des théologiens en Sorbonne,
aux assemblées des artiens à l'image Saint-
Hilaire, aux disputes des décrétistes à l'image
Saint-Martin, aux congrégations des médecins au
bénitier de Notre-Dame, *ad cupam Nostræ Domi-
næ*; tous les mets permis et approuvés que ces
quatre grandes cuisines, appelées les quatre facultés, pouvaient élaborer et servir à une intelligence, il les avait dévorés et la satiété lui en était
venue avant que sa faim fût apaisée; alors il
avait creusé plus avant, plus bas, dessous toute
cette science finie, matérielle, limitée; il avait
risqué peut-être son âme, et s'était assis dans la

caverne à cette table mystérieuse des alchimistes, des astrologues, des hermétiques, dont Averroès, Guillaume de Paris et Nicolas Flamel tiennent le bout dans le moyen âge et qui se prolonge dans l'Orient, aux clartés du chandelier à sept branches, jusqu'à Salomon, Pythagore et Zoroastre [1].

C'était du moins ce que l'on supposait, à tort ou à raison.

Il est certain que l'archidiacre visitait souvent le cimetière des Saints-Innocents où son père et sa mère avaient été enterrés, il est vrai, avec les autres victimes de la peste de 1466; mais qu'il paraissait beaucoup moins dévot à la croix de leur fosse qu'aux figures étranges dont était chargé le tombeau de Nicolas Flamel et de Claude Pernelle, construit tout à côté.

Il est certain qu'on l'avait vu souvent longer la rue des Lombards et entrer furtivement dans une petite maison qui faisait le coin de la rue des Écrivains et de la rue Marivaulx. C'était la maison que Nicolas Flamel avait bâtie, où il était mort vers 1417, et qui, toujours déserte depuis lors, commençait déjà à tomber en ruine, tant les hermétiques et les souffleurs [2] de tous les pays en avaient usé les murs rien qu'en y gravant leurs noms. Quelques voisins même affirmaient avoir vu une fois par un soupirail l'archidiacre Claude creusant, remuant et bêchant la terre dans ces deux caves dont les jambes étrières avaient été barbouillées de vers et d'hiéroglyphes sans nombre par Nicolas Flamel lui-même. On supposait que Flamel avait enfoui la pierre philosophale dans ces caves, et les alchimistes, pendant deux siècles, depuis Magistri jusqu'au père Pacifique, n'ont cessé d'en tourmenter le sol que lorsque la maison, si cruellement fouillée et retournée, a fini par s'en aller en poussière sous leurs pieds.

Il est certain encore que l'archidiacre s'était épris d'une passion singulière pour le portail symbolique de Notre-Dame, cette page de grimoire écrite en pierre par l'évêque Guillaume de Paris, lequel a sans doute été damné pour avoir attaché un si infernal frontispice au saint poème que chante éternellement le reste de l'édifice. L'archidiacre Claude passait aussi pour avoir approfondi le colosse de saint Christophe et cette longue statue énigmatique qui se dressait alors à l'entrée du parvis et que le peuple appelait dans ses dérisions *Monsieur Legris.* Mais, ce que tout le monde avait pu remarquer, c'étaient les interminables heures qu'il employait souvent, assis sur le parapet du parvis, à contempler les sculptures du portail, examinant tantôt les vierges folles avec leurs lampes renversées, tantôt les vierges sages avec leurs lampes droites; d'autres fois calculant l'angle du regard de ce corbeau qui tient au portail de gauche et qui regarde dans l'église un point mystérieux où est certainement cachée la pierre philosophale, si elle n'est pas dans la cave de Nicolas Flamel. C'était, disons-le en passant, une destinée singulière pour l'église Notre-Dame à cette époque que d'être ainsi aimée à deux degrés différents et avec tant de dévotion par deux êtres aussi dissemblables que Claude et Quasimodo; aimée par l'un, sorte de demi-homme instinctif et sauvage, pour sa beauté, pour sa stature, pour les harmonies qui se dégagent de son magnifique ensemble; aimée par l'autre, imagination savante et passionnée, pour sa signification, pour son mythe, pour le sens qu'elle renferme, pour le symbole épars sous les sculptures de sa façade comme le premier texte sous le second dans un palimpseste [1]; en un mot, pour l'énigme qu'elle propose éternellement à l'intelligence.

Il est certain enfin que l'archidiacre s'était accommodé, dans celle des deux tours qui regarde sur la Grève, tout à côté de la cage aux cloches, une petite cellule, fort secrète, où nul n'entrait, pas même l'évêque, disait-on, sans son congé. Cette cellule avait été jadis pratiquée presque au sommet de la tour, parmi les nids de corbeaux, par l'évêque Hugo de Besançon *, qui

* *Hugo II de Bisuncio, 1326-1332. (Note de Victor Hugo.)*

y avait maléficié dans son temps [1]. Ce que ren-
fermait cette cellule, nul ne le savait; mais on
avait vu souvent, des grèves du Terrain, la nuit,
à une petite lucarne qu'elle avait sur le derrière
de la tour, paraître, disparaître et reparaître à
intervalles courts et égaux une clarté rouge,
intermittente, bizarre, qui semblait suivre les
aspirations haletantes d'un soufflet et venir plutôt d'une flamme que d'une lumière. Dans l'ombre, à cette hauteur, cela faisait un effet singulier et les bonnes femmes disaient : Voilà l'archidiacre qui souffle, l'enfer pétille là-haut.

Il n'y avait pas dans tout cela après tout
grandes preuves de sorcellerie; mais c'était bien
toujours autant de fumée qu'il en fallait pour
supposer du feu; et l'archidiacre avait un renom
assez formidable. Nous devons dire pourtant que
les sciences d'Egypte, que la nécromancie, que la
magie, même la plus blanche et la plus innocente, n'avaient pas d'ennemi plus acharné, pas
de dénonciateur plus impitoyable par-devant
messieurs de l'officialité de Notre-Dame. Que ce
fût sincère horreur ou jeu joué du larron qui
crie : *au voleur,* cela n'empêchait pas l'archidiacre d'être considéré par les doctes têtes du
chapitre comme une âme aventurée dans le ves-
tibule de l'enfer, perdue dans les antres de la
cabale, tâtonnant dans les ténèbres des sciences
occultes. Le peuple ne s'y méprenait pas non
plus; chez quiconque avait un peu de sagacité,
Quasimodo passait pour le démon, Claude Frollo
pour le sorcier. Il était évident que le sonneur
devait servir l'archidiacre pendant un temps
donné au bout duquel il emporterait son âme en
guise de paiement. Aussi l'archidiacre était-il,
malgré l'austérité excessive de sa vie, en mauvaise odeur parmi les bonnes âmes; et il n'y avait
pas nez de dévote si inexpérimentée qui ne le
flairât magicien.

Et si, en vieillissant, il s'était formé des abîmes
dans sa science, il s'en était aussi formé dans
son cœur. C'est du moins ce qu'on était fondé à

croire en examinant cette figure sur laquelle on
ne voyait reluire son âme qu'à travers un sombre nuage. D'où lui venait ce front chauve, cette
tête toujours penchée, cette poitrine toujours
soulevée de soupirs? Quelle secrète pensée faisait sourire sa bouche avec tant d'amertume
au même moment où ses sourcils froncés se rapprochaient comme deux taureaux qui vont lutter? Pourquoi son reste de cheveux était-il déjà
gris? Quel était ce feu intérieur qui éclatait parfois dans son regard, au point que son œil ressemblait à un trou percé dans la paroi d'une
fournaise?

Ces symptômes d'une violente préoccupation
morale avaient surtout acquis un haut degré
d'intensité à l'époque où se passe cette histoire.
Plus d'une fois un enfant de chœur s'était enfui
effrayé de le trouver seul dans l'église, tant son
regard était étrange et éclatant. Plus d'une fois,
dans le chœur, à l'heure des offices, son voisin
de stalle l'avait entendu mêler au plain-chant
ad omnem tonum [1] des parenthèses inintelligi-
bles. Plus d'une fois la buandière du Terrain,
chargée de « laver le chapitre », avait observé,
non sans effroi, des marques d'ongles et de
doigts crispés dans le surplis de monsieur l'archidiacre de Josas.

D'ailleurs, il redoublait de sévérité et n'avait
jamais été plus exemplaire. Par état comme par
caractère il s'était toujours tenu éloigné des
femmes; il semblait les haïr plus que jamais.
Le seul frémissement d'une cotte-hardie de soie
faisait tomber son capuchon sur ses yeux. Il était
sur ce point tellement jaloux d'austérité et de
réserve que lorsque la dame de Beaujeu, fille
du roi, vint au mois de décembre 1481 visiter le
cloître de Notre-Dame, il s'opposa gravement à
son entrée, rappelant à l'évêque le statut du
Livre Noir, daté de la vigile Saint-Barthélemy
1334, qui interdit l'accès du cloître à toute
femme « quelconque, vieille ou jeune, maîtresse
ou chambrière ». Sur quoi l'évêque avait été

contraint de lui citer l'ordonnance du légat Odo
qui excepte certaines grandes dames, *aliquæ magnates mulieres, quæ sine scandalo evitari non
possunt* [1]. Et encore l'archidiacre protesta-t-il,
objectant que l'ordonnance du légat, laquelle remontait à 1207, était antérieure de cent vingt-
sept ans au Livre Noir, et par conséquent abro-
gée de fait par lui. Et il avait refusé de paraître
devant la princesse.

On remarquait en outre que son horreur pour
les égyptiennes et les zingari semblait redoubler
depuis quelque temps. Il avait sollicité de l'évêque un édit qui fît expresse défense aux bohémiennes de venir danser et tambouriner sur la
place du parvis, et il compulsait depuis le même
temps les archives moisies de l'official, afin de
réunir les cas de sorciers et de sorcières condamnés au feu ou à la corde pour complicité de
maléfices avec des boucs, des truies ou des chèvres.

IMPOPULARITÉ [1]

L'archidiacre et le sonneur, nous l'avons déjà dit, étaient médiocrement aimés du gros et menu peuple des environs de la cathédrale. Quand Claude et Quasimodo sortaient ensemble, ce qui arrivait maintes fois, et qu'on les voyait traverser de compagnie, le valet suivant le maître, les rues fraîches, étroites et sombres du pâté Notre-Dame, plus d'une mauvaise parole, plus d'un fredon ironique, plus d'un quolibet insultant les harcelait au passage, à moins que Claude Frollo, ce qui arrivait rarement, ne marchât la tête droite et levée, montrant son front sévère et presque auguste aux goguenards interdits.

Tous deux étaient dans leur quartier comme les « poètes » dont parle Régnier.

Toutes sortes de gens vont après les poètes,
Comme après les hiboux vont criant les fauvettes [2].

Tantôt c'était un marmot sournois qui risquait sa peau et ses os pour avoir le plaisir ineffable d'enfoncer une épingle dans la bosse de Quasimodo. Tantôt une belle jeune fille, gaillarde et plus effrontée qu'il n'aurait fallu, frôlait la robe noire du prêtre en lui chantant sous le nez la chanson sardonique : *niche, niche, le diable est pris.* Quelquefois un groupe squalide de vieilles, échelonné et accroupi dans l'ombre sur

les degrés d'un porche, bougonnait avec bruit
au passage de l'archidiacre et du carillonneur,
et leur jetait en maugréant cette encourageante
bienvenue : « Hum! en voici un qui a l'âme
faite comme l'autre a le corps! » Ou bien c'était
une bande d'écoliers et de pousse-cailloux jouant
aux merelles qui se levait en masse et les saluait
classiquement de quelque huée en latin : *Eia!
eia! Claudius cum claudo* [1]!

Mais le plus souvent, l'injure passait inaper-
çue du prêtre et du sonneur. Pour entendre
toutes ces gracieuses choses, Quasimodo était
trop sourd et Claude trop rêveur.

LIVRE CINQUIÈME

I

ABBAS BEATI MARTINI [1]

La renommée de dom Claude s'était étendue au loin. Elle lui valut, à peu près vers l'époque où il refusa de voir madame de Beaujeu, une visite dont il garda longtemps le souvenir.

C'était un soir. Il venait de se retirer après l'office dans sa cellule canonicale du cloître Notre-Dame. Celle-ci, hormis peut-être quelques fioles de verre reléguées dans un coin, et pleines d'une poudre assez équivoque qui ressemblait fort à de la poudre de projection n'offrait rien d'étrange ni de mystérieux. Il y avait bien çà et là quelques inscriptions sur le mur, mais c'étaient de pures sentences de science ou de piété extraites des bons auteurs. L'archidiacre venait de s'asseoir à la clarté d'un trois-becs de cuivre devant un vaste bahut chargé de manuscrits. Il avait appuyé son coude sur le livre tout grand ouvert d'Honorius d'Autun, *De prædestinatione et libero arbitrio* [2], et il feuilletait avec une réflexion profonde un in-folio imprimé qu'il venait d'apporter, le seul produit de la presse que renfermât sa cellule. Au milieu de sa rêverie, on frappa à sa porte. — Qui est là? cria le savant du ton gracieux d'un dogue affamé qu'on dérange de son os. Une voix répondit du dehors. — Votre ami, Jacques Coictier. — Il alla ouvrir.

C'était en effet le médecin du roi; un personnage d'une cinquantaine d'années dont la physionomie dure n'était corrigée que par un regard rusé. Un autre homme l'accompagnait. Tous deux portaient une longue robe couleur ardoise fourrée de petit-gris, ceinturonnée et fermée, avec le bonnet de même étoffe et de même couleur. Leurs mains disparaissaient sous leurs manches, leurs pieds sous leurs robes, leurs yeux sous leurs bonnets.

— Dieu me soit en aide, messires; dit l'archidiacre en les introduisant, je ne m'attendais pas à si honorable visite à pareille heure. Et tout en parlant de cette façon courtoise, il promenait du médecin à son compagnon un regard inquiet et scrutateur.

— Il n'est jamais trop tard pour venir visiter un savant aussi considérable que dom Claude Frollo de Tirechappe, répondit le docteur Coictier, dont l'accent franc-comtois faisait traîner toutes ses phrases avec la majesté d'une robe à queue.

Alors commença entre le médecin et l'archidiacre un de ces prologues congratulateurs qui précédaient à cette époque, selon l'usage, toute conversation entre savants et qui ne les empêchaient pas de se détester le plus cordialement du monde. Au reste, il en est encore de même aujourd'hui, toute bouche de savant qui complimente un autre savant est un vase de fiel emmiellé.

Les félicitations de Claude Frollo à Jacques Coictier avaient trait surtout aux nombreux avantages temporels que le digne médecin avait su extraire, dans le cours de sa carrière si enviée, de chaque maladie du roi, opération d'une alchimie meilleure et plus certaine que la poursuite de la pierre philosophale.

— En vérité! monsieur le docteur Coictier, j'ai eu grande joie d'apprendre l'évêché de votre neveu, mon révérend seigneur Pierre Versé. N'est-il pas évêque d'Amiens?

— Oui, monsieur l'archidiacre; c'est une grâce et miséricorde de Dieu.

— Savez-vous que vous aviez bien grande mine, le jour de Noël, à la tête de votre compagnie de la chambre des Comptes, monsieur le président?

— Vice-président, dom Claude. Hélas! rien de plus.

— Où en est votre superbe maison de la rue Saint-André-des-Arcs? C'est un Louvre. J'aime fort l'abricotier qui est sculpté sur la porte avec ce jeu de mots qui est plaisant : A L'ABRI-COTIER.

— Hélas! maître Claude, toute cette maçonnerie me coûte gros. A mesure que la maison s'édifie, je me ruine.

— Ho! n'avez-vous pas vos revenus de la Geôle et du bailliage du Palais, et la rente de toutes les maisons, étaux, loges, échoppes de la Clôture? c'est traire une belle mamelle.

— Ma châtellenie de Poissy ne m'a rien rapporté cette année.

— Mais vos péages de Triel, de Saint-James, de Saint-Germain-en-Laye, sont toujours bons.

— Six-vingt livres, pas même parisis.

— Vous avez votre office de conseiller du roi. C'est fixe cela.

— Oui, confrère Claude, mais cette maudite seigneurie de Poligny, dont on fait bruit, ne me vaut pas soixante écus d'or, bon an mal an.

Il y avait dans les compliments que dom Claude adressait à Jacques Coictier cet accent sardonique, aigre et sourdement railleur, ce sourire triste et cruel d'un homme supérieur et malheureux qui joue un moment par distraction avec l'épaisse prospérité d'un homme vulgaire. L'autre ne s'en apercevait pas.

— Sur mon âme, dit enfin Claude en lui serrant la main, je suis aise de vous voir en si grande santé.

— Merci, maître Claude.

— A propos, s'écria dom Claude, comment va votre royal malade?

— Il ne paie pas assez son médecin, répondit

le docteur en jetant un regard de côté à son compagnon.

— Vous trouvez, compère Coictier? dit le compagnon.

Cette parole, prononcée du ton de la surprise et du reproche, ramena sur ce personnage inconnu l'attention de l'archidiacre qui, à vrai dire, ne s'en était pas complètement détournée un seul moment depuis que cet étranger avait franchi le seuil de la cellule. Il avait même fallu les mille raisons qu'il avait de ménager le docteur Jacques Coictier, le tout-puissant médecin du roi Louis XI, pour qu'il le reçût ainsi accompagné. Aussi sa mine n'eut-elle rien de bien cordial quand Jacques Coictier lui dit :

— A propos, dom Claude, je vous amène un confrère qui vous a voulu voir sur votre renommée.

— Monsieur est de la science? demanda l'archidiacre en fixant sur le compagnon de Coictier son œil pénétrant. Il ne trouva pas sous les sourcils de l'inconnu un regard moins perçant et moins défiant que le sien.

C'était, autant que la faible clarté de la lampe permettait d'en juger, un vieillard d'environ soixante ans et de moyenne taille, qui paraissait assez malade et cassé. Son profil, quoique d'une ligne très bourgeoise, avait quelque chose de puissant et de sévère, sa prunelle étincelait sous une arcade sourcilière très profonde comme une lumière au fond d'un antre; et sous le bonnet rabattu qui lui tombait sur le nez on sentait tourner les larges plans d'un front de génie.

Il se chargea de répondre lui-même à la question de l'archidiacre.

— Révérend maître, dit-il d'une voix grave, votre renom est venu jusqu'à moi, et j'ai voulu vous consulter. Je ne suis qu'un pauvre gentilhomme de province qui ôte ses souliers avant d'entrer chez les savants. Il faut que vous sachiez mon nom. Je m'appelle le compère Tourangeau.

— Singulier nom pour un gentilhomme! pensa

l'archidiacre. Cependant il se sentait devant quelque chose de fort et de sérieux. L'instinct de sa haute intelligence lui en faisait deviner une non moins haute sous le bonnet fourré du compère Tourangeau; et en considérant cette grave figure, le rictus ironique que la présence de Jacques Coictier avait fait éclore sur son visage morose s'évanouit peu à peu comme le crépuscule à un horizon de nuit. Il s'était rassis morne et silencieux sur son grand fauteuil, son coude avait repris sa place accoutumée sur la table, et son front sur sa main. Après quelques moments de méditation, il fit signe aux deux visiteurs de s'asseoir, et adressa la parole au compère Tourangeau.

— Vous venez me consulter, maître, et sur quelle science?

— Révérend, répondit le compère Tourangeau, je suis malade, très malade. On vous dit grand Esculape, et je suis venu vous demander un conseil de médecine.

— Médecine! dit l'archidiacre en hochant la tête. Il sembla se recueillir un instant et reprit :

— Compère Tourangeau, puisque c'est votre nom, tournez la tête. Vous trouverez ma réponse tout écrite sur le mur.

Le compère Tourangeau obéit, et lut au-dessus de sa tête cette inscription gravée sur la muraille : — *La médecine est fille des songes.* — JAMBLIQUE [1].

Cependant le docteur Jacques Coictier avait entendu la question de son compagnon avec un dépit que la réponse de dom Claude avait redoublé. Il se pencha à l'oreille du compère Tourangeau et lui dit, assez bas pour ne pas être entendu de l'archidiacre : — Je vous avais prévenu que c'était un fou. Vous l'avez voulu voir!

— C'est qu'il se pourrait fort bien qu'il eût raison, ce fou, docteur Jacques! répondit le compère du même ton, et avec un sourire amer.

— Comme il vous plaira! répliqua Coictier sèchement. Puis s'adressant à l'archidiacre : —

Vous êtes preste en besogne, dom Claude, et vous n'êtes guère plus empêché d'Hippocratès qu'un singe d'une noisette. La médecine un songe! Je doute que les pharmacopoles et les maîtres-mires [1] se tinssent de vous lapider s'ils étaient là. Donc vous niez l'influence des philtres sur le sang, des onguents sur la chair! Vous niez cette éternelle pharmacie de fleurs et de métaux qu'on appelle le monde, faite exprès pour cet éternel malade qu'on appelle l'homme!

— Je ne nie, dit froidement dom Claude, ni la pharmacie ni le malade. Je nie le médecin.

— Donc il n'est pas vrai, reprit Coictier avec chaleur, que la goutte soit une dartre en dedans, qu'on guérisse une plaie d'artillerie par l'application d'une souris rôtie, qu'un jeune sang convenablement infusé rende la jeunesse à de vieilles veines; il n'est pas vrai que deux et deux font quatre, et que l'emprosthotonos succède à l'opisthotonos.

L'archidiacre répondit sans s'émouvoir : — Il y a certaines choses dont je pense d'une certaine façon.

Coictier devint rouge de colère.

— Là, là, mon bon Coictier, ne nous fâchons pas, dit le compère Tourangeau. Monsieur l'archidiacre est notre ami.

Coictier se calma en grommelant à demi-voix : — Après tout, c'est un fou!

— Pasquedieu, maître Claude, reprit le compère Tourangeau après un silence, vous me gênez fort. J'avais deux consultations à requérir de vous, l'une touchant ma santé, l'autre touchant mon étoile.

— Monsieur, repartit l'archidiacre, si c'est là votre pensée, vous auriez aussi bien fait de ne pas vous essouffler aux degrés de mon escalier. Je ne crois pas à la médecine. Je ne crois pas à l'astrologie.

— En vérité! dit le compère avec surprise.

Coictier riait d'un rire forcé.

— Vous voyez bien qu'il est fou, dit-il tout

bas au compère Tourangeau. Il ne croit pas à
l'astrologie!

— Le moyen d'imaginer, poursuivit dom
Claude, que chaque rayon d'étoile est un fil qui
tient à la tête d'un homme!

— Et à quoi croyez-vous donc? s'écria le compère Tourangeau.

L'archidiacre resta un moment indécis, puis
il laissa échapper un sombre sourire qui semblait démentir sa réponse : — *Credo in Deum.*

— *Dominum nostrum* [1], ajouta le compère
Tourangeau avec un signe de croix.

— *Amen,* dit Coictier.

— Révérend maître, reprit le compère, je suis
charmé dans l'âme de vous voir en si bonne religion. Mais, grand savant que vous êtes, l'êtes-
vous donc à ce point de ne plus croire à la
science?

— Non, dit l'archidiacre en saisissant le bras
du compère Tourangeau, et un éclair d'enthousiasme se ralluma dans sa terne prunelle, non,
je ne nie pas la science. Je n'ai pas rampé si
longtemps à plat ventre et les ongles dans la
terre à travers les innombrables embranche-
ments de la caverne sans apercevoir, au loin devant moi, au bout de l'obscure galerie, une lumière, une flamme, quelque chose, le reflet sans
doute de l'éblouissant laboratoire central où les
patients et les sages ont surpris Dieu.

— Et enfin, interrompit le Tourangeau, quelle
chose tenez-vous vraie et certaine?

— L'alchimie.

Coictier se récria : — Pardieu! dom Claude,
l'alchimie a sa raison sans doute, mais pourquoi
blasphémer la médecine et l'astrologie?

— Néant, votre science de l'homme! néant,
votre science du ciel! dit l'archidiacre avec empire.

— C'est mener grand train Epidaurus et la
Chaldée, répliqua le médecin en ricanant.

— Ecoutez, messire Jacques. Ceci est dit de
bonne foi. Je ne suis pas médecin du roi, et sa

majesté ne m'a pas donné le jardin Dédalus pour
y observer les constellations. — Ne vous fâchez
pas et écoutez-moi. — Quelle vérité avez-vous
tirée, je ne dis pas de la médecine, qui est chose
par trop folle, mais de l'astrologie? Citez-moi
les vertus du boustrophédon vertical, les trou-
vailles du nombre ziruph et du nombre zephi-
rod.

— Nierez-vous, dit Coictier, la force sympathique de la clavicule et que la cabalistique en
dérive?

— Erreur, messire Jacques! aucune de vos
formules n'aboutit à la réalité. Tandis que l'alchimie a ses découvertes. Contesterez-vous des
résultats comme ceux-ci? — La glace enfermée
sous terre pendant mille ans se transforme en
cristal de roche. — Le plomb est l'aïeul de tous
les métaux. (Car l'or n'est pas un métal, l'or
est la lumière.) — Il ne faut au plomb que
quatre périodes de deux cents ans chacune pour
passer successivement de l'état de plomb à l'état
d'arsenic rouge, de l'arsenic rouge à l'étain, de
l'étain à l'argent. — Sont-ce là des faits? Mais
croire à la clavicule, à la ligne pleine et aux
étoiles, c'est aussi ridicule que de croire, avec les
habitants du Grand-Cathay [1], que le loriot se
change en taupe et les grains de blé en poisson
du genre cyprin!

— J'ai étudié l'hermétique, s'écria Coictier, et
j'affirme...

Le fougueux archidiacre ne le laissa pas achever. — Et moi j'ai étudié la médecine, l'astrologie et l'hermétique. Ici seulement est la vérité
(en parlant ainsi il avait pris sur le bahut une
fiole pleine de cette poudre dont nous avons
parlé plus haut), ici seulement est la lumière!
Hippocratès, c'est un rêve, Urania, c'est un rêve,
Hermès, c'est une pensée. L'or, c'est le soleil,
faire de l'or, c'est être Dieu. Voilà l'unique
science. J'ai sondé la médecine et l'astrologie,
vous dis-je! Néant, néant. Le corps humain, ténèbres; les astres, ténèbres!

Et il retomba sur son fauteuil dans une attitude puissante et inspirée. Le compère Tourangeau l'observait en silence. Coictier s'efforçait de
ricaner, haussait imperceptiblement les épaules,
et répétait à voix basse : Un fou!

— Et, dit tout à coup le Tourangeau, le but
mirifique, l'avez-vous touché? avez-vous fait de
l'or?

— Si j'en avais fait, répondit l'archidiacre en
articulant lentement ses paroles comme un
homme qui réfléchit, le roi de France s'appellerait Claude et non Louis.

Le compère fronça le sourcil.

— Qu'est-ce que je dis là? reprit dom Claude
avec un sourire de dédain. Que me ferait le
trône de France quand je pourrais rebâtir l'empire d'Orient!

— A la bonne heure! dit le compère.

— Oh! le pauvre fou! murmura Coictier.

L'archidiacre poursuivit, paraissant ne plus
répondre qu'à ses pensées :

— Mais non, je rampe encore; je m'écorche
la face et les genoux aux cailloux de la voie
souterraine. J'entrevois, je ne contemple pas! je
ne lis pas, j'épelle!

— Et quand vous saurez lire, demanda le
compère, ferez-vous de l'or?

— Qui en doute? dit l'archidiacre.

— En ce cas, Notre-Dame sait que j'ai grande
nécessité d'argent, et je voudrais bien apprendre à lire dans vos livres. Dites-moi, révérend
maître, votre science est-elle pas ennemie ou
déplaisante à Notre-Dame?

A cette question du compère, dom Claude se
contenta de répondre avec une tranquille hauteur : — De qui suis-je archidiacre?

— Cela est vrai, mon maître. Eh bien! vous
plairait-il m'initier? Faites-moi épeler avec vous.

Claude prit l'attitude majestueuse et pontifi-
cale d'un Samuel.

— Vieillard, il faut de plus longues années
qu'il ne vous en reste pour entreprendre ce

voyage à travers les choses mystérieuses. Votre
tête est bien grise! On ne sort de la caverne
qu'avec des cheveux blancs, mais on n'y entre
qu'avec des cheveux noirs. La science sait bien
toute seule creuser, flétrir et dessécher les faces
humaines; elle n'a pas besoin que la vieillesse
lui apporte des visages tout ridés. Si cependant
l'envie vous possède de vous mettre en discipline à votre âge et de déchiffrer l'alphabet
redoutable des sages, venez à moi, c'est bien,
j'essaierai. Je ne vous dirai pas, à vous pauvre
vieux, d'aller visiter les chambres sépulcrales
des pyramides dont parle l'ancien Hérodotus, ni
la tour de briques de Babylone, ni l'immense
sanctuaire de marbre blanc du temple indien
d'Eklinga. Je n'ai pas vu plus que vous les
maçonneries chaldéennes construites suivant la
forme sacrée du Sikra, ni le temple de Salomon
qui est détruit, ni les portes de pierre du sépulcre des rois d'Israël qui sont brisées. Nous nous
contenterons des fragments du livre d'Hermès
que nous avons ici. Je vous expliquerai la statue
de saint Christophe, le symbole du Semeur, et
celui des deux anges qui sont au portail de la
Sainte-Chapelle, et dont l'un a sa main dans un
vase et l'autre dans une nuée...

Ici, Jacques Coictier, que les répliques fou-
gueuses de l'archidiacre avaient désarçonné, se
remit en selle, et l'interrompit du ton triomphant
d'un savant qui en redresse un autre : — *Erras,
amice Claudi* [1]. Le symbole n'est pas le nombre.
Vous prenez Orpheus pour Hermès.

— C'est vous qui errez, répliqua gravement
l'archidiacre. Dedalus, c'est le soubassement,
Orpheus, c'est la muraille, Hermès, c'est l'édifice. C'est le tout. Vous viendrez quand vous
voudrez, poursuivit-il en se tournant vers le
Tourangeau, je vous montrerai les parcelles d'or
restées au fond du creuset de Nicolas Flamel,
et vous les comparerez à l'or de Guillaume de
Paris. Je vous apprendrai les vertus secrètes du
mot grec *peristera*. Mais avant tout, je vous

ferai lire l'une après l'autre les lettres de marbre
de l'alphabet, les pages de granit du livre. Nous
irons du portail de l'évêque Guillaume et de
Saint-Jean-le-Rond à la Sainte-Chapelle, puis à
la maison de Nicolas Flamel, rue Marivaulx, à
son tombeau, qui est aux Saints-Innocents, à
ses deux hôpitaux rue de Montmorency. Je vous
ferai lire les hiéroglyphes dont sont couverts les
quatre gros chenets de fer du portail de l'hôpital
Saint-Gervais et de la rue de la Ferronnerie.
Nous épellerons encore ensemble les façades de
Saint-Côme, de Sainte-Geneviève-des-Ardents, de
Saint-Martin, de Saint-Jacques-de-la-Boucherie...

Il y avait déjà longtemps que le Tourangeau,
si intelligent que fût son regard, paraissait ne
plus comprendre dom Claude. Il l'interrompit.

— Pasquedieu! qu'est-ce que c'est donc que
vos livres?

— En voici un, dit l'archidiacre.

Et ouvrant la fenêtre de la cellule, il désigna
du doigt l'immense église de Notre-Dame, qui,
découpant sur un ciel étoilé la silhouette noire
de ses deux tours, de ses côtes de pierre et de
sa croupe monstrueuse, semblait un énorme
sphinx à deux têtes assis au milieu de la ville.

L'archidiacre considéra quelque temps en
silence le gigantesque édifice, puis étendant avec
un soupir sa main droite vers le livre imprimé
qui était ouvert sur sa table et sa main gauche
vers Notre-Dame, et promenant un triste regard
du livre à l'église :

— Hélas! dit-il, ceci tuera cela.

Coictier qui s'était approché du livre avec
empressement ne put s'empêcher de s'écrier :

— Hé mais! qu'y a-t-il donc de si redoutable en
ceci : GLOSSA IN EPISTOLAS D. PAULI. *Norimbergæ,
Antonius Koburger,* 1474 [1]? Ce n'est pas nouveau.
C'est un livre de Pierre Lombard, le Maître des
Sentences. Est-ce parce qu'il est imprimé?

— Vous l'avez dit, répondit Claude, qui semblait absorbé dans une profonde méditation et
se tenait debout, appuyant son index reployé

sur l'in-folio sorti des presses fameuses de
Nuremberg. Puis il ajouta ces paroles mystérieuses : — Hélas! hélas! les petites choses viennent à bout des grandes; une dent triomphe
d'une masse. Le rat du Nil tue le crocodile,
l'espadon tue la baleine, le livre tuera l'édifice!

Le couvre-feu du cloître sonna au moment où
le docteur Jacques répétait tout bas à son
compagnon son éternel refrain : *Il est fou.* — A
quoi le compagnon répondit cette fois : — Je
crois que oui.

C'était l'heure où aucun étranger ne pouvait
rester dans le cloître. Les deux visiteurs se retirèrent. — Maître, dit le compère Tourangeau,
en prenant congé de l'archidiacre, j'aime les
savants et les grands esprits, et je vous tiens
en estime singulière. Venez demain au palais
des Tournelles, et demandez l'abbé de Saint-
Martin de Tours.

L'archidiacre rentra chez lui stupéfait, comprenant enfin quel personnage c'était que le
compère Tourangeau, et se rappelant ce passage
du cartulaire de Saint-Martin de Tours : *Abbas
beati Martini*, SCILICET REX FRANCIAE, *est cano-
nicus de consuetudine et habet parvam præben-
dam quam habet sanctus Venantius et debet
sedere in sede thesaurarii* [1].

On affirmait que depuis cette époque l'archidiacre avait de fréquentes conférences avec
Louis XI, quand sa majesté venait à Paris, et
que le crédit de dom Claude faisait ombre à
Olivier le Daim et à Jacques Coictier, lequel,
selon sa manière, en rudoyait fort le roi.

CECI TUERA CELA [1]

Nos lectrices nous pardonneront de nous arrêter un moment pour chercher quelle pouvait être la pensée qui se dérobait sous ces paroles énigmatiques de l'archidiacre : *Ceci tuera cela. Le livre tuera l'édifice.*

A notre sens, cette pensée avait deux faces. C'était d'abord une pensée de prêtre. C'était l'effroi du sacerdoce devant un agent nouveau, l'imprimerie. C'était l'épouvante et l'éblouissement de l'homme du sanctuaire devant la presse lumineuse de Gutenberg. C'était la chaire et le manuscrit, la parole parlée et la parole écrite, s'alarmant de la parole imprimée ; quelque chose de pareil à la stupeur d'un passereau qui verrait l'ange Légion ouvrir ses six millions d'ailes. C'était le cri du prophète qui entend déjà bruire et fourmiller l'humanité émancipée, qui voit dans l'avenir l'intelligence saper la foi, l'opinion détrôner la croyance, le monde secouer Rome. Pronostic du philosophe qui voit la pensée humaine, volatilisée par la presse, s'évaporer du récipient théocratique. Terreur du soldat qui examine le bélier d'airain et qui dit : La tour croulera. Cela signifiait qu'une puissance allait succéder à une autre puissance. Cela voulait dire : La presse tuera l'église.

Mais sous cette pensée, la première et la plus simple sans doute, il y en avait à notre avis une autre, plus neuve, un corollaire de la première moins facile à apercevoir et plus facile à contester, une vue, tout aussi philosophique, non plus du prêtre seulement, mais du savant et de l'artiste. C'était pressentiment que la pensée humaine en changeant de forme allait changer de mode d'expression, que l'idée capitale de chaque génération ne s'écrirait plus avec la même matière et de la même façon, que le livre de pierre, si solide et si durable, allait faire place au livre de papier, plus solide et plus durable encore. Sous ce rapport, la vague formule de l'archidiacre avait un second sens; elle signifiait qu'un art allait détrôner un autre art. Elle voulait dire : L'imprimerie tuera l'architecture.

En effet, depuis l'origine des choses jusqu'au quinzième siècle de l'ère chrétienne inclusivement, l'architecture est le grand livre de l'humanité, l'expression principale de l'homme à ses divers états de développement soit comme force, soit comme intelligence.

Quand la mémoire des premières races se sentit surchargée, quand le bagage des souvenirs du genre humain devint si lourd et si confus que la parole, nue et volante, risqua d'en perdre en chemin, on les transcrivit sur le sol de la façon la plus visible, la plus durable et la plus naturelle à la fois. On scella chaque tradition sous un monument.

Les premiers monuments furent de simples quartiers de roche *que le fer n'avait pas touchés,* dit Moïse. L'architecture commença comme toute écriture. Elle fut d'abord alphabet. On plantait une pierre debout, et c'était une lettre, et chaque lettre était un hiéroglyphe, et sur chaque hiéroglyphe reposait un groupe d'idées comme le chapiteau sur la colonne. Ainsi firent les premières races, partout, au même moment, sur la surface du monde entier. On retrouve la *pierre levée* des celtes dans la Sibérie d'Asie, dans les pampas d'Amérique.

Plus tard on fit des mots. On superposa la

pierre à la pierre, on accoupla ces syllabes de granit, le verbe essaya quelques combinaisons. Le dolmen et le cromlech celtes, le tumulus étrusque, le galgal hébreu, sont des mots [1]. Quelques-uns, le tumulus surtout, sont des noms propres. Quelquefois même, quand on avait beaucoup de pierre et une vaste plage, on écrivait une phrase. L'immense entassement de Karnac est déjà une formule tout entière.

Enfin on fit des livres. Les traditions avaient enfanté des symboles, sous lesquels elles disparaissaient comme le tronc de l'arbre sous son feuillage; tous ces symboles, auxquels l'humanité avait foi, allaient croissant, se multipliant, se croisant, se compliquant de plus en plus; les premiers monuments ne suffisaient plus à les contenir; ils en étaient débordés de toutes parts; à peine ces monuments exprimaient-ils encore la tradition primitive, comme eux simple, nue et gisante sur le sol. Le symbole avait besoin de s'épanouir dans l'édifice. L'architecture alors se développa avec la pensée humaine; elle devint géante à mille têtes et à mille bras, et fixa sous une forme éternelle, visible, palpable, tout ce symbolisme flottant. Tandis que Dédale, qui est la force, mesurait, tandis qu'Orphée, qui est l'intelligence, chantait, le pilier qui est une lettre, l'arcade qui est une syllabe, la pyramide qui est un mot, mis en mouvement à la fois par une loi de géométrie et par une loi de poésie, se groupaient, se combinaient, s'amalgamaient, descendaient, montaient, se juxtaposaient sur le sol, s'étageaient dans le ciel, jusqu'à ce qu'ils eussent écrit, sous la dictée de l'idée générale d'une époque, ces livres merveilleux qui étaient aussi de merveilleux édifices : la pagode d'Eklinga, le Rhamseïon d'Egypte, le temple de Salomon.

L'idée mère, le verbe, n'était pas seulement au fond de tous ces édifices, mais encore dans la forme. Le temple de Salomon, par exemple, n'était point simplement la reliure du livre saint, il était le livre saint lui-même. Sur cha-

cune de ses enceintes concentriques les prêtres pouvaient lire le verbe traduit et manifesté
aux yeux, et ils suivaient ainsi ses transformations de sanctuaire en sanctuaire jusqu'à ce
qu'ils le saisissent dans son dernier tabernacle
sous sa forme la plus concrète qui était encore
de l'architecture : l'arche. Ainsi le verbe était
enfermé dans l'édifice, mais son image était sur
son enveloppe comme la figure humaine sur le
cercueil d'une momie.

Et non seulement la forme des édifices mais
encore l'emplacement qu'ils se choisissaient révélait la pensée qu'ils représentaient. Selon que le
symbole à exprimer était gracieux ou sombre, la
Grèce couronnait ses montagnes d'un temple harmonieux à l'œil, l'Inde éventrait les siennes pour
y ciseler ces difformes pagodes souterraines portées par de gigantesques rangées d'éléphants de
granit.

Ainsi, durant les six mille premières années du
monde, depuis la pagode la plus immémoriale de
l'Hindoustan jusqu'à la cathédrale de Cologne,
l'architecture a été la grande écriture du genre
humain. Et cela est tellement vrai que non seulement tout symbole religieux, mais encore toute
pensée humaine a sa page dans ce livre immense
et son monument.

Toute civilisation commence par la théocratie
et finit par la démocratie. Cette loi de la liberté
succédant à l'unité est écrite dans l'architecture.
Car, insistons sur ce point, il ne faut pas croire
que la maçonnerie ne soit puissante qu'à édifier
le temple, qu'à exprimer le mythe et le symbolisme sacerdotal, qu'à transcrire en hiéroglyphes
sur ses pages de pierre les tables mystérieuses
de la loi. S'il en était ainsi, comme il arrive dans
toute société humaine un moment où le symbole
sacré s'use et s'oblitère sous la libre pensée, où
l'homme se dérobe au prêtre, où l'excroissance
des philosophies et des systèmes ronge la face de
la religion, l'architecture ne pourrait reproduire
ce nouvel état de l'esprit humain, ses feuillets,

chargés au recto, seraient vides au verso, son œuvre serait tronquée, son livre serait incomplet. Mais non.

Prenons pour exemple le moyen âge, où nous voyons plus clair parce qu'il est plus près de nous. Durant sa première période, tandis que la théocratie organise l'Europe, tandis que le Vatican rallie et reclasse autour de lui les éléments d'une Rome faite avec la Rome qui gît écroulée autour du Capitole, tandis que le christianisme s'en va recherchant dans les décombres de la civilisation antérieure tous les étages de la société et rebâtit avec ces ruines un nouvel univers hiérarchique dont le sacerdoce est la clef de voûte, on entend sourdre d'abord dans ce chaos, puis on voit peu à peu sous le souffle du christianisme, sous la main des barbares, surgir des déblais des architectures mortes, grecque et romaine, cette mystérieuse architecture romane, sœur des maçonneries théocratiques de l'Egypte et de l'Inde, emblème inaltérable du catholicisme pur, immuable hiéroglyphe de l'unité papale. Toute la pensée d'alors est écrite en effet dans ce sombre style roman. On y sent partout l'autorité, l'unité, l'impénétrable, l'absolu, Grégoire VII; partout le prêtre, jamais l'homme; partout la caste, jamais le peuple. Mais les croisades arrivent. C'est un grand mouvement populaire; et tout grand mouvement populaire, quels qu'en soient la cause et le but, dégage toujours de son dernier précipité l'esprit de liberté. Des nouveautés vont se faire jour. Voici que s'ouvre la période orageuse des Jacqueries, des Pragueries et des Ligues. L'autorité s'ébranle, l'unité se bifurque. La féodalité demande à partager avec la théocratie, en attendant le peuple qui surviendra inévitablement et qui se fera, comme toujours, la part du lion. *Quia nominor leo* [1]. La seigneurie perce donc sous le sacerdoce, la commune sous la seigneurie. La face de l'Europe est changée. Eh bien! la face de l'architecture est changée aussi. Comme la civilisation, elle a tour-

né la page, et l'esprit nouveau des temps la
trouve prête à écrire sous sa dictée. Elle est
revenue des croisades avec l'ogive, comme les
nations avec la liberté. Alors, tandis que Rome
se démembre peu à peu, l'architecture romane
meurt. L'hiéroglyphe déserte la cathédrale et s'en
va blasonner le donjon pour faire un prestige
à la féodalité. La cathédrale elle-même, cet édifice autrefois si dogmatique, envahie désormais
par la bourgeoisie, par la commune, par la
liberté, échappe au prêtre et tombe au pouvoir
de l'artiste. L'artiste la bâtit à sa guise. Adieu
le mystère, le mythe, la loi. Voici la fantaisie
et le caprice. Pourvu que le prêtre ait sa basilique et son autel, il n'a rien à dire. Les quatre
murs sont à l'artiste. Le livre architectural n'appartient plus au sacerdoce, à la religion, à Rome;
il est à l'imagination, à la poésie, au peuple.
De là les transformations rapides et innombrables de cette architecture qui n'a que trois siècles, si frappantes après l'immobilité stagnante
de l'architecture romane qui en a six ou sept.
L'art cependant marche à pas de géant. Le génie
et l'originalité populaires font la besogne que
faisaient les évêques. Chaque race écrit en passant sa ligne sur le livre; elle rature les vieux
hiéroglyphes romans sur le frontispice des cathédrales, et c'est tout au plus si l'on voit encore le
dogme percer çà et là sous le nouveau symbole
qu'elle y dépose. La draperie populaire laisse à
peine deviner l'ossement religieux. On ne saurait
se faire une idée des licences que prennent alors
les architectes, même envers l'église. Ce sont des
chapiteaux tricotés de moines et de nonnes hon-
teusement accouplés, comme à la salle des Cheminées du Palais de Justice à Paris. C'est l'aventure de Noé sculptée *en toutes lettres* comme
sous le grand portail de Bourges. C'est un moine
bachique à oreilles d'âne et le verre en main
riant au nez de toute une communauté, comme
sur le lavabo de l'abbaye de Bocherville. Il existe
à cette époque, pour la pensée écrite en pierre,

un privilège tout à fait comparable à notre
liberté actuelle de la presse. C'est la liberté de
l'architecture.

Cette liberté va très loin. Quelquefois un portail, une façade, une église tout entière présente
un sens symbolique absolument étranger au
culte, ou même hostile à l'église. Dès le treizième
siècle Guillaume de Paris, Nicolas Flamel au
quinzième, ont écrit de ces pages séditieuses.
Saint-Jacques-de-la-Boucherie était toute une
église d'opposition.

La pensée alors n'était libre que de cette
façon, aussi ne s'écrivait-elle tout entière que sur
ces livres qu'on appelait édifices. Sans cette
forme édifice, elle se serait vue brûler en place
publique par la main du bourreau sous la forme
manuscrit, si elle avait été assez imprudente pour
s'y risquer. La pensée portail d'église eût assisté
au supplice de la pensée livre. Aussi n'ayant que
cette voie, la maçonnerie, pour se faire jour, elle
s'y précipitait de toutes parts. De là l'immense
quantité de cathédrales qui ont couvert l'Europe,
nombre si prodigieux qu'on y croit à peine,
même après l'avoir vérifié. Toutes les forces
matérielles, toutes les forces intellectuelles de la
société convergeaient au même point : l'architecture. De cette manière, sous prétexte de bâtir
des églises à Dieu, l'art se développait dans des
proportions magnifiques.

Alors, quiconque naissait poète se faisait
architecte. Le génie épars dans les masses,
comprimé de toutes parts sous la féodalité
comme sous une *testudo* [1] de boucliers d'airain,
ne trouvant issue que du côté de l'architecture,
débouchait par cet art, et ses Iliades prenaient la
forme de cathédrales. Tous les autres arts obéis-
saient et se mettaient en discipline sous l'architecture. C'étaient les ouvriers du grand œuvre.
L'architecte, le poète, le maître totalisait en sa
personne la sculpture qui lui ciselait ses façades,
la peinture qui lui enluminait ses vitraux, la
musique qui mettait sa cloche en branle et souf-

flait dans ses orgues. Il n'y avait pas jusqu'à la pauvre poésie proprement dite, celle qui s'obstinait à végéter dans les manuscrits, qui ne fût obligée pour être quelque chose de venir s'encadrer dans l'édifice sous la forme d'hymne ou de *prose*; le même rôle, après tout, qu'avaient joué les tragédies d'Eschyle dans les fêtes sacerdotales de la Grèce, la Gènèse dans le temple de Salomon.

Ainsi, jusqu'à Gutenberg, l'architecture est l'écriture principale, l'écriture universelle. Ce livre granitique commencé par l'Orient, continué par l'antiquité grecque et romaine, le moyen âge en a écrit la dernière page. Du reste, ce phénomène d'une architecture de peuple succédant à une architecture de caste que nous venons d'observer dans le moyen âge, se reproduit avec tout mouvement analogue dans l'intelligence humaine aux autres grandes époques de l'histoire. Ainsi, pour n'énoncer ici que sommairement une loi qui demanderait à être développée en des volumes, dans le haut Orient, berceau des temps primitifs, après l'architecture hindoue, l'architecture phénicienne, cette mère opulente de l'architecture arabe; dans l'antiquité, après l'architecture égyptienne dont le style étrusque et les monuments cyclopéens ne sont qu'une variété, l'architecture grecque, dont le style romain n'est qu'un prolongement surchargé du dôme carthaginois; dans les temps modernes, après l'architecture romane, l'architecture gothique. Et en dédoublant ces trois séries, on retrouvera sur les trois sœurs aînées, l'architecture hindoue, l'architecture égyptienne, l'architecture romane, le même symbole : c'est-à-dire la théocratie, la caste, l'unité, le dogme, le mythe, Dieu; et pour les trois sœurs cadettes, l'architecture phénicienne, l'architecture grecque, l'architecture gothique, quelle que soit du reste la diversité de forme inhérente à leur nature, la même signification aussi : c'est-à-dire la liberté, le peuple, l'homme.

Qu'il s'appelle bramine, mage ou pape, dans les maçonneries hindoue, égyptienne ou romane, on sent toujours le prêtre, rien que le prêtre. Il n'en est pas de même dans les architectures de peuple. Elles sont plus riches et moins saintes. Dans la phénicienne, on sent le marchand; dans la grecque, le républicain; dans la gothique, le bourgeois.

Les caractères généraux de toute architecture théocratique sont l'immutabilité, l'horreur du progrès, la conservation des lignes traditionnelles, la consécration des types primitifs, le pli constant de toutes les formes de l'homme et de la nature aux caprices incompréhensibles du symbole. Ce sont des livres ténébreux que les initiés seuls savent déchiffrer. Du reste, toute forme, toute difformité même y a un sens qui la fait inviolable. Ne demandez pas aux maçonneries hindoue, égyptienne, romane, qu'elles réforment leur dessin ou améliorent leur statuaire. Tout perfectionnement leur est impiété. Dans ces architectures, il semble que la roideur du dogme se soit répandue sur la pierre comme une seconde pétrification. — Les caractères généraux des maçonneries populaires au contraire sont la variété, le progrès, l'originalité, l'opulence, le mouvement perpétuel. Elles sont déjà assez détachées de la religion pour songer à leur beauté, pour la soigner, pour corriger sans relâche leur parure de statues ou d'arabesques. Elles sont du siècle. Elles ont quelque chose d'humain qu'elles mêlent sans cesse au symbole divin sous lequel elles se produisent encore. De là des édifices pénétrables à toute âme, à toute intelligence, à toute imagination, symboliques encore, mais faciles à comprendre comme la nature. Entre l'architecture théocratique et celle-ci, il y a la différence d'une langue sacrée à une langue vulgaire, de l'hiéroglyphe à l'art, de Salomon à Phidias.

Si l'on résume ce que nous avons indiqué jusqu'ici très sommairement en négligeant mille

preuves et aussi mille objections de détail, on
est amené à ceci : que l'architecture a été jusqu'au quinzième siècle le registre principal de
l'humanité, que dans cet intervalle il n'est pas
apparu dans le monde une pensée un peu compliquée qui ne se soit faite édifice, que toute
idée populaire comme toute loi religieuse a eu
ses monuments; que le genre humain enfin n'a
rien pensé d'important qu'il ne l'ait écrit en
pierre. Et pourquoi? C'est que toute pensée, soit
religieuse, soit philosophique, est intéressée à
se perpétuer, c'est que l'idée qui a remué une
génération veut en remuer d'autres, et laisser
trace. Or quelle immortalité précaire que celle
du manuscrit! Qu'un édifice est un livre bien
autrement solide, durable, et résistant! Pour
détruire la parole écrite il suffit d'une torche
et d'un Turc. Pour démolir la parole construite,
il faut une révolution sociale, une révolution terrestre. Les barbares ont passé sur le Colisée,
le déluge peut-être sur les Pyramides.

Au quinzième siècle tout change.

La pensée humaine découvre un moyen de se
perpétuer non seulement plus durable et plus
résistant que l'architecture, mais encore plus
simple et plus facile. L'architecture est détrônée.
Aux lettres de pierre d'Orphée vont succéder les
lettres de plomb de Gutenberg.

Le livre va tuer l'édifice.

L'invention de l'imprimerie est le plus grand
événement de l'histoire. C'est la révolution mère.
C'est le mode d'expression de l'humanité qui
se renouvelle totalement, c'est la pensée humaine
qui dépouille une forme et en revêt une autre,
c'est le complet et définitif changement de peau
de ce serpent symbolique qui, depuis Adam,
représente l'intelligence.

Sous la forme imprimerie, la pensée est plus
impérissable que jamais; elle est volatile, insaisissable, indestructible. Elle se mêle à l'air. Du
temps de l'architecture, elle se faisait montagne
et s'emparait puissamment d'un siècle et d'un

lieu. Maintenant elle se fait troupe d'oiseaux, s'éparpille aux quatre vents, et occupe à la fois tous les points de l'air et de l'espace.

Nous le répétons, qui ne voit que de cette façon elle est bien plus indélébile? De solide qu'elle était elle devient vivace. Elle passe de la durée à l'immortalité. On peut démolir une masse, comment extirper l'ubiquité? Vienne un déluge, la montagne aura disparu depuis long-temps sous les flots que les oiseaux voleront encore; et, qu'une seule arche flotte à la surface du cataclysme, ils s'y poseront, surnageront avec elle, assisteront avec elle à la décrue des eaux, et le nouveau monde qui sortira de ce chaos verra en s'éveillant planer au-dessus de lui, ailée et vivante, la pensée du monde englouti.

Et quand on observe que ce mode d'expression est non seulement le plus conservateur, mais encore le plus simple, le plus commode, le plus praticable à tous, lorsqu'on songe qu'il ne traîne pas un gros bagage et ne remue pas un lourd attirail, quand on compare la pensée obligée pour se traduire en un édifice de mettre en mouvement quatre ou cinq autres arts et des tonnes d'or, toute une montagne de pierres, toute une forêt de charpentes, tout un peuple d'ou-vriers, quand on la compare à la pensée qui se fait livre, et à qui il suffit d'un peu de papier, d'un peu d'encre et d'une plume, comment s'étonner que l'intelligence humaine ait quitté l'architecture pour l'imprimerie? Coupez brus-quement le lit primitif d'un fleuve d'un canal creusé au-dessous de son niveau, le fleuve déser-tera son lit.

Aussi voyez comme à partir de la découverte de l'imprimerie l'architecture se dessèche peu à peu, s'atrophie et se dénude. Comme on sent que l'eau baisse, que la sève s'en va, que la pensée des temps et des peuples se retire d'elle! Le refroidissement est à peu près insensible au quinzième siècle, la presse est trop débile encore, et soutire tout au plus à la puissante architec-

ture une surabondance de vie. Mais, dès le
seizième siècle, la maladie de l'architecture est
visible; elle n'exprime déjà plus essentiellement
la société; elle se fait misérablement art classique; de gauloise, d'européenne, d'indigène, elle
devient grecque et romaine, de vraie et de
moderne, pseudo-antique. C'est cette décadence
qu'on appelle renaissance. Décadence magnifique pourtant, car le vieux génie gothique, ce
soleil qui se couche derrière la gigantesque
presse de Mayence, pénètre encore quelque
temps de ses derniers rayons tout cet entassement hybride d'arcades latines et de colonnades
corinthiennes.

C'est ce soleil couchant que nous prenons pour
une aurore [1].

Cependant, du moment où l'architecture n'est
plus qu'un art comme un autre, dès qu'elle n'est
plus l'art total, l'art souverain, l'art tyran, elle
n'a plus la force de retenir les autres arts. Ils
s'émancipent donc, brisent le joug de l'architecte,
et s'en vont chacun de leur côté. Chacun d'eux
gagne à ce divorce. L'isolement grandit tout.
La sculpture devient statuaire, l'imagerie devient
peinture, le canon devient musique. On dirait
un empire qui se démembre à la mort de son
Alexandre et dont les provinces se font
royaumes.

De là Raphaël, Michel-Ange, Jean Goujon,
Palestrina, ces splendeurs de l'éblouissant
seizième siècle.

En même temps que les arts, la pensée s'éman-
cipe de tous côtés. Les hérésiarques du moyen
âge avaient fait de larges entailles au catholicisme. Le seizième siècle brise l'unité religieuse.
Avant l'imprimerie, la réforme n'eût été qu'un
schisme, l'imprimerie la fait révolution. Otez la
presse, l'hérésie est énervée. Que ce soit fatal
ou providentiel, Gutenberg est le précurseur de
Luther.

Cependant, quand le soleil du moyen âge est
tout à fait couché, quand le génie gothique s'est

à jamais éteint à l'horizon de l'art, l'architecture va se ternissant, se décolorant, s'effaçant de plus en plus. Le livre imprimé, ce ver rongeur de l'édifice, la suce et la dévore. Elle se dépouille, elle s'effeuille, elle maigrit à vue d'œil. Elle est mesquine, elle est pauvre, elle est nulle. Elle n'exprime plus rien, pas même le souvenir de l'art d'un autre temps. Réduite à elle-même, abandonnée des autres arts parce que la pensée humaine l'abandonne, elle appelle des manœuvres à défaut d'artistes. La vitre remplace le vitrail. Le tailleur de pierre succède au sculpteur. Adieu toute sève, toute originalité, toute vie, toute intelligence. Elle se traîne, lamentable mendiante d'atelier, de copie en copie. Michel-Ange, qui dès le seizième siècle la sentait sans doute mourir, avait eu une dernière idée, une idée de désespoir. Ce titan de l'art avait entassé le Panthéon sur le Parthénon, et fait Saint-Pierre de Rome. Grande œuvre qui méritait de rester unique, dernière originalité de l'architecture, signature d'un artiste géant au bas du colossal registre de pierre qui se fermait. Michel-Ange mort, que fait cette misérable architecture qui se survivait à elle-même à l'état de spectre et d'ombre? Elle prend Saint-Pierre de Rome, et le calque, et le parodie. C'est une manie. C'est une pitié. Chaque siècle a son Saint-Pierre de Rome; au dix-septième siècle le Val-de-Grâce, au dix-huitième Sainte-Geneviève. Chaque pays a son Saint-Pierre de Rome. Londres a le sien. Pétersbourg a le sien. Paris en a deux ou trois. Testament insignifiant, dernier radotage d'un grand art décrépit qui retombe en enfance avant de mourir.

Si au lieu de monuments caractéristiques comme ceux dont nous venons de parler nous examinons l'aspect général de l'art du seizième au dix-huitième siècle, nous remarquons les mêmes phénomènes de décroissance et d'étisie. A partir de François II, la forme architecturale de l'édifice s'efface de plus en plus et laisse saillir la forme géométrique, comme la charpente osseuse d'un malade amaigri. Les belles lignes de l'art font place aux froides et inexorables lignes du géomètre. Un édifice n'est plus un édifice, c'est un polyèdre. L'architecture cependant se tourmente pour cacher cette nudité. Voici le fronton grec qui s'inscrit dans le fronton romain et réciproquement. C'est toujours le Panthéon dans le Parthénon, Saint-Pierre de Rome. Voici les maisons de brique de Henri IV à coins de pierre; la place Royale, la place Dauphine. Voici les églises de Louis XIII, lourdes, trapues, surbaissées, ramassées, chargées d'un dôme comme d'une bosse. Voici l'architecture mazarine, le mauvais pasticcio italien des Quatre-Nations. Voici les palais de Louis XIV, longues casernes à courtisans, roides, glaciales, ennuyeuses. Voici enfin Louis XV, avec les chicorées et les vermicelles, et toutes les verrues et tous les fungus qui défigurent cette vieille architecture caduque, édentée et coquette. De François II à Louis XV, le mal a crû en progression géométrique. L'art n'a plus que la peau sur les os. Il agonise misérablement.

Cependant, que devient l'imprimerie? Toute cette vie qui s'en va de l'architecture vient chez elle. A mesure que l'architecture baisse, l'imprimerie s'enfle et grossit. Ce capital de forces que la pensée humaine dépensait en édifices, elle le dépense désormais en livres. Aussi dès le seizième siècle la presse, grandie au niveau de l'architecture décroissante, lutte avec elle et la tue. Au dix-septième, elle est déjà assez souveraine, assez triomphante, assez assise dans sa victoire pour donner au monde la fête d'un grand siècle littéraire. Au dix-huitième, longtemps reposée à la cour de Louis XIV, elle ressaisit la vieille épée de Luther, en arme Voltaire, et court, tumultueuse, à l'attaque de cette ancienne Europe dont elle a déjà tué l'expression architecturale. Au moment où le dix-huitième siècle s'achève, elle a tout détruit. Au dix-neuvième, elle va reconstruire.

Or, nous le demandons maintenant, lequel des deux arts représente réellement depuis trois siècles la pensée humaine? lequel la traduit? lequel exprime, non pas seulement ses manies littéraires et scolastiques, mais son vaste, profond, universel mouvement? Lequel se superpose constamment, sans rupture et sans lacune, au genre humain qui marche, monstre à mille pieds? L'architecture ou l'imprimerie?

L'imprimerie. Qu'on ne s'y trompe pas, l'architecture est morte, morte sans retour, tuée par le livre imprimé, tuée parce qu'elle dure moins, tuée parce qu'elle coûte plus cher. Toute cathédrale est un milliard. Qu'on se représente maintenant quelle mise de fonds il faudrait pour récrire le livre architectural; pour faire fourmiller de nouveau sur le sol des milliers d'édifices; pour revenir à ces époques où la foule des monuments était telle qu'au dire d'un témoin oculaire « on eût dit que le monde en se secouant avait rejeté ses vieux habillements pour se couvrir d'un blanc vêtement d'églises ». *Erat enim ut si mundus, ipse excutiendo semet, rejecta vetustate, candidam ecclesiarum vestem indueret* (Glaber Radulphus).

Un livre est si tôt fait, coûte si peu, et peut aller si loin! Comment s'étonner que toute la pensée humaine s'écoule par cette pente? Ce n'est pas à dire que l'architecture n'aura pas encore çà et là un beau monument, un chef-d'œuvre isolé. On pourra bien encore avoir de temps en temps, sous le règne de l'imprimerie, une colonne faite, je suppose, par toute une armée, avec des canons amalgamés, comme on avait, sous le règne de l'architecture, des Iliades et des Romanceros, des Mahabâhrata et des Niebelungen [1], faits par tout un peuple avec des rapsodies amoncelées et fondues. Le grand accident d'un architecte de génie pourra survenir au vingtième siècle, comme celui de Dante au treizième. Mais l'architecture ne sera plus l'art social, l'art collectif, l'art dominant. Le grand poème, le grand édifice, le grand œuvre de l'humanité ne se bâtira plus, il s'imprimera.

Et désormais, si l'architecture se relève accidentellement, elle ne sera plus maîtresse. Elle subira la loi de la littérature qui la recevait d'elle autrefois. Les positions respectives des deux arts seront interverties. Il est certain que dans l'époque architecturale les poèmes, rares, il est vrai, ressemblent aux monuments. Dans l'Inde, Vyasa [1] est touffu, étrange, impénétrable comme une pagode. Dans l'orient égyptien, la poésie a, comme les édifices, la grandeur et la tranquillité des lignes; dans la Grèce antique, la beauté, la sérénité, le calme; dans l'Europe chrétienne, la majesté catholique, la naïveté populaire, la riche et luxuriante végétation d'une époque de renouvellement. La Bible ressemble aux Pyramides, l'Iliade au Parthénon, Homère à Phidias. Dante au treizième siècle, c'est la dernière église romane; Shakespeare au seizième la dernière cathédrale gothique.

Ainsi, pour résumer ce que nous avons dit jusqu'ici d'une façon nécessairement incomplète et tronquée, le genre humain a deux livres, deux registres, deux testaments, la maçonnerie et l'imprimerie, la bible de pierre et la bible de papier. Sans doute, quand on contemple ces deux bibles si largement ouvertes dans les siècles, il est permis de regretter la majesté visible de l'écriture de granit, ces gigantesques alphabets formulés en colonnades, en pylônes, en obélisques, ces espèces de montagnes humaines qui couvrent le monde et le passé depuis la pyramide jusqu'au clocher, de Chéops à Strasbourg. Il faut relire le passé sur ces pages de marbre. Il faut admirer et refeuilleter sans cesse le livre écrit par l'architecture; mais il ne faut pas nier la grandeur de l'édifice qu'élève à son tour l'imprimerie.

Cet édifice est colossal. Je ne sais quel faiseur de statistique a calculé qu'en superposant l'un à l'autre tous les volumes sortis de la presse depuis Gutenberg on comblerait l'intervalle de la terre à la lune; mais ce n'est pas de cette sorte de grandeur que nous voulons parler. Cependant, quand on cherche à recueillir dans sa pensée une image totale de l'ensemble des produits de l'imprimerie jusqu'à nos jours, cet ensemble ne nous apparaît-il pas comme une immense construction, appuyée sur le monde entier, à laquelle l'humanité travaille sans relâche, et dont la tête monstrueuse se perd dans les brumes profondes de l'avenir? C'est la fourmilière des intelligences. C'est la ruche où toutes les imaginations, ces abeilles dorées, arrivent avec leur miel. L'édifice a mille étages. Çà et là, on voit déboucher sur ses rampes les cavernes ténébreuses de la science qui s'entrecoupent dans ses entrailles. Partout sur sa surface l'art fait luxurier à l'œil ses arabesques, ses rosaces et ses dentelles. Là, chaque œuvre individuelle, si capricieuse et si isolée qu'elle semble, a sa place et sa saillie. L'harmonie résulte du tout. Depuis la cathédrale de Shakespeare jusqu'à la mosquée de Byron, mille clochetons s'encombrent pêle-mêle sur cette métropole de la pensée universelle. A sa base, on a récrit quelques anciens titres de l'humanité que l'architecture n'avait pas enregistrés. A gauche de l'entrée, on a scellé le vieux bas-relief en marbre blanc d'Homère, à droite la Bible polyglotte dresse ses sept têtes. L'hydre du Romancero se hérisse plus loin, et quelques autres formes hybrides, les Védas et les Niebelungen. Du reste le prodigieux édifice demeure toujours inachevé. La presse, cette machine géante, qui pompe sans relâche toute la sève intellectuelle de la société, vomit incessamment de nouveaux matériaux pour son œuvre. Le genre humain tout entier est sur l'échafaudage. Chaque esprit est maçon. Le plus humble bouche son trou ou met sa pierre. Rétif de la Bretonne apporte sa hottée de plâtras. Tous les jours une nouvelle assise s'élève. Indépendamment du versement original et individuel de chaque écri-

vain, il y a des contingents collectifs. Le dix-
huitième siècle donne l'Encyclopédie, la révolution donne le Moniteur [1]. Certes, c'est là aussi
une construction qui grandit et s'amoncelle en
spirales sans fin; là aussi il y a confusion des
langues, activité incessante, labeur infatigable,
concours acharné de l'humanité tout entière,
refuge promis à l'intelligence contre un nouveau
déluge, contre une submersion de barbares. C'est
la seconde tour de Babel du genre humain.

LIVRE SIXIÈME

I

COUP D'ŒIL IMPARTIAL
SUR L'ANCIENNE MAGISTRATURE

C'était un fort heureux personnage, en l'an de grâce 1482, que noble homme Robert d'Estouteville, chevalier, sieur de Beyne, baron d'Ivry et Saint-Andry en la Marche, conseiller et chambellan du roi, et garde de la prévôté de Paris. Il y avait déjà près de dix-sept ans qu'il avait reçu du roi, le 7 novembre 1465, l'année de la comète *, cette belle charge de prévôt de Paris, qui était réputée plutôt seigneurie qu'office, *dignitas*, dit Joannes Lœmnœus, *quæ cum non exigua potestate politiam concernente, atque prærogativis multis et juribus conjuncta est* [1]. La chose était merveilleuse en 82 qu'un gentilhomme ayant commission du roi et dont les lettres d'institution remontaient à l'époque du mariage de la fille naturelle de Louis XI avec monsieur le bâtard de Bourbon. Le même jour où Robert d'Estouteville avait remplacé Jacques de Villiers dans la prévôté de Paris, maître Jean Dauvet remplaçait messire Hélye de Thorrettes dans la première présidence de la cour de parlement, Jean Jouvenel des Ursins supplantait Pierre de Morvilliers dans l'office de chancelier de France, Regnault des Dormans désappointait Pierre Puy de la charge de maître des requêtes

---

* Cette comète, contre laquelle le pape Calixte, oncle de Borgia, ordonna des prières publiques, est la même qui reparaîtra en 1835. (*Note de Victor Hugo.*)

ordinaires de l'hôtel du roi. Or, sur combien de
têtes la présidence, la chancellerie et la maîtrise
s'étaient-elles promenées depuis que Robert d'Estouteville avait la prévôté de Paris! Elle lui avait
été *baillée en garde,* disaient les lettres patentes;
et certes, il la gardait bien. Il s'y était cramponné, il s'y était incorporé, il s'y était identifié.
Si bien qu'il avait échappé à cette furie de changement qui possédait Louis XI, roi défiant, taquin et travailleur qui tenait à entretenir, par
des institutions et des révocations fréquentes,
l'élasticité de son pouvoir. Il y a plus, le brave
chevalier avait obtenu pour son fils la survi-
vance de sa charge, et il y avait déjà deux ans
que le nom de noble homme Jacques d'Estouteville, écuyer, figurait à côté du sien en tête du
registre de l'ordinaire de la prévôté de Paris.
Rare, certes, et insigne faveur! Il est vrai que
Robert d'Estouteville était un bon soldat, qu'il
avait loyalement levé le pennon contre *la ligue
du bien public,* et qu'il avait offert à la reine un
très merveilleux cerf en confitures le jour de
son entrée à Paris en 14... Il avait de plus la
bonne amitié de messire Tristan l'Hermite, prévôt des maréchaux de l'hôtel du roi. C'était donc
une très douce et plaisante existence que celle
de messire Robert. D'abord, de fort bons gages,
auxquels se rattachaient et pendaient, comme
des grappes de plus à sa vigne, les revenus des
greffes civil et criminel de la prévôté, plus les
revenus civils et criminels des auditoires d'Embas du Châtelet, sans compter quelque petit
péage au pont de Mantes et de Corbeil, et les pro-
fits du tru sur l'esgrin de Paris, sur les mouleurs
de bûches et les mesureurs de sel. Ajoutez à cela
le plaisir d'étaler dans les chevauchées de la
ville et de faire ressortir sur les robes mi-parties
rouge et tanné des échevins et des quarteniers
son bel habit de guerre que vous pouvez encore
admirer aujourd'hui sculpté sur son tombeau à
l'abbaye de Valmont en Normandie, et son morion tout bosselé à Montlhéry. Et puis, n'était-ce

rien que d'avoir toute suprématie sur les sergents de la douzaine, le concierge et guette du Châtelet, les deux auditeurs du Châtelet, *auditores Castelleti,* les seize commissaires des seize quartiers, le geôlier du Châtelet, les quatre sergents fieffés, les cent vingt sergents à cheval, les cent vingt sergents à verge, le chevalier du guet avec son guet, son sous-guet, son contre-guet et son arrière-guet? N'était-ce rien que d'exercer haute et basse justice, droit de tourner, de pendre et de traîner, sans compter la menue juridiction en premier ressort, *in prima instantia,* comme disent les chartes, sur cette vicomté de Paris, si glorieusement apanagée de sept nobles bailliages? Peut-on rien imaginer de plus suave que de rendre arrêts et jugements, comme faisait quotidiennement messire Robert d'Estouteville, dans le Grand-Châtelet, sous les ogives larges et écrasées de Philippe-Auguste? et d'aller, comme il avait coutume chaque soir, en cette charmante maison sise rue Galilée dans le pourpris du Palais-Royal, qu'il tenait du chef de sa femme, madame Ambroise de Loré, se reposer de la fatigue d'avoir envoyé quelque pauvre diable passer la nuit de son côté dans « cette petite logette de la rue de l'Escorcherie, en laquelle les prévôts et échevins de Paris soulaient faire leur prison; contenant icelle onze pieds de long, sept pieds et quatre pouces de lez et onze pieds de haut * » ?

Et non seulement messire Robert d'Estouteville avait sa justice particulière de prévôt et vicomte de Paris, mais encore il avait part, coup d'œil et coup de dent dans la grande justice du roi. Il n'y avait pas de tête un peu haute qui ne lui eût passé par les mains avant d'échoir au bourreau. C'est lui qui avait été quérir à la Bastille Saint-Antoine pour le mener aux Halles M. de Nemours, pour le mener en Grève M. de Saint-Pol, lequel rechignait et se récriait, à la

* Comptes du domaine, 1383. (*Note de Victor Hugo.*)

grande joie de M. le prévôt qui n'aimait pas
M. le connétable.

En voilà, certes, plus qu'il n'en fallait pour
faire une vie heureuse et illustre, et pour méri-
ter un jour une page notable dans cette intéressante histoire des prévôts de Paris, où l'on
apprend que Oudard de Villeneuve avait une
maison rue des Boucheries, que Guillaume de
Hangest acheta la grande et petite Savoie, que
Guillaume Thiboust donna aux religieuses de
Sainte-Geneviève ses maisons de la rue Clopin,
que Hugues Aubriot demeurait à l'hôtel du Porc-
Épic, et autres faits domestiques.

Toutefois, avec tant de motifs de prendre la
vie en patience et en joie, messire Robert d'Estouteville s'était éveillé le matin du 7 janvier
1482 fort bourru et de massacrante humeur.
D'où venait cette humeur? c'est ce qu'il n'aurait
pu dire lui-même. Etait-ce que le ciel était gris?
que la boucle de son vieux ceinturon de Montlhéry était mal serrée, et sanglait trop militaire-
ment son embonpoint de prévôt? qu'il avait vu
passer dans la rue sous sa fenêtre des ribauds
lui faisant nargue, allant quatre de bande, pourpoint sans chemise, chapeau sans fond, bissac
et bouteille au côté? Etait-ce pressentiment vague
des trois cent soixante-dix livres seize sols huit
deniers que le futur roi Charles VIII devait l'année suivante retrancher des revenus de la prévôté? Le lecteur peut choisir; quant à nous, nous
inclinerions à croire tout simplement qu'il était
de mauvaise humeur, parce qu'il était de mauvaise humeur.

D'ailleurs, c'était un lendemain de fête, jour
d'ennui pour tout le monde, et surtout pour le
magistrat chargé de balayer toutes les ordures,
au propre et au figuré, que fait une fête à Paris.
Et puis, il devait tenir séance au Grand-Châtelet. Or, nous avons remarqué que les juges s'arrangent en général de manière à ce que leur
jour d'audience soit aussi leur jour d'humeur,
afin d'avoir toujours quelqu'un sur qui s'en dé-

charger commodément, de par le roi, la loi et justice.

Cependant l'audience avait commencé sans lui. Ses lieutenants au civil, au criminel et au particulier faisaient sa besogne, selon l'usage; et dès huit heures du matin, quelques dizaines de bourgeois et de bourgeoises entassés et foulés dans un coin obscur de l'auditoire d'Embas du Châtelet, entre une forte barrière de chêne et le mur, assistaient avec béatitude au spectacle varié et réjouissant de la justice civile et criminelle rendue par maître Florian Barbedienne, auditeur au Châtelet, lieutenant de M. le prévôt, un peu pêle-mêle, et tout à fait au hasard.

La salle était petite, basse, voûtée. Une table fleurdelysée était au fond, avec un grand fauteuil de bois de chêne sculpté, qui était au prévôt et vide, et un escabeau à gauche pour l'auditeur, maître Florian. Au-dessous se tenait le greffier, griffonnant. En face était le peuple; et devant la porte et devant la table force sergents de la prévôté, en hoquetons de camelot violet à croix blanches. Deux sergents du Parloir-aux-Bourgeois, vêtus de leurs jaquettes de la Toussaint, mi-parties rouge et bleu, faisaient sentinelle devant une porte basse fermée qu'on apercevait au fond derrière la table. Une seule fenêtre ogive, étroitement encaissée dans l'épaisse muraille, éclairait d'un rayon blême de janvier deux grotesques figures, le capricieux démon de pierre sculpté en cul-de-lampe dans la clef de la voûte, et le juge assis au fond de la salle sur les fleurs de lys.

En effet, figurez-vous à la table prévôtale, entre deux liasses de procès, accroupi sur ses coudes, le pied sur la queue de sa robe de drap brun plain, la face dans sa fourrure d'agneau blanc, dont ses sourcils semblaient détachés, rouge, revêche, clignant de l'œil, portant avec majesté la graisse de ses joues, lesquelles se rejoignaient sous son menton, maître Florian Barbedienne, auditeur au Châtelet.

Or l'auditeur était sourd. Léger défaut pour un auditeur. Maître Florian n'en jugeait pas moins sans appel et très congrûment. Il est certain qu'il suffit qu'un juge ait l'air d'écouter; et le vénérable auditeur remplissait d'autant mieux cette condition, la seule essentielle en bonne justice, que son attention ne pouvait être distraite par aucun bruit.

Du reste, il avait dans l'auditoire un impitoyable contrôleur de ses faits et gestes dans la personne de notre ami Jehan Frollo du Moulin, ce petit écolier d'hier, ce *piéton* qu'on était toujours sûr de rencontrer partout dans Paris, excepté devant la chaire des professeurs.

— Tiens, disait-il tout bas à son compagnon Robin Poussepain qui ricanait à côté de lui, tandis qu'il commentait les scènes qui se déroulaient sous leurs yeux, voilà Jehanneton du Buisson. La belle fille du Cagnard au Marché-Neuf! — Sur mon âme, il la condamne, le vieux! il n'a donc pas plus d'yeux que d'oreilles. Quinze sols quatre deniers parisis, pour avoir porté deux patenôtres! C'est un peu cher. *Lex duri carminis*[1]. — Qu'est celui-là? Robin Chief-de-Ville, haubergier! — Pour avoir été passé et reçu maître audit métier? — C'est son denier d'entrée. — Hé! deux gentilshommes parmi ces marauds! Aiglet de Soins, Hutin de Mailly. Deux écuyers, *corpus Christi*[2]! Ah! ils ont joué aux dés. Quand verrai-je ici notre recteur? Cent livres parisis d'amende envers le roi! Le Barbedienne frappe comme un sourd, — qu'il est! — Je veux être mon frère l'archidiacre si cela m'empêche de jouer, de jouer le jour, de jouer la nuit, de vivre au jeu, de mourir au jeu et de jouer mon âme après ma chemise[3]! — Sainte Vierge, que de filles! l'une après l'autre, mes brebis! Ambroise Lécuyère! Isabeau la Paynette! Bérarde Gironin! Je les connais toutes, par Dieu! A l'amende! à l'amende! Voilà qui vous apprendra à porter des ceintures dorées! dix sols parisis! coquettes!
— Oh! le vieux museau de juge, sourd et imbé-

cile! Oh! Florian le lourdaud! Oh! Barbedienne le butor! le voilà à table! il mange du plaideur, il mange du procès, il mange, il mâche, il se gave, il s'emplit. Amendes, épaves, taxes, frais, loyaux coûts, salaires, dommages et intérêts, gehenne, prison et geôle et ceps avec dépens, lui sont camichons de Noël et massepains de la Saint-Jean! Regarde-le, le porc! — Allons! bon! encore une femme amoureuse! Thibaud la Thibaude! ni plus, ni moins! — Pour être sortie de la rue Glatigny! — Quel est ce fils? Gieffroy Mabonne, gendarme cranequinier à main. Il a maugréé le nom du Père. — A l'amende, la Thibaude! à l'amende, le Gieffroy! à l'amende tous les deux! Le vieux sourd! il a dû brouiller les deux affaires! Dix contre un qu'il fait payer le juron à la fille et l'amour au gendarme! — Attention, Robin Poussepain! Que vont-ils introduire? Voilà bien des sergents! Par Jupiter! tous les lévriers de la meute y sont. Ce doit être la grosse pièce de la chasse. Un sanglier. — C'en est un, Robin! c'en est un. — Et un beau encore! — *Hercle* [1]! c'est notre prince d'hier, notre pape des fous, notre sonneur de cloches, notre borgne, notre bossu, notre grimace! C'est Quasimodo!...

Ce n'était rien moins.

C'était Quasimodo, sanglé, cerclé, ficelé, garrotté et sous bonne garde. L'escouade de sergents qui l'environnait était assistée du chevalier du guet en personne, portant brodées les armes de France sur la poitrine et les armes de la ville sur le dos. Il n'y avait rien du reste dans Quasimodo, à part sa difformité, qui pût justifier cet appareil de hallebardes et d'arquebuses. Il était sombre, silencieux et tranquille. A peine son œil unique jetait-il de temps à autre sur les liens qui le chargeaient un regard sournois et colère.

Il promena ce même regard autour de lui, mais si éteint et si endormi que les femmes ne se le montraient du doigt que pour en rire.

Cependant maître Florian l'auditeur feuilleta avec attention le dossier de la plainte dressée

contre Quasimodo, que lui présenta le greffier,
et, ce coup d'œil jeté, parut se recueillir un instant. Grâce à cette précaution qu'il avait toujours
soin de prendre au moment de procéder à un
interrogatoire, il savait d'avance les noms, qualités, délits du prévenu, faisait des répliques prévues à des réponses prévues, et parvenait à se
tirer de toutes les sinuosités de l'interrogatoire,
sans trop laisser deviner sa surdité. Le dossier
du procès était pour lui le chien de l'aveugle.
S'il arrivait par hasard que son infirmité se
trahît çà et là par quelque apostrophe incohérente ou quelque question inintelligible, cela passait pour profondeur parmi les uns, et pour
imbécillité parmi les autres. Dans les deux cas,
l'honneur de la magistrature ne recevait aucune
atteinte; car il vaut encore mieux qu'un juge
soit réputé imbécile ou profond, que sourd. Il
mettait donc grand soin à dissimuler sa surdité
aux yeux de tous, et il y réussissait d'ordinaire
si bien qu'il était arrivé à se faire illusion à
lui-même. Ce qui est du reste plus facile qu'on
ne le croit. Tous les bossus vont tête haute, tous
les bègues pérorent, tous les sourds parlent bas.
Quant à lui, il se croyait tout au plus l'oreille un
peu rebelle. C'était la seule concession qu'il fît
sur ce point à l'opinion publique, dans ses moments de franchise et d'examen de conscience.

Ayant donc bien ruminé l'affaire de Quasimodo, il renversa sa tête en arrière et ferma les
yeux à demi, pour plus de majesté et d'impartialité, si bien qu'il était tout à la fois en ce
moment sourd et aveugle. Double condition sans
laquelle il n'est pas de juge parfait. C'est dans
cette magistrale attitude qu'il commença l'interrogatoire.

— Votre nom?

Or, voici un cas qui n'avait pas été « prévu
par la loi », celui où un sourd aurait à interroger
un sourd.

Quasimodo, que rien n'avertissait de la question à lui adressée, continua de regarder le juge

fixement et ne répondit pas. Le juge, sourd et
que rien n'avertissait de la surdité de l'accusé,
crut qu'il avait répondu, comme faisaient en
général tous les accusés, et poursuivit avec son
aplomb mécanique et stupide.

— C'est bien. Votre âge?

Quasimodo ne répondit pas davantage à cette
question. Le juge la crut satisfaite, et continua.

— Maintenant, votre état?

Toujours même silence. L'auditoire cependant
commençait à chuchoter et à s'entre-regarder.

— Il suffit, reprit l'imperturbable auditeur
quand il supposa que l'accusé avait consommé sa
troisième réponse. Vous êtes accusé, par-devant
nous : *primo,* de trouble nocturne; *secundo,* de
voie de fait déshonnête sur la personne d'une
femme folle, *in præjudicium meretricis; tertio,*
de rébellion et déloyauté envers les archers de
l'ordonnance du roi notre sire. Expliquez-vous
sur tous ces points. — Greffier, avez-vous écrit
ce que l'accusé a dit jusqu'ici?

À cette question malencontreuse, un éclat de
rire s'éleva, du greffe à l'auditoire, si violent, si
fou, si contagieux, si universel que force fut
bien aux deux sourds de s'en apercevoir. Quasimodo se retourna en haussant sa bosse, avec
dédain, tandis que maître Florian, étonné comme
lui et supposant que le rire des spectateurs
avait été provoqué par quelque réplique irré-
vérente de l'accusé, rendue visible pour lui par
ce haussement d'épaules, l'apostropha avec indignation.

— Vous avez fait là, drôle, une réponse qui
mériterait la hart! Savez-vous à qui vous parlez?

Cette sortie n'était pas propre à arrêter l'explosion de la gaieté générale. Elle parut à tous si
hétéroclite et si cornue que le fou rire gagna jusqu'aux sergents du Parloir-aux-Bourgeois, espèce
de valets de pique chez qui la stupidité était
d'uniforme. Quasimodo seul conserva son sérieux, par la bonne raison qu'il ne comprenait
rien à ce qui se passait autour de lui. Le juge,

de plus en plus irrité, crut devoir continuer sur
le même ton, espérant par là frapper l'accusé
d'une terreur qui réagirait sur l'auditoire et le
ramènerait au respect.

— C'est donc à dire, maître pervers et rapi-
nier que vous êtes, que vous vous permettez de
manquer à l'auditeur du Châtelet, au magistrat
commis à la police populaire de Paris, chargé
de faire recherche des crimes, délits et mauvais
trains, de contrôler tous métiers et interdire le
monopole, d'entretenir les pavés, d'empêcher les
regrattiers de poulailles, volailles et sauvagine,
de faire mesurer la bûche et autres sortes de
bois, de purger la ville des boues et l'air des
maladies contagieuses, de vaquer continuelle-
ment au fait du public, en un mot, sans gages
ni espérances de salaire! Savez-vous que je
m'appelle Florian Barbedienne, propre lieutenant
de M. le prévôt, et de plus commissaire, enquesteur, contrerolleur et examinateur avec égal pouvoir en prévôté, bailliage, conservation et pré-
sidial!...

Il n'y a pas de raison pour qu'un sourd qui
parle à un sourd s'arrête. Dieu sait où et quand
aurait pris terre maître Florian, ainsi lancé à
toutes rames dans la haute éloquence, si la porte
basse du fond ne s'était ouverte tout à coup et
n'avait donné passage à M. le prévôt en personne.

A son entrée, maître Florian ne resta pas
court, mais faisant un demi-tour sur ses talons,
et pointant brusquement sur le prévôt la harangue dont il foudroyait Quasimodo le moment
d'auparavant : — Monseigneur, dit-il, je requiers
telle peine qu'il vous plaira contre l'accusé ci-
présent, pour grave et mirifique manquement à
la justice.

Et il se rassit tout essoufflé, essuyant de
grosses gouttes de sueur qui tombaient de son
front et trempaient comme larmes les parchemins étalés devant lui. Messire Robert d'Estouteville fronça le sourcil et fit à Quasimodo un

geste d'attention tellement impérieux et signifi-
catif, que le sourd en comprit quelque chose.

Le prévôt lui adressa la parole avec sévérité :
— Qu'est-ce que tu as donc fait pour être ici,
maraud?

Le pauvre diable, supposant que le prévôt lui
demandait son nom, rompit le silence qu'il gardait habituellement, et répondit avec une voix
rauque et gutturale : — Quasimodo.

La réponse coïncidait si peu avec la question,
que le fou rire recommença à circuler, et que
messire Robert s'écria, rouge de colère : — Te
railles-tu aussi de moi, drôle fieffé?

— Sonneur de cloches à Notre-Dame, répondit
Quasimodo, croyant qu'il s'agissait d'expliquer
au juge qui il était.

— Sonneur de cloches! reprit le prévôt, qui
s'était éveillé le matin d'assez mauvaise humeur,
comme nous l'avons dit, pour que sa fureur n'eût
pas besoin d'être attisée par de si étranges
réponses. Sonneur de cloches! Je te ferai faire
sur le dos un carillon de houssines [1] par les
carrefours de Paris. Entends-tu, maraud?

— Si c'est mon âge que vous voulez savoir,
dit Quasimodo, je crois que j'aurai vingt ans à
la Saint-Martin.

Pour le coup, c'était trop fort; le prévôt n'y
put tenir.

— Ah! tu nargues la prévôté, misérable! Messieurs les sergents à verge, vous me mènerez ce
drôle au pilori de la Grève, vous le battrez et
vous le tournerez une heure. Il me le paiera,
tête-Dieu! et je veux qu'il soit fait un cri du
présent jugement, avec assistance de quatre
trompettes-jurés, dans les sept châtellenies de la
vicomté de Paris.

Le greffier se mit à rédiger incontinent le jugement.

— Ventre-Dieu! que voilà qui est bien jugé!
s'écria de son coin le petit écolier Jehan Frollo
du Moulin.

Le prévôt se retourna et fixa de nouveau sur

Quasimodo ses yeux étincelants. — Je crois que le drôle a dit *ventre-Dieu!* Greffier, ajoutez douze deniers parisis d'amende pour jurement, et que la fabrique de Saint-Eustache en aura la moitié. J'ai une dévotion particulière à Saint-Eustache.

En quelques minutes, le jugement fut dressé. La teneur en était simple et brève. La coutume de la prévôté et vicomté de Paris n'avait pas encore été travaillée par le président Thibaut Baillet et par Roger Barmne, l'avocat du roi. Elle n'était pas obstruée alors par cette haute futaie de chicanes et de procédures que ces deux jurisconsultes y plantèrent au commencement du seizième siècle. Tout y était clair, expéditif, explicite. On y cheminait droit au but, et l'on apercevait tout de suite au bout de chaque sentier, sans broussailles et sans détour, la roue, le gibet ou le pilori. On savait du moins où l'on allait.

Le greffier présenta la sentence au prévôt, qui y apposa son sceau, et sortit pour continuer sa tournée dans les auditoires, avec une disposition d'esprit qui dut peupler ce jour-là toutes les geôles de Paris. Jehan Frollo et Robin Poussepain riaient sous cape. Quasimodo regardait le tout d'un air indifférent et étonné.

Cependant le greffier, au moment où maître Florian Barbedienne lisait à son tour le jugement pour le signer, se sentit ému de pitié pour le pauvre diable de condamné, et, dans l'espoir d'obtenir quelque diminution de peine, il s'approcha le plus près qu'il put de l'oreille de l'auditeur et lui dit en lui montrant Quasimodo : — Cet homme est sourd.

Il espérait que cette communauté d'infirmité éveillerait l'intérêt de maître Florian en faveur du condamné. Mais d'abord, nous avons déjà observé que maître Florian ne se souciait pas qu'on s'aperçût de sa surdité. Ensuite, il avait l'oreille si dure qu'il n'entendit pas un mot de ce que lui dit le greffier; pourtant, il voulut avoir l'air d'entendre, et répondit : — Ah! ah! c'est

différent. Je ne savais pas cela. Une heure de
pilori de plus, en ce cas.

Et il signa la sentence ainsi modifiée.

— C'est bien fait, dit Robin Poussepain qui
gardait une dent à Quasimodo, cela lui apprendra à rudoyer les gens.

LE TROU AUX RATS

Que le lecteur nous permette de le ramener à la place de Grève, que nous avons quittée hier avec Gringoire pour suivre la Esmeralda.

Il est dix heures du matin. Tout y sent le lendemain de fête. Le pavé est couvert de débris, rubans, chiffons, plumes des panaches, gouttes de cire des flambeaux, miettes de la ripaille publique. Bon nombre de bourgeois *flânent,* comme nous disons, çà et là, remuant du pied les tisons éteints du feu de joie, s'extasiant devant la Maison-aux-Piliers, au souvenir des belles tentures de la veille, et regardant aujourd'hui les clous, dernier plaisir. Les vendeurs de cidre et de cervoise roulent leur barrique à travers les groupes. Quelques passants affairés vont et viennent. Les marchands causent et s'appellent du seuil des boutiques. La fête, les ambassadeurs, Coppenole, le pape des fous, sont dans toutes les bouches. C'est à qui glosera le mieux et rira le plus. Et cependant, quatre sergents à cheval qui viennent de se poster aux quatre côtés du pilori ont déjà concentré autour d'eux une bonne portion du *populaire* épars sur la place qui se condamne à l'immobilité et à l'ennui dans l'espoir d'une petite exécution.

Si maintenant le lecteur, après avoir contemplé cette scène vive et criarde qui se joue sur tous les points de la place, porte ses regards vers cette antique maison demi-gothique, demi-romane, de la Tour-Roland qui fait le coin du quai au couchant, il pourra remarquer à l'angle de la façade un gros bréviaire public à riches enluminures, garanti de la pluie par un petit auvent, et des voleurs par un grillage qui permet toutefois de le feuilleter. A côté de ce bréviaire est une étroite lucarne ogive, fermée de deux barreaux de fer en croix, donnant sur la place, seule ouverture qui laisse arriver un peu d'air et de jour à une petite cellule sans porte pratiquée au rez-de-chaussée dans l'épaisseur du mur de la vieille maison, et pleine d'une paix d'autant plus profonde, d'un silence d'autant plus morne qu'une place publique, la plus populeuse et la plus bruyante de Paris, fourmille et glapit à l'entour.

Cette cellule était célèbre dans Paris depuis près de trois siècles que madame Rolande de la Tour-Roland, en deuil de son père mort à la croisade, l'avait fait creuser dans la muraille de sa propre maison pour s'y enfermer à jamais, ne gardant de son palais que ce logis dont la porte était murée et la lucarne ouverte, hiver comme été, donnant tout le reste aux pauvres et à Dieu. La désolée demoiselle avait en effet attendu vingt ans la mort dans cette tombe anticipée, priant nuit et jour pour l'âme de son père, dormant dans la cendre, sans même avoir une pierre pour oreiller, vêtue d'un sac noir, et ne vivant que de ce que la pitié des passants déposait de pain et d'eau sur le rebord de sa lucarne, recevant ainsi la charité après l'avoir faite. A sa mort, au moment de passer dans l'autre sépulcre, elle avait légué à perpétuité celui-ci aux femmes affligées, mères, veuves ou filles, qui auraient beaucoup à prier pour autrui ou pour elles, et qui voudraient s'enterrer vives dans une grande douleur ou dans une grande pénitence. Les pauvres de son temps lui avaient fait de belles funérailles de larmes et de bénédictions; mais, à leur grand regret, la pieuse fille n'avait pu être canonisée sainte, faute de protections. Ceux d'entre eux qui étaient un peu impies avaient espéré que la chose se ferait en paradis plus aisément qu'à Rome, et avaient tout bonnement prié Dieu pour la défunte, à défaut du pape. La plupart s'étaient contentés de tenir la mémoire de Rolande pour sacrée et de faire reliques de ses haillons. La ville, de son côté, avait fondé, à l'intention de la demoiselle, un bréviaire public qu'on avait scellé près de la lucarne de la cellule, afin que les passants s'y arrêtassent de temps à autre, ne fût-ce que pour prier, que la prière fît songer à l'aumône, et que les pauvres recluses, héritières du caveau de madame Rolande, n'y mourussent pas tout à fait de faim et d'oubli.

Ce n'était pas du reste chose très rare dans les villes du moyen âge que cette espèce de tombeau. On rencontrait souvent, dans la rue la plus fréquentée, dans le marché le plus bariolé et le plus assourdissant, tout au beau milieu, sous les pieds des chevaux, sous la roue des charrettes en quelque sorte, une cave, un puits, un cabanon muré et grillé, au fond duquel priait jour et nuit un être humain, volontairement dévoué à quelque lamentation éternelle, à quelque grande expiation. Et toutes les réflexions qu'éveillerait en nous aujourd'hui cet étrange spectacle, cette horrible cellule, sorte d'anneau intermédiaire de la maison et de la tombe, du cimetière et de la cité, ce vivant retranché de la communauté humaine et compté désormais chez les morts, cette lampe consumant sa dernière goutte d'huile dans l'ombre, ce reste de vie vacillant dans une fosse, ce souffle, cette voix, cette prière éternelle dans une boîte de pierre, cette face à jamais tournée vers l'autre monde, cet œil déjà illuminé d'un autre soleil, cette oreille collée aux parois de la tombe, cette âme prisonnière dans ce corps, ce corps prisonnier dans ce cachot, et sous cette double enveloppe de chair et de granit le bourdonnement de cette âme en peine, rien de tout cela n'était perçu par la foule. La piété peu raisonneuse et peu subtile de ce temps-là ne voyait pas tant de facettes à un acte de religion. Elle prenait la chose en bloc, et honorait, vénérait, sanctifiait au besoin le sacrifice, mais n'en analysait pas les souffrances et s'en apitoyait médiocrement. Elle apportait de temps en temps quelque pitance au misérable pénitent, regardait par le trou s'il vivait encore, ignorait son nom, savait à peine depuis combien d'années il avait commencé à mourir, et à l'étranger qui les questionnait sur le squelette vivant qui pourrissait dans cette cave, les voisins répondaient simplement, si c'était un homme : — « C'est le reclus »; si c'était une femme : — « C'est la recluse. »

On voyait tout ainsi alors, sans métaphysique, sans exagération, sans verre grossissant, à l'œil nu. Le microscope n'avait pas encore été inventé, ni pour les choses de la matière, ni pour les choses de l'esprit.

D'ailleurs, bien qu'on s'en émerveillât peu, les exemples de cette espèce de claustration au sein des villes étaient, en vérité, fréquents, comme nous le disions tout à l'heure. Il y avait dans Paris assez bon nombre de ces cellules à prier Dieu et à faire pénitence; elles étaient presque toutes occupées. Il est vrai que le clergé ne se souciait pas de les laisser vides, ce qui impliquait tiédeur dans les croyants, et qu'on y mettait des lépreux quand on n'avait pas de pénitents. Outre la logette de la Grève, il y en avait une à Montfaucon, une au charnier des Innocents, une autre je ne sais plus où, au logis Clichon, je crois. D'autres encore à beaucoup d'endroits où l'on en retrouve la trace dans les traditions, à défaut des monuments. L'Université avait aussi la sienne. Sur la montagne Sainte-Geneviève une espèce de Job du moyen âge chanta pendant trente ans les sept Psaumes de la pénitence sur un fumier, au fond d'une citerne, recommençant quand il avait fini, psal-

modiant plus haut la nuit, *magna voce per umbras* [1], et aujourd'hui l'antiquaire croit entendre
encore sa voix en entrant dans la rue du *Puits-
qui-parle.*

Pour nous en tenir à la loge de la Tour-Roland,
nous devons dire qu'elle n'avait jamais chômé
de recluses. Depuis la mort de madame Rolande,
elle avait été rarement une année ou deux vacante. Maintes femmes étaient venues y pleurer,
jusqu'à la mort, des parents, des amants, des
fautes. La malice parisienne qui se mêle de tout,
même des choses qui la regardent le moins, pré-
tendait qu'on y avait vu peu de veuves.

Selon la mode de l'époque, une légende latine,
inscrite sur le mur, indiquait au passant lettré
la destination pieuse de cette cellule. L'usage
s'est conservé jusqu'au milieu du seizième siècle d'expliquer un édifice par une brève devise
écrite au-dessus de la porte. Ainsi on lit encore
en France au-dessus du guichet de la prison de
la maison seigneuriale de Tourville : *Sileto et
spera* [2]; en Irlande, sous l'écusson qui surmonte
la grande porte du château de Fortescue : *Forte
scutum, salus ducum* [3]; en Angleterre, sur l'entrée principale du manoir hospitalier des comtes
Cowper : *Tuum est* [4]. C'est qu'alors tout édifice
était une pensée.

Comme il n'y avait pas de porte à la cellule
murée de la Tour-Roland, on avait gravé en
grosses lettres romanes au-dessus de la fenêtre
ces deux mots :

TU,   ORA [5].

Ce qui fait que le peuple, dont le bon sens ne
voit pas tant de finesse dans les choses et traduit volontiers *Ludovico Magno* [6] par *Porte Saint-
Denis,* avait donné à cette cavité noire, sombre
et humide, le nom de *Trou aux Rats.* Explication moins sublime peut-être que l'autre, mais
en revanche plus pittoresque.

III

HISTOIRE D'UNE GALETTE
AU LEVAIN DE MAÏS [1]

A l'époque où se passe cette histoire, la cellule
de la Tour-Roland était occupée. Si le lecteur
désire savoir par qui, il n'a qu'à écouter la
conversation de trois braves commères qui, au
moment où nous avons arrêté son attention sur
le Trou aux Rats, se dirigeaient précisément du
même côté en remontant du Châtelet vers la
Grève, le long de l'eau.

Deux de ces femmes étaient vêtues en bonnes
bourgeoises de Paris. Leur fine gorgerette blanche, leur jupe de tiretaine rayée rouge et bleue,
leurs chausses de tricot blanc, à coins brodés en
couleur, bien tirées sur la jambe, leurs souliers
carrés de cuir fauve à semelles noires et surtout
leur coiffure, cette espèce de corne de clinquant
surchargée de rubans et de dentelles que les
champenoises portent encore, concurremment
avec les grenadiers de la garde impériale russe,
annonçaient qu'elles appartenaient à cette classe
de riches marchandes qui tient le milieu entre
ce que les laquais appellent *une femme* et ce
qu'ils appellent *une dame*. Elles ne portaient ni
bagues, ni croix d'or, et il était aisé de voir que
ce n'était pas chez elles pauvreté, mais tout ingénument peur de l'amende. Leur compagne était
attifée à peu près de la même manière, mais
il y avait dans sa mise et dans sa tournure ce
je ne sais quoi qui sent la femme de notaire de

province. On voyait à la manière dont sa ceinture lui remontait au-dessus des hanches qu'elle
n'était pas depuis longtemps à Paris. Ajoutez à
cela une gorgerette plissée, des nœuds de rubans
sur les souliers, que les raies de la jupe étaient
dans la largeur et non dans la longueur, et mille
autres énormités dont s'indignait le bon goût.

Les deux premières marchaient de ce pas particulier aux parisiennes qui font voir Paris à des
provinciales. La provinciale tenait à sa main un
gros garçon qui tenait à la sienne une grosse
galette.

Nous sommes fâché d'avoir à ajouter que, vu
la rigueur de la saison, il faisait de sa langue
son mouchoir.

L'enfant se faisait traîner, *non passibus æquis*[1],
comme dit Virgile, et trébuchait à chaque moment, au grand récri de sa mère. Il est vrai qu'il
regardait plus la galette que le pavé. Sans doute
quelque grave motif l'empêchait d'y mordre (à
la galette), car il se contentait de la considérer
tendrement. Mais la mère eût dû se charger de
la galette. Il y avait cruauté à faire un Tantale
du gros joufflu.

Cependant les trois damoiselles (car le nom de
dames était réservé alors aux femmes nobles)
parlaient à la fois.

— Dépêchons-nous, damoiselle Mahiette, disait la plus jeune des trois, qui était aussi la plus
grosse, à la provinciale. J'ai grand'peur que nous
n'arrivions trop tard. On nous disait au Châtelet qu'on allait le mener tout de suite au pilori.

— Ah bah! que dites-vous donc là, damoiselle Oudarde Musnier? reprenait l'autre parisienne. Il restera deux heures au pilori. Nous
avons le temps. Avez-vous jamais vu pilorier,
ma chère Mahiette?

— Oui, dit la provinciale, à Reims.

— Ah! bah! qu'est-ce que c'est que ça, votre
pilori de Reims? Une méchante cage où l'on ne
tourne que des paysans. Voilà grand'chose!

— Que des paysans! dit Mahiette, au Marché-

aux-Draps! à Reims! Nous y avons vu de fort
beaux criminels, et qui avaient tué père et mère!
Des paysans! pour qui nous prenez-vous, Gervaise?

Il est certain que la provinciale était sur le
point de se fâcher, pour l'honneur de son pilori.
Heureusement la discrète damoiselle Oudarde
Musnier détourna à temps la conversation.

— A propos, damoiselle Mahiette, que dites-
vous de nos ambassadeurs flamands? en avez-
vous d'aussi beaux à Reims?

— J'avoue, répondit Mahiette, qu'il n'y a que
Paris pour voir des flamands comme ceux-là.

— Avez-vous vu dans l'ambassade ce grand
ambassadeur qui est chaussetier? demanda Oudarde.

— Oui, dit Mahiette. Il a l'air d'un Saturne.

— Et ce gros dont la figure ressemble à un
ventre nu? reprit Gervaise. Et ce petit qui a de
petits yeux bordés d'une paupière rouge, ébar-
billonnée et déchiquetée comme une tête de char-
don?

— Ce sont leurs chevaux qui sont beaux à
voir, dit Oudarde, vêtus comme ils sont à la
mode de leur pays!

— Ah! ma chère, interrompit la provinciale
Mahiette prenant à son tour un air de supériorité, qu'est-ce que vous diriez donc si vous
aviez vu, en 61, au sacre de Reims, il y a dix-
huit ans [1], les chevaux des princes et de la compagnie du roi! Des houssures et caparaçons de
toutes sortes; les uns de drap de Damas, de fin
drap d'or, fourrés de martres zibelines; les autres, de velours, fourrés de pennes d'hermine;
les autres, tout chargés d'orfèvrerie et de grosses
campanes d'or et d'argent! Et la finance que
cela avait coûté! Et les beaux enfants pages qui
étaient dessus!

— Cela n'empêche pas, répliqua sèchement
damoiselle Oudarde, que les flamands ont de
fort beaux chevaux et qu'ils ont fait hier un
souper superbe chez M. le prévôt des marchands,

à l'Hôtel de Ville, où on leur a servi des dragées, de l'hypocras, des épices, et autres singularités.

— Que dites-vous là, ma voisine? s'écria Gervaise. C'est chez M. le cardinal, au Petit-Bourbon, que les flamands ont soupé.

— Non pas. A l'Hôtel de Ville!

— Si fait. Au Petit-Bourbon!

— C'est si bien à l'Hôtel de Ville, reprit Oudarde avec aigreur, que le docteur Scourable leur a fait une harangue en latin, dont ils sont demeurés fort satisfaits. C'est mon mari, qui est libraire-juré, qui me l'a dit.

— C'est si bien au Petit-Bourbon, répondit Gervaise non moins vivement, que voici ce que leur a présenté le procureur de M. le cardinal : douze doubles quarts d'hypocras blanc, clairet et vermeil; vingt-quatre layettes de masse-pain double de Lyon doré; autant de torches de deux livres pièce, et six demi-queues de vin de Beaune, blanc et clairet, le meilleur qu'on ait pu trouver. J'espère que cela est positif. Je le tiens de mon mari, qui est cinquantenier au Parloir-aux-Bourgeois, et qui faisait ce matin la comparaison des ambassadeurs flamands avec ceux du Prete-Jan [1] et de l'empereur de Trébizonde qui sont venus de Mésopotamie à Paris sous le dernier roi, et qui avaient des anneaux aux oreilles.

— Il est si vrai qu'ils ont soupé à l'Hôtel de Ville, répliqua Oudarde peu émue de cet étalage, qu'on n'a jamais vu un tel triomphe de viandes et de dragées.

— Je vous dis, moi, qu'ils ont été servis par Le Sec, sergent de la ville, à l'hôtel du Petit-Bourbon, et que c'est là ce qui vous trompe.

— A l'Hôtel de Ville, vous dis-je!

— Au Petit-Bourbon, ma chère! si bien qu'on avait illuminé en verres magiques le mot *Espérance* qui est écrit sur le grand portail.

— A l'Hôtel de Ville! à l'Hôtel de Ville! Même que Husson le Voir jouait de la flûte!

— Je vous dis que non!

— Je vous dis que si!

— Je vous dis que non!

La bonne grosse Oudarde se préparait à répliquer, et la querelle en fût peut-être venue aux coiffes, si Mahiette ne se fût écriée tout à coup :
— Voyez donc ces gens qui se sont attroupés là-bas au bout du pont! Il y a au milieu d'eux quelque chose qu'ils regardent.

— En vérité, dit Gervaise, j'entends tambouriner. Je crois que c'est la petite Smeralda qui fait ses momeries avec sa chèvre. Eh vite, Mahiette! doublez le pas et traînez votre garçon. Vous êtes venue ici pour visiter les curiosités de Paris. Vous avez vu hier les flamands; il faut voir aujourd'hui l'égyptienne.

— L'égyptienne! dit Mahiette en rebroussant brusquement chemin, et en serrant avec force le bras de son fils. Dieu m'en garde! elle me volerait mon enfant! — Viens, Eustache!

Et elle se mit à courir sur le quai vers la Grève, jusqu'à ce qu'elle eût laissé le pont bien loin derrière elle. Cependant l'enfant, qu'elle traînait, tomba sur les genoux; elle s'arrêta essoufflée. Oudarde et Gervaise la rejoignirent.

— Cette égyptienne vous voler votre enfant? dit Gervaise. Vous avez là une singulière fantaisie.

Mahiette hochait la tête d'un air pensif.

— Ce qui est singulier, observa Oudarde, c'est que la sachette [1] a la même idée des égyptiennes.

— Qu'est-ce que c'est que la sachette? dit Mahiette.

— Hé! dit Oudarde, sœur Gudule.

— Qu'est-ce que c'est, reprit Mahiette, que sœur Gudule?

— Vous êtes bien de votre Reims, de ne pas savoir cela! répondit Oudarde. C'est la recluse du Trou aux Rats.

— Comment! demanda Mahiette, cette pauvre femme à qui nous portons cette galette?

Oudarde fit un signe de tête affirmatif.

— Précisément. Vous allez la voir tout à l'heure à sa lucarne sur la Grève. Elle a le même

regard que vous sur ces vagabonds d'Egypte qui
tambourinent et disent la bonne aventure au
public. On ne sait pas d'où lui vient cette horreur des zingari [1] et des égyptiens. Mais vous,
Mahiette, pourquoi donc vous sauvez-vous ainsi,
rien qu'à les voir?

— Oh! dit Mahiette en saisissant entre ses
deux mains la tête ronde de son enfant, je ne
veux pas qu'il m'arrive ce qui est arrivé à
Paquette la Chantefleurie.

— Ah! voilà une histoire que vous allez nous
conter, ma bonne Mahiette, dit Gervaise en lui
prenant le bras.

— Je veux bien, répondit Mahiette, mais il
faut que vous soyez bien de votre Paris pour ne
pas savoir cela! Je vous dirai donc, — mais il
n'est pas besoin de nous arrêter pour conter la
chose, — que Paquette la Chantefleurie était une
jolie fille de dix-huit ans quand j'en étais une
aussi, c'est-à-dire il y a dix-huit ans, et que c'est
sa faute si elle n'est pas aujourd'hui, comme moi,
une bonne grosse fraîche mère de trente-six ans,
avec un homme et un garçon. Au reste, dès
l'âge de quatorze ans, il n'était plus temps! —
C'était donc la fille de Guybertaut, ménestrel de
bateaux à Reims, le même qui avait joué devant
le roi Charles VII, à son sacre, quand il descendit notre rivière de Vesle depuis Sillery jusqu'à
Muison, que même madame la Pucelle était dans
le bateau. Le vieux père mourut, que Paquette
était encore tout enfant; elle n'avait donc plus
que sa mère, sœur de M. Mathieu Pradon, maître
dinandinier et chaudronnier à Paris, rue Parin-
Garlin, lequel est mort l'an passé. Vous voyez
qu'elle était de famille. La mère était une bonne
femme, par malheur, et n'apprit rien à Paquette
qu'un peu de doreloterie et de bimbeloterie qui
n'empêchait pas la petite de devenir fort grande
et de rester fort pauvre. Elles demeuraient toutes
deux à Reims le long de la rivière, rue de Folle-
Peine. Notez ceci; je crois que c'est là ce qui
porta malheur à Paquette. En 61, l'année du

sacre de notre roi Louis onzième que Dieu garde,
Paquette était si gaíe et si jolie qu'on ne l'appelait partout que la Chantefleurie. — Pauvre fille!
— Elle avait de jolies dents, elle aimait à rire
pour les faire voir. Or, fille qui aime à rire
s'achemine à pleurer; les belles dents perdent
les beaux yeux. C'était donc la Chantefleurie.
Elle et sa mère gagnaient durement leur vie.
Elles étaient bien déchues depuis la mort du
ménétrier. Leur doreloterie ne leur rapportait
guère plus de six deniers par semaine, ce qui ne
fait pas tout à fait deux liards-à-l'aigle. Où était
le temps que le père Guybertaut gagnait douze
sols parisis dans un seul sacre avec une chanson? Un hiver — c'était en cette même année 61,
— que les deux femmes n'avaient ni bûches ni
fagots, et qu'il faisait très froid, cela donna de si
belles couleurs à la Chantefleurie, que les
hommes l'appelaient : Paquette! que plusieurs
l'appelèrent Pâquerette! et qu'elle se perdit. —
Eustache! que je te voie mordre dans la galette!
— Nous vîmes tout de suite qu'elle était perdue,
un dimanche qu'elle vint à l'église avec une croix
d'or au cou. — A quatorze ans! voyez-vous cela!
— Ce fut d'abord le jeune vicomte de Cormontreuil, qui a son clocher à trois quarts de lieue de
Reims; puis, messire Henri de Triancourt, chevaucheur du roi; puis, moins que cela, Chiart de
Beaulion, sergent d'armes; puis, en descendant
toujours, Guery Aubergeon, valet tranchant du
roi; puis, Macé de Frépus, barbier de M. le
Dauphin; puis, Thévenin le Moine, queux-le-roi;
puis, toujours ainsi de moins jeune en moins
noble, elle tomba à Guillaume Racine, ménestrel
de vielle, et à Thierry de Mer, lanternier. Alors,
pauvre Chantefleurie, elle fut toute à tous. Elle
était arrivée au dernier sol de sa pièce d'or. Que
vous dirai-je, mesdamoiselles? Au sacre, dans la
même année 61, c'est elle qui fit le lit du roi des
ribauds! — Dans la même année!

Mahiette soupira, et essuya une larme qui roulait dans ses yeux.

— Voilà une histoire qui n'est pas très extraordinaire, dit Gervaise, et je ne vois pas en tout
cela d'égyptiens ni d'enfants.

— Patience! reprit Mahiette; d'enfant, vous
allez en voir un. — En 66, il y aura seize ans ce
mois-ci à la Sainte-Paule, Paquette accoucha
d'une petite fille. La malheureuse! elle eut une
grande joie. Elle désirait un enfant depuis longtemps. Sa mère, bonne femme qui n'avait jamais
su que fermer les yeux, sa mère était morte.
Paquette n'avait plus rien à aimer au monde,
plus rien qui l'aimât. Depuis cinq ans qu'elle
avait failli, c'était une pauvre créature que la
Chantefleurie. Elle était seule, seule dans cette
vie, montrée au doigt, criée par les rues, battue
des sergents, moquée des petits garçons en guenilles. Et puis, les vingt ans étaient venus; et
vingt ans, c'est la vieillesse pour les femmes
amoureuses. La folie commençait à ne pas lui
rapporter plus que la doreloterie autrefois; pour
une ride qui venait, un écu s'en allait; l'hiver lui
redevenait dur, le bois se faisait derechef rare
dans son cendrier et le pain dans sa huche. Elle
ne pouvait plus travailler, parce qu'en devenant
voluptueuse elle était devenue paresseuse, et elle
souffrait beaucoup plus, parce qu'en devenant
paresseuse elle était devenue voluptueuse. —
C'est du moins comme cela que M. le curé de
Saint-Remy explique pourquoi ces femmes-là ont
plus froid et plus faim que d'autres pauvresses
quand elles sont vieilles.

— Oui, observa Gervaise, mais les égyptiens?

— Un moment donc, Gervaise! dit Oudarde
dont l'attention était moins impatiente. Qu'est-ce
qu'il y aurait à la fin si tout était au commencement? Continuez, Mahiette, je vous prie. Cette
pauvre Chantefleurie!

Mahiette poursuivit.

— Elle était donc bien triste, bien misérable,
et creusait ses joues avec ses larmes. Mais dans
sa honte, dans sa folie et dans son abandon, il
lui semblait qu'elle serait moins honteuse, moins

folle et moins abandonnée, s'il y avait quelque
chose au monde ou quelqu'un qu'elle pût aimer
et qui pût l'aimer. Il fallait que ce fût un enfant,
parce qu'un enfant seul pouvait être assez innocent pour cela. — Elle avait reconnu ceci après
avoir essayé d'aimer un voleur, le seul homme
qui pût vouloir d'elle; mais au bout de peu de
temps elle s'était aperçue que le voleur la mépri-
sait. — A ces femmes d'amour il faut un amant
ou un enfant pour leur remplir le cœur. Autrement elles sont bien malheureuses. — Ne pouvant avoir d'amant, elle se tourna toute au désir
d'un enfant, et comme elle n'avait pas cessé
d'être pieuse, elle en fit son éternelle prière au
bon Dieu. Le bon Dieu eut donc pitié d'elle, et
lui donna une petite fille. Sa joie, je ne vous en
parle pas. Ce fut une furie de larmes, de caresses
et de baisers. Elle allaita elle-même son enfant,
lui fit des langes avec sa couverture, la seule
qu'elle eût sur son lit, et ne sentit plus ni le froid
ni la faim. Elle en redevint belle. Vieille fille
fait jeune mère. La galanterie reprit, on revint
voir la Chantefleurie, elle retrouva chalands pour
sa marchandise, et de toutes ces horreurs elle fit
des layettes, béguins et baverolles, des brassières
de dentelle et des petits bonnets de satin, sans
même songer à se racheter une couverture. —
Monsieur Eustache, je vous ai déjà dit de ne pas
manger la galette. — Il est sûr que la petite
Agnès — c'était le nom de l'enfant, nom de
baptême, car de nom de famille, il y a longtemps
que la Chantefleurie n'en avait plus, — il est
certain que cette petite était plus emmaillotée de
rubans et de broderies qu'une dauphine du Dau-
phiné! Elle avait entre autres une paire de petits
souliers! que le roi Louis XI n'en a certainement
pas eu de pareils! Sa mère les lui avait cousus
et brodés elle-même, elle y avait mis toutes ses
finesses de dorelotière et toutes les passequilles
d'une robe de bonne Vierge. C'étaient bien les
deux plus mignons souliers roses qu'on pût voir.
Ils étaient longs tout au plus comme mon pouce,

et il fallait en voir sortir les petits pieds de l'enfant pour croire qu'ils avaient pu y entrer. Il est vrai que ces petits pieds étaient si petits, si jolis, si roses! plus roses que le satin des souliers! — Quand vous aurez des enfants, Oudarde, vous saurez que rien n'est plus joli que ces petits pieds et ces petites mains-là.

— Je ne demande pas mieux, dit Oudarde, en soupirant, mais j'attends que ce soit le bon plaisir de Monsieur Andry Musnier.

— Au reste, reprit Mahiette, l'enfant de Paquette n'avait pas que les pieds de joli. Je l'ai vue quand elle n'avait que quatre mois. C'était un amour! Elle avait les yeux plus grands que la bouche. Et les plus charmants fins cheveux noirs, qui frisaient déjà. Cela aurait fait une fière brune, à seize ans! Sa mère en devenait de plus en plus folle tous les jours. Elle la caressait, la baisait, la chatouillait, la lavait, l'attifait, la mangeait! Elle en perdait la tête, elle en remerciait Dieu. Ses jolis pieds roses surtout, c'était un ébahissement sans fin, c'était un délire de joie! elle y avait toujours les lèvres collées et ne pouvait revenir de leur petitesse. Elle les mettait dans les petits souliers, les retirait, les admirait, s'en émerveillait, regardait le jour au travers, s'apitoyait de les essayer à la marche sur son lit, et eût volontiers passé sa vie à genoux, à chausser et à déchausser ces pieds-là comme ceux d'un enfant-Jésus.

— Le conte est bel et bon, dit à mi-voix la Gervaise, mais où est l'Egypte dans tout cela?

— Voici, répliqua Mahiette. Il arriva un jour à Reims des espèces de cavaliers fort singuliers. C'étaient des gueux et des truands qui cheminaient dans le pays, conduits par leur duc et par leurs comtes. Ils étaient basanés, avaient les cheveux tout frisés, et des anneaux d'argent aux oreilles. Les femmes étaient encore plus laides que les hommes. Elles avaient le visage plus noir et toujours découvert, un méchant roquet sur le corps, un vieux drap tissu de cordes lié sur

l'épaule, et la chevelure en queue de cheval. Les
enfants qui se vautraient dans leurs jambes
auraient fait peur à des singes. Une bande
d'excommuniés. Tout cela venait en droite ligne
de la basse Egypte à Reims par la Pologne. Le
pape les avait confessés, à ce qu'on disait, et leur
avait donné pour pénitence d'aller sept ans de
suite par le monde, sans coucher dans des lits.
Aussi ils s'appelaient Penanciers et puaient. Il
paraît qu'ils avaient été autrefois sarrasins, ce
qui fait qu'ils croyaient à Jupiter, et qu'ils récla-
maient dix livres tournois de tous archevêques,
évêques et abbés crossés et mitrés. C'est une
bulle du pape qui leur valait cela. Ils venaient à
Reims dire la bonne aventure au nom du roi
d'Alger et de l'empereur d'Allemagne. Vous pensez bien qu'il n'en fallut pas davantage pour
qu'on leur interdît l'entrée de la ville. Alors
toute la bande campa de bonne grâce près de la
Porte de Braine, sur cette butte où il y a un moulin, à côté des trous des anciennes crayères. Et
ce fut dans Reims à qui les irait voir. Ils vous
regardaient dans la main et vous disaient des
prophéties merveilleuses. Ils étaient de force à
prédire à Judas qu'il serait pape. Il courait
cependant sur eux de méchants bruits d'enfants
volés et de bourses coupées et de chair humaine
mangée. Les gens sages disaient aux fous : N'y
allez pas, et y allaient de leur côté en cachette.
C'était donc un emportement. Le fait est qu'ils
disaient des choses à étonner un cardinal. Les
mères faisaient grand triomphe de leurs enfants
depuis que les égyptiennes leur avaient lu dans
la main toutes sortes de miracles écrits en païen
et en turc. L'une avait un empereur, l'autre un
pape, l'autre un capitaine. La pauvre Chantefleurie fut prise de curiosité. Elle voulut savoir ce
qu'elle avait, et si sa jolie petite Agnès ne serait
pas un jour impératrice d'Arménie ou d'autre
chose. Elle la porta donc aux égyptiens; et les
égyptiennes d'admirer l'enfant, de la caresser,
de la baiser avec leurs bouches noires, et de

s'émerveiller sur sa petite main. Hélas! à la grande joie de la mère. Elles firent fête surtout aux jolis pieds et aux jolis souliers. L'enfant n'avait pas encore un an. Elle bégayait déjà, riait à sa mère comme une petite folle, était grasse et toute ronde, et avait mille charmants petits gestes des anges du paradis. Elle fut très effarouchée des égyptiennes, et pleura. Mais la mère la baisa plus fort et s'en alla ravie de la bonne aventure que les devineresses avaient dite à son Agnès. Ce devait être une beauté, une vertu, une reine. Elle retourna donc dans son galetas de la rue Folle-Peine, toute fière d'y rapporter une reine. Le lendemain, elle profita d'un moment où l'enfant dormait sur son lit, car elle la couchait toujours avec elle, laissa tout doucement la porte entr'ouverte, et courut raconter à une voisine de la rue de la Séchesserie qu'il viendrait un jour où sa fille Agnès serait servie à table par le roi d'Angleterre et l'archiduc d'Ethiopie, et cent autres surprises. A son retour, n'entendant pas de cris en montant son escalier, elle se dit : Bon! l'enfant dort toujours. Elle trouva sa porte plus grande ouverte qu'elle ne l'avait laissée, elle entra pourtant, la pauvre mère, et courut au lit... — L'enfant n'y était plus, la place était vide. Il n'y avait plus rien de l'enfant, sinon un de ses jolis petits souliers. Elle s'élança hors de la chambre, se jeta au bas de l'escalier, et se mit à battre les murailles avec sa tête en criant : — Mon enfant! qui a mon enfant? qui m'a pris mon enfant? — La rue était déserte, la maison isolée; personne ne put lui rien dire. Elle alla par la ville, fureta toutes les rues, courut çà et là la journée entière, folle, égarée, terrible, flairant aux portes et aux fenêtres comme une bête farouche qui a perdu ses petits. Elle était haletante, échevelée, effrayante à voir, et elle avait dans les yeux un feu qui séchait ses larmes. Elle arrêtait les passants et criait : Ma fille! ma fille! ma jolie petite fille! Celui qui me rendra ma fille, je serai sa ser-

vante, la servante de son chien, et il me mangera
le cœur, s'il veut. — Elle rencontra M. le curé de
Saint-Remy, et lui dit : — Monsieur le curé, je
labourerai la terre avec mes ongles, mais rendez-moi mon enfant ! — C'était déchirant,
Oudarde; et j'ai vu un homme bien dur, maître
Ponce Lacabre, le procureur, qui pleurait. — Ah !
la pauvre mère ! — Le soir, elle rentra chez elle.
Pendant son absence, une voisine avait vu deux
égyptiennes y monter en cachette avec un paquet
dans leurs bras, puis redescendre après avoir
refermé la porte, et s'enfuir en hâte. Depuis leur
départ, on entendait chez Paquette des espèces
de cris d'enfant. La mère rit aux éclats, monta
l'escalier comme avec des ailes, enfonça sa porte
comme avec un canon d'artillerie, et entra... —
Une chose affreuse, Oudarde ! Au lieu de sa gentille petite Agnès, si vermeille et si fraîche, qui
était un don du bon Dieu, une façon de petit
monstre, hideux, boiteux, borgne, contrefait, se
traînait en piaillant sur le carreau. Elle cacha ses
yeux avec horreur. — Oh ! dit-elle, est-ce que les
sorcières auraient métamorphosé ma fille en cet
animal effroyable ? — On se hâta d'emporter le
petit pied-bot. Il l'aurait rendue folle. C'était un
monstrueux enfant de quelque égyptienne donnée au diable. Il paraissait avoir quatre ans environ, et parlait une langue qui n'était point une
langue humaine; c'étaient des mots qui ne sont
pas possibles. — La Chantefleurie s'était jetée
sur le petit soulier, tout ce qui lui restait de tout
ce qu'elle avait aimé. Elle y demeura si longtemps immobile, muette, sans souffle, qu'on crut
qu'elle y était morte. Tout à coup elle trembla
de tout son corps, couvrit sa relique de baisers
furieux, et se dégorgea en sanglots comme si son
cœur venait de crever. Je vous assure que nous
pleurions toutes aussi. Elle disait : — Oh ! ma
petite fille ! ma jolie petite fille ! où es-tu ? — Et
cela vous tordait les entrailles. Je pleure encore
d'y songer. Nos enfants, voyez-vous, c'est la
moelle de nos os. — Mon pauvre Eustache ! tu es

si beau, toi! Si vous saviez comme il est gentil! Hier il me disait : Je veux être gendarme, moi. O mon Eustache! si je te perdais! — La Chantefleurie se leva tout à coup et se mit à courir dans Reims en criant : — Au camp des égyptiens! au camp des égyptiens! Des sergents pour brûler les sorcières! — Les égyptiens étaient partis. — Il faisait nuit noire. On ne put les poursuivre. Le lendemain, à deux lieues de Reims, dans une bruyère entre Gueux et Tilloy, on trouva les restes d'un grand feu, quelques rubans qui avaient appartenu à l'enfant de Paquette, des gouttes de sang, et des crottins de bouc. La nuit qui venait de s'écouler était précisément celle d'un samedi. On ne douta plus que les égyptiens n'eussent fait le sabbat dans cette bruyère, et qu'ils n'eussent dévoré l'enfant en compagnie de Belzébuth, comme cela se pratique chez les mahométans. Quand la Chantefleurie apprit ces choses horribles, elle ne pleura pas, elle remua les lèvres comme pour parler, mais ne put. Le lendemain, ses cheveux étaient gris. Le surlendemain, elle avait disparu.

— Voilà, en effet, une effroyable histoire, dit Oudarde, et qui ferait pleurer un bourguignon!

— Je ne m'étonne plus, ajouta Gervaise, que la peur des égyptiens vous talonne si fort!

— Et vous avez d'autant mieux fait, reprit Oudarde, de vous sauver tout à l'heure avec votre Eustache, que ceux-ci aussi sont des égyptiens de Pologne.

— Non pas, dit Gervaise. On dit qu'ils viennent d'Espagne et de Catalogne.

— Catalogne? c'est possible, répondit Oudarde. Pologne, Catalogne, Valogne, je confonds toujours ces trois provinces-là. Ce qui est sûr, c'est que ce sont des égyptiens.

— Et qui ont certainement, ajouta Gervaise, les dents assez longues pour manger des petits enfants. Et je ne serais pas surprise que la Smeralda en mangeât aussi un peu, tout en faisant la petite bouche. Sa chèvre blanche a des tours trop malicieux pour qu'il n'y ait pas quelque libertinage là-dessous.

Mahiette marchait silencieusement. Elle était absorbée dans cette rêverie qui est en quelque sorte le prolongement d'un récit douloureux, et qui ne s'arrête qu'après en avoir propagé l'ébranlement, de vibration en vibration, jusqu'aux dernières fibres du cœur. Cependant Gervaise lui adressa la parole : — Et l'on n'a pu savoir ce qu'est devenue la Chantefleurie? — Mahiette ne répondit pas. Gervaise répéta sa question en lui secouant le bras et en l'appelant par son nom. Mahiette parut se réveiller de ses pensées.

— Ce qu'est devenue la Chantefleurie? dit-elle en répétant machinalement les paroles dont l'impression était toute fraîche dans son oreille; puis faisant effort pour ramener son attention au sens de ces paroles : — Ah! reprit-elle vivement, on ne l'a jamais su.

Elle ajouta après une pause :

— Les uns ont dit l'avoir vue sortir de Reims à la brune par la Porte Fléchembault; les autres, au point du jour, par la vieille Porte Basée. Un pauvre a trouvé sa croix d'or accrochée à la croix de pierre dans la culture où se fait la foire. C'est ce joyau qui l'avait perdue, en 61. C'était un don du beau vicomte de Cormontreuil, son premier amant. Paquette n'avait jamais voulu s'en défaire, si misérable qu'elle eût été. Elle y tenait comme à la vie. Aussi, quand nous vîmes l'abandon de cette croix, nous pensâmes toutes qu'elle était morte. Cependant il y a des gens du Cabaret-les-Vantes qui dirent l'avoir vue passer sur le chemin de Paris, marchant pieds nus sur les cailloux. Mais il faudrait alors qu'elle fût sortie par la Porte de Vesle, et tout cela n'est pas d'accord. Ou, pour mieux dire, je crois bien qu'elle est sortie en effet par la Porte de Vesle, mais sortie de ce monde.

— Je ne vous comprends pas, dit Gervaise.

— La Vesle, répondit Mahiette avec un sourire mélancolique, c'est la rivière.

— Pauvre Chantefleurie! dit Oudarde en frissonnant, noyée!

— Noyée! reprit Mahiette, et qui eût dit au bon père Guybertaut quand il passait sous le pont de Tinqueux au fil de l'eau, en chantant dans sa barque, qu'un jour sa chère petite Paquette passerait aussi sous ce pont-là, mais sans chanson et sans bateau?

— Et le petit soulier? demanda Gervaise.

— Disparu avec la mère, répondit Mahiette.

— Pauvre petit soulier! dit Oudarde.

Oudarde, grosse et sensible femme, se serait fort bien satisfaite à soupirer de compagnie avec Mahiette. Mais Gervaise, plus curieuse, n'était pas au bout de ses questions.

— Et le monstre? dit-elle tout à coup à Mahiette.

— Quel monstre? demanda celle-ci.

— Le petit monstre égyptien laissé par les sorcières chez la Chantefleurie en échange de sa fille! Qu'en avez-vous fait? J'espère bien que vous l'avez noyé aussi.

— Non pas, répondit Mahiette.

— Comment! brûlé alors? Au fait, c'est plus juste. Un enfant sorcier!

— Ni l'un ni l'autre, Gervaise. Monsieur l'archevêque s'est intéressé à l'enfant d'Egypte, l'a exorcisé, l'a béni, lui a ôté bien soigneusement le diable du corps, et l'a envoyé à Paris pour être exposé sur le lit de bois, à Notre-Dame, comme enfant trouvé.

— Ces évêques! dit Gervaise en grommelant, parce qu'ils sont savants, ils ne font rien comme les autres. Je vous demande un peu, Oudarde, mettre le diable aux enfants trouvés! car c'était bien sûr le diable que ce petit monstre. — Hé bien, Mahiette, qu'est-ce qu'on en a fait à Paris? Je compte bien que pas une personne charitable n'en a voulu.

— Je ne sais pas, répondit la Rémoise. C'est justement dans ce temps-là que mon mari a acheté le tabellionage de Beru, à deux lieues de la ville, et nous ne nous sommes plus occupés de cette histoire; avec cela que devant Beru il y a les deux buttes de Cernay, qui vous font perdre de vue les clochers de la cathédrale de Reims.

Tout en parlant ainsi, les trois dignes bourgeoises étaient arrivées à la place de Grève. Dans leur préoccupation, elles avaient passé sans s'y arrêter devant le bréviaire public de la Tour-Roland, et se dirigeaient machinalement vers le pilori autour duquel la foule grossissait à chaque instant. Il est probable que le spectacle qui y attirait en ce moment tous les regards leur eût fait complètement oublier le Trou aux Rats et la station qu'elles s'étaient proposé d'y faire, si le gros Eustache de six ans que Mahiette traînait à sa main ne leur en eût rappelé brusquement l'objet : — Mère, dit-il, comme si quelque instinct l'avertissait que le Trou aux Rats était derrière lui, à présent puis-je manger le gâteau?

Si Eustache eût été plus adroit, c'est-à-dire moins gourmand, il aurait encore attendu, et ce n'est qu'au retour, dans l'Université, au logis, chez maître Andry Musnier, rue Madame-la-Valence, lorsqu'il y aurait eu les deux bras de la Seine et les cinq ponts de la Cité entre le Trou aux Rats et la galette, qu'il eût hasardé cette question timide : — Mère, à présent, puis-je manger le gâteau?

Cette même question, imprudente au moment où Eustache la fit, réveilla l'attention de Mahiette.

— A propos, s'écria-t-elle, nous oublions la recluse! Montrez-moi donc votre Trou aux Rats, que je lui porte son gâteau.

— Tout de suite, dit Oudarde. C'est une charité.

Ce n'était pas là le compte d'Eustache.

— Tiens, ma galette! dit-il en heurtant alternativement ses deux épaules de ses deux oreilles, ce qui est en pareil cas le signe suprême du mécontentement.

Les trois femmes revinrent sur leurs pas, et,

arrivées près de la maison de la Tour-Roland,
Oudarde dit aux deux autres : — Il ne faut pas
regarder toutes trois à la fois dans le trou, de
peur d'effaroucher la sachette. Faites semblant,
vous deux, de lire *dominus* dans le bréviaire,
pendant que je mettrai le nez à la lucarne. La
sachette me connaît un peu. Je vous avertirai
quand vous pourrez venir.

Elle alla seule à la lucarne. Au moment où sa
vue y pénétra, une profonde pitié se peignit sur
tous ses traits, et sa gaie et franche physionomie
changea aussi brusquement d'expression et de
couleur que si elle eût passé d'un rayon de soleil
à un rayon de lune. Son œil devint humide, sa
bouche se contracta comme lorsqu'on va pleurer.
Un moment après, elle mit un doigt sur ses
lèvres et fit signe à Mahiette de venir voir.

Mahiette vint, émue, en silence et sur la pointe
des pieds, comme lorsqu'on approche du lit d'un
mourant.

C'était en effet un triste spectacle que celui
qui s'offrait aux yeux des deux femmes, pendant
qu'elles regardaient sans bouger ni souffler à la
lucarne grillée du Trou aux Rats.

La cellule était étroite, plus large que profonde, voûtée en ogive, et vue à l'intérieur
ressemblait assez à l'alvéole d'une grande mitre
d'évêque. Sur la dalle nue qui en formait le sol,
dans un angle, une femme était assise ou plutôt
accroupie. Son menton était appuyé sur ses
genoux, que ses deux bras croisés serraient fortement contre sa poitrine. Ainsi ramassée sur elle-
même, vêtue d'un sac brun qui l'enveloppait tout
entière à larges plis, ses longs cheveux gris
rabattus par devant tombant sur son visage le
long de ses jambes jusqu'à ses pieds, elle ne présentait au premier aspect qu'une forme étrange,
découpée sur le fond ténébreux de la cellule, une
espèce de triangle noirâtre, que le rayon de jour
venant de la lucarne tranchait crûment en deux
nuances, l'une sombre, l'autre éclairée. C'était
un de ces spectres mi-partis d'ombre et de lu-

mière, comme on en voit dans les rêves et dans l'œuvre extraordinaire de Goya, pâles, immobiles, sinistres, accroupis sur une tombe ou adossés à la grille d'un cachot. Ce n'était ni une femme, ni un homme, ni un être vivant, ni une forme définie; c'était une figure; une sorte de vision sur laquelle s'entrecoupaient le réel et le fantastique, comme l'ombre et le jour. A peine sous ses cheveux répandus jusqu'à terre distinguait-on un profil amaigri et sévère; à peine sa robe laissait-elle passer l'extrémité d'un pied nu qui se crispait sur le pavé rigide et gelé. Le peu de forme humaine qu'on entrevoyait sous cette enveloppe de deuil faisait frissonner.

Cette figure, qu'on eût crue scellée dans la dalle, paraissait n'avoir ni mouvement, ni pensée, ni haleine. Sous ce mince sac de toile, en janvier, gisante à nu sur un pavé de granit, sans feu, dans l'ombre d'un cachot dont le soupirail oblique ne laissait arriver du dehors que la bise et jamais le soleil, elle ne semblait pas souffrir, pas même sentir. On eût dit qu'elle s'était faite pierre avec le cachot, glace avec la saison. Ses mains étaient jointes, ses yeux étaient fixes. A la première vue on la prenait pour un spectre, à la seconde pour une statue.

Cependant par intervalles ses lèvres bleues s'entrouvraient à un souffle, et tremblaient, mais aussi mortes et aussi machinales que des feuilles qui s'écartent au vent.

Cependant de ses yeux mornes s'échappait un regard, un regard ineffable, un regard profond, lugubre, imperturbable, incessamment fixé à un angle de la cellule qu'on ne pouvait voir du dehors; un regard qui semblait rattacher toutes les sombres pensées de cette âme en détresse à je ne sais quel objet mystérieux.

Telle était la créature qui recevait de son habitacle le nom de *recluse,* et de son vêtement le nom de *sachette* [1].

Les trois femmes, car Gervaise s'était réunie à Mahiette et à Oudarde, regardaient par la lucarne. Leur tête interceptait le faible jour du cachot, sans que la misérable qu'elles en privaient ainsi parût faire attention à elles. — Ne la troublons pas, dit Oudarde à voix basse, elle est dans son extase, elle prie.

Cependant Mahiette considérait avec une anxiété toujours croissante cette tête hâve, flétrie, échevelée, et ses yeux se remplissaient de larmes. — Voilà qui serait bien singulier, murmurait-elle.

Elle passa sa tête à travers les barreaux du soupirail, et parvint à faire arriver son regard jusque dans l'angle où le regard de la malheureuse était invariablement attaché.

Quand elle retira sa tête de la lucarne, son visage était inondé de larmes.

— Comment appelez-vous cette femme? demanda-t-elle à Oudarde.

Oudarde répondit :

— Nous la nommons sœur Gudule.

— Et moi, reprit Mahiette, je l'appelle Paquette la Chantefleurie.

Alors, mettant un doigt sur sa bouche, elle fit signe à Oudarde stupéfaite de passer sa tête par la lucarne et de regarder.

Oudarde regarda, et vit, dans l'angle où l'œil de la recluse était fixé avec cette sombre extase, un petit soulier de satin rose, brodé de mille passequilles d'or et d'argent.

Gervaise regarda après Oudarde, et alors les trois femmes, considérant la malheureuse mère, se mirent à pleurer.

Ni leurs regards cependant, ni leurs larmes n'avaient distrait la recluse. Ses mains restaient jointes, ses lèvres muettes, ses yeux fixes, et, pour qui savait son histoire, ce petit soulier regardé ainsi fendait le cœur.

Les trois femmes n'avaient pas encore proféré une parole; elles n'osaient parler, même à voix basse. Ce grand silence, cette grande douleur, ce grand oubli où tout avait disparu hors une chose, leur faisaient l'effet d'un maître-autel de

Pâques ou de Noël. Elles se taisaient, elles se recueillaient, elles étaient prêtes à s'agenouiller. Il leur semblait qu'elles venaient d'entrer dans une église le jour de Ténèbres.

Enfin Gervaise, la plus curieuse des trois, et par conséquent la moins sensible, essaya de faire parler la recluse : — Sœur! sœur Gudule!

Elle répéta cet appel jusqu'à trois fois, en haussant la voix à chaque fois. La recluse ne bougea pas. Pas un mot, pas un regard, pas un soupir, pas un signe de vie.

Oudarde à son tour, d'une voix plus douce et plus caressante : — Sœur! dit-elle, sœur Sainte-Gudule!

Même silence, même immobilité.

— Une singulière femme! s'écria Gervaise, et qui ne serait pas émue d'une bombarde!

— Elle est peut-être sourde, dit Oudarde en soupirant.

— Peut-être aveugle, ajouta Gervaise.

— Peut-être morte, reprit Mahiette.

Il est certain que si l'âme n'avait pas encore quitté ce corps inerte, endormi, léthargique, du moins s'y était-elle retirée et cachée à des profondeurs où les perceptions des organes extérieurs n'arrivaient plus.

— Il faudra donc, dit Oudarde, laisser le gâteau sur la lucarne. Quelque fils le prendra. Comment faire pour la réveiller?

Eustache, qui jusqu'à ce moment avait été distrait par une petite voiture traînée par un gros chien, laquelle venait de passer, s'aperçut tout à coup que ses trois conductrices regardaient quelque chose à la lucarne, et, la curiosité le prenant à son tour, il monta sur une borne, se dressa sur la pointe des pieds et appliqua son gros visage vermeil à l'ouverture en criant : — Mère, voyons donc que je voie!

A cette voix d'enfant, claire, fraîche, sonore, la recluse tressaillit. Elle tourna la tête avec le mouvement sec et brusque d'un ressort d'acier, ses deux longues mains décharnées vinrent écar-

ter ses cheveux sur son front, et elle fixa sur
l'enfant des yeux étonnés, amers, désespérés. Ce
regard ne fut qu'un éclair.

— O mon Dieu! cria-t-elle tout à coup en
cachant sa tête dans ses genoux, et il semblait
que sa voix rauque déchirait sa poitrine en passant, au moins ne me montrez pas ceux des
autres!

— Bonjour, madame, dit l'enfant avec gravité.

Cependant cette secousse avait pour ainsi dire
réveillé la recluse. Un long frisson parcourut tout
son corps de la tête aux pieds, ses dents claquèrent, elle releva à demi sa tête et dit en serrant ses coudes contre ses hanches et en prenant
ses pieds dans ses mains comme pour les
réchauffer : — Oh! le grand froid!

— Pauvre femme, dit Oudarde en grande
pitié, voulez-vous un peu de feu?

Elle secoua la tête en signe de refus.

— Eh bien, reprit Oudarde en lui présentant
un flacon, voici de l'hypocras qui vous réchauf-
fera. Buvez.

Elle secoua de nouveau la tête, regarda
Oudarde fixement et répondit : — De l'eau.

Oudarde insista. — Non, sœur, ce n'est pas là
une boisson de janvier. Il faut boire un peu
d'hypocras et manger cette galette au levain de
maïs que nous avons cuite pour vous.

Elle repoussa le gâteau que Mahiette lui présentait et dit : — Du pain noir.

— Allons, dit Gervaise prise à son tour de charité, et défaisant son roquet de laine, voici un
surtout un peu plus chaud que le vôtre. Mettez
ceci sur vos épaules.

Elle refusa le surtout comme le flacon et le
gâteau, et répondit : — Un sac.

— Mais il faut bien, reprit la bonne Oudarde,
que vous vous aperceviez un peu que c'était hier
fête.

— Je m'en aperçois, dit la recluse. Voilà deux
jours que je n'ai plus d'eau dans ma cruche.

Elle ajouta après un silence : — C'est fête,

on m'oublie. On fait bien. Pourquoi le monde songerait-il à moi qui ne songe pas à lui? A charbon éteint cendre froide.

Et comme fatiguée d'en avoir tant dit, elle laissa retomber sa tête sur ses genoux. La simple et charitable Oudarde qui crut comprendre à ses dernières paroles qu'elle se plaignait encore du froid, lui répondit naïvement : — Alors, voulez-vous un peu de feu?

— Du feu! dit la sachette avec un accent étrange; et en ferez-vous aussi un peu à la pauvre petite qui est sous terre depuis quinze ans?

Tous ses membres tremblèrent, sa parole vibrait, ses yeux brillaient, elle s'était levée sur les genoux. Elle étendit tout à coup sa main blanche et maigre vers l'enfant qui la regardait avec un regard étonné : — Emportez cet enfant! cria-t-elle. L'égyptienne va passer!

Alors elle tomba la face contre terre, et son front frappa la dalle avec le bruit d'une pierre sur une pierre. Les trois femmes la crurent morte. Un moment après pourtant, elle remua, et elles la virent se traîner sur les genoux et sur les coudes jusqu'à l'angle où était le petit soulier. Alors elles n'osèrent regarder, elles ne la virent plus, mais elles entendirent mille baisers et mille soupirs mêlés à des cris déchirants et à des coups sourds comme ceux d'une tête qui heurte une muraille. Puis, après un de ces coups, tellement violent qu'elles en chancelèrent toutes les trois, elles n'entendirent plus rien.

— Se serait-elle tuée? dit Gervaise en se risquant à passer sa tête au soupirail. — Sœur! sœur Gudule!

— Sœur Gudule! répéta Oudarde.

— Ah, mon Dieu! elle ne bouge plus! reprit Gervaise, est-ce qu'elle est morte? — Gudule! Gudule!

Mahiette, suffoquée jusque-là à ne pouvoir parler, fit un effort. — Attendez, dit-elle. Puis se penchant vers la lucarne : — Paquette! dit-elle, Paquette la Chantefleurie.

Un enfant qui souffle ingénument sur la mèche mal allumée d'un pétard et se le fait éclater dans les yeux, n'est pas plus épouvanté que ne le fut Mahiette, à l'effet de ce nom brusquement lancé dans la cellule de sœur Gudule.

La recluse tressaillit de tout son corps, se leva debout sur ses pieds nus, et sauta à la lucarne avec des yeux si flamboyants que Mahiette et Oudarde et l'autre femme et l'enfant reculèrent jusqu'au parapet du quai.

Cependant la sinistre figure de la recluse apparut collée à la grille du soupirail. — Oh! oh! criait-elle avec un rire effrayant, c'est l'égyptienne qui m'appelle!

En ce moment une scène qui se passait au pilori arrêta son œil hagard. Son front se plissa d'horreur, elle étendit hors de sa loge ses deux bras de squelette, et s'écria avec une voix qui ressemblait à un râle : — C'est donc encore toi, fille d'Egypte! c'est toi qui m'appelles, voleuse d'enfants! Eh bien! maudite sois-tu! maudite! maudite! maudite!

UNE LARME
POUR UNE GOUTTE D'EAU

Ces paroles étaient, pour ainsi dire, le point de jonction de deux scènes qui s'étaient jusque-là développées parallèlement dans le même moment, chacune sur son théâtre particulier, l'une, celle qu'on vient de lire, dans le Trou aux Rats, l'autre, qu'on va lire, sur l'échelle du pilori. La première n'avait eu pour témoins que les trois femmes avec lesquelles le lecteur vient de faire connaissance; la seconde avait eu pour spectateurs tout le public que nous avons vu plus haut s'amasser sur la place de Grève, autour du pilori et du gibet.

Cette foule, à laquelle les quatre sergents, qui s'étaient postés dès neuf heures du matin aux quatre coins du pilori, avaient fait espérer une exécution telle quelle, non pas sans doute une pendaison, mais un fouet, un essorillement, quelque chose enfin, cette foule s'était si rapidement accrue que les quatre sergents, investis de trop près, avaient eu plus d'une fois besoin de la *serrer*, comme on disait alors à grands coups de boullaye et de croupe de cheval.

Cette populace, disciplinée à l'attente des exécutions publiques, ne manifestait pas trop d'impatience. Elle se divertissait à regarder le pilori, espèce de monument fort simple composé d'un cube de maçonnerie de quelque dix pieds de haut, creux à l'intérieur. Un degré fort roide en pierre brute qu'on appelait par excellence *l'échelle* conduisait à la plate-forme supérieure, sur laquelle on apercevait une roue horizontale en bois de chêne plein. On liait le patient sur cette roue, à genoux et les bras derrière le dos. Une tige en charpente, que mettait en mouvement un cabestan caché dans l'intérieur du petit édifice, imprimait une rotation à la roue, toujours maintenue dans le plan horizontal, et présentait de cette façon la face du condamné successivement à tous les points de la place. C'est ce qu'on appelait *tourner* un criminel.

Comme on voit, le pilori de la Grève était loin d'offrir toutes les récréations du pilori des Halles. Rien d'architectural. Rien de monumental. Pas de toit à croix de fer, pas de lanterne octogone, pas de frêles colonnettes allant s'épanouir au bord du toit en chapiteaux d'acanthes et de fleurs, pas de gouttières chimériques et monstrueuses, pas de charpente ciselée, pas de fine sculpture profondément fouillée dans la pierre.

Il fallait se contenter de ces quatre pans de moellon avec deux contre-cœurs [1] de grès, et d'un méchant gibet de pierre, maigre et nu, à côté.

Le régal eût été mesquin pour des amateurs d'architecture gothique. Il est vrai que rien n'était moins curieux de monuments que les braves badauds du moyen âge, et qu'ils se souciaient médiocrement de la beauté d'un pilori.

Le patient arriva enfin lié au cul d'une charrette, et quand il eut été hissé sur la plate-forme, quand on put le voir de tous les points de la place ficelé à cordes et à courroies sur la roue du pilori, une huée prodigieuse mêlée de rires et d'acclamations, éclata dans la place. On avait reconnu Quasimodo.

C'était lui en effet. Le retour était étrange. Pilorié sur cette même place où la veille il avait été salué, acclamé et conclamé pape et prince des fous, en cortège du duc d'Egypte, du roi de Thunes et de l'empereur de Galilée. Ce qu'il y a de certain, c'est qu'il n'y avait pas un esprit dans la foule, pas même lui, tour à tour le triomphant et le patient, qui dégageât nettement ce rapprochement dans sa pensée. Gringoire et sa philosophie manquaient à ce spectacle.

Bientôt Michel Noiret, trompette-juré du roi notre sire, fit faire silence aux manants et cria l'arrêt, suivant l'ordonnance et commandement de Monsieur le prévôt. Puis il se replia derrière la charrette avec ses gens en hoquetons de livrée.

Quasimodo, impassible, ne sourcillait pas. Toute résistance lui était rendue impossible par ce qu'on appelait alors, en style de chancellerie criminelle, *la véhémence et la fermeté des attaches,* ce qui veut dire que les lanières et les chaînettes lui entraient probablement dans la chair. C'est au reste une tradition de geôle et de chiourme qui ne s'est pas perdue, et que les menottes conservent encore précieusement parmi nous, peuple civilisé, doux, humain (le bagne et la guillotine entre parenthèses).

Il s'était laissé mener et pousser, porter, jucher, lier et relier. On ne pouvait rien deviner sur sa physionomie qu'un étonnement de sauvage ou d'idiot. On le savait sourd, on l'eût dit aveugle.

On le mit à genoux sur la planche circulaire, il s'y laissa mettre. On le dépouilla de chemise et de pourpoint jusqu'à la ceinture, il se laissa faire. On l'enchevêtra sous un nouveau système de courroies et d'ardillons, il se laissa boucler et ficeler. Seulement de temps à autre il soufflait bruyamment, comme un veau dont la tête pend et ballotte au rebord de la charrette du boucher.

— Le butor, dit Jehan Frollo du Moulin à son ami Robin Poussepain (car les deux écoliers avaient suivi le patient comme de raison), il ne comprend pas plus qu'un hanneton enfermé dans une boîte !

Ce fut un fou rire dans la foule quand on vit

à nu la bosse de Quasimodo, sa poitrine de chameau, ses épaules calleuses et velues. Pendant toute cette gaieté, un homme à la livrée de la ville, de courte taille et de robuste mine, monta sur la plate-forme et vint se placer près du patient. Son nom circula bien vite dans l'assistance. C'était maître Pierrat Torterue, tourmenteur-juré du Châtelet.

Il commença par déposer sur un angle du pilori un sablier noir dont la capsule supérieure était pleine de sable rouge qu'elle laissait fuir dans le récipient inférieur, puis il ôta son surtout mi-parti, et l'on vit pendre à sa main droite un fouet mince et effilé de longues lanières blanches, luisantes, noueuses, tressées, armées d'ongles de métal. De la main gauche il repliait négligemment sa chemise autour de son bras droit jusqu'à l'aisselle.

Cependant Jehan Frollo criait en élevant sa tête blonde et frisée au-dessus de la foule (il était monté pour cela sur les épaules de Robin Poussepain) : — Venez voir, messieurs, mesdames ! voici qu'on va flageller péremptoirement maître Quasimodo, le sonneur de mon frère monsieur l'archidiacre de Josas, un drôle d'architecture orientale, qui a le dos en dôme et les jambes en colonnes torses !

Et la foule de rire, surtout les enfants et les jeunes filles.

Enfin le tourmenteur frappa du pied. La roue se mit à tourner. Quasimodo chancela sous ses liens. La stupeur qui se peignit brusquement sur son visage difforme fit redoubler à l'entour les éclats de rire.

Tout à coup, au moment où la roue dans sa révolution présenta à maître Pierrat le dos montueux de Quasimodo, maître Pierrat leva le bras, les fines lanières sifflèrent aigrement dans l'air comme une poignée de couleuvres, et retombèrent avec furie sur les épaules du misérable.

Quasimodo sauta sur lui-même, comme réveillé en sursaut. Il commençait à comprendre.

Il se tordit dans ses liens; une violente contraction de surprise et de douleur décomposa les muscles de sa face; mais il ne jeta pas un soupir. Seulement il tourna la tête en arrière, à droite, puis à gauche, en la balançant comme fait un taureau piqué au flanc par un taon.

Un second coup suivit le premier, puis un troisième, et un autre, et un autre, et toujours. La roue ne cessait pas de tourner ni les coups de pleuvoir. Bientôt le sang jaillit, on le vit ruisseler par mille filets sur les noires épaules du bossu, et les grêles lanières, dans leur rotation qui déchirait l'air, l'éparpillaient en gouttes dans la foule.

Quasimodo avait repris, en apparence du moins, son impassibilité première. Il avait essayé d'abord sourdement et sans grande secousse extérieure de rompre ses liens. On avait vu son œil s'allumer, ses muscles se roidir, ses membres se ramasser, et les courroies et les chaînettes se tendre. L'effort était puissant, prodigieux, désespéré; mais les vieilles gênes [1] de la prévôté résistèrent. Elles craquèrent, et voilà tout. Quasimodo retomba épuisé. La stupeur fit place sur ses traits à un sentiment d'amer et profond découragement. Il ferma son œil unique, laissa tomber sa tête sur sa poitrine et fit le mort.

Dès lors il ne bougea plus. Rien ne put lui arracher un mouvement. Ni son sang qui ne cessait de couler, ni les coups qui redoublaient de furie, ni la colère du tourmenteur qui s'excitait lui-même et s'enivrait de l'exécution, ni le bruit des horribles lanières plus acérées et plus sifflantes que des pattes de bigailles [2].

Enfin un huissier du Châtelet vêtu de noir, monté sur un cheval noir, en station à côté de l'échelle depuis le commencement de l'exécution, étendit sa baguette d'ébène vers le sablier. Le tourmenteur s'arrêta. La roue s'arrêta. L'œil de Quasimodo se rouvrit lentement.

La flagellation était finie. Deux valets du tourmenteur-juré lavèrent les épaules saignantes du

patient, les frottèrent de je ne sais quel onguent
qui ferma sur-le-champ toutes les plaies, et lui
jetèrent sur le dos une sorte de pagne jaune
taillé en chasuble. Cependant Pierrat Torterue
faisait dégoutter sur le pavé les lanières rouges
et gorgées de sang.

Tout n'était pas fini pour Quasimodo. Il lui
restait encore à subir cette heure de pilori que
maître Florian Barbedienne avait si judicieusement ajoutée à la sentence de messire Robert
d'Estouteville; le tout à la plus grande gloire
du vieux jeu de mots physiologique et psycho-
logique de Jean de Cumène : *Surdus absurdus* [1].

On retourna donc le sablier, et on laissa le
bossu attaché sur la planche pour que justice
fût faite jusqu'au bout.

Le peuple, au moyen âge surtout, est dans la
société ce qu'est l'enfant dans la famille. Tant
qu'il reste dans cet état d'ignorance première,
de minorité morale et intellectuelle, on peut dire
de lui comme de l'enfant :

> Cet âge est sans pitié [2].

Nous avons déjà fait voir que Quasimodo était
généralement haï, pour plus d'une bonne raison,
il est vrai. Il y avait à peine un spectateur dans
cette foule qui n'eût ou ne crût avoir sujet de se
plaindre du mauvais bossu de Notre-Dame. La
joie avait été universelle de le voir paraître au
pilori; et la rude exécution qu'il venait de subir
et la piteuse posture où elle l'avait laissé, loin
d'attendrir la populace, avaient rendu sa haine
plus méchante en l'armant d'une pointe de
gaieté.

Aussi, une fois la *vindicte publique* satisfaite,
comme jargonnent encore aujourd'hui les bonnets carrés, ce fut le tour des mille vengeances
particulières. Ici comme dans la grand'salle, les
femmes surtout éclataient... Toutes lui gardaient
quelque rancune, les unes de sa malice, les autres

de sa laideur. Les dernières étaient les plus furieuses.

— Oh! masque de l'Antéchrist! disait l'une.

— Chevaucheur de manche à balai! criait l'autre.

— La belle grimace tragique, hurlait une troisième, et qui te ferait pape des fous, si c'était
aujourd'hui hier!

— C'est bon, reprenait une vieille. Voilà la
grimace du pilori. A quand celle du gibet?

— Quand seras-tu coiffé de ta grosse cloche
à cent pieds sous terre, maudit sonneur?

— C'est pourtant ce diable qui sonne l'angélus!

— Oh! le sourd! le borgne! le bossu! le
monstre!

— Figure à faire avorter une grossesse mieux
que toutes médecines et pharmaques!

Et les deux écoliers, Jehan du Moulin, Robin
Poussepain, chantaient à tue-tête le vieux refrain
populaire :

> Une hart
> Pour le pendard!
> Un fagot
> Pour le magot!

Mille autres injures pleuvaient, et les huées,
et les imprécations, et les rires, et les pierres çà
et là.

Quasimodo était sourd, mais il voyait clair, et
la fureur publique n'était pas moins énergiquement peinte sur les visages que dans les paroles.
D'ailleurs les coups de pierre expliquaient les
éclats de rire.

Il tint bon d'abord. Mais peu à peu cette patience, qui s'était roidie sous le fouet du tourmenteur, fléchit et lâcha pied à toutes ces piqûres d'insectes. Le bœuf des Asturies, qui s'est
peu ému des attaques du picador, s'irrite des
chiens et des banderilles.

Il promena d'abord lentement un regard de

menace sur la foule. Mais garrotté comme il l'était, son regard fut impuissant à chasser ces mouches qui mordaient sa plaie. Alors il s'agita dans ses entraves, et ses soubresauts furieux firent crier sur ses ais la vieille roue du pilori. De tout cela, les dérisions et les huées s'accrurent.

Alors le misérable, ne pouvant briser son collier de bête fauve enchaînée, redevint tranquille. Seulement par intervalles un soupir de rage soulevait toutes les cavités de sa poitrine. Il n'y avait sur son visage ni honte, ni rougeur. Il était trop loin de l'état de société et trop près de l'état de nature pour savoir ce que c'est que la honte. D'ailleurs, à ce point de difformité, l'infamie est-elle chose sensible? Mais la colère, la haine, le désespoir abaissaient lentement sur ce visage hideux un nuage de plus en plus sombre, de plus en plus chargé d'une électricité qui éclatait en mille éclairs dans l'œil du cyclope.

Cependant ce nuage s'éclaircit un moment, au passage d'une mule qui traversait la foule et qui portait un prêtre. Du plus loin qu'il aperçut cette mule et ce prêtre, le visage du pauvre patient s'adoucit. A la fureur qui le contractait succéda un sourire étrange, plein d'une douceur, d'une mansuétude, d'une tendresse ineffables. A mesure que le prêtre approchait, ce sourire devenait plus net, plus distinct, plus radieux. C'était comme la venue d'un sauveur que le malheureux saluait. Toutefois, au moment où la mule fut assez près du pilori pour que son cavalier pût reconnaître le patient, le prêtre baissa les yeux, rebroussa brusquement chemin, piqua des deux, comme s'il avait eu hâte de se débarrasser de réclamations humiliantes et fort peu de souci d'être salué et reconnu d'un pauvre diable en pareille posture.

Ce prêtre était l'archidiacre dom Claude Frollo.

Le nuage retomba plus sombre sur le front de Quasimodo. Le sourire s'y mêla encore quelque temps, mais amer, découragé, profondément triste.

Le temps s'écoulait. Il était là depuis une heure et demie au moins, déchiré, maltraité, moqué sans relâche, et presque lapidé.

Tout à coup il s'agita de nouveau dans ses chaînes avec un redoublement de désespoir dont trembla toute la charpente qui le portait, et, rompant le silence qu'il avait obstinément gardé jusqu'alors, il cria avec une voix rauque et furieuse qui ressemblait plutôt à un aboiement qu'à un cri humain et qui couvrit le bruit des huées : — A boire !

Cette exclamation de détresse, loin d'émouvoir les compassions, fut un surcroît d'amusement au bon populaire parisien qui entourait l'échelle, et qui, il faut le dire, pris en masse et comme multitude, n'était alors guère moins cruel et moins abruti que cette horrible tribu des truands chez laquelle nous avons déjà mené le lecteur, et qui était tout simplement la couche la plus inférieure du peuple. Pas une voix ne s'éleva autour du malheureux patient, si ce n'est pour lui faire raillerie de sa soif. Il est certain qu'en ce moment il était grotesque et repoussant plus encore que pitoyable, avec sa face empourprée et ruisselante, son œil égaré, sa bouche écumante de colère et de souffrance, et sa langue à demi tirée. Il faut dire encore que, se fût-il trouvé dans la cohue quelque bonne âme charitable de bourgeois ou de bourgeoise qui eût été tentée d'apporter un verre d'eau à cette misérable créature en peine, il régnait autour des marches infâmes du pilori un tel préjugé de honte et d'ignominie qu'il eût suffi pour repousser le bon Samaritain.

Au bout de quelques minutes, Quasimodo promena sur la foule un regard désespéré, et répéta d'une voix plus déchirante encore : — A boire !

Et tous de rire.

— Bois ceci ! criait Robin Poussepain en lui jetant par la face une éponge traînée dans le ruisseau. Tiens, vilain sourd ! je suis ton débiteur.

Une femme lui lançait une pierre à la tête :
— Voilà qui t'apprendra à nous réveiller la nuit avec ton carillon de damné.

— Hé bien! fils, hurlait un perclus en faisant effort pour l'atteindre de sa béquille, nous jetteras-tu encore des sorts du haut des tours de Notre-Dame?

— Voici une écuelle pour boire! reprenait un homme en lui décochant dans la poitrine une cruche cassée. C'est toi qui, rien qu'en passant devant elle, as fait accoucher ma femme d'un enfant à deux têtes!

— Et ma chatte d'un chat à six pattes! glapissait une vieille en lui lançant une tuile.

— A boire! répéta pour la troisième fois Quasimodo pantelant.

En ce moment, il vit s'écarter la populace. Une jeune fille bizarrement vêtue sortit de la foule. Elle était accompagnée d'une petite chèvre blanche à cornes dorées et portait un tambour de basque à la main.

L'œil de Quasimodo étincela. C'était la bohémienne qu'il avait essayé d'enlever la nuit précédente, algarade [1] pour laquelle il sentait confusément qu'on le châtiait en cet instant même; ce qui du reste n'était pas le moins du monde, puisqu'il n'était puni que du malheur d'être sourd et d'avoir été jugé par un sourd. Il ne douta pas qu'elle ne vînt se venger aussi, et lui donner son coup comme tous les autres.

Il la vit en effet monter rapidement l'échelle. La colère et le dépit le suffoquaient. Il eût voulu pouvoir faire crouler le pilori, et si l'éclair de son œil eût pu foudroyer, l'égyptienne eût été mise en poudre avant d'arriver sur la plate-forme.

Elle s'approcha, sans dire une parole, du patient qui se tordait vainement pour lui échapper, et, détachant une gourde de sa ceinture, elle la porta doucement aux lèvres arides du misérable.

Alors, dans cet œil jusque-là si sec et si brûlé, on vit rouler une grosse larme qui tomba lentement le long de ce visage difforme et longtemps contracté par le désespoir. C'était la première peut-être que l'infortuné eût jamais versée.

Cependant il oubliait de boire. L'égyptienne fit sa petite moue avec impatience, et appuya en souriant le goulot à la bouche dentue de Quasimodo. Il but à longs traits. Sa soif était ardente.

Quand il eut fini, le misérable allongea ses lèvres noires, sans doute pour baiser la belle main qui venait de l'assister. Mais la jeune fille, qui n'était pas sans défiance peut-être et se souvenait de la violente tentative de la nuit, retira sa main avec le geste effrayé d'un enfant qui craint d'être mordu par une bête.

Alors le pauvre sourd fixa sur elle un regard plein de reproche et d'une tristesse inexprimable.

C'eût été partout un spectacle touchant que cette belle fille, fraîche, pure, charmante, et si faible en même temps, ainsi pieusement accourue au secours de tant de misère, de difformité et de méchanceté. Sur un pilori, ce spectacle était sublime.

Tout ce peuple lui-même en fut saisi et se mit à battre des mains en criant : Noël! Noël!

C'est dans ce moment que la recluse aperçut, de la lucarne de son trou, l'égyptienne sur le pilori et lui jeta son imprécation sinistre : — Maudite sois-tu, fille d'Egypte! maudite! maudite!

FIN DE L'HISTOIRE DE LA GALETTE [1]

La Esmeralda pâlit, et descendit du pilori en chancelant. La voix de la recluse la poursuivit encore : — Descends! descends! larronnesse d'Egypte, tu y remonteras!

— La sachette est dans ses lubies, dit le peuple en murmurant; et il n'en fut rien de plus. Car ces sortes de femmes étaient redoutées, ce qui les faisait sacrées. On ne s'attaquait pas volontiers alors à qui priait jour et nuit.

L'heure était venue de remmener Quasimodo. On le détacha, et la foule se dispersa.

Près du Grand-Pont, Mahiette, qui s'en revenait avec ses deux compagnes, s'arrêta brusquement : — A propos, Eustache! qu'as-tu fait de la galette?

— Mère, dit l'enfant, pendant que vous parliez avec cette dame qui était dans le trou, il y avait un gros chien qui a mordu dans ma galette. Alors j'en ai mangé aussi.

— Comment, monsieur, reprit-elle, vous avez tout mangé?

— Mère, c'est le chien. Je lui ai dit, il ne m'a pas écouté. Alors j'ai mordu aussi, tiens!

— C'est un enfant terrible, dit la mère souriant et grondant à la fois. Voyez-vous, Oudarde, il mange déjà à lui seul tout le cerisier de notre clos de Charlerange. Aussi son grand-père dit que ce sera un capitaine. — Que je vous y reprenne, monsieur Eustache. — Va, gros lion!

LIVRE SEPTIÈME

I

DU DANGER DE CONFIER
SON SECRET A UNE CHÈVRE [1]

Plusieurs semaines s'étaient écoulées.

On était aux premiers jours de mars. Le soleil, que Dubartas, ce classique ancêtre de la périphrase, n'avait pas encore nommé *le grand-duc des chandelles* [2], n'en était pas moins joyeux et rayonnant pour cela. C'était une de ces journées de printemps qui ont tant de douceur et de beauté que tout Paris, répandu dans les places et les promenades, les fête comme des dimanches. Dans ces jours de clarté, de chaleur et de sérénité, il y a une certaine heure surtout où il faut admirer le portail de Notre-Dame. C'est le moment où le soleil, déjà incliné vers le couchant, regarde presque en face la cathédrale. Ses rayons, de plus en plus horizontaux, se retirent lentement du pavé de la place, et remontent le long de la façade à pic dont ils font saillir les mille rondes-bosses sur leur ombre, tandis que la grande rose centrale flamboie comme un œil de cyclope enflammé des réverbérations de la forge.

On était à cette heure-là.

Vis-à-vis la haute cathédrale rougie par le couchant, sur le balcon de pierre pratiqué au-dessus du porche d'une riche maison gothique qui faisait l'angle de la place et de la rue du Parvis, quelques belles jeunes filles riaient et devisaient avec toute sorte de grâce et de folie. A la lon-

gueur du voile qui tombait, du sommet de leur
coiffe pointue enroulée de perles, jusqu'à leurs
talons, à la finesse de la chemisette brodée qui
couvrait leurs épaules en laissant voir, selon la
mode engageante d'alors, la naissance de leurs
belles gorges de vierges, à l'opulence de leurs
jupes de dessous, plus précieuses encore que leur
surtout (recherche merveilleuse!), à la gaze, à la
soie, au velours dont tout cela était étoffé, et
surtout à la blancheur de leurs mains qui les
attestait oisives et paresseuses, il était aisé de
deviner de nobles et riches héritières. C'était en
effet damoiselle Fleur-de-Lys de Gondelaurier et
ses compagnes, Diane de Christeuil, Amelotte
de Montmichel, Colombe de Gaillefontaine, et
la petite de Champchevrier; toutes filles de bonne maison, réunies en ce moment chez la dame
veuve de Gondelaurier, à cause de monseigneur
de Beaujeu et de madame sa femme, qui devaient
venir au mois d'avril à Paris, et y choisir des
accompagneresses d'honneur pour madame la
Dauphine Marguerite, lorsqu'on l'irait recevoir
en Picardie des mains des flamands. Or, tous
les hobereaux de trente lieues à la ronde bri-
guaient cette faveur pour leurs filles, et bon
nombre d'entre eux les avaient déjà amenées ou
envoyées à Paris. Celles-ci avaient été confiées
par leurs parents à la garde discrète et vénérable de madame Aloïse de Gondelaurier, veuve
d'un ancien maître des arbalétriers du roi, retirée avec sa fille unique, en sa maison de la
place du parvis Notre-Dame, à Paris.

Le balcon où étaient ces jeunes filles s'ouvrait
sur une chambre richement tapissée d'un cuir
de Flandre de couleur fauve imprimé à rinceaux
d'or. Les solives qui rayaient parallèlement le
plafond amusaient l'œil par mille bizarres sculptures peintes et dorées. Sur des bahuts ciselés,
de splendides émaux chatoyaient çà et là; une
hure de sanglier en faïence couronnait un dres-
soir magnifique dont les deux degrés annonçaient que la maîtresse du logis était femme ou

veuve d'un chevalier banneret. Au fond, à côté
d'une haute cheminée armoriée et blasonnée du
haut en bas, était assise, dans un riche fauteuil
de velours rouge, la dame de Gondelaurier, dont
les cinquante-cinq ans n'étaient pas moins écrits
sur son vêtement que sur son visage. A côté d'elle
se tenait debout un jeune homme d'assez fière
mine, quoique un peu vaine et bravache, un de
ces beaux garçons dont toutes les femmes tombent d'accord, bien que les hommes graves et
physionomistes en haussent les épaules. Ce jeune
cavalier portait le brillant habit de capitaine des
archers de l'ordonnance du roi, lequel ressemble
beaucoup trop au costume de Jupiter, qu'on a
déjà pu admirer au premier livre de cette histoire, pour que nous infligions au lecteur une
seconde description.

Les damoiselles étaient assises, partie dans la
chambre, partie sur le balcon, les unes sur des
carreaux de velours d'Utrecht à cornières d'or,
les autres sur des escabeaux de bois de chêne
sculptés à fleurs et à figures. Chacune d'elles
tenait sur ses genoux un pan d'une grande tapisserie à l'aiguille, à laquelle elles travaillaient en
commun, et dont un bon bout traînait sur la
natte qui recouvrait le plancher.

Elles causaient entre elles avec cette voix chu-
chotante et ces demi-rires étouffés d'un conci-
liabule de jeunes filles au milieu desquelles il
y a un jeune homme. Le jeune homme, dont la
présence suffisait pour mettre en jeu tous ces
amours-propres féminins, paraissait, lui, s'en
soucier médiocrement; et tandis que c'était parmi les belles filles à qui attirerait son attention,
il paraissait surtout occupé à fourbir avec son
gant de peau de daim l'ardillon de son ceinturon.

De temps en temps la vieille dame lui adressait
la parole tout bas, et il lui répondait de son
mieux avec une sorte de politesse gauche et
contrainte. Aux sourires, aux petits signes d'intelligence de madame Aloïse, aux clins d'yeux
qu'elle détachait vers sa fille Fleur-de-Lys, en

parlant bas au capitaine, il était facile de voir
qu'il s'agissait de quelque fiançaille consommée,
de quelque mariage prochain sans doute entre
le jeune homme et Fleur-de-Lys. Et à la froideur embarrassée de l'officier, il était facile de
voir que, de son côté du moins, il ne s'agissait
plus d'amour. Toute sa mine exprimait une pensée de gêne et d'ennui que nos sous-lieutenants
de garnison traduiraient admirablement aujour-
d'hui par : Quelle chienne de corvée!

La bonne dame, fort entêtée de sa fille, comme
une pauvre mère qu'elle était, ne s'apercevait
pas du peu d'enthousiasme de l'officier, et s'évertuait à lui faire remarquer tout bas les perfec-
tions infinies avec lesquelles Fleur-de-Lys pi-
quait son aiguille ou dévidait son écheveau.

— Tenez, petit cousin, lui disait-elle en le
tirant par la manche pour lui parler à l'oreille.
Regardez-la donc! la voilà qui se baisse.

— En effet, répondait le jeune homme; et
il retombait dans son silence distrait et glacial.

Un moment après, il fallait se pencher de nouveau, et dame Aloïse lui disait :

— Avez-vous jamais vu figure plus avenante
et plus égayée que votre accordée? Est-on plus
blanche et plus blonde? ne sont-ce pas là des
mains accomplies? et ce cou-là, ne prend-il pas,
à ravir, toutes les façons d'un cygne? Que je
vous envie par moments! et que vous êtes heureux d'être homme, vilain libertin que vous êtes?
N'est-ce pas que ma Fleur-de-Lys est belle par
adoration et que vous en êtes éperdu?

— Sans doute, répondait-il tout en pensant à
autre chose.

— Mais parlez-lui donc, dit tout à coup madame Aloïse en le poussant par l'épaule. Dites-
lui donc quelque chose. Vous êtes devenu bien
timide.

Nous pouvons affirmer à nos lecteurs que la
timidité n'était ni la vertu ni le défaut du capitaine. Il essaya pourtant de faire ce qu'on lui
demandait.

— Belle cousine, dit-il en s'approchant de Fleur-de-Lys, quel est le sujet de cet ouvrage de tapisserie que vous façonnez?

— Beau cousin, répondit Fleur-de-Lys avec un accent de dépit, je vous l'ai déjà dit trois fois. C'est la grotte de Neptunus.

Il était évident que Fleur-de-Lys voyait beaucoup plus clair que sa mère aux manières froides et distraites du capitaine. Il sentit la nécessité de faire quelque conversation.

— Et pour qui toute cette neptunerie? demanda-t-il.

— Pour l'abbaye Saint-Antoine des Champs, dit Fleur-de-Lys sans lever les yeux.

Le capitaine prit un coin de la tapisserie :

— Qu'est-ce que c'est, ma belle cousine, que ce gros gendarme qui souffle à pleines joues dans une trompette?

— C'est Trito, répondit-elle.

Il y avait toujours une intonation un peu boudeuse dans les brèves paroles de Fleur-de-Lys. Le jeune homme comprit qu'il était indispensable de lui dire quelque chose à l'oreille, une fadaise, une galanterie, n'importe quoi. Il se pencha donc, mais il ne put rien trouver dans son imagination de plus tendre et de plus intime que ceci : — Pourquoi votre mère porte-t-elle toujours une cotte-hardie armoriée comme nos grand'mères du temps de Charles VII? Dites-lui donc, belle cousine, que ce n'est plus l'élégance d'à présent, et que son gond et son laurier brodés en blason sur sa robe lui donnent l'air d'un manteau de cheminée qui marche. En vérité, on ne s'assied plus ainsi sur sa bannière, je vous jure.

Fleur-de-Lys leva sur lui ses beaux yeux pleins de reproche : — Est-ce là tout ce que vous me jurez? dit-elle à voix basse.

Cependant la bonne dame Aloïse, ravie de les voir ainsi penchés et chuchotant, disait en jouant avec les fermoirs de son livre d'heures : — Touchant tableau d'amour!

Le capitaine, de plus en plus gêné, se rabattit sur la tapisserie : — C'est vraiment un charmant travail! s'écria-t-il.

A ce propos, Colombe de Gaillefontaine, une autre belle blonde à peau blanche, bien colletée de damas bleu, hasarda timidement une parole qu'elle adressa à Fleur-de-Lys, dans l'espoir que le beau capitaine y répondrait : — Ma chère Gondelaurier, avez-vous vu les tapisseries de l'hôtel de la Roche-Guyon?

— N'est-ce pas l'hôtel où est enclos le jardin de la Lingère du Louvre? demanda en riant Diane de Christeuil, qui avait de belles dents et par conséquent riait à tout propos.

— Et où il y a cette grosse vieille tour de l'ancienne muraille de Paris, ajouta Amelotte de Montmichel, jolie brune bouclée et fraîche, qui avait l'habitude de soupirer comme l'autre riait, sans savoir pourquoi.

— Ma chère Colombe, reprit dame Aloïse, voulez-vous pas parler de l'hôtel qui était à monsieur de Bacqueville, sous le roi Charles VI? il y a en effet de bien superbes tapisseries de haute lice.

— Charles VI! le roi Charles VI! grommela le jeune capitaine en retroussant sa moustache. Mon Dieu! que la bonne dame a souvenir de vieilles choses!

Madame de Gondelaurier poursuivait : — Belles tapisseries, en vérité. Un travail si estimé qu'il passe pour singulier!

En ce moment, Bérangère de Champchevrier, svelte petite fille de sept ans, qui regardait dans la place par les trèfles du balcon, s'écria : — Oh! voyez, belle marraine Fleur-de-Lys, la jolie danseuse qui danse là sur le pavé, et qui tambourine au milieu des bourgeois manants!

En effet, on entendait le frissonnement sonore d'un tambour de basque.

— Quelque égyptienne de Bohême, dit Fleur-de-Lys en se détournant nonchalamment vers la place.

— Voyons! voyons! crièrent ses vives compagnes; et elles coururent toutes au bord du
balcon, tandis que Fleur-de-Lys, rêveuse de la
froideur de son fiancé, les suivait lentement et
que celui-ci, soulagé par cet incident qui coupait court à une conversation embarrassée, s'en
revenait au fond de l'appartement de l'air satis-
fait d'un soldat relevé de service. C'était pourtant un charmant et gentil service que celui de
la belle Fleur-de-Lys, et il lui avait paru tel autrefois; mais le capitaine s'était blasé peu à peu;
la perspective d'un mariage prochain le refroi-
dissait davantage de jour en jour. D'ailleurs, il
était d'humeur inconstante et, faut-il le dire?
de goût un peu vulgaire. Quoique de fort noble
naissance, il avait contracté sous le harnois plus
d'une habitude de soudard. La taverne lui plaisait, et ce qui s'ensuit. Il n'était à l'aise que
parmi les gros mots, les galanteries militaires,
les faciles beautés et les faciles succès. Il avait
pourtant reçu de sa famille quelque éducation
et quelques manières; mais il avait trop jeune
couru le pays, trop jeune tenu garnison, et tous
les jours le vernis du gentilhomme s'effaçait au
dur frottement de son baudrier de gendarme.
Tout en la visitant encore de temps en temps,
par un reste de respect humain, il se sentait
doublement gêné chez Fleur-de-Lys; d'abord,
parce qu'à force de disperser son amour dans
toutes sortes de lieux il en avait fort peu réservé
pour elle; ensuite, parce qu'au milieu de tant
de belles dames roides, épinglées et décentes, il
tremblait sans cesse que sa bouche habituée aux
jurons ne prît tout d'un coup le mors aux dents
et ne s'échappât en propos de taverne. Qu'on se
figure le bel effet!

Du reste, tout cela se mêlait chez lui à de
grandes prétentions d'élégance, de toilette et de
belle mine. Qu'on arrange ces choses comme on
pourra. Je ne suis qu'historien.

Il se tenait donc depuis quelques moments,
pensant ou ne pensant pas, appuyé en silence

au chambranle sculpté de la cheminée, quand Fleurs-de-Lys, se tournant soudain, lui adressa la parole. Après tout, la pauvre jeune fille ne le boudait qu'à son cœur défendant.

— Beau cousin, ne nous avez-vous pas parlé d'une petite bohémienne que vous avez sauvée, il y a deux mois, en faisant le contre-guet la nuit, des mains d'une douzaine de voleurs?

— Je crois que oui, belle cousine, dit le capitaine.

— Eh bien, reprit-elle, c'est peut-être cette bohémienne qui danse là dans le parvis. Venez voir si vous la reconnaissez, beau cousin Phœbus.

Il perçait un secret désir de réconciliation dans cette douce invitation qu'elle lui adressait de venir près d'elle, et dans ce soin de l'appeler par son nom. Le capitaine Phœbus de Châteaupers (car c'est lui que le lecteur a sous les yeux depuis le commencement de ce chapitre) s'approcha à pas lents du balcon. — Tenez, lui dit Fleurs-de-Lys en posant tendrement sa main sur le bras de Phœbus, regardez cette petite qui danse là dans ce rond. Est-ce votre bohémienne?

Phœbus regarda, et dit :

— Oui, je la reconnais à sa chèvre.

— Oh! la jolie petite chèvre en effet! dit Amelotte en joignant les mains d'admiration.

— Est-ce que ses cornes sont en or de vrai? demanda Bérangère.

Sans bouger de son fauteuil, dame Aloïse prit la parole : — N'est-ce pas une de ces bohémiennes qui sont arrivées l'an passé par la Porte Gibard?

— Madame ma mère, dit doucement Fleurs-de-Lys, cette porte s'appelle aujourd'hui Porte d'Enfer.

Mademoiselle de Gondelaurier savait à quel point le capitaine était choqué des façons de parler surannées de sa mère. En effet, il commençait à ricaner en disant entre ses dents : — Porte Gibard! Porte Gibard! C'est pour faire passer le roi Charles VI!

— Marraine, s'écria Bérangère dont les yeux sans cesse en mouvement s'étaient levés tout à coup vers le sommet des tours de Notre-Dame, qu'est-ce que c'est que cet homme noir qui est là-haut?

Toutes les jeunes filles levèrent les yeux. Un homme en effet était accoudé sur la balustrade culminante de la tour septentrionale, donnant sur la Grève. C'était un prêtre. On distinguait nettement son costume, et son visage appuyé sur ses deux mains. Du reste il ne bougeait non plus qu'une statue. Son œil fixe plongeait dans la place.

C'était quelque chose de l'immobilité d'un milan qui vient de découvrir un nid de moineaux et qui le regarde.

— C'est monsieur l'archidiacre de Josas, dit Fleur-de-Lys.

— Vous avez de bons yeux si vous le reconnaissez d'ici! observa la Gaillefontaine.

— Comme il regarde la petite danseuse! reprit Diane de Christeuil.

— Gare à l'égyptienne! dit Fleur-de-Lys, car il n'aime pas l'Egypte.

— C'est bien dommage que cet homme la regarde ainsi, ajouta Amelotte de Montmichel, car elle danse à éblouir.

— Beau cousin Phœbus, dit tout à coup Fleur-de-Lys, puisque vous connaissez cette petite bohémienne, faites-lui donc signe de monter. Cela nous amusera.

— Oh oui! s'écrièrent toutes les jeunes filles en battant des mains.

— Mais c'est une folie, répondit Phœbus. Elle m'a sans doute oublié, et je ne sais seulement pas son nom. Cependant, puisque vous le souhaitez, mesdamoiselles, je vais essayer. Et se penchant à la balustrade du balcon, il se mit à crier : — Petite!

La danseuse ne tambourinait pas en ce moment. Elle tourna la tête vers le point d'où lui

venait cet appel, son regard brillant se fixa sur
Phœbus, et elle s'arrêta tout court.

— Petite! répéta le capitaine; et il lui fit signe
du doigt de venir.

La jeune fille le regarda encore, puis elle rougit comme si une flamme lui était montée dans
les joues, et, prenant son tambourin sous son
bras, elle se dirigea, à travers les spectateurs
ébahis, vers la porte de la maison où Phœbus
l'appelait, à pas lents, chancelante, et avec le
regard troublé d'un oiseau qui cède à la fascination d'un serpent.

Un moment après, la portière de tapisserie se
souleva, et la bohémienne parut sur le seuil de la
chambre, rouge, interdite, essoufflée, ses grands
yeux baissés, et n'osant faire un pas de plus.

Bérangère battit des mains.

Cependant la danseuse restait immobile sur le
seuil de la porte. Son apparition avait produit sur
ce groupe de jeunes filles un effet singulier. Il
est certain qu'un vague et indistinct désir de
plaire au bel officier les animait toutes à la fois,
que le splendide uniforme était le point de mire
de toutes leurs coquetteries, et que, depuis qu'il
était présent, il y avait entre elles une certaine
rivalité secrète, sourde, qu'elles s'avouaient à
peine à elles-mêmes, et qui n'en éclatait pas moins
à chaque instant dans leurs gestes et leurs propos. Néanmoins, comme elles étaient toutes à peu
près dans la même mesure de beauté, elles lut-
taient à armes égales, et chacune pouvait espérer
la victoire. L'arrivée de la bohémienne rompit
brusquement cet équilibre. Elle était d'une beauté si rare qu'au moment où elle parut à l'entrée
de l'appartement il sembla qu'elle y répandait
une sorte de lumière qui lui était propre. Dans
cette chambre resserrée, sous ce sombre encadrement de tentures et de boiseries, elle était
incomparablement plus belle et plus rayonnante
que dans la place publique. C'était comme un
flambeau qu'on venait d'apporter du grand jour
dans l'ombre. Les nobles damoiselles en furent

malgré elles éblouies. Chacune se sentit en quelque sorte blessée dans sa beauté. Aussi leur front de bataille, qu'on nous passe l'expression, changea-t-il sur-le-champ, sans qu'elles se disent un seul mot. Mais elles s'entendaient à merveille. Les instincts de femmes se comprennent et se répondent plus vite que les intelligences d'hommes. Il venait de leur arriver une ennemie : toutes le sentaient, toutes se ralliaient. Il suffit d'une goutte de vin pour rougir tout un verre d'eau; pour teindre d'une certaine humeur toute une assemblée de jolies femmes, il suffit de la survenue d'une femme plus jolie, — surtout lorsqu'il n'y a qu'un homme.

Aussi l'accueil fait à la bohémienne fut-il merveilleusement glacial. Elles la considérèrent du haut en bas, puis s'entre-regardèrent, et tout fut dit. Elles s'étaient comprises. Cependant la jeune fille attendait qu'on lui parlât, tellement émue qu'elle n'osait lever les paupières.

Le capitaine rompit le silence le premier. — Sur ma parole, dit-il avec un ton d'intrépide fatuité, voilà une charmante créature! Qu'en pensez-vous, belle cousine?

Cette observation, qu'un admirateur plus délicat eût du moins faite à voix basse, n'était pas de nature à dissiper les jalousies féminines qui se tenaient en observation devant la bohémienne.

Fleur-de-Lys répondit au capitaine avec une doucereuse affectation de dédain : — Pas mal.

Les autres chuchotaient.

Enfin, madame Aloïse, qui n'était pas la moins jalouse, parce qu'elle l'était pour sa fille, adressa la parole à la danseuse : — Approchez, petite.

— Approchez, petite! répéta avec une dignité comique Bérangère, qui lui fût venue à la hanche.

L'égyptienne s'avança vers la noble dame.

— Belle enfant, dit Phœbus avec emphase en faisant de son côté quelques pas vers elle, je ne sais si j'ai le suprême bonheur d'être reconnu de vous...

Elle l'interrompit en levant sur lui un sourire et un regard pleins d'une douceur infinie :

— Oh! oui, dit-elle.

— Elle a bonne mémoire, observa Fleur-de-Lys.

— Or çà, reprit Phœbus, vous vous êtes bien prestement échappée l'autre soir. Est-ce que je vous fais peur?

— Oh! non, dit la bohémienne.

Il y avait, dans l'accent dont cet *oh! non* fut prononcé à la suite de cet *oh! oui*, quelque chose d'ineffable dont Fleur-de-Lys fut blessée.

— Vous m'avez laissé en votre lieu, ma belle, poursuivit le capitaine dont la langue se déliait en parlant à une fille des rues, un assez rechigné drôle, borgne et bossu, le sonneur de cloches de l'évêque, à ce que je crois. On m'a dit qu'il était bâtard d'un archidiacre et diable de naissance. Il a un plaisant nom, il s'appelle Quatre-Temps, Pâques-Fleuries, Mardi-Gras, je ne sais plus [1]! Un nom de fête carillonnée enfin! Il se permettait donc de vous enlever, comme si vous étiez faite pour des bedeaux! cela est fort. Que diable vous voulait-il donc, ce chat-huant? Hein, dites!

— Je ne sais, répondit-elle.

— Conçoit-on l'insolence! un sonneur de cloches enlever une fille, comme un vicomte! un manant braconner sur le gibier des gentils-hommes! Voilà qui est rare. Au demeurant, il l'a payé cher. Maître Pierrat Torterue est le plus rude palefrenier qui ait jamais étrillé un maraud, et je vous dirai, si cela peut vous être agréable, que le cuir de votre sonneur lui a galamment passé par les mains.

— Pauvre homme! dit la bohémienne chez qui ces paroles ravivaient le souvenir de la scène du pilori.

Le capitaine éclata de rire. — Corne-de-bœuf! voilà de la pitié aussi bien placée qu'une plume au cul d'un porc! Je veux être ventru comme un pape, si...

Il s'arrêta tout court. — Pardon, mesdames! je crois que j'allais lâcher quelque sottise.

— Fi, monsieur! dit la Gaillefontaine.

— Il parle sa langue à cette créature! ajouta à demi-voix Fleur-de-Lys, dont le dépit croissait de moment en moment. Ce dépit ne diminua point quand elle vit le capitaine, enchanté de la bohémienne et surtout de lui-même, pirouetter sur le talon en répétant avec une grosse galanterie naïve et soldatesque : — Une belle fille, sur mon âme!

— Assez sauvagement vêtue, dit Diane de Christeuil, avec son rire de belles dents.

Cette réflexion fut un trait de lumière pour les autres. Elle leur fit voir le côté attaquable de l'égyptienne. Ne pouvant mordre sur sa beauté, elles se jetèrent sur son costume.

— Mais cela est vrai, petite, dit la Montmichel, où as-tu pris de courir ainsi par les rues sans guimpe ni gorgerette?

— Voilà une jupe courte à faire trembler, ajouta la Gaillefontaine.

— Ma chère, poursuivit assez aigrement Fleur-de-Lys, vous vous ferez ramasser par les sergents de la douzaine pour votre ceinture dorée.

— Petite, petite, reprit la Christeuil avec un sourire implacable, si tu mettais honnêtement une manche sur ton bras, il serait moins brûlé par le soleil.

C'était vraiment un spectacle digne d'un spectateur plus intelligent que Phœbus, de voir comme ces belles filles, avec leurs langues envenimées et irritées, serpentaient, glissaient et se tordaient autour de la danseuse des rues. Elles étaient cruelles et gracieuses. Elles fouillaient, elles furetaient malignement de la parole dans sa pauvre et folle toilette de paillettes et d'oripeaux. C'étaient des rires, des ironies, des humiliations sans fin. Les sarcasmes pleuvaient sur l'égyptienne, et la bienveillance hautaine, et les regards méchants. On eût cru voir de ces jeunes dames romaines qui s'amusaient à enfoncer des épingles d'or dans le sein d'une belle esclave. On eût dit d'élégantes levrettes chasseresses tournant, les narines ouvertes, les yeux ardents, autour d'une pauvre biche des bois que le regard du maître leur interdit de dévorer.

Qu'était-ce, après tout, devant ces filles de grande maison, qu'une misérable danseuse de place publique! Elles ne semblaient tenir aucun compte de sa présence, et parlaient d'elle, devant elle, à elle-même, à haute voix, comme de quelque chose d'assez malpropre, d'assez abject et d'assez joli.

La bohémienne n'était pas insensible à ces piqûres d'épingle. De temps en temps une pourpre de honte, un éclair de colère enflammait ses yeux ou ses joues; une parole dédaigneuse semblait hésiter sur ses lèvres; elle faisait avec mépris cette petite grimace que le lecteur lui connaît; mais elle se taisait. Immobile, elle attachait sur Phœbus un regard résigné, triste et doux. Il y avait aussi du bonheur et de la tendresse dans ce regard. On eût dit qu'elle se contenait, de peur d'être chassée.

Phœbus, lui, riait, et prenait le parti de la bohémienne avec un mélange d'impertinence et de pitié.

— Laissez-les dire, petite! répétait-il en faisant sonner ses éperons d'or, sans doute, votre toilette est un peu extravagante et farouche; mais, charmante fille comme vous êtes, qu'est-ce que cela fait?

— Mon Dieu! s'écria la blonde Gaillefontaine, en redressant son cou de cygne avec un sourire amer, je vois que messieurs les archers de l'ordonnance du roi prennent aisément feu aux beaux yeux égyptiens.

— Pourquoi non? dit Phœbus.

A cette réponse, nonchalamment jetée par le capitaine comme une pierre perdue qu'on ne regarde même pas tomber, Colombe se prit à rire, et Diane, et Amelotte, et Fleur-de-Lys, à qui il vint en même temps une larme dans les yeux.

La bohémienne, qui avait baissé à terre son regard aux paroles de Colombe de Gaillefontaine, le releva rayonnant de joie et de fierté, et le fixa de nouveau sur Phœbus. Elle était bien belle en ce moment.

La vieille dame, qui observait cette scène, se sentait offensée et ne comprenait pas.

— Sainte Vierge! cria-t-elle tout à coup, qu'ai-je donc là qui me remue dans les jambes? Ahi! la vilaine bête!

C'était la chèvre qui venait d'arriver à la recherche de sa maîtresse, et qui, en se précipitant vers elle, avait commencé par embarrasser ses cornes dans le monceau d'étoffe que les vêtements de la noble dame entassaient sur ses pieds quand elle était assise.

Ce fut une diversion. La bohémienne, sans dire une parole, la dégagea.

— Oh! voilà la petite chevrette qui a des pattes d'or! s'écria Bérangère en sautant de joie.

La bohémienne s'accroupit à genoux, et appuya contre sa joue la tête caressante de la chèvre. On eût dit qu'elle lui demandait pardon de l'avoir quittée ainsi.

Cependant Diane s'était penchée à l'oreille de Colombe.

— Eh! mon Dieu! comment n'y ai-je pas songé plus tôt? C'est la bohémienne à la chèvre. On la dit sorcière, et que sa chèvre fait des momeries très miraculeuses.

— Eh bien, dit Colombe, il faut que la chèvre nous divertisse à son tour, et nous fasse un miracle.

Diane et Colombe s'adressèrent vivement à l'égyptienne : — Petite, fais donc faire un miracle à ta chèvre.

— Je ne sais ce que vous voulez dire, répondit la danseuse.

— Un miracle, une magie, une sorcellerie enfin.

— Je ne sais. Et elle se remit à caresser la jolie bête en répétant : — Djali! Djali!

En ce moment Fleur-de-Lys remarqua un sachet de cuir brodé suspendu au cou de la chèvre.
— Qu'est-ce que cela? demanda-t-elle à l'égyptienne.

L'égyptienne leva ses grands yeux vers elle, et
lui répondit gravement : — C'est mon secret.

— Je voudrais bien savoir ce que c'est que
ton secret, pensa Fleur-de-Lys.

Cependant la bonne dame s'était levée avec
humeur. — Or çà, la bohémienne, si toi ni ta
chèvre n'avez rien à nous danser, que faites-vous
céans?

La bohémienne, sans répondre, se dirigea lentement vers la porte. Mais plus elle en approchait, plus son pas se ralentissait. Un invincible
aimant semblait la retenir. Tout à coup elle
tourna ses yeux humides de larmes sur Phœbus,
et s'arrêta.

— Vrai Dieu! s'écria le capitaine, on ne s'en
va pas ainsi. Revenez, et dansez-nous quelque
chose. A propos, belle d'amour, comment vous
appelez-vous?

— La Esmeralda, dit la danseuse sans le quitter du regard.

A ce nom étrange, un fou rire éclata parmi les
jeunes filles.

— Voilà, dit Diane, un terrible nom pour une
demoiselle!

— Vous voyez bien, reprit Amelotte, que c'est
une charmeresse.

— Ma chère, s'écria solennellement dame
Aloïse, vos parents ne vous ont pas pêché ce
nom-là dans le bénitier du baptême.

Cependant, depuis quelques minutes, sans
qu'on fît attention à elle, Bérangère avait attiré
la chèvre dans un coin de la chambre avec un
massepain. En un instant, elles avaient été toutes
deux bonnes amies. La curieuse enfant avait
détaché le sachet suspendu au cou de la chèvre,
l'avait ouvert, et avait vidé sur la natte ce qu'il
contenait. C'était un alphabet dont chaque lettre
était inscrite séparément sur une petite tablette

de buis. A peine ces joujoux furent-ils étalés sur
la natte que l'enfant vit avec surprise la chèvre,
dont c'était là sans doute un des *miracles,* tirer
certaines lettres avec sa patte d'or et les disposer,
en les poussant doucement, dans un ordre particulier. Au bout d'un instant, cela fit un mot que
la chèvre semblait exercée à écrire, tant elle
hésita peu à le former, et Bérangère s'écria tout à
coup en joignant les mains avec admiration :

— Marraine Fleur-de-Lys, voyez donc ce que
la chèvre vient de faire !

Fleur-de-Lys accourut et tressaillit. Les lettres
disposées sur le plancher formaient ce mot :

PHŒBUS.

— C'est la chèvre qui a écrit cela? demanda-
t-elle d'une voix altérée.

— Oui, marraine, répondit Bérangère.

Il était impossible d'en douter; l'enfant ne
savait pas écrire.

— Voilà le secret! pensa Fleur-de-Lys.

Cependant, au cri de l'enfant, tout le monde
était accouru, et la mère, et les jeunes filles, et
la bohémienne, et l'officier.

La bohémienne vit la sottise que venait de
faire la chèvre. Elle devint rouge, puis pâle, et se
mit à trembler comme une coupable devant le
capitaine, qui la regardait avec un sourire de
satisfaction et d'étonnement.

— *Phœbus!* chuchotaient les jeunes filles stu-
péfaites, c'est le nom du capitaine !

— Vous avez une merveilleuse mémoire! dit
Fleur-de-Lys à la bohémienne pétrifiée. Puis
éclatant en sanglots : — Oh! balbutia-t-elle douloureusement en se cachant le visage de ses deux
belles mains, c'est une magicienne! Et elle entendait une voix plus amère encore lui dire au fond
du cœur : C'est une rivale !

Elle tomba évanouie.

— Ma fille! ma fille! cria la mère effrayée.
Va-t'en, bohémienne de l'enfer !

La Esmeralda ramassa en un clin d'œil les malencontreuses lettres, fit signe à Djali, et sortit par une porte, tandis qu'on emportait Fleur-de-Lys par l'autre.

Le capitaine Phœbus, resté seul, hésita un moment entre les deux portes; puis il suivit la bohémienne.

QU'UN PRÊTRE
ET UN PHILOSOPHE SONT DEUX [1]

Le prêtre que les jeunes filles avaient remarqué au haut de la tour septentrionale penché sur la place et si attentif à la danse de la bohémienne, c'était en effet l'archidiacre Claude Frollo.

Nos lecteurs n'ont pas oublié la cellule mystérieuse que l'archidiacre s'était réservée dans cette tour. (Je ne sais, pour le dire en passant, si ce n'est pas la même dont on peut voir encore aujourd'hui l'intérieur par une petite lucarne carrée, ouverte au levant à hauteur d'homme, sur la plate-forme d'où s'élancent les tours : un bouge, à présent nu, vide et délabré, dont les murs mal plâtrés sont *ornés* çà et là, à l'heure qu'il est, de quelques méchantes gravures jaunes représentant des façades de cathédrales. Je présume que ce trou est habité concurremment par les chauves-souris et les araignées, et que par conséquent il s'y fait aux mouches une double guerre d'extermination.)

Tous les jours, une heure avant le coucher du soleil, l'archidiacre montait l'escalier de la tour, et s'enfermait dans cette cellule, où il passait quelquefois des nuits entières. Ce jour-là, au moment où, parvenu devant la porte basse du réduit, il mettait dans la serrure la petite clef compliquée qu'il portait toujours sur lui dans l'escarcelle pendue à son côté, un bruit de tam-

bourin et de castagnettes était arrivé à son
oreille. Ce bruit venait de la place du Parvis. La
cellule, nous l'avons déjà dit, n'avait qu'une
lucarne donnant sur la croupe de l'église. Claude
Frollo avait repris précipitamment la clef, et un
instant après il était sur le sommet de la tour,
dans l'attitude sombre et recueillie où les damoiselles l'avaient aperçu.

Il était là, grave, immobile, absorbé dans un
regard et dans une pensée. Tout Paris était sous
ses pieds, avec les mille flèches de ses édifices et
son circulaire horizon de molles collines, avec
son fleuve qui serpente sous ses ponts et son
peuple qui ondule dans ses rues, avec le nuage de
ses fumées, avec la chaîne montueuse de ses toits
qui presse Notre-Dame de ses mailles redoublées.
Mais dans toute cette ville, l'archidiacre ne regardait qu'un point du pavé : la place du Parvis;
dans toute cette foule, qu'une figure : la bohémienne.

Il eût été difficile de dire de quelle nature
était ce regard, et d'où venait la flamme qui en
jaillissait. C'était un regard fixe, et pourtant
plein de trouble et de tumulte. Et à l'immobilité
profonde de tout son corps, à peine agité par
intervalles d'un frisson machinal, comme un
arbre au vent, à la roideur de ses coudes plus
marbre que la rampe où ils s'appuyaient, à voir
le sourire pétrifié qui contractait son visage, on
eût dit qu'il n'y avait plus dans Claude Frollo
que les yeux de vivant.

La bohémienne dansait. Elle faisait tourner
son tambourin à la pointe de son doigt, et le
jetait en l'air en dansant des sarabandes pro-
vençales; agile, légère, joyeuse et ne sentant pas
le poids du regard redoutable qui tombait à
plomb sur sa tête.

La foule fourmillait autour d'elle; de temps en
temps, un homme accoutré d'une casaque jaune
et rouge faisait faire le cercle, puis revenait
s'asseoir sur une chaise à quelques pas de la
danseuse, et prenait la tête de la chèvre sur ses

genoux. Cet homme semblait être le compagnon
de la bohémienne. Claude Frollo, du point élevé
où il était placé, ne pouvait distinguer ses traits.

Du moment où l'archidiacre eut aperçu cet
inconnu, son attention sembla se partager entre
la danseuse et lui, et son visage devint de plus en
plus sombre. Tout à coup il se redressa, et un
tremblement parcourut tout son corps : —
Qu'est-ce que c'est que cet homme? dit-il entre
ses dents, je l'avais toujours vue seule!

Alors il se replongea sous la voûte tortueuse
de l'escalier en spirale, et redescendit. En passant
devant la porte de la sonnerie qui était entr'ouverte, il vit une chose qui le frappa, il vit Quasimodo qui, penché à une ouverture de ces auvents
d'ardoises qui ressemblent à d'énormes jalousies,
regardait aussi, lui, dans la place. Il était en proie
à une contemplation si profonde qu'il ne prit pas
garde au passage de son père adoptif. Son œil
sauvage avait une expression singulière. C'était
un regard charmé et doux. — Voilà qui est
étrange! murmura Claude. Est-ce que c'est
l'égyptienne qu'il regarde ainsi? — Il continua de
descendre. Au bout de quelques minutes, le soucieux archidiacre sortit dans la place par la porte
qui est au bas de la tour.

— Qu'est donc devenue la bohémienne? dit-il
en se mêlant au groupe de spectateurs que le
tambourin avait amassés.

— Je ne sais, répondit un de ses voisins, elle
vient de disparaître. Je crois qu'elle est allée
faire quelque fandangue dans la maison en face,
où ils l'ont appelée.

A la place de l'égyptienne, sur ce même tapis
dont les arabesques s'effaçaient le moment d'auparavant sous le dessin capricieux de sa danse,
l'archidiacre ne vit plus que l'homme rouge et
jaune, qui, pour gagner à son tour quelques
testons, se promenait autour du cercle, les coudes
sur les hanches, la tête renversée, la face rouge,
le cou tendu, avec une chaise entre les dents.
Sur cette chaise, il avait attaché un chat qu'une

voisine avait prêté et qui jurait fort effrayé.

— Notre-Dame! s'écria l'archidiacre au moment où le saltimbanque, suant à grosses gouttes, passa devant lui avec sa pyramide de chaise et de chat, que fait là maître Pierre Gringoire?

La voix sévère de l'archidiacre frappa le pauvre diable d'une telle commotion qu'il perdit l'équilibre avec tout son édifice, et que la chaise et le chat tombèrent pêle-mêle sur la tête des assistants, au milieu d'une huée inextinguible.

Il est probable que maître Pierre Gringoire (car c'était bien lui) aurait eu un fâcheux compte à solder avec la voisine au chat, et toutes les faces contuses et égratignées qui l'entouraient, s'il ne se fût hâté de profiter du tumulte pour se réfugier dans l'église, où Claude Frollo lui avait fait signe de le suivre.

La cathédrale était déjà obscure et déserte. Les contre-nefs étaient pleines de ténèbres, et les lampes des chapelles commençaient à s'étoiler, tant les voûtes devenaient noires. Seulement la grande rose de la façade, dont les mille couleurs étaient trempées d'un rayon de soleil horizontal, reluisait dans l'ombre comme un fouillis de diamants et répercutait à l'autre bout de la nef son spectre éblouissant.

Quand ils eurent fait quelques pas, dom Claude s'adossa à un pilier et regarda Gringoire fixement. Ce regard n'était pas celui que Gringoire craignait, honteux qu'il était d'avoir été surpris par une personne grave et docte dans ce costume de baladin. Le coup d'œil du prêtre n'avait rien de moqueur et d'ironique; il était sérieux, tranquille et perçant. L'archidiacre rompit le silence le premier.

— Venez çà, maître Pierre. Vous m'allez expliquer bien des choses. Et d'abord, d'où vient qu'on ne vous a pas vu depuis tantôt deux mois et qu'on vous retrouve dans les carrefours, en bel équipage, vraiment! mi-parti de jaune et de rouge comme une pomme de Caudebec?

— Messire, dit piteusement Gringoire, c'est en
effet un prodigieux accoutrement, et vous m'en
voyez plus penaud qu'un chat coiffé d'une cale-
basse. C'est bien mal fait, je le sens, d'exposer
messieurs les sergents du guet à bâtonner sous
cette casaque l'humérus d'un philosophe pytha-
goricien. Mais que voulez-vous, mon révérend
maître? la faute en est à mon ancien justaucorps qui m'a lâchement abandonné au commencement de l'hiver, sous prétexte qu'il tombait en
loques et qu'il avait besoin de s'aller reposer
dans la hotte du chiffonnier. Que faire? la civilisation n'en est pas encore arrivée au point que
l'on puisse aller tout nu, comme le voulait l'ancien Diogénès. Ajoutez qu'il ventait un vent très
froid, et ce n'est pas au mois de janvier qu'on
peut essayer avec succès de faire faire ce nouveau pas à l'humanité. Cette casaque s'est présentée. Je l'ai prise, et j'ai laissé là ma vieille
souquenille noire, laquelle, pour un hermétique
comme moi, était fort peu hermétiquement close.
Me voilà donc en habit d'histrion, comme saint
Genest. Que voulez-vous? c'est une éclipse. Apollo
a bien gardé les gorrines chez Admétès [1].

— Vous faites là un beau métier! reprit
l'archidiacre.

— Je conviens, mon maître, qu'il vaut mieux
philosopher et poétiser, souffler la flamme dans
le fourneau ou la recevoir du ciel, que de porter
des chats sur le pavois. Aussi quand vous m'avez
apostrophé ai-je été aussi sot qu'un âne devant
un tourne-broche. Mais que voulez-vous, messire? il faut vivre tous les jours, et les plus beaux
vers alexandrins ne valent pas sous la dent un
morceau de fromage de Brie. Or, j'ai fait pour
madame Marguerite de Flandre ce fameux épithalame que vous savez, et la ville ne me le paie
pas, sous prétexte qu'il n'était pas excellent,
comme si l'on pouvait donner pour quatre écus
une tragédie de Sophoclès. J'allais donc mourir
de faim. Heureusement je me suis trouvé un peu
fort du côté de la mâchoire, et je lui ai dit à

cette mâchoire : — Fais des tours de force et d'équilibre, nourris-toi toi-même. *Ale te ipsam.* Un tas de gueux, qui sont devenus mes bons amis, m'ont appris vingt sortes de tours herculéens, et maintenant je donne tous les soirs à mes dents le pain qu'elles ont gagné dans la journée à la sueur de mon front. Après tout, *concedo*, je concède que c'est un triste emploi de mes facultés intellectuelles, et que l'homme n'est pas fait pour passer sa vie à tambouriner et à mordre des chaises. Mais, révérend maître, il ne suffit pas de passer sa vie, il faut la gagner.

Dom Claude écoutait en silence. Tout à coup son œil enfoncé prit une telle expression sagace et pénétrante que Gringoire se sentit pour ainsi dire fouillé jusqu'au fond de l'âme par ce regard.

— Fort bien, maître Pierre, mais d'où vient que vous êtes maintenant en compagnie de cette danseuse d'Egypte?

— Ma foi! dit Gringoire, c'est qu'elle est ma femme et que je suis son mari.

L'œil ténébreux du prêtre s'enflamma.

— Aurais-tu fait cela, misérable? cria-t-il en saisissant avec fureur le bras de Gringoire; aurais-tu été assez abandonné de Dieu pour porter la main sur cette fille?

— Sur ma part de paradis, monseigneur, répondit Gringoire tremblant de tous ses membres, je vous jure que je ne l'ai jamais touchée, si c'est là ce qui vous inquiète.

— Et que parles-tu donc de mari et de femme? dit le prêtre.

Gringoire se hâta de lui conter le plus succinctement possible tout ce que le lecteur sait déjà, son aventure de la Cour des Miracles et son mariage au pot cassé. Il paraît du reste que ce mariage n'avait eu encore aucun résultat, et que chaque soir la bohémienne lui escamotait sa nuit de noces comme le premier jour. — C'est un déboire, dit-il en terminant, mais cela tient à ce que j'ai eu le malheur d'épouser une vierge.

— Que voulez-vous dire? demanda l'archidiacre, qui s'était apaisé par degrés à ce récit.

— C'est assez difficile à expliquer, répondit
le poète. C'est une superstition. Ma femme est,
à ce que m'a dit un vieux peigre qu'on appelle
chez nous le duc d'Egypte, un enfant trouvé, ou
perdu, ce qui est la même chose. Elle porte au
cou une amulette qui, assure-t-on, lui fera un
jour rencontrer ses parents, mais qui perdrait
sa vertu si la jeune fille perdait la sienne. Il suit
de là que nous demeurons tous deux très vertueux.

— Donc, reprit Claude dont le front s'éclair-
cissait de plus en plus, vous croyez, maître
Pierre, que cette créature n'a été approchée d'aucun homme?

— Que voulez-vous, dom Claude, qu'un
homme fasse à une superstition? Elle a cela dans
la tête. J'estime que c'est à coup sûr une rareté
que cette pruderie de nonne qui se conserve
farouche au milieu de ces filles bohèmes si facile-
ment apprivoisées. Mais elle a pour se protéger
trois choses : le duc d'Egypte qui l'a prise sous sa
sauvegarde, comptant peut-être la vendre à quelque damp [1] abbé; toute sa tribu qui la tient en
vénération singulière, comme une Notre-Dame;
et un certain poignard mignon que la luronne
porte toujours sur elle dans quelque coin, malgré
les ordonnances du prévôt, et qu'on lui fait sortir
aux mains en lui pressant la taille. C'est une fière
guêpe, allez!

L'archidiacre serra Gringoire de questions.

La Esmeralda était, au jugement de Gringoire,
une créature inoffensive et charmante, jolie, à
cela près d'une moue qui lui était particulière;
une fille naïve et passionnée, ignorante de tout,
et enthousiaste de tout; ne sachant pas encore la
différence d'une femme à un homme, même en
rêve; faite comme cela; folle surtout de danse, de
bruit, de grand air; une espèce de femme abeille,
ayant des ailes invisibles aux pieds, et vivant
dans un tourbillon. Elle devait cette nature à la

vie errante qu'elle avait toujours menée. Gringoire était parvenu à savoir que, tout enfant,
elle avait parcouru l'Espagne et la Catalogne,
jusqu'en Sicile; il croyait même qu'elle avait été
emmenée, par la caravane de zingari dont elle
faisait partie, dans le royaume d'Alger, pays situé
en Achaïe, laquelle Achaïe touche d'un côté à
la petite Albanie et à la Grèce, de l'autre à la mer
des Siciles, qui est le chemin de Constantinople.
Les bohèmes, disait Gringoire, étaient vassaux
du roi d'Alger, en sa qualité de chef de la nation
des Maures blancs. Ce qui était certain, c'est
que la Esmeralda était venue en France très
jeune encore par la Hongrie. De tous ces pays,
la jeune fille avait rapporté des lambeaux de
jargons bizarres, des chants et des idées étran-
gères, qui faisaient de son langage quelque chose
d'aussi bigarré que son costume moitié parisien,
moitié africain. Du reste, le peuple des quartiers
qu'elle fréquentait l'aimait pour sa gaieté, pour
sa gentillesse, pour ses vives allures, pour ses
danses et pour ses chansons. Dans toute la ville,
elle ne se croyait haïe que de deux personnes,
dont elle parlait souvent avec effroi : la sachette
de la Tour-Roland, une vilaine recluse qui avait
on ne sait quelle rancune aux égyptiennes, et
qui maudissait la pauvre danseuse chaque fois
qu'elle passait devant sa lucarne; et un prêtre
qui ne la rencontrait jamais sans lui jeter des
regards et des paroles qui lui faisaient peur.
Cette dernière circonstance troubla fort l'archidiacre, sans que Gringoire fît grande attention
à ce trouble; tant il avait suffi de deux mois pour
faire oublier à l'insouciant poète les détails singuliers de cette soirée où il avait fait la rencontre de l'égyptienne, et la présence de l'archidiacre
dans tout cela. Au demeurant, la petite danseuse
ne craignait rien; elle ne disait pas la bonne
aventure, ce qui la mettait à l'abri de ces procès
de magie si fréquemment intentés aux bohémiennes. Et puis, Gringoire lui tenait lieu de
frère, sinon de mari. Après tout, le philosophe

supportait très patiemment cette espèce de
mariage platonique. C'était toujours un gîte et
du pain. Chaque matin, il partait de la truanderie, le plus souvent avec l'égyptienne, il l'aidait
à faire dans les carrefours sa récolte de targes
et de petits-blancs; chaque soir il rentrait avec
elle sous le même toit, la laissait se verrouiller
dans sa logette, et s'endormait du sommeil du
juste. Existence fort douce, à tout prendre,
disait-il, et fort propice à la rêverie. Et puis, en
son âme et conscience, le philosophe n'était pas
très sûr d'être éperdument amoureux de la bohémienne. Il aimait presque autant la chèvre.
C'était une charmante bête, douce, intelligente,
spirituelle, une chèvre savante. Rien de plus
commun au moyen âge que ces animaux savants
dont on s'émerveillait fort et qui menaient fréquemment leurs instructeurs au fagot. Pourtant
les sorcelleries de la chèvre aux pattes dorées
étaient de bien innocentes malices. Gringoire les
expliqua à l'archidiacre que ces détails paraissaient vivement intéresser. Il suffisait, dans la
plupart des cas, de présenter le tambourin à la
chèvre de telle ou telle façon pour obtenir d'elle
la momerie qu'on souhaitait. Elle avait été dressée à cela par la bohémienne, qui avait à ces
finesses un talent si rare qu'il lui avait suffi de
deux mois pour enseigner à la chèvre à écrire
avec des lettres mobiles le mot *Phœbus*.

— *Phœbus!* dit le prêtre; pourquoi *Phœbus?*

— Je ne sais, répondit Gringoire. C'est peut-
être un mot qu'elle croit doué de quelque vertu
magique et secrète. Elle le répète souvent à demi-
voix quand elle se croit seule.

— Etes-vous sûr, reprit Claude avec son
regard pénétrant, que ce n'est qu'un mot et que
ce n'est pas un nom?

— Nom de qui? dit le poète.

— Que sais-je? dit le prêtre.

— Voilà ce que j'imagine, messire. Ces
bohèmes sont un peu guèbres et adorent le soleil.
De là Phœbus.

— Cela ne me semble pas si clair qu'à vous, maître Pierre.

— Au demeurant, cela ne m'importe. Qu'elle marmotte son Phœbus à son aise. Ce qui est sûr, c'est que Djali m'aime déjà presque autant qu'elle.

— Qu'est-ce que cette Djali?

— C'est la chèvre.

L'archidiacre posa son menton sur sa main, et parut un moment rêveur. Tout à coup il se retourna brusquement vers Gringoire.

— Et tu me jures que tu ne lui as pas touché?

— A qui? dit Gringoire, à la chèvre?

— Non, à cette femme.

— A ma femme! Je vous jure que non.

— Et tu es souvent seul avec elle?

— Tous les soirs, une bonne heure.

Dom Claude fronça le sourcil.

— Oh! oh! *solus cum sola non cogitabuntur orare Pater noster* [1].

— Sur mon âme, je pourrais dire le *Pater,* et l'*Ave Maria,* et le *Credo in Deum patrem omnipotentem,* sans qu'elle fît plus d'attention à moi qu'une poule à une église.

— Jure-moi par le ventre de ta mère, répéta l'archidiacre avec violence, que tu n'as pas touché à cette créature du bout du doigt.

— Je le jurerais aussi par la tête de mon père, car les deux choses ont plus d'un rapport. Mais, mon révérend maître, permettez-moi à mon tour une question.

— Parlez, monsieur.

— Qu'est-ce que cela vous fait?

La pâle figure de l'archidiacre devint rouge comme la joue d'une jeune fille. Il resta un moment sans répondre, puis avec un embarras visible :

— Ecoutez, maître Pierre Gringoire. Vous n'êtes pas encore damné, que je sache. Je m'intéresse à vous et vous veux du bien. Or le moindre contact avec cette égyptienne du démon vous ferait vassal de Satanas. Vous savez que c'est toujours le corps qui perd l'âme. Malheur à vous si vous approchez cette femme! Voilà tout.

— J'ai essayé une fois, dit Gringoire en se grattant l'oreille. C'était le premier jour, mais je me suis piqué.

— Vous avez eu cette effronterie, maître Pierre?

Et le front du prêtre se rembrunit.

— Une autre fois, continua le poète en souriant, j'ai regardé avant de me coucher par le trou de sa serrure, et j'ai bien vu la plus délicieuse dame en chemise qui ait jamais fait crier la sangle d'un lit sous son pied nu.

— Va-t'en au diable! cria le prêtre avec un regard terrible, et, poussant par les épaules Gringoire émerveillé, il s'enfonça à grands pas sous les plus sombres arcades de la cathédrale.

LES CLOCHES

Depuis la matinée du pilori, les voisins de Notre-Dame avaient cru remarquer que l'ardeur carillonneuse de Quasimodo s'était fort refroidie. Auparavant c'étaient des sonneries à tout propos, de longues aubades qui duraient de prime à complies, des volées de beffroi pour une grand'messe, de riches gammes promenées sur les clochettes pour un mariage, pour un baptême, et s'entremêlant dans l'air comme une broderie de toutes sortes de sons charmants. La vieille église, toute vibrante et toute sonore, était dans une perpétuelle joie de cloches. On y sentait sans cesse la présence d'un esprit de bruit et de caprice qui chantait par toutes ces bouches de cuivre. Maintenant cet esprit semblait avoir disparu; la cathédrale paraissait morne et gardait volontiers le silence. Les fêtes et les enterrements avaient leur simple sonnerie, sèche et nue, ce que le rituel exigeait, rien de plus. Du double bruit que fait une église, l'orgue au-dedans, la cloche au-dehors, il ne restait que l'orgue. On eût dit qu'il n'y avait plus de musicien dans les clochers. Quasimodo y était toujours pourtant. Que s'était-il donc passé en lui? Etait-ce que la honte et le désespoir du pilori duraient encore au fond de son cœur, que les coups de fouet du tourmenteur se répercutaient sans fin dans son âme, et que la tristesse d'un pareil traitement avait tout

éteint chez lui, jusqu'à sa passion pour les cloches? ou bien, était-ce que Marie avait une rivale
dans le cœur du sonneur de Notre-Dame, et que
la grosse cloche et ses quatorze sœurs étaient
négligées pour quelque chose de plus aimable
et de plus beau?

Il arriva que, dans cette gracieuse année 1482,
l'Annonciation tomba un mardi 25 mars [1]. Ce
jour-là, l'air était si pur et si léger que Quasimodo se sentit revenir quelque amour de ses
cloches. Il monta donc dans la tour septentrionale, tandis qu'en bas le bedeau ouvrait toutes
larges les portes de l'église, lesquelles étaient
alors d'énormes panneaux de fort bois couverts
de cuir, bordés de clous de fer doré et encadrés
de sculptures « fort artificiellement élabou-
rées [2]. »

Parvenu dans la haute cage de la sonnerie,
Quasimodo considéra quelque temps avec un
triste hochement de tête les six campaniles [3],
comme s'il gémissait de quelque chose d'étranger qui s'était interposé dans son cœur entre
elles et lui. Mais quand il les eut mises en branle,
quand il sentit cette grappe de cloches remuer
sous sa main, quand il vit, car il ne l'entendait
pas, l'octave palpitante monter et descendre sur
cette échelle sonore comme un oiseau qui saute
de branche en branche, quand le diable musique,
ce démon qui secoue un trousseau étincelant de
strettes, de trilles et d'arpèges, se fut emparé
du pauvre sourd, alors il redevint heureux, il
oublia tout, et son cœur qui se dilatait fit épanouir son visage.

Il allait et venait, il frappait des mains, il courait d'une corde à l'autre, il animait les six chan-
teurs de la voix et du geste, comme un chef d'orchestre qui éperonne des virtuoses intelligents.

— Va, disait-il, va, Gabrielle. Verse tout ton
bruit dans la place. C'est aujourd'hui fête. —
Thibauld, pas de paresse. Tu te ralentis. Va, va
donc! est-ce que tu t'es rouillé, fainéant? —
C'est bien! Vite! vite! qu'on ne voie pas le bat-

tant. Rends-les tous sourds comme moi. C'est
cela, Thibauld, bravement! — Guillaume! Guillaume! tu es le plus gros, et Pasquier est le plus
petit, et Pasquier va le mieux. Gageons que ceux
qui entendent l'entendent mieux que toi. —
Bien! bien! ma Gabrielle, fort! plus fort! — Hé!
que faites-vous donc là-haut tous deux, les Moineaux? je ne vous vois pas faire le plus petit
bruit. — Qu'est-ce que c'est que ces becs de
cuivre-là qui ont l'air de bâiller quand il faut
chanter? Çà, qu'on travaille! C'est l'Annonciation.
Il y a un beau soleil. Il faut un beau carillon.
— Pauvre Guillaume! te voilà tout essoufflé,
mon gros!

Il était tout occupé d'aiguillonner ses cloches,
qui sautaient toutes les six à qui mieux mieux
et secouaient leurs croupes luisantes comme un
bruyant attelage de mules espagnoles piqué çà
et là par les apostrophes du sagal [1].

Tout à coup, en laissant tomber son regard
entre les larges écailles ardoisées qui recouvrent
à une certaine hauteur le mur à pic du clocher,
il vit dans la place une jeune fille bizarrement
accoutrée, qui s'arrêtait, qui développait à terre
un tapis où une petite chèvre venait se poser, et
un groupe de spectateurs qui s'arrondissait à
l'entour. Cette vue changea subitement le cours
de ses idées, et figea son enthousiasme musical
comme un souffle d'air fige une résine en fusion.
Il s'arrêta, tourna le dos au carillon, et s'accroupit derrière l'auvent d'ardoise, en fixant sur
la danseuse ce regard rêveur, tendre et doux,
qui avait déjà une fois étonné l'archidiacre. Cependant les cloches oubliées s'éteignirent brusquement toutes à la fois, au grand désappointe-
ment des amateurs de sonnerie, lesquels écoutaient de bonne foi le carillon de dessus le Pont-
au-Change, et s'en allèrent stupéfaits comme un
chien à qui l'on a montré un os et à qui l'on
donne une pierre.

IV

'ΑΝΑΓΚΗ [1]

Il advint que par une belle matinée de ce
même mois de mars, je crois que c'était le
samedi 29, jour de saint Eustache, notre jeune
ami l'écolier Jehan Frollo du Moulin s'aperçut
en s'habillant que ses grègues qui contenaient
sa bourse ne rendaient aucun son métallique.
— Pauvre bourse! dit-il en la tirant de son gousset, quoi! pas le moindre petit parisis! comme
les dés, les pots de bière et Vénus t'ont cruellement éventrée! comme te voilà vide, ridée et flas-
que! Tu ressembles à la gorge d'une furie! Je
vous le demande, messer Cicero et messer Sene-
ca, dont je vois les exemplaires tout racornis
épars sur le carreau, que me sert de savoir,
mieux qu'un général des monnaies ou qu'un juif
du Pont-aux-Changeurs, qu'un écu d'or à la couronne vaut trente-cinq unzains de vingt-cinq sous
huit deniers parisis chaque, et qu'un écu au
croissant vaut trente-six unzains de vingt-six
sous et six deniers tournois pièce, si je n'ai pas
un misérable liard noir à risquer sur le double-
six! Oh! consul Cicero! ce n'est pas là une calamité dont on se tire avec des périphrases, des
quemadmodum et des *verum enim vero* [2]!

Il s'habilla tristement. Une pensée lui était
venue tout en ficelant ses bottines, mais il la
repoussa d'abord; cependant elle revint, et il
mit son gilet à l'envers, signe évident d'un violent combat intérieur. Enfin il jeta rudement son

bonnet à terre et s'écria : — Tant pis! il en sera
ce qu'il pourra. Je vais aller chez mon frère.
J'attraperai un sermon, mais j'attraperai un écu.

Alors il endossa précipitamment sa casaque à
mahoîtres fourrées, ramassa son bonnet et sortit
en désespéré.

Il descendit la rue de la Harpe vers la Cité. En
passant devant la rue de la Huchette, l'odeur de
ces admirables broches qui tournaient incessamment vint chatouiller son appareil olfactif, et il
donna un regard d'amour à la cyclopéenne rôtis-
serie qui arracha un jour au cordelier Calatagi-
rone cette pathétique exclamation : *Veramente,
queste rotisserie sono cosa stupenda* [1]! Mais Jehan n'avait pas de quoi déjeuner, et il s'enfonça
avec un profond soupir sous le porche du Petit-
Châtelet, énorme double-trèfle de tours massives
qui gardait l'entrée de la Cité.

Il ne prit pas même le temps de jeter une
pierre en passant, comme c'était l'usage, à la
misérable statue de ce Périnet Leclerc qui avait
livré le Paris de Charles VI aux Anglais, crime
que son effigie, la face écrasée de pierres et souillée de boue, a expié pendant trois siècles au
coin des rues de la Harpe et de Bussi, comme à
un pilori éternel.

Le Petit-Pont traversé, la rue Neuve-Sainte-Ge-
neviève enjambée, Jehan de Molendino se trouva
devant Notre-Dame. Alors son indécision le reprit, et il se promena quelques instants autour
de la statue de M. Legris, en se répétant avec
angoisse : Le sermon est sûr, l'écu est douteux!

Il arrêta un bedeau qui sortait du cloître. —
Où est monsieur l'archidiacre de Josas?

— Je crois qu'il est dans sa cachette de la
tour, dit le bedeau, et je ne vous conseille pas
de l'y déranger, à moins que vous ne veniez
de la part de quelqu'un comme le pape ou monsieur le roi.

Jehan frappa dans ses mains. — Bédiable!
voilà une magnifique occasion de voir la fameuse
logette aux sorcelleries!

Déterminé par cette réflexion, il s'enfonça résolument sous la petite porte noire, et se mit à monter la vis de Saint-Gilles qui mène aux étages supérieurs de la tour. — Je vais voir! se disait-il chemin faisant. Par les corbignolles de la sainte Vierge! ce doit être chose curieuse que cette cellule que mon révérend frère cache comme son pudendum! On dit qu'il y allume des cuisines d'enfer, et qu'il y fait cuire à gros feu la pierre philosophale. Bédieu! je me soucie de la pierre philosophale comme d'un caillou, et j'aimerais mieux trouver sur son fourneau une omelette d'œufs de Pâques au lard que la plus grosse pierre philosophale du monde!

Parvenu sur la galerie des colonnettes, il souffla un moment, et jura contre l'interminable escalier par je ne sais combien de millions de charretées de diables, puis il reprit son ascension par l'étroite porte de la cour septentrionale aujourd'hui interdite au public. Quelques moments après avoir dépassé la cage des cloches, il rencontra un petit palier pratiqué dans un renfoncement latéral et sous la voûte une basse porte ogive dont une meurtrière, percée en face dans la paroi circulaire de l'escalier, lui permit d'observer l'énorme serrure et la puissante armature de fer. Les personnes qui seraient curieuses aujourd'hui de visiter cette porte la reconnaîtront à cette inscription, gravée en lettres blanches dans la muraille noire : J'ADORE CORALIE. 1829. Signé UGÈNE. *Signé* est dans le texte.

— Ouf! dit l'écolier; c'est sans doute ici.

La clef était dans la serrure. La porte était tout contre. Il la poussa mollement, et passa sa tête par l'entr'ouverture.

Le lecteur n'est pas sans avoir feuilleté l'œuvre admirable de Rembrandt, ce Shakespeare de la peinture. Parmi tant de merveilleuses gravures, il y a en particulier une eau-forte qui représente, à ce qu'on suppose, le docteur Faust, et qu'il est impossible de contempler sans éblouissement. C'est une sombre cellule. Au milieu est une table chargée d'objets hideux, têtes de mort, sphères, alambics, compas, parchemins hiéroglyphiques. Le docteur est devant cette table, vêtu de sa grosse houppelande et coiffé jusqu'aux sourcils de son bonnet fourré. On ne le voit qu'à mi-corps. Il est à demi levé de son immense fauteuil, ses poings crispés s'appuient sur la table, et il considère avec curiosité et terreur un grand cercle lumineux, formé de lettres magiques, qui brille sur le mur du fond comme le spectre solaire dans la chambre noire. Ce soleil cabalistique semble trembler à l'œil et remplit la blafarde cellule de son rayonnement mystérieux. C'est horrible et c'est beau.

Quelque chose d'assez semblable à la cellule de Faust s'offrit à la vue de Jehan quand il eut hasardé sa tête par la porte entrebâillée. C'était de même un réduit sombre et à peine éclairé. Il y avait aussi un grand fauteuil et une grande table, des compas, des alambics, des squelettes d'animaux pendus au plafond, une sphère roulant sur le pavé, des hippocéphales pêle-mêle avec des bocaux où tremblaient des feuilles d'or, des têtes de mort posées sur des vélins bigarrés de figures et de caractères, de gros manuscrits empilés tout ouverts sans pitié pour les angles cassants du parchemin, enfin, toutes les ordures de la science, et partout, sur ce fouillis, de la poussière et des toiles d'araignée; mais il n'y avait point de cercle de lettres lumineuses, point de docteur en extase contemplant la flamboyante vision comme l'aigle regarde son soleil.

Pourtant la cellule n'était point déserte. Un homme était assis dans le fauteuil et courbé sur la table. Jehan, auquel il tournait le dos, ne pouvait voir que ses épaules et le derrière de son crâne; mais il n'eut pas de peine à reconnaître cette tête chauve à laquelle la nature avait fait une tonsure éternelle, comme si elle avait voulu marquer par un symbole extérieur l'irrésistible vocation cléricale de l'archidiacre.

Jehan reconnut donc son frère. Mais la porte

s'était ouverte si doucement que rien n'avait
averti dom Claude de sa présence. Le curieux
écolier en profita pour examiner quelques instants à loisir la cellule. Un large fourneau, qu'il
n'avait pas remarqué au premier abord, était à
gauche du fauteuil, au-dessous de la lucarne. Le
rayon de jour qui pénétrait par cette ouverture
traversait une ronde toile d'araignée, qui inscri-
vait avec goût sa rosace délicate dans l'ogive de
la lucarne, et au centre de laquelle l'insecte
architecte se tenait immobile comme le moyeu
de cette roue de dentelle. Sur le fourneau étaient
accumulés en désordre toutes sortes de vases,
des fioles de grès, des cornues de verre, des
matras de charbon. Jehan observa en soupirant
qu'il n'y avait pas un poêlon. — Elle est fraîche,
la batterie de cuisine! pensa-t-il.

Du reste, il n'y avait pas de feu dans le fourneau, et il paraissait même qu'on n'en avait pas
allumé depuis longtemps. Un masque de verre,
que Jehan remarqua parmi les ustensiles d'alchimie, et qui servait sans doute à préserver le
visage de l'archidiacre lorsqu'il élaborait quelque
substance redoutable, était dans un coin, couvert
de poussière, et comme oublié. A côté gisait un
soufflet non moins poudreux, et dont la feuille
supérieure portait cette légende incrustée de
cuivre : SPIRA, SPERA [1].

D'autres légendes étaient écrites, selon la mode
des hermétiques, en grand nombre sur les murs;
les unes tracées à l'encre, les autres gravées avec
une pointe de métal. Du reste, lettres gothiques,
lettres hébraïques, lettres grecques et lettres romaines pêle-mêle, les inscriptions débordant au
hasard, celles-ci sur celles-là, les plus fraîches
effaçant les plus anciennes, et toutes s'enchevêtrant les unes dans les autres comme les branches d'une broussaille, comme les piques d'une
mêlée. C'était, en effet, une assez confuse mêlée
de toutes les philosophies, de toutes les rêveries, de toutes les sagesses humaines. Il y en
avait une çà et là qui brillait sur les autres

comme un drapeau parmi les fers de lance.
C'était, la plupart du temps, une brève devise
latine ou grecque, comme les formulaient si bien
le moyen âge : *Unde? inde?* — *Homo homini
monstrum.* — *Astra, castra, nomen, numen.* —
Μέγα βιβλίον, μέγα κακόν. — *Sapere aude.* — *Flat
ubi vult* [1], — etc.; quelquefois un mot dénué
de tout sens apparent : Ἀναγχοφαγία, ce qui cachait peut-être une allusion amère au régime du
cloître; quelquefois une simple maxime de discipline cléricale formulée en un hexamètre régle-
mentaire : *Cœlestem dominum, terrestrem dicito
domnum* [2]. Il y avait aussi *passim* [3] des grimoires
hébraïques, auxquels Jehan, déjà fort peu grec,
ne comprenait rien, et le tout était traversé à
tout propos par des étoiles, des figures d'hommes
ou d'animaux et des triangles qui s'intersec-
taient, ce qui ne contribuait pas peu à faire ressembler la muraille barbouillée de la cellule à
une feuille de papier sur laquelle un singe aurait
promené une plume chargée d'encre.

L'ensemble de la logette, du reste, présentait
un aspect général d'abandon et de délabrement;
et le mauvais état des ustensiles laissait supposer que le maître était déjà depuis assez longtemps distrait de ses travaux par d'autres préoccupations.

Ce maître cependant, penché sur un vaste manuscrit orné de peintures bizarres, paraissait
tourmenté par une idée qui venait sans cesse se
mêler à ses méditations. C'est du moins ce que
Jehan jugea en l'entendant s'écrier, avec les
intermittences pensives d'un songe-creux qui
rêve tout haut :

— Oui, Manou le dit, et Zoroastre l'enseignait,
le soleil naît du feu, la lune du soleil. Le feu
est l'âme du grand tout. Ses atomes élémentaires
s'épanchent et ruissellent incessamment sur le
monde par courants infinis. Aux points où ces
courants s'entrecoupent dans le ciel, ils produisent la lumière; à leurs points d'intersection
dans la terre, ils produisent l'or. — La lumière,

l'or, même chose. Du feu à l'état concret. — La
différence du visible au palpable, du fluide au
solide pour la même substance, de la vapeur
d'eau à la glace, rien de plus. — Ce ne sont point
là des rêves, — c'est la loi générale de la nature.
— Mais comment faire pour soutirer dans la
science le secret de cette loi générale? Quoi! cette
lumière qui inonde ma main, c'est de l'or! ces
mêmes atomes dilatés selon une certaine loi! —
Comment faire? — Quelques-uns ont imaginé
d'enfouir un rayon du soleil. — Averroës, —
oui, c'est Averroës, — Averroës en a enterré un
sous le premier pilier de gauche du sanctuaire
du koran, dans la grande mahomerie de Cordoue; mais on ne pourra ouvrir le caveau pour
voir si l'opération a réussi que dans huit mille
ans.

— Diable! dit Jehan à part lui, voilà qui est
longtemps attendre un écu!

— ... D'autres ont pensé, continua l'archidiacre rêveur, qu'il valait mieux opérer sur un
rayon de Sirius. Mais il est bien malaisé d'avoir
ce rayon pur, à cause de la présence simultanée
des autres étoiles qui viennent s'y mêler. Flamel estime qu'il est plus simple d'opérer sur le
feu terrestre. — Flamel; quel nom de prédestiné,
Flamma! — Oui, le feu. Voilà tout. — Le diamant est dans le charbon, l'or est dans le feu.
— Mais comment l'en tirer? — Magistri affirme
qu'il y a certains noms de femme d'un charme si
doux et si mystérieux qu'il suffit de les prononcer pendant l'opération... — Lisons ce qu'en dit
Manou : « Où les femmes sont honorées, les divi-
nités sont réjouies; où elles sont méprisées, il
est inutile de prier Dieu. — La bouche d'une
femme est constamment pure; c'est une eau cou-
rante, c'est un rayon de soleil. — Le nom d'une
femme doit être agréable, doux, imaginaire; finir
par des voyelles longues, et ressembler à des
mots de bénédiction. » — ... Oui, le sage a raison; en effet, la Maria, la Sophia, la Esmeral...
— Damnation! toujours cette pensée!

Et il ferma le livre avec violence.

Il passa la main sur son front, comme pour chasser l'idée qui l'obsédait. Puis il prit sur la table un clou et un petit marteau dont le manche était curieusement peint de lettres cabalistiques.

— Depuis quelque temps, dit-il avec un sourire amer, j'échoue dans toutes mes expériences! L'idée fixe me possède, et me flétrit le cerveau comme un trèfle de feu. Je n'ai seulement pu retrouver le secret de Cassiodore, dont la lampe brûlait sans mèche et sans huile. Chose simple pourtant!

— Peste! dit Jehan dans sa barbe.

— ... Il suffit donc, continua le prêtre, d'une seule misérable pensée pour rendre un homme faible et fou! Oh! que Claude Pernelle rirait de moi, elle qui n'a pu détourner un moment Nicolas Flamel de la poursuite du grand œuvre! Quoi! je tiens dans ma main le marteau magique de Zéchiélé! à chaque coup que le redoutable rabbin, du fond de sa cellule, frappait sur ce clou avec ce marteau, celui de ses ennemis qu'il avait condamné, eût-il été à deux mille lieues, s'enfonçait d'une coudée dans la terre qui le dévorait. Le roi de France lui-même, pour avoir un soir heurté inconsidérément à la porte du thaumaturge, entra dans son pavé de Paris jusqu'aux genoux. — Ceci s'est passé il n'y a pas trois siècles. — Eh bien! j'ai le marteau et le clou, et ce ne sont pas outils plus formidables dans mes mains qu'un hutin aux mains d'un taillandier. — Pourtant il ne s'agit que de retrouver le mot magique que prononçait Zéchiélé, en frappant sur son clou.

— Bagatelle! pensa Jehan.

— Voyons, essayons, reprit vivement l'archidiacre. Si je réussis, je verrai l'étincelle bleue jaillir de la tête du clou. — Emen-hétan! Emenhétan [1]! — Ce n'est pas cela. — Sigéani! Sigéani [2]! — Que ce clou ouvre la tombe à quiconque porte le nom de Phœbus!... — Malédiction! toujours, encore, éternellement la même idée!

Et il jeta le marteau avec colère. Puis il s'affaissa tellement sur le fauteuil et sur la table, que Jehan le perdit de vue derrière l'énorme dossier. Pendant quelques minutes, il ne vit plus que son poing convulsif crispé sur un livre. Tout à coup dom Claude se leva, prit un compas, et grava en silence sur la muraille en lettres capitales ce mot grec :

’ΑΝΑΓΚΗ

— Mon frère est fou, dit Jehan en lui-même; il eût été bien plus simple d'écrire *Fatum*. Tout le monde n'est pas obligé de savoir le grec.

L'archidiacre vint se rasseoir dans son fauteuil, et posa sa tête sur ses deux mains, comme fait un malade dont le front est lourd et brûlant.

L'écolier observait son frère avec surprise. Il ne savait pas, lui qui mettait son cœur en plein air, lui qui n'observait de loi au monde que la bonne loi de nature, lui qui laissait s'écouler ses passions par ses penchants, et chez qui le lac des grandes émotions était toujours à sec, tant il y pratiquait largement chaque matin de nouvelles rigoles, il ne savait pas avec quelle furie cette mer des passions humaines fermente et bouillonne lorsqu'on lui refuse toute issue, comme elle s'amasse, comme elle s'enfle, comme elle déborde, comme elle creuse le cœur, comme elle éclate en sanglots intérieurs et en sourdes convulsions, jusqu'à ce qu'elle ait déchiré ses digues et crevé son lit. L'enveloppe austère et glaciale de Claude Frollo, cette froide surface de vertu escarpée et inaccessible, avait toujours trompé Jehan. Le joyeux écolier n'avait jamais songé à ce qu'il y a de lave bouillante, furieuse et profonde sous le front de neige de l'Etna.

Nous ne savons s'il se rendit compte subitement de ces idées, mais, tout évaporé qu'il était, il comprit qu'il avait vu ce qu'il n'aurait pas

dû voir, qu'il venait de surprendre l'âme de
son frère aîné dans une de ses plus secrètes attitudes, et qu'il ne fallait pas que Claude s'en aperçût. Voyant que l'archidiacre était retombé dans
son immobilité première, il retira sa tête très
doucement, et fit quelque bruit de pas derrière la
porte, comme quelqu'un qui arrive et qui avertit
de son arrivée.

— Entrez! cria l'archidiacre de l'intérieur de
la cellule, je vous attendais. J'ai laissé exprès
la clef à la porte. Entrez, maître Jacques.

L'écolier entra hardiment. L'archidiacre,
qu'une pareille visite gênait fort en pareil lieu,
tressaillit sur son fauteuil. — Quoi! c'est vous,
Jehan?

— C'est toujours un J, dit l'écolier avec sa
face rouge, effrontée et joyeuse.

Le visage de dom Claude avait repris son
expression sévère.

— Que venez-vous faire ici?

— Mon frère, répondit l'écolier en s'efforçant
d'atteindre à une mine décente, piteuse et mo-
deste, et en tournant son bicoquet dans ses mains
avec un air d'innocence, je venais vous demander...

— Quoi?

— Un peu de morale dont j'ai grand besoin.
Jehan n'osa ajouter tout haut : — Et un peu
d'argent dont j'ai plus grand besoin encore. Ce
dernier membre de sa phrase resta inédit.

— Monsieur, dit l'archidiacre d'un ton froid,
je suis très mécontent de vous.

— Hélas! soupira l'écolier.

Dom Claude fit décrire un quart de cercle à
son fauteuil, et regarda Jehan fixement. — Je
suis bien aise de vous voir.

C'était un exorde redoutable. Jehan se prépara
à un rude choc.

— Jehan, on m'apporte tous les jours des
doléances de vous. Qu'est-ce que c'est que cette
batterie où vous avez contus de bastonnade un
petit vicomte Albert de Ramonchamp?...

— Oh! dit Jehan, grand'chose! un méchant
page qui s'amusait à escailbotter les écoliers en
faisant courir son cheval dans les boues!

— Qu'est-ce que c'est, reprit l'archidiacre, que
ce Mahiet Fargel, dont vous avez déchiré la robe?
Tunicam dechiraverunt, dit la plainte.

— Ah bah! une mauvaise cappette de Mon-
taigu! voilà-t-il pas!

— La plainte dit *tunicam* et non *cappettam.*
Savez-vous le latin?

Jehan ne répondit pas.

— Oui! poursuivit le prêtre en secouant la
tête, voilà où en sont les études et les lettres
maintenant. La langue latine est à peine entendue, la syriaque inconnue, la grecque tellement
odieuse que ce n'est pas ignorance aux plus
savants de sauter un mot grec sans le lire, et
qu'on dit : *Græcum est, non legitur.*

L'écolier releva résolument les yeux. — Monsieur mon frère, vous plaît-il que je vous explique en bon parler français ce mot grec qui est
écrit là sur le mur?

— Quel mot?

— ’ΑΝΆΓΚΗ.

Une légère rougeur vint s'épanouir sur les
jaunes pommettes de l'archidiacre, comme la
bouffée de fumée qui annonce au-dehors les secrètes commotions d'un volcan. L'écolier le remarqua à peine.

— Eh, Jehan, balbutia le frère aîné avec
effort, qu'est-ce que ce mot veut dire?

— FATALITÉ.

Dom Claude redevint pâle, et l'écolier poursuivit avec insouciance :

— Et ce mot qui est au-dessous, gravé par la
même main, ’Αναγνεία, signifie impureté. Vous
voyez qu'on sait son grec.

L'archidiacre demeurait silencieux. Cette leçon
de grec l'avait rendu rêveur. Le petit Jehan,
qui avait toutes les finesses d'un enfant gâté,
jugea le moment favorable pour hasarder sa re-

quête. Il prit donc une voix extrêmement douce,
et commença :

— Mon bon frère, est-ce que vous m'avez en
haine à ce point de me faire farouche mine pour
quelques méchantes gifles et pugnalades distri-
buées en bonne guerre à je ne sais quels garçons
et marmousets, *quibusdam mormosetis?* — Vous
voyez, bon frère Claude, qu'on sait son latin.

Mais toute cette caressante hypocrisie n'eut
point sur le sévère grand frère son effet accoutumé. Cerbère ne mordit pas au gâteau de miel.
Le front de l'archidiacre ne se dérida pas d'un
pli.

— Où voulez-vous en venir? dit-il d'un ton
sec.

— Eh bien, au fait! voici! répondit bravement Jehan. J'ai besoin d'argent.

A cette déclaration effrontée, la physionomie
de l'archidiacre prit tout à fait l'expression péda-
gogique et paternelle.

— Vous savez, monsieur Jehan, que notre fief
de Tirechappe ne rapporte, en mettant en bloc
le cens et les rentes des vingt-une maisons, que
trente-neuf livres onze sous six deniers parisis.
C'est moitié plus que du temps des frères Paclet,
mais ce n'est pas beaucoup.

— J'ai besoin d'argent, dit stoïquement Jehan.

— Vous savez que l'official a décidé que nos
vingt-une maisons mouvaient en plein fief de
l'évêché, et que nous ne pourrions racheter cet
hommage qu'en payant au révérend évêque deux
marcs d'argent doré du prix de six livres parisis.
Or, ces deux marcs, je n'ai encore pu les amasser. Vous le savez.

— Je sais que j'ai besoin d'argent, répéta
Jehan pour la troisième fois.

— Et qu'en voulez-vous faire?

Cette question fit briller une lueur d'espoir
aux yeux de Jehan. Il reprit sa mine chatte et
doucereuse.

— Tenez, cher frère Claude, je ne m'adresse-
rais pas à vous en mauvaise intention. Il ne s'agit

pas de faire le beau dans les tavernes avec vos
unzains et de me promener dans les rues de
Paris en caparaçon de brocart d'or, avec mon laquais, *cum meo laquasio*. Non, mon frère, c'est
pour une bonne œuvre.

— Quelle bonne œuvre? demanda Claude un
peu surpris.

— Il y a deux de mes amis qui voudraient
acheter une layette à l'enfant d'une pauvre veuve
haudriette. C'est une charité. Cela coûtera trois
florins, et je voudrais mettre le mien.

— Comment s'appellent vos deux amis?

— Pierre l'Assommeur et Baptiste Croque-
Oison.

— Hum! dit l'archidiacre, voilà des noms qui
vont à une bonne œuvre comme une bombarde
sur un maître-autel.

Il est certain que Jehan avait très mal choisi
ses deux noms d'amis. Il le sentit trop tard.

— Et puis, poursuivit le sagace Claude, qu'est-
ce que c'est qu'une layette qui doit coûter trois
florins? et cela pour l'enfant d'une haudriette?
Depuis quand les veuves haudriettes ont-elles
des marmots au maillot?

Jehan rompit la glace encore une fois. — Eh
bien, oui! j'ai besoin d'argent pour aller voir ce
soir Isabeau la Thierrye au Val-d'Amour!

— Misérable impur! s'écria le prêtre.

— ’Αναγνεία, dit Jehan.

Cette citation, que l'écolier empruntait, peut-
être avec malice, à la muraille de la cellule, fit
sur le prêtre un effet singulier. Il se mordit les
lèvres, et sa colère s'éteignit dans la rougeur.

— Allez-vous-en, dit-il alors à Jehan. J'attends
quelqu'un.

L'écolier tenta encore un effort. — Frère
Claude, donnez-moi au moins un petit parisis
pour manger.

— Où en êtes-vous des décrétales de Gratien?
demanda dom Claude.

— J'ai perdu mes cahiers.

— Où en êtes-vous des humanités latines?

— On m'a volé mon exemplaire d'Horatius.

— Où en êtes-vous d'Aristoteles?

— Ma foi! frère, quel est donc ce père de l'église qui dit que les erreurs des hérétiques ont de tout temps eu pour repaire les broussailles de la métaphysique d'Aristoteles? Foin d'Aristoteles! je ne veux pas déchirer ma religion à sa métaphysique.

— Jeune homme, reprit l'archidiacre, il y avait à la dernière entrée du roi un gentilhomme appelé Philippe de Comines, qui portait brodée sur la houssure de son cheval sa devise, que je vous conseille de méditer : *Qui non laborat non manducet* [1].

L'écolier resta un moment silencieux, le doigt à l'oreille, l'œil fixé à terre, et la mine fâchée. Tout à coup il se retourna vers Claude avec la vive prestesse d'un hoche-queue.

— Ainsi, bon frère, vous me refusez un sou parisis pour acheter une croûte chez un talmellier?

— *Qui non laborat non manducet.*

A cette réponse de l'inflexible archidiacre, Jehan cacha sa tête dans ses mains, comme une femme qui sanglote, et s'écria avec une expression de désespoir : Ὀτοτοτοτοτοῖ!

— Qu'est-ce que cela veut dire, monsieur? demanda Claude surpris de cette incartade.

— Eh bien quoi! dit l'écolier, et il relevait sur Claude des yeux effrontés dans lesquels il venait d'enfoncer ses poings pour leur donner la rougeur des larmes, c'est du grec! c'est un anapeste d'Eschylus qui exprime parfaitement la douleur.

Et ici, il partit d'un éclat de rire si bouffon et si violent qu'il en fit sourire l'archidiacre. C'était la faute de Claude en effet; pourquoi avait-il tant gâté cet enfant?

— Oh! bon frère Claude, reprit Jehan enhardi par ce sourire, voyez mes brodequins percés. Y a-t-il cothurne plus tragique au monde que des bottines dont la semelle tire la langue?

L'archidiacre était promptement revenu à sa sévérité première. — Je vous enverrai des bottines neuves. Mais point d'argent.

— Rien qu'un pauvre petit parisis, frère, poursuivit le suppliant Jehan. J'apprendrai Gratien par cœur, je croirai bien en Dieu, je serai un véritable Pythagoras de science et de vertu. Mais un petit parisis, par grâce! Voulez-vous que la famine me morde avec sa gueule qui est là, béante, devant moi, plus noire, plus puante, plus profonde qu'un tartare ou que le nez d'un moine?

Dom Claude hocha son chef ridé. — *Qui non laborat...*

Jehan ne le laissa pas achever.

— Eh bien, cria-t-il, au diable! Vive la joie! Je m'entavernerai, je me battrai, je casserai les pots et j'irai voir les filles!

Et sur ce, il jeta son bonnet au mur et fit claquer ses doigts comme des castagnettes.

L'archidiacre le regarda d'un air sombre.

— Jehan, vous n'avez point d'âme.

— En ce cas, selon Epicurius, je manque d'un je ne sais quoi fait de quelque chose qui n'a pas de nom.

— Jehan, il faut songer sérieusement à vous corriger.

— Ah çà, cria l'écolier en regardant tour à tour son frère et les alambics du fourneau, tout est donc cornu ici, les idées et les bouteilles!

— Jehan, vous êtes sur une pente bien glissante. Savez-vous où vous allez?

— Au cabaret, dit Jehan.

— Le cabaret mène au pilori.

— C'est une lanterne comme une autre, et c'est peut-être avec celle-là que Diogénès eût trouvé son homme.

— Le pilori mène à la potence.

— La potence est une balance qui a un

homme à un bout et toute la terre à l'autre. Il est
beau d'être l'homme.

— La potence mène à l'enfer.

— C'est un gros feu.

— Jehan, Jehan, la fin sera mauvaise.

— Le commencement aura été bon.

En ce moment le bruit d'un pas se fit entendre
dans l'escalier.

— Silence! dit l'archidiacre en mettant un
doigt sur sa bouche, voici maître Jacques. Ecoutez, Jehan, ajouta-t-il à voix basse, gardez-vous
de parler jamais de ce que vous aurez vu et
entendu ici. Cachez-vous vite sous ce fourneau,
et ne soufflez pas.

L'écolier se blottit sous le fourneau. Là, il lui
vint une idée féconde.

— A propos, frère Claude, un florin pour que
je ne souffle pas.

— Silence! je vous le promets.

— Il faut me le donner.

— Prends donc! dit l'archidiacre en lui jetant
avec colère son escarcelle. Jehan se renfonça
sous le fourneau, et la porte s'ouvrit.

LES DEUX HOMMES VÊTUS DE NOIR

Le personnage qui entra avait une robe noire et la mine sombre. Ce qui frappa au premier coup d'œil notre ami Jehan (qui, comme on s'en doute bien, s'était arrangé dans son coin de manière à pouvoir tout voir et tout entendre selon son bon plaisir), c'était la parfaite tristesse du vêtement et du visage de ce nouveau venu. Il y avait pourtant quelque douceur répandue sur cette figure, mais une douceur de chat ou de juge, une douceur doucereuse. Il était fort gris, ridé, touchait aux soixante ans, clignait des yeux, avait le sourcil blanc, la lèvre pendante et de grosses mains. Quand Jehan vit que ce n'était que cela, c'est-à-dire sans doute un médecin ou un magistrat, et que cet homme avait le nez très loin de la bouche, signe de bêtise, il se rencoigna dans son trou, désespéré d'avoir à passer un temps indéfini en si gênante posture et en si mauvaise compagnie.

L'archidiacre cependant ne s'était pas même levé pour ce personnage. Il lui avait fait signe de s'asseoir sur un escabeau voisin de la porte, et, après quelques moments d'un silence qui semblait continuer une méditation antérieure, il lui avait dit avec quelque protection : — Bonjour, maître Jacques.

— Salut, maître! avait répondu l'homme noir.

Il y avait dans les deux manières dont fut prononcé d'une part ce *maître Jacques*, de l'autre ce *maître* par excellence, la différence du monseigneur au monsieur, du *domine* au *domne* [1]. C'était évidemment l'abord du docteur et du disciple.

— Eh bien, reprit l'archidiacre après un nouveau silence que maître Jacques se garda bien de troubler, réussissez-vous?

— Hélas, mon maître, dit l'autre avec un sourire triste, je souffle toujours. De la cendre tant que j'en veux. Mais pas une étincelle d'or.

Dom Claude fit un geste d'impatience. — Je ne vous parle pas de cela, maître Jacques Charmolue, mais du procès de votre magicien. N'est-ce pas Marc Cenaine que vous le nommez, le sommelier de la Cour des comptes? Avoue-t-il sa magie? La question vous a-t-elle réussi?

— Hélas non, répondit maître Jacques, toujours avec son sourire triste. Nous n'avons pas cette consolation. Cet homme est un caillou. Nous le ferons bouillir au Marché-aux-Pourceaux, avant qu'il ait rien dit. Cependant nous n'épargnons rien pour arriver à la vérité. Il est déjà tout disloqué. Nous y mettons toutes les herbes de la Saint-Jean, comme dit le vieux comique Plautus,

Advorsum stimulos, laminas, crucesque, compedes-
[*que,*
Nervos, catenas, carceres, numellas, pedicas, boias [2].

Rien n'y fait. Cet homme est terrible. J'y perds mon latin.

— Vous n'avez rien trouvé de nouveau dans sa maison?

— Si fait, dit maître Jacques en fouillant dans son escarcelle, ce parchemin. Il y a des mots dessus que nous ne comprenons pas. Monsieur l'avocat criminel Philippe Lheulier sait pourtant un peu d'hébreu qu'il a appris dans l'affaire des juifs de la rue Kantersten à Bruxelles.

En parlant ainsi, maître Jacques déroulait un parchemin. — Donnez, dit l'archidiacre. Et jetant les yeux sur cette pancarte : — Pure magie, maître Jacques! s'écria-t-il. *Emen-hétan!* c'est le cri des stryges quand elles arrivent au sabbat. *Per ipsum, et cum ipso, et in ipso* [1]! c'est le commandement qui recadenasse le diable en enfer. *Hax, pax, max!* ceci est de la médecine [2]. Une formule contre la morsure des chiens enragés. Maître Jacques! vous êtes procureur du roi en cour d'église, ce parchemin est abominable.

— Nous remettrons l'homme à la question. Voici encore, ajouta maître Jacques en fouillant de nouveau dans sa sacoche, ce que nous avons trouvé chez Marc Cenaine.

C'était un vase de la famille de ceux qui couvraient le fourneau de dom Claude. — Ah! dit l'archidiacre, un creuset d'alchimie.

— Je vous avouerai, reprit maître Jacques avec son sourire timide et gauche, que je l'ai essayé sur le fourneau, mais je n'ai pas mieux réussi qu'avec le mien.

L'archidiacre se mit à examiner le vase. — Qu'a-t-il gravé sur son creuset? *Och! och!* le mot qui chasse les puces! Ce Marc Cenaine est ignorant! Je le crois bien, que vous ne ferez pas d'or avec ceci! c'est bon à mettre dans votre alcôve l'été, et voilà tout!

— Puisque nous en sommes aux erreurs, dit le procureur du roi, je viens d'étudier le portail d'en bas avant de monter; votre révérence est-elle bien sûre que l'ouverture de l'ouvrage de physique y est figurée du côté de l'Hôtel-Dieu, et que, dans les sept figures nues qui sont aux pieds de Notre-Dame, celle qui a des ailes aux talons est Mercurius?

— Oui, répondit le prêtre. C'est Augustin Nypho qui l'écrit, ce docteur italien qui avait un démon barbu lequel lui apprenait toute chose. Au reste, nous allons descendre, et je vous expliquerai cela sur le texte.

— Merci, mon maître, dit Charmolue en s'in-

clinant jusqu'à terre. — A propos, j'oubliais!
quand vous plaît-il que je fasse appréhender la
petite magicienne?

— Quelle magicienne?

— Cette bohémienne que vous savez bien, qui
vient tous les jours baller sur le parvis malgré
la défense de l'official! Elle a une chèvre possédée qui a des cornes du diable, qui lit, qui
écrit, qui sait la mathématique comme Picatrix [1],
et qui suffirait à faire pendre toute la Bohême.
Le procès est tout prêt. Il sera bientôt fait, allez!
Une jolie créature, sur mon âme, que cette danseuse! les plus beaux yeux noirs! deux escar-
boucles d'Égypte. Quand commençons-nous?

L'archidiacre était excessivement pâle.

— Je vous dirai cela, balbutia-t-il d'une voix à
peine articulée. Puis il reprit avec effort : —
Occupez-vous de Marc Cenaine.

— Soyez tranquille, dit en souriant Charmolue. Je vais le faire reboucler sur le lit de cuir en
rentrant. Mais c'est un diable d'homme. Il fatigue Pierrat Torterue lui-même, qui a les mains
plus grosses que moi. Comme dit ce bon Plautus,

Nudus vinctus, centum pondo es quando pendes per
pedes [2].

La question au treuil! c'est ce que nous avons
de mieux. Il y passera.

Dom Claude semblait plongé dans une sombre
distraction. Il se tourna vers Charmolue.

— Maître Pierrat... maître Jacques, veux-je
dire, occupez-vous de Marc Cenaine!

— Oui, oui, dom Claude. Pauvre homme! il
aura souffert comme Mummol. Quelle idée aussi,
d'aller au sabbat! un sommelier de la Cour des
comptes, qui devrait connaître le texte de Charlemagne, *Stryga vel masca* [3]! — Quant à la petite,
— Smelarda, comme ils l'appellent, — j'atten-
drai vos ordres. — Ah! en passant sous le portail,
vous m'expliquerez aussi ce que veut dire le
jardinier de plate peinture qu'on voit en entrant

dans l'église. N'est-ce pas le Semeur? — Hé!
maître, à quoi pensez-vous donc?

Dom Claude, abîmé en lui-même, ne l'écoutait
plus. Charmolue, en suivant la direction de son
regard, vit qu'il s'était fixé machinalement à la
grande toile d'araignée qui tapissait la lucarne.
En ce moment, une mouche étourdie qui cherchait le soleil de mars vint se jeter à travers ce
filet et s'y englua. A l'ébranlement de sa toile,
l'énorme araignée fit un mouvement brusque
hors de sa cellule centrale, puis d'un bond elle
se précipita sur la mouche, qu'elle plia en deux
avec ses antennes de devant, tandis que sa
trompe hideuse lui fouillait la tête. — Pauvre
mouche! dit le procureur du roi en cour d'église,
et il leva la main pour la sauver. L'archidiacre,
comme réveillé en sursaut, lui retint le bras avec
une violence convulsive.

— Maître Jacques, cria-t-il, laissez faire la
fatalité!

Le procureur se retourna effaré. Il lui semblait qu'une pince de fer lui avait pris le bras.
L'œil du prêtre était fixe, hagard, flamboyant,
et restait attaché au petit groupe horrible de la
mouche et de l'araignée.

— Oh! oui, continua le prêtre avec une voix
qu'on eût dit venir de ses entrailles, voilà un
symbole de tout. Elle vole, elle est joyeuse, elle
vient de naître; elle cherche le printemps, le
grand air, la liberté; oh! oui, mais qu'elle se
heurte à la rosace fatale, l'araignée en sort,
l'araignée hideuse! Pauvre danseuse! pauvre
mouche prédestinée! Maître Jacques, laissez
faire! c'est la fatalité! — Hélas! Claude, tu es
l'araignée hideuse! Pauvre danseuse! pauvre
Tu volais à la science, à la lumière, au soleil,
tu n'avais souci que d'arriver au grand jour de
la vérité éternelle; mais, en te précipitant vers la
lucarne éblouissante qui donne sur l'autre
monde, sur le monde de la clarté, de l'intelligence et de la science, mouche aveugle, docteur
insensé, tu n'as pas vu cette subtile toile d'arai-

gnée tendue par le destin entre la lumière et toi,
tu t'y es jeté à corps perdu, misérable fou, et
maintenant tu te débats, la tête brisée et les
ailes arrachées, entre les antennes de fer de la
fatalité! — Maître Jacques! maître Jacques!
laissez faire l'araignée.

— Je vous assure, dit Charmolue qui le regardait sans comprendre, que je n'y toucherai pas.
Mais lâchez-moi le bras, maître, de grâce! vous
avez une main de tenaille.

L'archidiacre ne l'entendait pas. — Oh!
insensé! reprit-il sans quitter la lucarne des
yeux. Et quand tu l'aurais pu rompre, cette toile
redoutable, avec tes ailes de moucheron, tu crois
que tu aurais pu atteindre à la lumière! Hélas!
cette vitre qui est plus loin, cet obstacle trans-
parent, cette muraille de cristal plus dur que
l'airain qui sépare toutes les philosophies de la
vérité, comment l'aurais-tu franchie? O vanité
de la science! que de sages viennent de bien loin
en voletant s'y briser le front! que de systèmes
pêle-mêle se heurtent en bourdonnant à cette
vitre éternelle!

Il se tut. Ces dernières idées, qui l'avaient
insensiblement ramené de lui-même à la science,
paraissaient l'avoir calmé. Jacques Charmolue
le fit tout à fait revenir au sentiment de la
réalité, en lui adressant cette question : — Or
çà, mon maître, quand viendrez-vous m'aider
à faire de l'or? Il me tarde de réussir.

L'archidiacre hocha la tête avec un sourire
amer. — Maître Jacques, lisez Michel Psellus,
Dialogus de energia et operatione dæmonum [1].
Ce que nous faisons n'est pas tout à fait innocent.

— Plus bas, maître! je m'en doute, dit Charmolue. Mais il faut bien faire un peu d'hermétique quand on n'est que procureur du roi en
cour d'église, à trente écus tournois par an.
Seulement parlons bas.

En ce moment un bruit de mâchoire et de
mastication qui partait de dessous le fourneau

vint frapper l'oreille inquiète de Charmolue.
— Qu'est-ce cela? demanda-t-il.

C'était l'écolier qui, fort gêné et fort ennuyé dans sa cachette, était parvenu à y découvrir une vieille croûte et un triangle de fromage moisi, et s'était mis à manger le tout sans façon, en guise de consolation et de déjeuner. Comme il avait grand'faim, il faisait grand bruit, et il accentuait fortement chaque bouchée, ce qui avait donné l'éveil et l'alarme au procureur.

— C'est un mien chat, dit vivement l'archidiacre, qui se régale là-dessous de quelque souris.

Cette explication satisfit Charmolue.

— En effet, maître, répondit-il avec un sourire respectueux, tous les grands philosophes ont eu leur bête familière. Vous savez ce que dit Servius : *Nullus enim locus sine genio est* [1].

Cependant dom Claude, qui craignait quelque nouvelle algarade de Jehan, rappela à son digne disciple qu'ils avaient quelques figures du portail à étudier ensemble, et tous deux sortirent de la cellule, au grand *ouf!* de l'écolier, qui commençait à craindre sérieusement que son genou ne prît l'empreinte de son menton.

V I

EFFET QUE PEUVENT PRODUIRE
SEPT JURONS EN PLEIN AIR

Te Deum laudamus [1] *!* s'écria maître Jehan en
sortant de son trou, voilà les deux chats-huants
partis. Och! och! Hax! pax! max! les puces! les
chiens enragés! le diable! j'en ai assez de leur
conversation! La tête me bourdonne comme un
clocher. Du fromage moisi par-dessus le marché!
Sus! descendons, prenons l'escarcelle du grand
frère, et convertissons toutes ces monnaies en
bouteilles!

Il jeta un coup d'œil de tendresse et d'admiration dans l'intérieur de la précieuse escarcelle,
rajusta sa toilette, frotta ses bottines, épousseta
ses pauvres manches-mahoîtres toutes grises de
cendre, siffla un air, pirouetta une gambade,
examina s'il ne restait pas quelque chose à prendre dans la cellule, grapilla çà et là sur le
fourneau quelque amulette de verroterie bonne
à donner en guise de bijou à Isabeau la Thierrye, enfin poussa la porte, que son frère avait
laissée ouverte par une dernière indulgence, et
qu'il laissa ouverte à son tour par une dernière
malice, et descendit l'escalier circulaire en sau-
tillant comme un oiseau.

Au milieu des ténèbres de la vis il coudoya
quelque chose qui se rangea en grognant, il
présuma que c'était Quasimodo, et cela lui parut
si drôle qu'il descendit le reste de l'escalier en

se tenant les côtes de rire. En débouchant sur la place, il riait encore.

Il frappa du pied quand il se retrouva à terre. — Oh! dit-il, bon et honorable pavé de Paris! maudit escalier à essouffler les anges de l'échelle Jacob! A quoi pensais-je de m'aller fourrer dans cette vrille de pierre qui perce le ciel, le tout pour manger du fromage barbu, et pour voir les clochers de Paris par une lucarne!

Il fit quelques pas, et aperçut les deux chats-huants, c'est-à-dire dom Claude et maître Jacques Charmolue, en contemplation devant une sculpture du portail. Il s'approcha d'eux sur la pointe des pieds, et entendit l'archidiacre qui disait tout bas à Charmolue : — C'est Guillaume de Paris qui a fait graver un Job sur cette pierre couleur lapis-lazuli, dorée par les bords. Job figure sur la pierre philosophale, qui doit être éprouvée et martyrisée aussi pour devenir parfaite, comme dit Raymond Lulle : *Sub conservatione formæ specificæ salva anima* [1].

— Cela m'est bien égal, dit Jehan, c'est moi qui ai la bourse.

En ce moment il entendit une voix forte et sonore articuler derrière lui une série formidable de jurons. — Sang-Dieu! ventre-Dieu! bédieu! corps de Dieu! nombril de Belzébuth! nom d'un pape! corne et tonnerre!

— Sur mon âme, s'écria Jehan, ce ne peut être que mon ami le capitaine Phœbus!

Ce nom de Phœbus arriva aux oreilles de l'archidiacre au moment où il expliquait au procureur du roi le dragon qui cache sa queue dans un bain d'où sort de la fumée et une tête de roi. Dom Claude tressaillit, s'interrompit, à la grande stupeur de Charmolue, se retourna, et vit son frère Jehan qui abordait un grand officier à la porte du logis Gondelaurier.

C'était en effet M. le capitaine Phœbus de Châteaupers. Il était adossé à l'angle de la maison de sa fiancée, et il jurait comme un païen.

— Ma foi, capitaine Phœbus, dit Jehan en lui

prenant la main, vous sacrez avec une verve admirable.

— Corne et tonnerre! répondit le capitaine.

— Corne et tonnerre vous-même! répliqua l'écolier. Or çà, gentil capitaine, d'où vous vient ce débordement de belles paroles?

— Pardon, bon camarade Jehan, s'écria Phœbus en lui secouant la main, cheval lancé ne s'arrête pas court. Or, je jurais au grand galop. Je viens de chez ces bégueules, et quand j'en sors, j'ai toujours la gorge pleine de jurements; il faut que je les crache, ou j'étoufferais, ventre et tonnerre!

— Voulez-vous venir boire? demanda l'écolier.

Cette proposition calma le capitaine.

— Je veux bien, mais je n'ai pas d'argent.

— J'en ai, moi!

— Bah! voyons?

Jehan étala l'escarcelle aux yeux du capitaine, avec majesté et simplicité. Cependant l'archidiacre, qui avait laissé là Charmolue ébahi, était venu jusqu'à eux et s'était arrêté à quelques pas, les observant tous deux sans qu'ils prissent garde à lui, tant la contemplation de l'escarcelle les absorbait.

Phœbus s'écria : — Une bourse dans votre poche, Jehan, c'est la lune dans un seau d'eau. On l'y voit, mais elle n'y est pas. Il n'y en a que l'ombre. Pardieu! gageons que ce sont des cailloux!

Jehan répondit froidement : — Voilà les cailloux dont je cailloute mon gousset.

Et, sans ajouter une parole, il vida l'escarcelle sur une borne voisine, de l'air d'un romain sauvant la patrie.

— Vrai Dieu! grommela Phœbus, des targes, des grands-blancs, des petits-blancs, des mailles d'un tournois les deux, des deniers parisis, de vrais liards-à-l'aigle! C'est éblouissant!

Jehan demeurait digne et impassible. Quelques liards avaient roulé dans la boue; le capitaine, dans son enthousiasme, se baissa pour les ramasser. Jehan le retint : — Fi, capitaine Phœbus de Châteaupers!

Phœbus compta la monnaie et se tournant avec solennité vers Jehan : — Savez-vous, Jehan, qu'il y a vingt-trois sous parisis! Qui avez-vous donc dévalisé cette nuit, rue Coupe-Gueule?

Jehan rejeta en arrière sa tête blonde et bouclée, et dit en fermant à demi des yeux dédaigneux : — On a un frère archidiacre et imbécile.

— Corne de Dieu! s'écria Phœbus, le digne homme!

— Allons boire, dit Jehan.

— Où irons-nous? dit Phœbus. A *la Pomme d'Eve?*

— Non, capitaine. Allons à *la Vieille Science.* Une vieille qui scie une anse. C'est un rébus. J'aime cela.

— Foin des rébus, Jehan! le vin est meilleur à *la Pomme d'Eve.* Et puis, à côté de la porte il y a une vigne au soleil qui m'égaie quand je bois.

— Eh bien! va pour Eve et sa pomme, dit l'écolier; et prenant le bras de Phœbus : — A propos, mon cher capitaine, vous avez dit tout à l'heure la rue Coupe-Gueule. C'est fort mal parler. On n'est plus si barbare à présent. On dit la rue Coupe-Gorge.

Les deux amis se mirent en route vers *la Pomme d'Eve.* Il est inutile de dire qu'ils avaient d'abord ramassé l'argent et que l'archidiacre les suivait.

L'archidiacre les suivait, sombre et hagard. Etait-ce là le Phœbus dont le nom maudit, depuis son entrevue avec Gringoire, se mêlait à toutes ses pensées? il ne le savait, mais, enfin, c'était un Phœbus, et ce nom magique suffisait pour que l'archidiacre suivît à pas de loup les deux insouciants compagnons, écoutant leurs paroles et observant leurs moindres gestes avec une anxiété attentive. Du reste, rien de plus facile que d'entendre tout ce qu'ils disaient, tant ils parlaient haut, fort peu gênés de mettre les passants de moitié dans leurs confidences. Ils parlaient duels, filles, cruches, folies.

Au détour d'une rue, le bruit d'un tambour de basque leur vint d'un carrefour voisin. Dom Claude entendit l'officier qui disait à l'écolier :

— Tonnerre! doublons le pas.

— Pourquoi, Phœbus?

— J'ai peur que la bohémienne ne me voie.

— Quelle bohémienne?

— La petite qui a une chèvre.

— La Smeralda?

— Justement, Jehan. J'oublie toujours son diable de nom. Dépêchons, elle me reconnaîtrait. Je ne veux pas que cette fille m'accoste dans la rue.

— Est-ce que vous la connaissez, Phœbus?

Ici l'archidiacre vit Phœbus ricaner, se pencher à l'oreille de Jehan, et lui dire quelques mots tout bas. Puis Phœbus éclata de rire et secoua la tête d'un air triomphant.

— En vérité? dit Jehan.

— Sur mon âme! dit Phœbus.

— Ce soir?

— Ce soir.

— Etes-vous sûr qu'elle viendra?

— Mais êtes-vous fou, Jehan? est-ce qu'on doute de ces choses-là?

— Capitaine Phœbus, vous êtes un heureux gendarme!

L'archidiacre entendit toute cette conversation. Ses dents claquèrent. Un frisson, visible aux yeux, parcourut tout son corps. Il s'arrêta un moment, s'appuya à une borne comme un homme ivre, puis il reprit la piste des deux joyeux drôles.

Au moment où il les rejoignit, ils avaient changé de conversation. Il les entendit chanter à tue-tête le vieux refrain :

> Les enfants des Petits-Carreaux
> Se font pendre comme des veaux.

LE MOINE-BOURRU

L'illustre cabaret de *la Pomme d'Eve* était situé dans l'Université, au coin de la rue de la Rondelle et de la rue du Bâtonnier. C'était une salle au rez-de-chaussée, assez vaste et fort basse, avec une voûte dont la retombée centrale s'appuyait sur un gros pilier de bois peint en jaune; des tables partout, de luisants brocs d'étain accrochés au mur, toujours force buveurs, des filles à foison, un vitrage sur la rue, une vigne à la porte, et au-dessus de cette porte une criarde planche de tôle, enluminée d'une pomme et d'une femme, rouillée par la pluie et tournant au vent sur une broche de fer. Cette façon de girouette qui regardait le pavé était l'enseigne.

La nuit tombait. Le carrefour était noir. Le cabaret plein de chandelles flamboyait de loin comme une forge dans l'ombre. On entendait le bruit des verres, des ripailles, des jurements, des querelles qui s'échappait par les carreaux cassés. À travers la brume que la chaleur de la salle répandait sur la devanture vitrée, on voyait fourmiller cent figures confuses, et de temps en temps un éclat de rire sonore s'en détachait. Les passants qui allaient à leurs affaires longeaient sans y jeter les yeux cette vitre tumultueuse. Seulement, par intervalles, quelque petit garçon en guenilles se haussait sur la pointe des pieds jusqu'à l'appui de la devanture et jetait dans le cabaret la vieille huée goguenarde dont on pour- suivait alors les ivrognes : — Aux Houls, saouls, saouls, saouls!

Un homme cependant se promenait impertur- bablement devant la bruyante taverne, y regar- dant sans cesse, et ne s'en écartant pas plus qu'un piquier de sa guérite. Il avait un manteau jus- qu'au nez. Ce manteau, il venait de l'acheter au fripier qui avoisinait *la Pomme d'Eve*, sans doute pour se garantir du froid des soirées de mars, peut-être pour cacher son costume. De temps en temps il s'arrêtait devant le vitrage trouble à mailles de plomb, il écoutait, regardait, et frappait du pied.

Enfin la porte du cabaret s'ouvrit. C'est ce qu'il paraissait attendre. Deux buveurs en sor- tirent. Le rayon de lumière qui s'échappa de la porte empourpra un moment leurs joviales figures. L'homme au manteau s'alla mettre en observation sous un porche de l'autre côté de la rue.

— Corne et tonnerre! dit l'un des deux buveurs. Sept heures vont toquer. C'est l'heure de mon rendez-vous.

— Je vous dis, reprenait son compagnon avec une langue épaisse, que je ne demeure pas rue des Mauvaises-Paroles, *indignus qui inter mala verba habitat* [1]. J'ai logis rue Jean-Pain-Mollet, *in vico Johannis-Pain-Mollet.* — Vous êtes plus cornu qu'un unicorne, si vous dites le contraire.

— Chacun sait que qui monte une fois sur un ours n'a jamais peur, mais vous avez le nez tourné à la friandise, comme Saint-Jacques de l'Hôpital.

— Jehan, mon ami, vous êtes ivre, disait l'au- tre.

L'autre répondit en chancelant : — Cela vous plaît à dire, Phœbus, mais il est prouvé que Platon avait le profil d'un chien de chasse.

Le lecteur a sans doute déjà reconnu nos deux braves amis, le capitaine et l'écolier. Il paraît que l'homme qui les guettait dans l'ombre les avait reconnus aussi, car il suivait à pas lents tous les zigzags que l'écolier faisait faire au capitaine, lequel, buveur plus aguerri, avait conservé tout son sang-froid. En les écoutant attentivement, l'homme au manteau put saisir dans son entier l'intéressante conversation que voici :

— Corbacque! tâchez donc de marcher droit, monsieur le bachelier. Vous savez qu'il faut que je vous quitte. Voilà sept heures. J'ai rendez-vous avec une femme.

— Laissez-moi donc, vous! Je vois des étoiles et des lances de feu. Vous êtes comme le château de Dampmartin qui crève de rire.

— Par les verrues [1] de ma grand'mère, Jehan, c'est déraisonner avec trop d'acharnement. — A propos, Jehan, est-ce qu'il ne vous reste plus d'argent?

— Monsieur le recteur, il n'y a pas de faute, la petite boucherie, *parva boucheria*.

— Jehan, mon ami Jehan! vous savez que j'ai donné rendez-vous à cette petite au bout du Pont Saint-Michel, que je ne puis la mener que chez la Falourdel, la vilotière [2] du pont, et qu'il faudra payer la chambre. La vieille ribaude à moustaches blanches ne me fera pas crédit. Jehan! de grâce! est-ce que nous avons bu toute l'escarcelle du curé? est-ce qu'il ne vous reste plus un parisis?

— La conscience d'avoir bien dépensé les autres heures est un juste et savoureux condiment de table [3].

— Ventre et boyaux! trêve aux billevesées! Dites-moi, Jehan du diable, vous reste-t-il quelque monnaie? Donnez, bédieu! ou je vais vous fouiller, fussiez-vous lépreux comme Job et galeux comme César!

— Monsieur, la rue Galiache est une rue qui a un bout rue de la Verrerie, et l'autre rue de la Tixeranderie.

— Eh bien oui, mon bon ami Jehan, mon pauvre camarade, la rue Galiache, c'est bien,

c'est très bien. Mais, au nom du ciel, revenez
à vous. Il ne me faut qu'un sou parisis, et c'est
pour sept heures.

— Silence à la ronde, et attention au refrain :

>Quand les rats mangeront les cats,
>Le roi sera seigneur d'Arras;
>Quand la mer, qui est grande et lée,
>Sera à la Saint-Jean gelée.
>On verra, par-dessus la glace,
>Sortir ceux d'Arras de leur place.

— Eh bien, écolier de l'Antechrist, puisses-tu
être étranglé avec les tripes de ta mère! s'écria
Phœbus, et il poussa rudement l'écolier ivre,
lequel glissa contre le mur et tomba mollement
sur le pavé de Philippe-Auguste. Par un reste de
cette pitié fraternelle qui n'abandonne jamais
le cœur d'un buveur, Phœbus roula Jehan avec
le pied sur un de ces oreillers du pauvre que la
providence tient prêts au coin de toutes les
bornes de Paris, et que les riches flétrissent
dédaigneusement du nom de *tas d'ordures*. Le
capitaine arrangea la tête de Jehan sur un plan
incliné de trognons de choux, et à l'instant même
l'écolier se mit à ronfler avec une basse-taille
magnifique. Cependant toute rancune n'était pas
éteinte au cœur du capitaine. — Tant pis si la
charrette du diable te ramasse en passant! dit-il
au pauvre clerc endormi, et il s'éloigna.

L'homme au manteau, qui n'avait cessé de le
suivre, s'arrêta un moment devant l'écolier
gisant, comme si une indécision l'agitait; puis,
poussant un profond soupir, il s'éloigna aussi
à la suite du capitaine.

Nous laisserons, comme eux, Jehan dormir
sous le regard bienveillant de la belle étoile, et
nous les suivrons aussi, s'il plaît au lecteur.

En débouchant dans la rue Saint-André-des-
Arcs, le capitaine Phœbus s'aperçut que quelqu'un le suivait. Il vit, en détournant par hasard
les yeux, une espèce d'ombre qui rampait der-

rière lui le long des murs. Il s'arrêta, elle s'arrêta. Il se remit en marche, l'ombre se remit en marche. Cela ne l'inquiéta que fort médiocrement. — Ah bah! se dit-il en lui-même, je n'ai pas le sou.

Devant la façade du collège d'Autun il fit halte. C'est à ce collège qu'il avait ébauché ce qu'il appelait ses études, et, par une habitude d'écolier taquin qui lui était restée, il ne passait jamais devant la façade sans faire subir à la statue du cardinal Pierre Bertrand, sculptée à droite du portail, l'espèce d'affront dont se plaint si amèrement Priape dans la satire d'Horace *Olim truncus eram ficulnus* [1]. Il y avait mis tant d'acharnement que l'inscription *Eduensis episcopus* [2] en était presque effacée. Il s'arrêta donc devant la statue comme à son ordinaire. La rue était tout à fait déserte. Au moment où il renouait nonchalamment ses aiguillettes, le nez au vent, il vit l'ombre qui s'approchait de lui à pas lents, si lents qu'il eut tout le temps d'observer que cette ombre avait un manteau et un chapeau. Arrivée près de lui, elle s'arrêta et demeura plus immobile que la statue du cardinal Bertrand. Cependant elle attachait sur Phœbus deux yeux fixes pleins de cette lumière vague qui sort la nuit de la prunelle d'un chat.

Le capitaine était brave et se serait fort peu soucié d'un larron l'estoc au poing. Mais cette statue qui marchait, cet homme pétrifié le glacèrent. Il courait alors par le monde je ne sais quelles histoires de moine-bourru, rôdeur nocturne des rues de Paris, qui lui revinrent confusément en mémoire. Il resta quelques minutes stupéfait, et rompit enfin le silence, en s'efforçant de rire.

— Monsieur, si vous êtes un voleur, comme je l'espère, vous me faites l'effet d'un héron qui s'attaque à une coquille de noix. Je suis un fils de famille ruiné, mon cher. Adressez-vous à côté. Il y a dans la chapelle de ce collège du bois de la vraie croix, qui est dans de l'argenterie.

La main de l'ombre sortit de dessous son manteau et s'abattit sur le bras de Phœbus avec la pesanteur d'une serre d'aigle. En même temps l'ombre parla : — Capitaine Phœbus de Châteaupers !

— Comment diable ! dit Phœbus, vous savez mon nom !

— Je ne sais pas seulement votre nom, reprit l'homme au manteau avec sa voix de sépulcre. Vous avez un rendez-vous ce soir.

— Oui, répondit Phœbus stupéfait.

— A sept heures.

— Dans un quart d'heure.

— Chez la Falourdel.

— Précisément.

— La vilotière du Pont Saint-Michel.

— De saint Michel archange, comme dit la patenôtre.

— Impie ! grommela le spectre. — Avec une femme ?

— *Confiteor* [1].

— Qui s'appelle...

— La Smeralda, dit Phœbus allégrement. Toute son insouciance lui était revenue par degrés.

A ce nom, la serre de l'ombre secoua avec fureur le bras de Phœbus.

— Capitaine Phœbus de Châteaupers, tu mens !

Qui eût pu voir en ce moment le visage enflammé du capitaine, le bond qu'il fit en arrière, si violent qu'il se dégagea de la tenaille qui l'avait saisi, la fière mine dont il jeta sa main à la garde de son épée, et devant cette colère la morne immobilité de l'homme au manteau, qui eût vu cela eût été effrayé. C'était quelque chose du combat de don Juan et de la statue.

— Christ et Satan ! cria le capitaine. Voilà une parole qui s'attaque rarement à l'oreille d'un Châteaupers ! tu n'oserais pas la répéter.

— Tu mens ! dit l'ombre froidement.

Le capitaine grinça des dents. Moine-bourru, fantôme, superstitions, il avait tout oublié en ce moment. Il ne voyait plus qu'un homme et qu'une insulte.

— Ah! voilà qui va bien! balbutia-t-il d'une voix étouffée de rage. Il tira son épée, puis bégayant, car la colère fait trembler comme la peur : — Ici! tout de suite! sus! les épées! les épées! du sang sur ces pavés!

Cependant l'autre ne bougeait pas. Quand il vit son adversaire en garde et prêt à se fendre :

— Capitaine Phœbus, dit-il, et son accent vibrait avec amertume, vous oubliez votre rendez-vous.

Les emportements des hommes comme Phœbus sont des soupes au lait dont une goutte d'eau froide affaisse l'ébullition. Cette simple parole fit baisser l'épée qui étincelait à la main du capitaine.

— Capitaine, poursuivit l'homme, demain, après-demain, dans un mois, dans dix ans, vous me retrouverez prêt à vous couper la gorge; mais allez d'abord à votre rendez-vous.

— En effet, dit Phœbus, comme s'il cherchait à capituler avec lui-même, ce sont deux choses charmantes à rencontrer en un rendez-vous qu'une épée et qu'une fille; mais je ne vois pas pourquoi je manquerais l'une pour l'autre, quand je puis avoir les deux.

Il remit l'épée au fourreau.

— Allez à votre rendez-vous, reprit l'inconnu.

— Monsieur, répondit Phœbus avec quelque embarras, grand merci de votre courtoisie. Au fait il sera toujours temps demain de nous découper à taillades et boutonnières le pourpoint du père Adam. Je vous sais gré de me permettre de passer encore un quart d'heure agréable. J'espérais bien vous coucher dans le ruisseau et arriver encore à temps pour la belle, d'autant mieux qu'il est de bon air de faire attendre un peu les femmes en pareil cas. Mais vous m'avez l'air d'un gaillard, et il est plus sûr de remettre la partie à demain. Je vais donc à mon rendez-vous. C'est pour sept heures, comme vous savez. — Ici Phœbus se gratta l'oreille. — Ah! corne-Dieu! j'oubliais! je n'ai pas un sou pour acquitter le truage du galetas, et la vieille matrulle voudra être payée d'avance. Elle se défie de moi.

— Voici de quoi payer.

Phœbus sentit la main froide de l'inconnu glisser dans la sienne une large pièce de monnaie. Il ne put s'empêcher de prendre cet argent et de serrer cette main.

— Vrai Dieu! s'écria-t-il, vous êtes un bon enfant!

— Une condition, dit l'homme. Prouvez-moi que j'ai eu tort et que vous disiez vrai. Cachez-moi dans quelque coin d'où je puisse voir si cette femme est vraiment celle dont vous avez dit le nom.

— Oh! répondit Phœbus, cela m'est bien égal. Nous prendrons la chambre à Sainte-Marthe. Vous pourrez voir à votre aise du chenil qui est à côté.

— Venez donc, reprit l'ombre.

— A votre service, dit le capitaine. Je ne sais si vous n'êtes pas messer Diabolus en propre personne. Mais soyons bons amis ce soir. Demain je vous paierai toutes mes dettes, de la bourse et de l'épée.

Ils se remirent à marcher rapidement. Au bout de quelques minutes, le bruit de la rivière leur annonça qu'ils étaient sur le Pont Saint-Michel, alors chargé de maisons. — Je vais d'abord vous introduire, dit Phœbus à son compagnon; j'irai ensuite chercher la belle qui doit m'attendre près du Petit-Châtelet.

Le compagnon ne répondit rien. Depuis qu'ils marchaient côte à côte, il n'avait dit mot. Phœbus s'arrêta devant une porte basse et heurta rudement. Une lumière parut aux fentes de la porte.

— Qui est là? cria une voix édentée. — Corps-Dieu! tête-Dieu! ventre-Dieu! répondit le capitaine. La porte s'ouvrit sur-le-champ, et laissa voir aux arrivants une vieille femme et une vieille lampe qui tremblaient toutes deux. La vieille était pliée en deux, vêtue de guenilles, branlante du chef, percée à petits yeux, coiffée d'un torchon, ridée partout, aux mains, à la face, au cou; ses lèvres rentraient sous ses gencives, et elle avait tout autour de la bouche des pinceaux de poils blancs qui lui donnaient la mine amba-bouinée d'un chat. L'intérieur du bouge n'était pas moins délabré qu'elle. C'étaient des murs de craie, des solives noires au plafond, une che-minée démantelée, des toiles d'araignée à tous les coins, au milieu un troupeau chancelant de tables et d'escabelles boiteuses, un enfant sale dans les cendres, et dans le fond un escalier ou plutôt une échelle de bois qui aboutissait à une trappe au plafond. En pénétrant dans ce repaire, le mystérieux compagnon de Phœbus haussa son manteau jusqu'à ses yeux. Cependant le capi-taine, tout en jurant comme un sarrasin, se hâta de *faire dans un écu reluire le soleil*, comme dit notre admirable Régnier. — La chambre à Sainte-Marthe, dit-il.

La vieille le traita de monseigneur, et serra l'écu dans un tiroir. C'était la pièce que l'homme au manteau noir avait donnée à Phœbus. Pen-dant qu'elle tournait le dos, le petit garçon che-velu et déguenillé qui jouait dans les cendres s'approcha adroitement du tiroir, y prit l'écu, et mit à la place une feuille sèche qu'il avait arrachée d'un fagot.

La vieille fit signe aux deux gentilshommes, comme elle les nommait, de la suivre, et monta l'échelle devant eux. Parvenue à l'étage supé-rieur, elle posa sa lampe sur un coffre, et Phœ-bus, en habitué de la maison, ouvrit une porte qui donnait sur un bouge obscur. — Entrez là, mon cher, dit-il à son compagnon. L'homme au manteau obéit sans répondre une parole. La porte retomba sur lui. Il entendit Phœbus la refermer au verrou, et un moment après redescendre l'es-calier avec la vieille. La lumière avait disparu.

UTILITÉ DES FENÊTRES
QUI DONNENT SUR LA RIVIÈRE

Claude Frollo (car nous présumons que le lecteur, plus intelligent que Phœbus, n'a vu dans toute cette aventure d'autre moine bourru que l'archidiacre), Claude Frollo tâtonna quelques instants dans le réduit ténébreux où le capitaine l'avait verrouillé. C'était un de ces recoins comme les architectes en réservent quelquefois au point de jonction du toit et du mur d'appui. La coupe verticale de ce chenil, comme l'avait si bien nommé Phœbus, eût donné un triangle. Du reste il n'y avait ni fenêtre ni lucarne, et le plan incliné du toit empêchait qu'on s'y tînt debout. Claude s'accroupit donc dans la poussière et dans les plâtras qui s'écrasaient sous lui. Sa tête était brûlante. En furetant autour de lui avec ses mains il trouva à terre un morceau de vitre cassée qu'il appuya sur son front et dont la fraîcheur le soulagea un peu.

Que se passait-il en ce moment dans l'âme obscure de l'archidiacre? lui et Dieu seul l'ont pu savoir.

Selon quel ordre fatal disposait-il dans sa pensée la Esmeralda, Phœbus, Jacques Charmolue, son jeune frère si aimé abandonné par lui dans la boue, sa soutane d'archidiacre, sa réputation peut-être, traînée chez la Falourdel, toutes ces images, toutes ces aventures? Je ne pourrais le dire. Mais il est certain que ces idées formaient dans son esprit un groupe horrible.

Il attendait depuis un quart d'heure; il lui semblait avoir vieilli d'un siècle. Tout à coup il entendit craquer les ais de l'escalier de bois. Quelqu'un montait. La trappe se rouvrit, une lumière reparut. Il y avait à la porte vermoulue de son bouge une fente assez large. Il y colla son visage. De cette façon il pouvait voir tout ce qui se passait dans la chambre voisine. La vieille à face de chat sortit d'abord de la trappe, sa lampe à la main, puis Phœbus retroussant sa moustache, puis une troisième personne, cette belle et gracieuse figure, la Esmeralda. Le prêtre la vit sortir de terre comme une éblouissante apparition. Claude trembla, un nuage se répandit sur ses yeux, ses artères battirent avec force, tout bruissait et tournait autour de lui. Il ne vit et n'entendit plus rien.

Quand il revint à lui, Phœbus et la Esmeralda étaient seuls, assis sur le coffre de bois à côté de la lampe qui faisait saillir aux yeux de l'archidiacre ces deux jeunes figures, et un misérable grabat au fond du galetas.

A côté du grabat il y avait une fenêtre dont le vitrail, défoncé comme une toile d'araignée sur laquelle la pluie a tombé, laissait voir à travers ses mailles rompues un coin du ciel et la lune couchée au loin sur un édredon de molles nuées.

La jeune fille était rouge, interdite, palpitante. Ses longs cils baissés ombrageaient ses joues de pourpre. L'officier, sur lequel elle n'osait lever les yeux, rayonnait. Machinalement, et avec un geste charmant de gaucherie, elle traçait du bout du doigt sur le banc des lignes incohérentes, et elle regardait son doigt. On ne voyait pas son pied, la petite chèvre était accroupie dessus.

Le capitaine était mis fort galamment; il avait au col et aux poignets des touffes de doreloterie : grande élégance d'alors.

Dom Claude ne parvint pas sans peine à entendre ce qu'ils se disaient, à travers le bourdon-

nement de son sang qui bouillait dans ses
tempes.

(Chose assez banale qu'une causerie d'amoureux. C'est un *je vous aime* perpétuel. Phrase
musicale fort nue et fort insipide pour les indif-
férents qui écoutent, quand elle n'est pas ornée
de quelque *fioriture*. Mais Claude n'écoutait pas
en indifférent.)

— Oh! disait la jeune fille sans lever les yeux,
ne me méprisez pas, monseigneur Phœbus. Je
sens que ce que je fais est mal.

— Vous mépriser, belle enfant! répondait l'officier d'un air de galanterie supérieure et dis-
tinguée, vous mépriser, tête-Dieu! et pourquoi?

— Pour vous avoir suivi.

— Sur ce propos, ma belle, nous ne nous
entendons pas. Je ne devrais pas vous mépriser,
mais vous haïr.

La jeune fille le regarda avec effroi : — Me
haïr! qu'ai-je donc fait?

— Pour vous être tant fait prier.

— Hélas! dit-elle... c'est que je manque à un
vœu... Je ne retrouverai pas mes parents... l'amulette perdra sa vertu... Mais qu'importe? qu'ai-
je besoin de père et de mère à présent?

En parlant ainsi, elle fixait sur le capitaine
ses grands yeux noirs humides de joie et de tendresse.

— Du diable si je vous comprends! s'écria
Phœbus.

La Esmeralda resta un moment silencieuse,
puis une larme sortit de ses yeux, un soupir de
ses lèvres, et elle dit : — Oh! monseigneur, je
vous aime.

Il y avait autour de la jeune fille un tel parfum
de chasteté, un tel charme de vertu que Phœbus
ne se sentait pas complètement à l'aise auprès
d'elle. Cependant cette parole l'enhardit. — Vous
m'aimez! dit-il avec transport, et il jeta son bras
autour de la taille de l'égyptienne. Il n'attendait
que cette occasion.

Le prêtre le vit, et essaya du bout du doigt la

pointe d'un poignard qu'il tenait caché dans sa poitrine.

— Phœbus, poursuivit la bohémienne en détachant doucement de sa ceinture les mains tenaces du capitaine, vous êtes bon, vous êtes généreux, vous êtes beau. Vous m'avez sauvée, moi qui ne suis qu'une pauvre enfant perdue en Bohême. Il y a longtemps que je rêve d'un officier qui me sauve la vie. C'était de vous que je rêvais avant de vous connaître, mon Phœbus. Mon rêve avait une belle livrée comme vous, une grande mine, une épée. Vous vous appelez Phœbus, c'est un beau nom. J'aime votre nom, j'aime votre épée. Tirez donc votre épée, Phœbus, que je la voie.

— Enfant! dit le capitaine, et il dégaina sa rapière en souriant. L'égyptienne regarda la poignée, la lame, examina avec une curiosité adorable le chiffre de la garde, et baisa l'épée en lui disant : — Vous êtes l'épée d'un brave. J'aime mon capitaine.

Phœbus profita encore de l'occasion pour déposer sur son beau cou ployé un baiser qui fit redresser la jeune fille écarlate comme une cerise. Le prêtre en grinça des dents dans ses ténèbres.

— Phœbus, reprit l'égyptienne, laissez-moi vous parler. Marchez donc un peu, que je vous voie tout grand et que j'entende sonner vos éperons. Comme vous êtes beau!

Le capitaine se leva pour lui complaire, en la grondant avec un sourire de satisfaction : — Mais êtes-vous enfant! — A propos, charmante, m'avez-vous vu en hoqueton de cérémonie?

— Hélas! non, répondit-elle.

— C'est cela qui est beau!

Phœbus vint se rasseoir près d'elle, mais beaucoup plus près qu'auparavant.

— Ecoutez, ma chère...

L'égyptienne lui donna quelques petits coups de sa jolie main sur la bouche avec un enfantillage plein de folie, de grâce et de gaieté. — Non, non, je ne vous écouterai pas. M'aimez-

vous? Je veux que vous me disiez si vous m'aimez.

— Si je t'aime, ange de ma vie! s'écria le capitaine en s'agenouillant à demi. Mon corps, mon
sang, mon âme, tout est à toi, tout est pour toi.
Je t'aime, et n'ai jamais aimé que toi.

Le capitaine avait tant de fois répété cette
phrase, en mainte conjoncture pareille, qu'il la
débita tout d'une haleine sans faire une seule
faute de mémoire. A cette déclaration passionnée, l'égyptienne leva au sale plafond qui tenait
lieu de ciel un regard plein d'un bonheur angé-
lique. — Oh! murmura-t-elle, voilà le moment où
l'on devrait mourir! Phœbus trouva « le moment » bon pour lui dérober un nouveau baiser qui alla torturer dans son coin le misérable
archidiacre.

— Mourir! s'écria l'amoureux capitaine.
Qu'est-ce que vous dites donc là, bel ange? C'est
le cas de vivre, ou Jupiter n'est qu'un polisson!
Mourir au commencement d'une si douce chose!
corne-de-bœuf, quelle plaisanterie! — Ce n'est
pas cela. — Ecoutez, ma chère Similar... Esme-
narda... Pardon, mais vous avez un nom si prodigieusement sarrasin que je ne puis m'en dé-
pêtrer. C'est une broussaille qui m'arrête tout
court.

— Mon Dieu, dit la pauvre fille, moi qui
croyais ce nom joli pour sa singularité! Mais
puisqu'il vous déplaît, je voudrais m'appeler Go-
ton.

— Ah! ne pleurons pas pour si peu, ma gracieuse! c'est un nom auquel il faut s'accoutumer,
voilà tout. Une fois que je le saurai par cœur,
cela ira tout seul. — Ecoutez donc, ma chère
Similar, je vous adore à la passion. Je vous aime
vraiment que c'est miraculeux. Je sais une petite
qui en crève de rage...

La jalouse fille l'interrompit : — Qui donc?

— Qu'est-ce que cela nous fait? dit Phœbus.
M'aimez-vous?

— Oh!... dit-elle.

— Eh bien! c'est tout. Vous verrez comme je vous aime aussi. Je veux que le grand diable Neptunus m'enfourche si je ne vous rends pas la plus heureuse créature du monde. Nous aurons une jolie petite logette quelque part. Je ferai parader mes archers sous vos fenêtres. Ils sont tous à cheval et font la nargue à ceux du capitaine Mignon. Il y a des voulgiers, des cranequiniers et des coulevriniers à main. Je vous conduirai aux grandes monstres des parisiens à la grange de Rully. C'est très magnifique. Quatre-vingt mille têtes armées; trente mille harnois blancs, jaques ou brigandines; les soixante-sept bannières des métiers; les étendards du parlement, de la chambre des comptes, du trésor des généraux, des aides des monnaies; un arroi du diable enfin! Je vous mènerai voir les lions de l'Hôtel du Roi qui sont des bêtes fauves. Toutes les femmes aiment cela.

Depuis quelques instants la jeune fille, absorbée dans ses charmantes pensées, rêvait au son de sa voix sans écouter le sens de ses paroles.

— Oh! vous serez heureuse! continua le capitaine, et en même temps il déboucla doucement la ceinture de l'égyptienne.

— Que faites-vous donc? dit-elle vivement. Cette *voie de fait* l'avait arrachée à sa rêverie.

— Rien, répondit Phœbus. Je disais seulement qu'il faudrait quitter toute cette toilette de folie et de coin de rue quand vous serez avec moi.

— Quand je serai avec toi, mon Phœbus! dit la jeune fille tendrement.

Elle redevint pensive et silencieuse.

Le capitaine, enhardi par sa douceur, lui prit la taille sans qu'elle résistât, puis se mit à délacer à petit bruit le corsage de la pauvre enfant, et dérangea si fort sa gorgerette que le prêtre haletant vit sortir de la gaze la belle épaule nue de la bohémienne, ronde et brune, comme la lune qui se lève dans la brume à l'horizon.

La jeune fille laissait faire Phœbus. Elle ne

paraissait pas s'en apercevoir. L'œil du hardi capitaine étincelait.

Tout à coup elle se tourna vers lui : — Phœbus, dit-elle avec une expression d'amour infinie, instruis-moi dans ta religion.

— Ma religion! s'écria le capitaine éclatant de rire. Moi, vous instruire dans ma religion! Corne et tonnerre! qu'est-ce que vous voulez faire de ma religion?

— C'est pour nous marier, répondit-elle.

La figure du capitaine prit une expression mélangée de surprise, de dédain, d'insouciance et de passion libertine. — Ah bah! dit-il, est-ce qu'on se marie?

La bohémienne devint pâle et laissa tristement retomber sa tête sur sa poitrine.

— Belle amoureuse, reprit tendrement Phœbus, qu'est-ce que c'est que ces folies-là? Grand' chose que le mariage! est-on moins bien aimant pour n'avoir pas craché du latin dans la boutique d'un prêtre?

En parlant ainsi de sa voix la plus douce, il s'approchait extrêmement près de l'égyptienne, ses mains caressantes avaient repris leur poste autour de cette taille si fine et si souple, son œil s'allumait de plus en plus, et tout annonçait que monsieur Phœbus touchait évidemment à l'un de ces moments où Jupiter lui-même fait tant de sottises que le bon Homère est obligé d'appeler un nuage à son secours.

Dom Claude cependant voyait tout. La porte était faite de douves de poinçon toutes pourries, qui laissaient entre elles de larges passages à son regard d'oiseau de proie. Ce prêtre à peau brune et à larges épaules, jusque-là condamné à l'austère virginité du cloître, frissonnait et bouillait devant cette scène d'amour, de nuit et de volupté. La jeune et belle fille livrée en désordre à cet ardent jeune homme lui faisait couler du plomb dans les veines. Il se passait en lui des mouvements extraordinaires. Son œil plongeait avec une jalousie lascive sous toutes ces épingles défaites. Qui eût pu voir en ce moment la figure du malheureux collée aux barreaux vermoulus eût cru voir une face de tigre regardant du fond d'une cage quelque chacal qui dévore une gazelle. Sa prunelle éclatait comme une chandelle à travers les fentes de la porte.

Tout à coup, Phœbus enleva d'un geste rapide la gorgerette de l'égyptienne. La pauvre enfant, qui était restée pâle et rêveuse, se réveilla comme en sursaut. Elle s'éloigna brusquement de l'entreprenant officier, et jetant un regard sur sa gorge et ses épaules nues, rouge et confuse et muette de honte, elle croisa ses deux beaux bras sur son sein pour le cacher. Sans la flamme qui embrasait ses joues, à la voir ainsi silencieuse et immobile, on eût dit une statue de la pudeur. Ses yeux restaient baissés.

Cependant le geste du capitaine avait mis à découvert l'amulette mystérieuse qu'elle portait au cou. — Qu'est-ce que cela? dit-il en saisissant ce prétexte pour se rapprocher de la belle créature qu'il venait d'effaroucher.

— N'y touchez pas! répondit-elle vivement, c'est ma gardienne. C'est elle qui me fera retrouver ma famille si j'en reste digne. Oh! laissez-moi, monsieur le capitaine! Ma mère! ma pauvre mère! où es-tu? à mon secours! Grâce, monsieur Phœbus! rendez-moi ma gorgerette!

Phœbus recula et dit d'un ton froid : — Oh! mademoiselle! que je vois bien que vous ne m'aimez pas!

— Je ne t'aime pas! s'écria la pauvre malheureuse enfant, et en même temps elle se pendit au capitaine qu'elle fit asseoir près d'elle. Je ne t'aime pas, mon Phœbus! Qu'est-ce que tu dis là, méchant, pour me déchirer le cœur? Oh! va! prends-moi, prends tout! fais ce que tu voudras de moi. Je suis à toi. Que m'importe l'amulette! que m'importe ma mère! c'est toi qui es ma mère, puisque je t'aime! Phœbus, mon Phœbus bien-aimé, me vois-tu? c'est moi, regarde-moi. C'est cette petite que tu veux bien ne pas repous-

ser, qui vient, qui vient elle-même te chercher.
Mon âme, ma vie, mon corps, ma personne, tout
cela est une chose qui est à vous, mon capitaine.
Eh bien, non! ne nous marions pas, cela t'ennuie.
Et puis, qu'est-ce que je suis, moi? une misérable fille du ruisseau, tandis que toi, mon Phœbus, tu es gentilhomme. Belle chose vraiment!
une danseuse épouser un officier! j'étais folle.
Non, Phœbus, non, je serai ta maîtresse, ton amusement, ton plaisir, quand tu voudras, une fille
qui sera à toi, je ne suis faite que pour cela,
souillée, méprisée, déshonorée, mais qu'importe!
aimée. Je serai la plus fière et la plus joyeuse
des femmes. Et quand je serai vieille ou laide,
Phœbus, quand je ne serai plus bonne pour vous
aimer, monseigneur, vous me souffrirez encore
pour vous servir. D'autres vous broderont des
écharpes. C'est moi la servante, qui en aurai
soin. Vous me laisserez fourbir vos éperons, bros-
ser votre hoqueton, épousseter vos bottes de cheval. N'est-ce pas mon Phœbus, que vous aurez
cette pitié? En attendant, prends-moi! tiens,
Phœbus, tout cela t'appartient... aime-moi seulement! Nous autres égyptiennes, il ne nous faut
que cela, de l'air et de l'amour.

En parlant ainsi, elle jetait ses bras autour du
cou de l'officier, elle le regardait du bas en haut
suppliante et avec un beau sourire tout en pleurs,
sa gorge délicate se frottait au pourpoint de drap
et aux rudes broderies. Elle tordait sur ses genoux son beau corps demi-nu. Le capitaine, enivré, colla ses lèvres ardentes à ces belles épaules
africaines. La jeune fille, les yeux perdus au
plafond, renversée en arrière, frémissait toute
palpitante sous ce baiser.

Tout à coup, au-dessus de la tête de Phœbus,
elle vit une autre tête, une figure livide, verte,
convulsive, avec un regard de damné. Près de
cette figure il y avait une main qui tenait un
poignard. C'était la figure et la main du prêtre.
Il avait brisé la porte et il était là. Phœbus ne
pouvait le voir. La jeune fille resta immobile,

glacée, muette sous l'épouvantable apparition, comme une colombe qui lèverait la tête au moment où l'orfraie regarde dans son nid avec ses yeux ronds.

Elle ne put même pousser un cri. Elle vit le poignard s'abaisser sur Phœbus et se relever fumant. — Malédiction! dit le capitaine, et il tomba.

Elle s'évanouit.

Au moment où ses yeux se fermaient, où tout sentiment se dispersait en elle, elle crut sentir s'imprimer sur ses lèvres un attouchement de feu, un baiser plus brûlant que le fer rouge du bourreau.

Quand elle reprit ses sens, elle était entourée de soldats du guet, on emportait le capitaine baigné dans son sang, le prêtre avait disparu, la fenêtre du fond de la chambre, qui donnait sur la rivière, était toute grande ouverte, on ramassait un manteau qu'on supposait appartenir à l'officier, et elle entendait dire autour d'elle : — C'est une sorcière qui a poignardé un capitaine.

LIVRE HUITIÈME

I

L'ÉCU CHANGÉ EN FEUILLE SÈCHE

Gringoire et toute la Cour des Miracles étaient dans une mortelle inquiétude. On ne savait depuis un grand mois ce qu'était devenue la Esmeralda, ce qui contristait fort le duc d'Egypte et ses amis les truands, ni ce qu'était devenue sa chèvre, ce qui redoublait la douleur de Gringoire. Un soir, l'égyptienne avait disparu, et depuis lors n'avait plus donné signe de vie. Toutes recherches avaient été inutiles. Quelques sabouleux [1] taquins disaient à Gringoire l'avoir rencontrée ce soir-là aux environs du Pont Saint-Michel s'en allant avec un officier; mais ce mari à la mode de Bohême était un philosophe incrédule, et d'ailleurs il savait mieux que personne à quel point sa femme était vierge. Il avait pu juger quelle pudeur inexpugnable résultait des deux vertus combinées de l'amulette et de l'égyptienne, et il avait mathématiquement calculé la résistance de cette chasteté à la seconde puissance. Il était donc tranquille de ce côté.

Aussi ne pouvait-il s'expliquer cette disparition. C'était un chagrin profond. Il en eût maigri, si la chose eût été possible. Il en avait tout oublié, jusqu'à ses goûts littéraires, jusqu'à son grand ouvrage *De figuris regularibus et irregularibus* [2], qu'il comptait faire imprimer au premier argent qu'il aurait. (Car il radotait d'imprimerie, depuis qu'il avait vu le *Didascalon* de Hugues de Saint-

Victor imprimé avec les célèbres caractères de Vindelin de Spire.)

Un jour qu'il passait tristement devant la Tournelle criminelle, il aperçut quelque foule à l'une des portes du Palais de Justice.

— Qu'est cela? demanda-t-il à un jeune homme qui en sortait.

— Je ne sais pas, monsieur, répondit le jeune homme. On dit qu'on juge une femme qui a assassiné un gendarme. Comme il paraît qu'il y a de la sorcellerie là-dessous, l'évêque et l'official sont intervenus dans la cause, et mon frère, qui est archidiacre de Josas, y passe sa vie. Or, je voulais lui parler, mais je n'ai pu arriver jusqu'à lui à cause de la foule, ce qui me contrarie fort, car j'ai besoin d'argent.

— Hélas, monsieur, dit Gringoire, je voudrais pouvoir vous en prêter; mais si mes grègues sont trouées, ce n'est pas par les écus.

Il n'osa pas dire au jeune homme qu'il connaissait son frère l'archidiacre, vers lequel il n'était pas retourné depuis la scène de l'église, négligence qui l'embarrassait.

L'écolier passa son chemin, et Gringoire se mit à suivre la foule qui montait l'escalier de la grand'chambre. Il estimait qu'il n'est rien de tel que le spectacle d'un procès criminel pour dissiper la mélancolie, tant les juges sont ordinairement d'une bêtise réjouissante. Le peuple auquel il s'était mêlé marchait et se coudoyait en silence. Après un lent et insipide piétinement sous un long couloir sombre, qui serpentait dans le palais comme le canal intestinal du vieil édifice, il parvint auprès d'une porte basse qui débouchait sur une salle que sa haute taille lui permit d'explorer du regard par-dessus les têtes ondoyantes de la cohue.

La salle était vaste et sombre, ce qui la faisait paraître plus vaste encore. Le jour tombait; les longues fenêtres ogives ne laissaient plus pénétrer qu'un pâle rayon qui s'éteignait avant d'atteindre jusqu'à la voûte, énorme treillis de char-

pentes sculptées, dont les mille figures semblaient remuer confusément dans l'ombre. Il y
avait déjà plusieurs chandelles allumées çà et
là sur des tables et rayonnant sur des têtes de
greffiers affaissés dans des paperasses. La partie antérieure de la salle était occupée par la
foule; à droite et à gauche il y avait des hommes
de robe à des tables; au fond, sur une estrade,
force juges dont les dernières rangées s'enfon-
çaient dans les ténèbres; faces immobiles et sinistres. Les murs étaient semés de fleurs de lys
sans nombre. On distinguait vaguement un
grand christ au-dessus des juges, et partout des
piques et des hallebardes au bout desquelles la
lumière des chandelles mettait des pointes de
feu.

— Monsieur, demanda Gringoire à l'un de ses
voisins, qu'est-ce que c'est donc que toutes ces
personnes rangées là-bas comme prélats en
concile?

— Monsieur, dit le voisin, ce sont les conseillers de la grand-chambre à droite, et les conseillers des enquêtes à gauche; les maîtres en robes
noires, et les messires en robes rouges.

— Là, au-dessus d'eux, reprit Gringoire,
qu'est-ce que c'est que ce gros rouge qui sue?

— C'est monsieur le président.

— Et ces moutons derrière lui? poursuivit
Gringoire, lequel, nous l'avons déjà dit, n'aimait
pas la magistrature. Ce qui tenait peut-être à la
rancune qu'il gardait au Palais de Justice depuis
sa mésaventure dramatique.

— Ce sont messieurs les maîtres des requêtes
de l'Hôtel du Roi.

— Et devant lui, ce sanglier?

— C'est monsieur le greffier de la cour de
parlement.

— Et à droite, ce crocodile?

— Maître Philippe Lheulier, avocat du roi
extraordinaire.

— Et à gauche, ce gros chat noir?

— Maître Jacques Charmolue, procureur du

roi en cour d'église, avec messieurs de l'officialité.

— Or çà, monsieur, dit Gringoire, que font
donc tous ces braves gens-là?

— Ils jugent.

— Ils jugent qui? je ne vois pas d'accusé.

— C'est une femme, monsieur. Vous ne pouvez la voir. Elle nous tourne le dos, et elle nous
est cachée par la foule. Tenez, elle est là où
vous voyez un groupe de pertuisanes.

— Qu'est-ce que cette femme? demanda Gringoire. Savez-vous son nom?

— Non, monsieur. Je ne fais que d'arriver. Je
présume seulement qu'il y a de la sorcellerie,
parce que l'official assiste au procès.

— Allons! dit notre philosophe, nous allons
voir tous ces gens de robe manger de la chair
humaine. C'est un spectacle comme un autre.

— Monsieur, observa le voisin, est-ce que vous
ne trouvez pas que maître Jacques Charmolue a
l'air très doux?

— Hum! répondit Gringoire. Je me méfie
d'une douceur qui a les narines pincées et les
lèvres minces.

Ici les voisins imposèrent silence aux deux
causeurs. On écoutait une déposition importante.

— Messeigneurs, disait, au milieu de la salle,
une vieille dont le visage disparaissait tellement
sous ses vêtements qu'on eût dit un monceau de
guenilles qui marchait, messeigneurs, la chose
est aussi vraie qu'il est vrai que c'est moi qui
suis la Falourdel, établie depuis quarante ans
au Pont Saint-Michel, et payant exactement
rentes, lods et censives, la porte vis-à-vis la maison de Tassin-Caillart, le teinturier, qui est du
côté d'amont l'eau. — Une pauvre vieille à présent, une jolie fille autrefois, messeigneurs! —
On me disait depuis quelques jours : La Falourdel, ne filez pas trop votre rouet le soir, le diable
aime peigner avec ses cornes la quenouille des
vieilles femmes. Il est sûr que le moine-bourru,
qui était l'an passé du côté du Temple, rôde

maintenant dans la Cité. La Falourdel, prenez
garde qu'il ne cogne à votre porte. — Un soir,
je filais mon rouet, on cogne à ma porte. Je demande qui. On jure. J'ouvre. Deux hommes
entrent. Un noir avec un bel officier. On ne
voyait que les yeux du noir, deux braises. Tout
le reste était manteau et chapeau. Voilà qu'ils
me disent : — La chambre à Sainte-Marthe. —
C'est ma chambre d'en haut, messeigneurs, ma
plus propre. Ils me donnent un écu. Je serre
l'écu dans mon tiroir, et je dis : Ce sera pour
acheter demain des tripes à l'écorcherie de la
Gloriette. — Nous montons. — Arrivés à la
chambre d'en haut, pendant que je tournais le
dos, l'homme noir disparaît. Cela m'ébahit un
peu. L'officier, qui était beau comme un grand
seigneur, redescend avec moi. Il sort. Le temps
de filer un quart d'écheveau, il rentre avec une
belle jeune fille, une poupée qui eût brillé comme
un soleil si elle eût été coiffée. Elle avait avec elle
un bouc, un grand bouc, noir ou blanc, je ne
sais plus. Voilà qui me fait songer. La fille, cela
ne me regarde pas, mais le bouc!... Je n'aime
pas ces bêtes-là, elles ont une barbe et des cornes.
Cela ressemble à un homme. Et puis, cela sent
le samedi [1]. Cependant, je ne dis rien. J'avais
l'écu. C'est juste, n'est-ce pas, monsieur le juge?
Je fais monter la fille et le capitaine à la chambre d'en haut, et je les laisse seuls, c'est-à-dire
avec le bouc. Je descends et je me remets à
filer. — Il faut vous dire que ma maison a un
rez-de-chaussée et un premier, elle donne par
derrière sur la rivière comme les autres maisons
du pont, et la fenêtre du rez-de-chaussée, et la
fenêtre du premier s'ouvrent sur l'eau. — J'étais
donc en train de filer. Je ne sais pourquoi je
pensais à ce moine-bourru que le bouc m'avait
remis en tête, et puis la belle fille était un peu
farouchement attifée. — Tout à coup, j'entends
un cri en haut, et choir quelque chose sur le carreau, et que la fenêtre s'ouvre. Je cours à la
mienne qui est au-dessous, et je vois passer de-

vant mes yeux une masse noire qui tombe dans
l'eau. C'était un fantôme habillé en prêtre. Il
faisait clair de lune. Je l'ai très bien vu. Il
nageait du côté de la Cité. Alors, toute tremblante, j'appelle le guet. Ces messieurs de la
douzaine [1] entrent, et même dans le premier moment, ne sachant pas de quoi il s'agissait, comme
ils étaient en joie, ils m'ont battue. Je leur ai
expliqué. Nous montons, et qu'est-ce que nous
trouvons? ma pauvre chambre tout en sang, le
capitaine étendu de son long avec un poignard
dans le cou, la fille faisant la morte, et le bouc
tout effarouché. — Bon, dis-je, j'en aurai pour
plus de quinze jours à laver le plancher. Il faudra gratter, ce sera terrible. — On a emporté
l'officier, pauvre jeune homme! et la fille toute
débraillée. — Attendez. Le pire, c'est que le lendemain, quand j'ai voulu prendre l'écu pour
acheter les tripes, j'ai trouvé une feuille sèche à
la place.

La vieille se tut. Un murmure d'horreur circula dans l'auditoire. — Ce fantôme, ce bouc,
tout cela sent la magie, dit un voisin de Gringoire. — Et cette feuille sèche! ajouta un autre.
— Nul doute, reprit un troisième, c'est une sorcière qui a des commerces avec le moine-bourru
pour dévaliser les officiers. — Gringoire lui-
même n'était pas éloigné de trouver tout cet
ensemble effrayant et vraisemblable.

— Femme Falourdel, dit monsieur le président avec majesté, n'avez-vous rien de plus à
dire à la justice?

— Non, monseigneur, répondit la vieille, sinon
que dans le rapport on a traité ma maison de
masure tortue et puante, ce qui est outrageusement parler. Les maisons du pont n'ont pas
grande mine, parce qu'il y a foison de peuple,
mais néanmoins les bouchers ne laissent pas d'y
demeurer, qui sont gens riches et mariés à de
belles femmes fort propres.

Le magistrat qui avait fait à Gringoire l'effet
d'un crocodile se leva. — Paix! dit-il. Je prie

messieurs de ne pas perdre de vue qu'on a trouvé
un poignard sur l'accusée. — Femme Falourdel,
avez-vous apporté cette feuille sèche en laquelle
s'est transformé l'écu que le démon vous avait
donné?

— Oui, monseigneur, répondit-elle, je l'ai re-
trouvée. La voici.

Un huissier transmit la feuille morte au crocodile qui fit un signe de tête lugubre et la passa
au président qui la renvoya au procureur du
roi en cour d'église, de façon qu'elle fit le tour
de la salle. — C'est une feuille de bouleau, dit
maître Jacques Charmolue. Nouvelle preuve de
la magie.

Un conseiller prit la parole. — Témoin, deux
hommes sont montés en même temps chez vous.
L'homme noir, que vous avez vu d'abord disparaître, puis nager en Seine avec des habits de
prêtre, et l'officier. — Lequel des deux vous a
remis l'écu?

La vieille réfléchit un moment et dit : — C'est
l'officier. Une rumeur parcourut la foule.

— Ah! pensa Gringoire, voilà qui fait hésiter
ma conviction.

Cependant maître Philippe Lheulier, l'avocat
extraordinaire du roi, intervint de nouveau. —
Je rappelle à messieurs que, dans sa déposition
écrite à son chevet, l'officier assassiné, en dé-
clarant qu'il avait eu vaguement la pensée, au
moment où l'homme noir l'avait accosté, que
ce pourrait fort bien être le moine-bourru, ajoutait que le fantôme l'avait vivement pressé de
s'aller accointer avec l'accusée, et sur l'observation de lui, capitaine, qu'il était sans argent,
lui avait donné l'écu dont ledit officier a payé la
Falourdel. Donc l'écu est une monnaie de l'enfer.

Cette observation concluante parut dissiper
tous les doutes de Gringoire et des autres scep-
tiques de l'auditoire.

— Messieurs ont le dossier des pièces, ajouta
l'avocat du roi en s'asseyant, ils peuvent consulter le dire de Phœbus de Châteaupers.

A ce nom l'accusée se leva. Sa tête dépassa la foule. Gringoire épouvanté reconnut la Esmeralda.

Elle était pâle; ses cheveux, autrefois si gracieusement nattés et pailletés de sequins, tombaient en désordre; ses lèvres étaient bleues; ses yeux creux effrayaient. Hélas!

— Phœbus! dit-elle avec égarement, où est-il? O messeigneurs! avant de me tuer, par grâce, dites-moi s'il vit encore!

— Taisez-vous, femme, répondit le président. Ce n'est pas là notre affaire.

— Oh! par pitié, dites-moi s'il est vivant! reprit-elle en joignant ses belles mains amaigries; et l'on entendait ses chaînes frissonner le long de sa robe.

— Eh bien! dit sèchement l'avocat du roi, il se meurt. — Etes-vous contente?

La malheureuse retomba sur sa sellette, sans voix, sans larmes, blanche comme une figure de cire.

Le président se baissa vers un homme placé à ses pieds, qui avait un bonnet d'or et une robe noire, une chaîne au cou et une verge à la main.

— Huissier, introduisez la seconde accusée.

Tous les yeux se tournèrent vers une petite porte qui s'ouvrit, et, à la grande palpitation de Gringoire, donna passage à une jolie chèvre aux cornes et aux pieds d'or. L'élégante bête s'arrêta un moment sur le seuil, tendant le cou, comme si, dressée à la pointe d'une roche, elle eût eu sous les yeux un immense horizon. Tout à coup elle aperçut la bohémienne, et, sautant par-dessus la table et la tête d'un greffier, en deux bonds elle fut à ses genoux. Puis elle se roula gracieusement sur les pieds de sa maîtresse, sollicitant un mot ou une caresse; mais l'accusée resta immobile, et la pauvre Djali elle-même n'eut pas un regard.

— Eh mais... c'est ma vilaine bête, dit la vieille Falourdel, et je les reconnais bellement toutes deux!

Jacques Charmolue intervint. — S'il plaît à messieurs, nous procéderons à l'interrogatoire de la chèvre.

C'était en effet la seconde accusée. Rien de plus simple alors qu'un procès de sorcellerie intenté à un animal. On trouve, entre autres, dans les comptes de la prévôté pour 1466, un curieux détail des frais du procès de Gillet-Soulart et de sa truie, *exécutés pour leurs démérites,* à Corbeil. Tout y est, le coût des fosses pour mettre la truie, les cinq cents bourrées de cotrets pris sur le port de Morsant, les trois pintes de vin et le pain, dernier repas du patient fraternellement partagé par le bourreau, jusqu'aux onze jours de garde et de nourriture de la truie à huit deniers parisis chaque. Quelquefois même on allait plus loin que les bêtes. Les capitulaires de Charlemagne et de Louis le Débonnaire infligent de graves peines aux fantômes enflammés qui se permettaient de paraître dans l'air.

Cependant le procureur en cour d'église s'était écrié : — Si le démon qui possède cette chèvre et qui a résisté à tous les exorcismes persiste dans ses maléfices, s'il en épouvante la cour, nous le prévenons que nous serons forcés de requérir contre lui le gibet ou le bûcher.

Gringoire eut la sueur froide. Charmolue prit sur une table le tambour de basque de la bohémienne, et, le présentant d'une certaine façon à la chèvre, il lui demanda : — Quelle heure est-il?

La chèvre le regarda d'un œil intelligent, leva son pied doré et frappa sept coups. Il était en effet sept heures. Un mouvement de terreur parcourut la foule.

Gringoire n'y put tenir.

— Elle se perd! cria-t-il tout haut. Vous voyez bien qu'elle ne sait ce qu'elle fait.

— Silence aux manants du bout de la salle! dit aigrement l'huissier.

Jacques Charmolue, à l'aide des même manœuvres du tambourin, fit faire à la chèvre plu-

sieurs autres momeries, sur la date du jour, le
mois de l'année, etc., dont le lecteur a déjà été
témoin. Et, par une illusion d'optique propre aux
débats judiciaires, ces mêmes spectateurs, qui
peut-être avaient plus d'une fois applaudi dans
le carrefour aux innocentes malices de Djali,
en furent effrayés sous les voûtes du Palais de
Justice. La chèvre était décidément le diable.

Ce fut bien pis encore, quand, le procureur du
roi ayant vidé sur le carreau un certain sac de
cuir plein de lettres mobiles que Djali avait au
cou, on vit la chèvre extraire avec sa patte de
l'alphabet épars ce nom fatal : *Phœbus*. Les sor-
tilèges dont le capitaine avait été victime parurent irrésistiblement démontrés, et, aux yeux
de tous, la bohémienne, cette ravissante danseuse
qui avait tant de fois ébloui les passants de sa
grâce, ne fut plus qu'une effroyable stryge.

Du reste, elle ne donnait aucun signe de vie.
Ni les gracieuses évolutions de Djali, ni les menaces du parquet, ni les sourdes imprécations de
l'auditoire, rien n'arrivait plus à sa pensée.

Il fallut, pour la réveiller, qu'un sergent la
secouât sans pitié et que le président élevât solennellement la voix :

— Fille, vous êtes de race bohème, adonnée
aux maléfices. Vous avez, de complicité avec la
chèvre ensorcelée impliquée au procès, dans la
nuit du 29 mars dernier, meurtri et poignardé,
de concert avec les puissances de ténèbres, à
l'aide de charmes et de pratiques, un capitaine
des archers de l'ordonnance du roi, Phœbus de
Châteaupers. Persistez-vous à nier?

— Horreur! cria la jeune fille en cachant son
visage de ses mains. Mon Phœbus! Oh! c'est l'enfer!

— Persistez-vous à nier? demanda froidement
le président.

— Si je le nie! dit-elle d'un accent terrible, et
elle s'était levée et son œil étincelait.

Le président continua carrément : — Alors
comment expliquez-vous les faits à votre charge?

Elle répondit d'une voix entrecoupée :

— Je l'ai déjà dit. Je ne sais pas. C'est un prêtre. Un prêtre que je ne connais pas. Un prêtre infernal qui me poursuit !

— C'est cela, reprit le juge. Le moine-bourru.

— O messeigneurs ! ayez pitié ! je ne suis qu'une pauvre fille...

— D'Egypte, dit le juge.

Maître Jacques Charmolue prit la parole avec douceur : — Attendu l'obstination douloureuse de l'accusée, je requiers l'application de la question.

— Accordé, dit le président.

La malheureuse frémit de tout son corps. Elle se leva pourtant à l'ordre des pertuisaniers, et marcha d'un pas assez ferme, précédée de Charmolue et des prêtres de l'officialité, entre deux rangs de hallebardes, vers une porte bâtarde qui s'ouvrit subitement et se referma sur elle, ce qui fit au triste Gringoire l'effet d'une gueule horrible qui venait de la dévorer.

Quand elle disparut, on entendit un bêlement plaintif. C'était la petite chèvre qui pleurait.

L'audience fut suspendue. Un conseiller ayant fait observer que messieurs étaient fatigués et que ce serait bien long d'attendre jusqu'à la fin de la torture, le président répondit qu'un magistrat doit savoir se sacrifier à son devoir.

— La fâcheuse et déplaisante drôlesse, dit un vieux juge, qui se fait donner la question quand on n'a pas soupé !

SUITE DE L'ÉCU
CHANGÉ EN FEUILLE SÈCHE

Après quelques degrés montés et descendus dans des couloirs si sombres qu'on les éclairait de lampes en plein jour, la Esmeralda, toujours entourée de son lugubre cortège, fut poussée par les sergents du palais dans une chambre sinistre. Cette chambre, de forme ronde, occupait le rez-de-chaussée de l'une de ces grosses tours qui percent encore, dans notre siècle, la couche d'édifices modernes dont le nouveau Paris a recouvert l'ancien. Pas de fenêtre à ce caveau, pas d'autre ouverture que l'entrée, basse et battue d'une énorme porte de fer. La clarté cependant n'y manquait point. Un four était pratiqué dans l'épaisseur du mur. Un gros feu y était allumé, qui remplissait le caveau de ses rouges réverbérations, et dépouillait de tout rayonnement une misérable chandelle posée dans un coin. La herse de fer qui servait à fermer le four, levée en ce moment, ne laissait voir, à l'orifice du soupirail flamboyant sur le mur ténébreux, que l'extrémité inférieure de ses barreaux, comme une rangée de dents noires, aiguës et espacées, ce qui faisait ressembler la fournaise à l'une de ces bouches de dragons qui jettent des flammes dans les légendes. A la lumière qui s'en échappait, la prisonnière vit tout autour de la chambre des instruments effroyables dont elle ne comprenait pas l'usage. Au milieu gisait un matelas de cuir presque posé à terre, sur lequel pendait une courroie à boucle, rattachée à un anneau de cuivre que mordait un monstre camard sculpté dans la clef de la voûte. Des tenailles, des pinces, de larges fers de charrue, encombraient l'intérieur du four et rougissaient pêle-mêle sur la braise. La sanglante lueur de la fournaise n'éclairait dans toute la chambre qu'un fouillis de choses horribles.

Ce tartare s'appelait simplement *la chambre de la question*.

Sur le lit était nonchalamment assis Pierrat Torterue, le tourmenteur-juré. Ses valets, deux gnomes à face carrée, à tablier de cuir, à brayes de toile, remuaient la ferraille sur les charbons.

La pauvre fille avait eu beau recueillir son courage. En pénétrant dans cette chambre elle eut horreur.

Les sergents du bailli du Palais se rangèrent d'un côté, les prêtres de l'officialité de l'autre. Un greffier, une écritoire et une table étaient dans un coin. Maître Jacques Charmolue s'approcha de l'égyptienne avec un sourire très doux.

— Ma chère enfant, dit-il, vous persistez donc à nier?

— Oui, répondit-elle d'une voix déjà éteinte.

— En ce cas, reprit Charmolue, il sera bien douloureux pour nous de vous questionner avec plus d'instance que nous ne le voudrions. — Veuillez prendre la peine de vous asseoir sur ce lit. — Maître Pierrat, faites place à mademoiselle, et fermez la porte.

Pierrat se leva avec un grognement. — Si je ferme la porte, murmura-t-il, mon feu va s'éteindre.

— Eh bien, mon cher, repartit Charmolue, laissez-la ouverte.

Cependant la Esmeralda restait debout. Ce lit de cuir, où s'étaient tordus tant de misérables, l'épouvantait. La terreur lui glaçait la moelle des os. Elle était là, effarée et stupide. A un signe de Charmolue, les deux valets la prirent et la posèrent assise sur le lit. Ils ne lui firent aucun mal, mais quand ces hommes la touchèrent, quand ce cuir la toucha, elle sentit tout son sang refluer vers son cœur. Elle jeta un regard égaré autour de la chambre. Il lui sembla voir se mouvoir et marcher de toutes parts vers elle, pour lui grimper le long du corps et la mordre et la pincer, tous ces difformes outils de la torture, qui étaient, parmi les instruments de tout genre qu'elle avait vus jusqu'alors, ce que sont les chauves-souris, les mille-pieds et les araignées parmi les insectes et les oiseaux.

— Où est le médecin? demanda Charmolue.

— Ici, répondit une robe noire qu'elle n'avait pas encore aperçue.

Elle frissonna.

— Mademoiselle, reprit la voix caressante du procureur en cour d'église, pour la troisième fois persistez-vous à nier les faits dont vous êtes accusée?

Cette fois elle ne put que faire un signe de tête. La voix lui manqua.

— Vous persistez? dit Jacques Charmolue. Alors, j'en suis désespéré, mais il faut que je remplisse le devoir de mon office.

— Monsieur le procureur du roi, dit brusquement Pierrat, par où commencerons-nous?

Charmolue hésita un moment avec la grimace ambiguë d'un poète qui cherche une rime.

— Par le brodequin, dit-il enfin.

L'infortunée se sentit si profondément abandonnée de Dieu et des hommes que sa tête tomba sur sa poitrine comme une chose inerte qui n'a pas de force en soi.

Le tourmenteur et le médecin s'approchèrent d'elle à la fois. En même temps, les deux valets se mirent à fouiller dans leur hideux arsenal.

Au cliquetis de ces affreuses ferrailles, la malheureuse enfant tressaillit comme une grenouille morte qu'on galvanise. — Oh! murmura-t-elle, si bas que nul ne l'entendit, ô mon Phœbus! — Puis elle se replongea dans son immobilité et

dans son silence de marbre. Ce spectacle eût
déchiré tout autre cœur que des cœurs de juges.
On eût dit une pauvre âme pécheresse question-
née par Satan sous l'écarlate guichet de l'enfer.
Le misérable corps auquel allait se cramponner
cette effroyable fourmilière de scies, de roues et
de chevalets, l'être qu'allaient manier ces âpres
mains de bourreaux et de tenailles, c'était donc
cette douce, blanche et fragile créature. Pauvre
grain de mil que la justice humaine donnait à
moudre aux épouvantables meules de la torture !

Cependant les mains calleuses des valets de
Pierrat Torterue avaient brutalement mis à nu
cette jambe charmante, ce petit pied qui avaient
tant de fois émerveillé les passants de leur gentillesse et de leur beauté dans les carrefours de
Paris.

— C'est dommage ! grommela le tourmenteur
en considérant ces formes si gracieuses et si
délicates. Si l'archidiacre eût été présent, certes,
il se fût souvenu en ce moment de son symbole
de l'araignée et de la mouche. Bientôt la malheureuse vit, à travers un nuage qui se répandait
sur ses yeux, approcher le *brodequin*, bientôt
elle vit son pied emboîté entre les ais ferrés
disparaître sous l'effrayant appareil. Alors la
terreur lui rendit de la force. — Otez-moi cela !
cria-t-elle avec emportement. Et, se dressant tout
échevelée : — Grâce !

Elle s'élança hors du lit pour se jeter aux
pieds du procureur du roi, mais sa jambe était
prise dans le lourd bloc de chêne et de ferrures,
et elle s'affaissa sur le brodequin, plus brisée
qu'une abeille qui aurait un plomb sur l'aile.

A un signe de Charmolue, on la replaça sur le
lit, et deux grosses mains assujettirent à sa fine
ceinture la courroie qui pendait de la voûte.

— Une dernière fois, avouez-vous les faits
de la cause ? demanda Charmolue avec son
imperturbable bénignité.

— Je suis innocente.

— Alors, mademoiselle, comment expliquez-vous les circonstances à votre charge?

— Hélas, monseigneur! je ne sais.

— Vous niez donc?

— Tout!

— Faites, dit Charmolue à Pierrat.

Pierrat tourna la poignée du cric, le brodequin se resserra, et la malheureuse poussa un de ces horribles cris qui n'ont d'orthographe dans aucune langue humaine.

— Arrêtez, dit Charmolue à Pierrat. — Avouez-vous? dit-il à l'égyptienne.

— Tout! cria la misérable fille. J'avoue! j'avoue! grâce!

Elle n'avait pas calculé ses forces en affrontant la question. Pauvre enfant dont la vie jusqu'alors avait été si joyeuse, si suave, si douce, la première douleur l'avait vaincue.

— L'humanité m'oblige à vous dire, observa le procureur du roi, qu'en avouant c'est la mort que vous devez attendre.

— Je l'espère bien, dit-elle. Et elle retomba sur le lit de cuir, mourante, pliée en deux, se laissant pendre à la courroie bouclée sur sa poitrine.

— Sus, ma belle, soutenez-vous un peu, dit maître Pierrat en la relevant. Vous avez l'air du mouton d'or qui est au cou de monsieur de Bourgogne.

Jacques Charmolue éleva la voix.

— Greffier, écrivez. — Jeune fille bohème, vous avouez votre participation aux agapes, sabbats et maléfices de l'enfer, avec les larves [1], les masques et les stryges? Répondez.

— Oui, dit-elle, si bas que sa parole se perdait dans son souffle.

— Vous avouez avoir vu le bélier que Belzébuth fait paraître dans les nuées pour rassembler le sabbat, et qui n'est vu que des sorciers?

— Oui.

— Vous confessez avoir adoré les têtes de Bophomet, ces abominables idoles des templiers?

— Oui.

— Avoir eu commerce habituel avec le diable sous la forme d'une chèvre familière, jointe au procès?

— Oui.

— Enfin, vous avouez et confessez avoir, à l'aide du démon, et du fantôme vulgairement appelé le moine-bourru, dans la nuit du vingt-neuvième mars dernier, meurtri et assassiné un capitaine nommé Phœbus de Châteaupers?

Elle leva sur le magistrat ses grands yeux fixes, et répondant comme machinalement, sans convulsion et sans secousse : — Oui. Il était évident que tout était brisé en elle.

— Ecrivez, greffier, dit Charmolue. Et s'adressant aux tortionnaires : — Qu'on détache la prisonnière, et qu'on la ramène à l'audience.

Quand la prisonnière fut *déchaussée*, le procureur en cour d'église examina son pied encore engourdi par la douleur. — Allons! dit-il, il n'y a pas grand mal. Vous avez crié à temps. Vous pourriez encore danser, la belle!

Puis il se tourna vers ses acolytes de l'officialité. — Voilà enfin la justice éclairée! Cela soulage, messieurs! Mademoiselle nous rendra ce témoignage, que nous avons agi avec toute la douceur possible.

III

FIN DE L'ÉCU
CHANGÉ EN FEUILLE SÈCHE

Quand elle rentra, pâle et boitant, dans la salle d'audience, un murmure général de plaisir l'accueillit. De la part de l'auditoire, c'était ce sentiment d'impatience satisfaite qu'on éprouve au théâtre à l'expiration du dernier entracte de la comédie, lorsque la toile se relève et que la fin va commencer. De la part des juges, c'était espoir de bientôt souper. La petite chèvre aussi bêla de joie. Elle voulut courir vers sa maîtresse, mais on l'avait attachée au banc.

La nuit était tout à fait venue. Les chandelles, dont on n'avait pas augmenté le nombre, jetaient si peu de lumière qu'on ne voyait pas les murs de la salle. Les ténèbres y enveloppaient tous les objets d'une sorte de brume. Quelques faces apathiques de juges y ressortaient à peine. Vis-à-vis d'eux, à l'extrémité de la longue salle, ils pouvaient voir un point de blancheur vague se détacher sur le fond sombre. C'était l'accusée.

Elle s'était traînée à sa place. Quand Charmolue se fut installé magistralement à la sienne, il s'assit, puis se releva, et dit, sans laisser percer trop de vanité de son succès : — L'accusée a tout avoué.

— Fille bohème, reprit le président, vous avez avoué tous vos faits de magie, de prostitution et d'assassinat sur Phœbus de Châteaupers?

Son cœur se serra. On l'entendit sangloter dans

l'ombre. — Tout ce que vous voudrez, répondit-
elle faiblement, mais tuez-moi vite!

— Monsieur le procureur du roi en cour
d'église, dit le président, la chambre est prête à
vous entendre en vos réquisitions.

Maître Charmolue exhiba un effrayant cahier,
et se mit à lire avec force gestes et l'accentuation
exagérée de la plaidoirie une oraison en latin
où toutes les preuves du procès s'échafaudaient
sur des périphrases, cicéroniennes flanquées de
citations de Plaute, son comique favori. Nous
regrettons de ne pouvoir offrir à nos lecteurs
ce morceau remarquable. L'orateur le débitait
avec une action merveilleuse. Il n'avait pas
achevé l'exorde, que déjà la sueur lui sortait du
front et les yeux de la tête. Tout à coup, au
beau milieu d'une période, il s'interrompit, et
son regard, d'ordinaire assez doux et même assez
bête, devint foudroyant. — Messieurs, s'écria-t-il
(cette fois en français, car ce n'était pas dans
le cahier), Satan est tellement mêlé dans cette
affaire que le voilà qui assiste à nos débats et
fait singerie de leur majesté. Voyez!

En parlant ainsi, il désignait de la main la
petite chèvre, qui, voyant gesticuler Charmolue,
avait cru en effet qu'il était à propos d'en faire
autant, et s'était assise sur le derrière, repro-
duisant de son mieux, avec ses pattes de devant
et sa tête barbue, la pantomime pathétique du
procureur du roi en cour d'église. C'était, si l'on
s'en souvient, un de ses plus gentils talents. Cet
incident, cette dernière *preuve*, fit grand effet.
On lia les pattes à la chèvre, et le procureur du
roi reprit le fil de son éloquence.

Cela fut très long, mais la péroraison était
admirable. En voici la dernière phrase; qu'on y
ajoute la voix enrouée et le geste essoufflé de
maître Charmolue. — *Ideo, Domni, coram stryga
demonstrata, crimine patente, intentione crimi-
nis existente, in nomine sanctæ ecclesiæ Nostræ-Dominæ Parisiensis, quæ est in saisina ha-
bendi omnimodam altam et bassam justitiam in*

*illa hac intemerata Civitatis insula, tenore præ-
sentium declaramus nos requirere, primo, ali-
quandam pecuniariam indemnitatem; secundo,
amendationem honorabilem ante portalium maxi-
mum Nostræ-Dominæ, ecclesiæ cathedralis; tertio, sententiam in virtute cujus ista stryga cum
sua capella, seu in trivio vulgariter dicto* la
Grève, *seu in insula exeunte in fluvio Sequanæ,
juxta pointam jardini regalis, executatæ sint* [1]!

Il remit son bonnet, et se rassit.

— *Eheu!* soupira Gringoire navré, *bassa lati-
nitas* [2]!

Un autre homme en robe noire se leva près de
l'accusée. C'était son avocat. Les juges, à jeun,
commencèrent à murmurer.

— Avocat, soyez bref, dit le président.

— Monsieur le président, répondit l'avocat,
puisque la défenderesse a confessé le crime, je
n'ai plus qu'un mot à dire à messieurs. Voici
un texte de la loi salique : « Si une stryge a
mangé un homme, et qu'elle en soit convaincue,
elle paiera une amende de huit mille deniers,
qui font deux cents sous d'or. » Plaise à la
chambre condamner ma cliente à l'amende.

— Texte abrogé, dit l'avocat du roi extraordinaire.

— *Nego* [3], répliqua l'avocat.

— Aux voix! dit un conseiller; le crime est
patent, et il est tard.

On alla aux voix sans quitter la salle. Les
juges *opinèrent du bonnet*, ils étaient pressés.
On voyait leurs têtes chaperonnées se découvrir
l'une après l'autre dans l'ombre à la question
lugubre que leur adressait tout bas le président.
La pauvre accusée avait l'air de les regarder,
mais son œil trouble ne voyait plus.

Puis le greffier se mit à écrire; puis il passa
au président un long parchemin.

Alors la malheureuse entendit le peuple se
remuer, les piques s'entrechoquer et une voix
glaciale qui disait :

— Fille bohème, le jour qu'il plaira au roi

notre sire, à l'heure de midi, vous serez menée dans un tombereau, en chemise, pieds nus, la corde au cou, devant le grand portail de Notre-Dame, et y ferez amende honorable avec une torche de cire du poids de deux livres à la main, et de là serez menée en place de Grève, où vous serez pendue et étranglée au gibet de la ville; et cette votre chèvre pareillement; et paierez à l'official trois lions d'or, en réparation des crimes, par vous commis et par vous confessés, de sorcellerie, de magie, de luxure et de meurtre sur la personne du sieur Phœbus de Châteaupers. Dieu ait votre âme!

— Oh! c'est un rêve! murmura-t-elle, et elle sentit de rudes mains qui l'emportaient.

LASCIATE OGNI SPERANZA [1]

Au moyen âge, quand un édifice était complet,
il y en avait presque autant dans la terre que
dehors. A moins d'être bâtis sur pilotis, comme
Notre-Dame, un palais, une forteresse, une église
avaient toujours un double fond. Dans les cathédrales, c'était en quelque sorte une autre cathédrale souterraine, basse, obscure, mystérieuse,
aveugle et muette, sous la nef supérieure qui
regorgeait de lumière et retentissait d'orgues et
de cloches jour et nuit; quelquefois c'était un
sépulcre. Dans les palais, dans les bastilles,
c'était une prison, quelquefois aussi un sépulcre,
quelquefois les deux ensemble. Ces puissantes
bâtisses, dont nous avons expliqué ailleurs le
mode de formation et de *végétation*, n'avaient
pas simplement des fondations, mais, pour ainsi
dire, des racines qui s'allaient ramifiant dans le
sol en chambres, en galeries, en escaliers comme
la construction d'en haut. Ainsi, églises, palais,
bastilles avaient de la terre à mi-corps. Les
caves d'un édifice étaient un autre édifice où l'on
descendait au lieu de monter, et qui appliquait
ses étages souterrains sous le monceau d'étages
extérieurs du monument, comme ces forêts et
ces montagnes qui se renversent dans l'eau
miroitante d'un lac au-dessous des forêts et des
montagnes du bord.

A la bastille Saint-Antoine, au Palais de Jus-

tice de Paris, au Louvre, ces édifices souterrains
étaient des prisons. Les étages de ces prisons, en
s'enfonçant dans le sol, allaient se rétrécissant
et s'assombrissant. C'étaient autant de zones où
s'échelonnaient les nuances de l'horreur. Dante
n'a rien pu trouver de mieux pour son enfer.
Ces entonnoirs de cachots aboutissaient d'ordinaire à un cul de basse-fosse à fond de cuve où
Dante a mis Satan, où la société mettait le
condamné à mort. Une fois une misérable existence enterrée là, adieu le jour, l'air, la vie,
ogni speranza. Elle n'en sortait que pour le
gibet ou le bûcher. Quelquefois elle y pourrissait.
La justice humaine appelait cela *oublier*. Entre
les hommes et lui, le condamné sentait peser
sur sa tête un entassement de pierres et de
geôliers, et la prison tout entière, la massive
bastille n'était plus qu'une énorme serrure compliquée qui le cadenassait hors du monde vivant.

C'est dans un fond de cuve de ce genre, dans
les oubliettes creusées par saint Louis, dans
l'*in-pace* de la Tournelle, qu'on avait, de peur
d'évasion sans doute, déposé la Esmeralda
condamnée au gibet, avec le colossal Palais de
Justice sur la tête. Pauvre mouche qui n'eût
pu remuer le moindre de ses moellons!

Certes, la providence et la société avaient été
également injustes, un tel luxe de malheur et de
torture n'était pas nécessaire pour briser une
si frêle créature.

Elle était là, perdue dans les ténèbres, ensevelie, enfouie, murée. Qui l'eût pu voir en cet
état, après l'avoir vue rire et danser au soleil,
eût frémi. Froide comme la nuit, froide comme
la mort, plus un souffle d'air dans ses cheveux,
plus un bruit humain à son oreille, plus une
lueur de jour dans ses yeux, brisée en deux,
écrasée de chaînes, accroupie près d'une cruche
et d'un pain sur un peu de paille dans la mare
d'eau qui se formait sous elle des suintements
du cachot, sans mouvement, presque sans
haleine, elle n'en était même plus à souffrir.

Phœbus, le soleil, midi, le grand air, les rues de
Paris, les danses aux applaudissements, les doux
babillages d'amour avec l'officier, puis le prêtre,
la matrulle, le poignard, le sang, la torture, le
gibet, tout cela repassait bien encore dans son
esprit, tantôt comme une vision chantante et
dorée, tantôt comme un cauchemar difforme;
mais ce n'était plus qu'une lutte horrible et
vague qui se perdait dans les ténèbres, ou qu'une
musique lointaine qui se jouait là-haut sur la
terre, et qu'on n'entendait plus à la profondeur
où la malheureuse était tombée.

Depuis qu'elle était là, elle ne veillait ni ne
dormait. Dans cette infortune, dans ce cachot,
elle ne pouvait pas plus distinguer la veille du
sommeil, le rêve de la réalité, que le jour de la
nuit. Tout cela était mêlé, brisé, flottant, répandu confusément dans sa pensée. Elle ne sentait
plus, elle ne savait plus, elle ne pensait plus.
Tout au plus elle songeait. Jamais créature vivante n'avait été engagée si avant dans le néant.

Ainsi engourdie, gelée, pétrifiée, à peine
avait-elle remarqué deux ou trois fois le bruit
d'une trappe qui s'était ouverte quelque part
au-dessus d'elle, sans même laisser passer un peu
de lumière, et par laquelle une main lui avait
jeté une croûte de pain noir. C'était pourtant
l'unique communication qui lui restât avec les
hommes, la visite périodique du geôlier.

Une seule chose occupait encore machinalement son oreille : au-dessus de sa tête l'humidité filtrait à travers les pierres moisies de la
voûte, et à intervalles égaux une goutte d'eau
s'en détachait. Elle écoutait stupidement le bruit
que faisait cette goutte d'eau en tombant dans la
mare à côté d'elle.

Cette goutte d'eau tombant dans cette mare,
c'était là le seul mouvement qui remuât encore
autour d'elle, la seule horloge qui marquât le
temps, le seul bruit qui vînt jusqu'à elle de tout
le bruit qui se fait sur la surface de la terre.

Pour tout dire, elle sentait aussi de temps en

temps, dans ce cloaque de fange et de ténèbres, quelque chose de froid qui lui passait çà et là sur le pied ou sur le bras, et elle frissonnait.

Depuis combien de temps y était-elle, elle ne le savait. Elle avait souvenir d'un arrêt de mort prononcé quelque part contre quelqu'un, puis qu'on l'avait emportée, elle, et qu'elle s'était réveillée dans la nuit et dans le silence, glacée. Elle s'était traînée sur les mains, alors des anneaux de fer lui avaient coupé la cheville du pied, et des chaînes avaient sonné. Elle avait reconnu que tout était muraille autour d'elle, qu'il y avait au-dessous d'elle une dalle couverte d'eau et une botte de paille. Mais ni lampe, ni soupirail. Alors, elle s'était assise sur cette paille, et quelquefois, pour changer de posture, sur la dernière marche d'un degré de pierre qu'il y avait dans son cachot. Un moment, elle avait essayé de compter les noires minutes que lui mesurait la goutte d'eau, mais bientôt ce triste travail d'un cerveau malade s'était rompu de lui-même dans sa tête et l'avait laissée dans la stupeur.

Un jour enfin ou une nuit (car minuit et midi avaient même couleur dans ce sépulcre), elle entendit au-dessus d'elle un bruit plus fort que celui que faisait d'ordinaire le guichetier quand il lui apportait son pain et sa cruche. Elle leva la tête, et vit un rayon rougeâtre passer à travers les fentes de l'espèce de porte ou de trappe pratiquée dans la voûte de l'*in-pace*. En même temps la lourde ferrure cria, la trappe grinça sur ses gonds rouillés, tourna, et elle vit une lanterne, une main et la partie inférieure du corps de deux hommes, la porte étant trop basse pour qu'elle pût apercevoir leurs têtes. La lumière la blessa si vivement qu'elle ferma les yeux.

Quand elle les rouvrit, la porte était refermée, le falot était posé sur un degré de l'escalier, un homme, seul, était debout devant elle. Une cagoule noire lui tombait jusqu'aux pieds, un caffardum de même couleur lui cachait le visage. On ne voyait rien de sa personne, ni sa face ni

ses mains. C'était un long suaire noir qui se
tenait debout, et sous lequel on sentait remuer
quelque chose. Elle regarda fixement quelques
minutes cette espèce de spectre. Cependant, elle
ni lui ne parlaient. On eût dit deux statues qui
se confrontaient. Deux choses seulement semblaient vivre dans le caveau; la mèche de la
lanterne qui pétillait à cause de l'humidité de
l'atmosphère, et la goutte d'eau de la voûte qui
coupait cette crépitation irrégulière de son clapotement monotone et faisait trembler la lumière
de la lanterne en moires concentriques sur l'eau
huileuse de la mare.

Enfin la prisonnière rompit le silence : —
Qui êtes-vous?

— Un prêtre.

Le mot, l'accent, le son de voix, la firent
tressaillir.

Le prêtre poursuivit en articulant sourdement : — Etes-vous préparée?

— A quoi?

— A mourir.

— Oh! dit-elle, sera-ce bientôt?

— Demain.

Sa tête, qui s'était levée avec joie, revint frapper sa poitrine. — C'est encore bien long! murmura-t-elle; qu'est-ce que cela leur faisait,
aujourd'hui?

— Vous êtes donc très malheureuse? demanda
le prêtre après un silence.

— J'ai bien froid, répondit-elle.

Elle prit ses pieds avec ses mains, geste habituel aux malheureux qui ont froid et que nous
avons déjà vu faire à la recluse de la Tour-
Roland, et ses dents claquaient.

Le prêtre parut promener de dessous son capuchon ses yeux dans le cachot.

— Sans lumière! sans feu! dans l'eau! c'est
horrible!

— Oui, répondit-elle avec l'air étonné que le
malheur lui avait donné. Le jour est à tout le
monde. Pourquoi ne me donne-t-on que la nuit?

— Savez-vous, reprit le prêtre après un nouveau silence, pourquoi vous êtes ici?

— Je crois que je l'ai su, dit-elle en passant ses doigts maigres sur ses sourcils comme pour aider sa mémoire, mais je ne le sais plus.

Tout à coup elle se mit à pleurer comme un enfant. — Je voudrais sortir d'ici, monsieur. J'ai froid, j'ai peur, et il y a des bêtes qui me montent le long du corps.

— Eh bien, suivez-moi.

En parlant ainsi, le prêtre lui prit le bras. La malheureuse était gelée jusque dans les entrailles, cependant cette main lui fit une impression de froid.

— Oh! murmura-t-elle, c'est la main glacée de la mort. — Qui êtes-vous donc?

Le prêtre releva son capuchon. Elle regarda. C'était ce visage sinistre qui la poursuivait depuis si longtemps, cette tête de démon qui lui était apparue chez la Falourdel au-dessus de la tête adorée de son Phœbus, cet œil qu'elle avait vu pour la dernière fois briller près d'un poignard.

Cette apparition, toujours si fatale pour elle, et qui l'avait ainsi poussée de malheur en malheur jusqu'au supplice, la tira de son engourdissement. Il lui sembla que l'espèce de voile qui s'était épaissi sur sa mémoire se déchirait. Tous les détails de sa lugubre aventure, depuis la scène nocturne chez la Falourdel jusqu'à sa condamnation à la Tournelle, lui revinrent à la fois dans l'esprit, non pas vagues et confus comme jusqu'alors, mais distincts, crus, tranchés, palpitants, terribles. Ces souvenirs à demi effacés, et presque oblitérés par l'excès de la souffrance, la sombre figure qu'elle avait devant elle les raviva, comme l'approche du feu fait ressortir toutes fraîches sur le papier blanc les lettres invisibles qu'on y a tracées avec de l'encre sympathique. Il lui sembla que toutes les plaies de son cœur se rouvraient et saignaient à la fois.

— Hah! cria-t-elle, les mains sur ses yeux et avec un tremblement convulsif, c'est le prêtre!

Puis elle laissa tomber ses bras découragés, et resta assise, la tête baissée, l'œil fixé à terre, muette, et continuant de trembler.

Le prêtre la regardait de l'œil d'un milan qui a longtemps plané en rond du plus haut du ciel autour d'une pauvre alouette tapie dans les blés, qui a longtemps rétréci en silence les cercles formidables de son vol, et tout à coup s'est abattu sur sa proie comme la flèche de l'éclair, et la tient pantelante dans sa griffe.

Elle se mit à murmurer tout bas : — Achevez! achevez! le dernier coup! — Et elle enfonçait sa tête avec terreur entre ses épaules, comme la brebis qui attend le coup de massue du boucher.

— Je vous fais donc horreur? dit-il enfin.

Elle ne répondit pas.

— Est-ce que je vous fais horreur? répéta-t-il.

Ses lèvres se contractèrent comme si elle souriait. — Oui, dit-elle, le bourreau raille le condamné. Voilà des mois qu'il me poursuit, qu'il me menace, qu'il m'épouvante! Sans lui, mon Dieu, que j'étais heureuse! C'est lui qui m'a jetée dans cet abîme! O ciel! c'est lui qui a tué... c'est lui qui l'a tué! mon Phœbus!

Ici, éclatant en sanglots et levant les yeux sur le prêtre : — Oh! misérable! qui êtes-vous? que vous ai-je fait? vous me haïssez donc bien? Hélas! qu'avez-vous contre moi?

— Je t'aime! cria le prêtre.

Ses larmes s'arrêtèrent subitement. Elle le regarda avec un regard d'idiot. Lui était tombé à genoux et la couvait d'un œil de flamme.

— Entends-tu? je t'aime! cria-t-il encore.

— Quel amour! dit la malheureuse en frémissant.

Il reprit : — L'amour d'un damné.

Tous deux restèrent quelques minutes silencieux, écrasés sous la pesanteur de leurs émotions, lui insensé, elle stupide.

— Ecoute, dit enfin le prêtre, et un calme singulier lui était revenu. Tu vas tout savoir. Je vais te dire ce que jusqu'ici j'ai à peine osé me dire à moi-même, lorsque j'interrogeais furtivement ma conscience à ces heures profondes de la nuit où il y a tant de ténèbres qu'il semble que Dieu ne nous voit plus. Ecoute. Avant de te rencontrer, jeune fille, j'étais heureux...

— Et moi! soupira-t-elle faiblement.

— Ne m'interromps pas. — Oui, j'étais heureux, je croyais l'être du moins. J'étais pur, j'avais l'âme pleine d'une clarté limpide. Pas de tête qui s'élevât plus fière et plus radieuse que la mienne. Les prêtres me consultaient sur la chasteté, les docteurs sur la doctrine. Oui, la science était tout pour moi. C'était une sœur, et une sœur me suffisait. Ce n'est pas qu'avec l'âge il ne me fût venu d'autres idées. Plus d'une fois ma chair s'était émue au passage d'une forme de femme. Cette force du sexe et du sang de l'homme que, fol adolescent, j'avais cru étouffer pour la vie, avait plus d'une fois soulevé convulsivement la chaîne des vœux de fer qui me scellent, misérable, aux froides pierres de l'autel. Mais le jeûne, la prière, l'étude, les macérations du cloître, avaient refait l'âme maîtresse du corps. Et puis, j'évitais les femmes. D'ailleurs, je n'avais qu'à ouvrir un livre pour que toutes les impures fumées de mon cerveau s'évanouissent devant la splendeur de la science. En peu de minutes, je sentais fuir au loin les choses épaisses de la terre, et je me retrouvais calme, ébloui et serein en présence du rayonnement tranquille de la vérité éternelle. Tant que le démon n'envoya pour m'attaquer que de vagues ombres de femmes qui passaient éparses sous mes yeux, dans l'église, dans les rues, dans les prés, et qui revenaient à peine dans mes songes, je le vainquis aisément. Hélas! si la victoire ne m'est pas restée, la faute en est à Dieu, qui n'a pas fait l'homme et le démon de force égale. — Ecoute. Un jour...

Ici le prêtre s'arrêta, et la prisonnière entendit sortir de sa poitrine des soupirs qui faisaient un bruit de râle et d'arrachement.

Il reprit :

— ... Un jour, j'étais appuyé à la fenêtre de ma cellule... — Quel livre lisais-je donc? Oh! tout cela est un tourbillon dans ma tête. — Je lisais. La fenêtre donnait sur une place. J'entends un bruit de tambour et de musique. Fâché d'être ainsi troublé dans ma rêverie, je regarde dans la place. Ce que je vis, il y en avait d'autres que moi qui le voyaient, et pourtant ce n'était pas un spectacle fait pour des yeux humains. Là, au milieu du pavé, — il était midi, — un grand soleil, — une créature dansait. Une créature si belle que Dieu l'eût préférée à la Vierge, et l'eût choisie pour sa mère, et eût voulu naître d'elle si elle eût existé quand il se fit homme! Ses yeux étaient noirs et splendides, au milieu de sa chevelure noire quelques cheveux que pénétrait le soleil blondissaient comme des fils d'or. Ses pieds disparaissaient dans leur mouvement comme les rayons d'une roue qui tourne rapidement. Autour de sa tête, dans ses nattes noires, il y avait des plaques de métal qui pétillaient au soleil et faisaient à son front une couronne d'étoiles. Sa robe semée de paillettes scintillait bleue et piquée de mille étincelles comme une nuit d'été. Ses bras souples et bruns se nouaient et se dénouaient autour de sa taille comme deux écharpes. La forme de son corps était surprenante de beauté. Oh! la resplendissante figure qui se détachait comme quelque chose de lumineux dans la lumière même du soleil!... — Hélas! jeune fille, c'était toi. — Surpris, enivré, charmé, je me laissai aller à te regarder. Je te regardai tant que tout à coup je frissonnai d'épouvante, je sentis que le sort me saisissait.

Le prêtre, oppressé, s'arrêta encore un moment. Puis il continua.

— Déjà à demi fasciné, j'essayai de me cramponner à quelque chose et de me retenir dans ma chute. Je me rappelai les embûches que Satan m'avait déjà tendues. La créature qui était sous mes yeux avait cette beauté surhumaine qui ne peut venir que du ciel ou de l'enfer. Ce n'était pas là une simple fille faite avec un peu de notre terre, et pauvrement éclairée à l'intérieur par le vacillant rayon d'une âme de femme. C'était un ange! mais de ténèbres, mais de flamme, et non de lumière. Au moment où je pensais cela, je vis près de toi une chèvre, une bête du sabbat, qui me regardait en riant. Le soleil de midi lui faisait des cornes de feu. Alors j'entrevis le piège du démon, et je ne doutai plus que tu ne vinsses de l'enfer et que tu n'en vinsses pour ma perdition. Je le crus.

Ici le prêtre regarda en face la prisonnière et ajouta froidement :

— Je le crois encore. — Cependant le charme opérait peu à peu, ta danse me tournoyait dans le cerveau, je sentais le mystérieux maléfice s'accomplir en moi, tout ce qui aurait dû veiller s'endormait dans mon âme, et comme ceux qui meurent dans la neige je trouvais du plaisir à laisser venir ce sommeil. Tout à coup, tu te mis à chanter. Que pouvais-je faire, misérable? Ton chant était plus charmant encore que ta danse. Je voulus fuir. Impossible. J'étais cloué, j'étais enraciné dans le sol. Il me semblait que le marbre de la dalle m'était monté jusqu'aux genoux. Il fallut rester jusqu'au bout. Mes pieds étaient de glace, ma tête bouillonnait. Enfin, tu eus peut-être pitié de moi, tu cessas de chanter, tu disparus. Le reflet de l'éblouissante vision, le retentissement de la musique enchanteresse s'évanouirent par degrés dans mes yeux et dans mes oreilles. Alors je tombai dans l'encoignure de la fenêtre, plus roide et plus faible qu'une statue descellée. La cloche de vêpres me réveilla. Je me relevai, je m'enfuis, mais, hélas! il y avait en moi quelque chose de tombé qui ne pouvait se relever, quelque chose de survenu que je ne pouvais fuir.

Il fit encore une pause, et poursuivit :

— Oui, à dater de ce jour, il y eut en moi un homme que je ne connaissais pas. Je voulus user de tous mes remèdes, le cloître, l'autel, le travail, les livres. Folie! Oh! que la science sonne creux quand on y vient heurter avec désespoir une tête pleine de passions! Sais-tu, jeune fille, ce que je voyais toujours désormais entre le livre et moi? Toi, ton ombre, l'image de l'apparition lumineuse qui avait un jour traversé l'espace devant moi. Mais cette image n'avait plus la même couleur; elle était sombre, funèbre, ténébreuse comme le cercle noir qui poursuit longtemps la vue de l'imprudent qui a regardé fixement le soleil.

Ne pouvant m'en débarrasser, entendant toujours ta chanson bourdonner dans ma tête, voyant toujours tes pieds danser sur mon bréviaire, sentant toujours la nuit en songe ta forme glisser sur ma chair, je voulus te revoir, te toucher, savoir qui tu étais, voir si je te retrouverais bien pareille à l'image idéale qui m'était restée de toi, briser peut-être mon rêve avec la réalité. En tout cas, j'espérais qu'une impression nouvelle effacerait la première, et la première m'était devenue insupportable. Je te cherchai. Je te revis. Malheur! Quand je t'eus vue deux fois, je voulus te voir mille, je voulus te voir toujours. Alors, — comment enrayer sur cette pente de l'enfer? — alors je ne m'appartins plus. L'autre bout du fil que le démon m'avait attaché aux ailes, il l'avait noué à ton pied. Je devins vague et errant comme toi. Je t'attendais sous les porches, je t'épiais au coin des rues, je te guettais du haut de ma tour. Chaque soir, je rentrais en moi-même, plus charmé, plus désespéré, plus ensorcelé, plus perdu!

J'avais su qui tu étais, égyptienne, bohémienne, gitane, zingara, comment douter de la magie? Ecoute. J'espérai qu'un procès me débarrasserait du charme. Une sorcière avait enchanté Bruno d'Ast, il la fit brûler et fut guéri. Je le

savais. Je voulus essayer du remède. J'essayai
d'abord de te faire interdire le parvis Notre-
Dame, espérant t'oublier si tu ne revenais plus.
Tu n'en tins compte. Tu revins. Puis il me vint
l'idée de t'enlever. Une nuit je le tentai. Nous
étions deux. Nous te tenions déjà, quand ce misérable officier survint. Il te délivra. Il commençait ainsi ton malheur, le mien et le sien. Enfin,
ne sachant plus que faire et que devenir, je te
dénonçai à l'official. Je pensais que je serais
guéri, comme Bruno d'Ast. Je pensais aussi
confusément qu'un procès te livrerait à moi, que
dans une prison je te tiendrais, je t'aurais, que
là tu ne pourrais m'échapper, que tu me possé-
dais depuis assez longtemps pour que je te possé-
dasse aussi à mon tour. Quand on fait le mal, il
faut faire tout le mal. Démence de s'arrêter à un
milieu dans le monstrueux! L'extrémité du crime
a des délires de joie. Un prêtre et une sorcière
peuvent s'y fondre en délices sur la botte de
paille d'un cachot!

Je te dénonçai donc. C'est alors que je t'épou-
vantais dans mes rencontres. Le complot que je
tramais contre toi, l'orage que j'amoncelais sur ta
tête s'échappait de moi en menaces et en éclairs.
Cependant j'hésitais encore. Mon projet avait
des côtés effroyables qui me faisaient reculer.

Peut-être y aurais-je renoncé, peut-être ma
hideuse pensée se serait-elle desséchée dans mon
cerveau sans porter son fruit. Je croyais qu'il
dépendrait toujours de moi de suivre ou de rompre ce procès. Mais toute mauvaise pensée est
inexorable et veut devenir un fait; mais là où
je me croyais tout-puissant, la fatalité était plus
puissante que moi. Hélas! hélas! c'est elle qui t'a
prise et qui t'a livrée au rouage terrible de la
machine que j'avais ténébreusement construite!
— Ecoute. Je touche à la fin.

Un jour, — par un autre beau soleil, — je
vois passer devant moi un homme qui prononce
ton nom et qui rit et qui a la luxure dans les
yeux. Damnation! je l'ai suivi. Tu sais le reste.

Il se tut. La jeune fille ne put trouver qu'une parole :

— O mon Phœbus !

— Pas ce nom ! dit le prêtre en lui saisissant le bras avec violence. Ne prononce pas ce nom ! Oh ! misérables que nous sommes, c'est ce nom qui nous a perdus ! Ou plutôt nous nous sommes tous perdus les uns les autres par l'inexplicable jeu de la fatalité ! — Tu souffres, n'est-ce pas ? tu as froid, la nuit te fait aveugle, le cachot t'enveloppe, mais peut-être as-tu encore quelque lumière au fond de toi, ne fût-ce que ton amour d'enfant pour cet homme vide qui jouait avec ton cœur ! Tandis que moi, je porte le cachot au-dedans de moi, au-dedans de moi est l'hiver, la glace, le désespoir, j'ai la nuit dans l'âme. Sais-tu tout ce que j'ai souffert ? J'ai assisté à ton procès. J'étais assis sur le banc de l'official. Oui, sous l'un de ces capuces de prêtre, il y avait les contorsions d'un damné. Quand on t'a amenée, j'étais là ; quand on t'a interrogée, j'étais là. — Caverne de loups ! — C'était mon crime, c'était mon gibet que je voyais se dresser lentement sur ton front. À chaque témoin, à chaque preuve, à chaque plaidoirie, j'étais là ; j'ai pu compter chacun de tes pas dans la voie douloureuse ; j'étais là encore quand cette bête féroce... — Oh ! je n'avais pas prévu la torture ! — Ecoute. Je t'ai suivie dans la chambre de douleur. Je t'ai vu déshabiller et manier demi-nue par les mains infâmes du tourmenteur. J'ai vu ton pied, ce pied où j'eusse voulu pour un empire déposer un seul baiser et mourir, ce pied sous lequel je sentirais avec tant de délices s'écraser ma tête, je l'ai vu enserrer dans l'horrible brodequin qui fait des membres d'un être vivant une boue sanglante. Oh ! misérable ! pendant que je voyais cela, j'avais sous mon suaire un poignard dont je me labourais la poitrine. Au cri que tu as poussé, je l'ai enfoncé dans ma chair ; à un second cri, il m'entrait dans le cœur ! Regarde. Je crois que cela saigne encore.

Il ouvrit sa soutane. Sa poitrine en effet était
déchirée comme par une griffe de tigre, et il avait
au flanc une plaie assez large et mal fermée.

La prisonnière recula d'horreur.

— Oh! dit le prêtre, jeune fille, aie pitié de
moi! Tu te crois malheureuse, hélas! hélas! tu ne
sais pas ce que c'est que le malheur. Oh! aimer
une femme! être prêtre! être haï! L'aimer de
toutes les fureurs de son âme, sentir qu'on donnerait pour le moindre de ses sourires son sang,
ses entrailles, sa renommée, son salut, l'immortalité et l'éternité, cette vie et l'autre; regretter
de ne pas être roi, génie, empereur, archange,
dieu, pour lui mettre un plus grand esclave sous
les pieds; l'étreindre nuit et jour de ses rêves et
de ses pensées; et la voir amoureuse d'une livrée
de soldat! et n'avoir à lui offrir qu'une sale
soutane de prêtre dont elle aura peur et dégoût!
Etre présent, avec sa jalousie et sa rage, tandis
qu'elle prodigue à un misérable fanfaron imbécile des trésors d'amour et de beauté! Voir ce
corps dont la forme vous brûle, ce sein qui a
tant de douceur, cette chair palpiter et rougir
sous les baisers d'un autre! O ciel! aimer son
pied, son bras, son épaule, songer à ses veines
bleues, à sa peau brune, jusqu'à s'en tordre des
nuits entières sur le pavé de sa cellule, et voir
toutes les caresses qu'on a rêvées pour elle aboutir à la torture! N'avoir réussi qu'à la coucher
sur le lit de cuir! Oh! ce sont là les véritables
tenailles rougies au feu de l'enfer! Oh! bienheureux celui qu'on scie entre deux planches, et
qu'on écartèle à quatre chevaux! — Sais-tu ce
que c'est que ce supplice que vous font subir,
durant les longues nuits, vos artères qui bouil-
lonnent, votre cœur qui crève, votre tête qui
rompt, vos dents qui mordent vos mains; tour-
menteurs acharnés qui vous retournent sans
relâche, comme sur un gril ardent, sur une pensée d'amour, de jalousie, et de désespoir! Jeune
fille, grâce! trêve un moment! un peu de cendre
sur cette braise! Essuie, je t'en conjure, la sueur

qui ruisselle à grosses gouttes de mon front! Enfant! torture-moi d'une main, mais caresse-moi de l'autre! Aie pitié, jeune fille! aie pitié de moi!

Le prêtre se roulait dans l'eau de la dalle et se martelait le crâne aux angles des marches de pierre. La jeune fille l'écoutait, le regardait. Quand il se tut, épuisé et haletant, elle répéta à demi-voix : — O mon Phœbus!

Le prêtre se traîna vers elle à deux genoux.

— Je t'en supplie, cria-t-il, si tu as des entrailles, ne me repousse pas! Oh! je t'aime! je suis un misérable! Quand tu dis ce nom, malheureuse, c'est comme si tu broyais entre tes dents toutes les fibres de mon cœur! Grâce! si tu viens de l'enfer, j'y vais avec toi. J'ai tout fait pour cela. L'enfer où tu seras, c'est mon paradis, ta vue est plus charmante que celle de Dieu! Oh! dis! tu ne veux donc pas de moi? Le jour où une femme repousserait un pareil amour, j'aurais cru que les montagnes remueraient. Oh! si tu voulais!... Oh! que nous pourrions être heureux! Nous fuirions, — je te ferais fuir, — nous irions quelque part, nous chercherions l'endroit sur la terre où il y a le plus de soleil, le plus d'arbres, le plus de ciel bleu. Nous nous aimerions, nous verserions nos deux âmes l'une dans l'autre, et nous aurions une soif inextinguible de nous-mêmes que nous étancherions en commun et sans cesse à cette coupe d'intarissable amour!

Elle l'interrompit avec un rire terrible et éclatant. — Regardez donc, mon père! vous avez du sang après les ongles!

Le prêtre demeura quelques instants comme pétrifié, l'œil fixé sur sa main.

— Eh bien, oui! reprit-il enfin avec une douceur étrange, outrage-moi, raille-moi, accable-moi; mais viens, viens. Hâtons-nous. C'est pour demain, te dis-je. Le gibet de la Grève, tu sais? il est toujours prêt. C'est horrible! te voir marcher dans ce tombereau! Oh! grâce! — Je n'avais jamais senti comme à présent à quel point je t'aimais. — Oh! suis-moi. Tu prendras le temps

de m'aimer après que je t'aurai sauvée. Tu me
haïras aussi longtemps que tu voudras. Mais
viens. Demain! demain! le gibet! ton supplice!
Oh! sauve-toi! épargne-moi!

Il lui prit le bras, il était égaré, il voulut
l'entraîner.

Elle attacha sur lui son œil fixe.

— Qu'est devenu mon Phœbus?

— Ah dit le prêtre en lui lâchant le bras, vous
êtes sans pitié!

— Qu'est devenu Phœbus? répéta-t-elle froidement.

— Il est mort! cria le prêtre.

— Mort! dit-elle toujours glaciale et immobile; alors que me parlez-vous de vivre?

Lui ne l'écoutait pas. — Oh! oui, disait-il
comme se parlant à lui-même, il doit être bien
mort. La lame est entrée très avant. Je crois que
j'ai touché le cœur avec la pointe. Oh! je vivais
jusqu'au bout du poignard!

La jeune fille se jeta sur lui comme une tigresse furieuse, et le poussa sur les marches de
l'escalier avec une force surnaturelle. — Va-t'en,
monstre! va-t'en, assassin! laisse-moi mourir!
Que notre sang à tous deux te fasse au front une
tache éternelle! Etre à toi, prêtre! jamais!
jamais! Rien ne nous réunira, pas même l'enfer!
Va, maudit! jamais!

Le prêtre avait trébuché à l'escalier. Il dégagea
en silence ses pieds des plis de sa robe, reprit
sa lanterne, et se mit à monter lentement les
marches qui menaient à la porte; il rouvrit cette
porte, et sortit.

Tout à coup la jeune fille vit reparaître sa
tête, elle avait une expression épouvantable, et il
lui cria avec un râle de rage et de désespoir : —
Je te dis qu'il est mort!

Elle tomba la face contre terre; et l'on n'entendit plus dans le cachot d'autre bruit que le soupir de la goutte d'eau qui faisait palpiter la mare
dans les ténèbres.

V

LA MÈRE [1]

Je ne crois pas qu'il y ait rien au monde de
plus riant que les idées qui s'éveillent dans le
cœur d'une mère à la vue du petit soulier de son
enfant. Surtout si c'est le soulier de fête, des
dimanches, du baptême, le soulier brodé jusque
sous la semelle, un soulier avec lequel l'enfant
n'a pas encore fait un pas. Ce soulier-là a tant
de grâce et de petitesse, il lui est si impossible
de marcher, que c'est pour la mère comme si elle
voyait son enfant. Elle lui sourit, elle le baise,
elle lui parle. Elle se demande s'il se peut en effet
qu'un pied soit si petit; et, l'enfant fût-il absent,
il suffit du joli soulier, pour lui remettre sous
les yeux la douce et fragile créature. Elle croit le
voir, elle le voit, tout entier, vivant, joyeux, avec
ses mains délicates, sa tête ronde, ses lèvres
pures, ses yeux sereins dont le blanc est bleu.
Si c'est l'hiver, il est là, il rampe sur le tapis, il
escalade laborieusement un tabouret, et la mère
tremble qu'il n'approche du feu. Si c'est l'été, il
se traîne dans la cour, dans le jardin, arrache
l'herbe d'entre les pavés, regarde naïvement les
grands chiens, les grands chevaux, sans peur,
joue avec les coquillages, avec les fleurs, et fait
gronder le jardinier qui trouve le sable dans les
plates-bandes et la terre dans les allées. Tout
rit, tout brille, tout joue autour de lui comme lui,
jusqu'au souffle d'air et au rayon de soleil qui

s'ébattent à l'envi dans les boucles follettes de ses cheveux. Le soulier montre tout cela à la mère et lui fait fondre le cœur comme le feu une cire.

Mais quand l'enfant est perdu, ces mille images de joie, de charme, de tendresse qui se pressent autour du petit soulier deviennent autant de choses horribles. Le joli soulier brodé n'est plus qu'un instrument de torture qui broie éternellement le cœur de la mère. C'est toujours la même fibre qui vibre, la fibre la plus profonde, et la plus sensible ; mais au lieu d'un ange qui la caresse, c'est un démon qui la pince.

Un matin, tandis que le soleil de mai se levait dans un de ces ciels bleu foncé où le Garofalo aime à placer ses descentes de croix, la recluse de la Tour-Roland entendit un bruit de roues, de chevaux et de ferrailles dans la place de Grève. Elle s'en éveilla peu, noua ses cheveux sur ses oreilles pour s'assourdir, et se remit à contempler à genoux l'objet inanimé qu'elle adorait ainsi depuis quinze ans. Ce petit soulier, nous l'avons déjà dit, était pour elle l'univers. Sa pensée y était enfermée, et n'en devait plus sortir qu'à la mort. Ce qu'elle avait jeté vers le ciel d'imprécations amères, de plaintes touchantes, de prières et de sanglots, à propos de ce charmant hochet de satin rose, la sombre cave de la Tour-Roland seule l'a su. Jamais plus de désespoir n'a été répandu sur une chose plus gentille et plus gracieuse.

Ce matin-là, il semblait que sa douleur s'échappait plus violente encore qu'à l'ordinaire, et on l'entendait du dehors se lamenter avec une voix haute et monotone qui navrait le cœur.

— O ma fille ! disait-elle, ma fille ! ma pauvre chère petite enfant ! je ne te verrai donc plus. C'est donc fini ! Il me semble toujours que cela s'est fait hier ! Mon Dieu, mon Dieu, pour me la reprendre si vite, il valait mieux ne pas me la donner. Vous ne savez donc pas que nos enfants tiennent à notre ventre, et qu'une mère qui a perdu son enfant ne croit plus en Dieu ? — Ah ! misérable que je suis, d'être sortie ce jour-là !

— Seigneur! Seigneur! pour me l'ôter ainsi, vous
ne m'aviez donc jamais regardée avec elle, lorsque je la réchauffais toute joyeuse à mon feu,
lorsqu'elle me riait en me tétant, lorsque je faisais monter ses petits pieds sur ma poitrine
jusqu'à mes lèvres? Oh! si vous aviez regardé
cela, mon Dieu, vous auriez eu pitié de ma joie,
vous ne m'auriez pas ôté le seul amour qui me
restât dans le cœur! Etais-je donc une si misérable créature, Seigneur, que vous ne pussiez
me regarder avant de me condamner? — Hélas!
hélas! voilà le soulier; le pied, où est-il? où est
le reste? où est l'enfant? Ma fille, ma fille!
qu'ont-ils fait de toi? Seigneur, rendez-la-moi.
Mes genoux se sont écorchés quinze ans à vous
prier, mon Dieu, est-ce que ce n'est pas assez?
Rendez-la-moi, un jour, une heure, une minute,
une minute, Seigneur! et jetez-moi ensuite au
démon, pour l'éternité! Oh! si je savais où
traîne un pan de votre robe, je m'y crampon-
nerais de mes deux mains, et il faudrait bien
que vous me rendissiez mon enfant! Son joli
petit soulier, est-ce que vous n'en avez pas pitié,
Seigneur? Pouvez-vous condamner une pauvre
mère à ce supplice de quinze ans? Bonne Vierge!
bonne Vierge du ciel! mon enfant-Jésus à moi,
on me l'a pris, on me l'a volé, on l'a mangé sur
une bruyère, on a bu son sang, on a mâché ses
os! Bonne Vierge, ayez pitié de moi! Ma fille!
il me faut ma fille! Qu'est-ce que cela me fait,
qu'elle soit dans le paradis? je ne veux pas de
votre ange, je veux mon enfant! Je suis une
lionne, je veux mon lionceau. — Oh! je me tor-
drai sur la terre, et je briserai la pierre avec mon
front, et je me damnerai, et je vous maudirai,
Seigneur, si vous me gardez mon enfant! vous
voyez bien que j'ai les bras tout mordus, Seigneur! est-ce que le bon Dieu n'a pas de pitié?
— Oh! ne me donnez que du sel et du pain noir,
pourvu que j'aie ma fille et qu'elle me réchauffe
comme un soleil! Hélas! Dieu mon Seigneur, je
ne suis qu'une vile pécheresse; mais ma fille

me rendait pieuse. J'étais pleine de religion pour l'amour d'elle; et je vous voyais à travers son sourire comme par une ouverture du ciel. — Oh! que je puisse seulement une fois, encore une fois, une seule fois, chausser ce soulier à son joli petit pied rose, et je meurs, bonne Vierge, en vous bénissant! — Ah! quinze ans! elle serait grande maintenant! — Malheureuse enfant! quoi! c'est donc bien vrai, je ne la reverrai plus, pas même dans le ciel! car, moi, je n'irai pas. Oh quelle misère! dire que voilà son soulier, et que c'est tout!

La malheureuse s'était jetée sur ce soulier, sa consolation et son désespoir depuis tant d'années, et ses entrailles se déchiraient en sanglots comme le premier jour. Car pour une mère qui a perdu son enfant, c'est toujours le premier jour. Cette douleur-là ne vieillit pas. Les habits de deuil ont beau s'user et blanchir : le cœur reste noir.

En ce moment, de fraîches et joyeuses voix d'enfants passèrent devant la cellule. Toutes les fois que des enfants frappaient sa vue ou son oreille, la pauvre mère se précipitait dans l'angle le plus sombre de son sépulcre, et l'on eût dit qu'elle cherchait à plonger sa tête dans la pierre pour ne pas les entendre. Cette fois, au contraire, elle se dressa comme en sursaut, et écouta avidement. Un des petits garçons venait de dire :
— C'est qu'on va pendre une égyptienne aujourd'hui.

Avec le brusque soubresaut de cette araignée que nous avons vue se jeter sur une mouche au tremblement de sa toile, elle courut à sa lucarne, qui donnait, comme on sait, sur la place de Grève. En effet, une échelle était dressée près du gibet permanent, et le maître des basses-œuvres s'occupait d'en rajuster les chaînes rouillées par la pluie. Il y avait quelque peuple alentour.

Le groupe rieur des enfants était déjà loin. La sachette chercha des yeux un passant qu'elle pût interroger. Elle avisa, tout à côté de sa loge, un prêtre qui faisait semblant de lire dans le bréviaire public, mais qui était beaucoup moins occupé du *lettrain de fer treillissé* que du gibet, vers lequel il jetait de temps à autre un sombre et farouche coup d'œil. Elle reconnut monsieur l'archidiacre de Josas, un saint homme.

— Mon père, demanda-t-elle, qui va-t-on pendre là?

Le prêtre la regarda et ne répondit pas; elle répéta sa question. Alors il dit : — Je ne sais pas.

— Il y avait là des enfants qui disaient que c'était une égyptienne, reprit la recluse.

— Je crois qu'oui, dit le prêtre.

Alors Paquette la Chantefleurie éclata d'un rire d'hyène.

— Ma sœur, dit l'archidiacre, vous haïssez donc bien les égyptiennes?

— Si je les hais? s'écria la recluse; ce sont des stryges, des voleuses d'enfants! Elles m'ont dévoré ma petite fille, mon enfant, mon unique enfant! Je n'ai plus de cœur. Elles me l'ont mangé!

Elle était effrayante. Le prêtre la regardait froidement.

— Il y en a une surtout que je hais, et que j'ai maudite, reprit-elle; c'en est une jeune, qui a l'âge que ma fille aurait, si sa mère ne m'avait pas mangé ma fille. Chaque fois que cette jeune vipère passe devant ma cellule, elle me bouleverse le sang!

— Eh bien! ma sœur, réjouissez-vous, dit le prêtre, glacial comme une statue de sépulcre, c'est celle-là que vous allez voir mourir.

Sa tête tomba sur sa poitrine, et il s'éloigna lentement.

La recluse se tordit les bras de joie. — Je le lui avais prédit, qu'elle y monterait! Merci, prêtre! cria-t-elle.

Et elle se mit à se promener à grands pas devant les barreaux de sa lucarne, échevelée, l'œil flamboyant, heurtant le mur de son épaule, avec l'air fauve d'une louve en cage qui a faim depuis longtemps et qui sent approcher l'heure du repas.

TROIS CŒURS D'HOMME
FAITS DIFFÉREMMENT

Phœbus, cependant, n'était pas mort. Les hommes de cette espèce ont la vie dure. Quand maître Philippe Lheulier, avocat extraordinaire du roi, avait dit à la pauvre Esmeralda : *Il se meurt*, c'était par erreur ou par plaisanterie. Quand l'archidiacre avait répété à la condamnée : *Il est mort*, le fait est qu'il n'en savait rien, mais qu'il le croyait, qu'il y comptait, qu'il n'en doutait pas, qu'il l'espérait bien. Il eût été par trop dur de donner à la femme qu'il aimait de bonnes nouvelles de son rival. Tout homme à sa place en eût fait autant.

Ce n'est pas que la blessure de Phœbus n'eût été grave, mais elle l'avait été moins que l'archidiacre ne s'en flattait. Le maître-mire, chez lequel les soldats du guet l'avaient transporté dans le premier moment, avait craint huit jours pour sa vie, et le lui avait même dit en latin. Toutefois, la jeunesse avait repris le dessus; et, chose qui arrive souvent, nonobstant pronostics et diagnostics, la nature s'était amusée à sauver le malade à la barbe du médecin. C'est tandis qu'il gisait encore sur le grabat du maître-mire qu'il avait subi les premiers interrogatoires de Philippe Lheulier et des enquêteurs de l'official, ce qui l'avait fort ennuyé. Aussi, un beau matin, se sentant mieux, il avait laissé ses éperons d'or en paiement au pharmacopole, et s'était esquivé.

Cela, du reste, n'avait apporté aucun trouble à l'instruction de l'affaire. La justice d'alors se souciait fort peu de la netteté et de la propreté d'un procès au criminel. Pourvu que l'accusé fût pendu, c'est tout ce qu'il lui fallait. Or, les juges avaient assez de preuves contre la Esmeralda. Ils avaient cru Phœbus mort, et tout avait été dit.

Phœbus, de son côté, n'avait pas fait une grande fuite. Il était allé tout simplement rejoindre sa compagnie, en garnison à Queue-en-Brie, dans l'Ile-de-France, à quelques relais de Paris.

Après tout, il ne lui agréait nullement de comparaître en personne dans ce procès. Il sentait vaguement qu'il y ferait une mine ridicule. Au fond, il ne savait trop que penser de toute l'affaire. Indévot et superstitieux, comme tout soldat qui n'est que soldat, quand il se questionnait sur cette aventure, il n'était pas rassuré sur la chèvre, sur la façon bizarre dont il avait fait rencontre de la Esmeralda, sur la manière non moins étrange dont elle lui avait laissé deviner son amour, sur sa qualité d'égyptienne, enfin sur le moine-bourru. Il entrevoyait dans cette histoire beaucoup plus de magie que d'amour, probablement une sorcière, peut-être le diable; une comédie enfin, ou, pour parler le langage d'alors, un mystère très désagréable où il jouait un rôle fort gauche, le rôle des coups et des risées. Le capitaine en était tout penaud. Il éprouvait cette espèce de honte que notre La Fontaine a définie si admirablement :

Honteux comme un renard qu'une poule aurait pris [1].

Il espérait d'ailleurs que l'affaire ne s'ébruiterait pas, que son nom, lui absent, y serait à peine prononcé et en tout cas ne retentirait pas au-delà du plaid de la Tournelle. En cela il ne se trompait point, il n'y avait pas alors de *Gazette des Tribunaux* et comme il ne se pas-

sait guère de semaine qui n'eût son faux-mon-
nayeur bouilli, ou sa sorcière pendue, ou son
hérétique brûlé à l'une des innombrables *justices*
de Paris, on était tellement habitué à voir dans
tous les carrefours la vieille Thémis féodale,
bras nus et manches retroussées, faire sa besogne aux fourches, aux échelles et aux piloris,
qu'on n'y prenait presque pas garde. Le beau
monde de ce temps-là savait à peine le nom du
patient qui passait au coin de la rue, et la populace tout au plus se régalait de ce mets grossier.
Une exécution était un incident habituel de la
voie publique, comme la braisière du talmellier
ou la tuerie de l'écorcheur. Le bourreau n'était
qu'une espèce de boucher un peu plus foncé
qu'un autre.

Phœbus se mit donc assez promptement l'esprit en repos sur la charmeresse Esmeralda,
ou Similar, comme il disait, sur le coup de poignard de la bohémienne ou du moine bourru
(peu lui importait), et sur l'issue du procès.
Mais dès que son cœur fut vacant de ce côté,
l'image de Fleur-de-Lys y revint. Le cœur du
capitaine Phœbus, comme la physique d'alors,
avait horreur du vide.

C'était d'ailleurs un séjour fort insipide que
Queue-en-Brie, un village de maréchaux ferrants
et de vachères aux mains gercées, un long cordon
de masures et de chaumières qui ourle la grande
route des deux côtés pendant une demi-lieue;
une *queue* enfin.

Fleur-de-Lys était son avant-dernière passion,
une jolie fille, une charmante dot; donc un beau
matin, tout à fait guéri, et présumant bien
qu'après deux mois l'affaire de la bohémienne
devait être finie et oubliée, l'amoureux cavalier
arriva en piaffant à la porte du logis Gondelaurier.

Il ne fit pas attention à une cohue assez nom-
breuse qui s'amusait dans la place du parvis,
devant le portail de Notre-Dame; il se souvint
qu'on était au mois de mai, il supposa quelque

procession, quelque Pentecôte, quelque fête, attacha son cheval à l'anneau du porche, et monta
joyeusement chez sa belle fiancée.

Elle était seule avec sa mère.

Fleur-de-Lys avait toujours sur le cœur la
scène de la sorcière, sa chèvre, son alphabet maudit, et les longues absences de Phœbus. Cependant, quand elle vit entrer son capitaine, elle
lui trouva si bonne mine, un hoqueton si neuf,
un baudrier si luisant et un air si passionné
qu'elle rougit de plaisir. La noble damoiselle
était elle-même plus charmante que jamais. Ses
magnifiques cheveux blonds étaient nattés à
ravir, elle était toute vêtue de ce bleu ciel qui
va si bien aux blanches, coquetterie que lui
avait enseignée Colombe, et avait l'œil noyé dans
cette langueur d'amour qui leur va mieux
encore.

Phœbus, qui n'avait rien vu en fait de beauté
depuis les margotons de Queue-en-Brie, fut enivré de Fleur-de-Lys, ce qui donna à notre officier une manière si empressée et si galante que
sa paix fut tout de suite faite. Madame de Gondelaurier elle-même, toujours maternellement
assise dans son grand fauteuil, n'eut pas la
force de le bougonner. Quant aux reproches de
Fleur-de-Lys, ils expirèrent en tendres roucou-
lements.

La jeune fille était assise près de la fenêtre,
brodant toujours sa grotte de Neptunus. Le capitaine se tenait appuyé au dossier de sa chaise,
et elle lui adressait à demi-voix ses caressantes
gronderies.

— Qu'est-ce que vous êtes donc devenu depuis
deux grands mois, méchant?

— Je vous jure, répondait Phœbus, un peu
gêné de la question, que vous êtes belle à faire
rêver un archevêque.

Elle ne pouvait s'empêcher de sourire.

— C'est bon, c'est bon, monsieur. Laissez là
ma beauté, et répondez-moi. Belle beauté, vraiment!

— Eh bien! chère cousine, j'ai été rappelé à tenir garnison.

— Et où cela, s'il vous plaît? et pourquoi n'êtes-vous pas venu me dire adieu?

— A Queue-en-Brie.

Phœbus était enchanté que la première question l'aidât à esquiver la seconde.

— Mais c'est tout près, monsieur. Comment n'être pas venu me voir une seule fois?

Ici Phœbus fut assez sérieusement embarrassé.

— C'est que... le service... et puis, charmante cousine, j'ai été malade.

— Malade! reprit-elle effrayée.

— Oui... blessé.

— Blessé!

La pauvre enfant était toute bouleversée.

— Oh! ne vous effarouchez pas de cela, dit négligemment Phœbus, ce n'est rien. Une querelle, un coup d'épée; qu'est-ce que cela vous fait?

— Qu'est-ce que cela me fait? s'écria Fleur-de-Lys en levant ses beaux yeux pleins de larmes. Oh! vous ne dites pas ce que vous pensez en disant cela. Qu'est-ce que ce coup d'épée? Je veux tout savoir.

— Eh bien! chère belle, j'ai eu noise avec Mahé Fédy, vous savez? le lieutenant de Saint-Germain-en-Laye, et nous nous sommes décousu chacun quelques pouces de la peau. Voilà tout.

Le menteur capitaine savait fort bien qu'une affaire d'honneur fait toujours ressortir un homme aux yeux d'une femme. En effet, Fleur-de-Lys le regardait en face tout émue de peur, de plaisir et d'admiration. Elle n'était cependant pas complètement rassurée.

— Pourvu que vous soyez bien tout à fait guéri, mon Phœbus! dit-elle. Je ne connais pas votre Mahé Fédy, mais c'est un vilain homme. Et d'où venait cette querelle?

Ici Phœbus, dont l'imagination n'était que fort médiocrement créatrice, commença à ne savoir plus comment se tirer de sa prouesse.

— Oh! que sais-je?... un rien, un cheval, un propos! — Belle cousine, s'écria-t-il pour changer de conversation, qu'est-ce que c'est donc que ce bruit dans le Parvis?

Il s'approcha de la fenêtre. — Oh! mon Dieu, belle cousine, voilà bien du monde sur la place!

— Je ne sais pas, dit Fleur-de-Lys; il paraît qu'il y a une sorcière qui va faire amende honorable ce matin devant l'église pour être pendue après.

Le capitaine croyait si bien l'affaire de la Esmeralda terminée qu'il s'émut fort peu des paroles de Fleur-de-Lys. Il lui fit cependant une ou deux questions.

— Comment s'appelle cette sorcière?

— Je ne sais pas, répondit-elle.

— Et que dit-on qu'elle ait fait?

Elle haussa encore cette fois ses blanches épaules.

— Je ne sais pas.

— Oh! mon Dieu Jésus! dit la mère, il y a tant de sorciers maintenant, qu'on les brûle, je crois, sans savoir leurs noms. Autant vaudrait chercher à savoir le nom de chaque nuée du ciel. Après tout, on peut être tranquille. Le bon Dieu tient son registre. — Ici la vénérable dame se leva et vint à la fenêtre. — Seigneur! dit-elle, vous avez raison, Phœbus. Voilà une grande cohue de populaire. Il y en a, béni soit Dieu! jusque sur les toits. — Savez-vous, Phœbus? cela me rappelle mon beau temps. L'entrée du roi Charles VII, où il y avait tant de monde aussi. — Je ne sais plus en quelle année. — Quand je vous parle de cela, n'est-ce pas? cela vous fait l'effet de quelque chose de vieux, et à moi de quelque chose de jeune. — Oh! c'était un bien plus beau peuple qu'à présent. Il y en avait jusque sur les mâchicoulis de la Porte Saint-Antoine. Le roi ·avait la reine en croupe, et après leurs altesses venaient toutes les dames en croupe de tous les seigneurs. Je me rappelle qu'on riait fort, parce qu'à côté d'Amanyon de Garlande, qui était fort

bref de taille, il y avait le sire Matefelon, un chevalier de stature gigantale, qui avait tué des
Anglais à tas. C'était bien beau. Une procession
de tous les gentilshommes de France avec leurs
oriflammes qui rougeoyaient à l'œil. Il y avait
ceux à pennon et ceux à bannière. Que sais-je,
moi? le sire de Calan, à pennon; Jean de Châ-
teaumorant, à bannière; le sire de Coucy, à bannière, et plus étoffément que nul des autres,
excepté le duc de Bourbon... — Hélas! que c'est
une chose triste de penser que tout cela a existé
et qu'il n'en est plus rien!

Les deux amoureux n'écoutaient pas la respectable douairière. Phœbus était revenu s'accou-
der au dossier de la chaise de sa fiancée, poste
charmant d'où son regard libertin s'enfonçait
dans toutes les ouvertures de la collerette de
Fleur-de-Lys. Cette gorgerette bâillait si à propos, et lui laissait voir tant de choses exquises
et lui en laissait deviner tant d'autres, que Phœbus, ébloui de cette peau à reflet de satin, se
disait en lui-même : — Comment peut-on aimer
autre chose qu'une blanche? Tous deux gardaient le silence. La jeune fille levait de temps en
temps sur lui des yeux ravis et doux, et leurs
cheveux se mêlaient dans un rayon du soleil de
printemps.

— Phœbus, dit tout à coup Fleur-de-Lys à
voix basse, nous devons nous marier dans trois
mois, jurez-moi que vous n'avez jamais aimé
d'autre femme que moi.

— Je vous le jure, bel ange! répondit Phœbus,
et son regard passionné se joignait pour convain-
cre Fleur-de-Lys à l'accent sincère de sa voix. Il
se croyait peut-être lui-même en ce moment.

Cependant la bonne mère, charmée de voir les
fiancés en si parfaite intelligence, venait de sortir
de l'appartement pour vaquer à quelque détail
domestique. Phœbus s'en aperçut, et cette solitude enhardit tellement l'aventureux capitaine
qu'il lui monta au cerveau des idées fort
étranges. Fleur-de-Lys l'aimait, il était son

fiancé, elle était seule avec lui, son ancien goût
pour elle s'était réveillé, non dans toute sa fraîcheur, mais dans toute son ardeur; après tout,
ce n'est pas grand crime de manger un peu son
blé en herbe; je ne sais si ces pensées lui passèrent dans l'esprit, mais ce qui est certain, c'est
que Fleur-de-Lys fut tout à coup effrayée de
l'expression de son regard. Elle regarda autour
d'elle, et ne vit plus sa mère.

— Mon Dieu! dit-elle rouge et inquiète, j'ai
bien chaud!

— Je crois en effet, répondit Phœbus, qu'il
n'est pas loin de midi. Le soleil est gênant. Il n'y
a qu'à fermer les rideaux.

— Non, non, cria la pauvre petite, j'ai besoin
d'air au contraire.

Et comme une biche qui sent le souffle de la
meute, elle se leva, courut à la fenêtre, l'ouvrit,
et se précipita sur le balcon.

Phœbus, assez contrarié, l'y suivit.

La place du Parvis Notre-Dame, sur laquelle le
balcon donnait, comme on sait, présentait en ce
moment un spectacle sinistre et singulier qui fit
brusquement changer de nature à l'effroi de la
timide Fleur-de-Lys.

Une foule immense, qui refluait dans toutes
les rues adjacentes, encombrait la place proprement dite. La petite muraille à hauteur d'appui
qui entourait le Parvis n'eût pas suffi à le maintenir libre, si elle n'eût été doublée d'une haie
épaisse de sergents des onze-vingts et de hacque-
butiers, la couleuvrine au poing. Grâce à ce taillis
de piques et d'arquebuses, le Parvis était vide.
L'entrée en était gardée par un gros de halle-
bardiers aux armes de l'évêque. Les larges portes
de l'église étaient fermées, ce qui contrastait
avec les innombrables fenêtres de la place, lesquelles, ouvertes jusque sur les pignons, laissaient voir des milliers de têtes entassées à peu
près comme les piles de boulets dans un parc
d'artillerie.

La surface de cette cohue était grise, sale et

terreuse. Le spectacle qu'elle attendait était évidemment de ceux qui ont le privilège d'extraire et d'appeler ce qu'il y a de plus immonde dans la population. Rien de hideux comme le bruit qui s'échappait de ce fourmillement de coiffes jaunes et de chevelures sordides. Dans cette foule, il y avait plus de rires que de cris, plus de femmes que d'hommes.

De temps en temps quelque voix aigre et vibrante perçait la rumeur générale.

. . . .

— Ohé! Mahiet Baliffre! est-ce qu'on va la pendre là?

— Imbécile! c'est ici l'amende honorable, en chemise! le bon Dieu va lui tousser du latin dans la figure! Cela se fait toujours ici, à midi. Si c'est la potence que tu veux, va-t'en à la Grève.

— J'irai après.

. . . .

— Dites donc, la Boucandry? est-il vrai qu'elle ait refusé un confesseur?

— Il paraît que oui, la Bechaigne.

— Voyez-vous, la païenne!

. . . .

— Monsieur, c'est l'usage. Le bailli du Palais est tenu de livrer le malfaiteur tout jugé, pour l'exécution, si c'est un laïc, au prévôt de Paris; si c'est un clerc, à l'official de l'évêché.

— Je vous remercie, monsieur.

. . . .

— Oh! mon Dieu! disait Fleur-de-Lys, la pauvre créature!

Cette pensée remplissait de douleur le regard qu'elle promenait sur la populace. Le capitaine, beaucoup plus occupé d'elle que de cet amas de quenaille, chiffonnait amoureusement sa ceinture par derrière. Elle se retourna suppliante et souriant. — De grâce, laissez-moi, Phœbus! si ma mère rentrait, elle verrait votre main!

En ce moment midi sonna lentement à l'horloge de Notre-Dame. Un murmure de satisfaction éclata dans la foule. La dernière vibration du douzième coup s'éteignait à peine que toutes les têtes moutonnèrent comme les vagues sous un coup de vent, et qu'une immense clameur s'éleva du pavé, des fenêtres et des toits : — La voilà!

Fleur-de-Lys mit ses mains sur ses yeux pour ne pas voir.

— Charmante, lui dit Phœbus, voulez-vous rentrer?

— Non, répondit-elle; et ces yeux qu'elle venait de fermer par crainte, elle les rouvrit par curiosité.

Un tombereau, traîné d'un fort limonier normand et tout enveloppé de cavalerie en livrée violette à croix blanches, venait de déboucher sur la place par la rue Saint-Pierre-aux-Bœufs. Les sergents du guet lui frayaient passage dans le peuple à grands coups de boullayes. A côté du tombereau chevauchaient quelques officiers de justice et de police, reconnaissables à leur costume noir et à leur gauche façon de se tenir en selle. Maître Jacques Charmolue paradait à leur tête.

Dans la fatale voiture, une jeune fille était assise, les bras liés derrière le dos, sans prêtre à côté d'elle. Elle était en chemise, ses longs cheveux noirs (la mode alors était de ne les couper qu'au pied du gibet) tombaient épars sur sa gorge et sur ses épaules à demi découvertes.

A travers cette ondoyante chevelure, plus luisante qu'un plumage de corbeau, on voyait se tordre et se nouer une grosse corde grise et rugueuse qui écorchait ses fragiles clavicules et se roulait autour du cou charmant de la pauvre fille comme un ver de terre sur une fleur. Sous cette corde brillait une petite amulette ornée de verroteries vertes qu'on lui avait laissée sans doute parce qu'on ne refuse plus rien à ceux qui

vont mourir. Les spectateurs placés aux fenêtres
pouvaient apercevoir au fond du tombereau ses
jambes nues qu'elle tâchait de dérober sous elle
comme par un dernier instinct de femme. A ses
pieds il y avait une petite chèvre garrottée. La
condamnée retenait avec ses dents sa chemise
mal attachée. On eût dit qu'elle souffrait encore
dans sa misère d'être ainsi livrée presque nue à
tous les yeux. Hélas! ce n'est pas pour de pareils
frémissements que la pudeur est faite.

— Jésus! dit vivement Fleur-de-Lys au capitaine. Regardez donc, beau cousin! c'est cette
vilaine bohémienne à la chèvre!

En parlant ainsi elle se retourna vers Phœbus.
Il avait les yeux fixés sur le tombereau. Il était
très pâle.

— Quelle bohémienne à la chèvre? dit-il en
balbutiant.

— Comment! reprit Fleur-de-Lys; est-ce que
vous ne vous souvenez pas?...

Phœbus l'interrompit. — Je ne sais pas ce que
vous voulez dire.

Il fit un pas pour rentrer. Mais Fleur-de-Lys
dont la jalousie, naguère si vivement remuée par
cette même égyptienne, venait de se réveiller,
Fleur-de-Lys lui jeta un coup d'œil plein de péné-
tration et de défiance. Elle se rappelait vaguement en ce moment avoir ouï parler d'un capitaine mêlé au procès de cette sorcière.

— Qu'avez-vous? dit-elle à Phœbus, on dirait
que cette femme vous a troublé.

Phœbus s'efforça de ricaner.

— Moi! pas le moins du monde! Ah bien oui!

— Alors restez, reprit-elle impérieusement, et
voyons jusqu'à la fin.

Force fut au malencontreux capitaine de demeurer. Ce qui le rassurait un peu, c'est que la
condamnée ne détachait pas son regard du plancher de son tombereau. Ce n'était que trop véritablement la Esmeralda. Sur ce dernier échelon
de l'opprobre et du malheur, elle était toujours
belle, ses grands yeux noirs paraissaient encore

plus grands à cause de l'appauvrissement de ses joues, son profil livide était pur et sublime. Elle ressemblait à ce qu'elle avait été comme une Vierge du Masaccio ressemble à une Vierge de Raphaël : plus faible, plus mince, plus maigre.

Du reste, il n'y avait rien en elle qui ne ballottât en quelque sorte, et que, hormis sa pudeur, elle ne laissât aller au hasard, tant elle avait été profondément rompue par la stupeur et le désespoir. Son corps rebondissait à tous les cahots du tombereau comme une chose morte ou brisée. Son regard était morne et fou. On voyait encore une larme dans sa prunelle, mais immobile et pour ainsi dire gelée.

Cependant la lugubre cavalcade avait traversé la foule au milieu des cris de joie et des attitudes curieuses. Nous devons dire toutefois, pour être fidèle historien, qu'en la voyant si belle et si accablée, beaucoup s'étaient émus de pitié, et des plus durs. Le tombereau était entré dans le Parvis.

Devant le portail central, il s'arrêta. L'escorte se rangea en bataille des deux côtés. La foule fit silence, et au milieu de ce silence plein de solennité et d'anxiété les deux battants de la grande porte tournèrent, comme d'eux-mêmes, sur leurs gonds qui grincèrent avec un bruit de fifre. Alors on vit dans toute sa longueur la profonde église, sombre, tendue de deuil, à peine éclairée de quelques cierges scintillant au loin sur le maître-autel, ouverte comme une gueule de caverne au milieu de la place éblouissante de lumière. Tout au fond, dans l'ombre de l'abside, on entrevoyait une gigantesque croix d'argent, développée sur un drap noir qui tombait de la voûte au pavé. Toute la nef était déserte. Cependant on voyait remuer confusément quelques têtes de prêtres dans les stalles lointaines du chœur, et au moment où la grande porte s'ouvrit il s'échappa de l'église un chant grave, éclatant et monotone qui jetait comme par bouffées sur la tête de la condamnée des fragments de psaumes lugubres.

« ... *Non timebo millia populi circumdantis me; exsurge, Domine; salvum me fac, Deus!*

« ... *Salvum me fac, Deus, quoniam intraverunt aquæ usque ad animam meam.*

« ... *Infixus sum in limo profundi; et non est substantia* [1]. »

En même temps une autre voix, isolée du chœur, entonnait sur le degré du maître-autel ce mélancolique offertoire :

« *Qui verbum meum audit, et credit ei qui misit me, habet vitam æternam et in judicium non venit; sed transit a morte in vitam* [2]. »

Ce chant que quelques vieillards perdus dans leurs ténèbres chantaient de loin sur cette belle créature, pleine de jeunesse et de vie, caressée par l'air tiède du printemps, inondée de soleil, c'était la messe des morts.

Le peuple écoutait avec recueillement.

La malheureuse, effarée, semblait perdre sa vue et sa pensée dans les obscures entrailles de l'église. Ses lèvres blanches remuaient comme si elles priaient, et quand le valet du bourreau s'approcha d'elle pour l'aider à descendre du tombereau, il l'entendit qui répétait à voix basse ce mot : *Phœbus.*

On lui délia les mains, on la fit descendre accompagnée de sa chèvre qu'on avait déliée aussi, et qui bêlait de joie de se sentir libre, et on la fit marcher pieds nus sur le dur pavé jusqu'au bas des marches du portail. La corde qu'elle avait au cou traînait derrière elle. On eût dit un serpent qui la suivait.

Alors le chant s'interrompit dans l'église. Une grande croix d'or et une file de cierges se mirent en mouvement dans l'ombre. On entendit sonner la hallebarde des suisses bariolés, et quelques moments après une longue procession de prêtres en chasubles et de diacres en dalmatiques, qui venait gravement et en psalmodiant vers la condamnée, se développa à sa vue et aux yeux de la foule. Mais son regard s'arrêta à celui qui marchait en tête, immédiatement après le porte-croix. — Oh! dit-elle tout bas en frissonnant, c'est encore lui! le prêtre!

C'était en effet l'archidiacre. Il avait à sa gauche le sous-chantre et à sa droite le chantre armé du bâton de son office. Il avançait, la tête renversée en arrière, les yeux fixes et ouverts, en chantant d'une voix forte :

« *De ventre inferi clamavi, et exaudisti vocem meam,*

« *Et projecisti me in profundum in corde maris, et flumen circumdedit me* [1]. »

Au moment où il parut au grand jour sous le haut portail en ogive, enveloppé d'une vaste chape d'argent barrée d'une croix noire, il était si pâle que plus d'un pensa dans la foule que c'était un des évêques de marbre, agenouillés sur les pierres sépulcrales du chœur, qui s'était levé et qui venait recevoir au seuil de la tombe celle qui allait mourir.

Elle, non moins pâle et non moins statue, elle s'était à peine aperçue qu'on lui avait mis en main un lourd cierge de cire jaune allumé; elle n'avait pas écouté la voix glapissante du greffier lisant la fatale teneur de l'amende honorable; quand on lui avait dit de répondre *Amen,* elle avait répondu *Amen.* Il fallut, pour lui rendre quelque vie et quelque force, qu'elle vît le prêtre faire signe à ses gardiens de s'éloigner et s'avancer seul vers elle.

Alors elle sentit son sang bouillonner dans sa tête, et un reste d'indignation se ralluma dans cette âme déjà engourdie et froide.

L'archidiacre s'approcha d'elle lentement. Même en cette extrémité, elle le vit promener sur sa nudité un œil étincelant de luxure, de jalousie et de désir. Puis il lui dit à haute voix : — Jeune fille, avez-vous demandé à Dieu pardon de vos fautes et de vos manquements? — Il se pencha à son oreille, et ajouta (les spectateurs croyaient qu'il recevait sa dernière confession) : — Veux-tu de moi? je puis encore te sauver!

Elle le regarda fixement : — Va-t'en, démon! ou je te dénonce.

Il se prit à sourire d'un sourire horrible. — On ne te croira pas. — Tu ne feras qu'ajouter un scandale à un crime. — Réponds vite! veux-tu de moi?

— Qu'as-tu fait de mon Phœbus?

— Il est mort, dit le prêtre.

En ce moment le misérable archidiacre leva la tête machinalement, et vit à l'autre bout de la place, au balcon du logis Gondelaurier, le capitaine debout près de Fleur-de-Lys. Il chancela, passa la main sur ses yeux, regarda encore, murmura une malédiction, et tous ses traits se contractèrent violemment.

— Eh bien! meurs, toi! dit-il entre ses dents. Personne ne t'aura.

Alors levant la main sur l'égyptienne, il s'écria d'une voix funèbre : — *I nunc, anima anceps, et sit tibi Deus misericors* [1]!

C'était la redoutable formule dont on avait coutume de clore ces sombres cérémonies. C'était le signal convenu du prêtre au bourreau.

Le peuple s'agenouilla.

— *Kyrie Eleïson* [2], dirent les prêtres restés sous l'ogive du portail.

— *Kyrie Eleïson*, répéta la foule avec ce murmure qui court sur toutes les têtes comme le clapotement d'une mer agitée.

— *Amen*, dit l'archidiacre.

Il tourna le dos à la condamnée, sa tête retomba sur sa poitrine, ses mains se croisèrent, il rejoignit son cortège de prêtres, et un moment après on le vit disparaître, avec la croix, les cierges et les chapes, sous les arceaux brumeux de la cathédrale; et sa voix sonore s'éteignit par degrés dans le chœur en chantant ce verset de désespoir :

Omnes gurgites tui et fluctus tui super me transierunt [3]!

En même temps le retentissement intermittent

de la hampe ferrée des hallebardes des suisses, mourant peu à peu sous les entre-colonnements de la nef, faisait l'effet d'un marteau d'horloge sonnant la dernière heure de la condamnée.

Cependant les portes de Notre-Dame étaient restées ouvertes, laissant voir l'église vide, désolée, en deuil, sans cierges et sans voix.

La condamnée demeurait immobile à sa place, attendant qu'on disposât d'elle. Il fallut qu'un des sergents à verge en avertît maître Charmolue, qui, pendant toute cette scène, s'était mis à étudier le bas-relief du grand portail qui représente, selon les uns, le sacrifice d'Abraham, selon les autres, l'opération philosophale, figurant le soleil par l'ange, le feu par le fagot, l'artisan par Abraham.

On eut assez de peine à l'arracher à cette contemplation, mais enfin il se retourna, et à un signe qu'il fit deux hommes vêtus de jaune, les valets du bourreau, s'approchèrent de l'égyptienne pour lui rattacher les mains.

La malheureuse, au moment de remonter dans le tombereau fatal et de s'acheminer vers sa dernière station, fut prise peut-être de quelque déchirant regret de la vie. Elle leva ses yeux rouges et secs vers le ciel, vers le soleil, vers les nuages d'argent coupés çà et là de trapèzes et de triangles bleus, puis elle les abaissa autour d'elle, sur la terre, sur la foule, sur les maisons... Tout à coup, tandis que l'homme jaune lui liait les coudes, elle poussa un cri terrible, un cri de joie. A ce balcon, là-bas, à l'angle de la place, elle venait de l'apercevoir, lui, son ami, son seigneur, Phœbus, l'autre apparition de sa vie! Le juge avait menti! c'était bien lui, elle n'en pouvait douter, il était là, beau, vivant, revêtu de son éclatante livrée, la plume en tête, l'épée au côté!

— Phœbus! cria-t-elle, mon Phœbus!

Et elle voulut tendre vers lui ses bras tremblants d'amour et de ravissement, mais ils étaient attachés.

Alors elle vit le capitaine froncer le sourcil, une belle jeune fille qui s'appuyait sur lui le regarder avec une lèvre dédaigneuse et des yeux irrités, puis Phœbus prononça quelques mots qui ne vinrent pas jusqu'à elle, et tous deux s'éclipsèrent précipitamment derrière le vitrail du balcon qui se referma.

— Phœbus! cria-t-elle éperdue, est-ce que tu le crois?

Une pensée monstrueuse venait de lui apparaître. Elle se souvenait qu'elle avait été condamnée pour meurtre sur la personne de Phœbus de Châteaupers.

Elle avait tout supporté jusque-là. Mais ce dernier coup était trop rude. Elle tomba sans mouvement sur le pavé.

— Allons, dit Charmolue, portez-la dans le tombereau, et finissons!

Personne n'avait encore remarqué, dans la galerie des statues des rois, sculptés immédiatement au-dessus des ogives du portail, un spectateur étrange qui avait tout examiné jusqu'alors avec une telle impassibilité, avec un cou si tendu, avec un visage si difforme, que, sans son accoutrement mi-parti rouge et violet, on eût pu le prendre pour un de ces monstres de pierre par la gueule desquels se dégorgent depuis six cents ans les longues gouttières de la cathédrale. Ce spectateur n'avait rien perdu de ce qui s'était passé depuis midi devant le portail de Notre-Dame. Et dès les premiers instants, sans que personne songeât à l'observer, il avait fortement attaché à l'une des colonnettes de la galerie une grosse corde à nœuds, dont le bout allait traîner en bas sur le perron. Cela fait, il s'était mis à regarder tranquillement, et à siffler de temps en temps quand un merle passait devant lui. Tout à coup, au moment où les valets du maître des œuvres se disposaient à exécuter l'ordre flegmatique de Charmolue, il enjamba la balustrade de la galerie, saisit la corde des pieds, des genoux et des mains, puis on le vit couler sur la façade, comme une goutte de pluie qui glisse le long d'une vitre, courir vers les deux bourreaux avec la vitesse d'un chat tombé d'un toit, les terrasser sous deux poings énormes, enlever l'égyptienne d'une main, comme un enfant sa poupée, et d'un seul élan rebondir jusque dans l'église, en élevant la jeune fille au-dessus de sa tête, et en criant d'une voix formidable : Asile!

Cela se fit avec une telle rapidité que si c'eût été la nuit, on eût pu tout voir à la lumière d'un seul éclair.

— Asile! asile! répéta la foule, et dix mille battements de mains firent étinceler de joie et de fierté l'œil unique de Quasimodo.

Cette secousse fit revenir à elle la condamnée. Elle souleva sa paupière, regarda Quasimodo, puis la referma subitement, comme épouvantée de son sauveur.

Charmolue resta stupéfait, et les bourreaux, et toute l'escorte. En effet, dans l'enceinte de Notre-Dame, la condamnée était inviolable. La cathédrale était un lieu de refuge. Toute justice humaine expirait sur le seuil.

Quasimodo s'était arrêté sous le grand portail. Ses larges pieds semblaient aussi solides sur le pavé de l'église que les lourds piliers romans. Sa grosse tête chevelue s'enfonçait dans ses épaules comme celle des lions qui eux aussi ont une crinière et pas de cou. Il tenait la jeune fille toute palpitante suspendue à ses mains calleuses comme une draperie blanche; mais il la portait avec tant de précaution qu'il paraissait craindre de la briser ou de la faner. On eût dit qu'il sentait que c'était une chose délicate, exquise et précieuse, faite pour d'autres mains que les siennes. Par moments, il avait l'air de n'oser la toucher, même du souffle. Puis, tout à coup, il la serrait avec étreinte dans ses bras, sur sa poitrine anguleuse, comme son bien, comme son trésor, comme eût fait la mère de cette enfant; son œil de gnome, abaissé sur elle, l'inondait de tendresse, de douleur et de pitié, et se relevait subitement plein d'éclairs. Alors les femmes riaient et pleuraient, la foule trépignait d'enthousiasme, car en ce moment-là Quasimodo avait vraiment sa beauté. Il était beau, lui, cet orphelin, cet enfant trouvé, ce rebut, il se sentait auguste et fort, il regardait en face cette société dont il était banni, et dans laquelle il intervenait si puissamment, cette justice humaine à laquelle il avait arraché sa proie, tous ces tigres forcés de mâcher à vide, ces sbires, ces juges, ces bourreaux, toute cette force du roi qu'il venait de briser, lui infime, avec la force de Dieu.

Et puis c'était une chose touchante que cette protection tombée d'un être si difforme sur un être si malheureux, qu'une condamnée à mort sauvée par Quasimodo. C'étaient les deux misères extrêmes de la nature et de la société qui se touchaient et qui s'entraidaient.

Cependant, après quelques minutes de triomphe, Quasimodo s'était brusquement enfoncé dans l'église avec son fardeau. Le peuple, amoureux de toute prouesse, le cherchait des yeux sous la sombre nef, regrettant qu'il se fût si vite dérobé à ses acclamations. Tout à coup on le vit reparaître à l'une des extrémités de la galerie des rois de France, il la traversa en courant comme un insensé, en élevant sa conquête dans ses bras, et en criant : Asile! La foule éclata de nouveau en applaudissements. La galerie parcourue, il se replongea dans l'intérieur de l'église. Un moment après il reparut sur la plateforme supérieure, toujours l'égyptienne dans ses bras, toujours courant avec folie, toujours criant : Asile! Et la foule applaudissait. Enfin, il fit une troisième apparition sur le sommet de la tour du bourdon; de là il sembla montrer avec orgueil à toute la ville celle qu'il avait sauvée, et sa voix tonnante, cette voix qu'on entendait si rarement et qu'il n'entendait jamais, répéta trois fois avec frénésie jusque dans les nuages : Asile! asile! asile!

— Noël! Noël! criait le peuple de son côté, et cette immense acclamation allait étonner sur l'autre rive la foule de la Grève et la recluse qui attendait toujours, l'œil fixé sur le gibet.

LIVRE NEUVIÈME

I

FIÈVRE

Claude Frollo n'était plus dans Notre-Dame pendant que son fils adoptif tranchait si brusquement le nœud fatal où le malheureux archidiacre avait pris l'égyptienne et s'était pris lui-même. Rentré dans la sacristie, il avait arraché l'aube, la chape et l'étole, avait tout jeté aux mains du bedeau stupéfait, s'était échappé par la porte dérobée du cloître, avait ordonné à un batelier du Terrain [1] de le transporter sur la rive gauche de la Seine, et s'était enfoncé dans les rues montueuses de l'Université, ne sachant où il allait, rencontrant à chaque pas des bandes d'hommes et de femmes qui se pressaient joyeusement vers le Pont Saint-Michel dans l'espoir *d'arriver encore à temps* pour voir pendre la sorcière, pâle, égaré, plus troublé, plus aveugle et plus farouche qu'un oiseau de nuit lâché et poursuivi par une troupe d'enfants en plein jour. Il ne savait plus où il était, ce qu'il pensait, il rêvait. Il allait, il marchait, il courait, prenant toute rue au hasard, ne choisissant pas, seulement toujours poussé en avant par la Grève, par l'horrible Grève qu'il sentait confusément derrière lui.

Il longea ainsi la montagne Sainte-Geneviève, et sortit enfin de la ville par la Porte Saint-Victor. Il continua de s'enfuir, tant qu'il put voir en se retournant l'enceinte de tours de l'Université et les rares maisons du faubourg; mais lorsque enfin un pli du terrain lui eut dérobé en entier cet odieux Paris, quand il put s'en croire à cent lieues, dans les champs, dans un désert, il s'arrêta, et il lui sembla qu'il respirait.

Alors des idées affreuses se pressèrent dans son esprit. Il revit clair dans son âme, et frissonna. Il songea à cette malheureuse fille qui l'avait perdu et qu'il avait perdue. Il promena un œil hagard sur la double voie tortueuse que la fatalité avait fait suivre à leurs deux destinées, jusqu'au point d'intersection où elle les avait impitoyablement brisées l'une contre l'autre. Il pensa à la folie des vœux éternels, à la vanité de la chasteté, de la science, de la religion, de la vertu, à l'inutilité de Dieu. Il s'enfonça à cœur joie dans les mauvaises pensées, et, à mesure qu'il y plongeait plus avant, il sentait éclater en lui-même un rire de Satan.

Et en creusant ainsi son âme, quand il vit quelle large place la nature y avait préparée aux passions, il ricana plus amèrement encore. Il remua au fond de son cœur toute sa haine, toute sa méchanceté, et il reconnut, avec le froid coup d'œil d'un médecin qui examine un malade, que cette haine, que cette méchanceté n'étaient que de l'amour vicié; que l'amour, cette source de toute vertu chez l'homme, tournait en choses horribles dans un cœur de prêtre, et qu'un homme constitué comme lui, en se faisant prêtre, se faisait démon. Alors il rit affreusement, et tout à coup il redevint pâle en considérant le côté le plus sinistre de sa fatale passion, de cet amour corrosif, venimeux, haineux, implacable, qui n'avait abouti qu'au gibet pour l'une, à l'enfer pour l'autre : elle condamnée, lui damné.

Et puis le rire lui revint, en songeant que Phœbus était vivant; qu'après tout le capitaine vivait, était allègre et content, avait de plus beaux hoquetons que jamais et une nouvelle maîtresse qu'il menait voir pendre l'ancienne. Son ricanement redoubla quand il réfléchit que, des êtres vivants dont il avait voulu la mort, l'égyptienne, la seule créature qu'il ne haït pas, était la seule qu'il n'eût pas manquée.

Alors du capitaine sa pensée passa au peuple, et il lui vint une jalousie d'une espèce inouïe. Il songea que le peuple aussi, le peuple tout entier, avait eu sous les yeux la femme qu'il aimait, en chemise, presque nue. Il se tordit les bras en pensant que cette femme, dont la forme entre-vue dans l'ombre par lui seul lui eût été le bonheur suprême, avait été livrée en plein jour, en plein midi, à tout un peuple, vêtue comme pour une nuit de volupté. Il pleura de rage sur tous ces mystères d'amour profanés, souillés, dé-nudés, flétris à jamais. Il pleura de rage en se figurant combien de regards immondes avaient trouvé leur compte à cette chemise mal nouée; et que cette belle fille, ce lys vierge, cette coupe de pudeur et de délices dont il n'eût osé appro-cher ses lèvres qu'en tremblant, venait d'être transformée en une sorte de gamelle publique, où la plus vile populace de Paris, les voleurs, les mendiants, les laquais étaient venus boire en commun un plaisir effronté, impur et dépravé.

Et quand il cherchait à se faire une idée du bonheur qu'il eût pu trouver sur la terre si elle n'eût pas été bohémienne et s'il n'eût pas été prêtre, si Phœbus n'eût pas existé et si elle l'eût aimé; quand il se figurait qu'une vie de séré-nité et d'amour lui eût été possible aussi à lui, qu'il y avait en ce même moment çà et là sur la terre des couples heureux, perdus en longues causeries sous les orangers, au bord des ruis-seaux, en présence d'un soleil couchant, d'une nuit étoilée; et que, si Dieu l'eût voulu, il eût pu faire avec elle un de ces couples de bénédic-tion, son cœur se fondait en tendresse et en désespoir.

Oh! elle! c'est elle! c'est cette idée fixe qui revenait sans cesse, qui le torturait, qui lui mor-dait la cervelle et lui déchiquetait les entrailles. Il ne regrettait pas, il ne se repentait pas; tout

ce qu'il avait fait, il était prêt à le faire encore;
il aimait mieux la voir aux mains du bourreau
qu'aux bras du capitaine, mais il souffrait; il
souffrait tant que par instants il s'arrachait des
poignées de cheveux pour voir s'ils ne blanchissaient pas.

Il y eut un moment entre autres où il lui vint
à l'esprit que c'était là peut-être la minute où
la hideuse chaîne qu'il avait vue le matin res-
serrait son nœud de fer autour de ce cou si frêle
et si gracieux. Cette pensée lui fit jaillir la sueur
de tous les pores.

Il y eut un autre moment où, tout en riant
diaboliquement sur lui-même, il se représenta à
la fois la Esmeralda comme il l'avait vue le
premier jour, vive, insouciante, joyeuse, parée,
dansante, ailée, harmonieuse, et la Esmeralda du
dernier jour, en chemise, et la corde au cou,
montant lentement, avec ses pieds nus, l'échelle
anguleuse du gibet; il se figura ce double tableau
d'une telle façon qu'il poussa un cri terrible.

Tandis que cet ouragan de désespoir bouleversait, brisait, arrachait, courbait, déracinait
tout dans son âme, il regarda la nature autour de
lui. A ses pieds, quelques poules fouillaient les
broussailles en becquetant, les scarabées d'émail
couraient au soleil, au-dessus de sa tête quelques
groupes de nuées gris pommelé fuyaient dans
un ciel bleu, à l'horizon la flèche de l'abbaye
Saint-Victor perçait la courbe du coteau de son
obélisque d'ardoise, et le meunier de la butte
Copeaux regardait en sifflant tourner les ailes
travailleuses de son moulin. Toute cette vie
active, organisée, tranquille, reproduite autour
de lui sous mille formes, lui fit mal. Il recommença à fuir.

Il courut ainsi à travers champs jusqu'au soir.
Cette fuite de la nature, de la vie, de lui-même,
de l'homme, de Dieu, de tout, dura tout le jour.
Quelquefois il se jetait la face contre terre, et il
arrachait avec ses ongles les jeunes blés. Quelquefois il s'arrêtait dans une rue de village dé-

serte, et ses pensées étaient si insupportables
qu'il prenait sa tête à deux mains et tâchait de
l'arracher de ses épaules pour la briser sur le
pavé.

Vers l'heure où le soleil déclinait, il s'examina
de nouveau, et il se trouva presque fou. La tempête qui durait en lui depuis l'instant où il avait
perdu l'espoir et la volonté de sauver l'égyptienne, cette tempête n'avait pas laissé dans sa
conscience une seule idée saine, une seule pensée debout. Sa raison y gisait, à peu près entièrement détruite. Il n'avait plus que deux images
distinctes dans l'esprit : la Esmeralda et la
potence. Tout le reste était noir. Ces deux
images rapprochées lui présentaient un groupe
effroyable, et plus il y fixait ce qui lui restait
d'attention et de pensée, plus il les voyait croître,
selon une progression fantastique, l'une en grâce,
en charme, en beauté, en lumière, l'autre en
horreur; de sorte qu'à la fin la Esmeralda lui
apparaissait comme une étoile, le gibet comme
un énorme bras décharné.

Une chose remarquable, c'est que pendant
toute cette torture il ne lui vint pas l'idée sérieuse de mourir. Le misérable était ainsi fait. Il
tenait à la vie. Peut-être voyait-il réellement l'enfer derrière.

Cependant le jour continuait de baisser. L'être
vivant qui existait encore en lui songea confusément au retour. Il se croyait loin de Paris; mais,
en s'orientant, il s'aperçut qu'il n'avait fait que
tourner l'enceinte de l'Université. La flèche de
Saint-Sulpice et les trois hautes aiguilles de
Saint-Germain-des-Prés dépassaient l'horizon à sa
droite. Il se dirigea de ce côté. Quand il entendit
le qui-vive des hommes d'armes de l'abbé autour
de la circonvallation crénelée de Saint-Germain,
il se détourna, prit un sentier qui s'offrit à lui
entre le moulin de l'abbaye et la maladrerie du
bourg, et au bout de quelques instants se trouva
sur la lisière du Pré-aux-Clercs. Ce pré était
célèbre par les tumultes qui s'y faisaient jour et

nuit; c'était l'*hydre* des pauvres moines de Saint-Germain, *quod monachis Sancti-Germani praten-sis hydra fuit, clericis nova semper dissidiorum capita suscitantibus* [1]. L'archidiacre craignit d'y rencontrer quelqu'un; il avait peur de tout visage humain; il venait d'éviter l'Université, le bourg Saint-Germain, il voulait ne rentrer dans les rues que le plus tard possible. Il longea le Pré-aux-Clercs, prit le sentier désert qui le séparait du Dieu-Neuf, et arriva enfin au bord de l'eau. Là, dom Claude trouva un batelier qui, pour quelques deniers parisis, lui fit remonter la Seine jusqu'à la pointe de la Cité, et le déposa sur cette langue de terre abandonnée où le lecteur a déjà vu rêver Gringoire, et qui se prolongeait au-delà des jardins du roi, parallèlement à l'île du Passeur-aux-Vaches.

Le bercement monotone du bateau et le bruissement de l'eau avaient en quelque sorte engourdi le malheureux Claude. Quand le batelier se fut éloigné, il resta stupidement debout sur la grève, regardant devant lui et ne percevant plus les objets qu'à travers des oscillations grossissantes qui lui faisaient de tout une sorte de fantasmagorie. Il n'est pas rare que la fatigue d'une grande douleur produise cet effet sur l'esprit.

Le soleil était couché derrière la haute Tour de Nesle. C'était l'instant du crépuscule. Le ciel était blanc, l'eau de la rivière était blanche. Entre ces deux blancheurs, la rive gauche de la Seine, sur laquelle il avait les yeux fixés, projetait sa masse sombre, et, de plus en plus amincie par la perspective, s'enfonçait dans les brumes de l'horizon comme une flèche noire. Elle était chargée de maisons, dont on ne distinguait que la silhouette obscure, vivement relevée en ténèbres sur le fond clair du ciel et de l'eau. Çà et là des fenêtres commençaient à y scintiller comme des trous de braise. Cet immense obélisque noir ainsi isolé entre les deux nappes blanches du ciel et de la rivière, fort

large en cet endroit, fit à dom Claude un effet
singulier, comparable à ce qu'éprouverait un
homme qui, couché à terre sur le dos au pied du
clocher de Strasbourg, regarderait l'énorme
aiguille s'enfoncer au-dessus de sa tête dans les
pénombres du crépuscule. Seulement ici c'était
Claude qui était debout et l'obélisque qui était
couché; mais comme la rivière, en reflétant le
ciel, prolongeait l'abîme au-dessous de lui, l'immense promontoire semblait aussi hardiment
élancé dans le vide que toute flèche de cathédrale; et l'impression était la même. Cette
impression avait même cela d'étrange et de plus
profond, que c'était bien le clocher de Strasbourg, mais le clocher de Strasbourg haut de
deux lieues, quelque chose d'inouï, de gigantesque, d'incommensurable, un édifice comme
nul œil humain n'en a vu, une tour de Babel.
Les cheminées des maisons, les créneaux des
murailles, les pignons taillés des toits, la flèche
des Augustins, la Tour de Nesle, toutes ces saillies qui ébréchaient le profil du colossal obélisque, ajoutaient à l'illusion en jouant bizarrement à l'œil les découpures d'une sculpture touffue et fantastique. Claude, dans l'état d'hallucination où il se trouvait, crut voir, voir de ses
yeux vivants, le clocher de l'enfer; les mille lumières répandues sur toute la hauteur de l'épouvantable tour lui parurent autant de porches
de l'immense fournaise intérieure; les voix et
les rumeurs qui s'en échappaient, autant de cris,
autant de râles. Alors il eut peur, il mit ses
mains sur ses oreilles pour ne plus entendre,
tourna le dos pour ne plus voir, et s'éloigna à
grands pas de l'effroyable vision.

Mais la vision était en lui.

Quand il rentra dans les rues, les passants qui
se coudoyaient aux lueurs des devantures de
boutiques lui faisaient l'effet d'une éternelle allée
et venue de spectres autour de lui. Il avait des
fracas étranges dans l'oreille. Des fantaisies
extraordinaires lui troublaient l'esprit. Il ne

voyait ni les maisons, ni le pavé, ni les chariots, ni les hommes et les femmes, mais un chaos d'objets indéterminés qui se fondaient par les bords les uns dans les autres. Au coin de la rue de la Barillerie, il y avait une boutique d'épicerie, dont l'auvent était, selon l'usage immémorial, garni dans son pourtour de ces cerceaux de fer-blanc auxquels pend un cercle de chandelles de bois qui s'entrechoquent au vent en claquant comme des castagnettes. Il crut entendre s'entreheurter dans l'ombre le trousseau de squelettes de Montfaucon.

— Oh! murmura-t-il, le vent de la nuit les chasse les uns contre les autres, et mêle le bruit de leurs chaînes au bruit de leurs os! Elle est peut-être là, parmi eux!

Éperdu, il ne sut où il allait. Au bout de quelques pas, il se trouva sur le Pont Saint-Michel. Il y avait une lumière à une fenêtre d'un rez-de-chaussée. Il s'approcha. A travers un vitrage fêlé, il vit une salle sordide, qui réveilla un souvenir confus dans son esprit. Dans cette salle, mal éclairée d'une lampe maigre, il y avait un jeune homme blond et frais, à figure joyeuse, qui embrassait, avec de grands éclats de rire, une jeune fille fort effrontément parée. Et, près de la lampe, il y avait une vieille femme qui filait et qui chantait d'une voix chevrotante. Comme le jeune homme ne riait pas toujours, la chanson de la vieille arrivait par lambeaux jusqu'au prêtre. C'était quelque chose d'inintelligible et d'affreux.

> Grève, aboye, Grève, grouille!
> File, file, ma quenouille,
> File sa corde au bourreau
> Qui siffle dans le préau.
> Grève, aboye, Grève, grouille!

> La belle corde de chanvre!
> Semez d'Issy jusqu'à Vanvre
> Du chanvre et non pas du blé.

Le voleur n'a pas volé
La belle corde de chanvre!

Grève, grouille, Grève, aboye!
Pour voir la fille de joie
Pendre au gibet chassieux,
Les fenêtres sont des yeux.
Grève, grouille, Grève, aboye!

Là-dessus le jeune homme riait et caressait la fille. La vieille, c'était la Falourdel; la fille, c'était une fille publique; le jeune homme, c'était son jeune frère Jehan.

Il continua de regarder. Autant ce spectacle qu'un autre.

Il vit Jehan aller à une fenêtre qui était au fond de la salle, l'ouvrir, jeter un coup d'œil sur le quai où brillaient au loin mille croisées éclairées, et il l'entendit dire en refermant la fenêtre : — Sur mon âme! voilà qu'il se fait nuit. Les bourgeois allument leurs chandelles et le bon Dieu ses étoiles.

Puis, Jehan revint vers la ribaude, et cassa une bouteille qui était sur une table, en s'écriant : — Déjà vide, corbœuf! et je n'ai plus d'argent! Isabeau, ma mie, je ne serai content de Jupiter que lorsqu'il aura changé vos deux tétins blancs en deux noires bouteilles, où je téterai du vin de Beaune jour et nuit.

Cette belle plaisanterie fit rire la fille de joie, et Jehan sortit.

Dom Claude n'eut que le temps de se jeter à terre pour ne pas être rencontré, regardé en face, et reconnu par son frère. Heureusement la rue était sombre, et l'écolier était ivre. Il avisa cependant l'archidiacre couché sur le pavé dans la boue.

— Oh! oh! dit-il, en voilà un qui a mené joyeuse vie aujourd'hui.

Il remua du pied dom Claude, qui retenait son souffle.

— Ivre-mort, reprit Jehan. Allons, il est plein.

Une vraie sangsue détachée d'un tonneau. Il est chauve, ajouta-t-il en se baissant; c'est un vieillard! *Fortunate senex* [1]!

Puis dom Claude l'entendit s'éloigner en disant : — C'est égal, la raison est une belle chose, et mon frère l'archidiacre est bien heureux d'être sage et d'avoir de l'argent.

L'archidiacre alors se releva, et courut tout d'une haleine vers Notre-Dame, dont il voyait les tours énormes surgir dans l'ombre au-dessus des maisons.

A l'instant où il arriva tout haletant sur la place du Parvis, il recula et n'osa lever les yeux sur le funeste édifice. — Oh! dit-il à voix basse, est-il donc bien vrai qu'une telle chose se soit passée ici, aujourd'hui, ce matin même!

Cependant il se hasarda à regarder l'église. La façade était sombre. Le ciel derrière étincelait d'étoiles. Le croissant de la lune, qui venait de s'envoler de l'horizon, était arrêté en ce moment au sommet de la tour de droite, et semblait s'être perché, comme un oiseau lumineux, au bord de la balustrade découpée en trèfles noirs.

La porte du cloître était fermée. Mais l'archidiacre avait toujours sur lui la clef de la tour où était son laboratoire. Il s'en servit pour pénétrer dans l'église.

Il trouva dans l'église une obscurité et un silence de caverne. Aux grandes ombres qui tombaient de toutes parts à larges pans, il reconnut que les tentures de la cérémonie du matin n'avaient pas encore été enlevées. La grande croix d'argent scintillait au fond des ténèbres, saupoudrée de quelques points étincelants, comme la voie lactée de cette nuit de sépulcre. Les longues fenêtres du chœur montraient au-dessus de la draperie noire l'extrémité supérieure de leurs ogives, dont les vitraux, traversés d'un rayon de lune, n'avaient plus que les couleurs douteuses de la nuit, une espèce de violet, de blanc et de bleu dont on ne retrouve la teinte que sur la face des morts. L'archidiacre, en apercevant tout autour du chœur ces blêmes pointes d'ogives, crut voir des mitres d'évêques damnés. Il ferma les yeux, et quand il les rouvrit, il crut que c'était un cercle de visages pâles qui le regardaient.

Il se mit à fuir à travers l'église. Alors il lui sembla que l'église aussi s'ébranlait, remuait, s'animait, vivait, que chaque grosse colonne devenait une patte énorme qui battait le sol de sa large spatule de pierre, et que la gigantesque cathédrale n'était plus qu'une sorte d'éléphant prodigieux qui soufflait et marchait avec ses piliers pour pieds, ses deux tours pour trompes et l'immense drap noir pour caparaçon.

Ainsi la fièvre ou la folie était arrivée à un tel degré d'intensité que le monde extérieur n'était plus pour l'infortuné qu'une sorte d'apocalypse visible, palpable, effrayante.

Il fut un moment soulagé. En s'enfonçant sous les bas côtés, il aperçut, derrière un massif de piliers, une lueur rougeâtre. Il y courut comme à une étoile. C'était la pauvre lampe qui éclairait jour et nuit le bréviaire public de Notre-Dame sous son treillis de fer. Il se jeta avidement sur le saint livre, dans l'espoir d'y trouver quelque consolation ou quelque encouragement. Le livre était ouvert à ce passage de Job, sur lequel son œil fixe se promena : — « Et un esprit passa devant ma face, et j'entendis un petit souffle, et le poil de ma chair se hérissa. »

À cette lecture lugubre, il éprouva ce qu'éprouve l'aveugle qui se sent piquer par le bâton qu'il a ramassé. Ses genoux se dérobèrent sous lui, et il s'affaissa sur le pavé, songeant à celle qui était morte dans le jour. Il sentait passer et se dégorger dans son cerveau tant de fumées monstrueuses qu'il lui semblait que sa tête était devenue une des cheminées de l'enfer.

Il paraît qu'il resta longtemps dans cette attitude, ne pensant plus, abîmé et passif sous la main du démon. Enfin quelque force lui revint, il songea à s'aller réfugier dans la tour près de son fidèle Quasimodo. Il se leva, et, comme il avait peur, il prit pour s'éclairer la lampe du bréviaire. C'était un sacrilège; mais il n'en était plus à regarder à si peu de chose.

Il gravit lentement l'escalier des tours, plein d'un secret effroi que devait propager jusqu'aux rares passants du Parvis la mystérieuse lumière de sa lampe montant si tard de meurtrière en meurtrière au haut du clocher.

Tout à coup il sentit quelque fraîcheur sur son visage et se trouva sous la porte de la plus haute galerie. L'air était froid; le ciel charriait des nuages dont les larges lames blanches débordaient les unes sur les autres en s'écrasant par les angles, et figuraient une débâcle de fleuve en hiver. Le croissant de la lune, échoué au milieu des nuées, semblait un navire céleste pris dans ces glaçons de l'air.

Il baissa la vue et contempla un instant, entre la grille de colonnettes qui unit les deux tours, au loin, à travers une gaze de brumes et de fumées, la foule silencieuse des toits de Paris, aigus, innombrables, pressés et petits comme les flots d'une mer tranquille dans une nuit d'été.

La lune jetait un faible rayon qui donnait au ciel et à la terre une teinte de cendre.

En ce moment l'horloge éleva sa voix grêle et fêlée. Minuit sonna. Le prêtre pensa à midi. C'étaient les douze heures qui revenaient. — Oh! se dit-il tout bas, elle doit être froide à présent!

Tout à coup un coup de vent éteignit sa lampe, et presque en même temps il vit paraître, à l'angle opposé de la tour, une ombre, une blancheur, une forme, une femme. Il tressaillit. A côté de cette femme, il y avait une petite chèvre, qui mêlait son bêlement au dernier bêlement de l'horloge.

Il eut la force de regarder. C'était elle.

Elle était pâle, elle était sombre. Ses cheveux tombaient sur ses épaules comme le matin. Mais plus de corde au cou, plus de mains attachées. Elle était libre, elle était morte.

Elle était vêtue de blanc et avait un voile blanc sur la tête.

Elle venait vers lui, lentement, en regardant le ciel. La chèvre surnaturelle la suivait. Il se sentait de pierre et trop lourd pour fuir. A chaque pas qu'elle faisait en avant, il en faisait un en arrière, et c'était tout. Il rentra ainsi sous la voûte obscure de l'escalier. Il était glacé de l'idée qu'elle allait peut-être y entrer aussi; si elle l'eût fait, il serait mort de terreur.

Elle arriva en effet devant la porte de l'escalier, s'y arrêta quelques instants, regarda fixement dans l'ombre, mais sans paraître y voir le prêtre, et passa. Elle lui parut plus grande que lorsqu'elle vivait; il vit la lune à travers sa robe blanche; il entendit son souffle.

Quand elle fut passée, il se mit à redescendre l'escalier, avec la lenteur qu'il avait vue au spectre, se croyant spectre lui-même, hagard, les cheveux tout droits, sa lampe éteinte toujours à la main; et, tout en descendant les degrés en spirale, il entendait distinctement dans son oreille une voix qui riait et qui répétait :

« ... Un esprit passa devant ma face, et j'entendis un petit souffle, et le poil de ma chair se hérissa. »

I I

BOSSU, BORGNE, BOITEUX

Toute ville au moyen âge, et, jusqu'à Louis XII, toute ville en France avait ses lieux d'asile. Ces lieux d'asile, au milieu du déluge de lois pénales et de juridictions barbares qui inondaient la cité, étaient des espèces d'îles qui s'élevaient au-dessus du niveau de la justice humaine. Tout criminel, qui y abordait était sauvé. Il y avait dans une banlieue presque autant de lieux d'asile que de lieux patibulaires. C'était l'abus de l'impunité à côté de l'abus des supplices, deux choses mauvaises qui tâchaient de se corriger l'une par l'autre. Les palais du roi, les hôtels des princes, les églises surtout avaient droit d'asile. Quelquefois d'une ville tout entière qu'on avait besoin de repeupler on faisait temporairement un lieu de refuge. Louis XI fit Paris asile en 1467.

Une fois le pied dans l'asile, le criminel était sacré; mais il fallait qu'il se gardât d'en sortir. Un pas hors du sanctuaire, il retombait dans le flot. La roue, le gibet, l'estrapade faisaient bonne garde à l'entour du lieu de refuge, et guettaient sans cesse leur proie comme les requins autour du vaisseau. On a vu des condamnés qui blanchissaient ainsi dans un cloître, sur l'escalier d'un palais, dans la culture d'une abbaye, sous un porche d'église; de cette façon l'asile était une prison comme une autre. Il arrivait quelque-

fois qu'un arrêt solennel du parlement violait le
refuge et restituait le condamné au bourreau;
mais la chose était rare. Les parlements s'effa-
rouchaient des évêques, et, quand ces deux robes-
là en venaient à se froisser, la simarre n'avait
pas beau jeu avec la soutane. Parfois cependant,
comme dans l'affaire des assassins de Petit-Jean,
bourreau de Paris, et dans celle d'Emery Rousseau, meurtrier de Jean Valleret, la justice sautait par-dessus l'église et passait outre à l'exécution de ses sentences; mais, à moins d'un arrêt
du parlement, malheur à qui violait à main armée un lieu d'asile! On sait quelle fut la mort
de Robert de Clermont, maréchal de France, et
de Jean de Châlons, maréchal de Champagne;
et pourtant il ne s'agissait que d'un certain Per-
rin Marc, garçon d'un changeur, un misérable
assassin; mais les deux maréchaux avaient brisé
les portes de Saint-Méry. Là était l'énormité.

Il y avait autour des refuges un tel respect,
qu'au dire de la tradition, il prenait parfois jusqu'aux animaux. Aymoin conte qu'un cerf, chas-
sé par Dagobert, s'étant réfugié près du tombeau de saint Denys, la meute s'arrêta tout court
en aboyant.

Les églises avaient d'ordinaire une logette préparée pour recevoir les suppliants. En 1407, Nicolas Flamel leur fit bâtir, sur les voûtes de Saint-
Jacques-de-la-Boucherie, une chambre qui lui
coûta quatre livres six sols seize deniers parisis.

A Notre-Dame, c'était une cellule établie sur
les combles des bas côtés sous les arcs-boutants,
en regard du cloître, précisément à l'endroit où
la femme du concierge actuel des tours s'est
pratiqué un jardin, qui est aux jardins suspen-
dus de Babylone ce qu'une laitue est à un
palmier, ce qu'une portière est à Sémira-
mis.

C'est là qu'après sa course effrénée et triom-
phale sur les tours et les galeries, Quasimodo
avait déposé la Esmeralda. Tant que cette course
avait duré, la jeune fille n'avait pu reprendre

ses sens, à demi assoupie, à demi éveillée, ne
sentant plus rien sinon qu'elle montait dans
l'air, qu'elle y flottait, qu'elle y volait, que quelque chose l'enlevait au-dessus de la terre. De
temps en temps, elle entendait le rire éclatant,
la voix bruyante de Quasimodo à son oreille; elle
entrouvrait ses yeux; alors au-dessous d'elle elle
voyait confusément Paris marqueté de ses mille
toits d'ardoises et de tuiles comme une mosaïque
rouge et bleue, au-dessus de sa tête la face effrayante et joyeuse de Quasimodo. Alors sa paupière retombait; elle croyait que tout était fini,
qu'on l'avait exécutée pendant son évanouisse-
ment, et que le difforme esprit qui avait présidé
à sa destinée l'avait reprise et l'emportait. Elle
n'osait le regarder et se laissait aller.

Mais quand le sonneur de cloches échevelé et
haletant l'eut déposée dans la cellule du refuge,
quand elle sentit ses grosses mains détacher doucement la corde qui lui meurtrissait les bras, elle
éprouva cette espèce de secousse qui réveille
en sursaut les passagers d'un navire qui touche
au milieu d'une nuit obscure. Ses pensées se
réveillèrent aussi, et lui revinrent une à une.
Elle vit qu'elle était dans Notre-Dame, elle se
souvint d'avoir été arrachée des mains du bourreau, que Phœbus était vivant, que Phœbus ne
l'aimait plus; et ces deux idées, dont l'une répandait tant d'amertume sur l'autre, se présentant
ensemble à la pauvre condamnée, elle se tourna
vers Quasimodo qui se tenait debout devant elle,
et qui lui faisait peur. Elle lui dit : — Pourquoi
m'avez-vous sauvée?

Il la regarda avec anxiété comme cherchant à
deviner ce qu'elle lui disait. Elle répéta sa question. Alors il lui jeta un coup d'œil profondément triste, et s'enfuit.

Elle resta étonnée.

Quelques moments après il revint, apportant
un paquet qu'il jeta à ses pieds. C'étaient des
vêtements que des femmes charitables avaient
déposés pour elle au seuil de l'église. Alors elle

abaissa ses yeux sur elle-même, se vit presque nue, et rougit. La vie revenait.

Quasimodo parut éprouver quelque chose de cette pudeur. Il voila son regard de sa large main et s'éloigna encore une fois, mais à pas lents.

Elle se hâta de se vêtir. C'était une robe blanche avec un voile blanc. Un habit de novice de l'Hôtel-Dieu.

Elle achevait à peine qu'elle vit revenir Quasimodo. Il portait un panier sous un bras et un matelas sous l'autre. Il y avait dans le panier une bouteille, du pain, et quelques provisions. Il posa le panier à terre, et dit : Mangez. — Il étendit le matelas sur la dalle, et dit : Dormez. — C'était son propre repas, c'était son propre lit que le sonneur de cloches avait été chercher.

L'égyptienne leva les yeux sur lui pour le remercier; mais elle ne put articuler un mot. Le pauvre diable était vraiment horrible. Elle baissa la tête avec un tressaillement d'effroi.

Alors il lui dit : — Je vous fais peur. Je suis bien laid, n'est-ce pas? Ne me regardez point. Ecoutez-moi seulement. — Le jour, vous resterez ici; la nuit, vous pouvez vous promener par toute l'église. Mais ne sortez de l'église ni jour ni nuit. Vous seriez perdue. On vous tuerait et je mourrais.

Emue, elle leva la tête pour lui répondre. Il avait disparu. Elle se retrouva seule, rêvant aux paroles singulières de cet être presque monstrueux, et frappée du son de sa voix qui était si rauque et pourtant si douce.

Puis, elle examina sa cellule. C'était une chambre de quelque six pieds carrés, avec une petite lucarne et une porte sur le plan légèrement incliné du toit en pierres plates. Plusieurs gouttières à figures d'animaux semblaient se pencher autour d'elle et tendre le cou pour la voir par la lucarne. Au bord de son toit, elle apercevait le haut de mille cheminées qui faisaient monter sous ses yeux les fumées de tous les feux

de Paris. Triste spectacle pour la pauvre égyptienne, enfant trouvée, condamnée à mort, malheureuse créature, sans patrie, sans famille, sans
foyer.

Au moment où la pensée de son isolement lui
apparaissait ainsi, plus poignante que jamais,
elle sentit une tête velue et barbue se glisser
dans ses mains, sur ses genoux. Elle tressaillit
(tout l'effrayait maintenant), et regarda. C'était
la pauvre chèvre, l'agile Djali, qui s'était échappée à sa suite, au moment où Quasimodo avait
dispersé la brigade de Charmolue, et qui se répandait en caresses à ses pieds depuis près d'une
heure, sans pouvoir obtenir un regard. L'égyptienne la couvrit de baisers. — Oh! Djali, disait-
elle, comme je t'ai oubliée! Tu songes donc toujours à moi! Oh! tu n'es pas ingrate, toi! —
En même temps, comme si une main invisible
eût soulevé le poids qui comprimait ses larmes
dans son cœur depuis si longtemps, elle se mit
à pleurer; et à mesure que ses larmes coulaient,
elle sentait s'en aller avec elles ce qu'il y avait
de plus âcre et de plus amer dans sa douleur.

Le soir venu, elle trouva la nuit si belle, la
lune si douce, qu'elle fit le tour de la galerie
élevée qui enveloppe l'église. Elle en éprouva
quelque soulagement, tant la terre lui parut
calme, vue de cette hauteur.

SOURD

Le lendemain matin, elle s'aperçut en s'éveillant qu'elle avait dormi. Cette chose singulière l'étonna. Il y avait si longtemps qu'elle était déshabituée du sommeil. Un joyeux rayon du soleil levant entrait par sa lucarne et lui venait frapper le visage. En même temps que le soleil, elle vit à cette lucarne un objet qui l'effraya, la malheureuse figure de Quasimodo. Involontairement elle referma les yeux, mais en vain; elle croyait toujours voir à travers sa paupière rose ce masque de gnome, borgne et brèche-dent. Alors, tenant toujours ses yeux fermés, elle entendit une rude voix qui disait très doucement :
— N'ayez pas peur. Je suis votre ami. J'étais venu vous voir dormir. Cela ne vous fait pas de mal, n'est-ce pas, que je vienne vous voir dormir? Qu'est-ce que cela vous fait que je sois là quand vous avez les yeux fermés? Maintenant je vais m'en aller. Tenez, je me suis mis derrière le mur. Vous pouvez rouvrir les yeux.

Il y avait quelque chose de plus plaintif encore que ces paroles, c'était l'accent dont elles étaient prononcées. L'égyptienne touchée ouvrit les yeux. Il n'était plus en effet à la lucarne. Elle alla à cette lucarne, et vit le pauvre bossu blotti à un angle de mur, dans une attitude douloureuse et résignée. Elle fit un effort pour surmonter la répugnance qu'il lui inspirait. — Venez, lui dit-elle doucement. Au mouvement des lèvres de l'égyptienne, Quasimodo crut qu'elle le chassait; alors il se leva et se retira en boitant, lentement, la tête baissée, sans même oser lever sur la jeune fille son regard plein de désespoir. — Venez donc, cria-t-elle. Mais il continuait de s'éloigner. Alors elle se jeta hors de sa cellule, courut à lui, et lui prit le bras. En se sentant touché par elle, Quasimodo trembla de tous ses membres. Il releva son œil suppliant, et, voyant qu'elle le ramenait près d'elle, toute sa face rayonna de joie et de tendresse. Elle voulut le faire entrer dans sa cellule, mais il s'obstina à rester sur le seuil. — Non, non, dit-il, le hibou n'entre pas dans le nid de l'alouette.

Alors elle s'accroupit gracieusement sur sa couchette avec sa chèvre endormie à ses pieds. Tous deux restèrent quelques instants immobiles, considérant en silence, lui tant de grâce, elle tant de laideur. A chaque moment, elle découvrait en Quasimodo quelque difformité de plus. Son regard se promenait des genoux cagneux au dos bossu, du dos bossu à l'œil unique. Elle ne pouvait comprendre qu'un être si gauchement ébauché existât. Cependant il y avait sur tout cela tant de tristesse et de douceur répandues qu'elle commençait à s'y faire.

Il rompit le premier ce silence. — Vous me disiez donc de revenir?

Elle fit un signe de tête affirmatif, en disant : — Oui.

Il comprit le signe de tête. — Hélas! dit-il comme hésitant à achever, c'est que... je suis sourd.

— Pauvre homme! s'écria la bohémienne avec une expression de bienveillante pitié.

Il se mit à sourire douloureusement. — Vous trouvez qu'il ne me manquait que cela, n'est-ce pas? Oui, je suis sourd. C'est comme cela que je suis fait. C'est horrible, n'est-il pas vrai? Vous êtes si belle, vous!

Il y avait dans l'accent du misérable un sentiment si profond de sa misère qu'elle n'eut pas la force de dire une parole. D'ailleurs il ne l'aurait pas entendue. Il poursuivit.

— Jamais je n'ai vu ma laideur comme à présent. Quand je me compare à vous, j'ai bien pitié de moi, pauvre malheureux monstre que je suis! Je dois vous faire l'effet d'une bête, dites. — Vous, vous êtes un rayon de soleil, une goutte de rosée, un chant d'oiseau! — Moi, je suis quelque chose d'affreux, ni homme, ni animal, un je ne sais quoi plus dur, plus foulé aux pieds et plus difforme qu'un caillou!

Alors il se mit à rire, et ce rire était ce qu'il y a de plus déchirant au monde. Il continua.

— Oui, je suis sourd. Mais vous me parlerez par gestes, par signes. J'ai un maître qui cause avec moi de cette façon. Et puis, je saurai bien vite votre volonté au mouvement de vos lèvres, à votre regard.

— Eh bien! reprit-elle en souriant, dites-moi pourquoi vous m'avez sauvée.

Il la regarda attentivement tandis qu'elle parlait.

— J'ai compris, répondit-il. Vous me demandez pourquoi je vous ai sauvée. Vous avez oublié un misérable qui a tenté de vous enlever une nuit, un misérable à qui le lendemain même vous avez porté secours sur leur infâme pilori. Une goutte d'eau et un peu de pitié, voilà plus que je n'en paierai avec ma vie. Vous avez oublié ce misérable; lui, il s'est souvenu.

Elle l'écoutait avec un attendrissement profond. Une larme roulait dans l'œil du sonneur, mais elle n'en tomba pas. Il parut mettre une sorte de point d'honneur à la dévorer.

— Ecoutez, reprit-il quand il ne craignit plus que cette larme s'échappât, nous avons là des tours bien hautes, un homme qui en tomberait serait mort avant de toucher le pavé; quand il vous plaira que j'en tombe, vous n'aurez pas même un mot à dire, un coup d'œil suffira.

Alors il se leva. Cet être bizarre, si malheu-

reuse que fût la bohémienne, éveillait encore
quelque compassion en elle. Elle lui fit signe de
rester.

— Non, non, dit-il. Je ne dois pas rester trop
longtemps. Je ne suis pas à mon aise quand
vous me regardez. C'est par pitié que vous ne
détournez pas les yeux. Je vais quelque part d'où
je vous verrai sans que vous me voyiez. Ce
sera mieux.

Il tira de sa poche un petit sifflet de métal.

— Tenez, dit-il, quand vous aurez besoin de
moi, quand vous voudrez que je vienne, quand
vous n'aurez pas trop d'horreur à me voir, vous
sifflerez avec ceci. J'entends ce bruit-là.

Il déposa le sifflet à terre et s'enfuit.

GRÈS ET CRISTAL

Les jours se succédèrent.

Le calme revenait peu à peu dans l'âme de la Esmeralda. L'excès de la douleur, comme l'excès de la joie, est une chose violente qui dure peu. Le cœur de l'homme ne peut rester longtemps dans une extrémité. La bohémienne avait tant souffert qu'il ne lui en restait plus que l'étonnement.

Avec la sécurité l'espérance lui était revenue. Elle était hors de la société, hors de la vie, mais elle sentait vaguement qu'il ne serait peut-être pas impossible d'y rentrer. Elle était comme une morte qui tiendrait en réserve une clef de son tombeau.

Elle sentait s'éloigner d'elle peu à peu les images terribles qui l'avaient si longtemps obsédée. Tous les fantômes hideux, Pierrat Torterue, Jacques Charmolue, s'effaçaient dans son esprit, tous, le prêtre lui-même.

Et puis, Phœbus vivait, elle en était sûre, elle l'avait vu. La vie de Phœbus, c'était tout. Après la série de secousses fatales qui avaient tout fait écrouler en elle, elle n'avait retrouvé debout dans son âme qu'une chose, qu'un sentiment, son amour pour le capitaine. C'est que l'amour est comme un arbre, il pousse de lui-même, jette profondément ses racines dans tout notre être, et continue souvent de verdoyer sur un cœur en ruine.

Et ce qu'il y a d'inexplicable, c'est que plus cette passion est aveugle, plus elle est tenace. Elle n'est jamais plus solide que lorsqu'elle n'a pas de raison en elle.

Sans doute la Esmeralda ne songeait pas au capitaine sans amertume. Sans doute il était affreux qu'il eût été trompé aussi lui, qu'il eût cru cette chose impossible, qu'il eût pu comprendre un coup de poignard venu de celle qui eût donné mille vies pour lui. Mais enfin, il ne fallait pas trop lui en vouloir : n'avait-elle pas avoué *son crime*? n'avait-elle pas cédé, faible femme, à la torture? Toute la faute était à elle. Elle aurait dû se laisser arracher les ongles plutôt qu'une telle parole. Enfin, qu'elle revît Phœbus une seule fois, une seule minute, il ne faudrait qu'un mot, qu'un regard pour le détromper, pour le ramener. Elle n'en doutait pas. Elle s'étourdissait aussi sur beaucoup de choses singulières, sur le hasard de la présence de Phœbus le jour de l'amende honorable, sur la jeune fille avec laquelle il était. C'était sa sœur sans doute. Explication déraisonnable, mais dont elle se contentait, parce qu'elle avait besoin de croire que Phœbus l'aimait toujours et n'aimait qu'elle. Ne le lui avait-il pas juré? Que lui fallait-il de plus, naïve et crédule qu'elle était? Et puis, dans cette affaire, les apparences n'étaient-elles pas bien plutôt contre elle que contre lui? Elle attendait donc. Elle espérait.

Ajoutons que l'église, cette vaste église qui l'enveloppait de toutes parts, qui la gardait, qui la sauvait, était elle-même un souverain calmant. Les lignes solennelles de cette architecture, l'attitude religieuse de tous les objets qui entouraient la jeune fille, les pensées pieuses et sereines qui se dégageaient, pour ainsi dire, de tous les pores de cette pierre, agissaient sur elle à son insu. L'édifice avait aussi des bruits d'une telle bénédiction et d'une telle majesté qu'ils assoupissaient cette âme malade. Le chant monotone des officiants, les réponses du peuple aux

prêtres, quelquefois inarticulées, quelquefois ton-
nantes, l'harmonieux tressaillement des vitraux,
l'orgue éclatant comme cent trompettes, les trois
clochers bourdonnant comme des ruches de grosses abeilles, tout cet orchestre sur lequel bondis-
sait une gamme gigantesque montant et descendant sans cesse d'une foule à un clocher, assour-
dissait sa mémoire, son imagination, sa douleur.
Les cloches surtout la berçaient. C'était comme
un magnétisme puissant que ces vastes appareils répandaient sur elle à larges flots.

Aussi chaque soleil levant la trouvait plus
apaisée, respirant mieux, moins pâle. A mesure
que ses plaies intérieures se fermaient, sa grâce
et sa beauté refleurissaient sur son visage, mais
plus recueillies et plus reposées. Son ancien caractère lui revenait aussi, quelque chose même
de sa gaieté, sa jolie moue, son amour de sa
chèvre, son goût de chanter, sa pudeur. Elle
avait soin de s'habiller le matin dans l'angle
de sa logette, de peur que quelque habitant des
greniers voisins ne la vît par la lucarne.

Quand la pensée de Phœbus lui en laissait le
temps, l'égyptienne songeait quelquefois à Quasimodo. C'était le seul lien, le seul rapport, la
seule communication qui lui restât avec les hommes, avec les vivants. La malheureuse! elle était
plus hors du monde que Quasimodo! Elle ne
comprenait rien à l'étrange ami que le hasard
lui avait donné. Souvent elle se reprochait de
ne pas avoir une reconnaissance qui fermât les
yeux, mais décidément elle ne pouvait s'accoutumer au pauvre sonneur. Il était trop laid.

Elle avait laissé à terre le sifflet qu'il lui
avait donné. Cela n'empêcha pas Quasimodo de
reparaître de temps en temps les premiers jours.
Elle faisait son possible pour ne pas se détourner
avec trop de répugnance quand il venait lui apporter le panier de provisions ou la cruche d'eau,
mais il s'apercevait toujours du moindre mouvement de ce genre, et alors il s'en allait tristement.

Une fois, il survint au moment où elle caressait Djali. Il resta quelques moments pensif devant ce groupe gracieux de la chèvre et de l'égyptienne. Enfin il dit en secouant sa tête lourde et mal faite : — Mon malheur, c'est que je ressemble encore trop à l'homme. Je voudrais être tout à fait une bête, comme cette chèvre.

Elle leva sur lui un regard étonné.

Il répondit à ce regard : — Oh! je sais bien pourquoi. — Et il s'en alla.

Une autre fois, il se présenta à la porte de la cellule (où il n'entrait jamais) au moment où la Esmeralda chantait une vieille ballade espagnole, dont elle ne comprenait pas les paroles, mais qui était restée dans son oreille parce que les bohémiennes l'en avaient bercée tout enfant. A la vue de cette vilaine figure qui survenait brusquement au milieu de sa chanson, la jeune fille s'interrompit avec un geste d'effroi involontaire. Le malheureux sonneur tomba à genoux sur le seuil de la porte et joignit d'un air suppliant ses grosses mains informes. — Oh! dit-il douloureusement, je vous en conjure, continuez et ne me chassez pas. — Elle ne voulut pas l'affliger, et, toute tremblante, reprit sa romance. Par degrés cependant son effroi se dissipa, et elle se laissa aller tout entière à l'impression de l'air mélancolique et traînant qu'elle chantait. Lui, était resté à genoux, les mains jointes, comme en prière, attentif, respirant à peine, son regard fixé sur les prunelles brillantes de la bohémienne. On eût dit qu'il entendait sa chanson dans ses yeux.

Une autre fois encore, il vint à elle d'un air gauche et timide. — Ecoutez-moi, dit-il avec effort, j'ai quelque chose à vous dire. — Elle lui fit signe qu'elle l'écoutait. Alors il se mit à soupirer, entr'ouvrit ses lèvres, parut un moment prêt à parler, puis il la regarda, fit un mouvement de tête négatif, et se retira lentement, son front dans la main, laissant l'égyptienne stupéfaite.

Parmi les personnages grotesques sculptés dans le mur, il y en avait un qu'il affectionnait particulièrement, et avec lequel il semblait souvent échanger des regards fraternels. Une fois l'égyptienne l'entendit qui lui disait : — Oh! que ne suis-je de pierre comme toi!

Un jour enfin, un matin, la Esmeralda s'était avancée jusqu'au bord du toit et regardait dans la place par-dessus la toiture aiguë de saint-Jean-le-Rond. Quasimodo était là, derrière elle. Il se plaçait ainsi de lui-même, afin d'épargner le plus possible à la jeune fille le déplaisir de le voir. Tout à coup la bohémienne tressaillit, une larme et un éclair de joie brillèrent à la fois dans ses yeux, elle s'agenouilla au bord du toit et tendit ses bras avec angoisse vers la place en criant : Phœbus! viens! viens! un mot, un seul mot, au nom du ciel! Phœbus! Phœbus! — Sa voix, son visage, son geste, toute sa personne avaient l'expression déchirante d'un naufragé qui fait le signal de détresse au joyeux navire qui passe au loin dans un rayon de soleil à l'horizon.

Quasimodo se pencha sur la place, et vit que l'objet de cette tendre et délirante prière était un jeune homme, un capitaine, un beau cavalier tout reluisant d'armes et de parures, qui passait en caracolant au fond de la place, et saluait du panache une belle dame souriant à son balcon. Du reste, l'officier n'entendait pas la malheureuse qui l'appelait. Il était trop loin.

Mais le pauvre sourd entendait, lui. Un soupir profond souleva sa poitrine. Il se retourna. Son cœur était gonflé de toutes les larmes qu'il dévorait; ses deux poings convulsifs se heurtèrent sur sa tête, et quand il les retira il avait à chaque main une poignée de cheveux roux.

L'égyptienne ne faisait aucune attention à lui. Il disait à voix basse en grinçant des dents : — Damnation! Voilà donc comme il faut être! il n'est besoin que d'être beau en dessus!

Cependant elle était restée à genoux et criait avec une agitation extraordinaire : — Oh! le

voilà qui descend de cheval! — Il va entrer dans
cette maison! — Phœbus! — Il ne m'entend
pas! — Phœbus! — Que cette femme est méchante de lui parler en même temps que moi! —
Phœbus! Phœbus!

Le sourd la regardait. Il comprenait cette pantomime. L'œil du pauvre sonneur se remplissait
de larmes, mais il n'en laissait couler aucune.
Tout à coup il la tira doucement par le bord de
sa manche. Elle se retourna. Il avait pris un
air tranquille. Il lui dit : — Voulez-vous que je
vous l'aille chercher?

Elle poussa un cri de joie. — Oh! va! Allez!
cours! vite! ce capitaine! ce capitaine! amenez-
le-moi! je t'aimerai! — Elle embrassait ses genoux. Il ne put s'empêcher de secouer la tête
douloureusement. — Je vais vous l'amener, dit-il
d'une voix faible. Puis il tourna la tête et se
précipita à grands pas sous l'escalier, étouffé de
sanglots.

Quand il arriva sur la place, il ne vit plus rien
que le beau cheval attaché à la porte du logis
Gondelaurier. Le capitaine venait d'y entrer.

Il leva son regard vers le toit de l'église. La
Esmeralda y était toujours à la même place,
dans la même posture. Il lui fit un triste signe
de tête. Puis il s'adossa à l'une des bornes du
porche Gondelaurier, déterminé à attendre que
le capitaine sortît.

C'était, dans le logis Gondelaurier, un de ces
jours de gala qui précèdent les noces. Quasimodo
vit entrer beaucoup de monde et ne vit sortir
personne. De temps en temps il regardait vers
le toit. L'égyptienne ne bougeait pas plus que
lui. Un palefrenier vint détacher le cheval, et le
fit entrer à l'écurie du logis.

La journée entière se passa ainsi, Quasimodo
sur la borne, la Esmeralda sur le toit, Phœbus
sans doute aux pieds de Fleur-de-Lys.

Enfin la nuit vint; une nuit sans lune, une
nuit obscure. Quasimodo eut beau fixer son regard sur la Esmeralda. Bientôt ce ne fut plus

qu'une blancheur dans le crépuscule; puis rien. Tout s'effaça, tout était noir.

Quasimodo vit s'illuminer du haut en bas de la façade les fenêtres du logis Gondelaurier. Il vit s'allumer l'une après l'autre les autres croisées de la place; il les vit aussi s'éteindre jusqu'à la dernière. Car il resta toute la soirée à son poste. L'officier ne sortait pas. Quand les derniers passants furent rentrés chez eux, quand toutes les croisées des autres maisons furent éteintes, Quasimodo demeura tout à fait seul, tout à fait dans l'ombre. Il n'y avait pas alors de luminaire dans le Parvis de Notre-Dame.

Cependant les fenêtres du logis Gondelaurier étaient restées éclairées, même après minuit. Quasimodo immobile et attentif voyait passer sur les vitraux de mille couleurs une foule d'ombres vives et dansantes. S'il n'eût pas été sourd, à mesure que la rumeur de Paris endormi s'éteignait, il eût entendu de plus en plus distinctement, dans l'intérieur du logis Gondelaurier, un bruit de fête, de rires et de musiques.

Vers une heure du matin, les conviés commencèrent à se retirer. Quasimodo enveloppé de ténèbres les regardait tous passer sous le porche éclairé de flambeaux. Aucun n'était le capitaine.

Il était plein de pensées tristes. Par moments il regardait en l'air, comme ceux qui s'ennuient. De grands nuages noirs, lourds, déchirés, crevassés, pendaient comme des hamacs de crêpe sous le cintre étoilé de la nuit. On eût dit les toiles d'araignée de la voûte du ciel.

Dans un de ces moments, il vit tout à coup s'ouvrir mystérieusement la porte-fenêtre du balcon dont la balustrade de pierre se découpait au-dessus de sa tête. La frêle porte de vitre donna passage à deux personnes derrière lesquelles elle se referma sans bruit. C'était un homme et une femme. Ce ne fut pas sans peine que Quasimodo parvint à reconnaître dans l'homme le beau capitaine, dans la femme la jeune dame qu'il avait vue le matin souhaiter la bienvenue à l'officier, du haut de ce même balcon. La place était parfaitement obscure, et un double rideau cramoisi qui était retombé derrière la porte au moment où elle s'était refermée ne laissait guère arriver sur le balcon la lumière de l'appartement.

Le jeune homme et la jeune fille, autant qu'en pouvait juger notre sourd qui n'entendait pas une de leurs paroles, paraissaient s'abandonner à un fort tendre tête-à-tête. La jeune fille semblait avoir permis à l'officier de lui faire une ceinture de son bras, et résistait doucement à un baiser.

Quasimodo assistait d'en bas à cette scène d'autant plus gracieuse à voir qu'elle n'était pas faite pour être vue. Il contemplait ce bonheur, cette beauté avec amertume. Après tout, la nature n'était pas muette chez le pauvre diable, et sa colonne vertébrale, toute méchamment tordue qu'elle était, n'était pas moins frémissante qu'une autre. Il songeait à la misérable part que la providence lui avait faite, que la femme, l'amour, la volupté lui passeraient éternellement sous les yeux, et qu'il ne ferait jamais que voir la félicité des autres. Mais ce qui le déchirait le plus dans ce spectacle, ce qui mêlait de l'indignation à son dépit, c'était de penser à ce que devait souffrir l'égyptienne si elle voyait. Il est vrai que la nuit était bien noire, que la Esmeralda, si elle était restée à sa place (et il n'en doutait pas), était fort loin, et que c'était tout au plus s'il pouvait distinguer lui-même les amoureux du balcon. Cela le consolait.

Cependant leur entretien devenait de plus en plus animé. La jeune dame paraissait supplier l'officier de ne rien lui demander de plus. Quasimodo ne distinguait de tout cela que les belles mains jointes, les sourires mêlés de larmes, les regards levés aux étoiles de la jeune fille, les yeux du capitaine ardemment abaissés sur elle.

Heureusement, car la jeune fille commençait à ne plus lutter que faiblement, la porte du balcon se rouvrit subitement, une vieille dame parut, la belle sembla confuse, l'officier prit un air dépité, et tous trois rentrèrent.

Un moment après, un cheval piaffa sous le porche et le brillant officier, enveloppé de son manteau de nuit, passa rapidement devant Quasimodo.

Le sonneur lui laissa doubler l'angle de la rue, puis il se mit à courir après lui avec son agilité de singe, en criant : — Hé! le capitaine!

Le capitaine s'arrêta.

— Que me veut ce maraud? dit-il en avisant dans l'ombre cette espèce de figure déhanchée qui accourait vers lui en cahotant.

Quasimodo cependant était arrivé à lui, et avait pris hardiment la bride de son cheval : — Suivez-moi, capitaine, il y a ici quelqu'un qui veut vous parler.

— Cornemahon [1]! grommela Phœbus, voilà un vilain oiseau ébouriffé qu'il me semble avoir vu quelque part. — Holà! maître, veux-tu bien laisser la bride de mon cheval?

— Capitaine, répondit le sourd, ne me demandez-vous pas qui?

— Je te dis de lâcher mon cheval, repartit Phœbus impatienté. Que veut ce drôle qui se pend au chanfrein de mon destrier? Est-ce que tu prends mon cheval pour une potence?

Quasimodo, loin de quitter la bride du cheval, se disposait à lui faire rebrousser chemin. Ne pouvant s'expliquer la résistance du capitaine, il se hâta de lui dire : — Venez, capitaine, c'est une femme qui vous attend. Il ajouta avec effort : — Une femme qui vous aime.

— Rare faquin! dit le capitaine, qui me croit obligé d'aller chez toutes les femmes qui m'aiment! ou qui le disent! — Et si par hasard elle te ressemble, face de chat-huant? — Dis à celle qui t'envoie que je vais me marier, et qu'elle aille au diable!

— Ecoutez, s'écria Quasimodo croyant vaincre d'un mot son hésitation, venez, monseigneur! c'est l'égyptienne que vous savez!

Ce mot fit en effet une grande impression sur Phœbus, mais non celle que le sourd en attendait. On se rappelle que notre galant officier s'était retiré avec Fleur-de-Lys quelques moments avant que Quasimodo sauvât la condamnée des mains de Charmolue. Depuis, dans toutes ses visites au logis Gondelaurier, il s'était bien gardé de reparler de cette femme dont le souvenir, après tout, lui était pénible; et de son côté Fleur-de-Lys n'avait pas jugé politique de lui dire que l'égyptienne vivait. Phœbus croyait donc la pauvre *Similar* morte, et qu'il y avait déjà un ou deux mois de cela. Ajoutons que depuis quelques instants le capitaine songeait à l'obscurité profonde de la nuit, à la laideur surnaturelle, à la voix sépulcrale de l'étrange messager, que minuit était passé, que la rue était déserte comme le soir où le moine bourru l'avait accosté, et que son cheval soufflait en regardant Quasimodo.

— L'égyptienne! s'écria-t-il presque effrayé. Or çà, viens-tu de l'autre monde?

Et il mit sa main sur la poignée de sa dague.

— Vite, vite, dit le sourd cherchant à entraîner le cheval. Par ici!

Phœbus lui asséna un vigoureux coup de botte dans la poitrine.

L'œil de Quasimodo étincela. Il fit un mouvement pour se jeter sur le capitaine. Puis il dit en se roidissant : — Oh! que vous êtes heureux qu'il y ait quelqu'un qui vous aime!

Il appuya sur le mot *quelqu'un*, et lâchant la bride du cheval : — Allez-vous-en!

Phœbus piqua des deux en jurant. Quasimodo le regarda s'enfoncer dans le brouillard de la rue. — Oh! disait tout bas le pauvre sourd, refuser cela!

Il rentra dans Notre-Dame, alluma sa lampe et remonta dans la tour. Comme il l'avait pensé, la bohémienne était toujours à la même place.

Du plus loin qu'elle l'aperçut, elle courut à

lui. — Seul! s'écria-t-elle en joignant douloureusement ses belles mains.

— Je n'ai pu le retrouver, dit froidement Quasimodo.

— Il fallait l'attendre toute la nuit! reprit-elle avec emportement.

Il vit son geste de colère et comprit le reproche. — Je le guetterai mieux une autre fois, dit-il en baissant la tête.

— Va-t'en! lui dit-elle.

Il la quitta. Elle était mécontente de lui. Il avait mieux aimé être maltraité par elle que de l'affliger. Il avait gardé toute la douleur pour lui.

A dater de ce jour, l'égyptienne ne le vit plus. Il cessa de venir à sa cellule. Tout au plus entrevoyait-elle quelquefois au sommet d'une tour la figure du sonneur mélancoliquement fixée sur elle. Mais dès qu'elle l'apercevait, il disparaissait.

Nous devons dire qu'elle était peu affligée de cette absence volontaire du pauvre bossu. Au fond du cœur, elle lui en savait gré. Au reste, Quasimodo ne se faisait pas illusion à cet égard.

Elle ne le voyait plus, mais elle sentait la présence d'un bon génie autour d'elle. Ses provisions étaient renouvelées par une main invisible pendant son sommeil. Un matin, elle trouva sur sa fenêtre une cage d'oiseaux. Il y avait au-dessus de sa cellule une sculpture qui lui faisait peur. Elle l'avait témoigné plus d'une fois devant Quasimodo. Un matin (car toutes ces choses-là se faisaient la nuit), elle ne la vit plus. On l'avait brisée. Celui qui avait grimpé jusqu'à cette sculpture avait dû risquer sa vie.

Quelquefois, le soir, elle entendait une voix cachée sous les abat-vent du clocher chanter comme pour l'endormir une chanson triste et bizarre. C'étaient des vers sans rime, comme un sourd en peut faire.

Ne regarde pas la figure,
Jeune fille, regarde le cœur.
Le cœur d'un beau jeune homme est souvent
[difforme.
Il y a des cœurs où l'amour ne se conserve pas.

Jeune fille, le sapin n'est pas beau,
N'est pas beau comme le peuplier,
Mais il garde son feuillage l'hiver.

Hélas! à quoi bon dire cela?
Ce qui n'est pas beau a tort d'être;
La beauté n'aime que la beauté,
Avril tourne le dos à janvier.

La beauté est parfaite,
La beauté peut tout,
La beauté est la seule chose qui n'existe pas à demi.

Le corbeau ne vole que le jour,
Le hibou ne vole que la nuit,
Le cygne vole la nuit et le jour.

Un matin, elle vit, en s'éveillant, sur sa fenêtre, deux vases pleins de fleurs. L'un était un vase de cristal fort beau et fort brillant, mais fêlé. Il avait laissé fuir l'eau dont on l'avait rempli, et les fleurs qu'il contenait étaient fanées. L'autre était un pot de grès, grossier et commun, mais qui avait conservé toute son eau, et dont les fleurs étaient restées fraîches et vermeilles.

Je ne sais pas si ce fut avec intention, mais la Esmeralda prit le bouquet fané, et le porta tout le jour sur son sein.

Ce jour-là, elle n'entendit pas la voix de la tour chanter.

Elle s'en soucia médiocrement. Elle passait ses journées à caresser Djali, à épier la porte du logis Gondelaurier, à s'entretenir tout bas de Phœbus, et à émietter son pain aux hirondelles.

Elle avait du reste tout à fait cessé de voir, cessé d'entendre Quasimodo. Le pauvre sonneur semblait avoir disparu de l'église. Une nuit pourtant, comme elle ne dormait pas et songeait à son beau capitaine, elle entendit soupirer près de sa cellule. Effrayée, elle se leva, et vit à la lumière de la lune une masse informe couchée en travers devant sa porte. C'était Quasimodo qui dormait là sur une pierre.

LA CLEF DE LA PORTE-ROUGE

Cependant la voix publique avait fait connaître à l'archidiacre de quelle manière miraculeuse l'égyptienne avait été sauvée. Quand il apprit cela, il ne sut ce qu'il en éprouvait. Il s'était arrangé de la mort de la Esmeralda. De cette façon il était tranquille, il avait touché le fond de la douleur possible. Le cœur humain (dom Claude avait médité sur ces matières) ne peut contenir qu'une certaine quantité de désespoir. Quand l'éponge est imbibée, la mer peut passer dessus sans y faire entrer une larme de plus.

Or, la Esmeralda morte, l'éponge était imbibée, tout était dit pour Dom Claude sur cette terre. Mais la sentir vivante, et Phœbus aussi, c'étaient des tortures qui recommençaient, les secousses, les alternatives, la vie. Et Claude était las de tout cela.

Quand il sut cette nouvelle, il s'enferma dans sa cellule du cloître. Il ne parut ni aux conférences capitulaires, ni aux offices. Il ferma sa porte à tous, même à l'évêque. Il resta muré de cette sorte plusieurs semaines. On le crut malade. Il l'était en effet.

Que faisait-il ainsi enfermé? Sous quelles pensées l'infortuné se débattait-il? Livrait-il une dernière lutte à sa redoutable passion? Combinait-il un dernier plan de mort pour elle et de perdition pour lui?

Son Jehan, son frère chéri, son enfant gâté, vint une fois à sa porte, frappa, jura, supplia, se nomma dix fois. Claude n'ouvrit pas.

Il passait des journées entières la face collée aux vitres de sa fenêtre. De cette fenêtre, située dans le cloître, il voyait la logette de la Esmeralda, il la voyait souvent elle-même avec sa chèvre, quelquefois avec Quasimodo. Il remarquait les petits soins du vilain sourd, ses obéissances, ses façons délicates et soumises avec l'égyptienne. Il se rappelait, car il avait bonne mémoire, lui, et la mémoire est la tourmenteuse des jaloux, il se rappelait le regard singulier du sonneur sur la danseuse un certain soir. Il se demandait quel motif avait pu pousser Quasimodo à la sauver. Il fut témoin de mille petites scènes entre la bohémienne et le sourd dont la pantomime, vue de loin et commentée par sa passion, lui parut fort tendre. Il se défiait de la singularité des femmes. Alors il sentit confusément s'éveiller en lui une jalousie à laquelle il ne se fût jamais attendu, une jalousie qui le faisait rougir de honte et d'indignation. — Passe encore pour le capitaine, mais celui-ci ! — Cette pensée le bouleversait.

Ses nuits étaient affreuses. Depuis qu'il savait l'égyptienne vivante, les froides idées de spectre et de tombe qui l'avaient obsédé un jour entier s'étaient évanouies, et la chair revenait l'aiguillonner. Il se tordait sur son lit de sentir la brune jeune fille si près de lui.

Chaque nuit, son imagination délirante lui représentait la Esmeralda dans toutes les attitudes qui avaient le plus fait bouillir ses veines. Il la voyait étendue sur le capitaine poignardé, les yeux fermés, sa belle gorge nue couverte du sang de Phœbus, à ce moment de délice où l'archidiacre avait imprimé sur ses lèvres pâles ce baiser dont la malheureuse, quoique à demi morte, avait senti la brûlure. Il la revoyait déshabillée par les mains sauvages des tortionnaires, laissant mettre à nu et emboîter dans le brode-

quin aux vis de fer son petit pied, sa jambe fine
et ronde, son genou souple et blanc. Il revoyait
encore ce genou d'ivoire resté seul en dehors de
l'horrible appareil de Torterue. Il se figurait
enfin la jeune fille en chemise, la corde au
cou, épaules nues, pieds nus, presque nue,
comme il l'avait vue le dernier jour. Ces images
de volupté faisaient crisper ses poings et courir
un frisson le long de ses vertèbres.

Une nuit entre autres, elles échauffèrent si
cruellement dans ses artères son sang de vierge
et de prêtre qu'il mordit son oreiller, sauta hors
de son lit, jeta un surplis sur sa chemise, et
sortit de sa cellule, sa lampe à la main, à demi
nu, effaré, l'œil en feu.

Il savait où trouver la clef de la Porte-Rouge
qui communiquait du cloître à l'église, et il avait
toujours sur lui, comme on sait, une clef de
l'escalier des tours.

SUITE DE LA CLEF
DE LA PORTE-ROUGE

Cette nuit-là, la Esmeralda s'était endormie dans sa logette, pleine d'oubli, d'espérance et de douces pensées. Elle dormait depuis quelque temps, rêvant, comme toujours, de Phœbus, lorsqu'il lui sembla entendre du bruit autour d'elle. Elle avait un sommeil léger et inquiet, un sommeil d'oiseau. Un rien la réveillait. Elle ouvrit les yeux. La nuit était très noire. Cependant elle vit à sa lucarne une figure qui la regardait. Il y avait une lampe qui éclairait cette apparition. Au moment où elle se vit aperçue de la Esmeralda, cette figure souffla la lampe. Néanmoins la jeune fille avait eu le temps de l'entrevoir. Ses paupières se refermèrent de terreur. — Oh! dit-elle d'une voix éteinte, le prêtre!

Tout son malheur passé lui revint comme dans un éclair. Elle retomba sur son lit, glacée.

Un moment après, elle sentit le long de son corps un contact qui la fit tellement frémir qu'elle se dressa réveillée et furieuse sur son séant.

Le prêtre venait de se glisser près d'elle. Il l'entourait de ses deux bras.

Elle voulut crier, et ne put.

— Va-t'en, monstre! va-t'en, assassin! dit-elle d'une voix tremblante et basse à force de colère et d'épouvante.

— Grâce! grâce! murmura le prêtre en lui imprimant ses lèvres sur les épaules [1].

Elle lui prit sa tête chauve à deux mains par son reste de cheveux, et s'efforça d'éloigner ses baisers comme si c'eût été des morsures.

— Grâce! répétait l'infortuné. Si tu savais ce que c'est que mon amour pour toi! c'est du feu, du plomb fondu, mille couteaux dans mon cœur!

Et il arrêta ses deux bras avec une force surhumaine. Éperdue : — Lâche-moi, lui dit-elle, ou je te crache au visage!

Il la lâcha. — Avilis-moi, frappe-moi, sois méchante! fais ce que tu voudras! Mais grâce! aime-moi!

Alors elle le frappa avec une fureur d'enfant. Elle raidissait ses belles mains pour lui meurtrir la face. — Va-t'en, démon!

— Aime-moi! aime-moi! pitié! criait le pauvre prêtre en se roulant sur elle et en répondant à ses coups par des caresses.

Tout à coup, elle le sentit plus fort qu'elle. — Il faut en finir! dit-il en grinçant des dents.

Elle était subjuguée, palpitante, brisée, entre ses bras, à sa discrétion. Elle sentait une main lascive s'égarer sur elle. Elle fit un dernier effort, et se mit à crier : — Au secours! à moi! un vampire! un vampire!

Rien ne venait. Djali seule était éveillée, et bêlait avec angoisse.

— Tais-toi! disait le prêtre haletant.

Tout à coup, en se débattant, en rampant sur le sol, la main de l'égyptienne rencontra quelque chose de froid et de métallique. C'était le sifflet de Quasimodo. Elle le saisit avec une convulsion d'espérance, le porta à ses lèvres, et y siffla de tout ce qui lui restait de force. Le sifflet rendit un son clair, aigu, perçant.

— Qu'est-ce que cela? dit le prêtre.

Presque au même instant il se sentit enlever par un bras vigoureux; la cellule était sombre, il ne put distinguer nettement qui le tenait ainsi; mais il entendit des dents claquer de rage, et il y avait juste assez de lumière éparse dans l'om-

bre pour qu'il vît briller au-dessus de sa tête
une large lame de coutelas.

Le prêtre crut apercevoir la forme de Quasimodo. Il supposa que ce ne pouvait être que lui.
Il se souvint d'avoir trébuché en entrant contre
un paquet qui était étendu en travers de la porte
en dehors. Cependant, comme le nouveau venu ne
ne proférait pas une parole, il ne savait que
croire. Il se jeta sur le bras qui tenait le coutelas en criant : — Quasimodo! Il oubliait, en ce
moment de détresse, que Quasimodo était sourd.

En un clin d'œil le prêtre fut terrassé, et sentit
un genou de plomb s'appuyer sur sa poitrine.
A l'empreinte anguleuse de ce genou, il reconnut
Quasimodo. Mais que faire? comment de son
côté être reconnu de lui? la nuit faisait le sourd
aveugle.

Il était perdu. La jeune fille, sans pitié, comme
une tigresse irritée, n'intervenait pas pour le
sauver. Le coutelas se rapprochait de sa tête.
Le moment était critique. Tout à coup son adversaire parut pris d'une hésitation. — Pas de sang
sur elle! dit-il d'une voix sourde.

C'était en effet la voix de Quasimodo.

Alors le prêtre sentit la grosse main qui le
traînait par le pied hors de la cellule. C'est là
qu'il devait mourir. Heureusement pour lui, la
lune venait de se lever depuis quelques instants.

Quand ils eurent franchi la porte de la logette,
son pâle rayon tomba sur la figure du prêtre.
Quasimodo le regarda en face, un tremblement
le prit, il lâcha le prêtre, et recula.

L'égyptienne, qui s'était avancée sur le seuil de
la cellule, vit avec surprise les rôles changer
brusquement. C'était maintenant le prêtre qui
menaçait, Quasimodo qui suppliait.

Le prêtre, qui accablait le sourd de gestes de
colère et de reproche, lui fit violemment signe de
se retirer.

Le sourd baissa la tête, puis il vint se mettre
à genoux devant la porte de l'égyptienne. —
Monseigneur, dit-il d'une voix grave et résignée,

vous ferez après ce qu'il vous plaira; mais tuez-moi d'abord.

En parlant ainsi, il présentait au prêtre son coutelas. Le prêtre hors de lui se jeta dessus, mais la jeune fille fut plus prompte que lui. Elle arracha le couteau des mains de Quasimodo, et éclata de rire avec fureur. — Approche! dit-elle au prêtre.

Elle tenait la lame haute. Le prêtre demeura indécis. Elle eût certainement frappé. — Tu n'oserais plus approcher, lâche! lui cria-t-elle. Puis elle ajouta avec une expression impitoyable, et sachant bien qu'elle allait percer de mille fers rouges le cœur du prêtre : — Ah! je sais que Phœbus n'est pas mort!

Le prêtre renversa Quasimodo à terre d'un coup de pied, et se replongea en frémissant de rage sous la voûte de l'escalier.

Quand il fut parti, Quasimodo ramassa le sifflet qui venait de sauver l'égyptienne. — Il se rouillait, dit-il en le lui rendant. Puis il la laissa seule.

La jeune fille, bouleversée par cette scène violente, tomba épuisée sur son lit, et se mit à pleurer à sanglots. Son horizon redevenait sinistre.

De son côté, le prêtre était rentré à tâtons dans sa cellule.

C'en était fait. Dom Claude était jaloux de Quasimodo!

Il répéta d'un air pensif sa fatale parole : Personne ne l'aura!

LIVRE DIXIÈME

I

GRINGOIRE A PLUSIEURS
BONNES IDÉES DE SUITE
RUE DES BERNARDINS

Depuis que Pierre Gringoire avait vu comment
toute cette affaire tournait, et que décidément
il y aurait corde, pendaison et autres désagré-
ments pour les personnages principaux de cette
comédie, il ne s'était plus soucié de s'en mêler.
Les truands, parmi lesquels il était resté considérant qu'en dernier résultat c'était la meilleure
compagnie de Paris, les truands avaient continué
de s'intéresser à l'égyptienne. Il avait trouvé
cela fort simple de la part de gens qui n'avaient,
comme elle, d'autres perspectives que Charmolue
et Torterue, et qui ne chevauchaient pas comme
lui dans les régions imaginaires entre les deux
ailes de Pegasus. Il avait appris par leurs propos
que son épousée au pot cassé s'était réfugiée
dans Notre-Dame, et il en était bien aise. Mais il
n'avait pas même la tentation d'y aller voir. Il
songeait quelquefois à la petite chèvre, et c'était
tout. Du reste, le jour il faisait des tours de
force pour vivre, et la nuit il élucubrait un
mémoire contre l'évêque de Paris, car il se souvenait d'avoir été inondé par les roues de ses
moulins, et il lui en gardait rancune. Il s'occupait
aussi de commenter le bel ouvrage de Baudry le
Rouge, évêque de Noyon et de Tournay, *de Cupa
Petrarum* [1], ce qui lui avait donné un goût violent pour l'architecture; penchant qui avait remplacé dans son cœur sa passion pour l'hermé-

tisme dont il n'était d'ailleurs qu'un corollaire naturel, puisqu'il y a un lien intime entre l'hermétique et la maçonnerie. Gringoire avait passé de l'amour d'une idée à l'amour de la forme de cette idée.

Un jour, il s'était arrêté près de Saint-Germain-l'Auxerrois à l'angle d'un logis qu'on appelait *le For-l'Evêque*, lequel faisait face à un autre qu'on appelait *le For-le-Roi* [1]. Il y avait à ce For-l'Evêque une charmante chapelle du quatorzième siècle dont le chevet donnait sur la rue. Gringoire en examinait dévotement les sculptures extérieures. Il était dans un de ces moments de jouissance égoïste, exclusive, suprême, où l'artiste ne voit dans le monde que l'art et voit le monde dans l'art. Tout à coup, il sent une main se poser gravement sur son épaule. Il se retourne. C'était son ancien ami, son ancien maître, monsieur l'archidiacre.

Il resta stupéfait. Il y avait longtemps qu'il n'avait vu l'archidiacre, et dom Claude était un de ces hommes solennels et passionnés dont la rencontre dérange toujours l'équilibre d'un philosophe sceptique.

L'archidiacre garda quelques instants un silence pendant lequel Gringoire eut le loisir de l'observer. Il trouva dom Claude bien changé, pâle comme un matin d'hiver, les yeux caves, les cheveux presque blancs. Ce fut le prêtre qui rompit enfin le silence en disant d'un ton tranquille, mais glacial : — Comment vous portez-vous, maître Pierre?

— Ma santé? répondit Gringoire. Hé! hé! on en peut dire ceci et cela. Toutefois l'ensemble est bon. Je ne prends trop de rien. Vous savez, maître? le secret de se bien porter, selon Hippocrates, *id est cibi, potus, somni, Venus, omnia moderata sint* [2].

— Vous n'avez donc aucun souci, maître Pierre? reprit l'archidiacre en regardant fixement Gringoire.

— Ma foi, non.

— Et que faites-vous maintenant?

— Vous le voyez, mon maître. J'examine la coupe de ces pierres, et la façon dont est fouillé ce bas-relief.

Le prêtre se mit à sourire, de ce sourire amer qui ne relève qu'une des extrémités de la bouche.

— Et cela vous amuse?

— C'est le paradis! s'écria Gringoire. Et se penchant sur les sculptures avec la mine éblouie d'un démonstrateur de phénomènes vivants : Est-ce donc que vous ne trouvez pas, par exemple, cette métamorphose de basse-taille exécutée avec beaucoup d'adresse, de mignardise et de patience [1]? Regardez cette colonnette. Autour de quel chapiteau avez-vous vu feuilles plus tendres et mieux caressées du ciseau? Voici trois rondes-bosses de Jean Maillevin. Ce ne sont pas les plus belles œuvres de ce grand génie. Néanmoins, la naïveté, la douceur des visages, la gaieté des attitudes et des draperies, et cet agrément inexplicable qui se mêle dans tous les défauts, rendent les figurines bien égayées et bien délicates, peut-être même trop. — Vous trouvez que ce n'est pas divertissant?

— Si fait! dit le prêtre.

— Et si vous voyiez l'intérieur de la chapelle! reprit le poète avec son enthousiasme bavard. Partout des sculptures. C'est touffu comme un cœur de chou! L'abside est d'une façon fort dévote et si particulière que je n'ai rien vu de même ailleurs!

Dom Claude l'interrompit : — Vous êtes donc heureux?

Gringoire répondit avec feu :

— En honneur, oui! J'ai d'abord aimé des femmes, puis des bêtes. Maintenant j'aime des pierres. C'est tout aussi amusant que les bêtes et les femmes, et c'est moins perfide.

Le prêtre mit sa main sur son front. C'était son geste habituel. — En vérité!

— Tenez! dit Gringoire, on a des jouissances!

— Il prit le bras du prêtre qui se laissait aller,

et le fit entrer sous la tourelle de l'escalier du For-l'Evêque. — Voilà un escalier! chaque fois que je le vois, je suis heureux. C'est le degré de la manière la plus simple et la plus rare de Paris. Toutes les marches sont par-dessous délardées. Sa beauté et sa simplicité consistent dans les girons de l'une et de l'autre, portant un pied ou environ, qui sont entrelacés, enclavés, emboîtés, enchaînés, enchâssés, entretaillés l'un dans l'autre, et s'entre-mordent d'une façon vraiment ferme et gentille!

— Et vous ne désirez rien?

— Non.

— Et vous ne regrettez rien?

— Ni regret ni désir. J'ai arrangé ma vie.

— Ce qu'arrangent les hommes, dit Claude, les choses le dérangent.

— Je suis un philosophe pyrrhonien, répondit Gringoire, et je tiens tout en équilibre.

— Et comment la gagnez-vous, votre vie?

— Je fais encore çà et là des épopées et des tragédies; mais ce qui me rapporte le plus, c'est l'industrie que vous me connaissez, mon maître. Porter des pyramides de chaises sur mes dents.

— Le métier est grossier pour un philosophe.

— C'est encore de l'équilibre, dit Gringoire. Quand on a une pensée, on la retrouve en tout.

— Je le sais, répondit l'archidiacre.

Après un silence, le prêtre reprit : — Vous êtes néanmoins assez misérable?

— Misérable, oui; malheureux, non.

En ce moment, un bruit de chevaux se fit entendre, et nos deux interlocuteurs virent défiler au bout de la rue une compagnie des archers de l'ordonnance du roi, les lances hautes, l'officier en tête. La cavalcade était brillante et résonnait sur le pavé.

— Comme vous regardez cet officier! dit Gringoire à l'archidiacre.

— C'est que je crois le reconnaître.

— Comment le nommez-vous?

— Je crois, dit Claude, qu'il s'appelle Phœbus de Châteaupers.

— Phœbus! un nom de curiosité! Il y a aussi Phœbus, comte de Foix. J'ai souvenir d'avoir connu une fille qui ne jurait que par Phœbus.

— Venez-vous-en, dit le prêtre. J'ai quelque chose à vous dire.

Depuis le passage de cette troupe, quelque agitation perçait sous l'enveloppe glaciale de l'archidiacre. Il se mit à marcher. Gringoire le suivait, habitué à lui obéir, comme tout ce qui avait approché une fois cet homme plein d'ascendant. Ils arrivèrent en silence jusqu'à la rue des Bernardins qui était assez déserte. Dom Claude s'y arrêta.

— Qu'avez-vous à me dire, mon maître? lui demanda Gringoire.

— Est-ce que vous ne trouvez pas, répondit l'archidiacre d'un air de profonde réflexion, que l'habit de ces cavaliers que nous venons de voir est plus beau que le vôtre et que le mien?

Gringoire hocha la tête. — Ma foi! j'aime mieux ma gonelle jaune et rouge que ces écailles de fer et d'acier. Beau plaisir, de faire en marchant le même bruit que le quai de la Ferraille par un tremblement de terre!

— Donc, Gringoire, vous n'avez jamais porté envie à ces beaux fils en hoquetons de guerre?

— Envie de quoi, monsieur l'archidiacre? de leur force, de leur armure, de leur discipline? Mieux valent la philosophie et l'indépendance en guenilles. J'aime mieux être tête de mouche que queue de lion.

— Cela est singulier, dit le prêtre rêveur. Une belle livrée est pourtant belle.

Gringoire, le voyant pensif, le quitta pour aller admirer le porche d'une maison voisine. Il revint en frappant des mains. — Si vous étiez moins occupé des beaux habits des gens de guerre, monsieur l'archidiacre, je vous prierais d'aller voir cette porte. Je l'ai toujours dit, la maison

du sieur Aubry a une entrée la plus superbe du
monde.

— Pierre Gringoire, dit l'archidiacre, qu'avez-
vous fait de cette petite danseuse égyptienne?

— La Esmeralda? Vous changez bien brusquement de conversation.

— N'était-elle pas votre femme?

— Oui, au moyen d'une cruche cassée. Nous
en avions pour quatre ans. — A propos, ajouta
Gringoire en regardant l'archidiacre d'un air à
demi goguenard, vous y pensez donc toujours?

— Et vous, vous n'y pensez plus?

— Peu. — J'ai tant de choses!... Mon Dieu,
que la petite chèvre était jolie!

— Cette bohémienne ne vous avait-elle pas
sauvé la vie?

— C'est pardieu vrai.

— Eh bien! qu'est-elle devenue? qu'en avez-
vous fait?

— Je ne vous dirai pas. Je crois qu'ils l'ont
pendue.

— Vous croyez?

— Je ne suis pas sûr. Quand j'ai vu qu'ils
voulaient pendre les gens, je me suis retiré du
jeu.

— C'est là tout ce que vous en savez?

— Attendez donc. On m'a dit qu'elle s'était
réfugiée dans Notre-Dame, et qu'elle y était en
sûreté, et j'en suis ravi, et je n'ai pu découvrir
si la chèvre s'était sauvée avec elle, et c'est tout
ce que j'en sais.

— Je vais vous en apprendre davantage, cria
dom Claude, et sa voix, jusqu'alors basse, lente
et presque sourde, était devenue tonnante. Elle
est en effet réfugiée dans Notre-Dame. Mais dans
trois jours la justice l'y reprendra, et elle sera
pendue en Grève. Il y a arrêt du parlement.

— Voilà qui est fâcheux, dit Gringoire.

Le prêtre, en un clin d'œil, était redevenu
froid et calme.

— Et qui diable, reprit le poète, s'est donc
amusé à solliciter un arrêt de réintégration?

Est-ce qu'on ne pouvait pas laisser le parlement tranquille? Qu'est-ce que cela fait qu'une pauvre fille s'abrite sous les arcs-boutants de Notre-Dame à côté des nids d'hirondelles?

— Il y a des satans dans le monde, répondit l'archidiacre.

— Cela est diablement mal emmanché, observa Gringoire.

L'archidiacre reprit après un silence : — Donc, elle vous a sauvé la vie?

— Chez mes bons amis les truandiers. Un peu plus, un peu moins, j'étais pendu. Ils en seraient fâchés aujourd'hui.

— Est-ce que vous ne voulez rien faire pour elle?

— Je ne demande pas mieux, dom Claude. Mais si je vais m'entortiller une vilaine affaire autour du corps?

— Qu'importe!

— Bah! qu'importe! Vous êtes bon, vous, mon maître! J'ai deux grands ouvrages commencés.

Le prêtre se frappa le front. Malgré le calme qu'il affectait, de temps en temps un geste violent révélait ses convulsions intérieures. — Comment la sauver?

Gringoire lui dit : — Mon maître, je vous répondrai : *Il padelt,* ce qui veut dire en turc : *Dieu est notre espérance.*

— Comment la sauver? répéta Claude rêveur.

Gringoire à son tour se frappa le front.

— Écoutez, mon maître. J'ai de l'imagination. Je vais vous trouver des expédients. — Si on demandait la grâce au roi?

— A Louis XI? une grâce?

— Pourquoi pas?

— Va prendre son os au tigre!

Gringoire se mit à chercher de nouvelles solutions.

— Eh bien! tenez! — Voulez-vous que j'adresse aux matrones une requête avec déclaration que la fille est enceinte?

Cela fit étinceler la creuse prunelle du prêtre.

— Enceinte! drôle! est-ce que tu en sais quelque chose?

Gringoire fut effrayé de son air. Il se hâta de dire : — Oh! non pas moi! Notre mariage était un vrai *forismaritagium* [1]. Je suis resté dehors. Mais enfin on obtiendrait un sursis.

— Folie! infamie! tais-toi!

— Vous avez tort de vous fâcher, grommela Gringoire. On obtient un sursis, cela ne fait de mal à personne, et cela fait gagner quarante deniers parisis aux matrones, qui sont de pauvres femmes.

Le prêtre ne l'écoutait pas. — Il faut pourtant qu'elle sorte de là! murmura-t-il. L'arrêt est exécutoire sous trois jours! D'ailleurs, il n'y aurait pas d'arrêt, ce Quasimodo! Les femmes ont des goûts bien dépravés! Il haussa la voix : — Maître Pierre, j'y ai bien réfléchi, il n'y a qu'un moyen de salut pour elle.

— Lequel? moi, je n'en vois plus.

— Ecoutez, maître Pierre, souvenez-vous que vous lui devez la vie. Je vais vous dire franchement mon idée. L'église est guettée jour et nuit. On n'en laisse sortir que ceux qu'on y a vus entrer. Vous pourrez donc entrer. Vous viendrez. Je vous introduirai près d'elle. Vous changerez d'habits avec elle. Elle prendra votre pourpoint, vous prendrez sa jupe.

— Cela va bien jusqu'à présent, observa le philosophe. Et puis?

— Et puis? Elle sortira avec vos habits; vous resterez avec les siens. On vous pendra peut-être, mais elle sera sauvée.

Gringoire se gratta l'oreille avec un air très sérieux.

— Tiens! dit-il, voilà une idée qui ne me serait jamais venue toute seule.

A la proposition inattendue de dom Claude, la figure ouverte et bénigne du poète s'était brusquement rembrunie, comme un riant paysage d'Italie quand il survient un coup de vent malencontreux qui écrase un nuage sur le soleil.

— Hé bien, Gringoire! que dites-vous du moyen?

— Je dis, mon maître, qu'on ne me pendra pas peut-être, mais qu'on me pendra indubitablement.

— Cela ne nous regarde pas.

— La peste! dit Gringoire.

— Elle vous a sauvé la vie. C'est une dette que vous payez.

— Il y en a bien d'autres que je ne paie pas!

— Maître Pierre, il le faut absolument.

L'archidiacre parlait avec empire.

— Ecoutez, dom Claude, répondit le poète tout consterné. Vous tenez à cette idée et vous avez tort. Je ne vois pas pourquoi je me ferais pendre à la place d'un autre.

— Qu'avez-vous donc tant qui vous attache à la vie?

— Ah! mille raisons!

— Lesquelles, s'il vous plaît?

— Lesquelles? L'air, le ciel, le matin, le soir, le clair de lune, mes bons amis les truands, nos gorges chaudes avec les vilotières, les belles architectures de Paris à étudier, trois gros livres à faire, dont un contre l'évêque et ses moulins, que sais-je, moi? Anaxagoras disait qu'il était au monde pour admirer le soleil. Et puis, j'ai le bonheur de passer toutes mes journées du matin au soir avec un homme de génie qui est moi, et c'est fort agréable.

— Tête à faire un grelot! grommela l'archidiacre. — Eh! parle, cette vie que tu te fais si charmante, qui te l'a conservée? A qui dois-tu de respirer cet air, de voir ce ciel, et de pouvoir encore amuser ton esprit d'alouette de billevesées et de folies? Sans elle, où serais-tu? Tu veux donc qu'elle meure, elle par qui tu es vivant? qu'elle meure, cette créature, belle, douce, adorable, nécessaire à la lumière du monde, plus divine que Dieu! tandis que toi, demi-sage et demi-fou, vaine ébauche de quelque chose, espèce de végétal qui crois marcher et

qui crois penser, tu continueras à vivre avec la
vie que tu lui as volée, aussi inutile qu'une chandelle en plein midi? Allons, un peu de pitié,
Gringoire! sois généreux à ton tour. C'est elle qui
a commencé.

Le prêtre était véhément. Gringoire l'écouta
d'abord avec un air indéterminé, puis il s'atten-
drit, et finit par faire une grimace tragique qui
fit ressembler sa blême figure à celle d'un nouveau-né qui a la colique.

— Vous êtes pathétique, dit-il en essuyant
une larme. — Eh bien! j'y réfléchirai. — C'est
une drôle d'idée que vous avez eue là. — Après
tout, poursuivit-il après un silence, qui sait?
peut-être ne me pendront-ils pas. N'épouse pas
toujours qui fiance. Quand ils me trouveront
dans cette logette, si grotesquement affublé, en
jupe et en coiffe, peut-être éclateront-ils de rire.
— Et puis, s'ils me pendent, eh bien! la corde,
c'est une mort comme une autre, ou, pour mieux
dire, ce n'est pas une mort comme une autre.
C'est une mort digne du sage qui a oscillé toute
sa vie, une mort qui n'est ni chair ni poisson,
comme l'esprit du véritable sceptique, une mort
tout empreinte de pyrrhonisme et d'hésitation,
qui tient le milieu entre le ciel et la terre, qui
vous laisse en suspens. C'est une mort de philosophe, et j'y étais prédestiné peut-être. Il est
magnifique de mourir comme on a vécu.

Le prêtre l'interrompit : — Est-ce convenu?

— Qu'est-ce que la mort, à tout prendre?
poursuivit Gringoire avec exaltation. Un mauvais
moment, un péage, le passage de peu de chose à
rien. Quelqu'un ayant demandé à Cercidas,
mégalopolitain, s'il mourrait volontiers : Pourquoi non? répondit-il; car après ma mort je
verrai ces grands hommes, Pythagoras entre les
philosophes, Hecatæus entre les historiens,
Homère entre les poètes, Olympe entre les musiciens.

L'archidiacre lui présenta la main. — Donc
c'est dit? vous viendrez demain.

Ce geste ramena Gringoire au positif.

— Ah! ma foi non! dit-il du ton d'un homme qui se réveille. Etre pendu! c'est trop absurde. Je ne veux pas.

— Adieu alors! Et l'archidiacre ajouta entre ses dents : Je te retrouverai!

— Je ne veux pas que ce diable d'homme me retrouve, pensa Gringoire; et il courut après dom Claude. — Tenez, monsieur l'archidiacre, pas d'humeur entre vieux amis! Vous vous intéressez à cette fille, à ma femme, veux-je dire, c'est bien. Vous avez imaginé un stratagème pour la faire sortir sauve de Notre-Dame, mais votre moyen est extrêmement désagréable pour moi, Gringoire. — Si j'en avais un autre, moi! — Je vous préviens qu'il vient de me survenir à l'instant une inspiration très lumineuse. — Si j'avais une idée expédiente pour la tirer du mauvais pas sans compromettre mon cou avec le moindre nœud coulant? qu'est-ce que vous diriez? cela ne vous suffirait-il point? Est-il absolument nécessaire que je sois pendu pour que vous soyez content?

Le prêtre arrachait d'impatience les boutons de sa soutane. — Ruisseau de paroles! — Quel est ton moyen?

— Oui, reprit Gringoire se parlant à lui-même et touchant son nez avec son index en signe de méditation, — c'est cela! — Les truands sont de braves fils. — La tribu d'Egypte l'aime. — Ils se lèveront au premier mot. — Rien de plus facile. — Un coup de main. — A la faveur du désordre, on l'enlèvera aisément. — Dès demain soir... — Ils ne demanderont pas mieux.

— Le moyen! parle, dit le prêtre en le secouant.

Gringoire se tourna majestueusement vers lui :
— Laissez-moi donc! vous voyez bien que je compose. Il réfléchit encore quelques instants. Puis il se mit à battre des mains à sa pensée en criant : — Admirable! réussite sûre!

— Le moyen! reprit Claude en colère.

Gringoire était radieux.

— Venez, que je vous dise cela tout bas. C'est une contre-mine vraiment gaillarde et qui nous tire tous d'affaire. Pardieu! il faut convenir que je ne suis pas un imbécile.

Il s'interrompit : — Ah çà! la petite chèvre est-elle avec la fille?

— Oui. Que le diable t'emporte!

— C'est qu'ils l'auraient pendue aussi, n'est-ce pas?

— Qu'est-ce que cela me fait?

— Oui, ils l'auraient pendue. Ils ont bien pendu une truie le mois passé. Le bourrel aime cela. Il mange la bête après. Perdre ma jolie Djali! Pauvre petit agneau!

— Malédiction! s'écria dom Claude. Le bourreau, c'est toi. Quel moyen de salut as-tu donc trouvé, drôle? faudra-t-il t'accoucher ton idée avec le forceps?

— Tout beau, maître! voici.

Gringoire se pencha à l'oreille de l'archidiacre et lui parla très bas, en jetant un regard inquiet d'un bout à l'autre de la rue où il ne passait pourtant personne. Quand il eut fini, dom Claude lui prit la main et lui dit froidement : — C'est bon. A demain.

— A demain, répéta Gringoire. Et tandis que l'archidiacre s'éloignait d'un côté, il s'en alla de l'autre en se disant à demi-voix : — Voilà une fière affaire, monsieur Pierre Gringoire. N'importe. Il n'est pas dit, parce qu'on est petit, qu'on s'effraiera d'une grande entreprise. Biton porta un grand taureau sur ses épaules; les hoche-queues, les fauvettes et les traquets traversent l'océan.

FAITES-VOUS TRUAND

L'archidiacre, en rentrant au cloître, trouva à la porte de sa cellule son frère Jehan du Moulin qui l'attendait et qui avait charmé les ennuis de l'attente en dessinant avec un charbon sur le mur un profil de son frère aîné enrichi d'un nez démesuré.

Dom Claude regarda à peine son frère. Il avait d'autres songes. Ce joyeux visage de vaurien dont le rayonnement avait tant de fois rasséréné la sombre physionomie du prêtre était maintenant impuissant à fondre la brume qui s'épaississait chaque jour davantage sur cette âme corrompue, méphitique et stagnante.

— Mon frère, dit timidement Jehan, je viens vous voir.

L'archidiacre ne leva seulement pas les yeux sur lui. — Après?

— Mon frère, reprit l'hypocrite, vous êtes si bon pour moi, et vous me donnez de si bons conseils que je reviens toujours à vous.

— Ensuite?

— Hélas! mon frère, c'est que vous aviez bien raison quand vous me disiez : — Jehan! Jehan! *cessat doctorum doctrina, discipulorum disciplina* [1]. Jehan, soyez sage, Jehan, soyez docte, Jehan, ne pernoctez pas hors le collège sans occasion légitime et congé du maître. Ne battez pas les picards, *noli, Joannes, verberare picar-*

dos. Ne pourrissez pas comme un âne illettré, *quasi asinus illiteratus*, sur le feurre [1] de l'école. Jehan, laissez-vous punir à la discrétion du maître. Jehan, allez tous les soirs à la chapelle et chantez-y une antienne avec verset et oraison à madame la glorieuse Vierge Marie. Hélas! que c'étaient là de très excellents avis!

— Et puis?

— Mon frère, vous voyez un coupable, un criminel, un misérable, un libertin, un homme énorme! Mon cher frère, Jehan a fait de vos gracieux conseils paille et fumier à fouler aux pieds. J'en suis bien châtié, et le bon Dieu est extraordinairement juste. Tant que j'ai eu de l'argent, j'ai fait ripaille, folie et vie joyeuse. Oh! que la débauche, si charmante de face, est laide et rechignée par derrière! Maintenant je n'ai plus un blanc, j'ai vendu ma nappe, ma chemise et ma touaille, plus de joyeuse vie! la belle chandelle est éteinte, et je n'ai plus que la vilaine mèche de suif qui me fume dans le nez. Les filles se moquent de moi. Je bois de l'eau. Je suis bourrelé de remords et de créanciers.

— Le reste? dit l'archidiacre.

— Hélas! très cher frère, je voudrais bien me ranger à une meilleure vie. Je viens à vous, plein de contrition. Je suis pénitent. Je me confesse. Je me frappe la poitrine à grands coups de poing. Vous avez bien raison de vouloir que je devienne un jour licencié et sous-moniteur du collège de Torchi. Voici que je me sens à présent une vocation magnifique pour cet état. Mais je n'ai plus d'encre, il faut que j'en rachète; je n'ai plus de plumes, il faut que j'en rachète; je n'ai plus de papier, je n'ai plus de livres, il faut que j'en rachète. J'ai grand besoin pour cela d'un peu de finance. Et je viens à vous, mon frère, le cœur plein de contrition.

— Est-ce tout?

— Oui, dit l'écolier. Un peu d'argent.

— Je n'en ai pas.

L'écolier dit alors d'un air grave et résolu

en même temps : — Eh bien, mon frère, je suis fâché d'avoir à vous dire qu'on me fait d'autre part de très belles offres et propositions. Vous ne voulez pas me donner d'argent? — Non? — En ce cas, je vais me faire truand.

En prononçant ce mot monstrueux, il prit une mine d'Ajax, s'attendant à voir tomber la foudre sur sa tête.

L'archidiacre lui dit froidement : — Faites-vous truand.

Jehan le salua profondément et redescendit l'escalier du cloître en sifflant.

Au moment où il passait dans la cour du cloître sous la fenêtre de la cellule de son frère, il entendit cette fenêtre s'ouvrir, leva le nez et vit passer par l'ouverture la tête sévère de l'archidiacre. — Va-t'en au diable! disait dom Claude; voici le dernier argent que tu auras de moi.

En même temps, le prêtre jeta à Jehan une bourse qui fit à l'écolier une grosse bosse au front, et dont Jehan s'en alla à la fois fâché et content, comme un chien qu'on lapiderait avec des os à moelle.

III

VIVE LA JOIE!

Le lecteur n'a peut-être pas oublié qu'une partie de la Cour des Miracles en était close par l'ancien mur d'enceinte de la ville, dont bon nombre de tours commençaient dès cette époque à tomber en ruine. L'une de ces tours avait été convertie en lieu de plaisir par les truands. Il y avait cabaret dans la salle basse, et le reste dans les étages supérieurs. Cette tour était le point le plus vivant et par conséquent le plus hideux de la truanderie. C'était une sorte de ruche monstrueuse qui y bourdonnait nuit et jour. La nuit, quand tout le surplus de la gueuserie dormait, quand il n'y avait plus une fenêtre allumée sur les façades terreuses de la place, quand on n'entendait plus sortir un cri de ces innombrables maisonnées, de ces fourmilières de voleurs, de filles et d'enfants volés ou bâtards, on reconnaissait toujours la joyeuse tour au bruit qu'elle faisait, à la lumière écarlate qui, rayonnant à la fois aux soupiraux, aux fenêtres, aux fissures des murs lézardés, s'échappait pour ainsi dire de tous ses pores.

La cave était donc le cabaret. On y descendait par une porte basse et par un escalier aussi roide qu'un alexandrin classique. Sur la porte il y avait en guise d'enseigne un merveilleux barbouillage représentant des sols neufs et des poulets tués, avec ce calembour au-dessous : *Aux sonneurs pour les trépassés.*

Un soir, au moment où le couvre-feu sonnait à tous les beffrois de Paris, les sergents du guet, s'il leur eût été donné d'entrer dans la redoutable Cour des Miracles, auraient pu remarquer qu'il se faisait dans la taverne des truands plus de tumulte encore qu'à l'ordinaire, qu'on y buvait plus et qu'on y jurait mieux. Au-dehors, il y avait dans la place force groupes qui s'entretenaient à voix basse, comme lorsqu'il se trame un grand dessein, et çà et là un drôle accroupi qui aiguisait une méchante lame de fer sur un pavé.

Cependant dans la taverne même, le vin et le jeu étaient une si puissante diversion aux idées qui occupaient ce soir-là la truanderie, qu'il eût été difficile de deviner aux propos des buveurs de quoi il s'agissait. Seulement ils avaient l'air plus gai que de coutume, et on leur voyait à tous reluire quelque arme entre les jambes, une serpe, une cognée, un gros estramaçon, ou le croc d'une vieille hacquebute.

La salle, de forme ronde, était très vaste, mais les tables étaient si pressées et les buveurs si nombreux, que tout ce que contenait la taverne, hommes, femmes, bancs, cruches à bière, ce qui buvait, ce qui dormait, ce qui jouait, les bien portants, les éclopés, semblaient entassés pêle-mêle avec autant d'ordre et d'harmonie qu'un tas d'écailles d'huîtres. Il y avait quelques suifs allumés sur les tables; mais le véritable luminaire de la taverne, ce qui remplissait dans le cabaret le rôle du lustre dans une salle d'opéra, c'était le feu. Cette cave était si humide qu'on n'y laissait jamais éteindre la cheminée, même en plein été; une cheminée immense à manteau sculpté, toute hérissée de lourds chenets de fer et d'appareils de cuisine, avec un de ces gros feux mêlés de bois et de tourbe qui, la nuit, dans les rues de village, font saillir si rouge sur les murs d'en face le spectre des fenêtres de forge.

Un grand chien, gravement assis dans la cendre, tournait devant la braise une broche chargée de viandes.

Quelle que fût la confusion, après le premier coup d'œil, on pouvait distinguer dans cette multitude trois groupes principaux, qui se pressaient autour de trois personnages que le lecteur connaît déjà. L'un de ces personnages, bizarrement accoutré de maint oripeau oriental, était Mathias Hungadi Spicali, duc d'Egypte et de Bohême. Le maraud était assis sur une table, les jambes croisées, le doigt en l'air, et faisait d'une voix haute distribution de sa science en magie blanche et noire à mainte face béante qui l'entourait. Une autre cohue s'épaississait autour de notre ancien ami, le vaillant roi de Thunes, armé jusqu'aux dents. Clopin Trouillefou, d'un air très sérieux et à voix basse, réglait le pillage d'une énorme futaille pleine d'armes, largement défoncée devant lui, d'où se dégorgeaient en foule haches, épées, bassinets, cottes de mailles, platers, fers de lance et d'archegayes, sagettes et viretons, comme pommes et raisins d'une corne d'abondance. Chacun prenait au tas, qui le morion, qui l'estoc, qui la miséricorde à poignée en croix. Les enfants eux-mêmes s'armaient, et il y avait jusqu'à des culs-de-jatte qui, bardés et cuirassés, passaient entre les jambes des buveurs comme de gros scarabées.

Enfin un troisième auditoire, le plus bruyant, le plus jovial et le plus nombreux, encombrait les bancs et les tables au milieu desquels pérorait et jurait une voix en flûte qui s'échappait de dessous une pesante armure complète du casque aux éperons. L'individu qui s'était ainsi vissé une panoplie sur le corps disparaissait tellement sous l'habit de guerre qu'on ne voyait plus de sa personne qu'un nez effronté, rouge, retroussé, une boucle de cheveux blonds, une bouche rose et des yeux hardis. Il avait la ceinture pleine de dagues et de poignards, une grande épée au flanc, une arbalète rouillée à sa gauche, et un vaste broc de vin devant lui, sans compter à sa droite une épaisse fille débraillée. Toutes les bouches à l'entour de lui riaient, sacraient et buvaient.

Qu'on ajoute vingt groupes secondaires, les filles et les garçons de service courant avec des brocs en tête, les joueurs accroupis sur les billes, sur les merelles, sur les dés, sur les vachettes, sur le jeu passionné du tringlet, les querelles dans un coin, les baisers dans l'autre, et l'on aura quelque idée de cet ensemble, sur lequel vacillait la clarté d'un grand feu flambant qui faisait danser sur les murs du cabaret mille ombres démesurées et grotesques.

Quant au bruit, c'était l'intérieur d'une cloche en grande volée.

La lèchefrite, où pétillait une pluie de graisse, emplissait de son glapissement continu les intervalles de ces mille dialogues qui se croisaient d'un bout à l'autre de la salle.

Il y avait parmi ce vacarme, au fond de la taverne, sur le banc intérieur de la cheminée, un philosophe qui méditait, les pieds dans la cendre et l'œil sur les tisons. C'était Pierre Gringoire.

— Allons, vite! dépêchons, armez-vous! on se met en marche dans une heure! disait Clopin Trouillefou à ses argotiers.

Une fille fredonnait :

> Bonsoir, mon père et ma mère!
> Les derniers couvrent le feu.

Deux joueurs de cartes se disputaient. — Valet! criait le plus empourpré des deux, en montrant le poing à l'autre, je vais te marquer au trèfle. Tu pourras remplacer Mistigri [1] dans le jeu de cartes de monseigneur le roi.

— Ouf! hurlait un normand, reconnaissable à son accent nasillard, on est ici tassé comme les saints de Caillouville [2]!

— Fils, disait à son auditoire le duc d'Egypte parlant en fausset, les sorcières de France vont au sabbat sans balai, ni graisse, ni monture, seulement avec quelques paroles magiques. Les sorcières d'Italie ont toujours un bouc qui les attend à leur porte. Toutes sont tenues de sortir par la cheminée.

La voix du jeune drôle armé de pied en cap dominait le brouhaha. — Noël! Noël! criait-il. Mes premières armes aujourd'hui! Truand! je suis truand, ventre de Christ! versez-moi à boire! — Mes amis, je m'appelle Jehan Frollo du Moulin, et je suis gentilhomme. Je suis d'avis que, si Dieu était gendarme, il se ferait pillard. Frères, nous allons faire une belle expédition. Nous sommes des vaillants. Assiéger l'église, enfoncer les portes, en tirer la belle fille, la sauver des juges, la sauver des prêtres, démanteler le cloître, brûler l'évêque dans l'évêché, nous ferons cela en moins de temps qu'il n'en faut à un bourgmestre pour manger une cuillerée de soupe. Notre cause est juste, nous pillerons Notre-Dame, et tout sera dit. Nous pendrons Quasimodo. Connaissez-vous Quasimodo, mesdamoiselles? L'avez-vous vu s'essouffler sur le bourdon un jour de grande Pentecôte? Corne du Père! c'est très beau! on dirait un diable à cheval sur une gueule. — Mes amis, écoutez-moi, je suis truand au fond du cœur, je suis argotier dans l'âme, je suis né cagou. J'ai été très riche, et j'ai mangé mon bien. Ma mère voulait me faire officier, mon père sous-diacre, ma tante conseiller aux enquêtes, ma grand-mère protonotaire du roi, ma grand-tante trésorier de robe courte. Moi, je me suis fait truand. J'ai dit cela à mon père qui m'a craché sa malédiction au visage, à ma mère qui s'est mise, la vieille dame, à pleurer et à baver comme cette bûche sur ce chenet. Vive la joie! je suis un vrai Bicêtre [1]! Tavernière ma mie, d'autre vin! j'ai encore de quoi payer. Je ne veux plus de vin de Suresnes. Il me chagrine le gosier. J'aimerais autant, corbœuf! me gargariser d'un panier!

Cependant la cohue applaudissait avec des

éclats de rire et, voyant que le tumulte redoublait autour de lui, l'écolier s'écria : — Oh! le
beau bruit! *Populi debacchantis populosa debac-
chatio* [1]! Alors il se mit à chanter, l'œil comme
noyé dans l'extase, du ton d'un chanoine qui
entonne vêpres : — *Quæ cantica! quæ organa!
quæ cantilenæ! quæ melodiæ hic sine fine decan-
tantur! sonant melliflua hymnorum organa, sua-
vissima angelorum melodia, cantica canticorum
mira* [2]! Il s'interrompit : — Buvetière du diable,
donne-moi à souper.

Il y eut un moment de quasi-silence pendant
lequel s'éleva à son tour la voix aigre du duc
d'Égypte, enseignant ses bohémiens — ... La be-
lette s'appelle Aduine, le renard Pied-Bleu ou le
Coureur-des-Bois, le loup Pied-Gris ou Pied-Doré,
l'ours le Vieux ou le Grand-Père. — Le bonnet
d'un gnome rend invisible, et fait voir les choses
invisibles. — Tout crapaud qu'on baptise doit
être vêtu de velours rouge ou noir, une sonnette
au cou, une sonnette aux pieds. Le parrain tient
la tête, la marraine le derrière. — C'est le démon Sidragasum qui a le pouvoir de faire danser
les filles toutes nues.

— Par la messe! interrompit Jehan, je voudrais être le démon Sidragasum.

Cependant les truands continuaient de s'armer
en chuchotant à l'autre bout du cabaret.

— Cette pauvre Esmeralda! disait un bohémien. — C'est notre sœur. — Il faut la tirer de
là.

— Est-elle donc toujours à Notre-Dame? reprenait un marcandier à mine de juif.

— Oui, pardieu!

— Eh bien! camarades, s'écria le marcandier,
à Notre-Dame! D'autant mieux qu'il y a à la
chapelle des saints Féréol et Ferrution deux statues, l'une de saint Jean-Baptiste, l'autre de saint
Antoine, toutes d'or, pesant ensemble dix-sept
marcs d'or et quinze estellins, et les sous-pieds
d'argent doré dix-sept marcs cinq onces. Je sais
cela. Je suis orfèvre.

Ici on servit à Jehan son souper. Il s'écria, en s'étalant sur la gorge de la fille sa voisine :

— Par saint Voult-de-Lucques, que le peuple appelle saint Goguelu, je suis parfaitement heureux. J'ai là devant moi un imbécile qui me regarde avec la mine glabre d'un archiduc. En voici un à ma gauche qui a les dents si longues qu'elles lui cachent le menton. Et puis je suis comme le maréchal de Gié au siège de Pontoise, j'ai ma droite appuyée à un mamelon. — Ventre-Mahom! camarade! tu as l'air d'un marchand d'esteufs, et tu viens t'asseoir auprès de moi! Je suis noble, l'ami. La marchandise est incompatible avec la noblesse. Va-t'en de là. — Holàhée! vous autres! ne vous battez pas! Comment, Baptiste Croque-Oison, toi qui as un si beau nez, tu vas le risquer contre les gros poings de ce butor! Imbécile! *Non cuiquam datum est habere nasum* [1]. — Tu es vraiment divine, Jacqueline Ronge-Oreille! c'est dommage que tu n'aies pas de cheveux. — Holà! je m'appelle Jehan Frollo, et mon frère est archidiacre. Que le diable l'emporte! Tout ce que je vous dis est la vérité. En me faisant truand, j'ai renoncé de gaieté de cœur à la moitié d'une maison située dans le paradis que mon frère m'avait promise. *Dimidiam domum in paradiso* [2]. Je cite le texte. J'ai un fief rue Tirechappe, et toutes les femmes sont amoureuses de moi, aussi vrai qu'il est vrai que saint Eloy était un excellent orfèvre, et que les cinq métiers de la bonne ville de Paris sont les tanneurs, les mégissiers, les baudroyeurs, les boursiers et les sueurs, et que saint Laurent a été brûlé avec des coquilles d'œufs. Je vous jure, camarades,

> Que je ne beuvrai de piment
> Devant un an, si je cy ment!

Ma charmante, il fait clair de lune, regarde donc là-bas par le soupirail comme le vent chiffonne les nuages! Ainsi je fais ta gorgerette. — Les filles! mouchez les enfants et les chandelles. — Christ et Mahom! qu'est-ce que je mange là, Jupiter! Ohé la matrulle! les cheveux qu'on ne trouve pas sur la tête de tes ribaudes, on les retrouve dans tes omelettes. La vieille! j'aime les omelettes chauves. Que le diable te fasse camuse! — Belle hôtellerie de Belzébuth où les ribaudes se peignent avec les fourchettes!

Cela dit, il brisa son assiette sur le pavé et se mit à chanter à tue-tête :

> Et je n'ai moi,
> Par la sang-Dieu!
> Ni foi, ni loi,
> Ni feu, ni lieu,
>   Ni roi,
>   Ni Dieu!

Cependant, Clopin Trouillefou avait fini sa distribution d'armes. Il s'approcha de Gringoire qui paraissait plongé dans une profonde rêverie, les pieds sur un chenet. — L'ami Pierre, dit le roi de Thunes, à quoi diable penses-tu?

Gringoire se retourna vers lui avec un sourire mélancolique : — J'aime le feu, mon cher seigneur. Non par la raison triviale que le feu réchauffe nos pieds ou cuit notre soupe, mais parce qu'il a des étincelles. Quelquefois je passe des heures à regarder les étincelles. Je découvre mille choses dans ces étoiles qui saupoudrent le fond noir de l'âtre. Ces étoiles-là aussi sont des mondes.

— Tonnerre si je te comprends! dit le truand. Sais-tu quelle heure il est?

— Je ne sais pas, répondit Gringoire.

Clopin s'approcha alors du duc d'Egypte.

— Camarade Mathias, le quart d'heure n'est pas bon. On dit le roi Louis onzième à Paris.

— Raison de plus pour lui tirer notre sœur des griffes, répondit le vieux bohémien.

— Tu parles en homme, Mathias, dit le roi de Thunes. D'ailleurs nous ferons lestement. Pas de résistance à craindre dans l'église. Les cha- noines sont des lièvres, et nous sommes en force. Les gens du parlement seront bien attrapés de- main quand ils viendront la chercher! Boyaux du pape! je ne veux pas qu'on pende la jolie fille!

Clopin sortit du cabaret.

Pendant ce temps-là, Jehan s'écriait d'une voix enrouée : — Je bois, je mange, je suis ivre, je suis Jupiter! — Eh! Pierre l'Assommeur, si tu me regardes encore comme cela, je vais t'épous- seter le nez avec des chiquenaudes.

De son côté Gringoire, arraché de ses médi- tations, s'était mis à considérer la scène fou- gueuse et criarde qui l'environnait en murmu- rant entre ses dents : *Luxuriosa res vinum et tumultuosa ebrietas*. Hélas! que j'ai bien raison de ne pas boire, et que saint Benoît dit excel- lemment : *Vinum apostatare facit etiam sapien- tes* [1].

En ce moment Clopin rentra et cria d'une voix de tonnerre : Minuit!

A ce mot, qui fit l'effet du boute-selle sur un régiment en halte, tous les truands, hommes, femmes, enfants, se précipitèrent en foule hors de la taverne avec un grand bruit d'armes et de ferrailles.

La lune s'était voilée.

La Cour des Miracles était tout à fait obscure. Il n'y avait pas une lumière. Elle était pourtant loin d'être déserte. On y distinguait une foule d'hommes et de femmes qui se parlaient bas. On les entendait bourdonner, et l'on voyait reluire toutes sortes d'armes dans les ténèbres. Clopin monta sur une grosse pierre. — A vos rangs, l'Argot! cria-t-il. A vos rangs, l'Egypte! A vos rangs, Galilée! Un mouvement se fit dans l'om- bre. L'immense multitude parut se former en colonne. Après quelques minutes, le roi de Thu- nes éleva la voix : — Maintenant, silence pour traverser Paris! Le mot de passe est : *Petite flambe en baguenaud!* On n'allumera les torches qu'à Notre-Dame! En marche!

Dix minutes après, les cavaliers du guet s'enfuyaient épouvantés devant une longue procession d'hommes noirs et silencieux qui descendait vers le Pont-au-Change, à travers les rues tortueuses qui percent en tous sens le massif quartier des Halles.

UN MALADROIT AMI

Cette même nuit, Quasimodo ne dormait pas.
Il venait de faire sa dernière ronde dans l'église.
Il n'avait pas remarqué, au moment où il en
fermait les portes, que l'archidiacre était passé
près de lui et avait témoigné quelque humeur
en le voyant verrouiller et cadenasser avec soin
l'énorme armature de fer qui donnait à leurs
larges battants la solidité d'une muraille. Dom
Claude avait l'air encore plus préoccupé qu'à
l'ordinaire. Du reste, depuis l'aventure nocturne
de la cellule, il maltraitait constamment Quasimodo; mais il avait beau le rudoyer, le frapper
même quelquefois, rien n'ébranlait la soumis-
sion, la patience, la résignation dévouée du fidèle sonneur. De la part de l'archidiacre il souffrait tout, injures, menaces, coups, sans murmurer un reproche, sans pousser une plainte. Tout
au plus le suivait-il des yeux avec inquiétude
quand dom Claude montait l'escalier de la tour,
mais l'archidiacre s'était de lui-même abstenu
de reparaître aux yeux de l'égyptienne.

Cette nuit-là donc, Quasimodo, après avoir
donné un coup d'œil à ses pauvres cloches si
délaissées, à Jacqueline, à Marie, à Thibauld,
était monté jusque sur le sommet de la tour
septentrionale, et là, posant sur les plombs sa
lanterne sourde bien fermée, il s'était mis à
regarder Paris. La nuit, nous l'avons déjà dit,

était fort obscure. Paris, qui n'était, pour ainsi
dire, pas éclairé à cette époque, présentait à
l'œil un amas confus de masses noires, coupé
çà et là par la courbe blanchâtre de la Seine.
Quasimodo n'y voyait plus de lumière qu'à une
fenêtre d'un édifice éloigné dont le vague et sombre profil se dessinait bien au-dessus des toits,
du côté de la Porte Saint-Antoine. Là aussi il y
avait quelqu'un qui veillait [1].

Tout en laissant flotter dans cet horizon de
brume et de nuit son unique regard, le sonneur
sentait au-dedans de lui-même une inexprimable
inquiétude. Depuis plusieurs jours il était sur
ses gardes. Il voyait sans cesse rôder autour de
l'église des hommes à mine sinistre qui ne quit-
taient pas des yeux l'asile de la jeune fille. Il
songeait qu'il se tramait peut-être quelque complot contre la malheureuse réfugiée. Il se figurait
qu'il y avait une haine populaire sur elle comme
il y en avait une sur lui, et qu'il se pourrait
bien qu'il arrivât bientôt quelque chose. Aussi se
tenait-il sur son clocher, aux aguets, *rêvant dans
son rêvoir*, comme dit Rabelais [2], l'œil tour à tour
sur la cellule et sur Paris, faisant sûre garde,
comme un bon chien, avec mille défiances dans
l'esprit.

Tout à coup, tandis qu'il scrutait la grande
ville de cet œil que la nature, par une sorte de
compensation, avait fait si perçant qu'il pouvait presque suppléer aux autres organes qui
manquaient à Quasimodo, il lui parut que la
silhouette du quai de la Vieille-Pelleterie avait
quelque chose de singulier, qu'il y avait un mouvement sur ce point, que la ligne du parapet
détachée en noir sur la blancheur de l'eau n'était
pas droite et tranquille semblablement à celle
des autres quais, mais qu'elle ondulait au regard
comme les vagues d'un fleuve ou comme les
têtes d'une foule en marche.

Cela lui parut étrange. Il redoubla d'attention.
Le mouvement semblait venir vers la Cité.
Aucune lumière d'ailleurs. Il dura quelque temps

sur le quai, puis il s'écoula peu à peu, comme si
ce qui se passait entrait dans l'intérieur de l'île,
puis il cessa tout à fait, et la ligne du quai redevint droite et immobile.

Au moment où Quasimodo s'épuisait en
conjectures, il lui sembla que le mouvement re-
paraissait dans la rue du Parvis qui se prolonge
dans la Cité perpendiculairement à la façade de
Notre-Dame. Enfin, si épaisse que fût l'obscurité, il vit une tête de colonne déboucher par
cette rue et en un instant se répandre dans la
place une foule dont on ne pouvait rien distinguer dans les ténèbres sinon que c'était une
foule.

Ce spectacle avait sa terreur. Il est probable
que cette procession singulière, qui semblait si
intéressée à se dérober sous une profonde obscurité, ne gardait pas un silence moins profond.
Cependant un bruit quelconque devait s'en
échapper, ne fût-ce qu'un piétinement. Mais ce
bruit n'arrivait même pas à notre sourd, et cette
grande multitude, dont il voyait à peine quelque
chose et dont il n'entendait rien, s'agitant et marchant néanmoins si près de lui, lui faisait l'effet
d'une cohue de morts, muette, impalpable, perdue dans une fumée. Il lui semblait voir s'avancer vers lui un brouillard plein d'hommes, voir
remuer des ombres dans l'ombre.

Alors ses craintes lui revinrent, l'idée d'une
tentative contre l'égyptienne se représenta à son
esprit. Il sentit confusément qu'il approchait
d'une situation violente. En ce moment critique,
il tint conseil en lui-même avec un raisonnement meilleur et plus prompt qu'on ne l'eût
attendu d'un cerveau si mal organisé. Devait-il
éveiller l'égyptienne? la faire évader? Par où?
les rues étaient investies, l'église était acculée
à la rivière. Pas de bateau! pas d'issue! — Il
n'y avait qu'un parti, se faire tuer au seuil de
Notre-Dame, résister du moins jusqu'à ce qu'il
vînt un secours, s'il en devait venir, et ne pas
troubler le sommeil de la Esmeralda. La malheu-

reuse serait toujours éveillée assez tôt pour mourir. Cette résolution une fois arrêtée, il se mit à examiner l'*ennemi* avec plus de tranquillité.

La foule semblait grossir à chaque instant dans le Parvis. Seulement il présuma qu'elle ne devait faire que fort peu de bruit, puisque les fenêtres des rues et de la place restaient fermées. Tout à coup une lumière brilla, et en un instant sept ou huit torches allumées se promenèrent sur les têtes, en secouant dans l'ombre leurs touffes de flammes. Quasimodo vit alors distinctement moutonner dans le Parvis un effrayant troupeau d'hommes et de femmes en haillons, armés de faulx, de piques, de serpes, de pertuisanes dont les mille pointes étincelaient. Çà et là, des fourches noires faisaient des cornes à ces faces hideuses. Il se ressouvint vaguement de cette populace, et crut reconnaître toutes les têtes qui l'avaient, quelques mois auparavant, salué pape des fous. Un homme qui tenait une torche d'une main et une boullaye [1] de l'autre monta sur une borne et parut haranguer. En même temps l'étrange armée fit quelques évolutions comme si elle prenait poste autour de l'église. Quasimodo ramassa sa lanterne et descendit sur la plate-forme d'entre les tours pour voir de plus près et aviser aux moyens de défense.

Clopin Trouillefou, arrivé devant le haut portail de Notre-Dame, avait en effet rangé sa troupe en bataille. Quoiqu'il ne s'attendît à aucune résistance, il voulait, en général prudent, conserver un ordre qui lui permît de faire front au besoin contre une attaque subite du guet ou des onze-vingts [2]. Il avait donc échelonné sa brigade de telle façon que, vue de haut et de loin, vous eussiez dit le triangle romain de la bataille d'Ecnome, la tête-de-porc d'Alexandre, ou le fameux coin de Gustave-Adolphe. La base de ce triangle s'appuyait au fond de la place, de manière à barrer la rue du Parvis; un des côtés regardait l'Hôtel-Dieu, l'autre la rue Saint-Pierreaux-Bœufs. Clopin Trouillefou s'était placé au sommet, avec le duc d'Egypte, notre ami Jehan, et les sabouleux les plus hardis.

Ce n'était point chose très rare dans les villes du moyen âge qu'une entreprise comme celle que les truands tentaient en ce moment sur Notre-Dame. Ce que nous nommons aujourd'hui *police* n'existait pas alors. Dans les cités populeuses, dans les capitales surtout, pas de pouvoir central, un, régulateur. La féodalité avait construit ces grandes communes d'une façon bizarre. Une cité était un assemblage de mille seigneuries qui la divisaient en compartiments de toutes formes et de toutes grandeurs. De là mille polices contradictoires, c'est-à-dire pas de police. A Paris, par exemple, indépendamment des cent quarante et un seigneurs prétendant censive, il y en avait vingt-cinq prétendant justice et censive, depuis l'évêque de Paris, qui avait cent cinq rues, jusqu'au prieur de Notre-Dame des Champs, qui en avait quatre. Tous ces justiciers féodaux ne reconnaissaient que nominalement l'autorité suzeraine du roi. Tous avaient droit de voirie. Tous étaient chez eux. Louis XI, cet infatigable ouvrier qui a si largement commencé la démolition de l'édifice féodal, continuée par Richelieu et Louis XIV au profit de la royauté, et achevée par Mirabeau au profit du peuple, Louis XI avait bien essayé de crever ce réseau de seigneuries qui recouvrait Paris, en jetant violemment tout au travers deux ou trois ordonnances de police générale. Ainsi, en 1465, ordre aux habitants, la nuit venue, d'illuminer de chandelles leurs croisées, et d'enfermer leurs chiens, sous peine de la hart; même année, ordre de fermer le soir les rues avec des chaînes de fer, et défense de porter dagues ou armes offensives la nuit dans les rues. Mais, en peu de temps, tous ces essais de législation communale tombèrent en désuétude. Les bourgeois laissèrent le vent éteindre leurs chandelles à leurs fenêtres, et leurs chiens errer; les chaînes de fer ne se tendirent qu'en état de siège; la

défense de porter dagues n'amena d'autres changements que le nom de la *rue Coupe-Gueule* au
nom de *rue Coupe-Gorge,* ce qui est un progrès
évident. Le vieil échafaudage des juridictions
féodales resta debout; immense entassement de
bailliages et de seigneuries se croisant sur la
ville, se gênant, s'enchevêtrant, s'emmaillant de
travers, s'échancrant les uns les autres; inutile
taillis de guets, de sous-guets et de contre-guets,
à travers lequel passaient à main armée le bri-
gandage, la rapine et la sédition. Ce n'était donc
pas, dans ce désordre, un événement inouï que
ces coups de main d'une partie de la populace
sur un palais, sur un hôtel, sur une maison,
dans les quartiers les plus peuplés. Dans la plupart des cas, les voisins ne se mêlaient de l'affaire que si le pillage arrivait jusque chez eux. Ils
se bouchaient les oreilles à la mousquetade, fermaient leurs volets, barricadaient leurs portes,
laissaient le débat se vider avec ou sans le guet,
et le lendemain on se disait dans Paris : —
Cette nuit, Etienne Barbette a été forcé. — Le
maréchal de Clermont a été pris au corps, etc. —
Aussi, non seulement les habitations royales, le
Louvre, le Palais, la Bastille, les Tournelles, mais
les résidences simplement seigneuriales, le Petit-
Bourbon, l'Hôtel de Sens, l'Hôtel d'Angoulême, etc., avaient leurs créneaux aux murs et
leurs mâchicoulis au-dessus des portes. Les
églises se gardaient par leur sainteté. Quelques-
unes pourtant, du nombre desquelles n'était pas
Notre-Dame, étaient fortifiées. L'abbé de Saint-
Germain-des-Prés était crénelé comme un baron,
et il y avait chez lui encore plus de cuivre dépensé en bombardes qu'en cloches. On voyait
encore sa forteresse en 1610. Aujourd'hui il reste
à peine son église.

Revenons à Notre-Dame.

Quand les premières dispositions furent ter-
minées, et nous devons dire à l'honneur de la
discipline truande que les ordres de Clopin
furent exécutés en silence et avec une admi-

rable précision, le digne chef de la bande monta
sur le parapet du Parvis et éleva sa voix rauque
et bourrue, se tenant tourné vers Notre-Dame
et agitant sa torche dont la lumière, tourmentée
par le vent et voilée à tout moment de sa propre
fumée, faisait paraître et disparaître aux yeux
la rougeâtre façade de l'église.

— A toi, Louis de Beaumont, évêque de Paris,
conseiller en la cour de parlement, moi Clopin
Trouillefou, roi de Thunes, grand coësre, prince
de l'argot, évêque des fous, je dis : — Notre
sœur, faussement condamnée pour magie, s'est
réfugiée dans ton église; tu lui dois asile et
sauvegarde; or la cour de parlement l'y veut reprendre, et tu y consens; si bien qu'on la pen-
drait demain en Grève si Dieu et les truands
n'étaient pas là. Donc nous venons à toi, évêque.
Si ton église est sacrée, notre sœur l'est aussi;
si notre sœur n'est pas sacrée, ton église ne l'est
pas non plus. C'est pourquoi nous te sommons
de nous rendre la fille si tu veux sauver ton
église, ou que nous reprendrons la fille et que
nous pillerons l'église. Ce qui sera bien. En foi
de quoi, je plante cy ma bannière, et Dieu te
soit en garde, évêque de Paris!

Quasimodo malheureusement ne put entendre
ces paroles prononcées avec une sorte de majesté
sombre et sauvage. Un truand présenta sa bannière à Clopin, qui la planta solennellement entre
deux pavés. C'était une fourche aux dents de
laquelle pendait, saignant, un quartier de cha-
rogne.

Cela fait, le roi de Thunes se retourna et promena ses yeux sur son armée, farouche multitude où les regards brillaient presque autant
que les piques. Après une pause d'un instant :
— En avant, fils! cria-t-il. A la besogne, les
hutins [1]!

Trente hommes robustes, à membres carrés, à
face de serruriers, sortirent des rangs, avec des
marteaux, des pinces et des barres de fer sur
leurs épaules. Ils se dirigèrent vers la principale

porte de l'église, montèrent le degré, et bientôt
on les vit tous accroupis sous l'ogive, travaillant
la porte de pinces et de leviers. Une foule de
truands les suivit pour les aider ou les regarder. Les onze marches du portail en étaient
encombrées.

Cependant la porte tenait bon. — Diable! elle
est dure et têtue! disait l'un. — Elle est vieille,
et elle a les cartilages racornis, disait l'autre. —
Courage, camarades! reprenait Clopin. Je gage
ma tête contre une pantoufle que vous aurez
ouvert la porte, pris la fille et déshabillé le
maître-autel avant qu'il y ait un bedeau de réveillé. Tenez! je crois que la serrure se détraque.

Clopin fut interrompu par un fracas effroyable
qui retentit en ce moment derrière lui. Il se
retourna. Une énorme poutre venait de tomber
du ciel, elle avait écrasé une douzaine de truands
sur le degré de l'église, et rebondissait sur le
pavé avec le bruit d'une pièce de canon, en cassant encore çà et là des jambes dans la foule
des gueux qui s'écartaient avec des cris d'épouvante. En un clin d'œil l'enceinte réservée du
Parvis fut vide. Les hutins, quoique protégés
par les profondes voussures du portail, aban-
donnèrent la porte, et Clopin lui-même se replia
à distance respectueuse de l'église.

— Je l'ai échappé belle! criait Jehan. J'en ai
senti le vent, tête-bœuf! Mais Pierre l'Assommeur est assommé!

Il est impossible de dire quel étonnement mêlé
d'effroi tomba avec cette poutre sur les bandits.
Ils restèrent quelques minutes les yeux fixés en
l'air, plus consternés de ce morceau de bois que
de vingt mille archers du roi. — Satan! grommela le duc d'Egypte, voilà qui flaire la magie!
— C'est la lune qui nous jette cette bûche, dit
Andry le Rouge. — Avec cela, reprit François
Chanteprune, qu'on dit la lune amie de la Vierge!
— Mille papes! s'écria Clopin, vous êtes tous des
imbéciles! — Mais il ne savait comment expliquer la chute du madrier.

Cependant on ne distinguait rien sur la façade, au sommet de laquelle la clarté des torches n'arrivait pas. Le pesant madrier gisait au milieu du Parvis, et l'on entendait les gémissements des misérables qui avaient reçu son premier choc et qui avaient eu le ventre coupé en deux sur l'angle des marches de pierre.

Le roi de Thunes, le premier étonnement passé, trouva enfin une explication qui sembla plausible à ses compagnons. — Gueule-Dieu! est-ce que les chanoines se défendent? Alors à sac! à sac!

— A sac! répéta la cohue avec un hourra furieux. Et il se fit une décharge d'arbalètes et de hacquebutes sur la façade de l'église.

A cette détonation, les paisibles habitants des maisons circonvoisines se réveillèrent, on vit plusieurs fenêtres s'ouvrir, et des bonnets de nuit et des mains tenant des chandelles apparurent aux croisées. — Tirez aux fenêtres! cria Clopin. — Les fenêtres se refermèrent sur-le-champ, et les pauvres bourgeois, qui avaient à peine eu le temps de jeter un regard effaré sur cette scène de lueurs et de tumultes, s'en revinrent suer de peur près de leurs femmes, se demandant si le sabbat se tenait maintenant dans le Parvis Notre-Dame, ou s'il y avait assaut de bourguignons comme en 64. Alors les maris songeaient au vol, les femmes au viol, et tous tremblaient.

— A sac! répétaient les argotiers. Mais ils n'osaient approcher. Ils regardaient l'église, ils regardaient le madrier. Le madrier ne bougeait pas. L'édifice conservait son air calme et désert, mais quelque chose glaçait les truands.

— A l'œuvre donc, les hutins! cria Trouillefou. Qu'on force la porte.

Personne ne fit un pas.

— Barbe et ventre! dit Clopin, voilà des hommes qui ont peur d'une solive.

Un vieux hutin lui adressa la parole.

— Capitaine, ce n'est pas la solive qui nous

ennuie, c'est la porte qui est toute cousue de
barres de fer. Les pinces n'y peuvent rien.

— Que vous faudrait-il donc pour l'enfoncer?
demanda Clopin.

— Ah! il nous faudrait un bélier.

Le roi de Thunes courut bravement au formidable madrier et mit le pied dessus. — En voilà
un, cria-t-il; ce sont les chanoines qui vous
l'envoient. — Et faisant un salut dérisoire du
côté de l'église : — Merci, chanoines!

Cette bravade fit bon effet, le charme du
madrier était rompu. Les truands reprirent courage; bientôt la lourde poutre, enlevée comme
une plume par deux cents bras vigoureux, vint
se jeter avec furie sur la grande porte qu'on
avait déjà essayé d'ébranler. A voir ainsi, dans
le demi-jour que les rares torches des truands
répandaient sur la place, ce long madrier porté
par cette foule d'hommes qui le précipitaient en
courant sur l'église, on eût cru voir une monstrueuse bête à mille pieds attaquant tête baissée
la géante de pierre.

Au choc de la poutre, la porte à demi métallique résonna comme un immense tambour; elle
ne se creva point, mais la cathédrale tout entière
tressaillit, et l'on entendit gronder les profondes
cavités de l'édifice. Au même instant, une pluie
de grosses pierres commença à tomber du haut
de la façade sur les assaillants. — Diable! cria
Jehan, est-ce que les tours nous secouent leurs
balustrades sur la tête? Mais l'élan était donné,
le roi de Thunes payait d'exemple, c'était décidément l'évêque qui se défendait, et l'on n'en
battit la porte qu'avec plus de rage, malgré les
pierres qui faisaient éclater des crânes à droite
et à gauche.

Il est remarquable que ces pierres tombaient
toutes une à une; mais elles se suivaient de
près. Les argotiers en sentaient toujours deux
à la fois, une dans leurs jambes, une sur leurs
têtes. Il y en avait peu qui ne portassent coup,
et déjà une large couche de morts et de blessés

saignait et palpitait sous les pieds des assaillants qui, maintenant furieux, se renouvelaient sans cesse. La longue poutre continuait de battre la porte à temps réguliers comme le mouton d'une cloche, les pierres de pleuvoir, la porte de mugir.

Le lecteur n'en est sans doute point à deviner que cette résistance inattendue qui avait exaspéré les truands venait de Quasimodo.

Le hasard avait par malheur servi le brave sourd.

Quand il était descendu sur la plate-forme d'entre les tours, ses idées étaient en confusion dans sa tête. Il avait couru quelques minutes le long de la galerie, allant et venant, comme fou, voyant d'en haut la masse compacte des truands prête à se ruer sur l'église, demandant au diable ou à Dieu de sauver l'égyptienne. La pensée lui était venue de monter au beffroi méridional et de sonner le tocsin; mais avant qu'il eût pu mettre la cloche en branle, avant que la grosse voix de Marie eût pu jeter une seule clameur, la porte de l'église n'avait-elle pas dix fois le temps d'être enfoncée? C'était précisément l'instant où les hutins s'avançaient vers elle avec leur serrurerie. Que faire?

Tout d'un coup, il se souvint que des maçons avaient travaillé tout le jour à réparer le mur, la charpente et la toiture de la tour méridionale. Ce fut un trait de lumière. Le mur était en pierre, la toiture en plomb, la charpente en bois. Cette charpente prodigieuse, si touffue qu'on appelait *la forêt.*

Quasimodo courut à cette tour. Les chambres inférieures étaient en effet pleines de matériaux. Il y avait des piles de moellons, des feuilles de plomb en rouleaux, des faisceaux de lattes, de fortes solives déjà entaillées par la scie, des tas de gravats. Un arsenal complet.

L'instant pressait. Les pinces et les marteaux travaillaient en bas. Avec une force que décuplait le sentiment du danger, il souleva une des poutres, la plus lourde, la plus longue, il la fit sortir par une lucarne, puis, la ressaisissant du dehors de la tour, il la fit glisser sur l'angle de la balustrade qui entoure la plate-forme, et la lâcha sur l'abîme. L'énorme charpente, dans cette chute de cent soixante pieds, raclant la muraille, cassant les sculptures, tourna plusieurs fois sur elle-même comme une aile de moulin qui s'en irait toute seule à travers l'espace. Enfin elle toucha le sol, l'horrible cri s'éleva, et la noire poutre, en rebondissant sur le pavé ressemblait à un serpent qui saute.

Quasimodo vit les truands s'éparpiller à la chute du madrier, comme la cendre au souffle d'un enfant. Il profita de leur épouvante, et tandis qu'ils fixaient un regard superstitieux sur la massue tombée du ciel, et qu'ils éborgnaient les saints de pierre du portail avec une décharge de sagettes et de chevrotines, Quasimodo entassait silencieusement des gravats, des pierres, des moellons, jusqu'aux sacs d'outils des maçons, sur le rebord de cette balustrade d'où la poutre s'était déjà élancée.

Aussi, dès qu'ils se mirent à battre la grande porte, la grêle de moellons commença à tomber, et il leur sembla que l'église se démolissait d'elle-même sur leur tête.

Qui eût pu voir Quasimodo en ce moment eût été effrayé. Indépendamment de ce qu'il avait empilé de projectiles sur la balustrade, il avait amoncelé un tas de pierres sur la plate-forme même. Dès que les moellons amassés sur le rebord extérieur furent épuisés, il prit au tas. Alors il se baissait, se relevait, se baissait et se relevait encore, avec une activité incroyable. Sa grosse tête de gnome se penchait par-dessus la balustrade, puis une pierre énorme tombait, puis une autre, puis une autre. De temps en temps il suivait une belle pierre de l'œil, et, quand elle tuait bien, il disait : Hun !

Cependant les gueux ne se décourageaient pas. Déjà plus de vingt fois l'épaisse porte sur

laquelle ils s'acharnaient avait tremblé sous la
pesanteur de leur bélier de chêne multipliée par
la force de cent hommes. Les panneaux cra-
quaient, les ciselures volaient en éclats, les gonds
à chaque secousse sautaient en sursaut sur leurs
pitons, les ais se détraquaient, le bois tombait
en poudre broyé entre les nervures de fer. Heureusement pour Quasimodo, il y avait plus de
fer que de bois.

Il sentait pourtant que la grande porte chance-
lait. Quoiqu'il n'entendît pas, chaque coup de
bélier se répercutait à la fois dans les cavernes
de l'église et dans ses entrailles. Il voyait d'en
haut les truands, pleins de triomphe et de rage,
montrer le poing à la ténébreuse façade, et il
enviait, pour l'égyptienne et pour lui, les ailes
des hiboux qui s'enfuyaient au-dessus de sa
tête par volées.

Sa pluie de moellons ne suffisait pas à repousser les assaillants.

En ce moment d'angoisse, il remarqua, un peu
plus bas que la balustrade d'où il écrasait les
argotiers, deux longues gouttières de pierre qui
se dégorgeaient immédiatement au-dessus de la
grande porte. L'orifice interne de ces gouttières
aboutissait au pavé de la plate-forme. Une idée
lui vint. Il courut chercher un fagot dans son
bouge de sonneur, posa sur ce fagot force bottes
de lattes et force rouleaux de plomb, munitions
dont il n'avait pas encore usé, et, ayant bien
disposé ce bûcher devant le trou des deux gouttières, il y mit le feu avec sa lanterne.

Pendant ce temps-là, les pierres ne tombant
plus, les truands avaient cessé de regarder en
l'air. Les bandits, haletant comme une meute qui
force le sanglier dans sa bauge, se pressaient en
tumulte autour de la grande porte, toute déformée par le bélier, mais debout encore. Ils atten-
daient avec un frémissement le grand coup, le
coup qui allait l'éventrer. C'était à qui se tiendrait le plus près pour pouvoir s'élancer des
premiers, quand elle s'ouvrirait, dans cette opu-

lente cathédrale, vaste réservoir où étaient venues s'amonceler les richesses de trois siècles. Ils se rappelaient les uns aux autres, avec des rugissements de joie et d'appétit, les belles croix d'argent, les belles chapes de brocart, les belles tombes de vermeil, les grandes magnificences du chœur, les fêtes éblouissantes, les Noëls étincelantes de flambeaux, les Pâques éclatantes de soleil, toutes ces solennités splendides où châsses, chandeliers, ciboires, tabernacles, reliquaires, bosselaient les autels d'une croûte d'or et de diamants. Certes, en ce beau moment, cagoux et malingreux, archisuppôts et rifolés [1], songeaient beaucoup moins à la délivrance de l'égyptienne qu'au pillage de Notre-Dame. Nous croirions même volontiers que pour bon nombre d'entre eux la Esmeralda n'était qu'un prétexte, si des voleurs avaient besoin de prétextes.

Tout à coup, au moment où il se groupaient pour un dernier effort autour du bélier, chacun retenant son haleine et roidissant ses muscles afin de donner toute sa force au coup décisif, un hurlement, plus épouvantable encore que celui qui avait éclaté et expiré sous le madrier, s'éleva au milieu d'eux. Ceux qui ne criaient pas, ceux qui vivaient encore, regardèrent. — Deux jets de plomb fondu tombaient du haut de l'édifice au plus épais de la cohue. Cette mer d'hommes venait de s'affaisser sous le métal bouillant qui avait fait, aux deux points où il tombait, deux trous noirs et fumants dans la foule, comme ferait de l'eau chaude dans la neige. On y voyait remuer des mourants à demi calcinés et mugissant de douleur. Autour de ces deux jets principaux, il y avait des gouttes de cette pluie horrible qui s'éparpillaient sur les assaillants et entraient dans les crânes comme des vrilles de flamme. C'était un feu pesant qui criblait ces misérables de mille grêlons.

La clameur fut déchirante. Ils s'enfuirent pêle-mêle, jetant le madrier sur les cadavres, les plus hardis comme les plus timides, et le Parvis fut vide une seconde fois.

Tous les yeux s'étaient levés vers le haut de l'église. Ce qu'ils voyaient était extraordinaire. Sur le sommet de la galerie la plus élevée, plus haut que la rosace centrale, il y avait une grande flamme qui montait entre les deux clochers avec des tourbillons d'étincelles, une grande flamme désordonnée et furieuse dont le vent emportait par moments un lambeau dans la fumée. Au-dessous de cette flamme, au-dessous de la sombre balustrade à trèfles de braise, deux gouttières en gueules de monstres vomissaient sans relâche cette pluie ardente qui détachait son ruissellement argenté sur les ténèbres de la façade inférieure. A mesure qu'ils approchaient du sol, les deux jets de plomb liquide s'élargissaient en gerbes, comme l'eau qui jaillit des mille trous de l'arrosoir. Au-dessus de la flamme, les énormes tours, de chacune desquelles on voyait deux faces crues et tranchées, l'une toute noire, l'autre toute rouge, semblaient plus grandes encore de toute l'immensité de l'ombre qu'elles projetaient jusque dans le ciel. Leurs innombrables sculptures de diables et de dragons prenaient un aspect lugubre. La clarté inquiète de la flamme les faisait remuer à l'œil. Il y avait des guivres [1] qui avaient l'air de rire, des gargouilles qu'on croyait entendre japper, des salamandres qui soufflaient dans le feu, des tarasques qui éternuaient dans la fumée. Et parmi ces monstres ainsi réveillés de leur sommeil de pierre par cette flamme, par ce bruit, il y en avait un qui marchait et qu'on voyait de temps en temps passer sur le front ardent du bûcher comme une chauve-souris devant une chandelle.

Sans doute ce phare étrange allait éveiller au loin le bûcheron des collines de Bicêtre, épouvanté de voir chanceler sur ses bruyères l'ombre gigantesque des tours de Notre-Dame.

Il se fit un silence de terreur parmi les truands, pendant lequel on n'entendit que les cris d'alarme des chanoines enfermés dans leur cloître et plus inquiets que des chevaux dans une écurie qui brûle, le bruit furtif des fenêtres vite ouvertes et plus vite fermées, le remue-ménage intérieur des maisons et de l'Hôtel-Dieu, le vent dans la flamme, le dernier râle des mourants, et le pétillement continu de la pluie de plomb sur le pavé.

Cependant les principaux truands s'étaient retirés sous le porche du logis Gondelaurier, et tenaient conseil. Le duc d'Egypte, assis sur une borne, contemplait avec une crainte religieuse le bûcher fantasmagorique resplendissant à deux cents pieds en l'air. Clopin Trouillefou se mordait ses gros poings avec rage. — Impossible d'entrer! murmurait-il dans ses dents.

— Une vieille église fée! grommelait le vieux bohémien Mathias Hungadi Spicali.

— Par les moustaches du pape! reprenait un narquois grisonnant qui avait servi, voilà des gouttières d'églises qui vous crachent du plomb fondu mieux que les mâchicoulis de Lectoure.

— Voyez-vous ce démon qui passe et repasse devant le feu? s'écriait le duc d'Egypte.

— Pardieu, dit Clopin, c'est le damné sonneur, c'est Quasimodo.

Le bohémien hochait la tête. — Je vous dis, moi, que c'est l'esprit Sabnac, le grand marquis, le démon des fortifications. Il a forme d'un soldat armé, une tête de lion. Quelquefois il monte un cheval hideux. Il change les hommes en pierres dont il bâtit des tours. Il commande à cinquante légions. C'est bien lui. Je le reconnais. Quelquefois il est habillé d'une belle robe d'or figurée à la façon des turcs.

— Où est Bellevigne de l'Etoile? demanda Clopin.

— Il est mort, répondit une truande.

Andry le Rouge riait d'un rire idiot : — Notre-Dame donne de la besogne à l'Hôtel-Dieu, disait-il.

— Il n'y a donc pas moyen de forcer cette

porte? s'écria le roi de Thunes en frappant du pied.

Le duc d'Egypte lui montra tristement les deux ruisseaux de plomb bouillant qui ne cessaient de rayer la noire façade, comme deux longues quenouilles de phosphore. — On a vu des églises qui se défendaient ainsi d'elles-mêmes, observa-t-il en soupirant. Sainte-Sophie, de Constantinople, il y a quarante ans de cela, a trois fois de suite jeté à terre le croissant de Mahom [1] en secouant ses dômes qui sont ses têtes. Guillaume de Paris, qui a bâti celle-ci, était un magicien.

— Faut-il donc s'en aller piteusement comme des laquais de grand-route? dit Clopin. Laisser là notre sœur que ces loups chaperonnés pendront demain!

— Et la sacristie, où il y a des charretées d'or! ajouta un truand dont nous regrettons de ne pas savoir le nom.

— Barbe-Mahom! cria Trouillefou.

— Essayons encore une fois, reprit le truand.

Mathias Hungadi hocha la tête. — Nous n'entrerons pas par la porte. Il faut trouver le défaut de l'armure de la vieille fée. Un trou, une fausse poterne, une jointure quelconque.

— Qui en est? dit Clopin. J'y retourne. — A propos, où est donc le petit écolier Jehan qui était si enferraillé?

— Il est sans doute mort, répondit quelqu'un. On ne l'entend plus rire.

Le roi de Thunes fronça le sourcil.

— Tant pis. Il y avait un brave cœur sous cette ferraille. — Et maître Pierre Gringoire?

— Capitaine Clopin, dit Andry le Rouge, il s'est esquivé que nous n'étions encore qu'au Pont-aux-Changeurs.

Clopin frappa du pied. — Gueule-Dieu! c'est lui qui nous pousse céans, et il nous plante là au beau milieu de la besogne! — Lâche bavard, casqué d'une pantoufle!

— Capitaine Clopin, cria Andry le Rouge, qui

regardait dans la rue du Parvis, voilà le petit
écolier.

— Loué soit Pluto! dit Clopin. Mais que diable
tire-t-il après lui?

C'était Jehan, en effet, qui accourait aussi
vite que le lui permettaient ses lourds habits de
paladin et une longue échelle qu'il traînait bravement sur le pavé, plus essoufflé qu'une fourmi
attelée à un brin d'herbe vingt fois plus long
qu'elle.

— Victoire! *Te Deum!* criait l'écolier. Voilà
l'échelle des déchargeurs du port Saint-Landry.

Clopin s'approcha de lui.

— Enfant! que veux-tu faire, corne-Dieu! de
cette échelle?

— Je l'ai, répondit Jehan haletant. Je savais
où elle était. — Sous le hangar de la maison
du lieutenant. — Il y a là une fille que je connais, qui me trouve beau comme un Cupido. —
Je m'en suis servi pour avoir l'échelle, et j'ai
l'échelle, Pasque-Mahom! — La pauvre fille est
venue m'ouvrir tout en chemise.

— Oui, dit Clopin, mais que veux-tu faire
de cette échelle?

Jehan le regarda d'un air malin et capable, et
fit claquer ses doigts comme des castagnettes.
Il était sublime en ce moment. Il avait sur la tête
un de ces casques surchargés du quinzième siècle, qui épouvantaient l'ennemi de leurs cimiers
chimériques. Le sien était hérissé de dix becs de
fer, de sorte que Jehan eût pu disputer la redoutable épithète de δεκἐμβολος [1], au navire homé-
rique de Nestor.

— Ce que j'en veux faire, auguste roi de
Thunes? Voyez-vous cette rangée de statues qui
ont des mines d'imbéciles là-bas au-dessus des
trois portails?

— Oui. Eh bien?

— C'est la galerie des rois de France.

— Qu'est-ce que cela me fait? dit Clopin.

— Attendez donc! Il y a au bout de cette
galerie une porte qui n'est jamais fermée qu'au

loquet, avec cette échelle j'y monte, et je suis dans l'église.

— Enfant, laisse-moi monter le premier.

— Non pas, camarade, c'est à moi l'échelle. Venez, vous serez le second.

— Que Belzébuth t'étrangle! dit le bourru Clopin. Je ne veux être après personne.

— Alors, Clopin, cherche une échelle!

Jehan se mit à courir par la place, tirant son échelle et criant : — A moi les fils!

En un instant l'échelle fut dressée et appuyée à la balustrade de la galerie inférieure, au-dessus d'un des portails latéraux. La foule des truands poussant de grandes acclamations se pressa au bas pour y monter. Mais Jehan maintint son droit et posa le premier le pied sur les échelons. Le trajet était assez long. La galerie des rois de France est élevée aujourd'hui d'environ soixante pieds au-dessus du pavé. Les onze marches du perron l'exhaussaient encore. Jehan montait lentement, assez empêché de sa lourde armure, d'une main tenant l'échelon, de l'autre son arbalète. Quand il fut au milieu de l'échelle il jeta un coup d'œil mélancolique sur les pauvres argotiers morts, dont le degré était jonché.

— Hélas! dit-il, voilà un monceau de cadavres digne du cinquième chant de l'*Iliade!* — Puis il continua de monter. Les truands le suivaient. Il y en avait un sur chaque échelon. A voir s'élever en ondulant dans l'ombre cette ligne de dos cuirassés, on eût dit un serpent à écailles d'acier qui se dressait contre l'église. Jehan qui faisait la tête et qui sifflait complétait l'illusion.

L'écolier toucha enfin au balcon de la galerie, et l'enjamba assez lestement aux applaudissements de toute la truanderie. Ainsi maître de la citadelle, il poussa un cri de joie, et tout à coup s'arrêta pétrifié. Il venait d'apercevoir, derrière une statue de roi, Quasimodo caché dans les ténèbres, l'œil étincelant.

Avant qu'un second assiégeant eût pu prendre pied sur la galerie, le formidable bossu sauta à la tête de l'échelle, saisit sans dire une parole le bout des deux montants de ses mains puissantes, les souleva, les éloigna du mur, balança un moment, au milieu des clameurs d'angoisse, la longue et pliante échelle encombrée de truands du haut en bas, et subitement, avec une force surhumaine, rejeta cette grappe d'hommes dans la place. Il y eut un instant où les plus déterminés palpitèrent. L'échelle, lancée en arrière, resta un moment droite et debout et parut hésiter, puis oscilla, puis tout à coup, décrivant un effrayant arc de cercle de quatre-vingts pieds de rayon, s'abattit sur le pavé avec sa charge de bandits plus rapidement qu'un pont-levis dont les chaînes se cassent. Il y eut une immense imprécation, puis tout s'éteignit, et quelques malheureux mutilés se retirèrent en rampant de dessous le monceau de morts.

Une rumeur de douleur et de colère succéda parmi les assiégeants aux premiers cris de triomphe. Quasimodo impassible, les deux coudes appuyés sur la balustrade, regardait. Il avait l'air d'un vieux roi chevelu à sa fenêtre.

Jehan Frollo était, lui, dans une situation critique. Il se trouvait dans la galerie avec le redoutable sonneur, seul, séparé de ses compagnons par un mur vertical de quatre-vingts pieds. Pendant que Quasimodo jouait avec l'échelle, l'écolier avait couru à la poterne qu'il croyait ouverte. Point. Le sourd en entrant dans la galerie l'avait fermée derrière lui. Jehan alors s'était caché derrière un roi de pierre, n'osant souffler, et fixant sur le monstrueux bossu une mine effarée, comme cet homme qui, faisant la cour à la femme du gardien d'une ménagerie, alla un soir à un rendez-vous d'amour, se trompa de mur dans son escalade, et se trouva brusquement tête à tête avec un ours blanc.

Dans les premiers moments le sourd ne prit pas garde à lui; mais enfin il tourna la tête et se redressa tout d'un coup. Il venait d'apercevoir l'écolier.

Jehan se prépara à un rude choc, mais le sourd resta immobile; seulement il était tourné vers l'écolier qu'il regardait.

— Ho! ho! dit Jehan, qu'as-tu à me regarder de cet œil borgne et mélancolique?

Et en parlant ainsi, le jeune drôle apprêtait sournoisement son arbalète.

— Quasimodo! cria-t-il, je vais changer ton surnom. On t'appellera l'aveugle.

Le coup partit. Le vireton empenné siffla et vint se ficher dans le bras gauche du bossu. Quasimodo ne s'en émut pas plus que d'une égratignure au roi Pharamond. Il porta la main à la sagette, l'arracha de son bras et la brisa tranquillement sur son gros genou. Puis il laissa tomber, plutôt qu'il ne jeta à terre les deux morceaux. Mais Jehan n'eut pas le temps de tirer une seconde fois. La flèche brisée, Quasimodo souffla bruyamment, bondit comme une sauterelle et retomba sur l'écolier, dont l'armure s'aplatit du coup contre la muraille.

Alors dans cette pénombre où flottait la lumière des torches, on entrevit une chose terrible.

Quasimodo avait pris de la main gauche les deux bras de Jehan qui ne se débattait pas, tant il se sentait perdu. De la droite le sourd lui détachait l'une après l'autre, en silence, avec une lenteur sinistre, toutes les pièces de son armure, l'épée, les poignards, le casque, la cuirasse, les brassards. On eût dit un singe qui épluche une noix. Quasimodo jetait à ses pieds, morceau à morceau, la coquille de fer de l'écolier.

Quand l'écolier se vit désarmé, déshabillé, faible et nu dans ces redoutables mains, il n'essaya pas de parler à ce sourd, mais il se mit à lui rire effrontément au visage, et à chanter, avec son intrépide insouciance d'enfant de seize ans, la chanson alors populaire :

> Elle est bien habillée,
> La ville de Cambrai.
> Marafin l'a pillée...

Il n'acheva pas. On vit Quasimodo debout sur le parapet de la galerie, qui d'une seule main tenait l'écolier par les pieds, en le faisant tourner sur l'abîme comme une fronde. Puis on entendit un bruit comme celui d'une boîte osseuse qui éclate contre un mur, et l'on vit tomber quelque chose qui s'arrêta au tiers de la chute à une saillie de l'architecture. C'était un corps mort qui resta accroché là, plié en deux, les reins brisés, le crâne vide.

Un cri d'horreur s'éleva parmi les truands. — Vengeance! cria Clopin. — A sac! répondit la multitude. — Assaut! assaut! Alors ce fut un hurlement prodigieux où se mêlaient toutes les langues, tous les patois, tous les accents. La mort du pauvre écolier jeta une ardeur furieuse dans cette foule. La honte la prit, et la colère d'avoir été si longtemps tenue en échec devant une église par un bossu. La rage trouva des échelles, multiplia les torches, et au bout de quelques minutes Quasimodo éperdu vit cette épouvantable fourmilière monter de toutes parts à l'assaut de Notre-Dame. Ceux qui n'avaient pas d'échelles avaient des cordes à nœuds, ceux qui n'avaient pas de cordes grimpaient aux reliefs des sculptures. Ils se pendaient aux guenilles les uns des autres. Aucun moyen de résister à cette marée ascendante de faces épouvantables. La fureur faisait rutiler ces figures farouches; leurs fronts terreux ruisselaient de sueur; leurs yeux éclairaient. Toutes ces grimaces, toutes ces laideurs investissaient Quasimodo. On eût dit que quelque autre église avait envoyé à l'assaut de Notre-Dame ses gorgones, ses dogues, ses drées [1], ses démons, ses sculptures les plus fantastiques. C'était comme une couche de monstres vivants sur les monstres de pierre de la façade.

Cependant, la place s'était étoilée de mille torches. Cette scène désordonnée, jusqu'alors enfouie dans l'obscurité, s'était subitement embrasée de lumière. Le Parvis resplendissait et jetait un rayonnement dans le ciel. Le bûcher allumé sur la haute plate-forme brûlait toujours, et illuminait au loin la ville. L'énorme silhouette des deux tours, développée au loin sur les toits de Paris, faisait dans cette clarté une large échancrure d'ombre. La ville semblait s'être émue. Des tocsins éloignés se plaignaient. Les truands hurlaient, haletaient, juraient, montaient, et Quasimodo, impuissant contre tant d'ennemis, frissonnant pour l'égyptienne, voyant les faces furieuses se rapprocher de plus en plus de sa galerie, demandait un miracle au ciel, et se tordait les bras de désespoir.

LE RETRAIT OU DIT SES HEURES
MONSIEUR LOUIS DE FRANCE

Le lecteur n'a peut-être pas oublié qu'un moment avant d'apercevoir la bande nocturne des truands, Quasimodo, inspectant Paris du haut de son clocher, n'y voyait plus briller qu'une lumière, laquelle étoilait une vitre à l'étage le plus élevé d'un haut et sombre édifice, à côté de la Porte Saint-Antoine. Cet édifice, c'était la Bastille. Cette étoile, c'était la chandelle de Louis XI.

Le roi Louis XI était en effet à Paris depuis deux jours. Il devait repartir le surlendemain pour sa citadelle de Montilz-lès-Tours. Il ne faisait jamais que de rares et courtes apparitions dans sa bonne ville de Paris, n'y sentant pas autour de lui assez de trappes, de gibets et d'archers écossais.

Il était venu ce jour-là coucher à la Bastille. La grande chambre de cinq toises carrées qu'il avait au Louvre, avec sa grande cheminée chargée de douze grosses bêtes et de treize grands prophètes, et son grand lit de onze pieds sur douze, lui agréaient peu. Il se perdait dans toutes ces grandeurs. Ce roi bon bourgeois aimait mieux la Bastille avec une chambrette et une couchette. Et puis la Bastille était plus forte que le Louvre.

Cette *chambrette* que le roi s'était réservée dans la fameuse prison d'état était encore assez vaste et occupait l'étage le plus élevé d'une tourelle engagée dans le donjon. C'était un réduit de forme ronde, tapissé de nattes en paille luisante, plafonné à poutres rehaussées de fleurs de lys d'étain doré avec les entrevous [1] de couleur, lambrissé à riches boiseries semées de rosettes d'étain blanc et peintes de beau vert-gai, fait d'orpin et de florée fine [2].

Il n'y avait qu'une fenêtre, une longue ogive treillissée de fil d'archal et de barreaux de fer, d'ailleurs obscurcie de belles vitres coloriées aux armes du roi et de la reine, dont le panneau revenait à vingt-deux sols.

Il n'y avait qu'une entrée, une porte moderne, à cintre surbaissé, garnie d'une tapisserie en dedans, et, au dehors, d'un de ces porches de bois d'Irlande, frêles édifices de menuiserie curieusement ouvrée, qu'on voyait encore en quantité de vieux logis il y a cent cinquante ans. « Quoiqu'ils défigurent et embarrassent les lieux, dit Sauval avec désespoir, nos vieillards pourtant ne s'en veulent point défaire et les conservent en dépit d'un chacun. »

On ne trouvait dans cette chambre rien de ce qui meublait les appartements ordinaires, ni bancs, ni tréteaux, ni formes [3], ni escabelles communes en forme de caisse, ni belles escabelles soutenues de piliers et de contre-piliers à quatre sols la pièce. On n'y voyait qu'une chaise pliante à bras, fort magnifique : le bois en était peint de roses sur fond rouge, le siège de cordouan vermeil, garni de longues franges de soie et piqué de mille clous d'or. La solitude de cette chaise faisait voir qu'une seule personne avait droit de s'asseoir dans la chambre. A côté de la chaise et tout près de la fenêtre, il y avait une table recouverte d'un tapis à figures d'oiseaux. Sur cette table un gallemard [4] taché d'encre, quelques parchemins, quelques plumes, et un hanap d'argent ciselé. Un peu plus loin, un chauffedoux [5], un prie-Dieu de velours cramoisi, relevé de bossettes d'or. Enfin au fond un simple lit de damas jaune et incarnat, sans clinquant ni passement; les franges sans façon. C'est ce lit, fameux pour avoir porté le sommeil ou l'insomnie de Louis XI, qu'on pouvait encore contempler, il y a deux cents ans, chez un conseiller d'état, où il a été vu par la vieille madame Pilou, célèbre dans le *Cyrus* sous le nom d'*Arricidie* et de *la Morale vivante*.

Telle était la chambre qu'on appelait « le retrait où dit ses heures monsieur Louis de France ».

Au moment où nous y avons introduit le lecteur, ce retrait était fort obscur. Le couvre-feu était sonné depuis une heure, il faisait nuit, et il n'y avait qu'une vacillante chandelle de cire posée sur la table pour éclairer cinq personnages diversement groupés dans la chambre.

Le premier sur lequel tombait la lumière était un seigneur superbement vêtu d'un haut-de-chausses et d'un justaucorps écarlate rayé d'argent, et d'une casaque à mahoîtres [1] de drap d'or à dessins noirs. Ce splendide costume, où se jouait la lumière, semblait glacé de flamme à tous ses plis. L'homme qui le portait avait sur la poitrine ses armoiries brodées de vives couleurs : un chevron accompagné en pointe d'un daim passant. L'écusson était accosté à droite d'un rameau d'olivier, à gauche d'une corne de daim. Cet homme portait à sa ceinture une riche dague dont la poignée de vermeil était ciselée en forme de cimier et surmontée d'une couronne comtale. Il avait l'air mauvais, la mine fière et la tête haute. Au premier coup d'œil on voyait sur son visage l'arrogance, au second la ruse.

Il se tenait tête nue, une longue pancarte à la main, debout derrière la chaise à bras sur laquelle était assis, le corps disgracieusement plié en deux, les genoux chevauchant l'un sur l'autre, le coude sur la table, un personnage fort mal accoutré. Qu'on se figure en effet, sur l'opulent cuir de Cordoue, deux rotules cagneuses, deux cuisses maigres pauvrement habillées d'un tricot de laine noire, un torse enveloppé d'un surtout de futaine avec une fourrure dont on

voyait moins de poil que de cuir; enfin, pour
couronner, un vieux chapeau gras du plus méchant drap noir bordé d'un cordon circulaire de
figurines de plomb. Voilà, avec une sale calotte
qui laissait à peine passer un cheveu, tout ce
qu'on distinguait du personnage assis. Il tenait
sa tête tellement courbée sur sa poitrine qu'on
n'apercevait rien de son visage recouvert
d'ombre, si ce n'est le bout de son nez sur
lequel tombait un rayon de lumière, et qui devait
être long. A la maigreur de sa main ridée on
devinait un vieillard. C'était Louis XI.

A quelque distance derrière eux causaient à
voix basse deux hommes vêtus à la coupe flamande, qui n'étaient pas assez perdus dans
l'ombre pour que quelqu'un de ceux qui avaient
assisté à la représentation du mystère de Gringoire n'eût pu reconnaître en eux deux des principaux envoyés flamands, Guillaume Rym, le
sagace pensionnaire de Gand, et Jacques Coppenole, le populaire chaussetier. On se souvient
que ces deux hommes étaient mêlés à la politique secrète de Louis XI.

Enfin, tout au fond, près de la porte, se tenait
debout dans l'obscurité, immobile comme une
statue, un vigoureux homme à membres trapus,
à harnois militaire, à casaque armoriée, dont la
face carrée, percée d'yeux à fleur de tête, fendue
d'une immense bouche, dérobant ses oreilles sous
deux larges abat-vent de cheveux plats, sans
front, tenait à la fois du chien et du tigre.

Tous étaient découverts, excepté le roi.

Le seigneur qui était auprès du roi lui faisait
lecture d'une espèce de long mémoire que sa
majesté semblait écouter avec attention. Les
deux flamands chuchotaient.

— Croix-Dieu! grommelait Coppenole, je suis
las d'être debout. Est-ce qu'il n'y a pas de chaise
ici?

Rym répondait par un geste négatif, accompagné d'un sourire discret.

— Croix-Dieu! reprenait Coppenole tout mal-

heureux d'être obligé de baisser ainsi la voix,
l'envie me démange de m'asseoir à terre, jambes
croisées, en chaussetier, comme je fais dans ma
boutique.

— Gardez-vous-en bien, maître Jacques!

— Ouais! maître Guillaume! ici l'on ne peut
donc être que sur les pieds?

— Ou sur les genoux, dit Rym.

En ce moment la voix du roi s'éleva. Ils se
turent.

— Cinquante sols les robes de nos valets, et
douze livres les manteaux des clercs de notre
couronne! C'est cela! versez l'or à tonnes! Etes-
vous fou, Olivier?

En parlant ainsi, le vieillard avait levé la tête.
On voyait reluire à son cou les coquilles d'or du
collier de Saint-Michel. La chandelle éclairait en
plein son profil décharné et morose. Il arracha le
papier des mains de l'autre.

— Vous nous ruinez! cria-t-il en promenant
ses yeux creux sur le cahier. Qu'est-ce que tout
cela? qu'avons-nous besoin d'une si prodigieuse
maison? Deux chapelains à raison de dix livres
par mois chacun, et un clerc de chapelle à cent
sols! Un valet de chambre à quatre-vingt-dix
livres par an! Quatre écuyers de cuisine à six
vingts livres par an chacun! Un hasteur, un pota-
ger, un saussier, un queux, un sommelier
d'armures, deux valets de sommiers à raison de
dix livres par mois chaque! Deux galopins de
cuisine à huit livres! Un palefrenier et ses deux
aides à vingt-quatre livres par mois! Un porteur,
un pâtissier, un boulanger, deux charretiers, chacun soixante livres par an! Et le maréchal des
forges, six vingts livres! Et le maître de la chambre de nos deniers, douze cents livres, et le
contrôleur, cinq cents! — Que sais-je, moi? C'est
une furie! Les gages de nos domestiques mettent
la France au pillage! Tous les mugots [1] du Louvre fondront à un tel feu de dépense! Nous y
vendrons nos vaisselles! Et l'an prochain, si Dieu
et Notre-Dame (ici il souleva son chapeau) nous

prêtent vie, nous boirons nos tisanes dans un pot
d'étain!

En disant cela, il jetait un coup d'œil sur le
hanap d'argent qui étincelait sur la table. Il
toussa, et poursuivit :

— Maître Olivier, les princes qui règnent aux
grandes seigneuries, comme rois et empereurs,
ne doivent pas laisser engendrer la somptuosité
en leurs maisons; car de là ce feu court par la
province. — Donc, maître Olivier, tiens-toi ceci
pour dit. Notre dépense augmente tous les ans.
La chose nous déplaît. Comment, pasque-Dieu!
jusqu'en 79 elle n'a point passé trente-six mille
livres. En 80, elle a atteint quarante-trois mille
six cent dix-neuf livres, — j'ai le chiffre en tête,
— en 81, soixante-six mille six cent quatre-vingts
livres; et cette année, par la foi de mon corps!
elle atteindra quatre-vingt mille livres! Doublée
en quatre ans! Monstrueux!

Il s'arrêta essoufflé, puis il reprit avec emportement : — Je ne vois autour de moi que gens
qui s'engraissent de ma maigreur! Vous me
sucez des écus par tous les pores!

Tous gardaient le silence. C'était une de ces
colères qu'on laisse aller. Il continua :

— C'est comme cette requête en latin de la
seigneurie de France, pour que nous ayons à
rétablir ce qu'ils appellent les grandes charges de
la couronne! Charges en effet! charges qui écra-
sent! Ah! messieurs! vous dites que nous ne
sommes pas un roi, pour régner *dapifero nullo,
buticulario nullo* [1]! Nous vous le ferons voir,
pasque-Dieu! si nous ne sommes pas un roi!

Ici il sourit dans le sentiment de sa puissance,
sa mauvaise humeur s'en adoucit, et il se tourna
vers les flamands :

— Voyez-vous, compère Guillaume? le grand
panetier, le grand bouteillier, le grand chambellan, le grand sénéchal ne valent pas le moindre
valet. — Retenez ceci, compère Coppenole; — ils
ne servent à rien. A se tenir ainsi inutiles autour
du roi, ils me font l'effet des quatre évangélistes

qui environnent le cadran de la grande horloge
du Palais, et que Philippe Brille vient de remettre à neuf. Ils sont dorés, mais ils ne marquent
pas l'heure; et l'aiguille peut se passer d'eux.

Il demeura un moment pensif, et ajouta en
hochant sa vieille tête : — Ho! Ho! par Notre-
Dame, je ne suis pas Philippe Brille, et je ne
redorerai pas les grands vassaux. Je suis de l'avis
du roi Edouard : sauvez le peuple et tuez les seigneurs. — Continue, Olivier.

Le personnage qu'il désignait par ce nom
reprit le cahier de ses mains, et se remit à lire
à haute voix :

— « ... A Adam Tenon, commis à la garde des
« sceaux de la prévôté de Paris, pour l'argent,
« façon et gravure desdits sceaux qui ont été faits
« neufs pour ce que les autres précédents, pour
« leur antiquité et caduqueté, ne pouvaient plus
« bonnement servir. — Douze livres parisis.

« A Guillaume Frère, la somme de quatre
« livres quatre sols parisis, pour ses peines et
« salaires d'avoir nourri et alimenté les colombes
« des deux colombiers de l'Hôtel des Tournelles,
« durant les mois de janvier, février et mars de
« cette année; et pour ce a donné sept sextiers
« d'orge.

« A un cordelier, pour confession d'un crimi-
« nel, quatre sols parisis. »

Le roi écoutait en silence. De temps en temps
il toussait. Alors il portait le hanap à ses lèvres
et buvait une gorgée en faisant une grimace.

— « En cette année ont été faits par ordon-
« nance de justice à son de trompe par les carre-
« fours de Paris cinquante-six cris. — Compte à
« régler. »

« Pour avoir fouillé et cherché en certains
« endroits, tant dans Paris qu'ailleurs, de la
« finance qu'on disait y avoir été cachée, mais
« rien n'y a été trouvé; — quarante-cinq livres
« parisis. »

— Enterrer un écu pour déterrer un sou! dit-
le roi.

— « ... Pour avoir mis à point, à l'Hôtel des
« Tournelles, six panneaux de verre blanc à
« l'endroit où est la cage de fer, treize sols. —
« Pour avoir fait et livré, par le commandement
« du roi, le jour des monstres, quatre écussons
« aux armes dudit seigneur, enchapessés de cha-
« peaux de roses tout à l'entour, six livres. —
« Pour deux manches neuves au vieil pourpoint
« du roi, vingt sols. — Pour une boîte de graisse
« à graisser les bottes du roi, quinze deniers. —
« Une étable faite de neuf pour loger les pour-
« ceaux noirs du roi, trente livres parisis. —
« Plusieurs cloisons, planches et trappes faites
« pour enfermer les lions d'emprès Saint-Paul,
« vingt-deux livres. »

— Voilà des bêtes qui sont chères, dit
Louis XI. N'importe! c'est une belle magnificence de roi. Il y a un grand lion roux que
j'aime pour ses gentillesses. — L'avez-vous vu,
maître Guillaume? — Il faut que les princes
aient de ces animaux mirifiques. A nous autres
rois, nos chiens doivent être des lions, et nos
chats des tigres. Le grand va aux couronnes.
Du temps des païens de Jupiter, quand le peuple
offrait aux églises cent bœufs et cent brebis, les
empereurs donnaient cent lions et cent aigles.
Cela était farouche et fort beau. Les rois de
France ont toujours eu de ces rugissements
autour de leur trône. Néanmoins on me rendra
cette justice que j'y dépense encore moins
d'argent qu'eux, et que j'ai une plus grande
modestie de lions, d'ours, d'éléphants et de léo-
pards. — Allez, maître Olivier. Nous voulions
dire cela à nos amis les flamands.

Guillaume Rym s'inclina profondément, tandis
que Coppenole, avec sa mine bourrue, avait l'air
d'un de ces ours dont parlait sa majesté. Le roi
n'y prit pas garde. Il venait de tremper ses lèvres
dans le hanap, et recrachait le breuvage en
disant : — Pouah! la fâcheuse tisane! — Celui
qui lisait continua :

— « Pour nourriture d'un maraud piéton

« enverrouillé depuis six mois dans la logette
« de l'écorcherie, en attendant qu'on sache qu'en
« faire. — Six livres quatre sols. »

— Qu'est cela? interrompit le roi. Nourrir ce
qu'il faut pendre! Pasque-Dieu! je ne donnerai
plus un sol pour cette nourriture. — Olivier,
entendez-vous de la chose avec monsieur d'Estouteville, et dès ce soir faites-moi le préparatif
des noces du galant avec une potence. — Reprenez.

Olivier fit une marque avec le pouce à l'article
du *maraud piéton* et passa outre.

— « A Henriet Cousin, maître exécuteur des
« hautes œuvres de la justice de Paris, la somme
« de soixante sols parisis, à lui taxée et ordon-
« née par monseigneur le prévôt de Paris, pour
« avoir acheté, de l'ordonnance de mondit sieur
« le prévôt, une grande épée à feuille servant à
« exécuter et décapiter les personnes qui par jus-
« tice sont condamnées pour leurs démérites, et
« icelle fait garnir de fourreau et de tout ce
« qui y appartient; et pareillement a fait remet-
« tre à point et rhabiller la vieille épée, qui
« s'était éclatée et ébréchée en faisant la justice
« de messire Louis de Luxembourg, comme plus
« à plein peut apparoir... »

Le roi interrompit : — Il suffit. J'ordonnance
la somme de grand cœur. Voilà des dépenses où
je ne regarde pas. Je n'ai jamais regretté cet
argent-là. — Suivez.

— « Pour avoir fait de neuf une grande
cage... »

— Ah! dit le roi en prenant de ses deux mains
les bras de sa chaise, je savais bien que j'étais
venu en cette Bastille pour quelque chose. —
Attendez, maître Olivier. Je veux voir moi-même
la cage. Vous m'en lirez le coût pendant que je
l'examinerai. — Messieurs les flamands, venez
voir cela. C'est curieux.

Alors il se leva, s'appuya sur le bras de son
interlocuteur, fit signe à l'espèce de muet qui se
tenait debout devant la porte de le précéder, aux

deux flamands de le suivre, et sortit de la chambre.

La royale compagnie se recruta, à la porte du retrait, d'hommes d'armes tout alourdis de fer, et de minces pages qui portaient des flambeaux. Elle chemina quelque temps dans l'intérieur du sombre donjon, percé d'escaliers et de corridors jusque dans l'épaisseur des murailles. Le capitaine de la Bastille marchait en tête, et faisait ouvrir les guichets devant le vieux roi malade et voûté, qui toussait en marchant.

A chaque guichet, toutes les têtes étaient obligées de se baisser, excepté celle du vieillard plié par l'âge. — Hum! disait-il entre ses gencives, car il n'avait plus de dents, nous sommes déjà tout prêt pour la porte du sépulcre. A porte basse, passant courbé.

Enfin, après avoir franchi un dernier guichet si embarrassé de serrures qu'on mit un quart d'heure à l'ouvrir, ils entrèrent dans une haute et vaste salle en ogive, au centre de laquelle on distinguait, à la lueur des torches, un gros cube massif de maçonnerie, de fer et de bois. L'intérieur était creux. C'était une de ces fameuses cages à prisonniers d'état qu'on appelait *les fillettes du roi*[1]. Il y avait aux parois deux ou trois petites fenêtres, si drument treillissées d'épais barreaux de fer qu'on n'en voyait pas la vitre. La porte était une grande dalle de pierre plate, comme une tombeaux. De ces portes qui ne servent jamais que pour entrer. Seulement, ici, le mort était un vivant.

Le roi se mit à marcher lentement autour du petit édifice en l'examinant avec soin, tandis que maître Olivier qui le suivait lisait tout haut le mémoire :

— « Pour avoir fait de neuf une grande cage « de bois de grosses solives, membrures et sa-« blières, contenant neuf pieds de long sur huit « de lé[2], et de hauteur sept pieds entre deux « planchers, lissée et boujonnée à gros boujons « de fer, laquelle a été assise en une chambre « étant à l'une des tours de la bastide Saint-

« Antoine, en laquelle cage est mis et détenu,
« par commandement du roi notre seigneur, un
« prisonnier qui habitait précédemment une
« vieille cage caduque et décrépite. — Ont été
« employées à cette dite cage neuve quatre-vingt-
« seize solives de couche et cinquante-deux soli-
« ves debout, dix sablières de trois toises de
« long : et ont été occupés dix-neuf charpentiers
« pour équarrir, ouvrer et tailler tout ledit bois
« en la cour de la Bastille pendant vingt jours... »

— D'assez beaux cœurs de chêne, dit le roi en
cognant du poing la charpente.

— « ... Il est entré dans cette cage, poursuivit
« l'autre, deux cent vingt gros boujons de fer, de
« neuf pieds et de huit, le surplus de moyenne
« longueur, avec les rouelles, pommelles et
« contre-bandes servant auxdits boujons, pesant
« tout ledit fer trois mille sept cent trente-cinq
« livres; outre huit grosses équières de fer ser-
« vant à attacher ladite cage, avec les crampons
« et clous pesant ensemble deux cent dix-huit
« livres de fer, sans compter le fer des treillis
« des fenêtres de la chambre où la cage a été
« posée, les barres de fer de la porte de la cham-
« bre, et autres choses... »

— Voilà bien du fer, dit le roi, pour contenir
« la légèreté d'un esprit !

— « ... Le tout revient à trois cent dix-sept
« livres cinq sols sept deniers. »

— Pasque-Dieu ! s'écria le roi.

A ce juron, qui était le favori de Louis XI, il
parut que quelqu'un se réveillait dans l'intérieur
de la cage, on entendit des chaînes qui en écorchaient le plancher avec bruit, et il s'éleva une
voix faible qui semblait sortir de la tombe : —
Sire ! sire ! grâce ! — On ne pouvait voir celui
qui parlait ainsi.

— Trois cent dix-sept livres cinq sols sept
deniers ! reprit Louis XI.

La voix lamentable qui était sortie de la cage
avait glacé tous les assistants, maître Olivier lui-
même. Le roi seul avait l'air de ne pas l'avoir

entendue. Sur son ordre, maître Olivier reprit
sa lecture, et sa majesté continua froidement
l'inspection de la cage.

— « ... Outre cela, il a été payé à un maçon qui
« a fait les trous pour poser les grilles des fenê-
« tres, et le plancher de la chambre où est la
« cage, parce que le plancher n'eût pu porter
« cette cage à cause de sa pesanteur, vingt-sept
« livres quatorze sols parisis... »

La voix recommença à gémir :

— Grâce! sire! Je vous jure que c'est monsieur le cardinal d'Angers qui a fait la trahison,
et non pas moi.

— Le maçon est rude! dit le roi. Continue,
Olivier.

Olivier continua :

— « ... A un menuisier, pour fenêtres, couches,
« selle percée et autres choses, vingt livres deux
« sols parisis... »

La voix continuait aussi :

— Hélas! sire! ne m'écouterez-vous pas? Je
vous proteste que ce n'est pas moi qui ai écrit
la chose à monseigneur de Guyenne, mais monsieur le cardinal La Balue!

— Le menuisier est cher, observa le roi. —
Est-ce tout?

— Non, sire. — « ... A un vitrier, pour les
« vitres de ladite chambre, quarante-six sols huit
« deniers parisis. »

— Faites grâce, sire! N'est-ce donc pas assez
qu'on ait donné tous mes biens à mes juges,
ma vaisselle à monsieur de Torcy, ma librairie
à maître Pierre Doriolle, ma tapisserie au gouverneur du Roussillon? Je suis innocent. Voilà
quatorze ans que je grelotte dans une cage de
fer. Faites grâce, sire! vous retrouverez cela dans
le ciel.

— Maître Olivier, dit le roi, le total?

— Trois cent soixante-sept livres huit sols
trois deniers parisis.

— Notre-Dame! cria le roi. Voilà une cage
outrageuse!

Il arracha le cahier des mains de maître Olivier, et se mit à compter lui-même sur ses doigts, en examinant tour à tour le papier et la cage. Cependant on entendait sangloter le prisonnier. Cela était lugubre dans l'ombre, et les visages se regardaient en pâlissant.

— Quatorze ans, sire! voilà quatorze ans! depuis le mois d'avril 1469. Au nom de la sainte mère de Dieu, sire, écoutez-moi! Vous avez joui tout ce temps de la chaleur du soleil. Moi, chétif, ne verrai-je plus jamais le jour? Grâce, sire! Soyez miséricordieux. La clémence est une belle vertu royale qui rompt les courants de la colère. Croit-elle, votre majesté, que ce soit à l'heure de la mort un grand contentement pour un roi de n'avoir laissé aucune offense impunie? D'ailleurs, sire, je n'ai point trahi votre majesté, c'est monsieur d'Angers. Et j'ai au pied une bien lourde chaîne, et une grosse boule de fer au bout, beaucoup plus pesante qu'il n'est de raison. Hé! sire! ayez pitié de moi!

— Olivier, dit le roi en hochant la tête, je remarque qu'on me compte le muid de plâtre à vingt sols, qui n'en vaut que douze. Vous referez ce mémoire.

Il tourna le dos à la cage, et se mit en devoir de sortir de la chambre. Le misérable prisonnier, à l'éloignement des flambeaux et du bruit, jugea que le roi s'en allait. — Sire! sire! cria-t-il avec désespoir. La porte se referma. Il ne vit plus rien, et n'entendit plus que la voix rauque du guichetier, qui lui chantait aux oreilles la chanson :

> Maître Jean Balue
> A perdu la vue
> De ses évêchés;
> Monsieur de Verdun
> N'en a plus pas un;
> Tous sont dépêchés.

Le roi remontait en silence à son retrait, et son cortège le suivait, terrifié des derniers gémisse-

ments du condamné. Tout à coup, sa majesté se
tourna vers le gouverneur de la Bastille. — A
propos, dit-elle, n'y avait-il pas quelqu'un dans
cette cage?

— Pardieu, sire! répondit le gouverneur stupéfait de la question.

— Et qui donc?

— Monsieur l'évêque de Verdun.

Le roi savait cela mieux que personne. Mais
c'était une manie.

— Ah! dit-il avec l'air naïf d'y songer pour la
première fois, Guillaume de Harancourt [1], l'ami
de monsieur le cardinal La Balue. Un bon diable d'évêque!

Au bout de quelques instants, la porte du
retrait s'était rouverte, puis reclose sur les cinq
personnages que le lecteur y a vus au commencement de ce chapitre, et qui y avaient repris
leurs places, leurs causeries à demi-voix, et leurs
attitudes.

Pendant l'absence du roi, on avait déposé sur
sa table quelques dépêches, dont il rompit lui-
même le cachet. Puis il se mit à les lire promptement l'une après l'autre, fit signe à *maître Olivier*, qui paraissait avoir près de lui office de
ministre, de prendre une plume, et, sans lui faire
part du contenu des dépêches, commença à lui
en dicter à voix basse les réponses, que celui-ci
écrivait, assez incommodément agenouillé devant la table.

Guillaume Rym observait.

Le roi parlait si bas, que les flamands n'entendaient rien de sa dictée, si ce n'est çà et là quelques lambeaux isolés et peu intelligibles comme :
— ... Maintenir les lieux fertiles par le commerce
et les stériles par les manufactures... — Faire
voir aux seigneurs anglais nos quatre bombardes,
la Londres, la Brabant, la Bourg-en-Bresse, la
Saint-Omer... — L'artillerie est cause que la
guerre se fait maintenant plus judicieusement...
— A M. de Bressuire, notre ami... — Les armées
ne s'entretiennent sans les tributs... — Etc.

Une fois il haussa la voix : — Pasque-Dieu !
monsieur le roi de Sicile scelle ses lettres sur
cire jaune, comme un roi de France. Nous avons
peut-être tort de le lui permettre. Mon beau cousin de Bourgogne ne donnait pas d'armoiries à
champ de gueules. La grandeur des maisons
s'assure en l'intégrité des prérogatives. Note ceci,
compère Olivier.

Une autre fois : — Oh ! oh ! dit-il, le gros message ! Que nous réclame notre frère l'empereur ?
— Et parcourant des yeux la missive en coupant
sa lecture d'interjections : — Certes ! les Alle-
magnes sont si grandes et puissantes qu'il est à
peine croyable. — Mais nous n'oublions pas le
vieux proverbe : La plus belle comté est Flandre ;
la plus belle duché, Milan ; le plus beau royaume,
France. — N'est-ce pas, messieurs les flamands ?

Cette fois, Coppenole s'inclina avec Guillaume
Rym. Le patriotisme du chaussetier était cha-
touillé.

Une dernière dépêche fit froncer le sourcil à
Louis XI. — Qu'est cela ? s'écria-t-il. Des plaintes
et quérimonies contre nos garnisons de Picardie ! Olivier, écrivez en diligence à M. le maréchal de Rouault. — Que les disciplines se relâ-
chent. — Que les gendarmes des ordonnances,
les nobles de ban, les francs-archers, les suisses,
font des maux infinis aux manants. — Que
l'homme de guerre, ne se contentant pas des
biens qu'il trouve en la maison des laboureurs,
les contraint, à grands coups de bâton ou de
voulge, à aller quérir du vin à la ville, du poisson, des épiceries, et autres choses excessives.
— Que monsieur le roi sait cela. — Que nous
entendons garder notre peuple des inconvénients,
larcins et pilleries. — Que c'est notre volonté, par
Notre-Dame ! — Qu'en outre, il ne nous agrée
pas qu'aucun ménétrier, barbier, ou valet de
guerre, soit vêtu comme prince, de velours, de
drap de soie et d'anneaux d'or. — Que ces vani-
tés sont haineuses à Dieu. — Que nous nous
contentons, nous qui sommes gentilhomme, d'un

pourpoint de drap à seize sols l'aune de Paris. — Que messieurs les goujats peuvent bien se rabaisser jusque-là, eux aussi. — Mandez et ordonnez. — A monsieur de Rouault, notre ami. — Bien.

Il dicta cette lettre à haute voix, d'un ton ferme et par saccades. Au moment où il achevait, la porte s'ouvrit et donna passage à un nouveau personnage, qui se précipita tout effaré dans la chambre en criant : — Sire! sire! il y a une sédition de populaire dans Paris!

La grave figure de Louis XI se contracta; mais ce qu'il y eut de visible dans son émotion passa comme un éclair. Il se contint, et dit avec une sévérité tranquille : — Compère Jacques, vous entrez bien brusquement!

— Sire! sire! il y a une révolte! reprit le compère Jacques essoufflé.

Le roi, qui s'était levé, lui prit rudement le bras et lui dit à l'oreille, de façon à être entendu de lui seul, avec une colère concentrée et un regard oblique sur les flamands : — Tais-toi, ou parle bas!

Le nouveau venu comprit, et se mit à lui faire tout bas une narration très effarouchée que le roi écoutait avec calme, tandis que Guillaume Rym faisait remarquer à Coppenole le visage et l'habit du nouveau venu, sa capuce fourrée, *caputia fourrata*, son épitoge courte, *epitogia curta,* sa robe de velours noir, qui annonçait un président de la Cour des comptes.

A peine ce personnage eut-il donné au roi quelques explications, que Louis XI s'écria en éclatant de rire : — En vérité! parlez tout haut, compère Coictier! Qu'avez-vous à parler bas ainsi? Notre-Dame sait que nous n'avons rien de caché pour nos bons amis flamands.

— Mais, sire...

— Parlez tout haut!

Le « compère Coictier » demeurait muet de surprise.

— Donc, reprit le roi, — parlez, monsieur, —

il y a une émotion de manants dans notre bonne
ville de Paris?

— Oui, sire.

— Et qui se dirige, dites-vous, contre monsieur le bailli du Palais de Justice?

— Il y a apparence, répondit *le compère*, qui
balbutiait, encore tout étourdi du brusque et
inexplicable changement qui venait de s'opérer
dans les pensées du roi.

Louis XI reprit : — Où le guet a-t-il rencontré
la cohue?

— Cheminant de la Grande-Truanderie vers le
Pont-aux-Changeurs. Je l'ai rencontrée moi-
même comme je venais ici pour obéir aux ordres
de votre majesté. J'en ai entendu quelques-uns
qui criaient : A bas le bailli du Palais!

— Et quels griefs ont-ils contre le bailli?

— Ah! dit le compère Jacques, qu'il est leur
seigneur.

— Vraiment!

— Oui, sire. Ce sont des marauds de la Cour
des Miracles. Voilà longtemps déjà qu'ils se plai-
gnent du bailli, dont ils sont vassaux. Ils ne
veulent le reconnaître ni comme justicier ni
comme voyer [1].

— Oui-da! repartit le roi avec un sourire de
satisfaction qu'il s'efforçait en vain de déguiser.

— Dans toutes leurs requêtes au parlement,
reprit le compère Jacques, ils prétendent n'avoir
que deux maîtres, votre majesté et leur Dieu,
qui est, je crois, le diable.

— Hé! hé! dit le roi.

Il se frottait les mains, il riait de ce rire intérieur qui fait rayonner le visage. Il ne pouvait
dissimuler sa joie, quoiqu'il essayât par instants
de se composer. Personne n'y comprenait rien,
pas même « maître Olivier ». Il resta un moment silencieux, avec un air pensif, mais content.

— Sont-ils en force? demanda-t-il tout à coup.

— Oui certes, sire, répondit le compère Jacques.

— Combien?

— Au moins six mille.

Le roi ne put s'empêcher de dire : Bon! Il reprit : — Sont-ils armés?

— Des faulx, des piques, des hacquebutes, des pioches. Toutes sortes d'armes fort violentes.

Le roi ne parut nullement inquiet de cet étalage. Le compère Jacques crut devoir ajouter : — Si votre majesté n'envoie pas promptement au secours du bailli, il est perdu.

— Nous enverrons, dit le roi avec un faux air sérieux. C'est bon. Certainement nous enverrons. Monsieur le bailli est notre ami. Six mille! Ce sont de déterminés drôles. La hardiesse est merveilleuse, et nous en sommes fort courroucé. Mais nous avons peu de monde cette nuit autour de nous. — Il sera temps demain matin.

Le compère Jacques se récria : — Tout de suite, sire! Le bailliage aura vingt fois le temps d'être saccagé, la seigneurie violée et le bailli pendu. Pour Dieu, sire! envoyez avant demain matin.

Le roi le regarda en face. — Je vous ai dit demain matin.

C'était un de ces regards auxquels on ne réplique pas. Après un silence, Louis XI éleva de nouveau la voix. — Mon compère Jacques, vous devez savoir cela? Quelle était... Il se reprit : Quelle est la juridiction féodale du bailli?

— Sire, le bailli du Palais a la rue de la Calandre jusqu'à la rue de l'Herberie, la place Saint-Michel et les lieux vulgairement nommés les Mureaux assis près de l'église Notre-Dame des Champs (ici Louis XI souleva le bord de son chapeau), lesquels hôtels sont au nombre de treize, plus la Cour des Miracles, plus la Maladerie appelée la Banlieue, plus toute la chaussée qui commence à cette Maladerie et finit à la Porte Saint-Jacques. De ces divers endroits il est voyer, haut, moyen et bas justicier, plein seigneur.

— Ouais! dit le roi en se grattant l'oreille

gauche avec la main droite, cela fait un bon bout de ma ville! Ah! monsieur le bailli *était* roi de tout cela!

Cette fois il ne se reprit point. Il continua, rêveur et comme se parlant à lui-même : — Tout beau, monsieur le bailli! vous aviez là entre les dents un gentil morceau de notre Paris.

Tout à coup il fit explosion : — Pasque-Dieu! qu'est-ce que c'est que ces gens qui se prétendent voyers, justiciers, seigneurs et maîtres chez nous? qui ont leur péage à tout bout de champ, leur justice et leur bourreau à tout carrefour parmi notre peuple? de façon que, comme le grec se croyait autant de dieux qu'il avait de fontaines, et le persan autant qu'il voyait d'étoiles, le français se compte autant de rois qu'il voit de gibets! Pardieu! cette chose est mauvaise, et la confusion m'en déplaît. Je voudrais bien savoir si c'est la grâce de Dieu qu'il y ait à Paris un autre voyer que le roi, une autre justice que notre parlement, un autre empereur que nous dans cet empire! Par la foi de mon âme! il faudra bien que le jour vienne où il n'y aura en France qu'un roi, qu'un seigneur, qu'un juge, qu'un coupe-tête, comme il n'y a au paradis qu'un Dieu!

Il souleva encore son bonnet, et continua, rêvant toujours, avec l'air et l'accent d'un chasseur qui agace et lance sa meute : — Bon! mon peuple! bravement! brise ces faux seigneurs! fais ta besogne. Sus! sus! pille-les, pends-les, saccage-les!... Ah! vous voulez être rois, messeigneurs? Va! peuple! va!

Ici il s'interrompit brusquement, se mordit la lèvre, comme pour rattraper sa pensée à demi échappée, appuya tour à tour son œil perçant sur chacun des cinq personnages qui l'entouraient, et tout à coup saisissant son chapeau à deux mains et le regardant en face, il lui dit : — Oh! je te brûlerais si tu savais ce qu'il y a dans ma tête!

Puis, promenant de nouveau autour de lui le

regard attentif et inquiet du renard qui rentre sournoisement à son terrier : — Il n'importe! nous secourrons monsieur le bailli. Par malheur nous n'avons que peu de troupe ici en ce moment contre tant de populaire. Il faut attendre jusqu'à demain. On remettra l'ordre en la Cité, et l'on pendra vertement tout ce qui sera pris.

— A propos, sire! dit le compère Coictier, j'ai oublié cela dans le premier trouble, le guet a saisi deux traînards de la bande. Si votre majesté veut voir ces hommes, ils sont là.

— Si je veux les voir! cria le roi. Comment! Pasque-Dieu! tu oublies chose pareille! — Cours vite, toi, Olivier! va les chercher.

Maître Olivier sortit et rentra un moment après avec les deux prisonniers, environnés d'archers de l'ordonnance. Le premier avait une grosse face idiote, ivre et étonnée. Il était vêtu de guenilles et marchait en pliant le genou et en traînant le pied. Le second était une figure blême et souriante que le lecteur connaît déjà.

Le roi les examina un instant sans mot dire, puis s'adressant brusquement au premier :

— Comment t'appelles-tu?

— Gieffroy Pincebourde.

— Ton métier?

— Truand.

— Qu'allais-tu faire dans cette damnable sédition?

Le truand regarda le roi, en balançant ses bras d'un air hébété. C'était une de ces têtes mal conformées où l'intelligence est à peu près aussi à l'aise que la lumière sous l'éteignoir.

— Je ne sais pas, dit-il. On allait, j'allais.

— N'alliez-vous pas attaquer outrageusement et piller votre seigneur le bailli du Palais?

— Je sais qu'on allait prendre quelque chose chez quelqu'un. Voilà tout.

Un soldat montra au roi une serpe qu'on avait saisie sur le truand.

— Reconnais-tu cette arme? demanda le roi.

— Oui, c'est ma serpe. Je suis vigneron.

— Et reconnais-tu cet homme pour ton compagnon? ajouta Louis XI, en désignant l'autre prisonnier.

— Non. Je ne le connais point.

— Il suffit, dit le roi. Et faisant un signe du doigt au personnage silencieux, immobile près de la porte, que nous avons déjà fait remarquer au lecteur :

— Compère Tristan, voilà un homme pour vous.

Tristan l'Hermite s'inclina. Il donna un ordre à voix basse à deux archers qui emmenèrent le pauvre truand.

Cependant le roi s'était approché du second prisonnier, qui suait à grosses gouttes. — Ton nom?

— Sire, Pierre Gringoire.

— Ton métier?

— Philosophe, sire.

— Comment te permets-tu, drôle, d'aller investir notre ami monsieur le bailli du Palais, et qu'as-tu à dire de cette émotion populaire?

— Sire, je n'en étais pas.

— Or çà! paillard [1], n'as-tu pas été appréhendé par le guet dans cette mauvaise compagnie?

— Non, sire, il y a méprise. C'est une fatalité. Je fais des tragédies. Sire, je supplie votre majesté de m'entendre. Je suis poète. C'est la mélancolie des gens de ma profession d'aller la nuit par les rues. Je passais par là ce soir. C'est grand hasard. On m'a arrêté à tort. Je suis innocent de cette tempête civile. Votre majesté voit que le truand ne m'a pas reconnu. Je conjure votre majesté...

— Tais-toi! dit le roi entre deux gorgées de tisane. Tu nous romps la tête.

Tristan l'Hermite s'avança et désignant Gringoire du doigt : — Sire, peut-on pendre aussi celui-là?

C'était la première parole qu'il proférait.

— Peuh! répondit négligemment le roi. Je n'y vois pas d'inconvénients.

— J'en vois beaucoup, moi! dit Gringoire.

Notre philosophe était en ce moment plus vert qu'une olive. Il vit à la mine froide et indifférente du roi qu'il n'y avait plus de ressource que dans quelque chose de très pathétique, et se précipita aux pieds de Louis XI en s'écriant avec une gesticulation désespérée :

— Sire! votre majesté daignera m'entendre. Sire! n'éclatez pas en tonnerre sur si peu de chose que moi. La grande foudre de Dieu ne bombarde pas une laitue. Sire, vous êtes un auguste monarque très puissant, ayez pitié d'un pauvre homme honnête, et qui serait plus empêché d'attiser une révolte qu'un glaçon de donner une étincelle! Très gracieux sire, la débonnaireté est vertu de lion et de roi. Hélas! la rigueur ne fait qu'effaroucher les esprits, les bouffées impétueuses de la bise ne sauraient faire quitter le manteau au passant, le soleil donnant de ses rayons peu à peu l'échauffe de telle sorte qu'il le fera mettre en chemise. Sire, vous êtes le soleil. Je vous le proteste, mon souverain maître et seigneur, je ne suis pas un compagnon truand, voleur et désordonné. La révolte et les briganderies ne sont pas de l'équipage d'Apollo. Ce n'est pas moi qui m'irai précipiter dans ces nuées qui éclatent en des bruits de séditions. Je suis un fidèle vassal de votre majesté. La même jalousie qu'a le mari pour l'honneur de sa femme, le ressentiment [1] qu'a le fils pour l'amour de son père, un bon vassal les doit avoir pour la gloire de son roi, il doit sécher pour le zèle de sa maison, pour l'accroissement de son service. Toute autre passion qui le transporterait ne serait que fureur [2]. Voilà, sire, mes maximes d'état. Donc, ne me jugez pas séditieux et pillard à mon habit usé aux coudes. Si vous me faites grâce, sire, je l'userai aux genoux à prier Dieu soir et matin pour vous! Hélas! je ne suis pas extrêmement riche, c'est vrai. Je suis même un peu pauvre. Mais non vicieux pour cela. Ce n'est pas ma faute. Chacun sait que les

grandes richesses ne se tirent pas des belles-
lettres, et que les plus consommés aux bons
livres n'ont pas toujours gros feu l'hiver. La
seule avocasserie prend tout le gain et ne laisse
que la paille aux autres professions scientifiques.
Il y a quarante très excellents proverbes sur le
manteau troué des philosophes. Oh! sire! la clémence est la seule lumière qui puisse éclairer
l'intérieur d'une grande âme. La clémence porte
le flambeau devant toutes les autres vertus. Sans
elle, ce sont des aveugles qui cherchent Dieu à
tâtons. La miséricorde, qui est la même chose
que la clémence, fait l'amour des sujets qui est
le plus puissant corps de garde à la personne
du prince. Qu'est-ce que cela vous fait, à vous
majesté dont les faces sont éblouies, qu'il y ait
un pauvre homme de plus sur la terre? un pauvre innocent philosophe, barbotant dans les ténèbres de la calamité, avec son gousset vide qui
résonne sur son ventre creux? D'ailleurs, sire, je
suis un lettré. Les grands rois se font une perle
à leur couronne de protéger les lettres. Hercules
ne dédaignait pas le titre de Musagetes. Mathias
Corvin favorisait Jean de Monroyal, l'ornement
des mathématiques. Or, c'est une mauvaise manière de protéger les lettres que de pendre les
lettrés. Quelle tache à Alexandre s'il avait fait
pendre Aristoteles! Ce trait ne serait pas un petit
moucheron sur le visage de sa réputation pour
l'embellir, mais bien un malin ulcère pour le
défigurer. Sire! j'ai fait un très expédient épithalame pour mademoiselle de Flandre et monseigneur le très auguste dauphin. Cela n'est pas
d'un boute-feu de rébellion. Votre majesté voit
que je ne suis pas un grimaud, que j'ai étudié
excellemment, et que j'ai beaucoup d'éloquence
naturelle. Faites-moi grâce, sire. Cela faisant,
vous ferez une action galante à Notre-Dame, et
je vous jure que je suis très effrayé de l'idée
d'être pendu!

En parlant ainsi, le désolé Gringoire baisait les
pantoufles du roi, et Guillaume Rym disait tout

bas à Coppenole : — Il fait bien de se traîner à
terre. Les rois sont comme le Jupiter de Crète, ils
n'ont des oreilles qu'aux pieds. — Et, sans s'oc-
cuper du Jupiter de Crète, le chaussetier répondait avec un lourd sourire, l'œil fixé sur Gringoire : — Oh! que c'est bien cela! je crois entendre le chancelier Hugonet me demander grâce.

Quand Gringoire s'arrêta enfin tout essoufflé, il leva la tête en tremblant vers le roi qui
grattait avec son ongle une tache que ses chausses avaient au genou. Puis sa majesté se mit à
boire au hanap de tisane. Du reste, elle ne soufflait mot, et ce silence torturait Gringoire. Le
roi le regarda enfin. — Voilà un terrible brail-
lard! dit-il. Puis se tournant vers Tristan l'Hermite : — Bah! lâchez-le!

Gringoire tomba sur le derrière, tout épouvanté de joie.

— En liberté! grogna Tristan. Votre majesté
ne veut-elle pas qu'on le retienne un peu en
cage?

— Compère, repartit Louis XI, crois-tu que
ce soit pour de pareils oiseaux que nous faisons
faire des cages de trois cent soixante-sept livres
huit sols trois deniers? — Lâchez-moi incontinent le paillard (Louis XI affectionnait ce mot,
qui faisait avec *Pasque-Dieu* le fond de sa jovialité), et mettez-le hors avec une bourrade!

— Ouf! s'écria Gringoire, que voilà un grand
roi!

Et de peur d'un contre-ordre, il se précipita
vers la porte que Tristan lui rouvrit d'assez mauvaise grâce. Les soldats sortirent avec lui en le
poussant devant eux à grands coups de poing,
ce que Gringoire supporta en vrai philosophe
stoïcien.

La bonne humeur du roi, depuis que la révolte
contre le bailli lui avait été annoncée, perçait
dans tout. Cette clémence inusitée n'en était pas
un médiocre signe. Tristan l'Hermite dans son
coin avait la mine renfrognée d'un dogue qui
a vu et qui n'a pas eu.

Le roi cependant battait gaiement avec les doigts sur le bras de sa chaise la marche de Pont-Audemer. C'était un prince dissimulé, mais qui savait beaucoup mieux cacher ses peines que ses joies. Ces manifestations extérieures de joie à toute bonne nouvelle allaient quelquefois très loin; ainsi, à la mort de Charles le Téméraire, jusqu'à vouer des balustrades d'argent à Saint-Martin de Tours; à son avènement au trône, jusqu'à oublier d'ordonner les obsèques de son père.

— Hé! sire! s'écria tout à coup Jacques Coictier, qu'est devenue la pointe aiguë de maladie pour laquelle votre majesté m'avait fait mander?

— Oh! dit le roi, vraiment je souffre beaucoup, mon compère. J'ai l'oreille sifflante, et des râteaux de feu qui me raclent la poitrine.

Coictier prit la main du roi, et se mit à lui tâter le pouls avec une mine capable.

— Regardez, Coppenole, disait Rym à voix basse. Le voilà entre Coictier et Tristan. C'est là toute sa cour. Un médecin pour lui, un bourreau pour les autres.

En tâtant le pouls du roi, Coictier prenait un air de plus en plus alarmé. Louis XI le regardait avec quelque anxiété. Coictier se rembrunissait à vue d'œil. Le brave homme n'avait d'autre métairie que la mauvaise santé du roi. Il l'exploitait de son mieux.

— Oh! oh! murmura-t-il enfin, ceci est grave, en effet.

— N'est-ce pas? dit le roi inquiet.

— *Pulsus creber, anhelans, crepitans, irregularis* [1], continua le médecin.

— Pasque-Dieu!

— Avant trois jours, ceci peut emporter son homme.

— Notre-Dame! s'écria le roi. Et le remède, compère?

— J'y songe, sire.

Il fit tirer la langue à Louis XI, hocha la tête, fit la grimace, et tout au milieu de ces simagrées : — Pardieu, sire, dit-il tout à coup, il faut que je vous conte qu'il y a une recette des régales vacante, et que j'ai un neveu.

— Je donne ma recette à ton neveu, compère Jacques, répondit le roi; mais tire-moi ce feu de la poitrine.

— Puisque votre majesté est si clémente, reprit le médecin, elle ne refusera pas de m'aider un peu en la bâtisse de ma maison rue Saint-André-des-Arcs.

— Heuh! dit le roi.

— Je suis au bout de ma finance, poursuivit le docteur, et il serait vraiment dommage que la maison n'eût pas de toit. Non pour la maison, qui est simple et toute bourgeoise, mais pour les peintures de Jehan Fourbault, qui en égaient le lambris. Il y a une Diane en l'air qui vole, mais si excellente, si tendre, si délicate, d'une action si ingénue, la tête si bien coiffée et couronnée d'un croissant, la chair si blanche qu'elle donne de la tentation à ceux qui la regardent trop curieusement. Il y a aussi une Cérès. C'est encore une très belle divinité. Elle est assise sur des gerbes de blé, et coiffée d'une guirlante galante d'épis entrelacés de salsifis et autres fleurs. Il ne se peut rien voir de plus amoureux que ses yeux, de plus rond que ses jambes, de plus noble que son air, de mieux drapé que sa jupe. C'est une des beautés les plus innocentes et les plus parfaites qu'ait produites le pinceau.

— Bourreau! grommela Louis XI, où en veux-tu venir?

— Il me faut un toit sur ces peintures, sire, et quoique ce soit peu de chose, je n'ai plus d'argent.

— Combien est-ce, ton toit?

— Mais... un toit de cuivre historié et doré, deux mille livres au plus.

— Ah! l'assassin! cria le roi. Il ne m'arrache pas une dent qui ne soit un diamant.

— Ai-je mon toit? dit Coictier.

— Oui! et va au diable, mais guéris-moi.

Jacques Coictier s'inclina profondément et dit :
— Sire, c'est un répercussif [1] qui vous sauvera.
Nous vous appliquerons sur les reins le grand
défensif, composé avec le cérat, le bol d'Arménie, le blanc d'œuf, l'huile et le vinaigre. Vous
continuerez votre tisane, et nous répondons de
votre majesté.

Une chandelle qui brille n'attire pas qu'un
moucheron. Maître Olivier, voyant le roi en libé-
ralité et croyant le moment bon, s'approcha à
son tour : — Sire...

— Qu'est-ce encore? dit Louis XI.

— Sire, votre majesté sait que maître Simon
Radin est mort?

— Eh bien?

— C'est qu'il était conseiller du roi sur le fait
de la justice du trésor.

— Eh bien?

— Sire, sa place est vacante.

En parlant ainsi, la figure hautaine de maître
Olivier avait quitté l'expression arrogante pour
l'expression basse. C'est le seul rechange qu'ait
une figure de courtisan. Le roi le regarda très
en face, et dit d'un ton sec : — Je comprends.

Il reprit :

— Maître Olivier, le maréchal de Boucicaut
disait : Il n'est don que de roi, il n'est peschier
que en la mer [2]. Je vois que vous êtes de l'avis de
monsieur de Boucicaut. Maintenant oyez ceci.
Nous avons bonne mémoire. En 68, nous vous
avons fait varlet de notre chambre; en 69, garde
du châtel du Pont de Saint-Cloud à cent livres
tournois de gages (vous les vouliez parisis). En
novembre 73, par lettres données à Gergeole,
nous vous avons institué concierge du bois de
Vincennes, au lieu de Gilbert Acle, écuyer; en
75, gruyer [3] de la forêt de Rouvray-lez-Saint-
Cloud, en place de Jacques Le Maire; en 78,
nous vous avons gracieusement assis, par lettres
patentes scellées sur double queue de cire verte,
une rente de dix livres parisis, pour vous et
votre femme, sur la place aux marchands, sise à

l'école Saint-Germain; en 79, nous vous avons fait gruyer de la forêt de Senart, au lieu de ce pauvre Jehan Daiz; puis capitaine du château de Loches; puis gouverneur de Saint-Quentin; puis capitaine du Pont de Meulan, dont vous vous faites appeler comte. Sur les cinq sols d'amende que paie tout barbier qui rase un jour de fête, il y a trois sols pour vous, et nous avons votre reste. Nous avons bien voulu changer votre nom de *Le Mauvais,* qui ressemblait trop à votre mine. En 74, nous vous avons octroyé, au grand déplaisir de notre noblesse, des armoiries de mille couleurs qui vous font une poitrine de paon. Pasque-Dieu! n'êtes-vous pas saoul? La pescherie n'est-elle point assez belle et miraculeuse? Et ne craignez-vous pas qu'un saumon de plus ne fasse chavirer votre bateau? L'orgueil vous perdra, mon compère. L'orgueil est toujours talonné de la ruine et de la honte. Considérez ceci, et taisez-vous.

Ces paroles, prononcées avec sévérité, firent revenir à l'insolence la physionomie dépitée de maître Olivier. — Bon, murmura-t-il presque tout haut, on voit bien que le roi est malade aujourd'hui. Il donne tout au médecin.

Louis XI, loin de s'irriter de cette incartade, reprit avec quelque douceur : — Tenez, j'oubliais encore que je vous ai fait mon ambassadeur à Gand près de madame Marie. — Oui, messieurs, ajouta le roi en se tournant vers les flamands, celui-ci a été ambassadeur. — Là, mon compère, poursuivit-il en s'adressant à maître Olivier, ne nous fâchons pas, nous sommes vieux amis. Voilà qu'il est très tard. Nous avons terminé notre travail. Rasez-moi.

Nos lecteurs n'ont sans doute pas attendu jusqu'à présent pour reconnaître dans *maître Olivier* ce Figaro terrible que la providence, cette grande faiseuse de drames, a mêlé si artistement à la longue et sanglante comédie de Louis XI. Ce n'est pas ici que nous entreprendrons de développer cette figure singulière. Ce barbier du roi avait trois noms. A la cour, on l'appelait poliment Olivier le Daim; parmi le peuple, Olivier le Diable. Il s'appelait de son vrai nom Olivier le Mauvais.

Olivier le Mauvais donc resta immobile, boudant le roi, et regardant Jacques Coictier de travers. — Oui, oui! le médecin! disait-il entre ses dents.

— Eh! oui, le médecin, reprit Louis XI avec une bonhomie singulière, le médecin a plus de crédit encore que toi. C'est tout simple. Il a prise sur nous par tout le corps, et tu ne nous tiens que par le menton. Va, mon pauvre barbier, cela se retrouvera. Que dirais-tu donc, et que deviendrait ta charge si j'étais un roi comme le roi Chilpéric qui avait pour geste de tenir sa barbe d'une main? — Allons, mon compère, vaque à ton office, rase-moi. Va chercher ce qu'il te faut.

Olivier, voyant que le roi avait pris le parti de rire et qu'il n'y avait pas même moyen de le fâcher, sortit en grondant pour exécuter ses ordres.

Le roi se leva, s'approcha de la fenêtre, et tout à coup l'ouvrant avec une agitation extraordinaire : — Oh! oui! s'écria-t-il en battant des mains, voilà une rougeur dans le ciel sur la Cité. C'est le bailli qui brûle. Ce ne peut être que cela. Ah! mon bon peuple! voilà donc que tu m'aides enfin à l'écroulement des seigneuries!

Alors, se tournant vers les flamands : — Messieurs, venez voir ceci. N'est-ce pas un feu qui rougeoie?

Les deux gantois s'approchèrent.

— Un grand feu, dit Guillaume Rym.

— Oh! ajouta Coppenole, dont les yeux étincelèrent tout à coup, cela me rappelle le brûlement de la maison du seigneur d'Hymbercourt. Il doit y avoir une grosse révolte là-bas.

— Vous croyez, maître Coppenole? — Et le regard de Louis XI était presque aussi joyeux que celui du chaussetier.

— N'est-ce pas qu'il sera difficile d'y résister?

— Croix-Dieu! sire! votre majesté ébréchera
là-dessus bien des compagnies de gens de guerre!

— Ah! moi! c'est différent, repartit le roi. Si
je voulais!...

Le chaussetier répondit hardiment :

— Si cette révolte est ce que je suppose, vous
auriez beau vouloir, sire!

— Compère, dit Louis XI, avec deux compagnies de mon ordonnance et une volée de serpentine, on a bon marché d'une populace de
manants.

Le chaussetier, malgré les signes que lui faisait
Guillaume Rym, paraissait déterminé à tenir tête
au roi.

— Sire, les suisses aussi étaient des manants.
Monsieur le duc de Bourgogne était un grand
gentilhomme, et il faisait fi de cette canaille. A la
bataille de Grandson, sire, il criait : Gens de
canons! feu sur ces vilains! et il jurait par saint
Georges. Mais l'avoyer [1] Scharnachtal se rua sur
le beau duc avec sa massue et son peuple, et de
la rencontre des paysans à peaux de buffle la
luisante armée bourguignonne s'éclata comme
une vitre au choc d'un caillou. Il y eut là bien
des chevaliers de tués par des marauds; et l'on
trouva monsieur de Château-Guyon, le plus
grand seigneur de la Bourgogne, mort avec son
grand cheval grison dans un petit pré de marais.

— L'ami, repartit le roi, vous parlez d'une
bataille. Il s'agit d'une mutinerie. Et j'en viendrai à bout quand il me plaira de froncer le
sourcil.

L'autre répliqua avec indifférence :

— Cela se peut, sire. En ce cas, c'est que
l'heure du peuple n'est pas venue.

Guillaume Rym crut devoir intervenir. — Maître Coppenole, vous parlez à un puissant roi.

— Je le sais, répondit gravement le chaussetier.

— Laissez-le dire, monsieur Rym mon ami,
dit le roi. J'aime ce franc-parler. Mon père
Charles septième disait que la vérité était malade.

Je croyais, moi, qu'elle était morte, et qu'elle n'avait point trouvé de confesseur. Maître Coppenole me détrompe.

Alors, posant familièrement sa main sur l'épaule de Coppenole :

— Vous disiez donc, maître Jacques?...

— Je dis, sire, que vous avez peut-être raison, que l'heure du peuple n'est pas venue chez vous.

Louis XI le regarda avec son œil pénétrant.

— Et quand viendra cette heure, maître?

— Vous l'entendrez sonner.

— A quelle horloge, s'il vous plaît?

Coppenole avec sa contenance tranquille et rustique fit approcher le roi de la fenêtre. — Ecoutez, sire! Il y a ici un donjon, un beffroi, des canons, des bourgeois, des soldats. Quand le beffroi bourdonnera, quand les canons gronderont, quand le donjon croulera à grand bruit, quand bourgeois et soldats hurleront et s'entretueront, c'est l'heure qui sonnera.

Le visage de Louis devint sombre et rêveur. Il resta un moment silencieux, puis il frappa doucement de la main, comme on flatte une croupe de destrier, l'épaisse muraille du donjon.

— Oh! que non! dit-il. N'est-ce pas que tu ne crouleras pas si aisément, ma bonne Bastille?

Et se tournant d'un geste brusque vers le hardi flamand :

— Avez-vous jamais vu une révolte, maître Jacques?

— J'en ai fait, dit le chaussetier.

— Comment faites-vous, dit le roi, pour faire une révolte?

— Ah! répondit Coppenole, ce n'est pas bien difficile. Il y a cent façons. D'abord il faut qu'on soit mécontent dans la ville. La chose n'est pas rare. Et puis le caractère des habitants. Ceux de Gand sont commodes à la révolte. Ils aiment toujours le fils du prince, le prince jamais. Eh bien! un matin, je suppose, on entre dans ma boutique, on me dit : Père Coppenole, il y a ceci, il y a cela, la demoiselle de Flandre veut sauver ses

ministres, le grand bailli double le tru de l'esgrin,
ou autre chose. Ce qu'on veut. Moi, je laisse là
l'ouvrage, je sors de ma chausseterie, et je vais
dans la rue, et je crie : A sac! Il y a bien
toujours là quelque futaille défoncée. Je monte
dessus, et je dis tout haut les premières paroles
venues, ce que j'ai sur le cœur; et quand on est
du peuple, sire, on a toujours quelque chose sur
le cœur. Alors on s'attroupe, on crie, on sonne le
tocsin, on arme les manants du désarmement des
soldats, les gens du marché s'y joignent, et l'on
va! Et ce sera toujours ainsi, tant qu'il y aura
des seigneurs dans les seigneuries, des bourgeois
dans les bourgs, et des paysans dans les pays.

— Et contre qui vous rebellez-vous ainsi?
demanda le roi. Contre vos baillis? contre vos
seigneurs?

— Quelquefois. C'est selon. Contre le duc
aussi, quelquefois.

Louis XI alla se rasseoir, et dit avec un sourire : — Ah! ici, ils n'en sont encore qu'aux
baillis!

En cet instant Olivier le Daim rentra. Il était
suivi de deux pages qui portaient les toilettes
du roi; mais ce qui frappa Louis XI, c'est qu'il
était en outre accompagné du prévôt de Paris et
du chevalier du guet, lesquels paraissaient consternés. Le rancuneux barbier avait aussi l'air
consterné, mais content en dessous. C'est lui qui
prit la parole : — Sire, je demande pardon à
votre majesté de la calamiteuse nouvelle que je
lui apporte.

Le roi en se tournant vivement écorcha la
natte du plancher avec les pieds de sa chaise :
— Qu'est-ce à dire?

— Sire, reprit Olivier le Daim avec la mine
méchante d'un homme qui se réjouit d'avoir à
porter un coup violent, ce n'est pas sur le bailli
du palais que se rue cette sédition populaire.

— Et sur qui donc?

— Sur vous, sire.

Le vieux roi se dressa debout et droit comme

un jeune homme : — Explique-toi, Olivier! explique-toi! Et tiens bien ta tête, mon compère, car je te jure par la croix de Saint-Lô que si tu nous mens à cette heure, l'épée qui a coupé le cou de monsieur de Luxembourg n'est pas si ébréchée qu'elle ne scie encore le tien!

Le serment était formidable. Louis XI n'avait juré que deux fois dans sa vie par la croix de Saint-Lô.

Olivier ouvrit la bouche pour répondre : — Sire...

— Mets-toi à genoux! interrompit violemment le roi. Tristan, veillez sur cet homme!

Olivier se mit à genoux, et dit froidement : — Sire, une sorcière a été condamnée à mort par votre cour de parlement. Elle s'est réfugiée dans Notre-Dame. Le peuple l'y veut reprendre de vive force. Monsieur le prévôt et monsieur le chevalier du guet, qui viennent de l'émeute, sont là pour me démentir si ce n'est pas la vérité. C'est Notre-Dame que le peuple assiège.

— Oui-da! dit le roi à voix basse, tout pâle et tout tremblant de colère. Notre-Dame! ils assiègent dans sa cathédrale Notre-Dame, ma bonne maîtresse! — Relève-toi, Olivier. Tu as raison. Je te donne la charge de Simon Radin. Tu as raison. — C'est à moi qu'on s'attaque. La sorcière est sous la sauvegarde de l'église, l'église est sous ma sauvegarde. Et moi qui croyais qu'il s'agissait du bailli! C'est contre moi!

Alors, rajeuni par la fureur, il se mit à marcher à grands pas. Il ne riait plus, il était terrible, il allait et venait, le renard s'était changé en hyène, il semblait suffoqué à ne pouvoir parler, ses lèvres remuaient, et ses poings décharnés se crispaient. Tout à coup il releva la tête, son œil cave parut plein de lumière, et sa voix éclata comme un clairon. — Main basse, Tristan! main basse sur ces coquins! Va, Tristan mon ami! tue! tue!

Cette éruption passée, il vint se rasseoir, et dit avec une rage froide et concentrée :

— Ici, Tristan! — Il y a près de nous dans

cette Bastille les cinquante lances du vicomte de Gif, ce qui fait trois cents chevaux, vous les prendrez. Il y a aussi la compagnie des archers de notre ordonnance de M. de Châteaupers, vous la prendrez. Vous êtes prévôt des maréchaux, vous avez les gens de votre prévôté, vous le prendrez. A l'Hôtel Saint-Pol, vous trouverez quarante archers de la nouvelle garde de monsieur le Dauphin, vous les prendrez; et avec tout cela, vous allez courir à Notre-Dame. — Ah! messieurs les manants de Paris, vous vous jetez ainsi tout au travers de la couronne de France, de la sainteté de Notre-Dame et de la paix de cette république! — Extermine, Tristan! extermine! et que pas un n'en réchappe que pour Montfaucon.

Tristan s'inclina. — C'est bon, sire!

Il ajouta après un silence : — Et que ferai-je de la sorcière?

Cette question fit songer le roi.

— Ah! dit-il, la sorcière! — Monsieur d'Estouteville, qu'est-ce que le peuple en voulait faire?

— Sire, répondit le prévôt de Paris, j'imagine que, puisque le peuple la vient arracher de son asile de Notre-Dame, c'est que cette impunité le blesse et qu'il la veut pendre.

Le roi parut réfléchir profondément, puis s'adressant à Tristan l'Hermite : — Eh bien! mon compère, extermine le peuple et pends la sorcière.

— C'est cela, dit tout bas Rym à Coppenole, punir le peuple de vouloir, et faire ce qu'il veut.

— Il suffit, sire, répondit Tristan. Si la sorcière est encore dans Notre-Dame, faudra-t-il l'y prendre malgré l'asile?

— Pasque-Dieu, l'asile! dit le roi en se grattant l'oreille. Il faut pourtant que cette femme soit pendue.

Ici, comme pris d'une idée subite, il se rua à genoux devant sa chaise, ôta son chapeau, le posa sur le siège, et regardant dévotement l'une des amulettes de plomb qui le chargeaient : — Oh! dit-il les mains jointes, Notre-Dame de Paris, ma gracieuse patronne, pardonnez-moi. Je ne le ferai que cette fois. Il faut punir cette criminelle. Je vous assure, madame la Vierge, ma bonne maîtresse, que c'est une sorcière qui n'est pas digne de votre aimable protection. Vous savez, madame, que bien des princes très pieux ont outrepassé le privilège des églises pour la gloire de Dieu et la nécessité de l'état. Saint Hugues, évêque d'Angleterre, a permis au roi Edouard de prendre un magicien dans son église. Saint Louis de France, mon maître, a transgressé pour le même objet l'église de monsieur saint Paul; et monsieur Alphonse, fils du roi de Jérusalem, l'église même du Saint-Sépulcre. Pardonnez-moi donc pour cette fois, Notre-Dame de Paris. Je ne le ferai plus, et je vous donnerai une belle statue d'argent, pareille à celle que j'ai donnée l'an passé à Notre-Dame d'Ecouys. Ainsi soit-il.

Il fit un signe de croix, se releva, se recoiffa, et dit à Tristan : — Faites diligence, mon compère. Prenez M. de Châteaupers avec vous. Vous ferez sonner le tocsin. Vous écraserez le populaire. Vous pendrez la sorcière. C'est dit. Et j'entends que le pourchas de l'exécution soit fait par vous. Vous m'en rendrez compte. — Allons, Olivier, je ne me coucherai pas cette nuit. Rase-moi.

Tristan l'Hermite s'inclina et sortit. Alors le roi, congédiant du geste Rym et Coppenole : — Dieu vous garde, messieurs mes bons amis les flamands. Allez prendre un peu de repos. La nuit s'avance, et nous sommes plus près du matin que du soir.

Tous deux se retirèrent, et en gagnant leurs appartements sous la conduite du capitaine de la Bastille, Coppenole disait à Guillaume Rym : — Hum! j'en ai assez de ce roi qui tousse! J'ai vu Charles de Bourgogne ivre, il était moins méchant que Louis XI malade.

— Maître Jacques, répondit Rym, c'est que les rois ont le vin moins cruel que la tisane.

PETITE FLAMBE EN BAGUENAUD

En sortant de la Bastille, Gringoire descendit la rue Saint-Antoine de la vitesse d'un cheval échappé. Arrivé à la porte Baudoyer, il marcha droit à la croix de pierre qui se dressait au milieu de cette place, comme s'il eût pu distinguer dans l'obscurité la figure d'un homme vêtu et encapuchonné de noir qui était assis sur les marches de la croix. — Est-ce vous, maître? dit Gringoire.

Le personnage noir se leva. — Mort et passion! vous me faites bouillir, Gringoire. L'homme qui est sur la tour de Saint-Gervais vient de crier une heure et demie du matin.

— Oh! repartit Gringoire, ce n'est pas ma faute, mais celle du guet et du roi. Je viens de l'échapper belle! Je manque toujours d'être pendu. C'est ma prédestination.

— Tu manques tout, dit l'autre. Mais allons vite. As-tu le mot de passe?

— Figurez-vous, maître, que j'ai vu le roi. J'en viens. Il a une culotte de futaine. C'est une aventure.

— Oh! quenouille de paroles! que me fait ton aventure? As-tu le mot de passe des truands?

— Je l'ai. Soyez tranquille. *Petite flambe en baguenaud.*

— Bien. Autrement nous ne pourrions pénétrer jusqu'à l'église. Les truands barrent les rues.

Heureusement il paraît qu'ils ont trouvé de la résistance. Nous arriverons peut-être encore à temps.

— Oui, maître. Mais comment entrerons-nous dans Notre-Dame?

— J'ai la clef des tours.

— Et comment en sortirons-nous?

— Il y a derrière le cloître une petite porte qui donne sur le Terrain [1], et de là sur l'eau. J'en ai pris la clef, et j'y ai amarré un bateau ce matin.

— J'ai joliment manqué d'être pendu! reprit Gringoire.

— Eh vite! allons! dit l'autre.

Tous deux descendirent à grands pas vers la Cité.

VII

CHATEAUPERS A LA RESCOUSSE!

Le lecteur se souvient peut-être de la situation critique où nous avons laissé Quasimodo. Le brave sourd, assailli de toutes parts, avait perdu, sinon tout courage, du moins tout espoir de sauver, non pas lui, il ne songeait pas à lui, mais l'égyptienne. Il courait éperdu sur la galerie. Notre-Dame allait être enlevée par les truands. Tout à coup un grand galop de chevaux emplit les rues voisines, et avec une longue file de torches et une épaisse colonne de cavaliers abattant lances et brides, ces bruits furieux débouchèrent sur la place comme un ouragan : France! France! Taillez les manants! Châteaupers à la rescousse! Prévôté, prévôté!

Les truands effarés firent volte-face.

Quasimodo, qui n'entendait pas, vit les épées nues, les flambeaux, les fers de piques, toute cette cavalerie, en tête de laquelle il reconnut le capitaine Phœbus, il vit la confusion des truands, l'épouvante chez les uns, le trouble chez les meilleurs, et il reprit de ce secours inespéré tant de force qu'il rejeta hors de l'église les premiers assaillants qui enjambaient déjà la galerie.

C'étaient en effet les troupes du roi qui survenaient.

Les truands firent bravement. Ils se défendirent en désespérés. Pris en flanc par la rue Saint-Pierre-aux-Bœufs et en queue par la rue du

Parvis, acculés à Notre-Dame qu'ils assaillaient encore et que défendait Quasimodo, tout à la fois assiégeants et assiégés, ils étaient dans la situation singulière où se retrouva depuis, au fameux siège de Turin, en 1640, entre le prince Thomas de Savoie qu'il assiégeait et le marquis de Leganez qui le bloquait, le comte Henri d'Harcourt, *Taurinum obsessor idem et obsessus* [1] comme dit son épitaphe.

La mêlée fut affreuse. A chair de loup dent de chien, comme dit P. Mathieu. Les cavaliers du roi, au milieu desquels Phœbus de Châteaupers se comportait vaillamment, ne faisaient aucun quartier, et la taille reprenait ce qui échappait à l'estoc. Les truands, mal armés, écumaient et mordaient. Hommes, femmes, enfants se jetaient aux croupes et aux poitrails des chevaux, et s'y accrochaient comme des chats avec les dents et les ongles des quatre membres. D'autres tamponnaient à coups de torches le visage des archers. D'autres piquaient des crocs de fer au cou des cavaliers et tiraient à eux. Ils déchiquetaient ceux qui tombaient.

On en remarqua un qui avait une large faulx luisante, et qui fauchait longtemps les jambes des chevaux. Il était effrayant. Il chantait une chanson nasillarde, il lançait sans relâche et ramenait sa faulx. A chaque coup, il traçait autour de lui un grand cercle de membres coupés. Il avançait ainsi au plus fourré de la cavalerie, avec la lenteur tranquille, le balancement de tête et l'essoufflement régulier d'un moissonneur qui entame un champ de blé. C'était Clopin Trouillefou. Une arquebusade l'abattit.

Cependant les croisées s'étaient rouvertes. Les voisins, entendant les cris de guerre des gens du roi, s'étaient mêlés à l'affaire, et de tous les étages les balles pleuvaient sur les truands. Le Parvis était plein d'une fumée épaisse que la mousqueterie rayait de feu. On y distinguait confusément la façade de Notre-Dame, et l'Hôtel-Dieu décrépit, avec quelques hâves malades qui regardaient du haut de son toit écaillé de lucarnes.

Enfin les truands cédèrent. La lassitude, le défaut de bonnes armes, l'effroi de cette surprise, la mousqueterie des fenêtres, le brave choc des gens du roi, tout les abattit. Ils forcèrent la ligne des assaillants, et se mirent à fuir dans toutes les directions, laissant dans le Parvis un encombrement de morts.

Quand Quasimodo, qui n'avait pas cessé un moment de combattre, vit cette déroute, il tomba à deux genoux, et leva les mains au ciel; puis, ivre de joie, il courut, il monta avec la vitesse d'un oiseau à cette cellule dont il avait si intrépidement défendu les approches. Il n'avait plus qu'une pensée maintenant, c'était de s'agenouiller devant celle qu'il venait de sauver une seconde fois.

Lorsqu'il entra dans la cellule, il la trouva vide.

LIVRE ONZIÈME

I

LE PETIT SOULIER [1]

Au moment où les truands avaient assailli l'église, la Esmeralda dormait.

Bientôt la rumeur toujours croissante autour de l'édifice et le bêlement inquiet de sa chèvre éveillée avant elle l'avaient tirée de ce sommeil. Elle s'était levée sur son séant, elle avait écouté, elle avait regardé, puis, effrayée de la lueur et du bruit, elle s'était jetée hors de la cellule et avait été voir. L'aspect de la place, la vision qui s'y agitait, le désordre de cet assaut nocturne, cette foule hideuse, sautelante comme une nuée de grenouilles, à demi entrevue dans les ténèbres, le coassement de cette rauque multitude, ces quelques torches rouges courant et se croisant sur cette ombre comme les feux de nuit qui rayent la surface brumeuse des marais, toute cette scène lui fit l'effet d'une mystérieuse bataille engagée entre les fantômes du sabbat et les monstres de pierre de l'église. Imbue dès l'enfance des superstitions de la tribu bohémienne, sa première pensée fut qu'elle avait surpris en maléfice les étranges êtres propres à la nuit. Alors elle courut épouvantée se tapir dans sa cellule, demandant à son grabat un moins horrible cauchemar.

Peu à peu les premières fumées de la peur s'étaient pourtant dissipées; au bruit sans cesse grandissant, et à plusieurs autres signes de réalité, elle s'était sentie investie, non de spectres, mais d'êtres humains. Alors sa frayeur, sans s'accroître, s'était transformée. Elle avait songé à la possibilité d'une mutinerie populaire pour l'arracher de son asile. L'idée de reperdre encore une fois la vie, l'espérance, Phœbus, qu'elle entrevoyait toujours dans son avenir, le profond néant de sa faiblesse, toute fuite fermée, aucun appui, son abandon, son isolement, ces pensées et mille autres l'avaient accablée. Elle était tombée à genoux, la tête sur son lit, les mains jointes sur sa tête, pleine d'anxiété et de frémissement, et quoique égyptienne, idolâtre et païenne, elle s'était mise à demander avec sanglots grâce au bon Dieu chrétien et à prier Notre-Dame son hôtesse. Car, ne crût-on à rien, il y a des moments dans la vie où l'on est toujours de la religion du temple qu'on a sous la main.

Elle resta ainsi prosternée fort longtemps, tremblant, à la vérité, plus qu'elle ne priait, glacée au souffle de plus en plus rapproché de cette multitude furieuse, ne comprenant rien à ce déchaînement, ignorant ce qui se tramait, ce qu'on faisait, ce qu'on voulait, mais pressentant une issue terrible.

Voilà qu'au milieu de cette angoisse elle entend marcher près d'elle. Elle se détourne. Deux hommes, dont l'un portait une lanterne, venaient d'entrer dans sa cellule. Elle poussa un faible cri.

— Ne craignez rien, dit une voix qui ne lui était pas inconnue, c'est moi.

— Qui? vous? demanda-t-elle.

— Pierre Gringoire.

Ce nom la rassura. Elle releva les yeux, et reconnut en effet le poète. Mais il y avait auprès de lui une figure noire et voilée de la tête aux pieds qui la frappa de silence.

— Ah! reprit Gringoire d'un ton de reproche, Djali m'avait reconnu avant vous!

La petite chèvre en effet n'avait pas attendu que Gringoire se nommât. A peine était-il entré qu'elle s'était tendrement frottée à ses genoux, couvrant le poète de caresses et de poils blancs, car elle était en mue. Gringoire lui rendait les caresses.

— Qui est là avec vous? dit l'égyptienne à voix basse.

— Soyez tranquille, répondit Gringoire. C'est un de mes amis.

Alors le philosophe, posant sa lanterne à terre, s'accroupit sur la dalle et s'écria avec enthousiasme en serrant Djali dans ses bras : — Oh! c'est une gracieuse bête, sans doute plus considérable pour sa propreté que pour sa grandeur, mais ingénieuse, subtile et lettrée comme un grammairien! Voyons, ma Djali, n'as-tu rien oublié de tes jolis tours? Comment fait maître Jacques Charmolue?...

L'homme noir ne le laissa pas achever. Il s'approcha de Gringoire et le poussa rudement par l'épaule. Gringoire se leva. — C'est vrai, dit-il, j'oubliais que nous sommes pressés. — Ce n'est pourtant point une raison, mon maître, pour forcener les gens de la sorte. — Ma chère belle enfant, votre vie est en danger, et celle de Djali. On veut vous reprendre. Nous sommes vos amis, et nous venons vous sauver. Suivez-nous.

— Est-il vrai? s'écria-t-elle bouleversée.

— Oui, très vrai. Venez vite!

— Je le veux bien, balbutia-t-elle. Mais pourquoi votre ami ne parle-t-il pas?

— Ah! dit Gringoire, c'est que son père et sa mère étaient des gens fantasques qui l'ont fait de tempérament taciturne.

Il fallut qu'elle se contentât de cette explication. Gringoire la prit par la main, son compagnon ramassa la lanterne et marcha devant. La peur étourdissait la jeune fille. Elle se laissa emmener. La chèvre les suivit en sautant, si joyeuse de revoir Gringoire qu'elle le faisait trébucher à tout moment pour lui fourrer ses cornes dans les jambes. — Voilà la vie, disait le philosophe chaque fois qu'il manquait de tomber, ce sont souvent nos meilleurs amis qui nous font choir!

Ils descendirent rapidement l'escalier des tours, traversèrent l'église, pleine de ténèbres et de solitude et toute résonnante de vacarme, ce qui faisait un affreux contraste, et sortirent dans la cour du cloître par la Porte-Rouge. Le cloître était abandonné, les chanoines s'étaient enfuis dans l'évêché pour y prier en commun; la cour était vide, quelques laquais effarouchés s'y blottissaient dans les coins obscurs. Ils se dirigèrent vers la petite porte qui donnait de cette cour sur le Terrain. L'homme noir l'ouvrit avec une clef qu'il avait. Nos lecteurs savent que le Terrain était une langue de terre enclose de murs du côté de la Cité, et appartenant au chapitre de Notre-Dame, qui terminait l'île à l'orient derrière l'église. Ils trouvèrent cet enclos parfaitement désert. Là, il y avait déjà moins de tumulte dans l'air. La rumeur de l'assaut des truands leur arrivait plus brouillée et moins criarde. Le vent frais qui suit le fil de l'eau remuait les feuilles de l'arbre unique planté à la pointe du Terrain avec un bruit déjà appréciable. Cependant ils étaient encore fort près du péril. Les édifices les plus rapprochés d'eux étaient l'évêché et l'église. Il y avait visiblement un grand désordre intérieur dans l'évêché. Sa masse ténébreuse était toute sillonnée de lumières qui y couraient d'une fenêtre à l'autre; comme, lorsqu'on vient de brûler du papier, il reste un sombre édifice de cendre où de vives étincelles font mille courses bizarres. A côté, les énormes tours de Notre-Dame, ainsi vues de derrière avec la longue nef sur laquelle elles se dressent, découpées en noir sur la rouge et vaste lueur qui emplissait le Parvis, ressemblaient aux deux chenets gigantesques d'un feu de cyclopes.

Ce qu'on voyait de Paris de tous côtés oscillait à l'œil dans une ombre mêlée de lumière. Rembrandt a de ces fonds de tableau.

L'homme à la lanterne marcha droit à la

pointe du Terrain. Il y avait là, au bord extrême
de l'eau, le débris vermoulu d'une haie de pieux
maillée de lattes où une basse vigne accrochait
quelques maigres branches étendues comme les
doigts d'une main ouverte. Derrière, dans
l'ombre que faisait ce treillis, une petite barque
était cachée. L'homme fit signe à Gringoire et à
sa compagne d'y entrer. La chèvre les y suivit.
L'homme y descendit le dernier. Puis il coupa
l'amarre du bateau, l'éloigna de terre avec un
long croc, et, saisissant deux rames, s'assit à
l'avant, en ramant de toutes ses forces vers le
large. La Seine est fort rapide en cet endroit, et il
eut assez de peine à quitter la pointe de l'île.

Le premier soin de Gringoire en entrant dans
le bateau fut de mettre la chèvre sur ses genoux.
Il prit place à l'arrière, et la jeune fille, à qui
l'inconnu inspirait une inquiétude indéfinissable,
vint s'asseoir et se serrer contre le poète.

Quand notre philosophe sentit le bateau
s'ébranler, il battit des mains, et baisa Djali
entre les cornes. — Oh! dit-il, nous voilà sauvés
tous quatre. Il ajouta, avec une mine de profond
penseur : — On est obligé, quelquefois à la for-
tune, quelquefois à la ruse, de l'heureuse issue
des grandes entreprises.

Le bateau voguait lentement vers la rive
droite. La jeune fille observait avec une terreur
secrète l'inconnu. Il avait rebouché soigneusement la lumière de sa lanterne sourde. On
l'entrevoyait dans l'obscurité, à l'avant du bateau, comme un spectre. Sa carapoue [1], toujours
baissée, lui faisait une sorte de masque, et à
chaque fois qu'il entrouvrait en ramant ses bras
où pendaient de larges manches noires, on eût dit
deux grandes ailes de chauve-souris. Du reste, il
n'avait pas encore dit une parole, jeté un souffle.
Il ne se faisait dans le bateau d'autre bruit que le
va-et-vient de la rame, mêlé au froissement des
mille plis de l'eau le long de la barque.

— Sur mon âme! s'écria tout à coup Gringoire, nous sommes allègres et joyeux comme des

ascalaphes [1]! Nous observons un silence de
pythagoriciens ou de poissons! Pasque-Dieu!
mes amis, je voudrais bien que quelqu'un me
parlât. — La voix humaine est une musique à
l'oreille humaine. Ce n'est pas moi qui dis cela,
mais Didyme d'Alexandrie, et ce sont d'illustres
paroles. — Certes, Didyme d'Alexandrie n'est pas
un médiocre philosophe. — Une parole, ma belle
enfant! dites-moi, je vous supplie, une parole.
— A propos, vous aviez une drôle de petite singulière moue; la faites-vous toujours? Savez-
vous, ma mie, que le parlement a toute juridiction sur les lieux d'asile, et que vous couriez
grand péril dans votre logette de Notre-Dame?
Hélas! le petit oiseau trochilus [2] fait son nid dans
la gueule du crocodile. — Maître, voici la lune
qui reparaît. — Pourvu qu'on ne nous aperçoive
pas! — Nous faisons une chose louable en sauvant mademoiselle, et cependant on nous pen-
drait de par le roi si l'on nous attrapait. Hélas!
les actions humaines se prennent par deux anses.
On flétrit en moi ce qu'on couronne en toi. Tel
admire César qui blâme Catilina. N'est-ce pas,
mon maître? Que dites-vous de cette philosophie? Moi, je possède la philosophie d'instinct,
de nature, *ut apes geometriam* [3] — Allons! personne ne me répond. Les fâcheuses humeurs que
vous avez là tous deux! Il faut que je parle tout
seul. C'est ce que nous appelons en tragédie un
monologue. — Pasque-Dieu! — Je vous préviens
que je viens de voir le roi Louis onzième et que
j'en ai retenu ce jurement. — Pasque-Dieu donc!
ils font toujours un fier hurlement dans la Cité.
— C'est un vilain méchant vieux roi. Il est tout
embruché dans les fourrures. Il me doit toujours
l'argent de mon épithalame, et c'est tout au plus
s'il ne m'a pas fait pendre ce soir, ce qui m'aurait
fort empêché. — Il est avaricieux pour les
hommes de mérite. Il devrait bien lire les quatre
livres de Salvien de Cologne *Adversus avaritiam* [4].
En vérité! c'est un roi étroit dans ses façons avec
les gens de lettres, et qui fait des cruautés fort

barbares. C'est une éponge à prendre l'argent posée sur le peuple. Son épargne est la ratelle[1] qui s'enfle de la maigreur de tous les autres membres. Aussi les plaintes contre la rigueur du temps deviennent murmures contre le prince. Sous ce doux sire dévot, les fourches craquent de pendus, les billots pourrissent de sang, les prisons crèvent comme des ventres trop pleins. Ce roi a une main qui prend et une main qui pend. C'est le procureur de dame Gabelle et de monseigneur Gibet. Les grands sont dépouillés de leurs dignités, et les petits sans cesse accablés de nouvelles foules[2]. C'est un prince exorbitant. Je n'aime pas ce monarque. Et vous, mon maître?

L'homme noir laissait gloser le bavard poète. Il continuait de lutter contre le courant violent et serré qui sépare la poupe de la Cité de la proue de l'île Notre-Dame[3], que nous nommons aujourd'hui l'île Saint-Louis.

— A propos, maître! reprit Gringoire subitement. Au moment où nous arrivions sur le Parvis à travers ces enragés truands, votre révérence a-t-elle remarqué ce pauvre petit diable auquel votre sourd était en train d'écraser la cervelle sur la rampe de la galerie des rois? J'ai la vue basse et ne l'ai pu reconnaître. Savez-vous qui ce peut être?

L'inconnu ne répondit pas une parole. Mais il cessa brusquement de ramer, ses bras défaillirent comme brisés, sa tête tomba sur sa poitrine, et la Esmeralda l'entendit soupirer convulsivement. Elle tressaillit de son côté. Elle avait déjà entendu de ces soupirs-là.

La barque abandonnée à elle-même dériva quelques instants au gré de l'eau. Mais l'homme noir se redressa enfin, ressaisit les rames, et se remit à remonter le courant. Il doubla la pointe de l'île Notre-Dame, et se dirigea vers le débarcadère du Port-au-Foin.

— Ah! dit Gringoire, voici là-bas le logis Barbeau. — Tenez, maître, regardez, ce groupe de

toits noirs qui font des angles singuliers, là,
au-dessous de ce tas de nuages bas, filandreux,
barbouillés et sales, où la lune est tout écrasée
et répandue comme un jaune d'œuf dont la
coquille est cassée. — C'est un beau logis. Il y a
une chapelle couronnée d'une petite voûte pleine
d'enrichissements bien coupés. Au-dessus vous
pouvez voir le clocher très délicatement percé.
Il y a aussi un jardin plaisant, qui consiste en un
étang, une volière, un écho, un mail, un labyrinthe, une maison pour les bêtes farouches, et
quantité d'allées touffues fort agréables à Vénus.
Il y a encore un coquin d'arbre qu'on appelle *le
luxurieux,* pour avoir servi aux plaisirs d'une
princesse fameuse et d'un connétable de France
galant et bel esprit. — Hélas! nous autres pauvres philosophes nous sommes à un connétable
ce qu'un carré de choux et de radis est au jardin
du Louvre. Qu'importe après tout? La vie humaine
pour les grands comme pour nous est mêlée de
bien et de mal. La douleur est toujours à côté
de la joie, le spondée auprès du dactyle. — Mon
maître, il faut que je vous conte cette histoire du
logis Barbeau. Cela finit d'une façon tragique.
C'était en 1319, sous le règne de Philippe V, le
plus long des rois de France. La moralité de
l'histoire est que les tentations de la chair sont
pernicieuses et malignes. N'appuyons pas trop le
regard sur la femme du voisin, si chatouilleux
que nos sens soient à sa beauté. La fornication
est une pensée fort libertine. L'adultère est une
curiosité de la volupté d'autrui... — Ohé! voilà
que le bruit redouble là-bas!

Le tumulte en effet croissait autour de Notre-
Dame. Ils écoutèrent. On entendait assez clairement des cris de victoire. Tout à coup, cent
flambeaux qui faisaient étinceler des casques
d'hommes d'armes se répandirent sur l'église à
toutes les hauteurs, sur les tours, sur les galeries,
sous les arcs-boutants. Ces flambeaux semblaient
chercher quelque chose; et bientôt ces clameurs
éloignées arrivèrent distinctement jusqu'aux fu-

gitifs : — L'égyptienne! la sorcière! à mort
l'égyptienne!

La malheureuse laissa tomber sa tête sur ses
mains, et l'inconnu se mit à ramer avec furie
vers le bord. Cependant notre philosophe réflé-
chissait. Il pressait la chèvre dans ses bras, et
s'éloignait tout doucement de la bohémienne, qui
se serrait de plus en plus contre lui, comme au
seul asile qui lui restât.

Il est certain que Gringoire était dans une
cruelle perplexité. Il songeait que la chèvre aussi,
d'après la législation existante, serait pendue si
elle était reprise, que ce serait grand dommage,
la pauvre Djali! qu'il avait trop de deux condamnées ainsi accrochées après lui, qu'enfin son
compagnon ne demandait pas mieux que de se
charger de l'égyptienne. Il se livrait entre ses
pensées un violent combat, dans lequel, comme
le Jupiter de l'Iliade, il pesait tour à tour l'égyptienne et la chèvre; et il les regardait l'une après
l'autre, avec des yeux humides de larmes, en
disant entre ses dents : — Je ne puis pas pourtant vous sauver toutes deux.

Une secousse les avertit enfin que le bateau
abordait. Le brouhaha sinistre remplissait toujours la Cité. L'inconnu se leva, vint à l'égyptienne, et voulut lui prendre le bras pour l'aider
à descendre. Elle le repoussa, et se pendit à la
manche de Gringoire, qui, de son côté, occupé
de la chèvre, la repoussa presque. Alors elle
sauta seule à bas du bateau. Elle était si troublée
qu'elle ne savait ce qu'elle faisait, où elle allait.
Elle demeura ainsi un moment stupéfaite, regardant couler l'eau. Quand elle revint un peu à elle,
elle était seule sur le port avec l'inconnu. Il
paraît que Gringoire avait profité de l'instant
du débarquement pour s'esquiver avec la chèvre
dans le pâté de maisons de la rue Grenier-sur-
l'eau.

La pauvre égyptienne frissonna de se voir
seule avec cet homme. Elle voulut parler, crier,
appeler Gringoire, sa langue était inerte dans

sa bouche, et aucun son ne sortit de ses lèvres. Tout à coup elle sentit la main de l'inconnu sur la sienne. C'était une main froide et forte. Ses dents claquèrent, elle devint plus pâle que le rayon de lune qui l'éclairait. L'homme ne dit pas une parole. Il se mit à remonter à grands pas vers la place de Grève, en la tenant par la main. En cet instant, elle sentit vaguement que la destinée est une force irrésistible. Elle n'avait plus de ressort, elle se laissa entraîner, courant tandis qu'il marchait. Le quai en cet endroit allait en montant. Il lui semblait cependant qu'elle descendait une pente.

Elle regarda de tous côtés. Pas un passant. Le quai était absolument désert. Elle n'entendait de bruit, elle ne sentait remuer des hommes que dans la Cité tumultueuse et rougeoyante, dont elle n'était séparée que par un bras de Seine, et d'où son nom lui arrivait mêlé à des cris de mort. Le reste de Paris était répandu autour d'elle par grands blocs d'ombre.

Cependant l'inconnu l'entraînait toujours avec le même silence et la même rapidité. Elle ne retrouvait dans sa mémoire aucun des lieux où elle marchait. En passant devant une fenêtre éclairée, elle fit un effort, se raidit brusquement, et cria : — Au secours !

Le bourgeois à qui était la fenêtre l'ouvrit, y parut en chemise avec sa lampe, regarda sur le quai avec un air hébété, prononça quelques paroles qu'elle n'entendit pas, et referma son volet. C'était la dernière lueur d'espoir qui s'éteignait.

L'homme noir ne proféra pas une syllabe, il la tenait bien, et se remit à marcher plus vite. Elle ne résista plus, et le suivit, brisée.

De temps en temps elle recueillait un peu de force, et disait d'une voix entrecoupée par les cahots du pavé et l'essoufflement de la course : — Qui êtes-vous? qui êtes-vous? — Il ne répondait point.

Ils arrivèrent ainsi, toujours le long du quai, à une place assez grande. Il y avait un peu de lune.

C'était la Grève. On distinguait au milieu une espèce de croix noire debout. C'était le gibet. Elle reconnut tout cela, et vit où elle était.

L'homme s'arrêta, se tourna vers elle, et leva sa carapoue. — Oh! bégaya-t-elle pétrifiée, je savais bien que c'était encore lui!

C'était le prêtre. Il avait l'air de son fantôme. C'est un effet du clair de lune. Il semble qu'à cette lumière on ne voie que les spectres des choses.

— Ecoute, lui dit-il, et elle frémit au son de cette voix funeste qu'elle n'avait pas entendue depuis longtemps. Il continua. Il articulait avec ces saccades brèves et haletantes qui révèlent par leurs secousses de profonds tremblements intérieurs. — Ecoute. Nous sommes ici. Je vais te parler. Ceci est la Grève. C'est ici un point extrême. La destinée nous livre l'un à l'autre. Je vais décider de ta vie; toi, de mon âme. Voici une place et une nuit au delà desquelles on ne voit rien. Ecoute-moi donc. Je vais te dire... D'abord ne me parle pas de ton Phœbus. (En disant cela, il allait et venait comme un homme qui ne peut rester en place, et la tirait après lui.) Ne m'en parle pas. Vois-tu? si tu prononces ce nom, je ne sais pas ce que je ferai, mais ce sera terrible.

Cela dit, comme un corps qui retrouve son centre de gravité, il redevint immobile. Mais ses paroles ne décelaient pas moins d'agitation. Sa voix était de plus en plus basse.

— Ne détourne point la tête ainsi. Ecoute-moi. C'est une affaire sérieuse. D'abord, voici ce qui s'est passé. — On ne rira pas de tout ceci, je te jure. — Qu'est-ce donc que je disais? rappelle-le-moi! ah! — Il y a un arrêt du parlement qui te rend à l'échafaud. Je viens de te tirer de leurs mains. Mais les voilà qui te poursuivent. Regarde.

Il étendit le bras vers la Cité. Les perquisitions en effet paraissaient y continuer. Les rumeurs se rapprochaient. La tour de la maison du Lieu-

tenant, située vis-à-vis la Grève, était pleine de
bruit et de clartés, et l'on voyait des soldats courir sur le quai opposé, avec des torches et ces
cris : — L'égyptienne! où est l'égyptienne?
Mort! mort!

— Tu vois bien qu'ils te poursuivent, et que je
ne te mens pas. Moi, je t'aime. — N'ouvre pas la
bouche, ne me parle plutôt pas, si c'est pour me
dire que tu me hais. Je suis décidé à ne plus
entendre cela. — Je viens de te sauver. — Laisse-
moi d'abord achever. — Je puis te sauver tout
à fait. J'ai tout préparé. C'est à toi de vouloir.
Comme tu voudras, je pourrai.

Il s'interrompit violemment. — Non, ce n'est
pas cela qu'il faut dire.

Et courant, et la faisant courir, car il ne la
lâchait pas, il marcha droit au gibet, et le lui
montrant du doigt : — Choisis entre nous deux,
dit-il froidement.

Elle s'arracha de ses mains et tomba au pied
du gibet en embrassant cet appui funèbre. Puis
elle tourna sa belle tête à demi, et regarda le
prêtre par-dessus son épaule. On eût dit une
sainte Vierge au pied de la croix. Le prêtre était
demeuré sans mouvement, le doigt toujours levé
vers le gibet, conservant son geste, comme une
statue.

Enfin l'égyptienne lui dit : — Il me fait encore
moins horreur que vous.

Alors il laissa retomber lentement son bras,
et regarda le pavé avec un profond accablement.
— Si ces pierres pouvaient parler, murmura-t-il,
oui, elles diraient que voilà un homme bien malheureux.

Il reprit. La jeune fille agenouillée devant le
gibet et noyée dans sa longue chevelure le laissait parler sans l'interrompre. Il avait maintenant un accent plaintif et doux qui contrastait
douloureusement avec l'âpreté hautaine de ses
traits.

— Moi, je vous aime. Oh! cela est pourtant
bien vrai. Il ne sort donc rien au-dehors de ce

feu qui me brûle le cœur! Hélas! jeune fille, nuit et jour, oui, nuit et jour, cela ne mérite-t-il aucune pitié? C'est un amour de la nuit et du jour, vous dis-je, c'est une torture. — Oh! je souffre trop, ma pauvre enfant! — C'est une chose digne de compassion, je vous assure. Vous voyez que je vous parle doucement. Je voudrais bien que vous n'eussiez plus cette horreur de moi. — Enfin, un homme qui aime une femme, ce n'est pas sa faute! — Oh! mon Dieu! — Comment! vous ne me pardonnerez donc jamais? Vous me haïrez toujours! C'est donc fini! C'est là ce qui me rend mauvais, voyez-vous, et horrible à moi-même! — Vous ne me regardez seulement pas! Vous pensez à autre chose peut-être tandis que je vous parle debout et frémissant sur la limite de notre éternité à tous deux! — Surtout ne me parlez pas de l'officier! — Quoi! je me jetterais à vos genoux, quoi! je baiserais, non vos pieds, vous ne voudriez pas, mais la terre qui est sous vos pieds, quoi! je sangloterais comme un enfant, j'arracherais de ma poitrine, non des paroles, mais mon cœur et mes entrailles, pour vous dire que je vous aime, tout serait inutile, tout! — Et cependant vous n'avez rien dans l'âme que de tendre et de clément, vous êtes rayonnante de la plus belle douceur, vous êtes tout entière suave, bonne, miséricordieuse et charmante. Hélas! vous n'avez de méchanceté que pour moi seul! Oh! quelle fatalité!

Il cacha son visage dans ses mains. La jeune fille l'entendit pleurer. C'était la première fois. Ainsi debout et secoué par les sanglots, il était plus misérable et plus suppliant qu'à genoux. Il pleura ainsi un certain temps.

— Allons! poursuivit-il ces premières larmes passées, je ne trouve pas de paroles. J'avais pourtant bien songé à ce que je vous dirais. Maintenant je tremble et je frissonne, je défaille à l'instant décisif, je sens quelque chose de suprême qui nous enveloppe, et je balbutie. Oh! je

vais tomber sur le pavé si vous ne prenez pas
pitié de moi, pitié de vous. Ne nous condamnez
pas tous deux. Si vous saviez combien je vous
aime! quel cœur c'est que mon cœur! Oh! quelle
désertion de toute vertu! quel abandon désespéré de moi-même! Docteur, je bafoue la science;
gentilhomme, je déchire mon nom; prêtre, je
fais du missel un oreiller de luxure, je crache
au visage de mon Dieu! tout cela pour toi, enchanteresse! pour être plus digne de ton enfer!
et tu ne veux pas du damné! Oh! que je te dise
tout! plus encore, quelque chose de plus horrible, oh! plus horrible!...

En prononçant ces dernières paroles, son air
devint tout à fait égaré. Il se tut un instant, et
reprit comme se parlant à lui-même, et d'une
voix forte : — Caïn, qu'as-tu fait de ton frère?

Il y eut encore un silence, et il poursuivit :
— Ce que j'en ai fait, Seigneur? Je l'ai recueilli,
je l'ai élevé, je l'ai nourri, je l'ai aimé, je l'ai
idolâtré, et je l'ai tué. Oui, Seigneur, voici qu'on
vient de lui écraser la tête devant moi sur la
pierre de votre maison, et c'est à cause de moi,
à cause de cette femme, à cause d'elle...

Son œil était hagard. Sa voix allait s'éteignant,
il répéta encore plusieurs fois, machinalement,
avec d'assez longs intervalles, comme une cloche
qui prolonge sa dernière vibration : — A cause
d'elle... — A cause d'elle... Puis sa langue n'arti-
cula plus aucun son perceptible, ses lèvres remuaient toujours cependant. Tout à coup il s'affaissa sur lui-même comme quelque chose qui
s'écroule, et demeura à terre sans mouvement,
la tête dans les genoux.

Un frôlement de la jeune fille qui retirait son
pied de dessous lui le fit revenir. Il passa lentement sa main sur ses joues creuses, et regarda
quelques instants avec stupeur ses doigts qui
étaient mouillés. — Quoi! murmura-t-il, j'ai
pleuré!

Et se tournant subitement vers l'égyptienne
avec une angoisse inexprimable :

— Hélas! vous m'avez regardé froidement pleurer! Enfant; sais-tu que ces larmes sont des laves? Est-il donc bien vrai? de l'homme qu'on hait rien ne touche. Tu me verrais mourir, tu rirais. Oh! moi je ne veux pas te voir mourir! Un mot! un seul mot de pardon! Ne me dis pas que tu m'aimes, dis-moi seulement que tu veux bien, cela suffira, je te sauverai. Sinon... Oh! l'heure passe, je t'en supplie par tout ce qui est sacré, n'attends pas que je sois redevenu de pierre comme ce gibet qui te réclame aussi! Songe que je tiens nos deux destinées dans ma main, que je suis insensé, cela est terrible, que je puis laisser tout choir, et qu'il y a au-dessous de nous un abîme sans fond, malheureuse, où ma chute poursuivra la tienne durant l'éternité! Un mot de bonté! dis un mot! rien qu'un mot!

Elle ouvrit la bouche pour lui répondre. Il se précipita à genoux devant elle pour recueillir avec adoration la parole, peut-être attendrie, qui allait sortir de ses lèvres. Elle lui dit : — Vous êtes un assassin!

Le prêtre la prit dans ses bras avec fureur et se mit à rire d'un rire abominable. — Eh bien, oui! assassin! dit-il, et je t'aurai. Tu ne veux pas de moi pour esclave, tu m'auras pour maître. Je t'aurai. J'ai un repaire où je te traînerai. Tu me suivras, il faudra bien que tu me suives, ou je te livre! Il faut mourir, la belle, ou être à moi! être au prêtre! être à l'apostat! être à l'assassin! dès cette nuit, entends-tu cela? Allons! de la joie! allons! baise-moi, folle! La tombe ou mon lit!

Son œil pétillait d'impureté et de rage. Sa bouche lascive rougissait le cou de la jeune fille. Elle se débattait dans ses bras. Il la couvrait de baisers écumants.

— Ne me mords pas, monstre, cria-t-elle. Oh! l'odieux moine infect! laisse-moi! Je vais t'arracher tes vilains cheveux gris et te les jeter à poignées par la face!

Il rougit, il pâlit, puis il la lâcha et la regarda

d'un air sombre. Elle se crut victorieuse, et poursuivit : — Je te dis que je suis à mon Phœbus,
que c'est Phœbus que j'aime, que c'est Phœbus
qui est beau! Toi, prêtre, tu es vieux! tu es laid!
Va-t'en!

Il poussa un cri violent, comme le misérable
auquel on applique un fer rouge. — Meurs donc!
dit-il à travers un grincement de dents. Elle vit
son affreux regard, et voulut fuir. Il la reprit,
il la secoua, il la jeta à terre, et marcha à pas
rapides vers l'angle de la Tour-Roland en la
traînant après lui sur le pavé par ses belles
mains.

Arrivé là, il se tourna vers elle : — Une dernière fois, veux-tu être à moi?

Elle répondit avec force : — Non.

Alors il s'écria d'une voix haute : — Gudule!
Gudule! voici l'égyptienne! venge-toi!

La jeune fille se sentit saisir brusquement au
coude. Elle regarda. C'était un bras décharné
qui sortait d'une lucarne dans le mur et qui la
tenait comme une main de fer.

— Tiens bien! dit le prêtre. C'est l'égyptienne
échappée. Ne la lâche pas. Je vais chercher les
sergents. Tu la verras pendre.

Un rire guttural répondit de l'intérieur du mur
à ces sanglantes paroles. — Hah! hah! hah! —
L'égyptienne vit le prêtre s'éloigner en courant
dans la direction du Pont Notre-Dame. On entendait une cavalcade de ce côté.

La jeune fille avait reconnu la méchante recluse. Haletante de terreur, elle essaya de se
dégager. Elle se tordit, elle fit plusieurs soubresauts d'agonie et de désespoir, mais l'autre la
tenait avec une force inouïe. Les doigts osseux
et maigres qui la meurtrissaient se crispaient
sur sa chair et se rejoignaient à l'entour. On eût
dit que cette main était rivée à son bras. C'était
plus qu'une chaîne, plus qu'un carcan, plus
qu'un anneau de fer, c'était une tenaille intelligente et vivante qui sortait d'un mur.

Epuisée, elle retomba contre la muraille, et

alors la crainte de la mort s'empara d'elle. Elle
songea à la beauté de la vie, à la jeunesse, à la
vue du ciel, aux aspects de la nature, à l'amour,
à Phœbus, à tout ce qui s'enfuyait et à tout ce
qui s'approchait, au prêtre qui la dénonçait, au
bourreau qui allait venir, au gibet qui était là.
Alors elle sentit l'épouvante lui monter jusque
dans les racines des cheveux, et elle entendit le
rire lugubre de la recluse qui lui disait tout
bas : — Hah! hah! hah! tu vas être pendue!

Elle se tourna mourante vers la lucarne, et
elle vit la figure fauve de la sachette à travers
les barreaux. — Que vous ai-je fait? dit-elle presque inanimée.

La recluse ne répondit pas, elle se mit à mar-
motter avec une intonation chantante, irritée et
railleuse : — Fille d'Egypte! fille d'Egypte! fille
d'Egypte!

La malheureuse Esmeralda laissa retomber sa
tête sous ses cheveux, comprenant qu'elle n'avait
pas affaire à un être humain.

Tout à coup la recluse s'écria, comme si la
question de l'égyptienne avait mis tout ce temps
pour arriver jusqu'à sa pensée : — Ce que tu
m'as fait? dis-tu! — Ah! ce que tu m'as fait,
égyptienne! Eh bien! écoute. — J'avais un enfant, moi! vois-tu? j'avais un enfant! un enfant,
te dis-je! — Une jolie petite fille! — Mon Agnès,
reprit-elle égarée et baisant quelque chose dans
les ténèbres. — Eh bien! vois-tu, fille d'Egypte?
on m'a pris mon enfant, on m'a volé mon enfant,
on m'a mangé mon enfant. Voilà ce que tu m'as
fait.

La jeune fille répondit comme l'agneau! —
Hélas! je n'étais peut-être pas née alors!

— Oh! si! repartit la recluse, tu devais être
née. Tu en étais. Elle serait de ton âge! Ainsi!
— Voilà quinze ans que je suis ici, quinze ans
que je souffre, quinze ans que je prie, quinze ans
que je me cogne la tête aux quatre murs. — Je
te dis que ce sont des égyptiennes qui me l'ont
volée, entends-tu cela? et qui l'ont mangée avec

leurs dents. — As-tu un cœur? figure-toi ce que
c'est qu'un enfant qui joue, un enfant qui tête,
un enfant qui dort. C'est si innocent! — Eh bien!
cela, c'est cela qu'on m'a pris, qu'on m'a tué!
Le bon Dieu le sait bien! — Aujourd'hui, c'est
mon tour, je vais manger de l'égyptienne. — Oh!
que je te mordrais bien si les barreaux ne m'empêchaient. J'ai la tête trop grosse! — La pauvre
petite! pendant qu'elle dormait! Et si elles l'ont
réveillée en la prenant, elle aura eu beau crier,
je n'étais pas là! — Ah! les mères égyptiennes,
vous avez mangé mon enfant! Venez voir la
vôtre.

Alors elle se mit à rire ou à grincer des dents,
les deux choses se ressemblaient sur cette figure
furieuse. Le jour commençait à poindre. Un reflet de cendre éclairait vaguement cette scène,
et le gibet devenait de plus en plus distinct dans
la place. De l'autre côté, vers le Pont Notre-
Dame, la pauvre condamnée croyait entendre se
rapprocher le bruit de cavalerie.

— Madame! cria-t-elle joignant les mains et
tombée sur ses deux genoux, échevelée, éperdue,
folle d'effroi, madame! ayez pitié. Ils viennent.
Je ne vous ai rien fait. Voulez-vous me voir
mourir de cette horrible façon sous vos yeux?
Vous avez de la pitié, j'en suis sûre. C'est trop
affreux. Laissez-moi me sauver. Lâchez-moi!
Grâce! Je ne veux pas mourir comme cela!

— Rends-moi mon enfant! dit la recluse.

— Grâce! grâce!

— Rends-moi mon enfant!

— Lâchez-moi, au nom du ciel!

— Rends-moi mon enfant!

Cette fois encore, la jeune fille retomba, épuisée, rompue, ayant déjà le regard vitré de quelqu'un qui est dans la fosse. — Hélas! bégaya-
t-elle, vous cherchez votre enfant. Moi, je cherche mes parents.

— Rends-moi ma petite Agnès! poursuivit Gudule. — Tu ne sais pas où elle est? Alors, meurs!
— Je vais te dire. J'étais une fille de joie, j'avais

un enfant, on m'a pris mon enfant. — Ce sont
les égyptiennes. Tu vois bien qu'il faut que tu
meures. Quand ta mère l'égyptienne viendra te
réclamer, je lui dirai : La mère, regarde à ce
gibet! — Ou bien rends-moi mon enfant. —
Sais-tu où elle est, ma petite fille? Tiens, que je
te montre. Voilà son soulier, tout ce qui m'en
reste. Sais-tu où est le pareil? Si tu le sais, dis-le-
moi, et si ce n'est qu'à l'autre bout de la terre,
j'irai chercher en marchant sur les genoux.

En parlant ainsi, de son autre bras tendu hors
de la lucarne elle montrait à l'égyptienne le
petit soulier brodé. Il faisait déjà assez jour pour
en distinguer la forme et les couleurs.

— Montrez-moi ce soulier, dit l'égyptienne en
tressaillant. Dieu! Dieu! Et en même temps,
de la main qu'elle avait libre, elle ouvrait vivement le petit sachet orné de verroterie verte
qu'elle portait au cou.

— Va! va! grommelait Gudule, fouille ton
amulette du démon! Tout à coup elle s'interrompit, trembla de tout son corps, et cria avec
une voix qui venait du plus profond des entrailles : — Ma fille!

L'égyptienne venait de tirer du sachet un petit
soulier absolument pareil à l'autre. A ce petit
soulier était attaché un parchemin sur lequel ce
carme était écrit :

> Quand le pareil retrouveras,
> Ta mère te tendra les bras.

En moins de temps qu'il n'en faut à l'éclair, la
recluse avait confronté les deux souliers, lu l'inscription du parchemin, et collé aux barreaux de
la lucarne son visage rayonnant d'une joie céleste en criant : — Ma fille! ma fille!

— Ma mère! répondit l'égyptienne.

Ici nous renonçons à peindre.

Le mur et les barreaux de fer étaient entre
elles deux. — Oh! le mur! cria la recluse! Oh!
la voir et ne pas l'embrasser! Ta main! ta main!

La jeune fille lui passa son bras à travers la lucarne, la recluse se jeta sur cette main, y attacha ses lèvres, et y demeura, abîmée dans ce baiser, ne donnant plus d'autre signe de vie qu'un sanglot qui soulevait ses hanches de temps en temps. Cependant elle pleurait à torrents, en silence, dans l'ombre, comme une pluie de nuit. La pauvre mère vidait par flots sur cette main adorée le noir et profond puits de larmes qui était au-dedans d'elle, et où toute sa douleur avait filtré goutte à goutte depuis quinze années.

Tout à coup, elle se releva, écarta ses longs cheveux gris de dessus son front, et, sans dire une parole, se mit à ébranler de ses deux mains les barreaux de sa loge plus furieusement qu'une lionne. Les barreaux tinrent bon. Alors elle alla chercher dans un coin de sa cellule un gros pavé qui lui servait d'oreiller, et le lança contre eux avec tant de violence qu'un des barreaux se brisa en jetant mille étincelles. Un second coup effondra tout à fait la vieille croix de fer qui barricadait la lucarne. Alors avec ses deux mains elle acheva de rompre et d'écarter les tronçons rouillés des barreaux. Il y a des moments où les mains d'une femme ont une force surhumaine.

Le passage frayé, et il fallut moins d'une minute pour cela, elle saisit sa fille par le milieu du corps et la tira dans sa cellule. — Viens que je te repêche de l'abîme! murmurait-elle.

Quand sa fille fut dans la cellule, elle la posa doucement à terre, puis la reprit, et la portant dans ses bras comme si ce n'était toujours que sa petite Agnès, elle allait et venait dans l'étroite loge, ivre, forcenée, joyeuse, criant, chantant, baisant sa fille, lui parlant, éclatant de rire, fondant en larmes, le tout à la fois et avec emportement.

— Ma fille! ma fille! disait-elle. J'ai ma fille! la voilà. Le bon Dieu me l'a rendue. Eh vous! venez tous! Y a-t-il quelqu'un là pour voir que j'ai ma fille? Seigneur Jésus, qu'elle est belle! Vous me l'avez fait attendre quinze ans, mon bon Dieu, mais c'était pour me la rendre belle. — Les égyptiennes ne l'avaient donc pas mangée! Qui avait dit cela? Ma petite fille! ma petite fille! baise-moi. Ces bonnes égyptiennes! J'aime les égyptiennes. — C'est bien toi. C'est donc cela que le cœur me sautait chaque fois que tu passais. Moi qui prenais cela pour de la haine! Pardonne-moi, mon Agnès, pardonne-moi. Tu m'as trouvée bien méchante, n'est-ce pas? Je t'aime. — Ton petit signe au cou, l'as-tu toujours? voyons. Elle l'a toujours. Oh! tu es belle! C'est moi qui vous ai fait ces grands yeux-là, mademoiselle. Baise-moi. Je t'aime. Cela m'est bien égal que les autres mères aient des enfants, je me moque bien d'elles à présent. Elles n'ont qu'à venir. Voici la mienne. Voilà son cou, ses yeux, ses cheveux, sa main. Trouvez-moi quelque chose de beau comme cela! Oh! je vous en réponds qu'elle aura des amoureux, celle-là! J'ai pleuré quinze ans. Toute ma beauté s'en est allée, et lui est venue. Baise-moi!

Elle lui tenait mille autres discours extravagants dont l'accent faisait toute la beauté, dérangeait les vêtements de la pauvre fille jusqu'à la faire rougir, lui lissait sa chevelure de soie avec la main, lui baisait le pied, le genou, le front, les yeux, s'extasiait de tout. La jeune fille se laissait faire, en répétant par intervalles très bas et avec une douceur infinie : — Ma mère!

— Vois-tu, ma petite fille, reprenait la recluse en entrecoupant tous ses mots de baisers, vois-tu, je t'aimerai bien. Nous nous en irons d'ici. Nous allons être bien heureuses. J'ai hérité quelque chose à Reims, dans notre pays. Tu sais, Reims? Ah! non, tu ne sais pas cela, toi, tu étais trop petite! Si tu savais comme tu étais jolie, à quatre mois! Des petits pieds qu'on venait voir par curiosité d'Epernay qui est à sept lieues! Nous aurons un champ, une maison. Je te coucherai dans mon lit. Mon Dieu! mon Dieu! qui est-ce qui croirait cela? j'ai ma fille!

— O ma mère! dit la jeune fille trouvant

enfin la force de parler dans son émotion, l'égyptienne me l'avait bien dit. Il y a une bonne égyptienne des nôtres qui est morte l'an passé, et qui avait toujours eu soin de moi comme une nourrice. C'est elle qui m'avait mis ce sachet au cou. Elle me disait toujours : — Petite, garde bien ce bijou. C'est un trésor. Il te fera retrouver ta mère. Tu portes ta mère à ton cou. — Elle l'avait prédit, l'égyptienne !

La sachette serra de nouveau sa fille dans ses bras. — Viens, que je te baise ! tu dis cela gentiment. Quand nous serons au pays, nous chausserons un Enfant-Jésus d'église avec les petits souliers. Nous devons bien cela à la bonne Sainte Vierge. Mon Dieu ! que tu as une jolie voix ! Quand tu me parlais tout à l'heure, c'était une musique ! Ah ! mon Dieu Seigneur ! J'ai retrouvé mon enfant ! Mais est-ce croyable, cette histoire-là ? On ne meurt de rien, car je ne suis pas morte de joie.

Et puis, elle se remit à battre des mains et à rire et à crier : — Nous allons être heureuses !

En ce moment la logette retentit d'un cliquetis d'armes et d'un galop de chevaux qui semblait déboucher du Pont Notre-Dame et s'avancer de plus en plus sur le quai. L'égyptienne se jeta avec angoisse dans les bras de la sachette.

— Sauvez-moi ! sauvez-moi ! ma mère ! les voilà qui viennent !

La recluse devint pâle.

— O ciel ! que dis-tu là ? J'avais oublié ! on te poursuit ! Qu'as-tu donc fait ?

— Je ne sais pas, répondit la malheureuse enfant, mais je suis condamnée à mourir.

— Mourir ! dit Gudule chancelant comme sous un coup de foudre. Mourir ! reprit-elle lentement et regardant sa fille avec son œil fixe.

— Oui, ma mère, reprit la jeune fille éperdue, ils veulent me tuer. Voilà qu'on vient me prendre. Cette potence est pour moi ! Sauvez-moi ! sauvez-moi ! Ils arrivent ! sauvez-moi !

La recluse resta quelques instants immobile

comme une pétrification, puis elle remua la tête en signe de doute, et tout à coup partant d'un éclat de rire, mais de son rire effrayant qui lui était revenu : — Ho! ho! non! c'est un rêve que tu me dis là. Ah! oui! je l'aurais perdue, cela aurait duré quinze ans, et puis je la retrouverais, et cela durerait une minute! Et on me la reprendrait! et c'est maintenant qu'elle est belle, qu'elle est grande, qu'elle me parle, qu'elle m'aime, c'est maintenant qu'ils viendraient me la manger, sous mes yeux à moi qui suis la mère! Oh non! ces choses-là ne sont pas possibles. Le bon Dieu n'en permet pas comme cela.

Ici la cavalcade parut s'arrêter, et l'on entendit une voix éloignée qui disait : — Par ici, messire Tristan! Le prêtre dit que nous la trouverons au Trou aux rats. — Le bruit de chevaux recommença.

La recluse se dressa debout avec un cri désespéré. — Sauve-toi! sauve-toi! mon enfant! Tout me revient. Tu as raison. C'est ta mort! Horreur! malédiction! Sauve-toi!

Elle mit la tête à la lucarne, et la retira vite.

— Reste, dit-elle d'une voix basse, brève et lugubre, en serrant convulsivement la main de l'égyptienne plus morte que vive. Reste! ne souffle pas! il y a des soldats partout. Tu ne peux sortir. Il fait trop de jour.

Ses yeux étaient secs et brûlants. Elle resta un moment sans parler. Seulement elle marchait à grands pas dans la cellule et s'arrêtait par intervalles pour s'arracher des poignées de cheveux gris qu'elle déchirait ensuite avec ses dents.

Tout à coup elle dit : — Ils approchent. Je vais leur parler. Cache-toi dans ce coin. Ils ne te verront pas. Je leur dirai que tu t'es échappée, que je t'ai lâchée, ma foi!

Elle posa sa fille, car elle la portait toujours, dans un angle de la cellule qu'on ne voyait pas du dehors. Elle l'accroupit, l'arrangea soigneusement de manière que ni son pied ni sa main ne dépassassent l'ombre, lui dénoua ses cheveux noirs qu'elle répandit sur sa robe blanche pour la masquer, mit devant elle sa cruche et son pavé, les seuls meubles qu'elle eût, s'imaginant que cette cruche et ce pavé la cacheraient. Et quand ce fut fini, plus tranquille, elle se mit à genoux, et pria. Le jour, qui ne faisait que de poindre, laissait encore beaucoup de ténèbres dans le Trou aux Rats.

En cet instant, la voix du prêtre, cette voix infernale, passa très près de la cellule en criant :
— Par ici, capitaine Phœbus de Châteaupers!

A ce nom, à cette voix, la Esmeralda, tapie dans son coin, fit un mouvement. — Ne bouge pas! dit Gudule.

Elle achevait à peine qu'un tumulte d'hommes, d'épées et de chevaux s'arrêta autour de la cellule. La mère se leva bien vite et s'alla poster devant sa lucarne pour la boucher. Elle vit une grande troupe d'hommes armés, de pied et de cheval, rangée sur la Grève. Celui qui les commandait mit pied à terre et vint vers elle. — La vieille, dit cet homme, qui avait une figure atroce, nous cherchons une sorcière pour la pendre : on nous a dit que tu l'avais.

La pauvre mère prit l'air le plus indifférent qu'elle put, et répondit : — Je ne sais pas trop ce que vous voulez dire.

L'autre reprit : — Tête-Dieu! que chantait donc cet effaré d'archidiacre? Où est-il?

— Monseigneur, dit un soldat, il a disparu.

— Or çà, la vieille folle, repartit le commandant, ne me mens pas. On t'a donné une sorcière à garder. Qu'en as-tu fait?

La recluse ne voulut pas tout nier, de peur d'éveiller des soupçons et répondit d'un accent sincère et bourru : — Si vous parlez d'une grande jeune fille qu'on m'a accrochée aux mains tout à l'heure, je vous dirai qu'elle m'a mordue et que je l'ai lâchée. Voilà. Laissez-moi en repos.

Le commandant fit une grimace désappointée.

— Ne va pas me mentir, vieux spectre, reprit-il. Je m'appelle Tristan l'Hermite, et je suis le compère du roi. Tristan l'Hermite, entends-tu? Il ajouta, en regardant la place de Grève autour de lui : — C'est un nom qui a de l'écho ici.

— Vous seriez Satan l'Hermite, répliqua Gudule qui reprenait espoir, que je n'aurais pas autre chose à vous dire et que je n'aurais pas peur de vous.

— Tête-Dieu! dit Tristan, voilà une commère! Ah! la fille sorcière s'est sauvée! et par où a-t-elle pris?

Gudule répondit d'un ton insouciant :

— Par la rue du Mouton, je crois.

Tristan tourna la tête, et fit signe à sa troupe de se préparer à se remettre en marche. La recluse respira.

— Monseigneur, dit tout à coup un archer, demandez donc à la vieille fée pourquoi les barreaux de sa lucarne sont défaits de la sorte.

Cette question fit rentrer l'angoisse au cœur de la misérable mère. Elle ne perdit pourtant pas toute présence d'esprit. — Ils ont toujours été ainsi, bégaya-t-elle.

— Bah! repartit l'archer, hier encore ils faisaient une belle croix noire qui donnait de la dévotion.

Tristan jeta un regard oblique à la recluse.

— Je crois que la commère se trouble!

L'infortunée sentit que tout dépendait de sa bonne contenance, et la mort dans l'âme elle se mit à ricaner. Les mères ont de ces forces-là.

— Bah! dit-elle, cet homme est ivre. Il y a plus d'un an que le cul d'une charrette de pierres a donné dans ma lucarne et en a défoncé la grille. Que même j'ai injurié le charretier!

— C'est vrai, dit un autre archer, j'y étais.

Il se trouve toujours partout des gens qui ont tout vu. Ce témoignage inespéré de l'archer ranima la recluse, à qui cet interrogatoire faisait traverser un abîme sur le tranchant d'un couteau.

Mais elle était condamnée à une alternative continuelle d'espérance et d'alarme.

— Si c'est une charrette qui a fait cela, repartit le premier soldat, les tronçons des barres devraient être repoussés en-dedans, tandis qu'ils sont ramenés en-dehors.

— Hé! hé! dit Tristan au soldat, tu as un nez d'enquêteur au Châtelet. Répondez à ce qu'il dit, la vieille!

— Mon Dieu! s'écria-t-elle aux abois et d'une voix malgré elle pleine de larmes, je vous jure, monseigneur, que c'est une charrette qui a brisé ces barreaux. Vous entendez que cet homme l'a vu. Et puis, qu'est-ce que cela fait pour votre égyptienne?

— Hum! grommela Tristan.

— Diable! reprit le soldat flatté de l'éloge du prévôt, les cassures du fer sont toutes fraîches!

Tristan hocha la tête. Elle pâlit. — Combien y a-t-il de temps, dites-vous, de cette charrette?

— Un mois, quinze jours peut-être, monseigneur. Je ne sais plus, moi.

— Elle a d'abord dit plus d'un an, observa le soldat.

— Voilà qui est louche! dit le prévôt.

— Monseigneur, cria-t-elle toujours collée devant la lucarne, et tremblant que le soupçon ne les poussât à y passer la tête et à regarder dans la cellule, monseigneur, je vous jure que c'est une charrette qui a brisé cette grille. Je vous le jure par les saints anges du paradis. Si ce n'est pas une charrette, je veux être éternellement damnée et je renie Dieu!

— Tu mets bien de la chaleur à ce jurement! dit Tristan avec son coup d'œil d'inquisiteur.

La pauvre femme sentait s'évanouir de plus en plus son assurance. Elle en était à faire des maladresses, et elle comprenait avec terreur qu'elle ne disait pas ce qu'il aurait fallu dire.

Ici, un autre soldat arriva en criant : — Monseigneur, la vieille fée ment. La sorcière ne s'est pas sauvée par la rue du Mouton. La chaîne de la rue est restée tendue toute la nuit, et le garde-chaîne n'a vu passer personne.

Tristan, dont la physionomie devenait à chaque instant plus sinistre, interpella la recluse : — Qu'as-tu à dire à cela?

Elle essaya encore de faire tête à ce nouvel incident : — Que je ne sais, monseigneur, que j'ai pu me tromper. Je crois qu'elle a passé l'eau en effet.

— C'est le côté opposé, dit le prévôt. Il n'y a pourtant pas grande apparence qu'elle ait voulu rentrer dans la Cité où on la poursuivait. Tu mens, la vieille!

— Et puis, ajouta le premier soldat, il n'y a de bateau ni de ce côté de l'eau ni de l'autre.

— Elle aura passé à la nage, répliqua la recluse défendant le terrain pied à pied.

— Est-ce que les femmes nagent? dit le soldat.

— Tête-Dieu! la vieille! tu mens! tu mens! reprit Tristan avec colère. J'ai bonne envie de laisser là cette sorcière, et de te pendre, toi. Un quart d'heure de question te tirera peut-être la vérité du gosier. Allons! tu vas nous suivre.

Elle saisit ces paroles avec avidité. — Comme vous voudrez, monseigneur. Faites. Faites. La question, je veux bien. Emmenez-moi. Vite, vite! partons tout de suite. — Pendant ce temps-là, pensait-elle, ma fille se sauvera.

— Mort-Dieu! dit le prévôt, quel appétit du chevalet! Je ne comprends rien à cette folle.

Un vieux sergent du guet à tête grise sortit des rangs, et s'adressant au prévôt : — Folle en effet, monseigneur! Si elle a lâché l'égyptienne, ce n'est pas sa faute, car elle n'aime pas les égyptiennes. Voilà quinze ans que je fais le guet, et que je l'entends tous les soirs maugréer les femmes bohèmes avec des exécrations sans fin. Si celle que nous poursuivons est, comme je le crois, la petite danseuse à la chèvre, elle déteste celle-là surtout.

Gudule fit un effort et dit : — Celle-là surtout.

Le témoignage unanime des hommes du guet confirma au prévôt les paroles du vieux sergent. Tristan l'Hermite, désespérant de rien tirer de la recluse, lui tourna le dos, et elle le vit avec une anxiété inexprimable se diriger lentement vers son cheval. — Allons, disait-il entre ses dents, en route! remettons-nous à l'enquête. Je ne dormirai pas que l'égyptienne ne soit pendue.

Cependant il hésita encore quelque temps avant de monter à cheval. Gudule palpitait entre la vie et la mort en le voyant promener autour de la place cette mine inquiète d'un chien de chasse qui sent près de lui le gîte de la bête et résiste à s'éloigner. Enfin il secoua la tête et sauta en selle. Le cœur si horriblement comprimé de Gudule se dilata, et elle dit à voix basse en jetant un coup d'œil sur sa fille, qu'elle n'avait pas encore osé regarder depuis qu'ils étaient là : — Sauvée!

La pauvre enfant était restée tout ce temps dans son coin, sans souffler, sans remuer, avec l'idée de la mort debout devant elle. Elle n'avait rien perdu de la scène entre Gudule et Tristan, et chacune des angoisses de sa mère avait retenti en elle. Elle avait entendu tous les craquements successifs du fil qui la tenait suspendue sur le gouffre, elle avait cru vingt fois le voir se briser, et commençait enfin à respirer et à se sentir le pied en terre ferme. En ce moment, elle entendit une voix qui disait au prévôt :

— Corbœuf! monsieur le prévôt, ce n'est pas mon affaire, à moi homme d'armes, de pendre les sorcières. La quenaille [1] de peuple est à bas. Je vous laisse besogner tout seul. Vous trouverez bon que j'aille rejoindre ma compagnie, pour ce qu'elle est sans capitaine. — Cette voix, c'était celle de Phœbus de Châteaupers. Ce qui se passa en elle est ineffable. Il était donc là, son ami, son protecteur, son appui, son asile, son Phœbus! Elle se leva, et avant que sa mère eût pu l'en empêcher, elle s'était jetée à la lucarne en criant : — Phœbus! à moi, mon Phœbus!

Phœbus n'y était plus. Il venait de tourner au galop l'angle de la rue de la Coutellerie. Mais Tristan n'était pas encore parti.

La recluse se précipita sur sa fille avec un rugissement. Elle la retira violemment en arrière en lui enfonçant ses ongles dans le cou. Une mère tigresse n'y regarde pas de si près. Mais il était trop tard. Tristan avait vu.

— Hé! hé! s'écria-t-il avec un rire qui déchaussait toutes ses dents et faisait ressembler sa figure au museau d'un loup, deux souris dans la souricière!

— Je m'en doutais, dit le soldat.

Tristan lui frappa sur l'épaule : — Tu es un bon chat! — Allons, ajouta-t-il, où est Henriet Cousin?

Un homme qui n'avait ni le vêtement ni la mine des soldats sortit de leurs rangs. Il portait un costume mi-parti gris et brun, les cheveux plats, des manches de cuir, et un paquet de cordes à sa grosse main. Cet homme accompagnait toujours Tristan, qui accompagnait toujours Louis XI.

— L'ami, dit Tristan l'Hermite, je présume que voilà la sorcière que nous cherchions. Tu vas me pendre cela. As-tu ton échelle?

— Il y en a une là sous le hangar de la Maison-aux-Piliers, répondit l'homme. Est-ce à cette justice-là que nous ferons la chose? poursuivit-il en montrant le gibet de pierre.

— Oui.

— Ho hé! reprit l'homme avec un gros rire plus bestial encore que celui du prévôt, nous n'aurons pas beaucoup de chemin à faire.

— Dépêche! dit Tristan. Tu riras après.

Cependant, depuis que Tristan avait vu sa fille et que tout espoir était perdu, la recluse n'avait pas encore dit une parole. Elle avait jeté la pauvre égyptienne à demi morte dans le coin du caveau, et s'était replacée à la lucarne, ses deux mains appuyées à l'angle de l'entablement comme deux griffes. Dans cette attitude, on la

voyait promener intrépidement sur tous ces soldats son regard, qui était redevenu fauve et
insensé. Au moment où Henriet Cousin s'approcha de la loge, elle lui fit une figure tellement
sauvage qu'il recula.

— Monseigneur, dit-il en revenant au prévôt,
laquelle faut-il prendre?

— La jeune.

— Tant mieux. Car la vieille paraît malaisée.

— Pauvre petite danseuse à la chèvre! dit le
vieux sergent du guet.

Henriet Cousin se rapprocha de la lucarne.
L'œil de la mère fit baisser le sien. Il dit assez
timidement : — Madame...

Elle l'interrompit d'une voix très basse et furieuse : — Que demandes-tu?

— Ce n'est pas vous, dit-il, c'est l'autre.

— Quelle autre?

— La jeune.

Elle se mit à secouer la tête en criant : — Il
n'y a personne! Il n'y a personne! Il n'y a personne!

— Si! reprit le bourreau, vous le savez bien.
Laissez-moi prendre la jeune. Je ne veux pas
vous faire de mal, à vous.

Elle dit avec un ricanement étrange : — Ah!
tu ne veux pas me faire de mal, à moi!

— Laissez-moi l'autre, madame; c'est monsieur le prévôt qui le veut.

Elle répéta d'un air de folie : — Il n'y a personne.

— Je vous dis que si! répliqua le bourreau.
Nous avons tous vu que vous étiez deux.

— Regarde plutôt! dit la recluse en ricanant.
Fourre ta tête par la lucarne.

Le bourreau examina les ongles de la mère, et
n'osa pas.

— Dépêche! cria Tristan qui venait de ranger
sa troupe en cercle autour du Trou aux Rats et
qui se tenait à cheval près du gibet.

Henriet revint au prévôt encore une fois, tout
embarrassé. Il avait posé sa corde à terre, et rou-

lait d'un air gauche son chapeau dans ses mains.
— Monseigneur, demanda-t-il, par où entrer?

— Par la porte.

— Il n'y en a pas.

— Par la fenêtre.

— Elle est trop étroite.

— Elargis-la, dit Tristan avec colère. N'as-tu
pas des pioches?

Du fond de son antre, la mère, toujours en
arrêt, regardait. Elle n'espérait plus rien, elle ne
savait plus ce qu'elle voulait, mais elle ne voulait pas qu'on lui prît sa fille.

Henriet Cousin alla chercher la caisse d'outils
des basses œuvres sous le hangar de la Maison-
aux-Piliers. Il en retira aussi la double échelle,
qu'il appliqua sur-le-champ au gibet. Cinq ou
six hommes de la prévôté s'armèrent de pics et
de leviers, et Tristan se dirigea avec eux vers la
lucarne.

— La vieille, dit le prévôt d'un ton sévère,
livre-nous cette fille de bonne grâce.

Elle le regarda comme quand on ne comprend
pas.

— Tête-Dieu! reprit Tristan, qu'as-tu donc à
empêcher cette sorcière d'être pendue comme il
plaît au roi?

La misérable se mit à rire de son rire farouche.

— Ce que j'y ai? C'est ma fille.

L'accent dont elle prononça ce mot fit frissonner jusqu'à Henriet Cousin lui-même.

— J'en suis fâché, repartit le prévôt. Mais
c'est le bon plaisir du roi.

Elle cria en redoublant son rire terrible : —
Qu'est-ce que cela me fait, ton roi? Je te dis que
c'est ma fille!

— Percez le mur, dit Tristan.

Il suffisait, pour pratiquer une ouverture assez
large, de desceller une assise de pierre au-dessous de la lucarne. Quand la mère entendit les
pics et les leviers saper sa forteresse, elle poussa
un cri épouvantable, puis elle se mit à tourner
avec une vitesse effrayante autour de sa loge,

habitude de bête fauve que la cage lui avait donnée. Elle ne disait plus rien, mais ses yeux flam-
boyaient. Les soldats étaient glacés au fond du
cœur.

Tout à coup elle prit son pavé, rit, et le jeta à
deux poings sur les travailleurs. Le pavé, mal
lancé, car ses mains tremblaient, ne toucha personne, et vint s'arrêter sous les pieds du cheval
de Tristan. Elle grinça des dents.

Cependant, quoique le soleil ne fût pas encore
levé, il faisait grand jour, une belle teinte rose
égayait les vieilles cheminées vermoulues de la
Maison-aux-Piliers. C'était l'heure où les fenêtres
les plus matinales de la grande ville s'ouvrent
joyeusement sur les toits. Quelques manants,
quelques fruitiers allant aux Halles sur leur âne,
commençaient à traverser la Grève, ils s'arrê-
taient un moment devant ce groupe de soldats
amoncelés autour du Trou aux Rats, le consi-
déraient d'un air étonné, et passaient outre.

La recluse était allée s'asseoir près de sa fille,
la couvrant de son corps, devant elle, l'œil fixe,
écoutant la pauvre enfant qui ne bougeait pas,
et qui murmurait à voix basse pour toute parole :
Phœbus! Phœbus! A mesure que le travail des
démolisseurs semblait s'avancer, la mère se recu-
lait machinalement, et serrait de plus en plus la
jeune fille contre le mur. Tout à coup la recluse
vit la pierre (car elle faisait sentinelle et ne la
quittait pas du regard) s'ébranler, et elle entendit la voix de Tristan qui encourageait les travailleurs. Alors elle sortit de l'affaissement où
elle était tombée depuis quelques instants, et
s'écria, et tandis qu'elle parlait sa voix tantôt
déchirait l'oreille comme une scie, tantôt balbutiait comme si toutes les malédictions se fussent
pressées sur ses lèvres pour éclater à la fois. —
Ho! ho! ho! Mais c'est horrible! Vous êtes des
brigands! Est-ce que vous allez vraiment me
pendre ma fille? Je vous dis que c'est ma fille!
Oh! les lâches! Oh! les laquais bourreaux! les
misérables goujats assassins! Au secours! au se-

cours! au feu! Mais est-ce qu'ils me prendront mon enfant comme cela? Qui est-ce donc qu'on appelle le bon Dieu?

Alors s'adressant à Tristan, écumante, l'œil hagard, à quatre pattes comme une panthère, et toute hérissée :

— Approche un peu me prendre ma fille. Est-ce que tu ne comprends pas que cette femme te dit que c'est sa fille? Sais-tu ce que c'est qu'un enfant qu'on a? Hé! loup-cervier, n'as-tu jamais gîté avec ta louve? n'en as-tu jamais eu un louveteau? et si tu as des petits, quand ils hurlent, est-ce que tu n'as rien dans le ventre que cela remue?

— Mettez bas la pierre, dit Tristan, elle ne tient plus.

Les leviers soulevèrent la lourde assise. C'était, nous l'avons dit, le dernier rempart de la mère. Elle se jeta dessus, elle voulut la retenir, elle égratigna la pierre avec ses ongles, mais le bloc massif, mis en mouvement par six hommes, lui échappa et glissa doucement jusqu'à terre le long des leviers de fer.

La mère, voyant l'entrée faite, tomba devant l'ouverture en travers, barricadant la brèche avec son corps, tordant ses bras, heurtant la dalle de sa tête, et criant d'une voix enrouée de fatigue qu'on entendait à peine : — Au secours! au feu! au feu!

— Maintenant, prenez la fille, dit Tristan toujours impassible.

La mère regarda les soldats d'une manière si formidable qu'ils avaient plus envie de reculer que d'avancer.

— Allons donc, reprit le prévôt. Henriet Cousin, toi!

Personne ne fit un pas.

Le prévôt jura : — Tête-Christ! mes gens de guerre! peur d'une femme!

— Monseigneur, dit Henriet, vous appelez cela une femme?

— Elle a une crinière de lion! dit un autre.

— Allons! repartit le prévôt, la baie est assez large. Entrez-y trois de front, comme à la brèche de Pontoise. Finissons, mort-Mahom! Le premier qui recule, j'en fais deux morceaux!

Placés entre le prévôt et la mère, tous deux menaçants, les soldats hésitèrent un moment, puis, prenant leur parti, s'avancèrent vers le Trou aux Rats.

Quand la recluse vit cela, elle se dressa brusquement sur les genoux, écarta ses cheveux de son visage, puis laissa retomber ses mains maigres et écorchées sur ses cuisses. Alors de grosses larmes sortirent une à une de ses yeux, elles descendaient par une ride le long de ses joues comme un torrent par le lit qu'il s'est creusé. En même temps elle se mit à parler, mais d'une voix si suppliante, si douce, si soumise et si poignante, qu'à l'entour de Tristan plus d'un vieil argousin qui aurait mangé de la chair humaine s'essuyait les yeux.

— Messeigneurs! messieurs les sergents, un mot! C'est une chose qu'il faut que je vous dise. C'est ma fille, voyez-vous? ma chère petite fille que j'avais perdue! Ecoutez. C'est une histoire. Figurez-vous que je connais très bien messieurs les sergents. Ils ont toujours été bons pour moi dans le temps que les petits garçons me jetaient des pierres parce que je faisais la vie d'amour. Voyez-vous? vous me laisserez mon enfant, quand vous saurez! Je suis une pauvre fille de joie. Ce sont les bohémiennes qui me l'ont volée. Même que j'ai gardé son soulier quinze ans. Tenez, le voilà. Elle avait ce pied-là. A Reims! La Chantefleurie! rue Folle-Peine! Vous avez connu cela peut-être. C'était moi. Dans votre jeunesse, alors, c'était un beau temps. On passait de bons quarts d'heure. Vous aurez pitié de moi, n'est-ce pas, messeigneurs? Les égyptiennes me l'ont volée, elles me l'ont cachée quinze ans. Je la croyais morte. Figurez-vous, mes bons amis, que je la croyais morte. J'ai passé quinze ans ici, dans cette cave, sans feu l'hiver. C'est dur, cela. Le

pauvre cher petit soulier! J'ai tant crié que le
bon Dieu m'a entendue. Cette nuit, il m'a rendu
ma fille. C'est un miracle du bon Dieu. Elle
n'était pas morte. Vous ne me la prendrez pas,
j'en suis sûre. Encore si c'était moi, je ne dirais
pas, mais elle, une enfant de seize ans! laissez-
lui le temps de voir le soleil! — Qu'est-ce qu'elle
vous a fait? rien du tout. Moi non plus. Si vous
saviez que je n'ai qu'elle, que je suis vieille, que
c'est une bénédiction que la Sainte Vierge m'envoie. Et puis, vous êtes si bons tous! Vous ne
saviez pas que c'était ma fille, à présent vous le
savez. Oh! je l'aime! Monsieur le grand prévôt,
j'aimerais mieux un trou à mes entrailles qu'une
égratignure à son doigt! C'est vous qui avez
l'air d'un bon seigneur! Ce que je vous dis là vous
vous explique la chose, n'est-il pas vrai? Oh!
si vous avez eu une mère, monseigneur! vous
êtes le capitaine, laissez-moi mon enfant! Considérez que je vous prie à genoux, comme on prie
un Jésus-Christ! Je ne demande rien à personne,
je suis de Reims, messeigneurs, j'ai un petit
champ de mon oncle Mahiet Pradon. Je ne suis
pas une mendiante. Je ne veux rien, mais je veux
mon enfant! Oh! je veux garder mon enfant!
Le bon Dieu, qui est le maître, ne me l'a pas
rendue pour rien! Le roi! vous dites le roi! Cela
ne lui fera déjà pas beaucoup de plaisir qu'on
tue ma petite fille! Et puis le roi est bon! C'est
ma fille! c'est ma fille, à moi! elle n'est pas au
roi! elle n'est pas à vous! Je veux m'en aller!
nous voulons nous en aller! Enfin, deux femmes
qui passent, dont l'une est la mère et l'autre la
fille, on les laisse passer! Laissez-nous passer!
nous sommes de Reims. Oh! vous êtes bien bons,
messieurs les sergents, je vous aime tous. Vous
ne me prendrez pas ma chère petite, c'est impossible! N'est-ce pas que c'est tout à fait impossible? Mon enfant! mon enfant!

Nous n'essaierons pas de donner une idée de
son geste, de son accent, des larmes qu'elle buvait en parlant, des mains qu'elle joignait et

puis tordait, des sourires navrants, des regards noyés, des gémissements, des soupirs, des cris misérables et saisissants qu'elle mêlait à ses paroles désordonnées, folles et décousues. Quand elle se tut, Tristan l'Hermite fronça le sourcil, mais c'était pour cacher une larme qui roulait dans son œil de tigre. Il surmonta pourtant cette faiblesse, et dit d'un ton bref : — Le roi le veut.

Puis, il se pencha à l'oreille d'Henriet Cousin, et lui dit tout bas : — Finis vite! Le redoutable prévôt sentait peut-être le cœur lui manquer, à lui aussi.

Le bourreau et les sergents entrèrent dans la logette. La mère ne fit aucune résistance, seulement elle se traîna vers sa fille et se jeta à corps perdu sur elle. L'égyptienne vit les soldats s'approcher. L'horreur de la mort la ranima. — Ma mère! cria-t-elle avec un inexprimable accent de détresse, ma mère! ils viennent! défendez-moi! — Oui, mon amour, je te défends! répondit la mère d'une voix éteinte, et, la serrant étroitement dans ses bras, elle la couvrit de baisers. Toutes deux ainsi à terre, la mère sur la fille, faisaient un spectacle digne de pitié.

Henriet Cousin prit la jeune fille par le milieu du corps sous ses belles épaules. Quand elle sentit cette main, elle fit : Heuh! et s'évanouit. Le bourreau, qui laissait tomber goutte à goutte de grosses larmes sur elle, voulut l'enlever dans ses bras. Il essaya de détacher la mère, qui avait pour ainsi dire noué ses deux mains autour de la ceinture de sa fille, mais elle était si puissamment cramponnée à son enfant qu'il fut impossible de l'en séparer. Henriet Cousin alors traîna la jeune fille hors de la loge, et la mère après elle. La mère aussi tenait les yeux fermés.

Le soleil se levait en ce moment, et il y avait déjà sur la place un assez bon amas de peuple qui regardait à distance ce qu'on traînait ainsi sur le pavé vers le gibet. Car c'était la mode du prévôt Tristan aux exécutions. Il avait la manie d'empêcher les curieux d'approcher.

Il n'y avait personne aux fenêtres. On voyait seulement de loin, au sommet de celle des tours de Notre-Dame qui domine la Grève, deux hommes détachés en noir sur le ciel clair du matin, qui semblaient regarder.

Henriet Cousin s'arrêta avec ce qu'il traînait au pied de la fatale échelle, et, respirant à peine, tant la chose l'apitoyait, il passa la corde autour du cou adorable de la jeune fille. La malheureuse enfant sentit l'horrible attouchement du chanvre. Elle souleva ses paupières, et vit le bras décharné du gibet de pierre, étendu au-dessus de sa tête. Alors elle se secoua, et cria d'une voix haute et déchirante : — Non! non! je ne veux pas! La mère, dont la tête était enfouie et perdue sous les vêtements de sa fille, ne dit pas une parole; seulement on vit frémir tout son corps et on l'entendit redoubler ses baisers sur son enfant. Le bourreau profita de ce moment pour dénouer vivement les bras dont elle étreignait la condamnée. Soit épuisement, soit désespoir, elle le laissa faire. Alors il prit la jeune fille sur son épaule, d'où la charmante créature retombait gracieusement pliée en deux sur sa large tête. Puis il mit le pied sur l'échelle pour monter.

En ce moment, la mère, accroupie sur le pavé, ouvrit tout à fait les yeux. Sans jeter un cri, elle se redressa avec une expression terrible, puis, comme une bête sur sa proie, elle se jeta sur la main du bourreau et le mordit. Ce fut un éclair. Le bourreau hurla de douleur. On accourut. On retira avec peine sa main sanglante d'entre les dents de la mère. Elle gardait un profond silence. On la repoussa assez brutalement, et l'on remarqua que sa tête retombait lourdement sur le pavé. On la releva. Elle se laissa de nouveau retomber. C'est qu'elle était morte.

Le bourreau, qui n'avait pas lâché la jeune fille, se remit à monter l'échelle.

II

LA CREATURA BELLA
BIANCO VESTITA [1]
(DANTE)

Quand Quasimodo vit que la cellule était vide,
que l'égyptienne n'y était plus, que pendant qu'il
la défendait on l'avait enlevée, il prit ses cheveux
à deux mains et trépigna de surprise et de douleur. Puis il se mit à courir par toute l'église,
cherchant sa bohémienne, hurlant des cris
étranges à tous les coins de mur, semant ses cheveux rouges sur le pavé. C'était précisément le
moment où les archers du roi entraient victo-
rieux dans Notre-Dame, cherchant aussi l'égyptienne. Quasimodo les y aida, sans se douter, le
pauvre sourd, de leurs fatales intentions; il
croyait que les ennemis de l'égyptienne, c'étaient
les truands. Il mena lui-même Tristan l'Hermite
à toutes les cachettes possibles, lui ouvrit les
portes secrètes, les doubles fonds d'autel, les
arrière-sacristies. Si la malheureuse y eût été
encore, c'est lui qui l'eût livrée. Quand la lassitude de ne rien trouver eut rebuté Tristan qui ne
se rebutait pas aisément, Quasimodo continua
de chercher tout seul. Il fit vingt fois, cent fois le
tour de l'église, de long en large, de haut en
bas, montant, descendant, courant, appelant,
criant, flairant, furetant, fouillant, fourrant sa
tête dans tous les trous, poussant une torche sous
toutes les voûtes, désespéré, fou. Un mâle qui
a perdu sa femelle n'est pas plus rugissant ni
plus hagard. Enfin quand il fut sûr, bien sûr

qu'elle n'y était plus, que c'en était fait, qu'on la
lui avait dérobée, il remonta lentement l'escalier des tours, cet escalier qu'il avait escaladé
avec tant d'emportement et de triomphe le jour
où il l'avait sauvée. Il repassa par les mêmes
lieux, la tête basse, sans voix, sans larmes, presque sans souffle. L'église était déserte de nouveau et retombée dans son silence. Les archers
l'avaient quittée pour traquer la sorcière dans
la Cité. Quasimodo, resté seul dans cette vaste
Notre-Dame, si assiégée et si tumultueuse le moment d'auparavant, reprit le chemin de la cellule où l'égyptienne avait dormi tant de semaines
sous sa garde. En s'en approchant, il se figurait
qu'il allait peut-être l'y retrouver. Quand, au
détour de la galerie qui donne sur le toit des bas
côtés, il aperçut l'étroite logette avec sa petite
fenêtre et sa petite porte, tapie sous un grand
arc-boutant comme un nid d'oiseau sous une
branche, le cœur lui manqua, au pauvre homme,
et il s'appuya contre un pilier pour ne pas tomber. Il s'imagina qu'elle y était peut-être rentrée,
qu'un bon génie l'y avait sans doute ramenée,
que cette logette était trop tranquille, trop sûre et
trop charmante pour qu'elle n'y fût point, et il
n'osait faire un pas de plus, de peur de briser
son illusion. — Oui, se disait-il en lui-même,
elle dort peut-être, ou elle prie. Ne la troublons
pas.

Enfin il rassembla son courage, il avança sur
la pointe des pieds, il regarda, il entra. Vide! la
cellule était toujours vide. Le malheureux sourd
en fit le tour à pas lents, souleva le lit et regarda
dessous, comme si elle pouvait être cachée entre
la dalle et le matelas, puis il secoua la tête et demeura stupide. Tout à coup il écrasa furieusement sa torche du pied, et, sans dire une parole,
sans pousser un soupir, il se précipita de toute
sa course la tête contre le mur et tomba évanoui
sur le pavé.

Quand il revint à lui, il se jeta sur le lit, il s'y
roula, il baisa avec frénésie la place tiède encore

où la jeune fille avait dormi, il y resta quelques minutes immobile comme s'il allait y expirer, puis il se releva, ruisselant de sueur, haletant, insensé, et se mit à cogner les murailles de sa tête avec l'effrayante régularité du battant de ses cloches, et la résolution d'un homme qui veut l'y briser. Enfin il tomba une seconde fois, épuisé; il se traîna sur les genoux hors de la cellule et s'accroupit en face de la porte, dans une attitude d'étonnement. Il resta ainsi plus d'une heure sans faire un mouvement, l'œil fixé sur la cellule déserte, plus sombre et plus pensif qu'une mère assise entre un berceau vide et un cercueil plein. Il ne prononçait pas un mot; seulement, à de longs intervalles, un sanglot remuait violemment tout son corps, mais un sanglot sans larmes, comme ces éclairs d'été qui ne font pas de bruit.

Il paraît que ce fut alors que, cherchant au fond de sa rêverie désolée quel pouvait être le ravisseur inattendu de l'égyptienne, il songea à l'archidiacre. Il se souvint que dom Claude avait seul une clef de l'escalier qui menait à la cellule, il se rappela ses tentatives nocturnes sur la jeune fille, la première à laquelle lui Quasimodo avait aidé, la seconde qu'il avait empêchée. Il se rappela mille détails, et ne douta bientôt plus que l'archidiacre ne lui eût pris l'égyptienne. Cependant tel était son respect du prêtre, la reconnaissance, le dévouement, l'amour pour cet homme avaient de si profondes racines dans son cœur qu'elles résistaient, même en ce moment, aux ongles de la jalousie et du désespoir.

Il songeait que l'archidiacre avait fait cela, et la colère de sang et de mort qu'il en eût ressentie contre tout autre, du moment où il s'agissait de Claude Frollo, se tournait chez le pauvre sourd en accroissement de douleur.

Au moment où sa pensée se fixait ainsi sur le prêtre, comme l'aube blanchissait les arcs-boutants, il vit à l'étage supérieur de Notre-Dame, au coude que fait la balustrade extérieure qui

tourne autour de l'abside, une figure qui marchait. Cette figure venait de son côté. Il la reconnut. C'était l'archidiacre. Claude allait d'un pas
grave et lent. Il ne regardait pas devant lui
en marchant, il se dirigeait vers la tour septentrionale, mais son visage était tourné de côté,
vers la rive droite de la Seine, et il tenait la tête
haute, comme s'il eût tâché de voir quelque chose
par-dessus les toits. Le hibou a souvent cette
attitude oblique. Il vole vers un point et en
regarde un autre. — Le prêtre passa ainsi au-
dessus de Quasimodo sans le voir.

Le sourd, que cette brusque apparition avait
pétrifié, le vit s'enfoncer sous la porte de l'escalier de la tour septentrionale. Le lecteur sait
que cette tour est celle d'où l'on voit l'Hôtel de
Ville. Quasimodo se leva et suivit l'archidiacre.

Quasimodo monta l'escalier de la tour pour
le monter, pour savoir pourquoi le prêtre le montait. Du reste, le pauvre sonneur ne savait ce
qu'il ferait, lui Quasimodo, ce qu'il dirait, ce
qu'il voulait. Il était plein de fureur et plein de
crainte. L'archidiacre et l'égyptienne se heur-
taient dans son cœur.

Quand il fut parvenu au sommet de la tour,
avant de sortir de l'ombre de l'escalier et d'entrer sur la plate-forme, il examina avec précaution où était le prêtre. Le prêtre lui tournait le
dos. Il y a une balustrade percée à jour qui
entoure la plate-forme du clocher. Le prêtre,
dont les yeux plongeaient sur la ville, avait la
poitrine appuyée à celui des quatre côtés de la
balustrade qui regarde le Pont Notre-Dame.

Quasimodo, s'avançant à pas de loup derrière
lui, alla voir ce qu'il regardait ainsi. L'attention
du prêtre était tellement absorbée ailleurs qu'il
n'entendit point le sourd marcher près de lui.

C'est un magnifique et charmant spectacle que
Paris, et le Paris d'alors surtout, vu du haut des
tours Notre-Dame aux fraîches lueurs d'une aube
d'été [1]. On pouvait être, ce jour-là, en juillet.
Le ciel était parfaitement serein. Quelques étoiles

attardées s'y éteignaient sur divers points, et
il y en avait une très brillante au levant dans
le plus clair du ciel. Le soleil était au moment de
paraître. Paris commençait à remuer. Une lumière très blanche et très pure faisait saillir
vivement à l'œil tous les plans que ses mille
maisons présentent à l'orient. L'ombre géante
des clochers allait de toit en toit d'un bout de la
grande ville à l'autre. Il y avait déjà des quartiers qui parlaient et qui faisaient du bruit. Ici
un coup de cloche, là un coup de marteau, là-
bas le cliquetis compliqué d'une charrette en
marche. Déjà quelques fumées se dégorgeaient
çà et là sur toute cette surface de toits comme
par les fissures d'une immense solfatare [1]. La
rivière, qui fronce son eau aux arches de tant
de ponts, à la pointe de tant d'îles, était toute
moirée de plis d'argent. Autour de la ville, au-
dehors des remparts, la vue se perdait dans un
grand cercle de vapeurs floconneuses à travers
lesquelles on distinguait confusément la ligne
indéfinie des plaines et le gracieux renflement
des coteaux. Toutes sortes de rumeurs flottantes
se dispersaient sur cette cité à demi réveillée.
Vers l'orient le vent du matin chassait à travers le ciel quelques blanches ouates arrachées
à la toison de brume des collines.

Dans le Parvis, quelques bonnes femmes qui
avaient en main leur pot au lait se montraient
avec étonnement le délabrement singulier de la
grande porte de Notre-Dame et deux ruisseaux de
plomb figés entre les fentes des grès. C'était
tout ce qui restait du tumulte de la nuit. Le
bûcher allumé par Quasimodo entre les tours
s'était éteint. Tristan avait déjà déblayé la place
et fait jeter les morts à la Seine. Les rois comme
Louis XI ont soin de laver vite le pavé après un
massacre.

En dehors de la balustrade de la tour, précisément au-dessous du point où s'était arrêté le
prêtre, il y avait une de ces gouttières de pierre
fantastiquement taillées qui hérissent les édifices

gothiques, et dans une crevasse de cette gouttière deux jolies giroflées en fleur, secouées et
rendues comme vivantes par le souffle de l'air,
se faisaient des salutations folâtres. Au-dessus
des tours, en haut, bien loin au fond du ciel,
on entendait de petits cris d'oiseaux.

Mais le prêtre n'écoutait, ne regardait rien de
tout cela. Il était de ces hommes pour lesquels il
n'y a pas de matins, pas d'oiseaux, pas de fleurs.
Dans cet immense horizon qui prenait tant d'aspects autour de lui, sa contemplation était
concentrée sur un point unique.

Quasimodo brûlait de lui demander ce qu'il
avait fait de l'égyptienne. Mais l'archidiacre semblait en ce moment être hors du monde. Il était
visiblement dans une de ces minutes violentes de
la vie où l'on ne sentirait pas la terre crouler.
Les yeux invariablement fixés sur un certain
lieu, il demeurait immobile et silencieux; et ce
silence et cette immobilité avaient quelque chose
de si redoutable que le sauvage sonneur frémissait devant et n'osait s'y heurter. Seulement,
et c'était encore une manière d'interroger l'archidiacre, il suivit la direction de son rayon visuel,
et de cette façon le regard du malheureux sourd
tomba sur la place de Grève.

Il vit ainsi ce que le prêtre regardait. L'échelle
était dressée près du gibet permanent. Il y avait
quelque peuple dans la place et beaucoup de
soldats. Un homme traînait sur le pavé une
chose blanche à laquelle une chose noire était
accrochée. Cet homme s'arrêta au pied du gibet.

Ici il se passa quelque chose que Quasimodo
ne vit pas bien. Ce n'est pas que son œil unique
n'eût conservé sa longue portée, mais il y avait
un gros de soldats qui empêchait de distinguer
tout. D'ailleurs en cet instant le soleil parut, et
un tel flot de lumière déborda par-dessus l'horizon qu'on eût dit que toutes les pointes de
Paris, flèches, cheminées, pignons, prenaient feu
à la fois.

Cependant l'homme se mit à monter l'échelle.

Alors Quasimodo le revit distinctement. Il portait une femme sur son épaule, une jeune fille vêtue de blanc, cette jeune fille avait un nœud au cou. Quasimodo la reconnut. C'était elle.

L'homme parvint ainsi au haut de l'échelle. Là il arrangea le nœud. Ici le prêtre, pour mieux voir, se mit à genoux sur la balustrade.

Tout à coup l'homme repoussa brusquement l'échelle du talon, et Quasimodo qui ne respirait plus depuis quelques instants vit se balancer au bout de la corde, à deux toises au-dessus du pavé, la malheureuse enfant avec l'homme accroupi les pieds sur ses épaules. La corde fit plusieurs tours sur elle-même, et Quasimodo vit courir d'horribles convulsions le long du corps de l'égyptienne. Le prêtre de son côté, le cou tendu, l'œil hors de la tête, contemplait ce groupe épouvantable de l'homme et de la jeune fille, de l'araignée et de la mouche [1].

Au moment où c'était le plus effroyable, un rire de démon, un rire qu'on ne peut avoir que lorsqu'on n'est plus homme, éclata sur le visage livide du prêtre. Quasimodo n'entendit pas ce rire, mais il le vit. Le sonneur recula de quelques pas derrière l'archidiacre, et tout à coup, se ruant sur lui avec fureur, de ses deux grosses mains il le poussa par le dos dans l'abîme sur lequel dom Claude était penché.

Le prêtre cria : — Damnation! et tomba.

La gouttière au-dessus de laquelle il se trouvait l'arrêta dans sa chute. Il s'y accrocha avec des mains désespérées, et, au moment où il ouvrit la bouche pour jeter un second cri, il vit passer au rebord de la balustrade, au-dessus de sa tête, la figure formidable et vengeresse de Quasimodo. Alors il se tut.

L'abîme était au-dessous de lui. Une chute de plus de deux cents pieds, et le pavé. Dans cette situation terrible, l'archidiacre ne dit pas une parole, ne poussa pas un gémissement. Seulement il se tordit sur la gouttière avec des efforts inouïs pour remonter. Mais ses mains n'avaient

pas de prise sur le granit, ses pieds rayaient la
muraille noircie, sans y mordre. Les personnes
qui ont monté sur les tours de Notre-Dame
savent qu'il y a un renflement de la pierre immédiatement au-dessous de la balustrade. C'est sur
cet angle rentrant que s'épuisait le misérable
archidiacre. Il n'avait pas affaire à un mur à pic,
mais à un mur qui fuyait sous lui.

Quasimodo n'eût eu pour le tirer du gouffre
qu'à lui tendre la main, mais il ne le regardait
seulement pas. Il regardait la Grève. Il regardait
le gibet. Il regardait l'égyptienne. Le sourd s'était
accoudé sur la balustrade à la place où était
l'archidiacre le moment d'auparavant, et là, ne
détachant pas son regard du seul objet qu'il y
eût pour lui au monde en ce moment, il était
immobile et muet comme un homme foudroyé,
et un long ruisseau de pleurs coulait en silence
de cet œil qui jusqu'alors n'avait encore versé
qu'une seule larme [1].

Cependant l'archidiacre haletait. Son front
chauve ruisselait de sueur, ses ongles saignaient
sur la pierre, ses genoux s'écorchaient au mur.
Il entendait sa soutane accrochée à la gouttière
craquer et se découdre à chaque secousse qu'il
lui donnait. Pour comble de malheur, cette gouttière était terminée par un tuyau de plomb qui
fléchissait sous le poids de son corps. L'archidiacre sentait ce tuyau ployer lentement. Il se
disait, le misérable, que quand ses mains seraient
brisées de fatigue, quand sa soutane serait déchirée, quand ce plomb serait ployé, il faudrait tomber et l'épouvante le prenait aux entrailles. Quelquefois il regardait avec égarement une espèce
d'étroit plateau formé à quelque dix pieds plus
bas par des accidents de sculpture et il demandait au ciel dans le fond de son âme en détresse
de pouvoir finir sa vie sur cet espace de deux
pieds carrés, dût-elle durer cent années. Une
fois, il regarda au-dessous de lui dans la place,
dans l'abîme; la tête qu'il releva fermait les
yeux et avait les cheveux tout droits.

C'était quelque chose d'effrayant que le silence de ces deux hommes. Tandis que l'archidiacre à quelques pieds de lui agonisait de cette horrible façon, Quasimodo pleurait et regardait la Grève.

L'archidiacre, voyant que tous ses soubresauts ne servaient qu'à ébranler le fragile point d'appui qui lui restait, avait pris le parti de ne plus remuer. Il était là, embrassant la gouttière, respirant à peine, ne bougeant plus, n'ayant plus d'autres mouvements que cette convulsion machinale du ventre qu'on éprouve dans les rêves quand on croit se sentir tomber. Ses yeux fixes étaient ouverts d'une manière maladive et étonnée. Peu à peu cependant, il perdait du terrain, ses doigts glissaient sur la gouttière, il sentait de plus en plus la faiblesse de ses bras et la pesanteur de son corps, la courbure du plomb qui le soutenait s'inclinait à tout moment d'un cran vers l'abîme. Il voyait au-dessous de lui, chose affreuse, le toit de Saint-Jean-le-Rond petit comme une carte ployée en deux. Il regardait l'une après l'autre les impassibles sculptures de la tour, comme lui suspendues sur le précipice, mais sans terreur pour elles ni pitié pour lui. Tout était de pierre autour de lui : devant ses yeux, les monstres béants; au-dessous, tout au fond, dans la place, le pavé; au-dessus de sa tête, Quasimodo qui pleurait.

Il y avait dans le Parvis quelques groupes de braves curieux qui cherchaient tranquillement à deviner quel pouvait être le fou qui s'amusait d'une si étrange manière. Le prêtre leur entendait dire, car leur voix arrivait jusqu'à lui, claire et grêle : — Mais il va se rompre le cou!

Quasimodo pleurait.

Enfin l'archidiacre, écumant de rage et d'épouvante, comprit que tout était inutile. Il rassembla pourtant tout ce qui lui restait de force pour un dernier effort. Il se roidit sur la gouttière, repoussa le mur de ses deux genoux, s'accrocha des mains à une fente des pierres, et parvint à regrimper d'un pied peut-être; mais cette com-

motion fit ployer brusquement le bec de plomb
sur lequel il s'appuyait. Du même coup la soutane s'éventra. Alors sentant tout manquer sous
lui, n'ayant plus que ses mains roidies et défail-
lantes qui tinssent à quelque chose, l'infortuné
ferma les yeux et lâcha la gouttière. Il tomba.

Quasimodo le regarda tomber.

Une chute de si haut est rarement perpendi-
culaire. L'archidiacre lancé dans l'espace tomba
d'abord la tête en bas et les deux mains étendues,
puis il fit plusieurs tours sur lui-même. Le vent
le poussa sur le toit d'une maison où le malheureux commença à se briser. Cependant il n'était
pas mort quand il y arriva. Le sonneur le vit
essayer encore de se retenir au pignon avec
les ongles. Mais le plan était trop incliné, et il
n'avait plus de force. Il glissa rapidement sur le
toit comme une tuile qui se détache, et alla
rebondir sur le pavé. Là, il ne remua plus.

Quasimodo alors releva son œil sur l'égyptienne dont il voyait le corps, suspendu au gibet,
frémir au loin sous sa robe blanche des derniers
tressaillements de l'agonie, puis il le rabaissa
sur l'archidiacre étendu au bas de la tour et
n'ayant plus forme humaine, et il dit avec un
sanglot qui souleva sa profonde poitrine : —
Oh! tout ce que j'ai aimé!

III

MARIAGE DE PHŒBUS

Vers le soir de cette journée, quand les officiers judiciaires de l'évêque vinrent relever sur le pavé du Parvis le cadavre disloqué de l'archidiacre, Quasimodo avait disparu de Notre-Dame.

Il courut beaucoup de bruits sur cette aventure. On ne douta pas que le jour ne fût venu où, d'après leur pacte, Quasimodo, c'est-à-dire le diable, devait emporter Claude Frollo, c'est-à-dire le sorcier. On présuma qu'il avait brisé le corps en prenant l'âme, comme les singes qui cassent la coquille pour manger la noix.

C'est pourquoi l'archidiacre ne fut pas inhumé en terre sainte.

Louis XI mourut l'année d'après, au mois d'août 1483.

Quant à Pierre Gringoire, il parvint à sauver la chèvre, et il obtint des succès en tragédie. Il paraît qu'après avoir goûté de l'astrologie, de la philosophie, de l'architecture, de l'hermétique, de toutes les folies, il revint à la tragédie, qui est la plus folle de toutes. C'est ce qu'il appelait *avoir fait une fin tragique*. Voici, au sujet de ses triomphes dramatiques, ce qu'on lit dès 1483 dans les comptes de l'Ordinaire : « A Jehan Marchand et Pierre Gringoire, charpentier et compositeur, qui ont fait et composé le mystère fait au Châtelet de Paris à l'entrée de monsieur le légat, ordonné des personnages, iceux revêtus et habillés ainsi que audit mystère était requis, et pareillement d'avoir fait les échafauds qui étaient à ce nécessaires; et pour ce faire, cent livres. »

Phœbus de Châteaupers aussi fit une fin tragique, il se maria.

IV

MARIAGE DE QUASIMODO

Nous venons de dire que Quasimodo avait disparu de Notre-Dame le jour de la mort de l'égyptienne et de l'archidiacre. On ne le revit plus en effet, on ne sut ce qu'il était devenu.

Dans la nuit qui suivit le supplice de la Esmeralda, les gens des basses œuvres avaient détaché son corps du gibet et l'avaient porté, selon l'usage, dans la cave de Montfaucon [1].

Montfaucon était, comme dit Sauval, « le plus ancien et le plus superbe gibet du royaume ». Entre les faubourgs du Temple et de Saint-Martin, à environ cent soixante toises des murailles de Paris, à quelques portées d'arbalète de la Courtille, on voyait au sommet d'une éminence douce, insensible, assez élevée pour être aperçue de quelques lieues à la ronde, un édifice de forme étrange, qui ressemblait assez à un cromlech celtique [2], et où il se faisait aussi des sacrifices.

Qu'on se figure, au couronnement d'une butte de plâtre, un gros parallélipipède de maçonnerie, haut de quinze pieds, large de trente, long de quarante, avec une porte, une rampe extérieure et une plate-forme; sur cette plate-forme seize énormes piliers de pierre brute, debout, hauts de trente pieds, disposés en colonnades autour de trois des quatre côtés du massif qui les supporte, liés entre eux à leur sommet

par de fortes poutres où pendent des chaînes
d'intervalle en intervalle; à toutes ces chaînes,
des squelettes; aux alentours dans la plaine,
une croix de pierre et deux gibets de second
ordre qui semblent pousser de bouture autour
de la fourche centrale; au-dessus de tout cela,
dans le ciel, un vol perpétuel de corbeaux. Voilà
Montfaucon.

A la fin du quinzième siècle, le formidable
gibet, qui datait de 1328, était déjà fort décrépit. Les poutres étaient vermoulues, les chaînes
rouillées, les piliers verts de moisissure. Les
assises de pierre de taille étaient toutes refen-
dues à leur jointure, et l'herbe poussait sur cette
plate-forme où les pieds ne touchaient pas.
C'était un horrible profil sur le ciel que celui de
ce monument; la nuit surtout, quand il y avait
un peu de lune sur ces crânes blancs, ou quand
la bise du soir froissait chaînes et squelettes et
remuait tout cela dans l'ombre. Il suffisait de
ce gibet présent là pour faire de tous les environs
des lieux sinistres.

Le massif de pierre qui servait de base à
l'odieux édifice était creux. On y avait pratiqué
une vaste cave, fermée d'une vieille grille de fer
détraquée, où l'on jetait non seulement les débris
humains qui se détachaient des chaînes de Montfaucon, mais les corps de tous les malheureux
exécutés aux autres gibets permanents de Paris.
Dans ce profond charnier où tant de poussières
humaines et tant de crimes ont pourri ensemble,
bien des grands du monde, bien des innocents
sont venus successivement apporter leurs os,
depuis Enguerrand de Marigni, qui étrenna
Montfaucon et qui était un juste, jusqu'à l'amiral de Coligni, qui en fit la clôture et qui était
un juste.

Quant à la mystérieuse disparition de Quasimodo, voici tout ce que nous avons pu découvrir.

Deux ans environ ou dix-huit mois après les
événements qui terminent cette histoire, quand

on vint rechercher dans la cave de Montfaucon le cadavre d'Olivier le Daim, qui avait été pendu deux jours auparavant [1], et à qui Charles VIII accordait la grâce d'être enterré à Saint-Laurent en meilleure compagnie, on trouva parmi toutes ces carcasses hideuses deux squelettes dont l'un tenait l'autre singulièrement embrassé. L'un de ces deux squelettes, qui était celui d'une femme, avait encore quelques lambeaux de robe d'une étoffe qui avait été blanche, et on voyait autour de son cou un collier de grains d'adrézarach [2] avec un petit sachet de soie, orné de verroterie verte, qui était ouvert et vide. Ces objets avaient si peu de valeur que le bourreau sans doute n'en avait pas voulu. L'autre, qui tenait celui-ci étroitement embrassé, était un squelette d'homme. On remarqua qu'il avait la colonne vertébrale déviée, la tête dans les omoplates, et une jambe plus courte que l'autre. Il n'avait d'ailleurs aucune rupture de vertèbre à la nuque, et il était évident qu'il n'avait pas été pendu. L'homme auquel il avait appartenu était donc venu là, et il y était mort. Quand on voulut le détacher du squelette qu'il embrassait, il tomba en poussière [3].

DOSSIER

VIE DE VICTOR HUGO

*Le lecteur ne s'étonnera pas de la dispro-
portion qu'il pourra observer entre les deux
parties de cette biographie : nous avons jugé
utile de donner plus de développement aux
faits et circonstances précédant la publication de Notre-Dame de Paris qu'à ceux qui
la suivent.*

I. JUSQU'À «NOTRE-DAME DE PARIS»

1797. — Mariage de Joseph Léopold Sigisbert Hugo, né à
Nancy en 1773, et de Sophie Trébuchet, née à Nantes
en 1772. Entré dans l'armée en 1791 comme volon-
t ire de la République, il est républicain et quelque
peu soudard ; elle est « vendéenne » et portée à la
délicatesse. Les tempéraments et les caractères ne
s'accorderont pas.

1800. — Le capitaine Hugo est nommé chef de bataillon.

1802. — *26 février* : naissance de Victor Marie
Hugo, leur troisième fils (après Abel, né en 1798, et
Eugène, né en 1800) ; il était malingre et on doutait
qu'il pût vivre.

1803. — Le père est promu colonel. Naissance d'Adèle
Foucher, que l'écrivain épousera en 1822.

1802-1803. — À Paris, où son mari l'a envoyée solliciter
pour lui, Mme Hugo se lie avec le général Lahorie,
un ami d'enfance qu'elle a retrouvé aussitôt après
son mariage ; elle goûte en lui les finesses de sentiment et d'aristocratisme qui lui manquent dans son
ménage. Elle le pousse vivement à conspirer contre
le régime. Cependant le chef de famille s'occupe des
enfants, à Marseille, puis à Bastia, puis à l'île d'Elbe.
C'est là que Mme Hugo vient enfin le rejoindre. Mais,
apprenant que le mari, de son côté, a maintenant

une maîtresse, elle saisit l'occasion et repart pour Paris, emmenant les enfants. Disons tout de suite que Victor Hugo ne semble pas s'être jamais ressenti du désaccord de ses parents; il aura toujours une tendre affection pour sa mère, et presque toujours une admiration éblouie pour son père.

1803-1812. — Le colonel Hugo est affecté à Naples, puis en Espagne; sa famille vit tantôt avec lui (promu général en 1809), tantôt à Paris (rue de Clichy puis impasse des Feuillantines).

1811-1812. — Le voyage en Espagne laisse sur Victor des impressions qui ne s'effaceront plus. Quant au général Hugo, quand sa femme vient le surprendre à Madrid, furieux de son intrusion dans la nouvelle vie privée qu'il s'est faite, il dépose une demande en divorce, qu'il retire bientôt sur ordre supérieur; sa femme lui rendra la pareille en 1814.

1812-1813. — Retour aux Feuillantines de la famille qui bientôt va s'installer dans l'actuelle rue du Cherche-Midi. Lahorie, traqué par la police depuis 1803, mène une existence clandestine, se déguise pour visiter son amie; arrêté enfin, il est condamné à mort et exécuté en 1812.

1814-1818. — Eugène et Victor Hugo font leurs études à la pension Cordier et Decotte (rue de Rennes). Victor devient vite un très bon latiniste. Il écrit des tragédies, des poèmes (comme « Le bonheur que procure l'étude dans toutes les situations de la vie », présenté en 1817 au concours de l'Académie française, qui l'aurait couronné si elle n'avait pas craint d'être trompée par l'auteur sur son âge). Dans son journal il note dès 1816 : « Je veux être Chateaubriand ou rien. » Il obtient un accessit de physique au concours général.

1818. — Séparation légale du ménage Hugo. Eugène et Victor quittent la pension, et s'installent avec leur mère dans l'actuelle rue Bonaparte; les fenêtres donnent sur l'école des Beaux-Arts, sur une cour où sont entassés les vieux tombeaux de Saint-Denis. Ils feignent d'étudier le droit; ils écrivent.

1819. — Victor Hugo voit deux de ses premières *Odes* couronnées aux Jeux floraux de Toulouse. *26 avril :* il se fiance en secret avec Adèle Foucher, amie d'enfance dont la famille est amie de la sienne depuis toujours. *Décembre :* fondation de la revue *Le Conservateur littéraire*, revue légitimiste et romantique qui paraîtra jusqu'en mars 1821 (le choix du titre était un acte de déférence envers Chateaubriand, qui depuis l'année précédente disposait d'un journal appelé *Le Conservateur*); Hugo devait en rédiger à lui seul les deux tiers (soit 112 articles et 22 poèmes sous 11 signatures différentes).

1820. — Diverses *Odes*, plusieurs succès. Première visite

à Chateaubriand, d'ailleurs décevante. *26 avril :* une mésentente entre les deux familles entraîne la rupture des fiançailles. Déménagement pour la rue de Mézières. Premières relations avec Vigny.

1821. — *Février :* Victor recommence à rencontrer Adèle, clandestinement. *27 juin :* mort de Mme Hugo. Peu après, le général épouse sa vieille maîtresse; la réconciliation avec les fils est proche. Réconciliation avec la famille Foucher; les fiançailles sont renouées. Hugo fait la connaissance de Lamennais, qu'il admire. Il va habiter rue du Dragon.

1822. — Publication de *Odes et poésies diverses*. Victor, qui vient d'obtenir une pension de 1 200 francs, épouse Adèle Foucher et s'installe avec elle rue du Cherche-Midi, chez ses beaux-parents. Hugo se flattera d'avoir été vierge comme elle l'était, et de l'avoir comblée neuf fois durant la première nuit : de l'un ni de l'autre il n'est pas sûr qu'elle lui ait su gré. Eugène, qui, lui aussi, aimait Adèle depuis plusieurs années, et d'ailleurs avait déjà donné maints signes de dérèglement mental, égaré par une affreuse jalousie, devient définitivement fou la nuit même du mariage; il sera interné en 1823 à Charenton, où il mourra en 1837.

1823. — Deuxième édition des *Odes. Han d'Islande*. Nouvelle pension de 2 000 francs. Première rencontre avec Nodier. Fondation de la *Muse française,* revue appelée à disparaître un an plus tard et à laquelle Hugo collabore activement; elle a son centre chez Nodier, dans son salon de l'Arsenal; la première livraison contient, sur *Quentin Durward,* un article où Hugo présente sa doctrine du roman moderne. Naissance d'un premier fils, qui ne vivra que quatre mois.

1824. — *Nouvelles Odes*. Le jeune ménage s'installe rue de Vaugirard, d'où sa renommée ne cesse de s'étendre. Naissance d'une première fille, Léopoldine.

1825. — Hugo est nommé chevalier de la Légion d'honneur (en même temps que Lamartine, son aîné de douze ans et son ami). Cette nouvelle distinction, ajoutée aux pensions et aux multiples couronnes littéraires, montre à quel point le très jeune écrivain est estimé dans les milieux officiels. En littérature, il se montre révolutionnaire avec une extrême modération; en politique, il demeure légitimiste. Contrairement à ce que l'on observe le plus souvent, les années lui apporteront la hardiesse et non l'assagissement. Il est officiellement invité par Charles X à assister au sacre de Reims, d'où il va rapporter son « Ode sur le Sacre ». Voyages divers avec Charles Nodier.

1826. — *Bug-Jargal* (dont une première version avait été esquissée dès 1817). Naissance d'un nouveau fils, Charles. *Odes et Ballades;* un article de Sainte-Beuve fait entrer le critique dans l'existence du poète. Hugo entreprend *Cromwell*, drame qui contribue à le délivrer de ses attaches littéraires antérieures.

1827. — Il s'installe rue Notre-Dame-des-Champs, qui débouche dans la campagne; son influence s'accroît sur les écrivains et sur les artistes qui, de plus en plus, se rencontrent chez lui ou l'accompagnent alentour dans ses promenades. *Cromwell*.

1828. — Mort du père de Hugo, maintenant lieutenant général (l' « Ode sur le Sacre » de son fils lui avait valu cet ultime avancement). Echec d'*Amy Robsart*. Edition définitive des *Odes et Ballades*. Naissance d'un troisième fils, François-Victor, qui traduira Shakespeare. Le *5 novembre*, signature avec l'éditeur Gosselin d'un contrat pour *Les Orientales*, *Bug-Jargal* (réédition), *Le Dernier Jour d'un condamné*, le futur roman *Notre-Dame de Paris* et *Han d'Islande* (réédition).

1829. — *Les Orientales*. *Le Dernier Jour d'un condamné*, première protestation contre la peine de mort. Le 23 mai, son ami Vigny, qui se détache de lui, note dans son *Journal* : « Il a commencé par sa maturité; le voilà qui entre dans sa jeunesse et qui vit après avoir écrit, quand on devrait écrire après avoir vécu. » Adèle ne le suivait pas — ou ne le suivait plus — dans ses ardeurs sensuelles; le drame de la génération précédente se reformait. Interdiction de *Marion de Lorme* (sous le premier titre de *Un duel sous Richelieu*). Hugo écrit *Hernani* du 29 août au 24 septembre. « Sainte-Beuve, qui aimait à vivre sur le bord du nid d'autrui, avait, pour le rôle de confesseur, un goût inné » (A. Maurois) : insinuant et confidentiel — et non sans avertir le mari —, il se rapproche d'Adèle Hugo, qui précisément se trouve être sensible à la faiblesse de sa virilité. Il deviendra son amant après avoir savouré de longues tergiversations qui conviennent à leurs deux natures.

1830. — *25 février :* première représentation de *Hernani*. *Avril :* déménagement pour la rue Jean-Goujon. *25 juillet :* Hugo entreprend la rédaction de *Notre-Dame de Paris*. *28 juillet :* en pleine révolution, naissance d'une seconde fille, Adèle, dont Sainte-Beuve est le parrain. D'avance l'écrivain est rallié au nouveau régime, qu'il trouverait plutôt un peu réactionnaire (« Il nous faut, dit-il, la chose république et le mot monarchie »). Sainte-Beuve poursuit ses frôlements.

1831. — *15 janvier :* achèvement de *Notre-Dame de Paris*. *16 mars :* publication du roman.

II. APRÈS «NOTRE-DAME DE PARIS»

1831 (suite). — Première représentation de *Marion de Lorme*. *Les Feuilles d'automne*.

1832. — Déménagement pour l'actuelle place des Vosges. *Le Roi s'amuse*, pièce aussitôt interdite.

1833. — Première représentation de *Lucrèce Borgia*. Début de la liaison avec la comédienne Juliette Drouet (née en 1806) : elle restera désormais « la femme de sa vie », malgré les nombreuses aventures passagères, et souvent ancillaires, auxquelles il se complaira. Première représentation de *Marie Tudor*.

1834. — *Littérature et philosophie mêlées*. *Claude Gueux*. Voyage en Bretagne. Rupture avec Sainte-Beuve, qui publie *Volupté*.

1835. — Première représentation d'*Angelo*. Voyage en Picardie et en Normandie. *Les Chants du Crépuscule*.

1836. — Voyage en Bretagne et en Normandie. *La Esmeralda*, opéra. *Février* et *décembre :* deux échecs à l'Académie française.

1837. — *Les Voix intérieures*. Hugo est promu officier de la Légion d'honneur. Voyage en Belgique et dans le nord de la France.

1838. — Première représentation de *Ruy Blas*.

1839. — Voyage en Alsace, sur le Rhin, en Suisse, en Provence et en Bourgogne. Troisième candidature à l'Académie française : élection nulle.

1840. — Nouvel échec à l'Académie française. Président de la Société des Gens de Lettres. *Les Rayons et les Ombres*. Voyage dans le bassin rhénan.

1841. — Election et réception à l'Académie française.

1842. — *Le Rhin*.

1843. — *15 février :* Léopoldine épouse Charles Vacquerie. Première représentation des *Burgraves*. Voyage aux Pyrénées et en Espagne, au retour duquel, à Rochefort, Hugo apprend par un journal la mort du jeune couple, noyé à Villequier, dans la basse vallée de la Seine, le *4 septembre*.

1845. — Hugo est nommé pair de France, fait l'objet d'un constat d'adultère (avec Mme Biard) et entreprend le roman qui deviendra plus tard *Les Misérables*.

1846-1847. — Il accentue son action politique, et va désormais prononcer de nombreux discours.

1848. — Maire provisoire du IXe arrondissement après la Révolution (nomination qu'il n'accepte pas), puis député de Paris à l'Assemblée constituante, il quitte l'actuelle place des Vosges pour la rue de l'Isly (qu'il quittera l'année suivante pour la rue de La Tour d'Auvergne), s'engage à fond dans la vie politique et se dispose à soutenir la candidature de Louis-Napoléon Bonaparte à la présidence de la République.

1849. — Il est élu, comme conservateur, député de Paris à l'Assemblée législative.

1850. — Discours aux obsèques de Balzac.

1851. — *17 juillet :* discours à l'Assemblée législative contre le Prince-Président. Après le coup d'Etat du 2 décembre, membre du Comité de Résistance. *11 décembre :* départ pour l'exil à Bruxelles.

1852. — *9 janvier :* un décret (à retardement) expulse Hugo du territoire français. Départ de la Belgique pour Jersey. *Napoléon le Petit.*

1853. — Début des expériences de spiritisme. *Les Châtiments.*

1854-1855. — Début de la composition de *La Fin de Satan* et de *Dieu.* Expulsé de Jersey, Hugo s'installe à Guernesey.

1856. — *Les Contemplations.*

1858. — Maladie grave (anthrax).

1859. — Hugo refuse, à titre définitif, de bénéficier des mesures d'amnistie que vient de prendre Napoléon III. *La Légende des siècles,* première série. Hugo désormais s'occupe de plus en plus des problèmes de son temps, non seulement politiques mais sociaux, philosophiques et même économiques; depuis longtemps déjà il a pris parti pour l'abolition de la peine de mort.

1861. — Voyage en Belgique (achèvement des *Misérables,* près de Waterloo), puis en Hollande.

1862. — *Les Misérables.* Voyage dans les Ardennes belges et luxembourgeoises et au Rhin.

1863. — *Victor Hugo raconté par un témoin de sa vie,* ouvrage écrit par Mme Hugo sous le contrôle de son mari, est publié sans nom d'auteur. Voyage dans les Ardennes et sur les bords du Rhin.

1864. — *William Shakespeare :* l'ouvrage est écrit pour appuyer la traduction que le fils de Hugo, François-Victor, a publiée de 1858 à 1864, et qui demeure, même aujourd'hui, un des témoins importants de Shakespeare en France. Voyage dans les Ardennes belges et sur les bords du Rhin.

1865. — Séjour à Bruxelles et retour à Guernesey. Voyage dans les Ardennes et sur les bords du Rhin. *Les Chansons des rues et des bois.*

1866. — *Les Travailleurs de la mer.* Voyage en Belgique.

1867. — Première rencontre organisée entre Adèle Hugo et Juliette Drouet.

1868. — Mort de Mme Victor Hugo, à Bruxelles.

1869. — *L'Homme qui rit.* Voyage en Belgique et en Suisse.

1870. — Plantation dans le jardin de Guernesey du « chêne des Etats-Unis d'Europe ». *19 juillet :* déclaration de guerre de la France à la Prusse. *18 août :* Hugo se rend à Bruxelles, puis le *5 septembre* — après Sedan, la capitulation et la Révolution du Quatre-Septembre —, à Paris.

1871. — Elu député de Paris, le *8 février,* il va siéger à Bordeaux à l'Assemblée nationale, démissionne le *8 mars,* se rend en Belgique d'où il est expulsé, se présente de nouveau aux élections, est battu et se réinstalle à Paris en *septembre.*

1872. — Nouvel échec aux élections. *L'Année terrible.* Voyage à Guernesey. Internement d'Adèle Hugo, sa fille, comme aliénée. Il a refusé de se porter candidat en Algérie. Ses appétits sexuels sont devenus obsessionnels.

1873. — Il refuse de se porter candidat à Lyon, puis rentre à Paris. Mort de François-Victor Hugo.

1874. — *Quatrevingt-treize.*

1875. — Guernesey. *Actes et paroles,* « Avant l'exil » et « Pendant l'exil ».

1876. — Elu sénateur de Paris, Hugo publie le troisième et dernier volume d'*Actes et paroles,* « Depuis l'exil ».

1877. — *La Légende des siècles,* deuxième série. *L'Art d'être grand-père.*

1877-1878. — *Histoire d'un crime.* Congestion cérébrale (*28 juin 1878*). Séjour à Guernesey. Installation dans l'actuelle avenue Victor-Hugo. *Le Pape.*

1879-1880. — *La Pitié suprême. Religions et Religion. L'Ane.* Commencement de l'édition « *ne varietur* », qui, de 1880 à 1885, comprendra 48 volumes.

1881. — Manifestations publiques pour l'entrée de Hugo dans sa quatre-vingtième année. *Les Quatre Vents de l'esprit.*

1882. — *Torquemada.*

1883. — Mort de Juliette Drouet. *La Légende des siècles,* troisième série.

1884. — Voyage en Suisse et en Italie : ce sera le dernier voyage d'une existence de pérégrination.

1885. — *15 mai :* Congestion pulmonaire. Hugo meurt le *22 mai*; on décide le 26 son inhumation au Panthéon; le 31, son cercueil est exposé sous l'Arc-de-Triomphe, où défile une foule énorme; le *1ᵉʳ juin* lui sont faites des funérailles nationales.

NOTICE

En 1823, comme Walter Scott vient de donner *Quentin
Durward,* Victor Hugo, qui a vingt et un ans, saisit
l'occasion de présenter sa propre doctrine du « nouveau
roman » : il le fait dans un long article de *La Muse
française* dont on lira plus loin, parmi nos Documents,
le passage le plus caractéristique. (Quatre ans plus tard
la préface de *Cromwell* en apportera pour un « nouveau
théâtre » le pendant et l'équivalent.) Après les expériences
de *Han d'Islande* (1823) et de *Bug-Jargal* (1826), en 1831
Notre-Dame de Paris viendra remplir pleinement cette
sorte de promesse : Hugo est un homme qui sait ce
qu'il fait et fait ce qu'il dit.

En 1825 un premier article *Guerre aux démolisseurs!*
préfigure celui qu'il lancera sur le même sujet aussitôt
après le roman, et comme pour appuyer le roman sur un
autre mode, en 1832. Il commence à se documenter en
vue de la création qui occupe sa songerie; il en écrit
même (en 1828, semble-t-il — la date n'est pas assurée)
un premier scénario; et maintenant il s'estime assez
avancé pour affirmer à l'éditeur Gosselin, par un contrat
daté du 15 novembre 1828, qu'il lui remettra le manuscrit
cinq mois plus tard.

Ce manuscrit cependant, malgré l'engagement pris, ne
s'enfle guère. D'autres œuvres occupent Hugo, *Les Orientales, Le Dernier Jour d'un condamné,* la pièce qui plus
tard s'appellera *Marion de Lorme, Hernani* avec sa
fameuse bataille. Et il a fort à faire, politiquement, spi-
rituellement, pour prendre conscience des liens qui, l'atta-
chant au siècle en marche, se distendent à l'égard de ce
que jusque-là il a cru croire. Alors l'éditeur, las de
s'estimer berné, entre en colère. Il faut s'exécuter. La
rédaction, commencée le 25 juillet 1830, fut achevée (à
quelques passages près, signalés dans nos notes) le
15 janvier 1831; encore avait-elle été interrompue pendant cinq ou six semaines par la Révolution de Juillet

et ses proches incidences. L'ouvrage parut deux mois plus tard, le 16 mars 1831.

.

Au département des manuscrits de la Nationale il existe un recueil de pièces autographes concernant les relations de Hugo avec Gosselin.

Le contrat proprement dit porte sur cinq titres : deux rééditions, *Bug-Jargal, Han d'Islande,* et trois nouveautés, *Les Orientales, Le Dernier Jour d'un condamné, Notre-Dame de Paris.* Dans la suite de la correspondance, Gosselin ne cache pas qu'il n'a accepté de lier les cinq titres que pour s'assurer le dernier.

Quant à celui-ci, deux tirages sont prévus : 750 exemplaires in-8 en deux tomes et 2 000 exemplaires in-12 en quatre tomes. L'auteur recevra 4 000 francs (soit l'équivalent d'une bonne quinzaine de milliers de nos francs actuels), dont 1 000 à la remise du manuscrit, 1 000 à la publication, c'est-à-dire, est-il précisé, un mois ou six semaines plus tard, le solde en billets à neuf mois de la publication. Un an après celle-ci l'auteur pourra disposer librement de ses droits, tandis que l'éditeur se réserve un privilège de préférence, à prix égal, « dans le cas où » l'auteur « viendrait à composer de nouveaux ouvrages ».

Comme Victor Hugo n'observe pas le délai, qu'il est dans son tort et qu'il veut néanmoins sauver la face, comme d'autre part l'éditeur ne manque pas de lui rappeler que la librairie est un commerce et non un mécénat, le ton de la correspondance monte très vite, et très haut. Aux lettres pressantes succèdent des mises en demeure, des menaces de procès, un exploit d'huissier... Il y a du sordide dans tout ce détail.

En octobre 1830 Hugo signale que certains chapitres d'ordre historique ont pris un tel développement que, pour leur faire place, il faudrait prévoir trois volumes in-8 et non plus deux, à condition du moins que les droits d'auteur soient révisés en conséquence. De quoi, réplique Gosselin, il ne saurait être question; tout au plus pourrait-on envisager de grossir un peu les deux volumes.

Cet incident, qu'on rapprochera de la seconde préface de Hugo ainsi que des notes correspondantes, explique sans doute ce qui distingue la huitième édition, parue en décembre 1832, des précédentes. (Du dossier de la Nationale il semble bien résulter qu'il n'y a pas lieu d'attacher trop d'importance aux numérotations des sept premières : notre siècle n'a pas inventé les truquages publicitaires.) Cette huitième édition parut chez un autre éditeur, Renduel, augmentée de plusieurs chapitres que l'auteur déclare avec subtilité « inédits » mais non pas « nouveaux » — ceux apparemment dont Gosselin n'avait pas voulu payer le juste prix : Hugo, par représaille, les aurait retenus par-devers lui, en réserve et en gage.

*

Quoi qu'il en soit, le texte de 1832 est évidemment le premier en date que nous puissions regarder comme achevé et qui fasse foi. Un récent éditeur de *Notre-Dame de Paris*, M. Marius-François Guyard, a même cru devoir le retenir comme texte de base. Malgré la science et l'autorité de ce critique, nous ne le suivons pas, et préférons nous en tenir à l'édition « *ne varietur* » de 1880 (chez Hetzel et Quentin) : c'est la dernière de celles dont Hugo a pu contrôler la préparation à défaut de l'assurer personnellement. Et il gardait encore la tête assez solide pour trancher souverainement les difficultés qu'avaient à lui soumettre, le cas échéant, des collaborateurs parfaitement dévoués.

Au demeurant, les différences entre les deux versions sont rares et d'importance généralement minime; et M. Guyard lui-même se voit parfois obligé de choisir les leçons de 1880. C'est d'ailleurs à son appareil critique que nous empruntons les quelques variantes relevées dans nos notes.

*

Sur les sources de *Notre-Dame de Paris* nous n'avons pas à répéter ici ce qu'a dit M. Louis Chevalier en tête du présent volume.

Nous croyons peu vraisemblable que les déboires conjugaux de Victor Hugo aient suffi à déterminer le pessimisme du roman : ce pessimisme s'explique assez par la considération et l'analyse d'une époque fermée aux lumières et inapte encore au progrès. Il faut cependant rappeler qu'au moment où il écrivait son roman Hugo faisait l'expérience d'un malheur fatal.

La merveilleuse réussite de son ménage s'effondrait. « J'ai besoin de me rejeter sur la fatalité, lui écrit Sainte-Beuve le 7 juillet 1830, pour m'absoudre d'être ainsi l'instrument meurtrier qui laboure votre grand cœur. » Remarquons la date, soulignons le mot *fatalité* qui, traduit en grec, est celui-là même sur lequel s'ouvre l'ouvrage, relevons ces cinq vers ébauchés qu'on a trouvés dans son dossier de *Notre-Dame de Paris* :

> *O mes jeunes amours! bel avril de ma vie!*
> *O souvenir de tous les souvenirs vainqueur!*
> *O temps de soleil et d'orage!*
> *En être encore si près par l'âge*
> *Et déjà si loin par le cœur!*

Cela dit, quelque correspondance que ce soit entre l'aventure de la personne et la philosophie du romancier reste parfaitement aléatoire. Au surplus, la mésentente d'un Victor trop faunesque et d'une Adèle trop réservée n'était pas neuve. L'heure du désenchantement était passée et dépassée : « ... Et déjà si loin par le cœur ! » Hugo n'eut peut-être pas tant de peine à demeurer, comme il fit, noble et digne — et à tenir son cap.

*

Nous réunissons ci-après une série de documents propres à éclairer la conception de l'œuvre, son esprit général, les épisodes de la création. Presque tous ces documents ont été cités dans l'introduction de M. Louis Chevalier ou dans les pages qui précèdent. En voici la liste :

1° l'article sur Walter Scott de 1823;

2° les deux articles « Guerre aux démolisseurs ! » ;

3° deux scénarios du roman qui ont été retrouvés parmi les papiers de Victor Hugo;

4° un chapitre de *Victor Hugo raconté par un témoin de sa vie,* ouvrage rédigé, comme on sait, par Mme Victor Hugo, anonymement, et évidemment sous le contrôle ou peut-être sous la dictée de son mari; les détails en sont généralement confirmés par les recoupements.

DOCUMENTS

« SUR WALTER SCOTT
à propos de Quentin Durward [1] »

Certes, il y a quelque chose de bizarre et de merveilleux dans le talent de cet homme qui dispose de son
lecteur comme le vent dispose d'une feuille ; qui le pro-
mène à son gré dans tous les lieux et dans tous les temps ;
lui dévoile, en se jouant, le plus secret repli du cœur,
comme le plus mystérieux phénomène de la nature, comme
la page la plus obscure de l'histoire ; dont l'imagination
domine et caresse toutes les imaginations, revêt avec la
même étonnante vérité le haillon du mendiant et la
robe du roi, prend toutes les allures, adopte tous les
vêtements, parle tous les langages ; laisse à la physionomie des siècles ce que la sagesse de Dieu a mis d'immuable et d'éternel dans leurs traits, et ce que les folies
des hommes y ont jeté de variable et de passager ; ne
force pas, ainsi que certains romanciers ignorants, les
personnages des jours passés à s'enluminer de notre
fard, à se frotter de notre vernis ; mais contraint, par
son pouvoir magique, les lecteurs contemporains à reprendre, du moins pour quelques heures, l'esprit, aujourd'hui
si dédaigné, des vieux temps, comme un sage et adroit
conseiller qui invite des fils ingrats à revenir chez leur
père. L'habile magicien veut cependant avant tout être
exact. Il ne refuse à sa plume aucune vérité, pas même
celle qui naît de la peinture de l'erreur, cette fille des
hommes qu'on pourrait croire immortelle si son humeur
capricieuse et changeante ne rassurait sur son éternité.
Peu d'historiens sont aussi fidèles que ce romancier. On
sent qu'il a voulu que ses portraits fussent des tableaux,
et ses tableaux des portraits. Il nous peint nos devan-
ciers avec leurs passions, leurs vices et leurs crimes, mais
de sorte que l'instabilité des superstitions et l'impiété

du fanatisme n'en fassent que mieux ressortir la pérennité de la religion et la sainteté des croyances. Nous aimons d'ailleurs à retrouver nos ancêtres avec leurs préjugés, souvent si nobles et si salutaires, comme avec leurs beaux panaches et leurs bonnes cuirasses.

Walter Scott a su puiser aux sources de la nature et de la vérité un genre inconnu, qui est nouveau parce qu'il se fait aussi ancien qu'il le veut. Walter Scott allie à la minutieuse exactitude des chroniques la majestueuse grandeur de l'histoire et l'intérêt pressant du roman; génie puissant et curieux qui devine le passé,, pinceau vrai qui trace un portrait fidèle d'après une ombre confuse, et nous force à reconnaître même ce que nous n'avons pas vu; esprit flexible et solide qui s'empreint du cachet particulier de chaque siècle et de chaque pays, comme une cire molle, et conserve cette empreinte pour la postérité comme un bronze indélébile.

Peu d'écrivains ont aussi bien rempli que Walter Scott les devoirs du romancier relativement à son art et à son siècle; car ce serait une erreur presque coupable dans l'homme de lettres que de se croire au-dessus de l'intérêt général et des besoins nationaux, d'exempter son esprit de toute action sur les contemporains et d'isoler sa vie égoïste de la grande vie du corps social. Et qui donc se dévouera, si ce n'est le poète? Quelle voix s'élèvera dans l'orage, si ce n'est celle de la lyre qui peut le calmer? Et qui bravera les haines de l'anarchie et les dédains du despotisme, sinon celui auquel la sagesse antique attribuait le pouvoir de réconcilier les peuples et les rois, et auquel la sagesse moderne a donné celui de les diviser?

Ce n'est donc point à de doucereuses galanteries, à de mesquines intrigues, à de sales aventures, que Walter Scott voue son talent. Averti par l'instinct de sa gloire, il a senti qu'il fallait quelque chose de plus à une génération qui vient d'écrire de son sang et de ses larmes la page la plus extraordinaire de toutes les histoires humaines. Les temps qui ont immédiatement précédé et immédiatement suivi notre convulsive révolution étaient de ces époques d'affaissement que le fiévreux éprouve avant et après ses accès. Alors les livres les plus platement atroces, les plus stupidement impies, les plus monstrueusement obscènes, étaient avidement dévorés par une société malade, dont les goûts dépravés et les facultés engourdies eussent rejeté tout aliment savoureux ou salutaire. C'est ce qui explique ces triomphes scandaleux décernés alors par les plébéiens des salons et les praticiens des échoppes à des écrivains ineptes ou graveleux, que nous dédaignerons de nommer, lesquels en sont réduits aujourd'hui à mendier l'applaudissement des laquais et le rire des prostituées. Maintenant la popularité n'est plus distribuée par la populace, elle vient de la seule source qui puisse lui imprimer un caractère d'immortalité ainsi que d'universalité, du suffrage de ce petit nombre d'esprits délicats, d'âmes exaltées et de têtes sérieuses qui représentent moralement les peuples civilisés. C'est celle-là que Scott a obtenue en empruntant aux annales des nations des compositions faites pour toutes les nations, en puisant dans les fastes des siècles des livres écrits pour tous les siècles. Nul romancier n'a caché plus d'enseignement sous plus de charme, plus de vérité sous la fiction. Il y a une alliance visible entre la forme qui lui est propre et toutes les formes littéraires du passé et de l'avenir, et l'on pourrait considérer les romans épiques de Scott comme une transition de la littérature actuelle aux romans grandioses, aux grandes épopées en vers ou en prose que notre ère poétique nous promet et nous donnera.

Quelle doit être l'intention du romancier? C'est d'exprimer dans une fable intéressante une vérité utile. Et, une fois cette idée fondamentale choisie, cette action explicative inventée, l'auteur ne doit-il pas chercher, pour la développer, un mode d'exécution qui rende son roman semblable à la vie, l'imitation pareille au modèle? Et la vie n'est-elle pas un drame bizarre où se mêlent le bon et le mauvais, le beau et le laid, le haut et le bas, loi dont le pouvoir n'expire que hors de la création? Faudra-t-il donc se borner à composer, comme certains peintres flamands, des tableaux entièrement ténébreux, ou, comme les Chinois, des tableaux tout lumineux, quand la nature montre partout la lutte de l'ombre et de la lumière? Or les romanciers, avant Walter Scott, avaient adopté généralement deux méthodes de composition contraires; toutes deux vicieuses, précisément parce qu'elles sont contraires. Les uns donnaient à leur ouvrage la forme d'une narration divisée arbitrairement en chapitres, sans qu'on devinât trop pourquoi, ou même uniquement pour délasser l'esprit du lecteur; comme l'avoue assez naïvement le titre de *Descanso* (repos), placé par un vieil auteur espagnol en tête de ses chapitres *. Les autres déroulaient leur fable dans une série de lettres qu'on supposait écrites par les divers acteurs du roman. Dans la narration, les personnages disparaissent, l'auteur seul se montre toujours; dans les lettres, l'auteur s'éclipse pour ne laisser jamais voir que ses personnages. Le romancier narrateur ne peut donner place au dialogue naturel, à l'action véritable; il faut qu'il leur substitue un certain mouvement monotone de style, qui est comme un moule où les événements les plus divers prennent la même forme, et sous lequel les créations les plus élevées, les inventions les plus profondes, s'effacent, de même que les aspérités d'un champ s'aplanissent sous le rouleau. Dans le roman par lettres, la même monotonie

---

* Marcos Obregon de la Ronda. (*Note de Victor Hugo.*)

provient d'une autre cause. Chaque personnage arrive à son tour avec son épître, à la manière de ces acteurs forains qui, ne pouvant paraître que l'un après l'autre, et n'ayant pas la permission de parler sur leurs tréteaux, se présentent successivement, portant au-dessus de leur tête un grand écriteau sur lequel le public lit leur rôle. On peut encore comparer le roman par lettres à ces laborieuses conversations de sourds-muets qui s'écrivent réciproquement ce qu'ils ont à se dire, de sorte que leur colère ou leur joie est tenue d'avoir sans cesse la plume à la main et l'écritoire en poche. Or, je le demande, que devient l'à-propos d'un tendre reproche qu'il faut porter à la poste? Et l'explosion fougueuse des passions n'est-elle pas un peu gênée entre le préambule obligé et la formule polie qui sont l'avant-garde et l'arrière-garde de toute lettre écrite par un homme bien né? Croit-on que le cortège des compliments, le bagage des civilités, accélèrent la progression de l'intérêt et pressent la marche de l'action? Ne doit-on pas enfin supposer quelque vice radical et insurmontable dans un genre de composition qui a pu refroidir parfois l'éloquence même de Rousseau?

Supposons donc qu'au roman narratif, où il semble qu'on ait songé à tout, excepté à l'intérêt, en adoptant l'absurde usage de faire précéder chaque chapitre d'un sommaire, souvent très détaillé, qui est comme le récit du récit; supposons qu'au roman épistolaire, dont la forme même interdit toute véhémence et toute rapidité, un esprit créateur substitue le roman dramatique, dans lequel l'action imaginaire se déroule en tableaux vrais et variés, comme se déroulent les événements réels de la vie; qui ne connaisse d'autre division que celle des différentes scènes à développer; qui, enfin, soit un long drame, où les descriptions suppléeraient aux décorations et aux costumes, où les personnages pourraient se peindre par eux-mêmes, et représenter, par leurs chocs divers et multipliés, toutes les formes de l'idée unique de l'ouvrage. Vous trouverez, dans ce genre nouveau, les avantages réunis des deux genres anciens, sans leurs inconvénients. Ayant à votre disposition les ressorts pittoresques, et en quelque façon magiques, du drame, vous pourrez laisser derrière la scène ces mille détails oiseux et transitoires que le simple narrateur, obligé de suivre ses acteurs pas à pas comme des enfants aux lisières, doit exposer longuement s'il veut être clair; et vous pourrez profiter de ces traits profonds et soudains, plus féconds en méditation que des pages entières, que fait jaillir le mouvement d'une scène, mais qu'exclut la rapidité d'un récit.

Après le roman pittoresque, mais prosaïque, de Walter Scott, il restera un autre roman à créer, plus beau et plus complet encore selon nous. C'est le roman à la fois drame et épopée, pittoresque mais poétique, réel mais idéal, vrai mais grand, qui enchâssera Walter Scott dans Homère.

Comme tout créateur, Walter Scott a été assailli jusqu'à présent par d'inextinguibles critiques. Il faut que celui qui défriche un marais se résigne à entendre les grenouilles coasser autour de lui [1].

.. ..

«GUERRE AUX DÉMOLISSEURS [2]!»
1825.

Si les choses vont encore quelque temps de ce train, il ne restera bientôt plus à la France d'autre monument national que celui des *Voyages pittoresques et romantiques* où rivalisent de grâce, d'imagination et de poésie le crayon de Taylor et la plume de Ch. Nodier, dont il nous est bien permis de prononcer le nom avec admiration, quoiqu'il ait quelquefois prononcé le nôtre avec amitié.

Le moment est venu où il n'est plus permis à qui que ce soit de garder le silence. Il faut qu'un cri universel appelle enfin la nouvelle France au secours de l'ancienne. Tous les genres de profanation de dégradation et de ruine menacent à la fois le peu qui nous reste de ces admirables monuments du moyen âge où s'est imprimée la vieille gloire nationale, auxquels s'attachent à la fois la mémoire des rois et la tradition du peuple. Tandis que l'on construit à grands frais je ne sais quels édifices bâtards, qui, avec la ridicule prétention d'être grecs ou romains en France, ne sont ni romains ni grecs, d'autres édifices admirables et originaux tombent sans qu'on daigne s'en informer, et leur seul tort cependant, c'est d'être français par leur origine, par leur histoire et par leur but. A Blois, le château des états sert de caserne, et la belle tour octogone de Catherine de Médicis croule ensevelie sous les charpentes d'un quartier de cavalerie. A Orléans, le dernier vestige des murs défendus par Jeanne vient de disparaître. A Paris, nous savons ce qu'on a fait des vieilles tours de Vincennes, qui faisaient une si magnifique compagnie au donjon. L'abbaye de Sorbonne, si élégante et si ornée, tombe en ce moment sous le marteau. La belle église romane de Saint-Germain-des-Prés, d'où Henri IV avait observé Paris, avait trois flèches, les seules de ce genre qui embellissent la silhouette de la capitale. Deux de ces aiguilles menaçaient ruine. Il fallait les étayer ou les abattre; on a trouvé plus court de les abattre. Puis, afin de raccorder, autant que possible, ce vénérable monument avec le mauvais portique dans le style Louis XIII, qui en masque le portail, les *restaurateurs* ont remplacé quelques-unes des anciennes chapelles par de petites bonbonnières à chapiteaux corinthiens dans le goût de celles de Saint-Sulpice; et l'on a badigeonné le reste en beau jaune serin. La Cathédrale gothique d'Autun a subi le même outrage. Lorsque nous passions à Lyon, en août 1825, il y a deux mois, on faisait également disparaître sous une couche de détrempe rose la belle couleur que les siècles avaient donnée à la cathédrale du primat des Gaules. Nous avons vu démolir encore, près de Lyon, le château renommé de l'Arbresle. Je me trompe, le propriétaire a conservé une des tours, il la loue à la commune, elle sert de prison. Une petite ville historique dans le Forez, Crozet, tombe en ruine avec le manoir des d'Aillecourt, la maison seigneuriale où naquit Tourville, et des monuments qui embelliraient Nuremberg. A Nevers, deux églises du onzième siècle servent d'écurie. Il y en avait une troisième du même temps, nous ne l'avons pas vue : à notre passage, elle était effacée du sol. Seulement nous en avons admiré à la porte d'une chaumière, où ils étaient jetés, deux chapiteaux romans qui attestaient par leur beauté celle de l'édifice dont ils étaient les seuls vestiges. On a détruit l'antique église de Mauriac. A Soissons, on laisse crouler le riche cloître de Saint-Jean et ses deux flèches si légères et si hardies. C'est dans ces magnifiques ruines que le tailleur de pierre choisit des matériaux. Même indifférence pour la charmante église de Braisne, dont la voûte démantelée laisse arriver la pluie sur les dix tombes royales qu'elle renferme.

A la Charité-sur-Loire, près Bourges, il y a une église romane qui, par l'immensité de son enceinte et la richesse de son architecture, rivaliserait avec les plus célèbres cathédrales de l'Europe; mais elle est à demi ruinée. Elle tombe pierre à pierre, aussi inconnue que les pagodes orientales dans leurs déserts de sable. Il passe là six diligences par jour. Nous avons visité Chambord, cet Alhambra de la France. Il chancelle déjà, miné par les eaux du ciel qui ont filtré à travers la pierre tendre de ses toits dégarnis de plomb. Nous le déclarons avec douleur, si l'on n'y songe promptement, avant peu d'années, la souscription, souscription qui, certes, méritait d'être nationale, qui a rendu le chef-d'œuvre du Primatice au pays, aura été inutile; et bien peu de chose restera debout de cet édifice, beau comme un palais de fées, grand comme un palais de rois.

Nous écrivons ceci à la hâte, sans préparation et en choisissant au hasard quelques-uns des souvenirs qui nous sont restés d'une excursion rapide dans une petite portion de la France. Qu'on y réfléchisse, nous n'avons dévoilé qu'un bord de la plaie. Nous n'avons cité que des faits, et des faits que nous avons vérifiés. Que se passe-t-il ailleurs?

On nous a dit que les Anglais avaient acheté *trois cents*

francs le droit d'emballer tout ce qui leur plairait dans
les débris de l'admirable abbaye de Jumièges. Ainsi les
profanations de lord Elgin se renouvellent chez nous, et
nous en tirons profit. Les Turcs ne vendaient que les
monuments grecs; nous faisons mieux, nous vendons les
nôtres. On affirme encore que le cloître si beau de Saint-
Wandrille est débité, pièce à pièce, par je ne sais quel
propriétaire ignorant et cupide, qui ne voit dans un
monument qu'une carrière de pierres. *Proh pudor!* au
moment où nous traçons ces lignes, à Paris, au lieu
même dit *Ecole des Beaux-Arts,* un escalier de bois,
sculpté par les merveilleux artistes du quatorzième siècle,
sert d'échelle à des maçons; d'admirables menuiseries
de la Renaissance, quelques-unes encore peintes, dorées
et blasonnées, des boiseries, des portes touchées par
le ciseau si tendre et si délicat qui a œuvré le château
d'Anet, se rencontrent là, brisées, disloquées, gisant en
tas sur le sol, dans les greniers, dans les combles et
jusque dans l'antichambre du cabinet d'un individu qui
s'est installé là, et qui s'intitule *architecte de l'Ecole des
Beaux-Arts,* et qui marche tous les jours stupidement
là-dessus. Et nous allons chercher bien loin et payer bien
cher des ornements à nos musées!

Il serait temps enfin de mettre un terme à ces désordres,
sur lesquels nous appelons l'attention du pays. Quoique
appauvrie par les dévastateurs révolutionnaires, par les
spéculateurs mercantiles et surtout par les restaurateurs
classiques, la France est riche encore en monuments
français. Il faut arrêter le marteau qui mutile la face
du pays. Une loi suffirait; qu'on la fasse. Quels que
soient les droits de la propriété, la destruction d'un
édifice historique et monumental ne doit pas être permise à ces ignobles spéculateurs que leur intérêt aveugle
sur leur honneur; misérables hommes, et si imbéciles,
qu'ils ne comprennent même pas qu'ils sont des barbares!
Il y a deux choses dans un édifice : son usage et sa
beauté. Son usage appartient au propriétaire, sa beauté
à tout le monde; c'est donc dépasser son droit que le
détruire.

Une surveillance active devrait être exercée sur nos
monuments. Avec de légers sacrifices, on sauverait des
constructions qui, indépendamment du reste, représentent
des capitaux énormes. La seule église de Brou, bâtie
vers la fin du quinzième siècle, a coûté vingt-quatre
millions, à une époque où la journée d'un ouvrier se
payait deux sous. Aujourd'hui ce serait plus de cent cinquante millions. Il ne faut pas plus de trois jours et de
trois cents francs pour la jeter bas.

Et puis, un louable regret s'emparerait de nous, nous
voudrions reconstruire ces prodigieux édifices, que nous
ne le pourrions. Nous n'avons plus le génie de ces siècles.
L'industrie a remplacé l'art.

Terminons ici cette note; aussi bien c'est encore là

un sujet qui exigerait un livre. Celui qui écrit ces lignes y reviendra souvent, à propos et hors de propos; et, comme ce vieux Romain qui disait toujours : *hoc censeo, et delendam esse Carthaginem,* l'auteur de cette note répétera sans cesse : « Je pense cela et qu'il ne faut pas démolir la France. »

1832

Il faut le dire et le dire haut, cette démolition de la vieille France que nous avons dénoncée plusieurs fois sous la Restauration, se continue avec plus d'acharnement et de barbarie que jamais. Depuis la Révolution de juillet, avec la démocratie quelque ignorance a débordé et quelque brutalité aussi. Dans beaucoup d'endroits, le pouvoir local, l'influence municipale, la curatelle communale a passé des gentilshommes qui ne savaient pas écrire aux paysans qui ne savent pas lire. On est tombé d'un cran. En attendant que ces braves gens sachent épeler, ils gouvernent. La bévue administrative, produit naturel et normal de cette machine de Marly qu'on appelle la *centralisation,* la bévue administrative s'engendre toujours, comme par le passé, du maire au sous-préfet, du sous-préfet au préfet, du préfet au ministre. Seulement elle est plus grosse.

Notre intention est de n'envisager ici qu'une seule des innombrables formes sous lesquelles elle se produit aux yeux du pays émerveillé. Nous ne voulons traiter de la *bévue administrative* qu'en matière de monuments, et encore ne ferons-nous qu'effleurer cet immense sujet que vingt-cinq volumes in-folio n'épuiseraient pas.

Nous posons donc en fait qu'il n'y a peut-être pas en France, à l'heure qu'il est, un seule ville, pas un seul chef-lieu d'arrondissement, pas un seul chef-lieu de canton, où il ne se médite, où il ne se commence, où il ne s'achève la destruction de quelque monument historique national, soit par le fait de l'autorité centrale, soit par le fait de l'autorité locale de l'aveu de l'autorité centrale, soit par le fait des particuliers sous les yeux et avec la tolérance de l'autorité locale.

Nous avançons ceci avec la profonde conviction de ne pas nous tromper, et nous en appelons à la conscience de quiconque a fait, sur un point quelconque de la France, la moindre excursion d'artiste et d'antiquaire. Chaque jour quelque vieux souvenir de la France s'en va avec la pierre sur laquelle il était écrit. Chaque jour nous brisons quelque lettre du vénérable livre de la tradition. Et bientôt, quand la ruine de toutes ces ruines sera achevée, il ne nous restera plus qu'à nous écrier avec ce Troyen qui du moins emportait ses dieux :

Fuit ilium, et ingens
                    Gloria!

Et à l'appui de ce que nous venons de dire, qu'on permette à celui qui écrit ces lignes de citer, entre une foule de documents qu'il pourrait produire, l'extrait d'une lettre à lui envoyée. Il n'en connaît pas personnellement le signataire, qui est, comme sa lettre l'annonce, homme de goût et de cœur; mais il le remercie de s'être adressé à lui. Il ne fera jamais faute à quiconque lui signalera une injustice ou une absurdité nuisible à dénoncer. Il regrette seulement que sa voix n'ait pas plus d'autorité et de retentissement. Qu'on lise donc cette lettre, et qu'on songe, en la lisant, que le fait qu'elle atteste n'est pas un fait isolé, mais un des mille épisodes du grand fait général, la *démolition successive et incessante de tous les monuments de l'ancienne France.*

« *Charleville, 14 février 1832.*

« *Monsieur,*

. . . .

Au mois de septembre dernier, je fis un voyage à Laon (Aisne), mon pays natal. Je l'avais quitté depuis plusieurs années : aussi, à peine arrivé, mon premier soin fut de parcourir la ville... Arrivé sur la place du Bourg, au moment où mes yeux se levaient sur la vieille tour de Louis d'Outremer, quelle fut ma surprise de la voir de toutes parts bardée d'échelles, de leviers et de tous les instruments possibles de destruction! Je l'avouerai, cette vue me fit mal. Je cherchais à deviner pourquoi ces échelles et ces pioches, quand vint à passer M. Th...., homme simple et instruit, plein de goût pour les lettres et fort ami de tout ce qui touche à la science et aux arts. Je lui fis part à l'instant de l'impression douloureuse que me causait la destruction de ce vieux monument. M. Th..., qui la partageait, m'apprit que, resté seul des membres de l'ancien conseil municipal, il avait été seul pour combattre l'acte dont nous étions en ce moment témoins; que ses efforts n'avaient rien pu : raisonnements, paroles, tout avait échoué. Les nouveaux conseillers, réunis en majorité contre lui, l'avaient emporté. Pour avoir pris un peu chaudement le parti de cette tour innocente, M. Th... avait même été accusé de carlisme. Ces messieurs s'étaient écriés que cette tour ne rappelait que les souvenirs des temps féodaux, et la destruction avait été votée par acclamation. Bien plus, la ville a offert au soumissionnaire qui se charge de l'exécution une somme de plusieurs milliers de francs, les matériaux en sus. Voilà le prix du meurtre, car c'est un véritable meurtre! M. Th... me fit remarquer sur le mur voisin l'affiche d'adjudication, en papier jaune. En tête était écrit en énormes caractères : DESTRUCTION DE

LA TOUR DITE DE LOUIS D'OUTREMER. Le public est prévenu, etc.

   Cette tour occupait un espace de quelques toises. Pour agrandir le marché qui l'avoisine, si c'est le but qu'on a cherché, on pouvait sacrifier une maison particulière, dont le prix n'eût peut-être pas dépassé la somme offerte au soumissionnaire. Ils ont préféré anéantir la tour. Je suis affligé de le dire à la honte des Laonnois, leur ville possédait un monument rare, un monument des rois de la seconde race; il n'y en existe plus aujourd'hui un seul. Celui de Louis IV était le dernier. Après un pareil acte de vandalisme, on apprendra quelque jour sans surprise qu'ils démolissent leur belle cathédrale du onzième siècle, pour faire une halle aux grains *. »

   Les réflexions abondent et se pressent devant de tels faits. Et d'abord, ne voilà-t-il pas une excellente comédie? Vous représentez-vous ces dix ou douze conseillers municipaux mettant en délibération la grande *destruction de la tour dite de Louis d'Outremer?* Les voilà tous, rangés en cercle, et sans doute assis sur la table, jambes croisées et babouches aux pieds, à la façon des Turcs. Ecoutez-les. Il s'agit d'agrandir le carré aux choux et de faire disparaître· un *monument féodal.* Les voilà qui mettent en commun tout ce qu'ils savent de grands mots, depuis quinze ans qu'ils se font anucher le *Constitutionnel* par le magister de leur village. Ils se cotisent. Les bonnes raisons pleuvent. L'un a argué la *féodalité,* et s'y tient; l'autre allègue la *dime;* l'autre la *corvée;* l'autre les *serfs qui battaient l'eau des fossés pour faire taire les grenouilles;* un cinquième, le *droit de jambage et de cuissage;* un sixième, les éternels *prêtres* et les éternels *nobles;* un autre, les *horreurs de la Saint-Barthélemy;* un autre, qui est probablement avocat, les *jésuites;* puis ceci, puis cela, puis encore cela et ceci; et tout est dit, la tour de Louis d'Outremer est condamnée.

   Vous figurez-vous bien, au milieu du grotesque sanhédrin, la situation de ce pauvre homme, représentant unique de la science, de l'art, du goût, de l'histoire? Remarquez-vous l'attitude humble et opprimée de ce paria? L'écoutez-vous hasarder quelques mots timides en faveur du vénérable monument? Et voyez-vous l'orage éclater contre lui? Le voilà qui ploie sous les invectives. Voilà qu'on l'appelle de toutes parts *Carliste* et probablement *carlisse.* Que répondre à cela? C'est fini. La chose est faite. La démolition du « monument des âges de barbarie » est définitivement votée avec enthousiasme,

---

   * Nous ne publions pas le nom du signataire de la lettre, n'y étant point formellement autorisé par lui; mais nous le tenons en réserve pour notre garantie. Nous avons cru devoir aussi retrancher les passages qui n'étaient que l'expression trop bienveillante de la sympathie de notre   correspondant pour nous personnellement. (*Note de Victor Hugo.*)

et vous entendez le hurra des braves conseillers municipaux de Laon, qui ont pris d'assaut la tour de Louis
d'Outremer.

Croyez-vous que jamais Rabelais, que jamais Hogarth
auraient pu trouver quelque part faces plus drolatiques,
profils plus bouffons, silhouettes plus réjouissantes à
charbonner sur les murs d'un cabaret ou sur les passages
d'une batrachomyomachie?

Oui, riez. — Mais, pendant que les prud'hommes
jargonnaient, coassaient et délibéraient, la vieille tour,
si longtemps inébranlable, se sentait trembler dans ses
fondements. Voilà tout à coup que, par les fenêtres, par
les portes, par les barbacanes, par les meurtrières, par
les lucarnes, par les gouttières, de partout, les démolisseurs lui sortent comme les vers d'un cadavre. Elle
sue des maçons. Ces pucerons la piquent. Cette vermine
la dévore. La pauvre tour commence à tomber pierre
à pierre; ses sculptures se brisent sur le pavé; elle écla-
bousse les maisons de ses débris; son flanc s'éventre;
son profil s'ébrèche, et le bourgeois inutile, qui passe à
côté sans trop savoir ce qu'on lui fait, s'étonne de la
voir chargée de cordes, de poulies, et d'échelles plus
qu'elle ne le fut jamais par un assaut d'Anglais ou de
Bourguignons.

Ainsi, pour jeter bas cette statue de Louis d'Outremer,
presque contemporaine des tours romaines de l'ancienne
Bibrax, pour faire ce que n'avaient fait ni béliers, ni
balistes, ni scorpions, ni catapultes, ni haches, ni
dolabres, ni engins, ni bombardes, ni serpentines, ni
fauconneaux, ni couleuvrines, ni les boulets de fer des
forges de Creil, ni les pierres à bombarde des carrières
de Péronne, ni le canon, ni le tonnerre, ni la tempête,
ni la bataille, ni le feu des hommes, ni le feu du ciel,
il a suffi au dix-neuvième siècle, merveilleux progrès!
d'une plume d'oie, promenée à peu près au hasard sur
une feuille de papier par quelques infiniment petits!
méchante plume d'un conseil municipal du vingtième
ordre, plume qui formule boiteusement les fetfas imbéciles d'un divan de paysans! plume imperceptible du
sénat de Lilliput! plume qui fait des fautes de français!
plume qui ne sait pas l'orthographe! plume qui, à coup
sûr, a tracé plus de croix que de signatures au bas de
l'inepte arrêté!

Et la tour a été démolie! et cela s'est fait! et la ville
a payé pour cela! on lui a volé sa couronne, et elle a
payé le voleur!

Quel nom donner à toutes ces choses?

Et, nous le répétons pour qu'on y songe bien, le fait
de Laon n'est pas un fait isolé. A l'heure où nous écrivons, il n'est pas un point en France où il ne se passe
quelque chose d'analogue. C'est plus ou c'est moins,
c'est peu ou c'est beaucoup, c'est petit ou c'est grand,
mais c'est toujours et partout du vandalisme. La liste

des démolitions est inépuisable. Elle a été commencée par nous et par d'autres écrivains qui ont plus d'importance que nous. Il serait facile de la grossir, il serait impossible de la clore.

On vient de voir une prouesse du conseil municipal. Ailleurs, c'est un maire qui déplace un peulven pour marquer la limite du champ communal; c'est un évêque qui ratisse et badigeonne sa cathédrale; c'est un préfet qui jette bas une abbaye du quatorzième siècle pour démasquer les fenêtres de son salon; c'est un artilleur qui rase un cloître de 1460 pour rallonger un polygone; c'est un adjoint qui fait du sarcophage de Théodeberthe une auge aux pourceaux.

Nous pourrions citer les noms. Nous en avons pitié. Nous les taisons.

Cependant il ne mérite pas d'être épargné, ce curé de Fécamp qui a fait démolir le jubé de son église, donnant pour raison que ce massif incommode, ciselé et fouillé par les mains miraculeuses du quinzième siècle, privait ses paroissiens du bonheur de le contempler, lui curé, dans sa splendeur à l'autel. Le maçon qui a exécuté l'ordre du béat s'est fait des débris du jubé une admirable maisonnette qu'on peut voir à Fécamp. Quelle honte! Qu'est devenu le temps où le prêtre était le suprême architecte? Maintenant le maçon enseigne le prêtre!

N'y a-t-il pas aussi un dragon ou un housard qui veut faire de l'église de Brou, de cette merveille, son grenier à foin, et qui en demande ingénument la permission au ministre? N'était-on pas en train de gratter de haut en bas la belle cathédrale d'Angers quand le tonnerre est tombé sur la flèche, noire et intacte encore, et l'a brûlée, comme si le tonnerre avait eu, lui, de l'intelligence et avait mieux aimé abolir le vieux clocher que de le laisser égratigner par des conseillers municipaux! Un ministre de la Restauration n'a-t-il pas rogné à Vincennes ses admirables tours et à Toulouse ses beaux remparts? N'y a-t-il pas eu, à Saint-Omer, un préfet qui a détruit aux trois quarts les magnifiques ruines de Saint-Bertin, sous prétexte de donner du *travail aux ouvriers*? Dérision! si vous êtes des administrateurs tellement médiocres, des cerveaux tellement stériles, qu'en présence des routes à ferrer, des canaux à creuser, des rues à macadamiser, des ports à curer, des landes à défricher, des écoles à bâtir, vous ne sachiez que faire de vos ouvriers, du moins ne leur livrez pas comme une proie nos édifices nationaux à démolir, ne leur dites pas de se faire du pain avec ces pierres. Partagez-les plutôt, ces ouvriers, en deux bandes; que toutes deux creusent un grand trou, et que chacune ensuite comble le sien avec la terre de l'autre. Et puis payez-leur ce travail. Voilà une idée. J'aime mieux l'inutile que le nuisible.

A Paris, le vandalisme fleurit et prospère sous nos yeux. Le vandalisme est architecte. Le vandalisme se carre et se prélasse. Le vandalisme est fêté, applaudi, encouragé, admiré, caressé, protégé, consulté, subventionné, défrayé, naturalisé. Le vandalisme est entrepreneur de travaux pour le compte du gouvernement. Il s'est installé sournoisement dans le budget, et il le grignote à petit bruit, comme le rat son fromage. Et, certes, il gagne bien son argent. Tous les jours il démolit quelque chose du peu qui nous reste de cet admirable vieux Paris. Que sais-je? le vandalisme a badigeonné Notre-Dame, le vandalisme a retouché les tours du Palais de justice, le vandalisme a rasé Saint-Magloire, le vandalisme a détruit le cloître des Jacobins, le vandalisme a amputé deux flèches sur trois à Saint-Germain-des-Prés. Nous parlerons peut-être dans quelques instants des édifices qu'il bâtit. Le vandalisme a ses journaux, ses coteries, ses écoles, ses chaires, son public, ses raisons. Le vandalisme a pour lui les bourgeois. Il est bien nourri, bien renté, bouffi d'orgueil, presque savant, très classique, bon logicien, fort théoricien, joyeux, puissant, affable au besoin, beau parleur, et content de lui. Il tranche du Mécène. Il protège les jeunes talents. Il est professeur. Il donne de grands prix d'architecture. Il envoie des élèves à Rome. Il porte habit brodé, épée au côté et culotte française. Il est de l'Institut. Il va à la cour. Il donne le bras au roi, et flâne avec lui dans les rues, lui soufflant ses plans à l'oreille. Vous avez dû le rencontrer.

Quelquefois il se fait propriétaire, et il change la tour magnifique de Saint-Jacques-de-la-Boucherie en fabrique de plomb de chasse, impitoyablement fermée à l'antiquaire fureteur; et il fait de la nef de Saint-Pierre-aux-Bœufs un magasin de futailles vides, de l'hôtel de Sens une écurie à rouliers, de la Maison de la Couronne d'or une draperie, de la chapelle de Cluny une imprimerie. Quelquefois il se fait peintre en bâtiments, et il démolit Saint-Landry pour construire sur l'emplacement de cette simple et belle église une grande laide maison qui ne se loue pas. Quelquefois il se fait greffier, et il encombre de paperasses la Sainte-Chapelle, cette église qui sera la plus admirable parure de Paris, quand il aura détruit Notre-Dame. Quelquefois il se fait spéculateur, et dans la nef déshonorée de Saint-Benoît il emboîte violemment un théâtre, et quel théâtre! Opprobre! le cloître saint, docte et grave des bénédictins, métamorphosé en je ne sais quel mauvais lieu littéraire.

Sous la Restauration, il prenait ses aises et s'ébattait d'une manière tout aussi charmante, nous en convenons. Chacun se rappelle comment le vandalisme, qui alors aussi était architecte du roi, a traité la cathédrale de Reims. Un homme d'honneur, de science et de talent, M. Vitet, a déjà signalé le fait. Cette cathédrale est, comme on sait, chargée du haut en bas de sculptures excellentes qui débordent de toutes parts son profil. A l'époque du sacre de Charles X, le vandalisme, qui est bon courtisan, eut peur qu'une pierre ne se détachât par aventure de toutes ces sculptures en surplomb, et ne vînt tomber incongrûment sur le roi, au moment où Sa Majesté passerait; et sans pitié, et à grands coups de maillet, et trois grands mois durant, il ébarba la vieille église! — Celui qui écrit ceci a chez lui une belle tête de Christ, débris curieux de cette exécution.

Depuis Juillet, il en a fait une autre qui peut servir de pendant à celle-là, c'est l'exécution du jardin des Tuileries. Nous reparlerons quelque jour et longuement de ce bouleversement barbare, nous ne le citons ici que pour mémoire. Mais qui n'a haussé les épaules en passant devant ces deux petits enclos usurpés sur une promenade publique? On a fait mordre au roi le jardin des Tuileries, et voilà les deux bouchées qu'il se réserve. Toute l'harmonie d'une œuvre royale et tranquille est troublée, la symétrie des parterres est éborgnée, les bassins entaillent la terrasse; c'est égal, on a ses deux jardinets. Que dirait-on d'un fabricant de vaudevilles qui se taillerait un couplet ou deux dans les chœurs d'*Athalie*! Les Tuileries, c'est l'*Athalie* de Le Nôtre.

On dit que le vandalisme a déjà condamné notre vieille et irréparable église de Saint-Germain-l'Auxerrois. Le vandalisme a son idée à lui. Il veut faire tout à travers Paris une grande, grande, grande rue. Une rue d'une lieue! Que de magnifiques dévastations chemin faisant! Saint-Germain-l'Auxerrois y passera, l'admirable tour de Saint-Jacques-de-la-Boucherie y passera peut-être aussi. Mais qu'importe! une rue d'une lieue! comprenez-vous comme cela sera beau! une ligne droite tirée du Louvre à la barrière du Trône! d'un bout de la rue, de la barrière, on contemplera la façade du Louvre. Il est vrai que tout le mérite de la colonnade de Perrault, si mérite il y a, est dans ses proportions, et que ce mérite s'évanouira dans la distance; mais qu'est-ce que cela fait? on aura une rue d'une lieue! de l'autre bout du Louvre, on verra la barrière du Trône, les deux colonnes proverbiales que vous savez, maigres, fluettes et risibles comme les jambes de Potier. O merveilleuse perspective!

Espérons que ce burlesque projet ne s'accomplira pas. Si l'on essayait de le réaliser, espérons qu'il y aura une émeute d'artistes. Nous y pousserons de notre mieux.

Les dévastateurs ne manquent jamais de prétextes. Sous la Restauration, on gâtait, on mutilait, on défigurait, on profanait les édifices catholiques du Moyen Age, le plus dévotement du monde. La congrégation avait développé sur les églises la même excroissance que sur la religion. Le sacré-cœur s'était fait marbre, bronze, badigeonnage et bois doré. Il se produisait le plus souvent dans les églises sous la forme d'une petite chapelle peinte, dorée, mystérieuse, élégiaque, pleine d'anges bouffis, coquette, galante, ronde et à faux jour, comme celle de Saint-Sulpice. Pas de cathédrale, pas de paroisse en France à laquelle il ne poussât, soit au front, soit au côté, une chapelle de ce genre. Cette chapelle constituait pour les églises une véritable maladie. C'était la verrue de Saint-Acheul.

Depuis la Révolution de juillet, les profanations continuent, plus funestes et plus mortelles encore, et avec d'autres semblants. Au prétexte dévot a succédé le prétexte national, libéral, patriote, philosophe, voltairien. On ne *restaure* plus, on ne gâte plus, on n'enlaidit plus un monument, on le jette bas. Et l'on a de bonnes raisons pour cela. Une église, c'est le fanatisme; un donjon, c'est la féodalité. On dénonce un monument, on massacre un tas de pierres, on septembrise les ruines. A peine si nos pauvres églises parviennent à se sauver en prenant cocarde. Pas une Notre-Dame en France, si colossale, si vénérable, si magnifique, si impartiale, si calme et si majestueuse qu'elle soit, qui n'ait son petit drapeau tricolore sur l'oreille. Quelquefois on sauve une admirable église en écrivant dessus : *Mairie*. Rien de moins populaire parmi nous que ces édifices faits par le peuple et pour le peuple. Nous leur en voulons de tous ces crimes des temps passés dont ils ont été les témoins. Nous voudrions effacer le tout de notre histoire. Nous dévastons, nous pulvérisons, nous détruisons, nous démolissons par esprit national. A force d'être bons Français, nous devenons d'excellents Welches.

Dans le nombre, on rencontre certaines gens auxquels répugne ce qu'il y a d'un peu banal dans le magnifique pathos de juillet, et qui applaudissent aux démolisseurs par d'autres raisons, des raisons doctes et importantes, des raisons d'économiste et de banquier. — A quoi servent ces monuments? disent-ils. Cela coûte des frais d'entretien, et voilà tout. Jetez-les à terre, et vendez les matériaux. C'est toujours cela de gagné. — Sous le pur rapport économique, le raisonnement est mauvais. Nous l'avons déjà établi plus haut, ces monuments sont des capitaux. Beaucoup d'entre eux, dont la renommée attire les étrangers riches en France, rapportent au pays bien au-delà de l'intérêt de l'argent qu'ils ont coûté. Les détruire, c'est priver le pays d'un revenu.

Mais quittons ce point de vue aride, et raisonnons de plus haut. Depuis quand ose-t-on, en pleine civilisation, questionner l'art sur son *utilité*? Malheur à vous si vous ne savez pas à quoi l'art sert! On n'a rien de plus à vous dire. Allez! démolissez! utilisez! Faites des moellons avec Notre-Dame de Paris. Faites des gros sous avec la Colonne.

D'autres acceptent et veulent l'art; mais, à les entendre, les monuments du Moyen Age sont des constructions de mauvais goût, des œuvres barbares, des monstres en architecture, qu'on ne saurait trop vite et trop soigneusement abolir. A ceux-là non plus il n'y a rien à répondre. C'est fini d'eux. La terre a tourné, le monde a marché depuis eux; ils ont les préjugés d'un autre siècle; ils ne sont plus de la génération qui voit le soleil. Car, il faut bien, nous le répétons, que les oreilles de toute grandeur s'habituent à l'entendre dire et redire, en même temps qu'une glorieuse révolution politique s'est accomplie dans la société, une glorieuse révolution intellectuelle s'est accomplie dans l'art. Voilà vingt-cinq ans que Charles Nodier et Mme de Staël l'ont annoncée en France; et, s'il était permis de citer un nom obscur après ces noms célèbres, nous ajouterions que voilà quatorze ans que nous luttons pour elle. Maintenant elle est faite. Le ridicule duel des classiques et des romantiques s'est arrangé de lui-même, tout le monde étant à la fin du même avis. Il n'y a plus de question. Tout ce qui a de l'avenir est pour l'avenir. A peine y a-t-il encore, dans l'arrière-parloir des collèges, dans la pénombre des académies, quelques bons vieux enfants qui font joujou dans leur coin avec les poétiques et les méthodes d'un autre âge; qui poètes, qui architectes; celui-ci s'ébattant avec les trois unités, celui-là avec les cinq ordres; les uns gâchant du plâtre selon Vignole, les autres gâchant des vers selon Boileau. Cela est respectable. N'en parlons plus.

Or, dans ce renouvellement complet de l'art et de la critique, la cause de l'architecte du Moyen Age, plaidée sérieusement pour la première fois depuis trois siècles, a été gagnée en même temps que la bonne cause générale, gagnée par toutes les raisons de la science, gagnée par toutes les raisons de l'histoire, gagnée par toutes les raisons de l'art, gagnée par l'intelligence, par l'imagination et par le cœur. Ne revenons donc pas sur la chose jugée et bien jugée; et disons de haut au gouvernement, aux communes, aux particuliers, qu'ils sont responsables de tous les monuments nationaux que le hasard met dans leurs mains. Nous devons compte du passé à l'avenir. *Posteri, posteri, vestra res agitur.*

Quant aux édifices qu'on nous bâtit pour ceux qu'on nous détruit, nous ne prenons pas le change, nous n'en voulons pas. Ils sont mauvais. L'auteur de ces lignes maintient tout ce qu'il a dit ailleurs * sur les monuments modernes du Paris actuel. Il n'a rien de plus doux à dire des monuments en construction. Que nous importe les trois ou quatre petites églises cubiques que vous bâtissez piteusement çà et là? Laissez donc crouler votre ruine du quai d'Orsay avec ses lourds cintres

---

* *Notre-Dame de Paris. (Note de Victor Hugo.)*

et ses vilaines colonnes engagées! laissez crouler votre palais de la Chambre des députés, qui ne demandait pas mieux! N'est-ce pas une insulte, au lieu dit *Ecole des Beaux-Arts,* que cette construction hybride et fastidieuse dont l'épure a si longtemps sali le pignon de la maison voisine, étalant effrontément sa nudité et sa laideur à côté de l'admirable façade du château de Gaillon? Sommes-nous tombés à ce point de misère qu'il nous faille absolument admirer les barrières de Paris? Y a-t-il rien au monde de plus bossu et de plus rachitique que votre monument expiatoire (ah çà! décidément, qu'est-ce qu'il expie?) de la rue de Richelieu? N'est-ce pas une belle chose, en vérité, que votre Madeleine, ce tome deux de la Bourse, avec son lourd tympan qui écrase sa maigre colonnade? Oh! qui me délivrera des colonnades?

De grâce, employez mieux vos millions.

Ne les employez même pas à parfaire le Louvre. Vous voudriez achever d'enclore ce que vous appelez le parallélogramme du Louvre. Mais nous vous prévenons que ce parallélogramme est un trapèze; et pour un trapèze, c'est trop d'argent. D'ailleurs, le Louvre, hors ce qui est de la Renaissance, le Louvre, voyez-vous, n'est pas beau. Il ne faut pas admirer et continuer, comme si c'était de droit divin, tous les monuments du dix-septième siècle, quoiqu'ils vaillent mieux que ceux du dix-huitième, et surtout que ceux du dix-neuvième. Quel que soit leur bon air, quelle que soit leur grande mine, il en est des monuments de Louis XIV comme de ses enfants. Il y en a beaucoup de bâtards.

Le Louvre, dont les fenêtres entaillent l'architrave, le Louvre est de ceux-là.

S'il est vrai, comme nous le croyons, que l'architecture, seule entre tous les arts, n'ait plus d'avenir, employez vos millions à conserver, à entretenir, à éterniser les monuments nationaux et historiques qui appartiennent à l'Etat, et à racheter ceux qui sont aux particuliers. La rançon sera modique. Vous les aurez à bon marché. Tel propriétaire ignorant vendra le Parthénon pour le prix de la pierre.

Faites réparer ces beaux et graves édifices. Faites-les réparer avec soin, avec intelligence, avec sobriété. Vous avez autour de vous des hommes de science et de goût qui vous éclaireront dans ce travail. Surtout que l'architecte restaurateur soit frugal de ses propres imaginations; qu'il étudie curieusement le caractère de chaque édifice, selon chaque siècle et chaque climat. Qu'il se pénètre de la ligne générale et de la ligne particulière du monument qu'on lui met entre les mains, et qu'il sache habilement souder son génie au génie de l'architecte ancien.

Vous tenez les communes en tutelle, défendez-leur de démolir.

Quant aux particuliers, quant aux propriétaires qui voudraient s'entêter à démolir, que la loi le leur défende; que leur propriété soit estimée, payée et adjugée à l'Etat. Qu'on nous permette de transcrire ici ce que nous disions à ce sujet en 1825 : « Il faut arrêter le marteau qui mutile la face du pays. Une loi suffirait; qu'on la fasse. Quels que soient les droits de la propriété, la destruction d'un édifice historique et monumental ne doit pas être permise à ces ignobles spéculateurs que leur intérêt aveugle sur leur bonheur; misérables hommes, et si imbéciles, qu'ils ne comprennent même pas qu'ils sont des barbares! Il y a deux choses dans un édifice : son usage et sa beauté. Son usage appartient au propriétaire, sa beauté à tout le monde, à vous, à moi, à nous tous. Donc, le détruire c'est dépasser son droit. »

Ceci est une question d'intérêt général, d'intérêt national. Tous les jours, quand l'intérêt général élève la voix, la loi fait taire les glapissements de l'intérêt privé. La propriété particulière a été souvent et est encore à tous moments modifiée dans le sens de la communauté sociale. On vous achète de force votre champ pour en faire une place, votre maison pour en faire un hospice. On vous achètera votre monument.

S'il faut une loi, répétons-le, qu'on la fasse. Ici nous entendons les objections s'élever de toutes parts : — Est-ce que les Chambres ont le temps? — une loi pour si peu de chose!

Pour si peu de chose!

Comment! nous avons quarante-quatre mille lois dont nous ne savons que faire, quarante-quatre mille lois sur lesquelles il y en a à peine dix de bonnes. Tous les ans, quand les Chambres sont en chaleur, elles en pondent par centaines, et, dans la couvée, il y en a tout au plus deux ou trois qui naissent viables. On fait des lois sur tout, pour tout, contre tout, à propos de tout. Pour transporter les cartons de tel ministère d'un côté de la rue de Grenelle à l'autre, on fait une loi. Et une loi pour les monuments, une loi pour l'art, une loi pour la nationalité de la France, une loi pour les souvenirs, une loi pour les cathédrales, une loi pour les plus grands produits de l'intelligence humaine, une loi pour l'œuvre collective de nos pères, une loi pour l'histoire, une loi pour l'irréparable qu'on détruit, une loi pour ce qu'une nation a de plus sacré après l'avenir, une loi pour le passé, cette loi juste, bonne, excellente, sainte, utile, nécessaire, indispensable, urgente, on n'a pas le temps, on ne la fera pas!

Risible! risible! risible!

SCÉNARIOS[1]
(1828?)

Les grimaces.
La tentative de rapt.
La cour des miracles.
Gringoire, Esmeralda, la chèvre.
La prise de corps comme sorcière.
La recluse.
La tentation de l'archidiacre.
Le procès de la sorcière et de la chèvre.
La condamnation.
L'amende honorable au portail.
L'asile.
Amour de l'archidiacre et du sourd-muet.
Les truands.
Assaut de l'église.
Méprise du sourd-muet.
Louis XI.
Qu'on charge la populace et qu'on pende l'Egyptienne.
Ruse d'Olivier le Daim pour la tirer de l'asile.
En une cage de fer comme prisonnière du Roi.
Réapparition de l'archidiacre.
L'archidiacre et Gringoire. *Et Phébus.*
Gringoire aux expédients.
Passe du roi des Argotiers pour maître Coppenole.
Voyage au Plessis-de-Paris-les-Tours.
Arrivée. Archer pendu pour avoir parlé de la mort du Roi.
Failli être pendu par les archers de la porte.
Réclamé par Coppenole.
Prend Coictier pour le Roi.
Demande la grâce à L. XI. Comment veut-on que je
    fasse grâce quand je ne peux l'obtenir pour moi-
    même?
Olivier le Daim et L. XI. Grande scène.
Retour de Gringoire.
Revoit l'archidiacre. Dernier expédient. (La déclarer
    grosse.)
Introduit dans la cage de fer d'Esmeralda.
Change d'habits avec elle. — La chèvre. — Je ne peux
    cependant pas vous sauver toutes les deux.
Fuite de la Esmeralda. Gringoire pris pour elle.
Gringoire devant les matrones et ventrières.
Faut-il passer outre et pendre?
    — Je n'y vois pas d'inconvénient, dit le juge.
    — J'en vois beaucoup, dit Gringoire.
Gringoire et la chèvre pendus au gibet de la Grève.
La Esmeralda parmi les Egyptiens.
Y retrouve l'archidiacre.
Non! toujours non!
La recluse.
Le petit soulier. Reconnaissance.

Survenue des sergents à verge.
Le sourd-muet et l'archidiacre au haut de la tour.
Conclusion. Cave de Montfaucon.

(1830?)

Histoire de Quasimodo et de Matifas.
Le lendemain :
Quasimodo mené devant le prévôt :
— Au pilori !
La recluse.
Le pilori.
Quelques semaines s'écoulent :
Préoccupations de Quasimodo et de l'archidiacre.
La Esmeralda observée par Gringoire.
L'archidiacre, Jehan Frollo, Phébus de Châteaupers.
La scène de nuit :
Esmeralda, Phébus.
Esmeralda, Phébus, l'archidiacre.

Je vous dis que Phébus est mort.
Non, il n'est pas mort !
Qu'il meure donc, puisque je ne viendrai à bout d'elle
qu'après sa mort.
Isabeau la Thierrye? Phébus lui fait voir son poignard.
Jehan livré mort à l'archidiacre au lieu de Phébus. La
scène du bord de l'eau. — C'est mon frère !

Quelqu'un à sa place.
Et qui?
Vous.
Tiens, dit Gringoire en se grattant l'oreille, cette idée-
là ne me serait jamais venue.

VICTOR HUGO
RACONTÉ PAR UN TÉMOIN DE SA VIE[1]

Une quinzaine de jours avant la clôture des représentations[2] la propriétaire de la maison dont M. Victor
Hugo occupait le premier étage monta du rez-de-chaussée,
qu'elle occupait elle-même, et entra d'un air attristé.
— Ma petite dame, dit-elle à Mme Hugo, vous êtes
bien gentille et votre mari est un bon garçon, mais vous
n'êtes pas assez tranquilles pour moi. Je me suis retirée
du commerce pour vivre paisiblement, j'ai acheté exprès
cette maison dans une rue sans bruit, et, depuis trois
mois, c'est ici, à cause de vous, une procession sans fin
jour et nuit, un vacarme dans les escaliers et des tremblements de monde sur ma tête. A des une heure du

matin, je suis réveillée en sursaut et je crois que le plafond va tomber sur mon lit. Nous ne pouvons plus rester ensemble.

— C'est-à-dire que vous nous donnez congé?

— J'en suis vraiment désolée. Je vous regretterai bien. Vous êtes un bon petit ménage et vous aimez bien vos enfants. Mais vous ne dormez donc pas vous-même? Que je vous plains donc, ma pauvre dame! Votre mari a pris un état bien dur!

Hernani ayant eu ce singulier succès de faire mettre M. Victor Hugo à la porte de chez lui, le ménage passa la Seine et se transporta rue Jean-Goujon. Là, un nouvel ennui l'attendait.

Parmi ce flot de monde que la propriétaire n'avait pu supporter, il y avait eu, le lendemain de la première représentation, le libraire Gosselin venu pour acheter le manuscrit. Il n'avait pas trouvé M. Victor Hugo, sorti pour aller au théâtre. Mme Hugo, qui le connaissait peu d'ailleurs, ne l'avait pas remarqué dans la foule et ne lui avait pas parlé. Quelqu'un ayant demandé qui éditerait le drame, elle avait raconté la vente brusque de la veille[1]. M. Gosselin était sorti aussitôt deux fois furieux, et avait écrit à M. Victor Hugo qu'il avait le droit de vendre ses pièces à qui bon lui semblait, mais que Mme Hugo n'avait pas le droit de mal recevoir un homme qui était juré et électeur.

Il avait sa vengeance dans ses mains. En même temps que le *Dernier jour d'un condamné*, M. Victor Hugo lui avait vendu un roman auquel il pensait déjà[2] et qui s'appellerait *Notre-Dame de Paris*. Il s'était engagé à le livrer en avril 1829. Absorbé par le théâtre, il n'avait pu penser à autre chose, et la date était passée depuis un an qu'il n'avait pas écrit la première ligne. Le libraire, qui ne l'avait pas pressé jusque-là, exigea tout à coup et immédiatement l'exécution du traité.

Impossible de livrer un roman qui n'était pas commencé; le libraire réclama des dommages-intérêts. Il fallut l'intervention de M. Bertin[3] pour arranger l'affaire. L'auteur eut cinq mois pour faire *Notre-Dame de Paris*; s'il n'était pas prêt le 1er décembre, il payerait mille francs par chaque semaine de retard.

Il dut donc se mettre à *Notre-Dame de Paris*, encore agité des batailles fiévreuses d'*Hernani* et dans le désordre d'un déménagement forcé.

D'abord il s'installa. Un jour qu'il accrochait dans son cabinet une bibliothèque composée de quatre planches reliées entre elles par des cordons, et qu'il s'en tirait assez mal le prince de Craon lui amena un jeune homme blond, d'un visage agréable où l'on ne voyait d'abord que de la douceur et ensuite que de la finesse. Ce jeune homme était allé à *Hernani* et avait voulu complimenter l'auteur. Il était ravi de voir le théâtre s'affranchir; il voulait la liberté partout. Il s'appelait M. de Montalembert.

Dès que M. Victor Hugo fut casé, il se mit à l'œuvre. Il commença à écrire le matin du 27 juillet [1]. M. Gustave Planche, étant venu le voir dans la journée, demanda à la petite Léopoldine si elle voulait venir prendre une glace au Palais-Royal; il avait un cabriolet en bas; le plaisir d'aller en voiture décida l'enfant; ils partirent, mais ils n'allèrent pas loin; ils rencontrèrent des rassemblements nombreux et une telle émotion que M. Planche eut peur pour l'enfant et la ramena.

Le lendemain, les Champs-Elysées étaient un bivouac. Ils n'étaient pas à la mode alors et bâtis comme à présent; ils n'avaient que de rares maisons dans de vastes terrains abandonnés aux maraîchers. On était loin de tout, et fort en peine de s'approvisionner à travers les troupes. On était prisonnier chez soi; ni lettres ni journaux; on ne savait rien. On entendait les retentissements des fourgons d'artillerie roulant sur le quai, le bruit de la fusillade et l'appel du tocsin. Un des colocataires de M. Victor Hugo, le général Cavaignac, oncle de celui qui a été chef du pouvoir exécutif de la République, expliquait que la maison, étant isolée et en pierres de taille, serait certainement occupée par les troupes si le combat venait de ce côté et qu'on y serait assiégé.

Une chaleur de trente-deux degrés faisait ruisseler le front des soldats, qui frappaient aux portes en demandant un verre d'eau. Il y en eut un qui, en rendant le verre, tomba évanoui.

.. ..

Un après-midi de septembre, M. de Lamennais vint voir M. Victor Hugo, qu'il trouva écrivant.

— Vous travaillez et je vous dérange.

— Je travaille, mais vous ne me dérangez pas.

— Qu'est-ce que vous écriviez donc là?

— Quelque chose qui ne vous plairait pas.

— Dites toujours.

M. Victor Hugo lui tendit une feuille, où M. de Lamennais lut ceci :

« La République, qui n'est pas encore mûre, mais qui aura l'Europe dans un siècle, c'est la société souveraine de la société; se protégeant, garde nationale; se jugeant, jury; s'administrant, commune; se gouvernant, collège électoral.

« Les quatre membres de la monarchie, l'armée, la magistrature, l'administration, la pairie, ne sont pour cette république que quatre excroissances gênantes qui s'atrophient et meurent bientôt. »

— C'est cela, dit M. de Lamennais. J'étais bien sûr qu'un esprit comme vous ne pouvait pas rester royaliste. Il n'y a qu'un mot de trop : *La République n'est pas mûre*. Vous la mettez dans l'avenir; moi, je la mets dans le présent.

M. de Lamennais, ne croyant plus à l'absolutisme, n'admettait plus la monarchie. Son caractère entier rejetait les moyens termes et les ajournements. M. Victor Hugo, tout en voyant dans la république la forme définitive de la société, ne la croyait possible qu'après préparation ; il voulait qu'on arrivât au suffrage universel par l'enseignement universel ; la royauté mixte de Louis-Philippe lui semblait une transition utile.

Notre-Dame de Paris avait été rejetée bien loin par cette éruption politique. De plus, un accident était résulté de la situation. L'auteur écrivit à M. Gosselin : « *Le péril que courait le 29 juillet ma maison aux Champs-Élysées m'avait déterminé à faire évacuer mes effets les plus précieux et mes manuscrits chez mon beau-frère, qui demeure rue du Cherche-Midi et dont le quartier par conséquent était peu menacé. Dans cette opération qui s'est faite en toute hâte, il a été perdu un cahier tout entier de notes qui m'avaient coûté plus de deux mois de recherches et qui était indispensable à l'achèvement de* Notre-Dame de Paris. *Ce cahier n'a pu être encore retrouvé, et je crains maintenant que toutes recherches ne soient inutiles. Je crois devoir m'empresser de vous en prévenir. C'est là sans doute un des cas graves et de force majeure qui ont été prévus par notre convention du 5 juin. Pourtant, si d'autres événements ne surviennent pas qui mettent obstacle à la continuation de mon ouvrage, j'espère toujours pouvoir, à force de travail, être en mesure de vous livrer le manuscrit à l'époque convenue. J'avoue cependant qu'un délai de deux mois librement consenti par vous à l'occasion de cet accident me ferait plaisir, autant pour vous que pour moi, et que je considérerais ce procédé de votre part comme effaçant complètement ceux dont j'ai cru avoir à me plaindre. Il me semble aussi qu'il pourra être de votre intérêt bien entendu que le manuscrit ne vous soit pas livré à une époque aussi rapprochée de la révolution que le 1er décembre. Il est douteux que la littérature soit déjà revenue alors au degré d'importance qu'elle avait il y a deux mois, et je crois qu'un retard dans votre opération ne doit pas vous convenir moins qu'à moi.* »

Le libraire entra dans ces raisons, et la date fut remise au 1er février 1831, ce qui donnait à M. Victor Hugo cinq mois et demi.

Cette fois, il n'y avait plus de délai à espérer ; il fallait arriver à l'heure. Il s'acheta une bouteille d'encre et un gros tricot de laine grise qui l'enveloppait du cou à l'orteil, mit ses habits sous clef pour n'avoir pas la tentation de sortir, et entra dans son roman comme dans une prison. Il était fort triste.

Dès lors, il ne quitta plus sa table que pour manger et pour dormir. Sa seule distraction était une heure de causerie après dîner avec quelques amis qui venaient le voir et auxquels il lisait parfois ses pages de la journée. Il lut ainsi le chapitre intitulé *Les Cloches* à M. Pierre Leroux, qui trouva ce genre de littérature bien inutile.

Dès les premiers chapitres, sa tristesse était partie; sa création s'était emparée de lui; il ne sentait ni la fatigue ni le froid de l'hiver qui était venu; en décembre, il travaillait les fenêtres ouvertes.

Il ne quitta sa peau d'ours qu'une seule fois. Le matin du 20 décembre, le prince de Craon vint lui offrir de le conduire au procès des ministres de Charles X. Pour que cette sortie n'eût pas de conséquence, il ne désemprisonna pas ses habits et endossa son costume de garde national.

Ce fut la séance orageuse. Vers quatre heures, pendant que M. Crémieux plaidait pour M. de Guernon-Ranville, un grand tumulte s'entendit au-dehors. C'était une masse de peuple qui se poussait sur la chambre des pairs. La garde nationale, qui occupait la rue de Tournon et la rue de Vaugirard, était impuissante à retenir l'avalanche. La chambre allait être envahie. La foule criait : *A bas Polignac! A bas Peyronnet! A mort les ministres!* M. de Chantelauze et M. de Guernon-Ranville, terrifiés, faisaient pitié; M. de Polignac avait l'air de ne pas comprendre. Seul, M. de Peyronnet, debout, la tête haute, les bras croisés, défiait la mort.

La séance fut suspendue. Le prince de Craon et M. Victor Hugo sortirent pour voir. La garde nationale, aplatie contre le palais, ne le défendait plus qu'à peine. La multitude s'écrasait aux murs, montait sur les bornes, grimpait aux fenêtres. La haine était sur tous les visages, la colère dans tous les cris. Accusés, juges, gardes nationaux, tout était insulté. Le général Lafayette, accompagné de M. Ferdinand de Lasteyrie, essayait de haranguer les mécontents, mais le peuple en avait assez des harangues, et de Lafayette. Des gamins saisirent le général par les jambes, le hissèrent en l'air et se le passèrent de main en main en criant avec un organe indescriptible : *Voilà le général Lafayette! qui en veut!* Un détachement de ligne fit une trouée et le dégagea. Le chemin frayé, M. Victor Hugo et le prince s'approchèrent du général, qui leur prit le bras.

— Je ne reconnais plus mon peuple de Paris, leur dit-il, sans se douter que c'était peut-être le peuple de Paris qui ne reconnaissait plus son Lafayette. Il ajouta :
— Le peuple a son excuse, mais ces royalistes!...

Et montrant un balcon Louis XV dans la rue de Tournon :

— J'ai fait demander à M. ... de me laisser monter sur son balcon pour parler au peuple. Il a répondu que sa porte ne s'ouvrirait jamais au général Lafayette. Par rancune de la révolution, ils laisseraient égorger leurs amis.

M. Victor Hugo allait rentrer à la chambre, mais la séance ne fut pas reprise. Il revint rue Jean-Goujon, et se réintégra dans son tricot et dans son travail.

Dans la nuit du 7 janvier, une vive lueur lui fit tout à coup lever les yeux vers sa fenêtre toujours ouverte; c'était une aurore boréale.

Le 14 janvier, le livre était fini [1]. La bouteille d'encre que M. Victor Hugo avait achetée le premier jour était finie aussi; il était arrivé en même temps à la dernière ligne et à la dernière goutte; ce qui lui donna un moment l'idée de changer son titre et d'intituler son roman : *Ce qu'il y a dans une bouteille d'encre.* Quelques années plus tard, il racontait cela devant M. Alphonse Karr, qui trouva ce titre charmant et qui le lui demanda puisqu'il n'en faisait rien. M. Alphonse Karr publia, sous cette dénomination collective, plusieurs romans, entre autres ce chef-d'œuvre d'esprit et d'émotion, *Geneviève.*

Pendant qu'il faisait *Notre-Dame de Paris*, M. Victor Hugo, à qui M. Gosselin demandait quelques renseignements sur son livre pour le faire annoncer, lui écrivit : « ...C'est une peinture de Paris au quinzième siècle et du quinzième siècle à propos de Paris. Louis XI y figure dans un chapitre. C'est lui qui détermine le dénoûment. Le livre n'a aucune prétention historique, si ce n'est de peindre peut-être avec quelque science et quelque conscience, mais uniquement par aperçus et par échappées, l'état des mœurs, des croyances, des lois, des arts, de la civilisation enfin, au quinzième siècle. Au reste, ce n'est pas là ce qui importe dans le livre. S'il a un mérite, c'est d'être œuvre d'imagination, de caprice et de fantaisie. »

Après l'achèvement de *Notre-Dame de Paris*, M. Victor Hugo se sentit désœuvré et attristé; il s'était habitué à vivre avec ses personnages et il éprouva en se séparant d'eux le chagrin qu'il aurait eu à voir partir de vieux amis. Il quitta son livre avec autant de peine qu'il en avait eu à s'y mettre.

M. Gosselin donna le manuscrit à lire à sa femme, personne agréable et lettrée qui traduisait les romans de Walter Scott. Elle trouva l'ouvrage d'un ennui mortel, et son mari ne se gêna pas pour dire qu'il avait fait une mauvaise affaire et que cela lui apprendrait à acheter les livres sans les lire.

Le roman parut le 13 février [2], jour du sac de l'archevêché [3]. L'auteur, témoin de la violence populaire, vit jeter à l'eau les livres de la bibliothèque, un entre autres qui lui avait servi pour son roman. Ce livre, qu'on appelait « le livre noir » parce qu'il était relié en peau de chagrin noire, et qui était un exemplaire unique, contenait la charte du cloître Notre-Dame.

La majorité des journaux fut hostile comme toujours. Un article du *Temps*, attribué à M. Alfred de Musset, constata, sans tristesse, que le livre avait eu du malheur de venir un jour d'émeute et qu'il avait été noyé avec la bibliothèque de l'archevêché. Un des journaux les plus bienveillants fut l'*Avenir*, rédigé par MM. de Lamennais, de Montalembert et Lacordaire, qui fit trois articles.

Je trouve ce billet :

« Mon cher Hugo, je vous députe un homme aux reins forts, aux larges épaules; chargez-le sans crainte. Il me rapportera Notre-Dame de Paris, que je suis impatient de connaître parce que tout le monde m'en parle et que c'est votre ouvrage.

« Je vous préviens toutefois qu'ennemi du genre descriptif, je sais d'avance qu'il y a une partie du roman dont je serai fort mauvais juge. Mais je suis disposé à être pour le reste du livre ce que vous savez que je suis pour toutes vos productions.

« De tout cœur pour la vie.

BÉRANGER. »

« 9 mars. »

Voici une lettre plus curieuse de l'auteur des *Mystères de Paris* :

« J'ai Notre-Dame; je l'ai eue un des premiers, je vous jure... Si l'impuissante admiration d'un barbare comme moi pouvait s'exprimer et se traduire d'une manière digne du livre qui l'a inspirée, monsieur, je vous dirais que vous êtes un grand dissipateur, que vos critiques sont comme ces pauvres gens du cinquième étage qui, voyant les prodigalités du grand seigneur, se disent tout furieux : De l'argent dépensé pour un jour, je vivrais ma vie entière!

« Et de fait, la seule chose qu'on ait reprochée à votre livre, c'est qu'il y avait trop. C'est une plaisante critique dans ce siècle, n'est-il pas vrai?

« Mais de tout temps les génies supérieurs ont excité une basse et étroite jalousie, force sales et menteuses critiques. Que voulez-vous, monsieur? Il faut bien payer sa gloire.

« Je vous dirai encore, monsieur, qu'à part toute la poésie, toute la richesse de pensée et de drame, il y a une chose qui m'a bien vivement frappé. C'est que, Quasimodo résumant pour ainsi dire la beauté d'âme et de dévouement, — Frollo l'érudition, la science, la puissance intellectuelle, — et Châteaupers la beauté physique, — vous ayez eu l'admirable pensée de mettre ces trois types de notre nature face à face avec une jeune fille naïve, presque sauvage au milieu de la civilisation, pour lui donner le choix, et de faire ce choix si profondément femme.

« ...J'ai voulu seulement me rappeler à votre bon et

*amical souvenir. J'étais passé chez vous pour vous dire
tout cela et plus encore, car vous m'avez accueilli avec
tant de bonté et tant de grâce que je me suis senti à
l'aise avec vous, monsieur, quoique personne plus que
moi n'éprouve l'impression profonde des supériorités.*

« *Agréez l'assurance de mon dévouement et de mon
admiration sincère.*

EUGÈNE SUE. »

L'opinion de Mme Gosselin et l'hostilité de la majorité
des journaux n'empêchèrent pas *Notre-Dame de Paris*
d'avoir un succès extraordinaire. Les éditions se multi-
plièrent, et les éditeurs, M. Gosselin en tête, venaient
sans cesse demander d'autres romans à l'auteur. Il n'en
avait pas à leur donner ; alors ils imploraient au moins
un titre, quelque chose qui ressemblât à l'ombre d'une
promesse. C'est ainsi que, pendant des années, les cata-
logues de M. Renduel annoncèrent *le Fils de la Bossue*
et *la Quiquengrogne*. A ce sujet, je lis dans une lettre
de M. Victor Hugo :

« *La Quiquengrogne est le nom populaire de l'une des
tours de Bourbon-l'Archambault. Ce roman est destiné
à compléter mes vues sur l'art du Moyen Age, dont*
Notre-Dame de Paris *a donné la première partie.* —
Notre-Dame de Paris, *c'est la cathédrale ; la Quiquengrogne, ce sera le donjon. Dans* Notre-Dame, *j'ai peint
plus particulièrement le Moyen Age sacerdotal ; dans la
Quiquengrogne, je peindrai plus spécialement le Moyen
Age féodal ; le tout selon mes idées, bien entendu, qui,
bonnes ou mauvaises, sont à moi.* — Le Fils de la Bossue
paraîtra après la Quiquengrogne *et n'aura qu'un volume.* »

Ces deux romans annoncés il y a trente ans, n'ont
jamais été faits ; le premier roman de M. Victor Hugo
après *Notre-Dame de Paris,* devait être *les Misérables.*

NOTES

Page 29.

1. Ce mot grec, qui signifie *Fatalité,* sera repris plus loin par Hugo comme titre du chapitre IV du livre VII. Voir notre Notice.

2. Voir la seconde préface (« Note ajoutée... »), notre Notice et, parmi les Documents, les deux articles « Guerre aux démolisseurs ».

Page 30.

1. Cette date figure à la fois sur le manuscrit et dans l'édition « *Ne varietur* » de 1880 (Hetzel-Quentin). Dans l'édition originale et dans celle de 1832 elle est remplacée par mars 1831. La rédaction du roman lui-même fut achevée le 15 janvier 1831, sauf le chapitre « Paris à vol d'oiseau », III, II, et la préface elle-même, qui ne fut remise à l'éditeur Gosselin que le 9 mars.

Page 31.

1. Il s'agit des trois chapitres consécutifs intitulés « Impopularité » (IV, VI), « *Abbas beati Martini* » (V, I) et « Ceci tuera cela » (V, II), ces deux derniers constituant tout le livre V. Sur les conditions dans lesquelles ils avaient été primitivement écartés, voir notre Notice.

Page 33.

1. L'édition de 1832 comportait trois volumes. Hugo vise ici le chapitre II du livre V, « Ceci tuera cela ». Voir plus haut la note 2 de la page 29 et la note 1 de la page 31.

2. « Tourne la roue : il ne sort qu'une cruche » (la roue du potier). Horace n'est pas précisément verbeux, mais Hugo parvient ici à concentrer encore devantage ce passage de son *Art poétique* (vers 21-22) : « *Amphora coepit /Institui : currente rota, cur urceus exit?* » (« On a commencé à former une amphore : de la roue qui tourne

pourquoi ne sort-il qu'une cruche? »). — On lira plus tard dans *Les Misérables,* III, ɪ, 4 : « Attendez, *currit rota;* l'esprit de Paris, ce démon qui crée les enfants du hasard et les hommes du destin, au rebours du potier latin, fait de la cruche une amphore. »

Page 34.

1. Occupant, au chevet de Notre-Dame, l'emplacement de l'actuel square de l'Archevêché, il avait été saccagé par l'émeute de février 1831.

Page 35.

1. Le général Daumesnil (1776-1832), qui avait perdu une jambe à Wagram, fut trois fois gouverneur du château de Vincennes : de 1809 à 1814, puis pendant les Cent-Jours et enfin de 1830 à 1832. Il eut trois fois à défendre le château : en 1814 contre les coalisés (« Je rendrai Vincennes, leur déclara-t-il, quand on me rendra ma jambe »), en 1815 contre les mêmes (il refusa alors trois millions que lui offrait Blücher s'il cédait, et attendit cinq mois avant d'ouvrir ses portes à Louis XVIII), enfin en 1830 contre les insurgés réclamant la livraison des anciens ministres de Charles X internés (« Je me fais sauter avec le château, menace-t-il, et nous nous rencontrerons en l'air »).

2. « On veut démolir Saint-Germain-l'Auxerrois pour un alignement de place ou de rue; quelque jour on détruira Notre-Dame pour agrandir le parvis; quelque jour on rasera Paris pour agrandir la plaine des Sablons. » (Notation datée de février 1831 dans *Littérature et philosophie mêlées.*) Tous ces thèmes sont développés avec ampleur dans les deux articles de 1825 et 1832 que Hugo a réunis sous le titre commun *Guerre aux démolisseurs,* et que nous reproduisons intégralement parmi les Documents.

Page 37.

1. Note de Victor Hugo sur la page de titre de son manuscrit : « J'ai écrit les trois ou quatre premières pages de *Notre-Dame de Paris* le 25 juillet 1830. La Révolution de Juillet m'interrompit. Puis ma chère petite Adèle vint au monde. (Qu'elle soit bénie!) Je me remis à écrire *Notre-Dame de Paris* le 1ᵉʳ septembre, et l'ouvrage fut terminé le 15 janvier 1831. » Adèle naquit le 28 juillet, second jour de la Révolution.

Page 38.

1. Voir notre Notice.

2. On pourrait croire que Hugo mêle ici délibérément des époques et des fêtes diverses, en romancier plutôt qu'en historien, afin de donner plus de densité aux motifs de la liesse populaire. En fait, le Moyen Age célébrait le carnaval deux mois durant, et mêlait les célébrations. C'est ainsi que la plantation du « mai »

devenait un simple signe de réjouissance et cessait d'être une cérémonie saisonnière : à l'origine le « mai » était un arbre vert et orné de rubans qu'on plantait avec pompe le 1er mai en un lieu qu'on voulait honorer (cette tradition remontait aux cultes naturistes du paganisme, et se trouve être lointainement à l'origine de notre Fête du Travail). L'usage des « arbres de Noël » n'a été importé des pays nordiques en France qu'à une époque toute récente, et Hugo n'y a certainement pas songé. La fête de l'Epiphanie (6 janvier) se célébrait au Moyen Age avec plus d'éclat que de nos jours. La Fête des Fous, héritière lointaine des Saturnales antiques, se situait à une date variable, dans la seconde quinzaine de décembre ou au début de janvier; primitivement réservée au bas clergé qui y trouvait des occasions irrévérencieuses de se « défouler » à l'égard de la hiérarchie et du rite, elle dégénéra et ne tarda pas à être interdite, en droit sinon en fait. La Grève ou place de Grève (son nom fera le titre du chapitre II du livre II), à l'emplacement de l'actuelle place de l'Hôtel-de-Ville, était un élargissement en pente douce de la berge de la Seine; elle était le lieu des réjouissances populaires aussi bien que des exécutions capitales; les travailleurs en quête d'emploi s'y tenaient (d'où l'expression *faire la grève*); la chapelle fondée par Arnaud de Braque, sur le territoire de la paroisse de Saint-Nicolas-des-Champs, se trouvait à proximité. — Les commentateurs font observer qu'ici comme plus loin, en parlant du théâtre médiéval, Hugo confond les « mystères » à thème religieux et les « moralités » à thème profane, et d'autre part qu'il ne semble pas tenir compte de la réforme grégorienne du calendrier (1582).

3. Voir notre Notice.

Page 39.

1. On lit sur le manuscrit, avant l'alinéa suivant, la date « 1er septembre » : c'est en ce point précis que Hugo avait vu sa rédaction arrêtée par la Révolution de Juillet. (Et d'autre part on sait par une note de Stendhal que le même événement intervint entre la composition et le tirage du chapitre VIII de la seconde partie du *Rouge*.)

Page 40.

1. Le mot est ici employé comme adjectif, pour *ogivales.*

Page 41.

1. Voir notre Notice.

Page 42.

1. Citation de Sauval, comme le passage de la phrase suivante mis entre guillemets.
2. Ferronnier illustre.

Page 43.

1. Archives concernant en principe les biens fonciers.

Page 45.

1. Il s'agit de la petite « promise » du dauphin, Marguerite de Flandre, alors âgée de trois ans : voir le deuxième alinéa de ce même chapitre.

2. Jean Frollo du Moulin.

Page 46.

1. « Cornu et hirsute. »

Page 47.

1. Les étudiants étaient répartis en quatre sortes de « congrégations », France, Picardie, Normandie, Allemagne, qui étaient à la fois associations, confréries et organismes administratifs.

Page 49.

1. Thibaut aux dés (ici comme quelques lignes plus haut).

2. « Voici que je t'envoie les noix des Saturnales » (Martial, *Epigrammes*, VII, 91, 2). A propos de ce rappel d'une coutume des Saturnales, voir plus haut la note 2 de la page 38.

Page 50.

1. « Avec leurs tuniques grises ! — ou doublées de fourrures grises ! » Ces plaisanteries d'étudiants, comme celles qui vont suivre, sont faites dans un latin fantaisiste.

2. « Le cavalier porte en croupe le noir souci » (Horace, *Odes,* III, 1, 40).

Page 53.

1. L'usage actuel voudrait « rien de moins » au lieu de « rien moins », qui aujourd'hui est réputé signifier tout le contraire. Voir la note 2 de la page 85.

2. « Qu'aucun dieu n'intervienne » (Horace, *Art poétique,* 190).

Page 54.

1. Le vrai Pierre Gringoire n'était né qu'en 1475 ; mais Hugo, comme fera plus tard Banville, lui prête des traits de fantaisie, dont certains pourraient être empruntés à l'image que l'on se faisait alors de Villon. Voir plus loin le passage correspondant à la note 1 de la p. 151.

Page 55.

1. « Bravo, Jupiter ! Applaudissez, citoyens ! »

Page 56.

1. Corneille, *Le Menteur,* acte II, scène 5 : « Je changeai d'un seul mot la tempête en bonace. » La jeune école

romantique faisait grand cas de Corneille, dont le baro-
quisme lui permettait de l'opposer au Racine que prônait
le parti des classiques.

Page 57.

1. Voir la fin de la note 2 de la page 38.

Page 60.

1. Bonnet ou toque dont le bord était relevé et dont
le sommet était surmonté d'un bouton, d'une houppe ou
d'une petite aigrette.

Page 64.

1. Le futur Charles VIII était alors âgé de douze ans.

Page 65.

1. Allusions à l'action philosophique de Victor Cousin,
qui, après Leibniz, avait pour doctrine que « les systèmes sont vrais par ce qu'ils affirment, faux par ce
qu'ils nient ».

Page 67.

1. Elle lui était alors attribuée; elle avait en réalité
pour auteur Champmeslé.

Page 68.

1. « Buvons papalement. »

Page 70.

1. « Cape emplie de vin », par référence à la *cappa
magna* des cardinaux.

Page 77.

1. Jeu de mots sur le sens du mot latin *margarita,*
« perle fine », et sur l'expression de l'évangile selon saint
Matthieu, « des perles fines devant des porcs ».

Page 80.

1. « A sa démarche même on reconnut la déesse »
(Virgile, *Enéide*, I, 405).

Page 82.

1. Mauresque, en parlant des musulmans d'Espagne.

Page 83.

1. Peintre grec né vers 400 av. J.-C. et dont le tableau
le plus célèbre était un *Sacrifice d'Iphigénie* où l'on
voyait Agamemnon se voilant la tête.

Page 85.

1. *Iliade*, I, 598-600 : « ... Il court, en boitillant, offrir
le nectar aux autres dieux. A l'aspect de Vulcain, un rire
inextinguible jaillit soudain parmi les Bienheureux. »

2. Voir la note 1 de la page 53. Cette fois-ci Hugo
emploie l'expression « rien moins » conformément à la
règle moderne, que les classiques ignoraient généralement.

3. Ces mascarons, dont l'attribution à Germain Pilon demeure incertaine, avaient frappé durablement l'imagination de Hugo, puisqu'on les voit figurer encore un demi-siècle plus tard, en 1881, dans *Les Quatre Vents de l'esprit* (Livre IV, *le livre épique : La Révolution*, II « Les Cariatides ») : « Puissant Germain Pilon, toi qui, rude ouvrier, ... / Groupas les mascarons tragiques du Pont-Neuf... »

Page 89.

1. Première rédaction, selon le manuscrit : « comme eût dit Napoléon », — lequel d'ailleurs, en usant de cette expression, songeait à la droiture et à la solidité des vertus morales.

2. Note de Hugo dans son dossier de *Notre-Dame de Paris :* « Noms pour choisir celui du sonneur. Malempant, Mardi-Gras, Babylas, Quatre-vents, Quasimodo, Guerf, Mammès, Ovide, Ischirion. »

Page 90.

1. Sorcières et sorciers étaient réputés aller au sabbat à travers les airs en chevauchant un balai. Plombs : récipients et conduits destinés à l'évacuation des eaux ménagères.

Page 94.

1. Ovide.

2. On appelait du nom générique d'« Egyptiens » ou d'« Egyptiaques » tous les nomades que notre langage courant actuel désigne comme *bohémiens, gitans,* etc.

Page 95.

1. Droit d'octroi frappant les animaux à « pied fourché » comme les bœufs.

Page 97.

1. L'îlot : actuellement la pointe du Vert-Galant qui termine vers l'aval l'île de la Cité. La statue d'Henri IV y avait été érigée dès 1614; c'était la première fois en France qu'on exposait à la vénération publique la représentation d'un personnage contemporain; fondue pour son bronze en 1792, elle avait été refaite en 1818, donc à une époque où le jeune Hugo peut avoir été particulièrement sensible à la manifestation.

Page 99.

1. Voir la note 2 de la page 38.

Page 102.

1. « Des baisers pour des coups » (dans un espagnol d'une correction discutable).

Page 103.

1. Les souvenirs de l'antiquité et l'occultisme contemporain avec ses propres cultes forment un mélange très

caractéristique du Moyen Age, — et très caractéristique de *Notre-Dame de Paris.*

2. Voir la note 2 de la page 94.

Page 105.

1. Le pistolet était à l'époque une arme blanche, dague ou poignard, fabriqué à Pistoia en Toscane. C'est seulement au xvie siècle que le mot commença à désigner l'arme à feu également tenue à la main.

Page 106.

1. Cet alinéa désinvolte apparaît sur le manuscrit comme une addition à la rédaction primitive.

2. Sorte de religieuse vêtue de toile à sac ou portant sur la tête un capuchon en forme de sac. Voir le passage correspondant à la note 1 de la page 291.

Page 107.

1. Petite pâtisserie populaire.

Page 108.

1. Ces vers sont tirés d'un ancien *romancero* espagnol, sur l'entrée du roi Rodrigue à Tolède, qu'Abel Hugo avait publié, non sans fautes de texte, en 1821, et traduit l'année suivante. Traduction Louis Roinet : « Un coffre de grande richesse / ils trouvèrent dans un pilier, / et dedans des bannières inconnues / avec des figures d'épouvante. — / Des Arabes à cheval / incapables de manœuvrer / avec des épées à leurs baudriers, / des arbalètes de bonne portée. »

Page 109.

1. C'est dans la description de la Cour des Miracles faite par Sauval (voir notre Notice) que Hugo a trouvé les éléments de cette page. On sait quel usage feront après lui les écrivains du xixe siècle, notamment Balzac ou Eugène Sue, des thèmes des truands, de leur argot, des organisations secrètes des bas-fonds.

Page 111.

1. Non pas le dieu grec, mais Hermès Trismégiste, Egyptien quelque peu légendaire que l'on considérait comme l'initiateur des sciences occultes : magie, astrologie, alchimie. Voir la note 1 de la page 103.

Page 116.

1. En réalité la rue s'appelait alors Merderet; son nom ne fut atténué en Verdelet qu'au xviie siècle (d'après M.-F. Guyard).

Page 119.

1. Hugo modifie selon les besoins de sa propre phrase le vers de La Fontaine (« Le Lièvre et les grenouilles », *Fables,* II, 14), dont le texte exact est : « Car que faire en un gîte, à moins que l'on ne songe? »

Page 120.

1. « Ce mot, *gamin,* fut imprimé pour la première fois et arriva de la langue populaire dans la langue littéraire en 1834. C'est dans un opuscule intitulé *Claude Gueux* que ce mot fit son apparition. Le scandale fut vif... » (*Les Misérables,* IV, I, 7). On voit qu'il arriva à Hugo de pécher par modestie : il était un précurseur, dans *Notre-Dame de Paris,* par rapport à ce qu'il crut ensuite de lui-même.

Page 123.

1. « Salut, étoile de la mer », selon un hymne à la Vierge (et non une litanie), dont le texte exact porte d'ailleurs « *Ave* » au lieu de « *Salve* ». Hugo semble confondre avec le *Salve regina.*

Page 124.

1. « La charité, seigneur, la charité! » (en italien.)
2. « Monsieur le chevalier, pour acheter un morceau de pain! » (en espagnol.)

Page 125.

1. « Faites la charité! » (en bas-latin).

Page 126.

1. « Où vas-tu, l'homme? » (en espagnol.)
2. Elle se trouvait dans notre quartier des Halles, entre la rue Réaumur et la place du Caire actuelles (il y avait d'ailleurs dans l'ancien Paris une douzaine de cours des miracles). Ce n'est que sous le règne de Louis XIV que la police parvint à liquider cette commune dans la commune.

Page 128.

1. Forme que, disait-on, prenait le diable notamment le jour du sabbat, c'est-à-dire le samedi, auquel il a été fait allusion quelques lignes plus haut. Note de Hugo dans son dossier de *Notre-Dame de Paris :* « Le diable pour rassembler le sabbat fait paraître dans les nuées un mouton qui n'est vu que par des sorciers. »

Page 130.

1. Chélidoine.

Page 131.

1. « L'homme, ôte ton chapeau! » (en espagnol).

Page 132.

1. Grand mortier de pierre.

Page 134.

1. « Les coupeurs de bourses. La flambe est proprement une épée à la lame ondulée comme une flamme. » (M.-F. Guyard.)

Page 135.

1. « Et toute chose est contenue dans la philosophie, et tout homme dans le philosophe. »

Page 142.

1. « Quand une bohémienne se mariait, elle se bornait, pour toute cérémonie, à briser un pot de terre devant l'homme dont elle voulait devenir la compagne, et elle vivait conjugalement avec lui autant d'années qu'il y avait de fragments du vase. Au bout de ce temps, les époux étaient libres de se quitter, ou de rompre un nouveau pot de terre. » (Note de Hugo au chapitre XLI de *Han d'Islande*, 1823.)

Page 145.

1. Sur le manuscrit se lit une première rédaction, corrigée évidemment pour raison de pudeur : « ... de la cellule, releva sa jupe jusqu'à la jarretière et de cette jarretière tira un petit poignard... » Voir la note 2 de la page suivante.

Page 146.

1. Extrait d'un autoportrait de Boileau : « Ce censeur qu'ils ont peint si noir et si terrible / Fut un esprit doux, simple, ami de l'équité, / [...] Ni petit ni trop grand, très peu voluptueux, / Ami de la vertu plutôt que vertueux » (*Epîtres*, X).

2. Une première rédaction montrait l'héroïne remettant le poignard dans sa jarretière, tandis que Gringoire admire « la rondeur élégante de sa fine jambe andalouse ».

Page 150.

1. « Quand les oiseaux bariolés / se taisent, et que la terre... » (même origine que les huit vers faisant l'objet de la note 1 de la page 108).

Page 151.

1. Sur cette chronologie, voir la note 1 de la page 54.

Page 155.

1. L'état actuel de la cathédrale (et en particulier la présence de sa flèche haute de 90 mètres) résulte des travaux entrepris, à partir d'une loi de 1841, par Viollet-le-Duc et ses équipes, et qui ne se terminèrent qu'en 1864.

2. « Le temps est un rongeur, l'homme un rongeur pire. »

Page 156.

1. Le rapport d'Edgar Quinet sur les épopées françaises du XIIᵉ siècle ne date que de 1831, comme *Notre-Dame de Paris;* il ne faut donc pas s'étonner de ne pas trouver nos anciennes chansons de geste citées également.

Voir plus loin la fin du chapitre ii du livre V, « Ceci tuera cela ».

2. « Dont la masse terrifie ceux qui la contemplent » (Du Breul).

Page 157.

1. Ferronnier déjà cité au début du roman.

2. Elevée en 1413, disparue on ne sait trop comment en 1785, la statue était haute de 9 mètres.

3. Désespéré de n'avoir pas de fils après vingt-trois ans de mariage, Louis XIII, en 1638, voua la France à la Vierge et fit vœu de renouveler la décoration du chœur de Notre-Dame. C'est seulement en 1699 que Louis XIV, fruit de ce vœu, inaugura les travaux; la *Pieta* de Coustou date de 1723. À l'exception des stalles et des statues de Coustou et de Coysevox, Viollet-le-Duc rétablit l'état ancien.

Page 159.

1. « Nécessaire » dans le sens d'inévitable. L'idée sera développée dans le chapitre ii du livre V, « Ceci tuera cela ». Découvreur du Moyen Age, Hugo avait une réaction nuancée devant la Renaissance; voir la note 1 de la page 248 et le passage correspondant.

Page 161.

1. L'ogive passait pour être d'origine arabe : « Il nous a dit souvent, assis à vos côtés, / L'ogive chez les Goths, de l'Orient venue... » (*Odes et ballades,* ode dix-neuvième du livre V, « Le Voyage », iii.)

Page 162.

1. « Les travaux interrompus restent pendants » (Virgile, *Enéide,* IV, 88).

Page 165.

1. Voir la note 1 de la page 30. Ce chapitre fut écrit du 18 janvier au 2 février 1831, après l'achèvement du reste du roman.

Page 167.

1. Ce vers épigrammatique visait en réalité l'enceinte dite des Fermiers généraux, construite de 1784 à 1790.

Page 169.

1. « Le loyalisme des citoyens envers la royauté, bien qu'interrompu quelquefois par des révoltes, leur valut beaucoup de privilèges. »

Page 173.

1. Emplacement de l'actuel square de l'Archevêché, — emplacement décrit aussi par Balzac, exactement à la même époque, dans *Les Proscrits.*

Page 175.

1. C'est notre « Tour Clovis ».

2. La première édition datait de mars 1831, et la huitième de 1832. Sur cette prétendue « huitième », voir notre Notice.

Page 177.

1. Les ruines du château de Vauvert, près de Gentilly, passaient pour hantées par le diable ou ses suppôts. D'où, paraît-il, l'expression « au diable Vauvert », — expression dont on propose, au surplus, toutes sortes d'autres origines, également peu concluantes.

2. Léproserie.

Page 178.

1. Voir la note 1 de la page 40.

Page 181.

1. L'actuelle place des Vosges. Hugo vint y habiter en 1832.

Page 182.

1. Notre tour Saint-Jacques, laquelle en réalité ne fut entreprise qu'en 1508 pour être achevée en 1522.

Page 186.

1. Dans *Le Siècle de Louis XIV,* chapitre I, « Introduction ». Le texte exact est : « Louis XIII, à son avènement à la couronne, n'avait pas un vaisseau : Paris ne contenait pas quatre cent mille hommes, et n'était pas décoré de quatre beaux édifices... »

2. Dans son poème *La Gloire du Val-de-Grâce.* Le texte exact est (il s'agit de l'art de la fresque) : « Cent doctes mains chez elle ont cherché la louange; / Et Jules, Annibal, Raphaël, Michel-Ange, / Les Mignards de leur siècle, en illustres rivaux / Ont voulu par la fresque anoblir leurs travaux. »

Page 189.

1. Notre Panthéon. Hugo devait y être enterré.

2. Il s'agit du télégraphe de Chappe, dont les messages se transmettaient optiquement par les positions variées de bras articulés. Dans sa jeunesse, Hugo pouvait, de sa chambre de la pension Cordier (voir notre Biographie), observer le télégraphe de Saint-Sulpice, qu'évoque en 1819 sa « satire » *Le Télégraphe :* « Tandis qu'en mon grenier, rongeant ma plume oisive, / Je poursuis en pestant la rime fugitive, / (...) Ce maudit télégraphe enfin va-t-il cesser / D'importuner mes yeux, qu'il commence à lasser? / (...) Il s'élève, il s'abaisse... et mon esprit distrait / Dans ces vains mouvements cherche quelque secret », etc. Inauguré en 1793, le système de Chappe comportait en France cinquante ans plus tard,

au moment où il fut remplacé par le télégraphe électrique, un réseau de liaisons long de quelque 5 000 km.

Page 192.

1. Sonneries obtenues en frappant d'un seul côté, avec le battant, la cloche immobile.

Page 193.

1. Les cinq premiers chapitres de ce livre IV faisaient primitivement partie du livre III.

2. Voir la note 2 de la page 157.

Page 196.

1. Fleuve des enfers, pour l'antiquité grecque.
2. Harfleur.

Page 199.

1. « Donner des soufflets et arracher les cheveux » (Mathieu Paris cité par Du Breul).
2. Petites capes, manteaux courts.

Page 202.

1. « Autel des paresseux ».

2. « Spiagudry, assis devant une table de pierre couverte de vieux livres, de plantes desséchées et d'ossements décharnés, s'était plongé dans les graves études qui, bien que réellement fort innocentes, n'avaient pas peu contribué à lui donner parmi le peuple une réputation de sorcellerie et de diablerie, fâcheux apanage de la science à cette époque. » (*Han d'Islande*, VI.)

Page 203.

1. Dans l'office du premier dimanche après Pâques, l'une des prières de la messe commence par les mots « *Quasimodo geniti infantes...* De la même manière que les nouveau-nés... » : d'où le nom de « dimanche de Quasimodo » donné à ce jour. Le mot latin *Quasimodo* peut signifier aussi *à peu près,* — approximativement.

Page 204.

1. Epitaphe du berger Daphnis dans la *Cinquième Eglogue* de Virgile, vers 44 : « *Formosi pecoris custos formosior ipse,* d'un beau troupeau gardien plus bel encore.* » C'est ce vers que transpose Hugo, bon latiniste comme on sait. Il a lui-même traduit sa transposition en un alexandrin qu'on a pu relever dans le manuscrit d'*Hernani* : « Gardien d'un troupeau monstre et plus monstre lui-même. » Le titre du chapitre était primitivement, selon le manuscrit : « Le sonneur de cloches ».

Page 207.

1. L'âme, considérée dans ses puissances spirituelles.

Page 208.

1. « Un enfant vigoureux est méchant. » Hugo se souvenait d'avoir été un enfant malingre.

Page 209.

1. Le Jeudi-Saint, jour d'absolution. Du Jeudi-Saint au Samedi-Saint, veille ou « vigile » de Pâques, on ne sonnait pas, on faisait seulement résonner la sorte de « cloche de bois » que Hugo a appelée « crécelle » dans le chapitre « Paris à vol d'oiseau » (III, II).

Page 211.

1. Personnage et épisode du *Roland furieux* de l'Arioste : on y voit Astolphe enlevé jusque dans la lune par un cheval ailé.

Page 212.

1. Serpents (terme de blason). Note de Hugo dans son dossier de *Notre-Dame de Paris* : « La Gargouille de Rouen, la *Tarasque* de Tarascon, le *Graouilli* de Metz, la *Chair Sallée* de Troyes. (Dragons fameux dans les légendes.) — Vampires et brucolaques. »

Page 215.

1. Hugo avait d'abord écrit « saint Paul » au lieu de « Paul Diacre ». Il s'agit ici, semble-t-il, de Paul Warnefrid, écrivain de langue latine du VIIIe siècle.

Page 216.

1. « Bagarre; première cause : avoir bu de très bon vin. »

Page 217.

1. « Où manque le cercle. »
2. « Le licite », « l'illicite ».

Page 218.

1. Voir la note 1 de la page 103.
2. Alchimistes, chercheurs de la pierre philosophale.

Page 219.

1. Le parchemin des manuscrits étant une matière coûteuse, il arrivait souvent que l'on grattât un texte pour en réutiliser le support. Des procédés spéciaux permettent aujourd'hui de faire réapparaître, sous le second texte, le texte primitif, dont il arrive souvent qu'il présente beaucoup plus d'intérêt : les palimpsestes sont ces parchemins deux fois écrits et lus dans leur première utilisation.

Page 220.

1. Hugo a effectivement rencontré le nom du person-

nage dans Du Breul. Né lui-même à Besançon, et très sensible à de telles rencontres, il a tenu à souligner celle-ci.

Page 221.

1. « Sur tous les tons. »

Page 222.

1. « Certaines grandes dames qui ne peuvent être écartées sans scandale » (Du Breul). Hugo se souvient de cette consigne dans *Les Misérables* (deuxième partie, livre VI, chapitre v) : « Deux duchesses très sévères, mesdames de Choiseul et de Sérent, visitaient souvent la communauté, où elles pénétraient sans doute en vertu du privilège *Magnates mulieres,* et faisaient grand-peur au pensionnat. »

Page 223.

1. Voir la note 1 de la page 31.
2. Le texte de Mathurin Régnier (*Satire* XII) porte « Telles sortes » au lieu de « Toutes sortes ».

Page 224.

1. « Ho ! Ho ! Claude avec le claudicant ! »

Page 225.

1. « L'abbé de Saint-Martin. » Voir la note 1 de la page 31.
2. « De la prédestination et du libre arbitre. » Le titre exact était : « *Inevitabile seu de libero arbitrio.* L'Inévitable ou du libre arbitre. » Hugo a-t-il été influencé, en changeant ce titre, par le souvenir de la querelle janséniste ?

Page 229.

1. Le néo-platonicien Jamblique, aux IIIᵉ et IVᵉ siècles de notre ère, s'occupait de l'occultisme.

Page 230.

1. Médecins.

Page 231.

1. « Je crois en Dieu. — Notre Seigneur. »

Page 232.

1. La Chine.

Page 234.

1. « Tu te trompes, mon cher Claude. »

Page 235.

1. « Glose sur les Epîtres de saint Paul. Nuremberg, Antoine Koburger, 1474. »

Page 236.

1. « L'abbé de Saint-Martin, *c'est-à-dire le roi de France,* est chanoine de par la coutume et a la petite prébende qu'a saint Venant et doit siéger au siège du trésorier. »

Page 237.

1. Voir la note 1 de la page 31. Tout ce chapitre est fort souvent en désaccord avec les sciences historiques modernes : du moins celles-ci ne sauraient-elles préva- loir contre la puissance visionnaire de Hugo.

Page 239.

1. Dolmen : pierre posée horizontalement sur deux pierres verticales ; cromlech : pierres levées disposées en cercle ; tumulus : monticule de terre élevé au-dessus d'une sépulture ; galgal : amoncellement de pierres au- dessus d'une crypte. L'attribution de ces différentes sortes de « mots » à des civilisations particulières est aujourd'hui sans valeur historique.

Page 241.

1. « Parce que je m'appelle lion. » Allusion au passage de la fable de Phèdre (I, 5) où le lion s'attribue la première part du partage en vertu de son pouvoir discré- tionnaire.

Page 243.

1. Tortue. Hugo décrit la formation des soldats romains allant à l'attaque des retranchements à l'abri de leurs boucliers disposés côte à côte au-dessus d'eux comme une carapace collective.

Page 248.

1. « Pour l'aurore du seizième siècle », disait une première rédaction. Voir la note 1 de la page 159.

Page 251.

1. Voir la note 1 de la page 156.

Page 252.

1. Ascète légendaire qui passait pour l'auteur des grands poèmes sacrés de l'Inde.

Page 254.

1. Le *Moniteur universel,* qui parut de 1789 à 1868 et auquel succéda le *Journal officiel,* ne publiait pas seulement les textes officiels ; il y joignait des articles et des commentaires dont les gouvernements successifs se servaient à l'occasion pour orienter l'opinion.

Page 255.

1. « Dignité à laquelle sont attachés un pouvoir fort

peu limité concernant la police et des prérogatives et droits multiples. »

Page 260.

1. « La loi est dure dans son libellé. » On a supposé que, selon un procédé qui lui est habituel (nous en avons vu plusieurs exemples), Hugo a modifié une phrase de Tite-Live (I, 26) : « *Lex horrendi carminis erat,* la loi était effroyable dans son libellé. »
2. « Corps du Christ ! »
3. Il est plaisant de constater sur le manuscrit que Hugo a hésité entre deux rédactions : « mon âme après ma chemise » et « ma chemise après mon âme ». Sans doute est-ce par crainte des apparences d'une provocation qu'il a fini par écarter la seconde formule.

Page 261.

1. « Par Hercule ! »

Page 265.

1. Baguettes.

Page 272.

1. « A grande voix dans l'ombre. » D'après Virgile, *Enéide,* VI, 618-619 : « *Phlegyasque miserrimus omnes / Admonet et magna testatur voce per umbras.* Et le très misérable Phlegyas, tous, les avertit et atteste d'une grande voix parmi les ombres. »
2. « Tais-toi et espère. »
3. « Fort écu, salut des ducs. »
4. « Tu es chez toi. »
5. « Toi, prie. »
6. « A Louis le Grand », dédicace de la Porte Saint-Denis, érigée en 1672 pour commémorer les victoires rhénanes de Louis XIV.

Page 273.

1. Titre primitif, sur le manuscrit : « Histoire de l'enfant de la fille de joie. »

Page 274.

1. « D'un pas inégal » (Virgile, *Enéide,* II, 724).

Page 275.

1. Inadvertance; le roman est censé se passer non en 1479, mais en 1482.

Page 276.

1. Du Prêtre-Jean, souverain mythique d'Ethiopie. Le Moyen Age croyait à l'existence, sur les arrières du monde musulman, d'un royaume chrétien qu'il imagina d'abord en Mongolie puis identifia avec l'Ethiopie.

Page 277.

1.Voir la note 2 de la page 106.

Page 278. ....

1. Bohémiens ou tziganes.

Page 291.

1. Voir la note 2 de la page 106.

Page 298.

1. Ce mot désigne le plus souvent le mur de fond d'un âtre, ou la plaque métallique ornée qui le recouvre. Ici : dalles dressées verticalement entre des montants.

Page 301.

1. Le mot, dans son sens ancien, ne désigne pas seulement la torture ou la question, mais aussi leurs instruments : ici, « les courroies et les chaînettes » dont Hugo vient de parler.

2. Moustiques et autres insectes ailés qui leur sont comparables, — à moins que Hugo n'emploie le mot dans un sens particulier. Littré en dit seulement : « Nom générique des insectes ailés dans nos colonies. »

Page 302.

1. « Sourd : absurde. » Hugo était fort amateur de jeux de mots, même en latin; celui-ci paraît intransposable en français.

2. La Fontaine, *Fables*, IX, 2 (*Les Deux Pigeons*) : « Mais un fripon d'enfant (cet âge est sans pitié) / Prit sa fronde... »

Page 306.

1. *Algarada* en espagnol : attaque brusquée.

Page 308.

1. Titre primitif, sur le manuscrit : « Eustache ».

Page 309.

1. Ce chapitre fut commencé le 26 octobre 1830.

2. Hugo n'a pas inventé d'attribuer ce mot à Du Bartas : il a suivi une tradition mais celle-ci paraît être erronée.

Page 320.

1. Voir la note de la page 89.

Page 327.

1. Titre primitif, sur le manuscrit : « Le philosophe marié. »

Page 331.

1. Ce sont des chevaux et des bœufs qu'Apollon gardait chez Admète en Thessalie. Le mot *gorrine* semble dérivé du vieux mot *gore*, truie, lui-même apparenté à *goret*.

Page 333.

1. Seigneur.

Page 336.

1. « Seul à seule, on ne pensera pas qu'ils disent le *Notre Père.* »

Page 339.

1. L'Annonciation n'est pas une fête mobile comme Pâques : la célébration en reste toujours fixée au 25 mars. Ici comme en maint passage de son roman, Hugo montre de l'incertitude dans sa connaissance de la liturgie.

2. Hugo cite une expression de Du Breul, mais en la transposant à un autre objet.

3. Hugo distingue *campanille*, clocher, et *campanile*, cloche.

Page 340.

1. De l'espagnol *zagal*, muletier.

Page 341.

1. Voir la note 1 de la page 29.

2. « Des *de même que* et des *mais en vérité.* »

Page 342.

1. « Véritablement, ces rôtisseurs sont choses étonnantes ! » (Sauval).

Page 345.

1. « Souffle, espère. » Le jeu de mots latin est aussi intraduisible que celui qui a fait l'objet de la note 1 de la page 302.

Page 346.

1. « D'où? de là? — L'homme est un monstre pour l'homme. — Astres, camp, nom, divinité » (autres jeux de mots latins intraduisibles). « — Grand livre, grand mal. — Ose savoir. — Il souffle où il veut. »

2. « Qu'on appelle céleste le Seigneur, terrestre le seigneur. » (Voir le passage correspondant à la note 1 de la page 358.) Note de Hugo dans son dossier de *Notre-Dame de Paris :* « Anciennement le *Dominus* était pour Dieu seul, les saints, papes, empereurs, rois, etc., ne recevaient que le titre de *Domnus.*

« *Coelestem Dominum, terrestrem dicito Domnum.*

« Ainsi Domnus Dagobertus et Domna Nantildis; de saint Martin *seul, Dominus Martinus* (v. Grégoire de Tours, Sulpice Sévère, etc.) et même *Dominus,* tout court, par excellence. »

3. « Çà et là. »

Page 348.

1. Hugo donne dans le chapitre suivant la signification de ces mots.

2. Note de Hugo dans son dossier de *Notre-Dame de Paris* : « L'esprit Sigéani, dans le royaume d'Ara, préside aux éléments, lance la foudre et les éclairs. »

Page 354.

1. « Qui ne travaille pas, qu'il ne mange pas. »

Page 358.

1. Voir la note 2 de la page 346.
2. « Contre aiguillons, lames rougies, gibets et lacets, / Cordes, chaînes, cachots, numelles, entraves, carcans » (Plaute, *Asinaria,* 549-550).

Page 359.

1. « Par lui, et avec lui, et en lui ! » Ces mots du texte de la messe avaient une valeur magique.
2. La médecine était alors en étroit rapport avec l'occultisme.

Page 360.

1. Astrologue arabe du XIIIᵉ siècle.
2. « Nu, enchaîné, tu pèses cent quand tu pends par les pieds » (Plaute, *Asinaria,* 301).
3. « Une stryge ou une sorcière. »

Page 362.

1. « Dialogue sur la puissance et l'action des démons. » Psellus : écrivain et savant byzantin du XIᵉ siècle.

Page 363.

1. « Car il n'y a pas de lieu qui n'ait son génie. » Servius : grammairien du IVᵉ siècle.

Page 364.

1. « Louange à toi, Seigneur ! »

Page 365.

1. « Sous la conservation de la forme singulière, l'âme reste intacte. »

Page 370.

1. « Indigne, celui qui habite parmi les Mauvaises Paroles. »

Page 371.

1. Avant de s'arrêter au mot « verrues », Hugo avait écrit d'abord « tripes » puis « moustaches » : il garda le ton de la truculence, mais en refusa les excès.
2. Femme vile.
3. Citation de Montaigne, III, 13. Le texte exact est : « La conscience d'avoir bien dispensé les autres heures est un juste et savoureux condiment des tables. Ainsin ont vescu les sages... »

Page 373.

1. « Autrefois j'étais le tronc d'un figuier » (*Satires,* l, VIII).

2. « Evêque d'Autun. »

Page 374.

1. « Je le confesse. »

Page 389.

1. Il y avait des spécialités parmi les mendiants. Celle des « sabouleux » était de garder dans la bouche un morceau de savon grâce auquel ils feignaient d'écumer à la manière des épileptiques. Voir, dans le chapitre III du livre II, la procession du pape des fous.

2. « Des figures régulières et irrégulières. »

Page 393.

1. Le samedi, jour du sabbat, le diable était réputé revêtir la forme d'un bouc. Voir la note 1 de la page 128.

Page 394.

1. Les sergents du guet étaient au nombre de douze.

Page 404.

1. Spectres de criminels ou de victimes d'un crime.

Page 408.

1. « C'est pourquoi, messieurs, en présence d'une stryge avérée, le crime étant patent, l'intention criminelle existant, au nom de la sainte église Notre-Dame de Paris, qui est en saisine d'avoir justice de toute sorte, haute et basse, dans cette île sans tache de la Cité, par la teneur des présentes nous déclarons requérir, premièrement, quelque indemnité pécuniaire; secondement, une amende honorable devant le grand portail de l'église cathédrale Notre-Dame; troisièmement, une sentence en vertu de laquelle cette stryge et sa chèvre, ou sur la place vulgairement dite *la Grève,* ou à la sortie de l'île sur le fleuve de Seine, près de la pointe du jardin royal, soient exécutées! » (Trad. M.-F. Guyard.)

2. « Hélas!... Quel bas-latin! »

3. « Je le nie. »

Page 410.

1. « Laissez toute espérance » : texte inscrit, selon Dante, à l'entrée de l'enfer (*Enfer,* III, 9).

Page 426.

1. Titre primitif sur le manuscrit : « La soif de vengeance ».

Page 432.

1. Fables, I, XVIII (*Le Renard et la cigogne*).

Page 443.

1. « Je ne craindrai pas ce peuple par milliers autour de moi ; dresse-toi, Seigneur ; sauve-moi, Dieu ! » « Sauve-moi, Dieu, puisque les eaux ont pénétré jusqu'à mon âme. » « Je suis plongé dans le limon de l'abîme ; et sans appui ferme. » (*Psaumes,* III et LXVIII.)

2. « Qui entend ma parole et croit en celui qui m'a envoyé, il a la vie éternelle et ne vient pas en jugement ; mais il passe de la mort à la vie. » (*Evangile selon saint Jean,* V.)

Page 444.

1. « Du ventre de l'enfer j'ai crié, et tu as entendu ma voix, / Et tu m'as précipité dans l'abîme au cœur de la mer, et le flot m'a entouré. » (*Jonas,* II.)

Page 445.

1. « Va maintenant, âme incertaine, et que Dieu te soit miséricordieux ! »

2. « Seigneur, ayez pitié ! »

3. « Tous tes tourbillons et tes flots ont passé sur moi. » (*Jonas,* II.)

Page 451.

1. Voir la note 1 de la page 173.

Page 456.

1. « Qui pour les moines de Saint-Germain-des-Prés fut une hydre, les clercs suscitant toujours de nouveaux chefs de disputes. » (Citation de Du Breul.)

Page 460.

1. « Heureux vieillard ! » (Virgile, *Première églogue,* vers 46.)

Page 473.

1. Titre primitif sur le manuscrit : « Les deux vases. »

Page 481.

1. Mahom : Mahomet.

Page 489.

1. Rédaction primitive : « ... murmura le prêtre en se roulant sur elle et en lui imprimant... » : détail apparemment trop cru aux yeux de Victor Hugo.

Page 493.

1. « De la taille des pierres ».

Page 494.

1. For : autorité ou juridiction.

2. « C'est que nourriture, boisson, sommeil, amour, tout soit modéré. »

Page 495.

1. Bas-relief. Note de Hugo dans son dossier de *Notre-Dame de Paris :* « Bas-relief d'une rampe d'escalier de la renaissance que Sauval appelle *métamorphose de basse-taille exécutée avec beaucoup d'adresse, de tendresse et de patience.* »

Page 500.

1. « Mariage fait avec ceux du dehors » (Du Breul).

Page 505.

1. « Vous désertez la science des savants, la discipline des disciples. » Pernocter : passer la nuit.

Page 506.

1. Jonchées de paille répandues sur le sol des classes (voir notre mot *fourrage*).

Page 511.

1. Le valet de trèfle.
2. Plusieurs centaines de statues pieuses s'entassaient dans la petite chapelle de Caillouville, proche de l'abbaye de Saint-Wandrille. Note de Hugo dans son dossier de *Notre-Dame de Paris :* « Tassés comme les saints de Caillouville. (*Proverbe normand.*) »

Page 512.

1. Un échappé de Bicêtre.

Page 513.

1. « Populaire déchaînement d'un peuple déchaîné ! »
2. « Quels cantiques ! quels instruments ! quelles mélodies ici résonnent sans fin ! On entend, doux comme le miel, les instruments des hymnes, la très suave mélodie des anges, des cantiques admirables entre les cantiques ! » (D'après saint Augustin.)

Page 514.

1. « Avoir un nez, cela n'est pas donné à n'importe qui. »
2. Jeu de mots relevé par Hugo lui-même dans ses notes, en interprétant Du Breul : « Parvis vient de paradis. »

Page 516.

1. « Le vin et l'ivresse bruyante sont choses de luxure. » « Le vin fait apostasier les sages eux-mêmes. »

Page 519.

1. Louis XI à la Bastille : voir le chapitre suivant.
2. D'après *Le Tiers Livre,* chapitre xv : « Car les bons Pères de religion par certaine caballistique institution des anciens, non escripte, mais baillée de main en main, soy levans, de mon temps, pour matines, faisoient certains praeambules notables avant entrer en l'église.

Fiantoient aux fiantouoirs, pissoient aux pissouoirs, crachoient aux crachoirs, toussoient aux toussouoirs melodieusement, resvoient aux resvoirs, affin de rien immonde ne porter au service divin. »

Page 521.

1. Hugo a expliqué ce mot dans le chapitre : « La cruche cassée » (chapitre VI du livre deuxième) : « Clopin Trouillefou (...) portait à la main un de ces fouets à lanières de cuir blanc dont se servaient alors les sergents à verge pour serrer la foule, et que l'on appelait *boullayes.* »

2. Corps de 220 archers chargés de la police.

Page 524.

1. Bagarreurs.

Page 531.

1. Voir dans le chapitre III du livre II, la procession du pape des fous.

Page 532.

1. Serpents (terme de blason). Voir la note 1 de la page 212.

Page 534.

1. Mahomet.

Page 535.

1. « Muni de dix éperons. »

Page 539.

1. Animal légendaire aux dents grinçantes.

Page 542.

1. Espace séparant l'une de l'autre les poutres apparentes.
2. Couleurs jaune et indigo.
3. Bancs garnis.
4. *Gallemard* ou *galimart :* encrier.
5. Chaufferette.

Page 543.

1. Sortes d'épaulettes étoffant les bras jusqu'aux coudes.

Page 545.

1. Magots.

Page 546.

1. « Sans aucun écuyer tranchant, sans aucun bouteillier » (Sauval).

Page 550.

1. M. M.-F. Guyard fait observer que d'après Com-

mynes cette expression « désignait non les cages mais les fers de certains prisonniers du roi ».

2. Largeur.

Page 554.

1. Son vrai nom était *Haraucourt* et non *Harancourt*. Peut-être ne s'agit-il que d'une coquille, perpétuée d'édition en édition.

Page 557.

1. Chargé de la police des rues.

Page 561.

1. Homme qui couche sur la paille ; mauvais garçon.

Page 562.

1. Sentiment vif.
2. Folie.

Page 565.

1. « Pouls rapide, essoufflé, bruyant, irrégulier. »

Page 567.

1. « Médicaments répercussifs, médicaments topiques qui, appliqués sur une partie malade, font refluer à l'intérieur les liquides tendant à l'engorger, ou arrêtent le développement d'un exanthème ou de toute autre altération morbide. » (Littré.)

2. Conseils de la reine Vérité à un Jeune Souverain (d'après « un de nos vieux manuscrits du XIIIᵉ siècle, attribué à Philippe de Mayzières ») : « Guarde-toi, beau fils, de ces chevaliers qui ont coutume de bien plumer les rois par leurs soubtiles pratiques, qui s'en vont récitant souvent le proverbe du maréchal Bouciquault, disant : Il n'est peschier que en la mer, et ainsi n'est don que de roi... » (*Littérature et philosophie mêlées*, « Journal des idées, des opinions et des lectures d'un jeune jacobite de 1819 ».)

3. Seigneur qui avait un droit d'usage sur la forêt de ses vassaux. Officier qui connaissait, en première instance, des délits commis dans les forêts et dans les rivières de son département. (Littré.)

Page 570.

1. Titre de magistrature en vigueur dans certains cantons suisses.

Page 577.

1. Voir la note 1 de la page 173.

Page 579.

1. « Assiégeant de Turin et à la fois assiégé. »

Page 581.

1. Titre primitif, sur le manuscrit : « Le petit soulier ou la chèvre est sauvée. »

Page 585.

1. Sorte de capuchon.

Page 586.

1. Personnage de la mythologie grecque qui fut métamorphosé en chouette.

2. Petit échassier qui passait dans l'Egypte ancienne pour vivre en symbiose avec les crocodiles dont il nettoyait la gueule, — où il ne faisait pas son nid.

3. « Comme les abeilles la géométrie. »

4. « Contre l'avarice. »

Page 587.

1. Rate.

2. Charges écrasantes. Nous avons gardé le verbe *fouler* et les mots qui lui sont apparentés.

3. Nous devons à M. Marius-François Guyard une rectification opportune à toutes les éditions antérieures. Hugo avait d'abord écrit « proue de la cité » et « poupe de l'île Notre-Dame » (celle-ci correspondant à notre île Saint-Louis). Puis il corrigea « proue » en « poupe », mais omit de corriger « poupe » en « proue ». A l'imprimerie sans doute, on remarqua l'inadvertance et on la rectifia, mais maladroitement, en revenant à la leçon primitive et erronée du manuscrit. L'erreur fut ensuite scrupuleusement respectée d'édition en édition.

Page 608.

1. Canaille.

Page 618.

1. « La belle créature vêtue de blanc » : personnage symbolique de Dante (*Purgatoire*, XII, 88-89).

Page 621.

1. Voir la fin du chapitre II du livre troisième, « Paris à vol d'oiseau ».

Page 622.

1. Terrain d'où se dégagent les vapeurs du soufre.

Page 624.

1. Rappel du thème mis en place au chapitre v du livre septième, « Les deux hommes vêtus de noir ».

Page 625.

1. Allusion au chapitre « Une larme pour une goutte d'eau » (chapitre iv du livre sixième).

Page 630.

1. Le gibet de Montfaucon a déjà été évoqué dans le

chapitre « Paris à vol d'oiseau » (chapitre II du livre troisième).

2. Voir la note 1 de la page 239.

Page 632.

1. Le 21 mai 1484. On se rappelle que dans les premières lignes du roman, Hugo a daté le début de son récit du 6 janvier 1482 : il semble avoir ici voulu, en écho à cette indication, en dater la fin indirectement et approximativement. Tous les événements rapportés se seraient ainsi passés entre janvier et mai-novembre 1482; d'après le chapitre II du livre onzième l'exécution de la Esmeralda aurait en effet eu lieu vers le mois de juillet (« On pouvait être, ce jour-là, en juillet »).

2. *Adrézarach* ou *azédarach*, etc., ou *arbre à chapelets,* plante produisant des fruits à noyaux durs utilisés pour des colliers et des chapelets.

3. Note de Hugo au bas de la dernière page de son manuscrit : « 15 janvier 1831. 6 heures 1/2 du soir. »

DOCUMENTS

Page 644.

1. Article paru en 1823 dans la première livraison de *La Muse française,* et repris en 1834 dans *Littérature et philosophie mêlées.* Nous le reproduisons ici d'après le volume de 1834.

Page 648.

1. Nous arrêtons ici la citation, la fin de l'article ne concernant plus que *Quentin Durward.*

2. Nous reproduisons intégralement les deux articles de 1825 et 1832, d'après le texte repris en 1834 dans *Littérature et philosophie mêlées.*

Page 662.

1. Retrouvés dans le dossier de Hugo. Les dates sont probables, mais non certaines. On notera des changements parfois sensibles apportés par Hugo au cours de sa rédaction.

Page 663.

1. Nous reproduisons ici la plus grande partie du chapitre LIV, intitulé « Notre-Dame de Paris », de *Victor Hugo raconté par un témoin de sa vie.* Publié en 1863 sans nom d'auteur, l'ouvrage avait été écrit par Mme Victor Hugo, évidemment sous le contrôle de son mari : il traduit donc d'une manière directe, sous une forme en apparence indirecte, les propres souvenirs et confidences de Hugo.

2. D'*Hernani.* Créée au Théâtre français le 25 février 1830, la pièce eut 45 représentations. C'est en avril que le ménage Hugo quitta la rue Notre-Dame-des-Champs pour la rue Jean-Goujon.

Page 664.

1. L'anecdote est rapportée dans le chapitre précédent de *Victor Hugo raconté par un témoin de sa vie.* La première représentation d'*Hernani,* attendue avec malveillance par une partie du public, avait été un succès croissant d'acte en acte (à la différence de celles qui suivirent). Après le quatrième acte, Hugo fut abordé dans les coulisses du théâtre par l'éditeur Mame, qui lui offrit six mille francs payables sur-le-champ (soit peut-être l'équivalent de 25 000 francs actuels) du droit de publier la pièce. L'acheteur était pressé de conclure : car, dit-il, « au second acte, je pensais vous offrir deux mille francs; au troisième quatre mille; je vous en offre six mille au quatrième; après le cinquième, j'aurais peur de vous en offrir dix mille. » Le traité fut aussitôt rédigé et signé sur papier timbré au plus proche débit, où Hugo reçut immédiatement l'argent, « qui ne lui fut pas inutile, car il n'avait plus chez lui que cinquante francs ». Selon le contrat lui-même, la somme offerte et aussitôt réglée fut en réalité de cinq et non de six mille francs. Sur la réaction de Gosselin, à qui un contrat précédent assurait un droit de préférence, voir notre Notice.

2. Voir dans notre Notice l'analyse du contrat Gosselin du 15 novembre 1828.

3. Louis-François Bertin (1766-1841), fondateur et directeur du *Journal des Débats,* très favorable à Hugo : ce journal était le seul qui eût pris parti pour *Hernani.* Les pièces originales de l'affaire se trouvent dans le recueil de la Nationale (manuscrits) dont fait état notre Notice.

Page 665.

1. Le 25 juillet, selon une note du manuscrit. Adèle, deuxième fille de Hugo, allait naître le 28.

Page 668.

1. Le 15 janvier, selon le manuscrit lui-même.

2. En réalité, semble-t-il, le 16 mars.

3. Voir la note 1 de la page 34 et le paysage correspondant.

Table 701

DOSSIER

DU MÊME AUTEUR

Impression Brodard et Taupin
à La Flèche (Sarthe),
le 16 mars 1999.
Dépôt légal : mars 1999.
1er dépôt légal dans la collection : mars 1974.
Numéro d'imprimeur : 6914V.

ISBN 2-07-036549-2 / Imprimé en France.

91246